國家古籍整理出版專項經費資助項目

國家社科基金重大項目「漢魏六朝集部文獻集成」

批准號 13&ZD109）重要成果

中華古籍保護計劃
ZHONG HUA GU JI BAO HU JI HUA CHENG GUO

·成 果·

劉躍進 主編

劉明 著

漢魏六朝集部珍本叢刊提要

國家圖書館出版社

圖書在版編目(CIP)數據

漢魏六朝集部珍本叢刊提要/劉躍進主編,劉明著. —北京:國家圖書館出版社,2020.10

ISBN 978 - 7 - 5013 - 7043 - 6

Ⅰ.①漢… Ⅱ.①劉… ②劉… Ⅲ.①中國文學—古典文學—作品綜合集—漢代—魏晉南北朝時代 Ⅳ.①I213.01

中國版本圖書館 CIP 數據核字(2020)第 236894 號

書　　名	漢魏六朝集部珍本叢刊提要	
著　　者	劉躍進　主編　劉　明　著	
責任編輯	南江濤　潘雲俠	
助理編輯	王　哲	
封面設計	徐新狀	

出版發行　國家圖書館出版社(北京市西城區文津街 7 號　100034)
　　　　　　(原書目文獻出版社　北京圖書館出版社)
　　　　　　010 - 66114536　63802249　nlcpress@ nlc. cn(郵購)

網　　址　http://www.nlcpress.com
印　　裝　北京華藝齋古籍印務有限公司
版次印次　2020 年 10 月第 1 版　2020 年 10 月第 1 次印刷

開　　本　787×1092(毫米)　1/16
印　　張　38.5
書　　號　ISBN 978 - 7 - 5013 - 7043 - 6
定　　價　298.00 圓

編輯委員會名單

主　　編　劉躍進

副主編　孫少華　劉　明

編　　委　（按姓氏筆畫排序）

王　瑋　胡　旭　南江濤　馬燕鑫　徐　華

孫少華　黄燕平　崔　潔　梁臨川　傅　剛

楊沐曉　楊曉斌　趙建成　蔡丹君　齊清仙

劉　明　劉躍進

參與工作人員名單（按姓氏筆畫排序）

王忠傑	尹玉珊	丘樂樂	白雲嬌	任群英
佟亨智	沈相輝	宋展雲	苗　民	林小雲
周忠強	馬宗昌	秦　瀟	宮偉偉	陳麗平
許一嶠	張靜宜	景　浩	智曉靜	蒙金含
蔣克平	蔣曉光	蔡荷芳	臧魯敏	廖　玭
鄭巧芬	熊小敏	魯紅平	劉子立	劉少帥
劉　爽	劉榮平	龍文玲	關小彬	羅筱玉

前　言

　　《漢魏六朝集部珍本叢刊》（以下簡稱《叢刊》）爲國家社科基金重大項目“漢魏六朝集部文獻集成”的重要成果之一。所收典籍，起於北宋天聖明道刻本《文選》，訖於清鈔本《文章緣起》，總計二百六十一種，包括宋元刻本十五種，明刻本一百五十四種、活字本三種，名家稿鈔本三十一種，其他版本五十八種，其中有名家批校的達一百一十多種。精校名槧，彙印百册，蔚爲大觀，是迄今爲止收録漢魏六朝集部文獻最爲系統、最爲豐贍的大型叢書。在選目方面，全書儘可能地呈現存世漢魏六朝集部典籍的整體風貌，所選底本絶大多數是現存最早或有名家批校題跋的版本，兼具研究和收藏價值。

　　集部之名，由來已久。漢代以降，典籍浩繁，至劉歆“總括群篇，撮其指要”，以類相從，著爲《七略》，而後班固依《七略》而著《漢書·藝文志》，目録之學，由此而生。魏晉時期，文體意識自覺，鄭默始製《中經》，荀勖更著《新簿》，於是經史子集，四部漸明。《隋書·經籍志》遂以之擘分典籍，綱舉目張，部帙井然。集部又有別集、總集之分，《隋書·經籍志》云：“別集之名，蓋漢東京之所創也。自靈均已降，屬文之士衆矣，然其志尚不同，風流殊別。後之君子，欲觀其體勢，而見其心靈，故別聚焉，名之爲集。”又云：“總集者，以建安之後，辭賦轉繁，衆家之集，日以滋廣，晉代摯虞，苦覽者之勞倦，於是采擿孔翠，芟剪繁蕪，自詩賦下，各爲條貫，合而編之，謂爲《流別》。是後文集總鈔，作者繼軌。屬辭之士，以爲覃奧而取則焉。”揆之所載，似以《楚辭》作爲集部的源頭。後成定制，歷代因之。故《四庫全書總目·集部總敘》云：“集部之目，《楚辭》最古，別集次之，總集次之，詩文評又晚出，詞曲則其閏餘也。”

　　《隋書·經籍志》集部首録《楚辭》，十部，二十九卷；次別集，四百三十七部，四千三百八十一卷；次總集，一百零七部，二千二百一十三卷。這種先別集、再總集的編纂次序,符合文獻生成的一般規律。然而,時序遷移,原典漫滅。今之所存漢魏六朝別集,雖間或有舊編別集,但從現存資料看,多數成於宋元以後,乃編者根據此前總集、類書等群籍彙纂而成。從一定意義上説,總集、類書往往是漢魏六朝別集編纂的資料淵藪。因此,這次編纂《叢刊》,采取了先總集、次別集的編纂次序。另外,在《隋書·經籍志》中,《文章流別集》《文心雕龍》《詩品》等著作歸入總集類。這樣編纂亦符合實際。漢魏六朝時期,專門的詩文評著述尚寥寥可數,多以總集或選本形式呈現,並附以評論,彰顯文學批評功能,其自身還不足自成一類。《叢刊》編纂,爲示醒目,遵循《四庫全書總目》舊例,將詩文評著作獨立出來,置於最後。至於《楚辭》類研究著作,因與《叢刊》體例不符,不予收録。具體收録簡介如下:

總集二十種。其中《文選》四種,包括北宋天聖明道刻本、南宋贛州州學刻宋元明遞修本、南宋杭州開牋紙馬鋪鍾家刻本殘卷、南宋建陽陳八郎本等,這將會極大地滿足《文選》研究的基本需求。《玉臺新詠》八種,包括明嘉靖十九年(1540)鄭玄撫刻本、明汲古閣本、袁宏道批明天啓刻本、明崇禎二年(1629)馮班鈔本(馮班、何士龍校跋)、明崇禎六年(1633)趙均刻本、明五雲溪館銅活字印本、清紀昀校正稿本、近人徐乃昌札記稿本等,都是校理《玉臺新詠》不可或缺的文獻資料。《古文苑》用南宋端平三年(1236)常州軍刻、淳祐六年(1246)盛如杞重修本,是傳世最早的《古文苑》章樵注本。《六朝詩集》用明嘉靖刻本,學者或認爲出自宋本,或認爲是明人所編,結論雖有不同,但此書在研究漢魏六朝集部成書層次和文本變異方面所具有的參考價值,已成爲學界共識。《古詩十九首》詮釋著述五種,集中展現了清人研究《古詩十九首》的成果。此外,還收録了清光緒十五年(1889)枕溢書屋刻本《六朝文絜箋注》。

別集二百二十六種。明清以來,漢魏六朝別集的彙編,主要有汪士賢《漢魏六朝二十一名家集》、張燮《七十二家集》和張溥《漢魏六朝百三名家集》等。其中《漢魏六朝百三名家集》最爲完備,上自賈誼,下迄薛道衡,凡一百零三家。《叢刊》在上述彙編基礎上又有所調整,多有增補,不僅作者人數增加到一百二十六人,且同一著作,在兼顧系統性的同時,特別注重傳世稀見本、精校精刻本、批校評點本或重要研究著述的廣泛收録,總數多達二百餘種。珍稀版本方面,如《曹子建集》用現存最早的宋刻本,《陸士衡集》用清影宋鈔本《晉二俊文集》作底本,既保留了宋本陸機集面貌,且約略可見陸機集據《文選》、類書重編的内證。《陸士龍文集》十卷,用南宋慶元六年(1200)華亭縣學刻本,是現存陸雲集最早的版本。明崇禎年間潘璁刻《阮陶合集》本之《阮嗣宗集》二卷,保留了阮籍十三首完整的四言《詠懷詩》,爲存世版本中所獨有。明毛氏汲古閣影宋鈔本《鮑氏集》,可以讓讀者直接瞭解到宋本鮑照集的原貌。明刻本《江文通文集》保留了删削未盡的宋代諱字,或是出自宋本的旁證。明鈔本《梁陶貞白先生文集》,所據爲南宋紹興本。《常州先哲遺書》和《玉海堂影宋叢書》中的《梁昭明太子文集》,皆云出自宋本。《王司空詩集注》不分卷(北周王褒撰),爲清段朝端注,是王褒研究的重要著作,收録初稿和二稿兩個版本。精校精刻方面,編者盡力搜羅存世的精善之本。如明正德十年(1515)華堅蘭雪堂銅活字印本《蔡中郎文集》十卷,有黄丕烈跋,是現存蔡邕集最早版本,也是存世比較早的中國活字印刷本之一。清咸豐二年(1852)楊氏海源閣所刻《蔡中郎集》,校勘精審,輯録篇目齊備,有趙之謙跋,庶幾可作爲整理蔡邕集的底本使用。清人吳志忠《校蔡中郎文集疏證》,既可反映乾嘉時期的治學風氣,也爲今人的校注整理奠定了基礎。《叢刊》收録的陶淵明集多達十種,其中宋元刻本五種,包括宋刻遞修本(明州本)《陶淵明集》,爲現存陶淵明集最早的版本,保存了大量的古本陶集異文。另外還收録清代重要的陶集注疏著作,如詹夔錫《陶詩集注》(管庭芬過録何焯、查慎行批)、吳瞻泰輯《陶詩彙注》、馬璞輯注《陶詩本義》、陶澍集注《靖節先生集》(莫友芝校並跋)、陳澧撰《陶詩編年》等。批校評點方面,《叢刊》選入版本中多有名家批校題跋,有趙懷玉、翁同書、傅以禮、盛鳳翔、傅增湘等人的校記;有何紹基的評點;有吳騫、黄丕烈、邵淵耀、翁同書、莫友芝、唐翰題、趙之謙、丁丙、汪駿昌、宋康濟、繆荃孫、王頌蔚、莫棠、傅增湘、鄭振鐸、趙元方等人的題跋;也有出自馮舒、周亮工、毛扆、王芑孫、嚴元照、莫友芝、周星詒、傅增湘等人之手校跋並存的著作。還有些版本過録以往的題跋批校成果,包括文嘉、葉奕、彭元瑞、張燕昌、黄丕烈等人的題跋以及陸貽典、查慎行、何焯、盧文弨等人的批校。漢魏六朝作家别集經過這些名家巨擘的批校評騭，足以讓人萌生一種先睹爲快的閱讀激情。

詩文評著作十五種。其中《文心雕龍》七種，《詩品》五種，《文章緣起》三種。敦煌石室所藏唐寫本《文心雕龍》殘卷，爲現存最早的《文心雕龍》版本，可以説最接近《文心雕龍》原貌。宋刊《太平御覽》所收《文心雕龍》，所據可能就是隋唐以來的鈔本，故將其所涉頁面按《太平御覽》卷次順序輯出。元代至正本《文心雕龍》則保留元刊本舊貌。明清人注釋或批點《文心雕龍》，也收録四種。《詩品》有明正德元年（1506）退翁書院鈔本（黃丕烈跋），曾被視爲“影宋鈔本”。元本《山堂考索》全文收録《詩品》，保留了《詩品》的宋元舊本面貌。《得天爵齋叢書》本中的《文章緣起訂誤》一卷、《文章緣起補》一卷，爲清人錢方琦校訂本，很有參考價值。另外，明陳懋仁補注、清吳騫校的《文章緣起》，亦爲世人所稀見。

在印製方面，這些深度密鎖、積久塵封的珍貴典籍，經過高清彩色掃描，灰度製版印行，化身千百，嘉惠學林。書中的批校題簽，一仍其舊；題簽影響原文的，采用技術手段酌情處理，兼顧到原文與批校的內容，可以相互參酌。凡原書封面或封底、襯葉有書名、印章等有效信息的，一概保留。原書缺頁，盡力找同版本補齊。需要説明的是，何紹基批校本《漢魏六朝百三名家集》的主要價值在何氏圈點批校，原文較爲常見，故其原缺者不作補配。

《叢刊》的編纂，孫少華負責書目的初選，劉明負責內容提要的撰寫，南江濤負責底本的收集。作爲主編，我對於他們的辛勤付出，表示由衷感謝。我們的工作，還得到國家圖書館、上海圖書館、南京圖書館、首都圖書館、中國科學院文獻情報中心、中國社會科學院文學研究所圖書館等近十家收藏單位以及國家圖書館出版社領導和編輯團隊的大力支持，其高情雅意，讓我們感念不忘。由於衆所周知的原因，有些重要善本，雖知深藏某處，卻無緣收録，不無遺憾。我們也衹能寄希望於來日，再續新編。

劉躍進

二〇一九年十月十日

凡　例

一、全書體例：

1. 全書按照四部之集部的分類標準,分爲總集、别集和詩文評三部分。

2. 全書篇目的編排,依據《漢魏六朝集部珍本叢刊》的序次,以方便讀者的檢索和閱讀。

3. 屬同一作家的不同版本的作品集,一般按照版本時代的先後排列。

4. 各篇提要稿以文集題名(題名不加書名號,含卷數)作爲標題,並標有序號,與書首目録所載各本序號一一對應。

5. 提要基本采用客觀著録和描述的方式,酌情參考學界成果附入研究性的按斷。

6. 由於本書提要完成於《漢魏六朝集部珍本叢刊》出版之後,存在個别版本著録等與《漢魏六朝集部珍本叢刊》不盡一致者,凡此類情況供讀者參考判斷。

7. 本書提要目的是揭示漢魏六朝集部典籍的客觀面貌,敘述基本知識;並爲讀者閱讀、使用或研究《漢魏六朝集部珍本叢刊》提供必要的導引,或起到輔助性作用。

8. 全書附有書名索引、著者索引、批校題跋者索引和鈐印索引,方便閱讀查檢。另鈐印或有遺漏,限於學識亦或有印文未能識讀者。

二、提要内容包括以下項目：

(一)基本項：

1. 包括題名卷數、責任者、著作方式、版本、校跋者、稽核及存卷等。

2. 作品集若出自後世的重輯或重編,且原書明確標注輯編者,責任者除著録原作者外,同時著録輯編者,並分别注明責任者的朝代。對於民國及之後(以卒年爲據)的責任者,則不再注明。

3. 著作方式如"撰""輯""編"和"注"等。

4. 同一責任者同時存在兩種以上著述方式者,以諸如"撰並輯"等方式表述。

5. 如作品集存在附屬性的內容,如"附錄一卷""傳記一卷"等,在題名著錄中予以省略,在提要中進行揭示。

6. 版本著錄依據權威的古籍書目著錄,如《中國古籍善本書目》等;同時適當吸收學界的研究成果,提要中予以説明。

7. 作品集存在後人的批校、批注和題識、題跋等,一律著錄爲"××校""××跋""××校並跋"及"××題識"等,並注明校跋者的朝代。對於民國之後(含民國)的校跋者,則祇著錄校跋者,不再注明時代。

8. 稽核即著錄該版本作品集的存藏冊件數。

9. 作品集卷數或存卷不詳者以"□"表示。

(二)版本面貌項:

1. 行款、版式介紹,包括行款、書口、邊欄、魚尾及版心等。

2. 卷端題署介紹。

3. 附於原書中的卷首、末序跋,不抄錄內容。與作品集的成書、版本及文獻內容等相關的重要資料,則在提要中予以揭示。

4. 書(卷)首、尾或書中的批校題跋,注明校跋位置、時間及筆色等,不抄錄校跋內容。與作品集的成書、版本及文獻內容等相關的重要資料,則在提要中予以揭示。

(三)責任者介紹項:

1. 責任者包括作品集的原作者、後世的輯編整理者等,同時在此項內也適當將作品集該版本的刊刻者以及校跋者包括在內(題款及題簽者則酌情介紹)。

2. 內容包括生卒年、字號、籍貫、仕履和學術撰述等,最後一般注明生平事跡的出處。

3. 生卒年不可考者注"生卒年不詳",約略可考者注明"約××",僅生年或卒年不可考者以"?"表示。

4. 仕履包括科舉及第、任職官爵等,凡不可考者注明仕履不詳或俟考等。

5. 生平事跡出處注明所在史傳或地方志的卷次,凡見於工具書著録的責任者則視具體情况不再一一注明出處。

6. 如果相同的責任者出現兩次以上,則自第二次始介紹省略。考慮到行文的簡便,也不再注明介紹見於某某作品集(或某某版本)的提要中。

(四)成書及流傳介紹項:

1. 根據本傳、文獻記載、史志及公私目録等注明作品集的編撰成書、著録及流傳等。

2. 如果同一作品集存在兩種版本以上,則自第二種版本始介紹省略。

3. 遵循"辨章學術、考鏡源流"的旨要,儘可能地揭示出作品集自身的學術面貌。一般着重在提供基礎而客觀的文獻知識,對於學界的一些學術觀點及成果酌情采納。

(五)版本內容介紹項:

1. 總括該版本的文獻價值或學術地位。

2. 以客觀抄録的方式逐一列舉該版本的篇目內容,注明所收篇目的數量。若篇目較多者,僅注明篇目數量。

3. 抄録原書序跋中有關該版本的文集編纂、刊刻以及評述性的內容。

4. 抄録批校題跋中涉及的編纂、刊刻等相關內容。

5. 版本著録的依據。

6. 有必要交待的其他版刻特點。

(六)版本遞藏介紹項:

1. 逐一列舉書中所鈐的印章,根據鈐印介紹遞藏源流。

2. 注明作品集的現存藏單位以及編目書號,以備學界查檢。

3. 附注説明各本所在《漢魏六朝集部珍本叢刊》中的册次起止,以方便閱讀查檢。

目　　録

書影 ……………………………………………………………………………… 1

提要 ……………………………………………………………………………… 263

　一、總集類

　1. 文選六十卷 ……………………………………………………… 263

　2. 文選三十卷 ……………………………………………………… 267

　3. 文選六十卷 ……………………………………………………… 270

　4. 文選三十卷 ……………………………………………………… 272

　5. 古詩十九首説一卷 ……………………………………………… 274

　6. 古詩十九首附箋一卷 …………………………………………… 275

　7. 古詩十九首解一卷 ……………………………………………… 276

　8. 古詩十九首箋注一卷 …………………………………………… 277

　9. 古詩十九首注一卷 ……………………………………………… 278

　10. 玉臺新詠十卷 …………………………………………………… 279

　11. 玉臺新詠十卷 …………………………………………………… 281

　12. 玉臺新詠十卷 …………………………………………………… 282

　13. 玉臺新詠十卷 …………………………………………………… 283

　14. 玉臺新詠十卷 …………………………………………………… 284

　15. 玉臺新詠十卷 …………………………………………………… 287

　16. 玉臺新詠校正十卷 ……………………………………………… 289

　17. 玉臺新詠札記一卷 ……………………………………………… 291

　18. 古文苑二十一卷 ………………………………………………… 292

　19. 六朝詩集五十五卷 ……………………………………………… 294

20. 六朝文絜箋注十二卷 …………………………… 296

二、別集類

21. 賈長沙集十卷 …………………………………… 299

22. 枚叔集一卷 ……………………………………… 300

23. 枚叔集一卷 ……………………………………… 302

24. 董膠西集二卷 …………………………………… 303

25. 司馬長卿集一卷 ………………………………… 304

26. 司馬文園集一卷 ………………………………… 305

27. 司馬長卿集二卷 ………………………………… 306

28. 東方先生文集三卷 ……………………………… 307

29. 東方大中集一卷 ………………………………… 308

30. 司馬子長集一卷 ………………………………… 309

31. 王諫議集二卷 …………………………………… 310

32. 王諫議集一卷 …………………………………… 311

33. 劉中壘集六卷 …………………………………… 311

34. 劉中壘集一卷 …………………………………… 312

35. 漢劉子駿集一卷 ………………………………… 313

36. 揚子雲集六卷 …………………………………… 314

37. 揚侍郎集一卷 …………………………………… 315

38. 馮曲陽集一卷 …………………………………… 316

39. 馮曲陽集一卷 …………………………………… 317

40. 班叔皮集一卷 …………………………………… 318

41. 班蘭臺集一卷 …………………………………… 319

42. 東漢崔亭伯集一卷 ……………………………… 320

43. 崔亭伯集一卷 …………………………………… 321

44. 傅司馬集一卷 …………………………………… 322

45. 曹大家集一卷 …………………………………………………… 323

46. 曹大家集一卷 …………………………………………………… 324

47. 漢蘭臺令李伯仁集一卷 ………………………………………… 325

48. 東漢王叔師集一卷 ……………………………………………… 326

49. 東漢馬季長集一卷 ……………………………………………… 327

50. 張河間集二卷 …………………………………………………… 328

51. 張太常集一卷 …………………………………………………… 329

52. 段太尉集一卷 …………………………………………………… 330

53. 皇甫司農集一卷 ………………………………………………… 331

54. 鄭司農集一卷 …………………………………………………… 332

55. 鄭康成集一卷 …………………………………………………… 333

56. 趙計吏集一卷 …………………………………………………… 333

57. 蔡中郎文集十卷外傳一卷 ……………………………………… 334

58. 漢蔡中郎集六卷 ………………………………………………… 336

59. 漢蔡中郎集十一卷 ……………………………………………… 337

60. 蔡中郎集二卷 …………………………………………………… 338

61. 蔡中郎集十卷外紀一卷外集四卷末一卷 ……………………… 339

62. 校蔡中郎文集疏證十卷外集疏證一卷蔡中郎文集補一卷 …… 341

63. 趙太常集一卷 …………………………………………………… 342

64. 東漢荀侍中集一卷 ……………………………………………… 343

65. 三傅集一卷補一卷 ……………………………………………… 343

66. 孔少府集一卷 …………………………………………………… 345

67. 魏武帝集一卷 …………………………………………………… 346

68. 蜀丞相諸葛亮文集六卷 ………………………………………… 347

69. 武侯集十六卷 …………………………………………………… 349

70. 漢諸葛武侯全集四卷 …………………………………………… 350

71. 王仲宣集四卷 ……………………………………… 351

72. 王侍中集一卷 ……………………………………… 352

73. 陳孔璋集二卷 ……………………………………… 353

74. 陳記室集一卷 ……………………………………… 354

75. 劉公幹集二卷 ……………………………………… 354

76. 魏劉公幹集一卷 …………………………………… 355

77. 徐偉長集六卷 ……………………………………… 355

78. 阮元瑜集二卷 ……………………………………… 356

79. 應德璉集二卷 ……………………………………… 357

80. 魏應德璉集一卷 …………………………………… 358

81. 魏文帝集二卷 ……………………………………… 358

82. 曹子建文集十卷 …………………………………… 360

83. 陳思王集十卷 ……………………………………… 361

84. 曹子建集十卷 ……………………………………… 362

85. 曹子建集十卷 ……………………………………… 363

86. 曹子建集十卷 ……………………………………… 365

87. 曹子建文集十卷 …………………………………… 366

88. 曹子建集十卷補遺一卷敘録一卷年譜一卷 ……… 367

89. 曹集二卷 …………………………………………… 368

90. 曹集銓評十卷逸文一卷附魏陳思王年譜一卷 …… 370

91. 曹集考異十卷敘録一卷年譜一卷 ………………… 372

92. 曹子建詩箋定本四卷 ……………………………… 374

93. 魏應休璉集一卷 …………………………………… 375

94. 桓令君集一卷 ……………………………………… 377

95. 嵇中散集十卷 ……………………………………… 378

96. 嵇中散集十卷 ……………………………………… 379

97. 嵇中散集□卷 …………………………… 381

98. 嵇中散集十卷 …………………………… 381

99. 嵇康集十卷 ……………………………… 382

100. 阮嗣宗集二卷 …………………………… 384

101. 阮嗣宗集二卷 …………………………… 385

102. 阮嗣宗集二卷 …………………………… 386

103. 阮步兵集一卷 …………………………… 387

104. 阮嗣宗詠懷詩注四卷 …………………… 388

105. 阮步兵詠懷詩注一卷校補表一卷 ……… 390

106. 阮嗣宗詠懷詩箋定本一卷 ……………… 391

107. 魏鍾司徒集一卷 ………………………… 392

108. 劉令君集一卷 …………………………… 393

109. 蔣恭侯集一卷 …………………………… 393

110. 傅鶉觚集一卷 …………………………… 394

111. 傅鶉觚集五卷補遺一卷附傅子校勘記一卷 …………………………… 395

112. 晉司隸校尉傅玄集三卷 ………………… 396

113. 晉成公子安集一卷 ……………………… 397

114. 魏荀公曾集一卷 ………………………… 398

115. 夏侯常侍集一卷 ………………………… 399

116. 孫馮翊集一卷 …………………………… 400

117. 晉杜征南集一卷 ………………………… 401

118. 傅中丞集一卷 …………………………… 401

119. 傅中丞集一卷 …………………………… 402

120. 晉張司空集一卷 ………………………… 403

121. 潘黃門集六卷 …………………………… 404

122. 潘黃門集一卷 …………………………… 405

123. 晉束廣微集一卷 ……………………………………… 406

124. 陸士衡文集十卷 ……………………………………… 407

125. 陸士衡文集十卷 ……………………………………… 409

126. 陸士衡文集十卷札記一卷 …………………………… 410

127. 陸士龍文集十卷 ……………………………………… 412

128. 陸士龍集四卷 ………………………………………… 414

129. 左九嬪集一卷 ………………………………………… 415

130. 左九嬪集一卷 ………………………………………… 416

131. 左秘書集二卷 ………………………………………… 416

132. 左太沖集一卷 ………………………………………… 417

133. 晉張孟陽集一卷 ……………………………………… 418

134. 晉張景陽集一卷 ……………………………………… 419

135. 晉摯太常集一卷 ……………………………………… 419

136. 摯太常遺書三卷 ……………………………………… 420

137. 潘太常集一卷 ………………………………………… 421

138. 晉劉越石集一卷 ……………………………………… 422

139. 郭弘農集二卷 ………………………………………… 424

140. 孫廷尉集一卷 ………………………………………… 425

141. 晉王右軍集二卷 ……………………………………… 426

142. 晉王大令集一卷 ……………………………………… 426

143. 湛諮議集一卷 ………………………………………… 427

144. 谷儉集一卷 …………………………………………… 428

145. 車太常集一卷 ………………………………………… 429

146. 陶淵明詩一卷雜文一卷 ……………………………… 429

147. 陶淵明集十卷 ………………………………………… 431

148. 陶靖節先生詩注四卷補注一卷 ……………………… 432

149. 陶靖節先生集十卷年譜一卷 …………………………………… 433

150. 箋注陶淵明集十卷總論一卷 …………………………………… 434

151. 陶詩集注四卷東坡和陶詩一卷 ………………………………… 436

152. 陶詩彙注四卷首一卷末一卷論陶一卷 ………………………… 437

153. 陶集四卷 ………………………………………………………… 439

154. 陶詩本義四卷 …………………………………………………… 439

155. 陶詩編年一卷 …………………………………………………… 441

156. 靖節先生集十卷首一卷年譜考異二卷 ………………………… 442

157. 支遁集二卷 ……………………………………………………… 443

158. 支道林集一卷 …………………………………………………… 445

159. 支道林集一卷外集一卷 ………………………………………… 445

160. 支遁集二卷補遺一卷 …………………………………………… 447

161. 宋傅光禄集一卷 ………………………………………………… 448

162. 宋傅光禄集一卷 ………………………………………………… 450

163. 謝靈運詩集二卷 ………………………………………………… 450

164. 謝靈運詩二卷 …………………………………………………… 452

165. 謝康樂集四卷 …………………………………………………… 453

166. 謝集二卷 ………………………………………………………… 454

167. 謝惠連詩一卷 …………………………………………………… 455

168. 謝法曹集一卷 …………………………………………………… 455

169. 宋何衡陽集一卷 ………………………………………………… 456

170. 宋袁陽源集一卷 ………………………………………………… 457

171. 顔光禄集三卷 …………………………………………………… 458

172. 謝光禄集一卷 …………………………………………………… 459

173. 鮑氏集十卷 ……………………………………………………… 461

174. 鮑氏集十卷 ……………………………………………………… 462

175. 王文憲集一卷 …………………………………………………………… 464

176. 南齊竟陵王集二卷 ……………………………………………………… 465

177. 王寧朔集一卷 …………………………………………………………… 466

178. 南齊孔詹事集一卷 ……………………………………………………… 467

179. 齊張長史集一卷 ………………………………………………………… 468

180. 謝脁集五卷 ……………………………………………………………… 469

181. 謝玄暉詩五卷 …………………………………………………………… 470

182. 謝宣城詩集五卷 ………………………………………………………… 471

183. 梁武帝御製集十二卷 …………………………………………………… 472

184. 梁武帝御製集一卷 ……………………………………………………… 474

185. 梁江文通集十卷 ………………………………………………………… 474

186. 江光禄集十卷集遺一卷 ………………………………………………… 476

187. 梁江文通文集十卷 ……………………………………………………… 477

188. 梁江文通文集十卷 ……………………………………………………… 478

189. 任中丞集一卷 …………………………………………………………… 479

190. 任彥昇集六卷 …………………………………………………………… 480

191. 梁丘司空集一卷 ………………………………………………………… 481

192. 沈隱侯集四卷 …………………………………………………………… 482

193. 沈隱侯集十六卷 ………………………………………………………… 484

194. 何水部詩集一卷 ………………………………………………………… 484

195. 何記室集三卷 …………………………………………………………… 487

196. 何記室集一卷 …………………………………………………………… 488

197. 何水部詩集三卷 ………………………………………………………… 488

198. 吴朝請集一卷 …………………………………………………………… 489

199. 王左丞集一卷 …………………………………………………………… 490

200. 陸太常集一卷 …………………………………………………………… 491

201. 梁昭明太子文集五卷 ……………………………………… 492

202. 梁昭明太子文集五卷 ……………………………………… 494

203. 梁昭明太子集六卷 ………………………………………… 495

204. 梁昭明太子六律六吕文啓一卷 …………………………… 496

205. 梁昭明太子文集五卷補遺一卷 …………………………… 497

206. 梁昭明太子文集五卷札記一卷 …………………………… 499

207. 梁陶貞白先生文集二卷 …………………………………… 500

208. 貞白先生陶隱居文集一卷傳記一卷 ……………………… 502

209. 陶貞白集二卷 ……………………………………………… 503

210. 華陽陶隱居集二卷 ………………………………………… 504

211. 劉孝標集二卷 ……………………………………………… 505

212. 劉秘書集一卷 ……………………………………………… 506

213. 劉豫章集一卷 ……………………………………………… 507

214. 劉庶子集一卷 ……………………………………………… 508

215. 梁簡文帝御製集十六卷 …………………………………… 508

216. 梁簡文帝御製集二卷 ……………………………………… 510

217. 庾度支集一卷 ……………………………………………… 511

218. 王詹事集一卷 ……………………………………………… 511

219. 梁元帝御製集十卷 ………………………………………… 513

220. 梁元帝集一卷 ……………………………………………… 514

221. 高令公集一卷 ……………………………………………… 515

222. 温侍讀集一卷 ……………………………………………… 516

223. 邢特進集一卷 ……………………………………………… 517

224. 魏特進集一卷 ……………………………………………… 518

225. 王司空集一卷 ……………………………………………… 519

226. 王司空詩集注不分卷 ……………………………………… 519

227. 王司空詩集注不分卷 …………………………………… 520

228. 庾開府詩集四卷 …………………………………………… 521

229. 庾開府集二卷 ……………………………………………… 522

230. 庾子山集十六卷 …………………………………………… 524

231. 庾開府詩集六卷 …………………………………………… 525

232. 庾子山集十六卷年譜一卷總釋一卷 …………………… 526

233. 庾子山全集十卷 …………………………………………… 527

234. 沈侍中集一卷 ……………………………………………… 528

235. 陰常侍詩集一卷 …………………………………………… 529

236. 陰常侍詩集一卷 …………………………………………… 530

237. 陳張散騎集一卷 …………………………………………… 531

238. 陳後主集一卷 ……………………………………………… 532

239. 徐孝穆集七卷 ……………………………………………… 533

240. 徐孝穆集十卷 ……………………………………………… 534

241. 徐孝穆全集六卷備考一卷 ……………………………… 536

242. 江令君集一卷 ……………………………………………… 537

243. 盧武陽集一卷 ……………………………………………… 538

244. 隋煬帝集一卷 ……………………………………………… 539

245. 薛司隸集一卷 ……………………………………………… 540

246. 牛奇章集一卷 ……………………………………………… 541

三、詩文評類

247. 文心雕龍十卷 ……………………………………………… 543

248. 文心雕龍 …………………………………………………… 545

249. 文心雕龍十卷 ……………………………………………… 547

250. 文心雕龍十卷 ……………………………………………… 547

251. 楊升庵先生批點文心雕龍十卷 ………………………… 549

252. 文心雕龍訓故十卷 …………………………………… 550

253. 劉子文心雕龍二卷注二卷 …………………………… 551

254. 詩品 …………………………………………………… 553

255. 詩品三卷 ……………………………………………… 555

256. 鍾嶸詩品三卷 ………………………………………… 556

257. 詩品三卷 ……………………………………………… 556

258. 詩品三卷 ……………………………………………… 557

259. 文章緣起一卷 ………………………………………… 558

260. 文章緣起一卷續文章緣起一卷 ……………………… 560

261. 文章緣起訂誤一卷文章緣起補一卷 ………………… 561

索引 ……………………………………………………… 563

　書名筆畫索引 ………………………………………… 563

　著者筆畫索引 ………………………………………… 569

　批校題跋者筆畫索引 ………………………………… 579

　印章筆畫索引 ………………………………………… 583

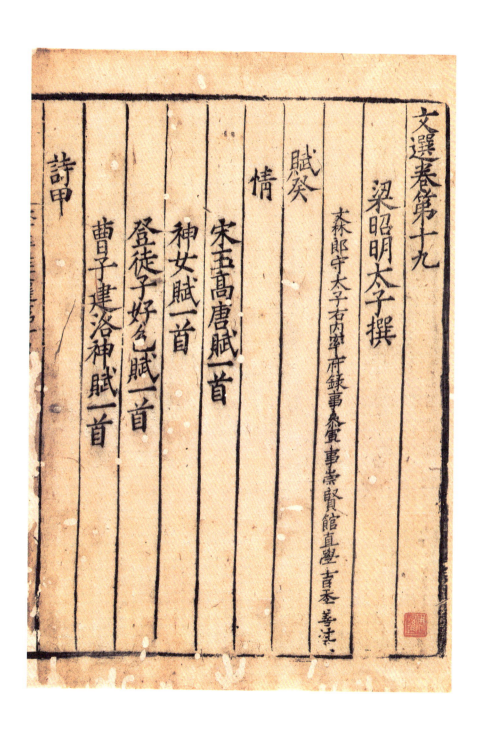

文選卷第十九

梁昭明太子撰

文林郎守太子右内率府錄事參軍事崇賢館直學士臣李善等注

賦癸

情

宋玉高唐賦一首

神女賦一首

登徒子好色賦一首

曹子建洛神賦一首

詩甲

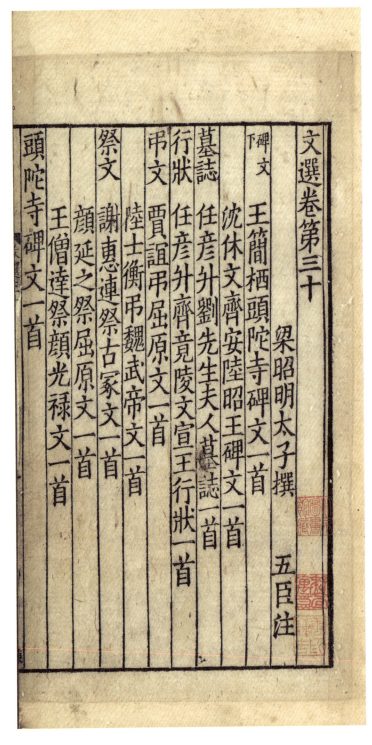

文選卷第三十　　　梁昭明太子撰

五臣注

碑文
下

　王簡栖頭陀寺碑文一首

　沈休文齊安陸昭王碑文一首

墓誌

　任彥升齊竟陵文宣王墓誌一首

行狀

　任彥升劉先生夫人行狀一首

弔文

　賈誼弔屈原文一首

　陸士衡弔魏武帝文一首

祭文

　謝惠連祭古冢文一首

　顏延之祭屈原文一首

　王僧達祭顏光祿文一首

頭陀寺碑文一首

2. 文選三十卷

· 2 ·

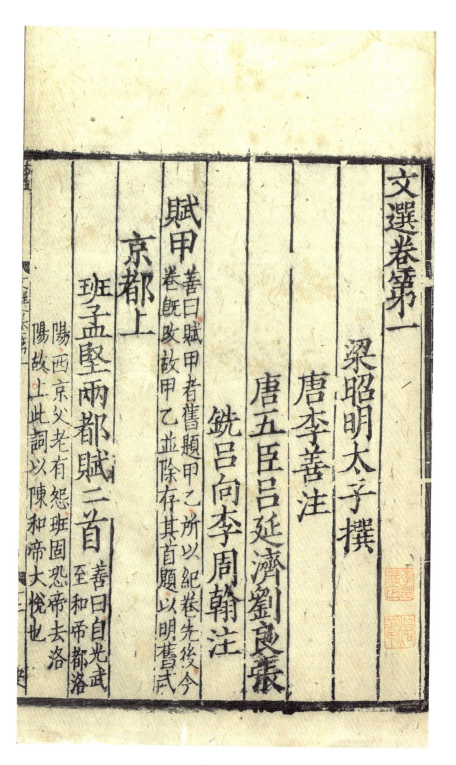

文選卷第一

梁昭明太子撰

唐李善注

唐五臣呂延濟劉良張

銑呂向李周翰注

賦甲　善曰賦甲者舊題甲乙所以紀卷先後今
卷既改故甲乙並除存其首題以明舊式

京都上

班孟堅兩都賦二首　善曰自光武
至和帝都洛

陽西京父老有怨班固恐帝去洛
陽故上此詞以陳和帝大悦也

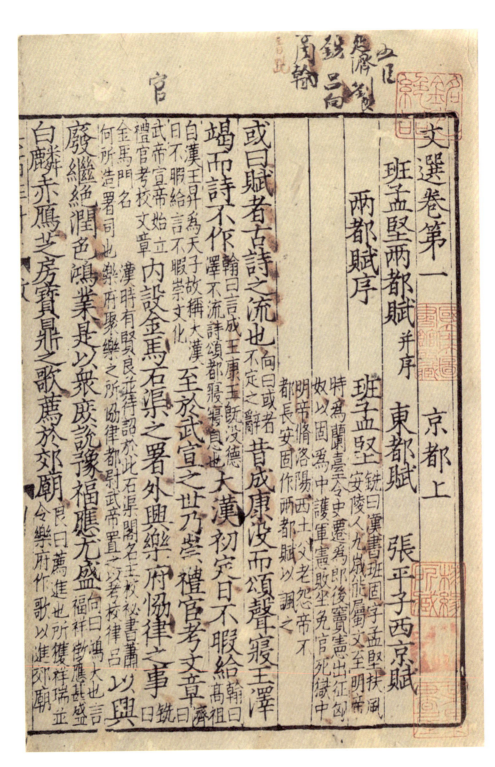

文選卷第一

班孟堅兩都賦 并序　東都賦　京都上

兩都賦序　班孟堅　張平子西京賦

或曰：賦者，古詩之流也。昔成康沒而頌聲寢，王澤竭而詩不作。大漢初定，日不暇給。至於武宣之世，乃崇禮官，考文章，內設金馬石渠之署，外興樂府協律之事，以興廢繼絕，潤色鴻業。是以眾庶悅豫，福應尤盛，白麟赤鴈芝房寶鼎之歌，薦於郊廟。

4. 文選三十卷

·4·

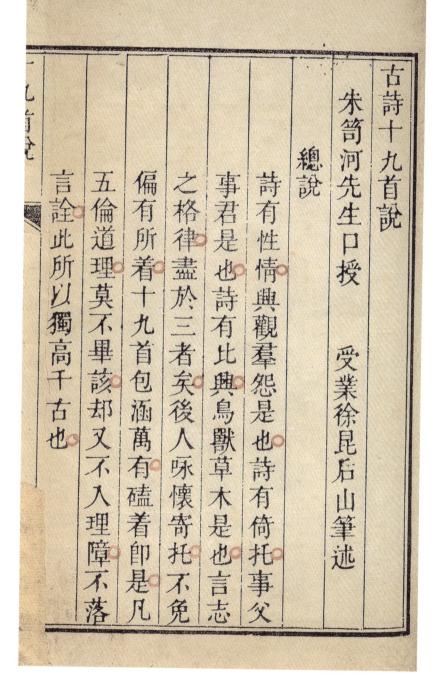

古詩十九首說

朱筍河先生口授　　受業徐昆后山筆述

總說

詩有性情與觀羣怨是也詩有倚托事父
事君是也詩有比興與鳥獸草木是也言志
之格律盡於三者矣後人咏懷寄托不免
偏有所著十九首包涵萬有磕着卽是凡
五倫道理莫不畢該却又不入理障不落
言詮此所以獨高千古也

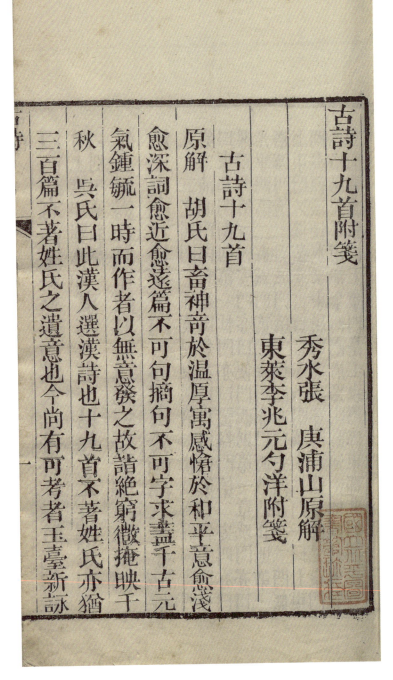

古詩十九首附箋

秀水張　庚浦山原解

東萊李兆元勺洋附箋

古詩十九首

原解　胡氏曰畜神奇於溫厚寓感愴於和平意愈淺

愈深詞愈近愈遠篇篇不可句摘句不可字求蓋千古元

氣鍾毓毓一時而作者以無意發之故詣絕窮微掩映千

秋　吳氏曰此漢人選漢詩也十九首不著姓氏亦猶

三百篇不著姓氏之遺意也今尚有可考者玉臺新詠

集部詩文評類

南滙　吳　省蘭　泉之輯

宛平　周　階平　黼烈校

古詩十九首解

張　庚纂　庚字浦山號瓜田浙江嘉興人布衣乾隆丙辰薦博學鴻詞有强恕齋詩文集

睢陽吳氏說選詩大有發明然穿鑿附會牽强偏執在有之欲求醇全者仕僅二三雍正戊申館於滿城陳氏弟子於正課之暇以古詩十九首請業因參其說詮解焉然爲得爲失究不自知耳爲錄一冊以俟服古者正之秀水瓜田逸史張庚識

7. 古詩十九首解一卷

· 7 ·

古詩十九首箋注　　海昌　陳懿畏　寅仲

古詩蓋不知作者或云枚乘作也嚴詩驅車上東門及游戲宛與洛別
辭兼東都非盡是枚明矣又揚東城高且長與燕趙多佳人明是二首不
應合而為一別本有合為二十首者今仍照明之舊源知詩不必止言一事之
不必出於一人不必出於一時而參錯成文令人生感雅作者之所感實宜人言深
放旦以感人而不窮云

十九首真揚三百篇發乎情止乎禮義不失風人之
志言首所感多在夫婦朋友離合死生之際此詩中每以比興取義文情更
深此風人必柔摘
沉相傳之法

行行重行行（作詩）與君生別離（楚辭曰悲莫悲兮生別離）相去萬餘里各在天一
涯（廣雅曰涯方也）道路阻且長會面安可期（毛詩曰溯洄從之道阻且長
薛綜西京賦注云道路阻且長也）

胡馬依北風越鳥巢南枝（此韓詩外傳曰詩曰代馬依北風飛鳥巢故枝皆不忘本之謂也）相去日已遠
衣帶日已緩（古樂府歌曰離家日趨遠衣帶日趨緩）浮雲蔽白日（此文字曰日月欲明浮雲蓋之
陸雲新語曰邪臣之蔽賢若浮雲之障日月）游子不顧返（白日以喻
邪佞之蔽忠良故游子之行不顧返此古楊柳行曰讒傷君子正浮雲蔽白日與此
同已鄭子毛詩箋云顧念也）思君令人老歲月忽已晚（阮瑀曰思播向復道努力加

左側：古詩注

二別下齋校本

8.古詩十九首箋注一卷

·8·

古詩十九首注　　咸陽劉光蕡古愚

煙霞草堂遺書十三

古詩十九首

行行重行行〔有愚字與君長別離之根一步一回顧矣〕相去萬餘里各在天一涯道路阻且長〔以首句例之一步一回顧不知幾千萬里顧不會面安〕可知胡馬依北風越鳥巢南枝〔思如胡馬越鳥所性不可移也〕相去日已遠衣帶日已緩〔雖不能會面不〕浮雲蔽白日遊子不〔瘦面不能〕顧反思君令人老歲月忽已晚棄捐勿復道努力加餐飯〔情不忘君雖讒人在側苟有可反亦不顧而反雖老不忘欲棄捐勿思而不能努力加餐正是每飯不忘也〕

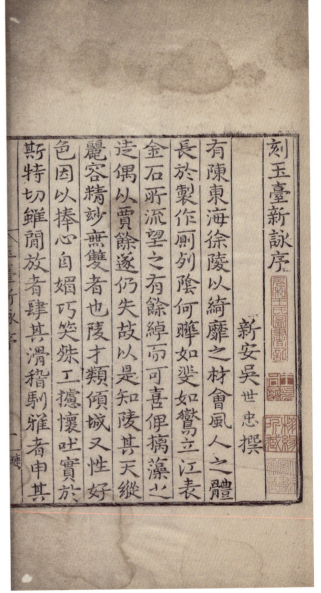

刻玉臺新詠序

新安吳世忠撰

有陳東海徐陵以綺靡之材會風人之體
長於製作厠列陰何聯如斐如鶯立江表
金石所流望之有餘綽而可喜伊摘藻以
造偶以賈餘遂仍失故以是知陵其天縱
麗容精紗無雙者也陵才類傾城又性好
色因以捧心自媚巧笑殊工攄懷吐實於
斯特切雖閨放肆其淈稽剞雉肯申其
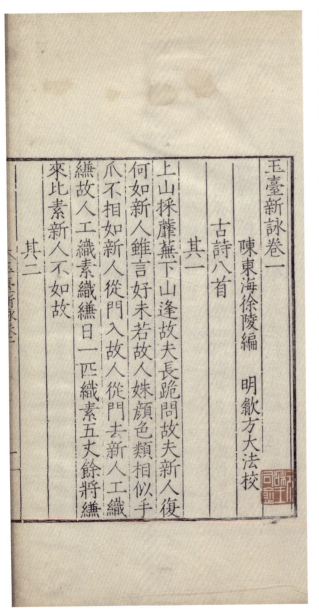

玉臺新詠卷一

陳東海徐陵編　　明歙方大法校

古詩八首

　　　其一

上山採蘼蕪下山逢故夫長跪問故夫新人復
何如新人雖言好未若故人姝顏色類相似手
爪不相如新人從門入故人從門去新人工織
縑故人工織素織縑日一匹織素五丈餘將縑
來比素新人不如故

　　　其二

陳尚書左僕射太子少傅東海徐陵孝穆集

古詩八首

上山採蘼蕪下山逢故夫長跪問故夫新人復何
如新人雖言好未若故人姝顏色類相似手爪不
相如新人從門入故人從閤去新人工織縑故人
工織素織縑日一匹織素五丈餘將縑来比素新
人不如故

玉臺新詠

卷之一

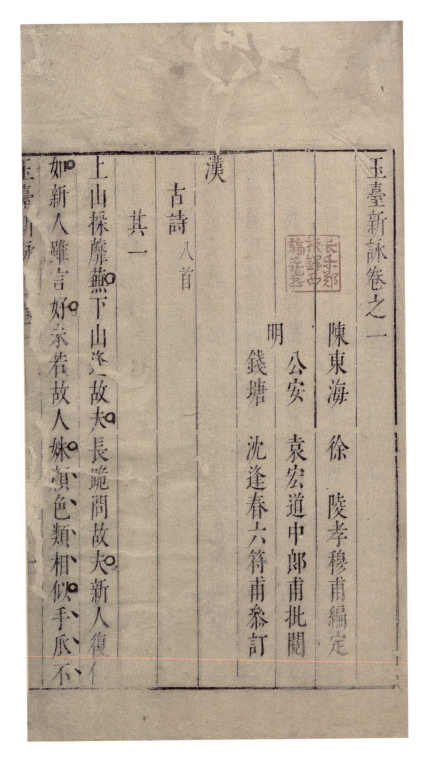

玉臺新詠卷之一

　　　　　　陳東海　徐　陵孝穆甫編定

　　　　　明　公安　袁宏道中郎甫批閱

　　　　　　錢塘　沈逢春六符甫參訂

漢

古詩 八首

其一

上山採蘼蕪下山逢故夫長跪問故夫新人復

如新人雖言好新取若故人姝顏色類相似手爪不

玉臺新詠卷一

12.玉臺新詠十卷

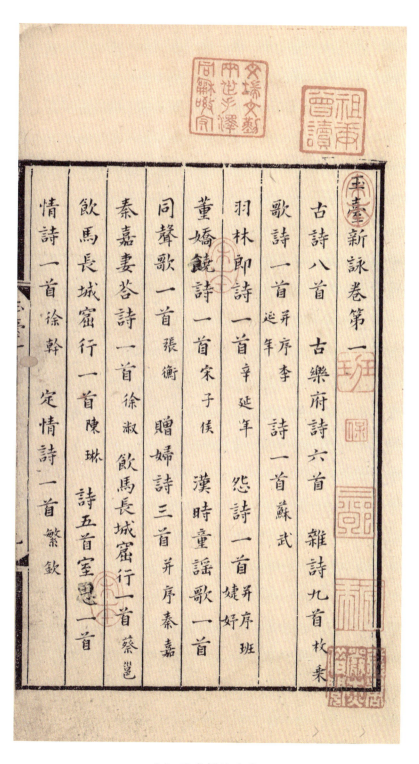

玉臺新詠卷第一

古詩八首 古樂府詩六首 雜詩九首枚乘

歌詩一首延年 詩一首蘇武

羽林郎詩一首辛延年 怨詩一首婕妤并序班

董嬌饒詩一首宋子侯 漢時童謠歌一首

同聲歌一首張衡 贈婦詩三首并序秦嘉

秦嘉妻荅詩一首徐淑 飲馬長城窟行一首蔡邕

飲馬長城窟行一首陳琳 詩五首室思一首

情詩一首徐幹 定情詩一首繁欽

13．玉臺新詠十卷

· 13 ·

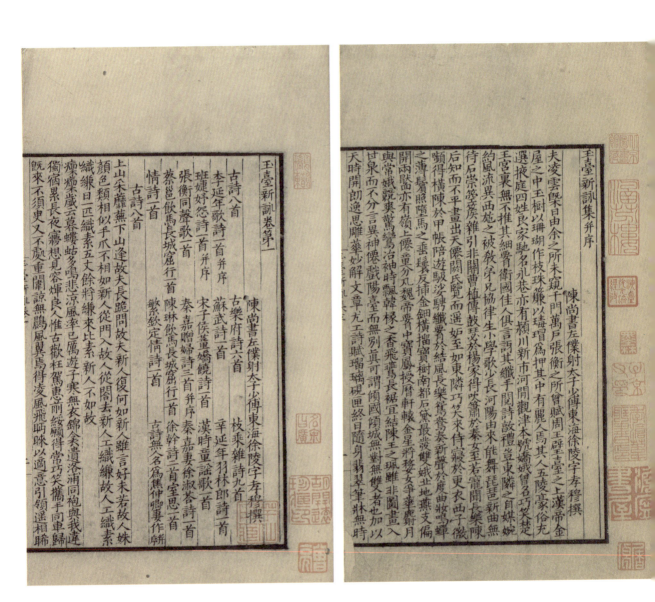

玉臺新詠集弁序

陳尚書左僕射太子少傅東海徐陵字孝穆撰

夫凌雲槩日由余之所未窺千門萬戶張衡之所曾賦周王璧臺之上漢帝金屋之中玉樹以珊瑚作枝珠簾以瑇瑁為押其中有麗人焉其人五陵豪家充選掖庭四姓良家馳名永巷亦有穎川新市河間觀津本號嬌娥曾名巧笑楚楚約風流異西施之被教善歌非聞曹植傳鼓瑟於楊家得吹簫於秦女至若寵聞長樂陳王宮裏無不推其細腰衞生小學歌長河陽由來能舞琵琶新曲待石崇簫管蔡引非關曹植傳鼓瑟於楊家得吹簫於秦女至若寵聞長樂陳后知而不平畫出天儌關民覽而遙非如東鄰巧笑來待寢於更衣曲房待女無妖至若寵聞長樂陳頓得橫陳於甲帳陪遊駁馬之塗驤燕趙於結風長樂鴛鴦新聲百囀於結風開兩驄亦有嶺上僛童行寶鳳授暦軒轅金星將逐捉女當牕時月之薄鬢照墮馬之垂鬟反插金鈿橫抽寶樹南都石黛最發雙蛾北地燕支花開兩靨亦有嶺上僛童行寶鳳授暦軒轅金星將逐捉女當牕時月之薄鬢照墮馬之垂鬟反插金鈿橫抽寶樹南都石黛最發雙蛾北地燕支花與常娥競爽來驚神女之驚鸞冶神時飄韓橡之香飛燕長裾宜結陳王之珮雖非圖畫入過泉而不分言異神倦戲陽臺無別別可謂傾國傾城無對無雙者也加以天時開朗逸思雕蕐妙解文章尤工詩賦璫璃匣終日隨身翡翠筆牀無時

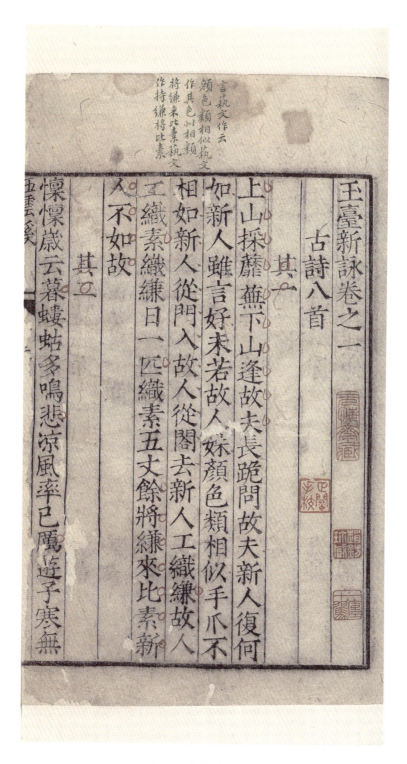

玉臺新詠卷之一

古詩八首

其一

上山採蘼蕪下山逢故夫長跪問故夫新人復何
如新人雖言好未若故人姝顏色類相似手爪不
相如新人從門入故人從閣去新人工織縑故人
工織素織縑日一匹織素五丈餘將縑來比素新
人不如故

其二

懍懍歲云暮螻蛄多鳴悲涼風率已厲遊子寒無

言秋文作云
顏色類相似秋文
作其色似相類
將縑來比素秋文
作持縑將比素

玉云又义

15. 玉臺新詠十卷

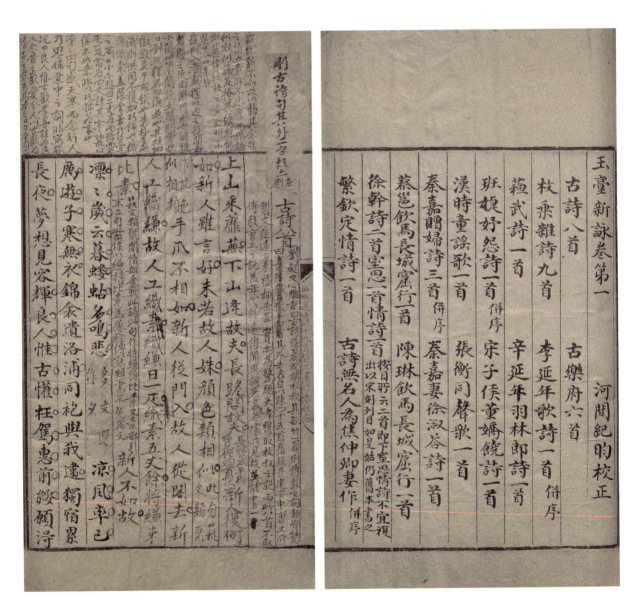

16. 玉臺新詠校正十卷

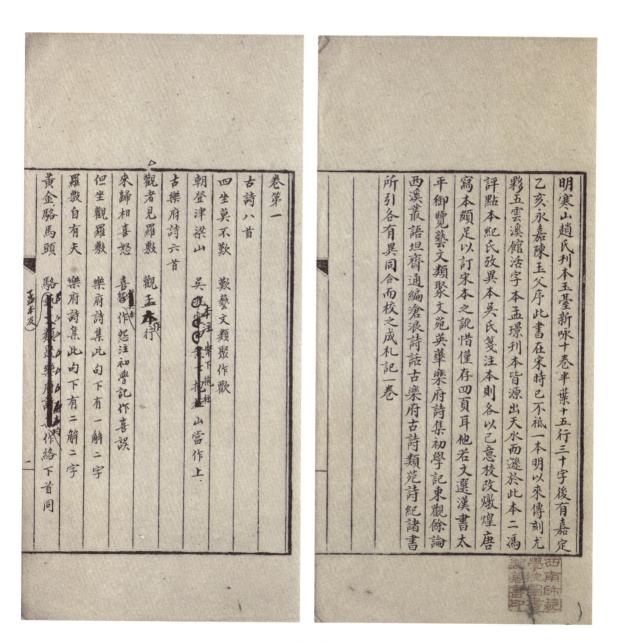

明寒山趙氏刊本玉臺新詠十卷半葉十五行三十字後有嘉定

乙亥永嘉陳玉父序此書在宋時已不祇一本明以來傳刻尤

夥五雲溪館活字本孟璟刊本皆源出天水而遜於此本二馮

評點本紀氏攷異本吳氏箋注本則各以己意校攺燉煌唐

寫本頗足以訂宋本之訛惜僅存四頁耳他若文選漢書太

平御覽藝文類聚文苑英華樂府詩集初學記東觀餘論

西溪叢語坦齋通編滄浪詩話古樂府古詩類苑詩紀諸書

所引各有異同合而校之成札記一卷

卷第一

古詩八首

四坐莫不歡　藝文類聚作歡

朝登津梁山　吳均本注梁下桃枝山當作上

古樂府詩六首

觀者見羅敷　觀玉本行

來歸相喜怒　喜怒作怨注初學記作喜誤

但坐觀羅敷　樂府詩集此句下有一解二字

羅敷自有夫　樂府詩集此句下有二解二字

黃金絡馬頭　駱當作絡下首同

二

古文苑卷第一

周宣王石鼓文

秦惠文王詛楚文

秦始皇嶧山刻石文

石鼓文

周宣王狩于歧陽所刻
石鼓文十篇
近世薛尚功鄭樵各為
之音釋王厚
之攷正而集錄之施以諸家
之本訂以石鼓籀文參以
之本訂以石鼓籀文真刻
之本訂以石鼓籀文真刻梓于濰
東倉司其辨證訓釋
編孫巨源得於僧寺佛書龕中以為
唐人所錄審尔其又在薛鄭之前二
三百年矣詳攷其文字畫音訓多典

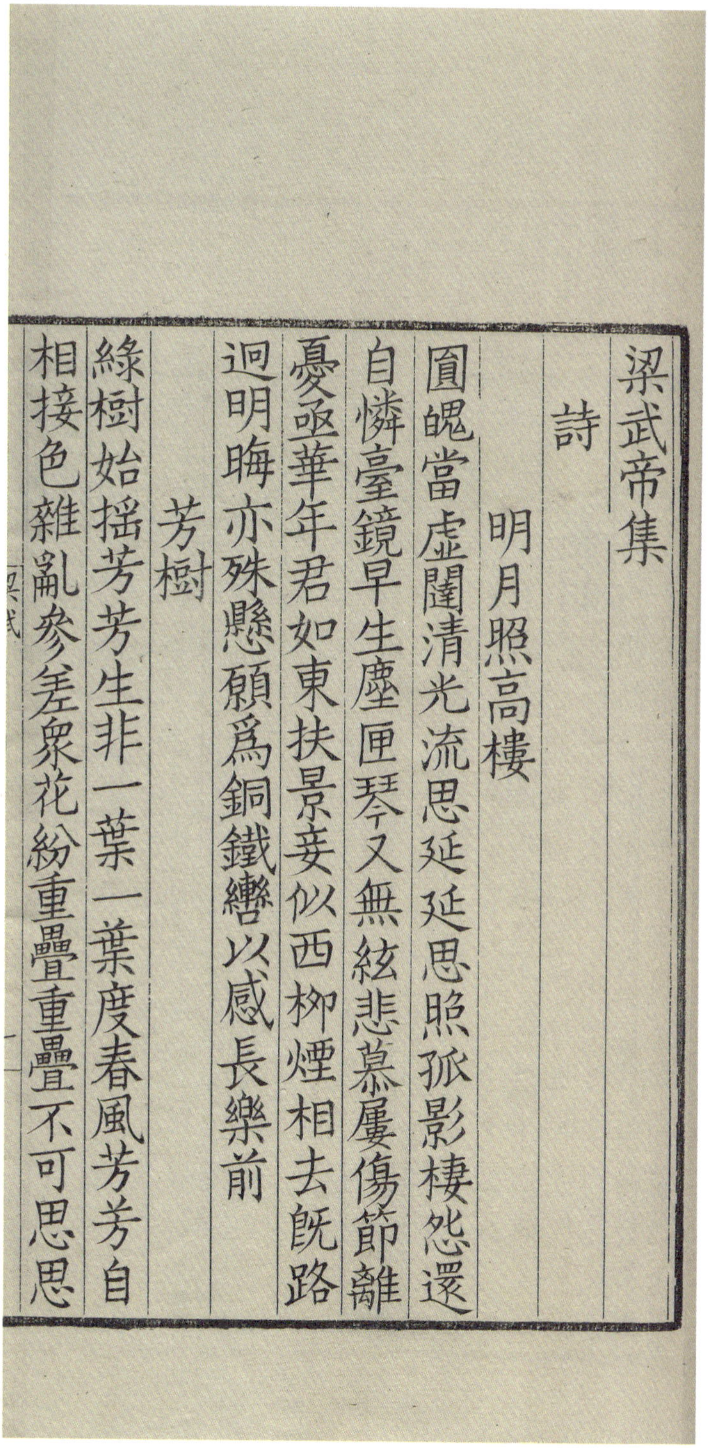

梁武帝集

詩

明月照高樓

圓魄當虛闥清光流思延延思照孤影悽怨還自憐臺鏡早生塵匣琴又無絃悲慕屢傷節離憂亟華年君如東扶景妾似西柳煙相去既路迴明晦亦殊懸願爲銅鐵轡以感長樂前

芳樹

綠樹始搖芳芳生非一葉一葉度春風芳芳自相接色雜亂參差衆花紛重疊重疊不可思思

19. 六朝詩集五十五卷

六朝文絜箋注卷一

海昌許槤評選

德化黎經詁覽人箋注

福州林聲玉琴　顛伯梁仲呂
望江何聲煥　參定

蕪城賦

鮑明遠

集云登廣陵故城作

漢書曰廣陵國高帝十一年屬吳景帝更名江都武帝更名廣陵屬王非廣陵屬王

名廣陵江都易王
孫志據廣陵反沈慶之討平之
內丁男以女曰爲軍賞
誕據廣陵反沈慶之討平誅竟陵王

世祖補正沈約宋書曰爲中書舍人上好爲文章自謂物莫能及照悟其旨爲文多鄙言累句當時咸謂照才盡實不然也臨海王子

20.六朝文絜箋注十二卷

·20·

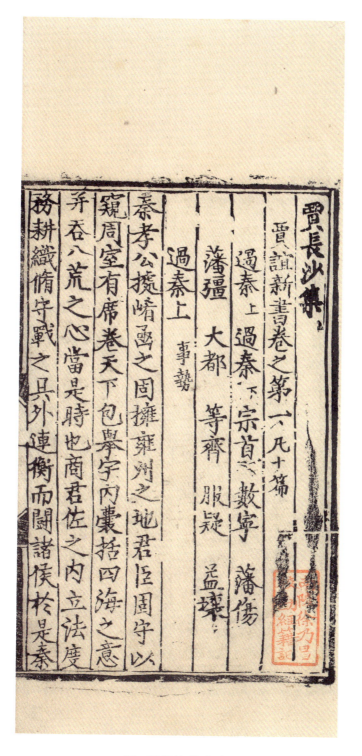

賈誼新書卷之第一凡十篇

過秦上　過秦下　宗首　數寧　藩傷

藩彊　大都　等齊　服疑　益壤

過秦上　事勢

秦孝公攬崤函之固擁雍州之地君臣固守以
窺周室有席卷天下包舉宇内囊括四海之意
并吞八荒之心當是時也商君佐之内立法度
務耕織修守戰之具外連衡而鬥諸侯於是秦

21. 賈長沙集十卷

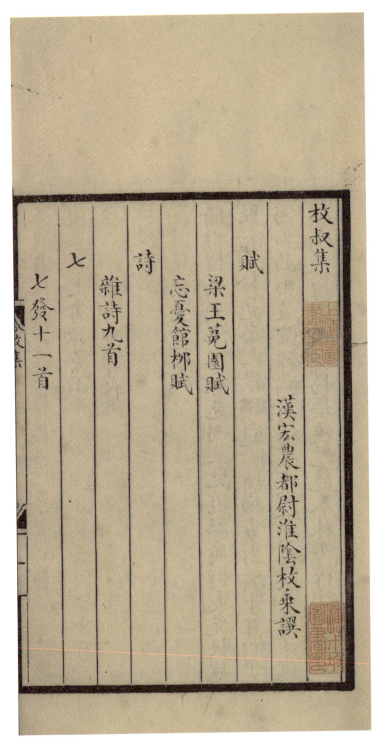

枚叔集

漢宏農都尉淮陰枚乘譔

賦

梁王菟園賦

忘憂館柳賦

詩

雜詩九首

七

七發十一首

漢　淮陰枚乘著

柳賦

忘憂之館桑條之木枝透遲而含紫藥萋萋而吐綠出入風雲去來羽族既上下

而好音亦黃衣而絳足蝴蜋鳳響蜘蛛吐絲階草漠漠白日遲遲於嗟細柳流亂

輕絲君王淵穆其度御羣英而觀之小臣瞽瞶興此陳詞於嗟樂兮於是罇盈縹

玉之酒爵獻金漿之醪庶羞千族盈滿六庖弱絲清管與風霜而嗽醪雖復河清海竭

蕭條寥寂雋人英髦列襟聯袍小臣莫效於鴻毛空銜鱗而彫鎗鍠啾啁

絡無增景於邊撩　見西京雜記上文略二十八入

梁王菟園賦

脩竹檀欒夾池水旋菟園並馳道臨廣衍長穴板故徑於崑崙狼觀相物芴焉子

有似乎西山西山隄隴邮焉巇巇卷路琴穆崟巖嵜嵸巍歔焉暴慓激揚塵埃蛇

龍奏林蒲竹遊風踊焉秋風揚焉滿庶焉紛紛紜紜騰踊雲亂枝藥羣散摩來

幡幡焉谿谷沙石涸波沸日湲浸疾東流連焉驊轥陰發緒菲菲闉闉譁擾昆雞

一

23.枚叔集一卷

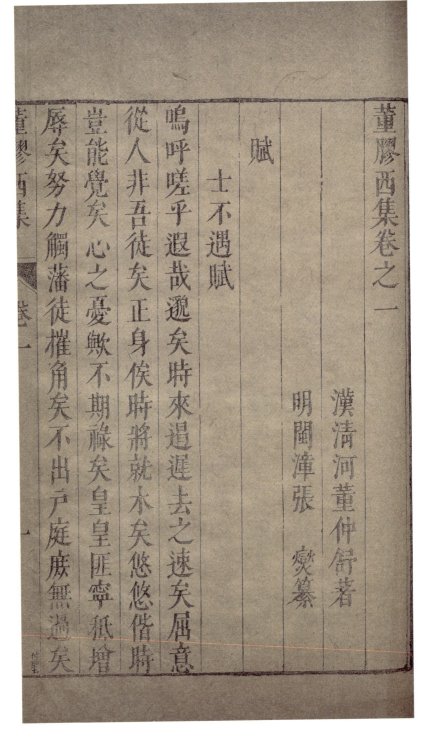

董膠西集卷之一

漢　清河　董仲舒　著

明　閩漳　張　燮　纂

賦

士不遇賦

嗚呼嗟乎遇哉逢矣時來遏遲去之速矣屈意

從人非吾徒矣正身俟時將就木矣悠悠偕時

豈能覺矣心之憂歟不期祿矣皇皇匪寧孤增

屑矣努力觸藩徒摧角矣不出戶庭庶無過矣

董膠西集　卷二　　　一

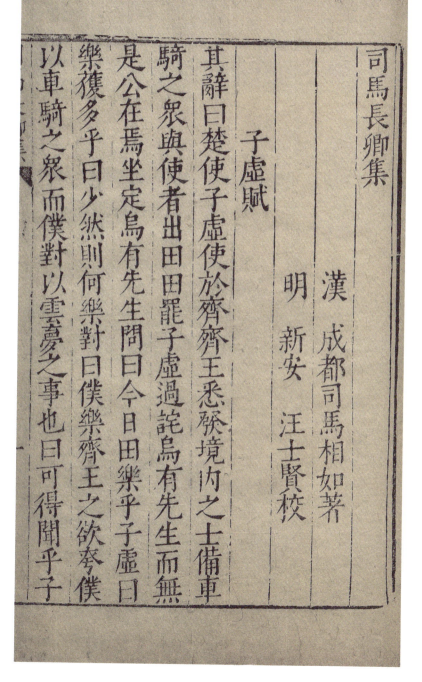

漢　成都　司馬相如著

明　新安　汪士賢校

子虛賦

其辭曰楚使子虛使於齊齊王悉發境內之士備車
騎之眾與使者出田田罷子虛過詫烏有先生而無
是公在焉坐定烏有先生問曰今日田樂乎子虛曰
樂獲多乎曰少然則何樂對曰僕樂齊王之欲夸僕
以車騎之眾而僕對以雲夢之事也曰可得聞乎子

司馬文園集卷全

漢蜀郡司馬相如著

明太倉張　溥閱

賦

○○子虛賦

楚使子虛使於齊齊王悉發境內之士、備車騎之衆與使者出畋畋罷子虛過詫烏有先生而亡是公存焉、坐定烏有先生問曰、今日畋樂乎子虛曰樂獲多乎曰少然則何樂對曰僕樂齊

司馬文園集　卷全

一

漢　蜀郡　司馬相如著

子虛賦

楚使子虛使於齊王悉發境內之士備車騎之眾與使者出田田罷子虛過詫
烏有先生而無是公在焉坐定烏有先生問曰今日田樂乎子虛曰樂獲多乎曰
少然則何樂對曰僕樂齊王之欲夸僕目車騎之眾而僕對目雲夢之事也曰可
得聞乎子虛曰可王車駕千乘選徒萬騎田於海濱列卒滿澤罘網彌山掩兔轔
鹿射糜脚麟鶩於鹽浦割鮮染輪射中獲多矜而自功顧謂僕曰楚亦有平原廣
澤游獵之地饒樂若此者乎楚王之獵何與寡人僕下車對曰臣楚國之鄙人也
幸得宿衛十有餘年時從出游游於後園覽於有無然猶未能徧觀也又惡足以
言其外澤者乎齊王曰雖然略以子之所聞見而言之僕對曰唯唯臣聞楚有七
澤嘗見其一未覩其餘也臣之所見蓋特其小小者耳名曰雲夢雲夢者方九百
里其中有山焉其山則盤紆岪鬱隆崇崒崒岑巖參差日月蔽虧交錯糾紛上干
青雲罷池陂陀下屬江河其土則丹青赭堊雌黃白附錫碧金銀眾色炫耀照爛

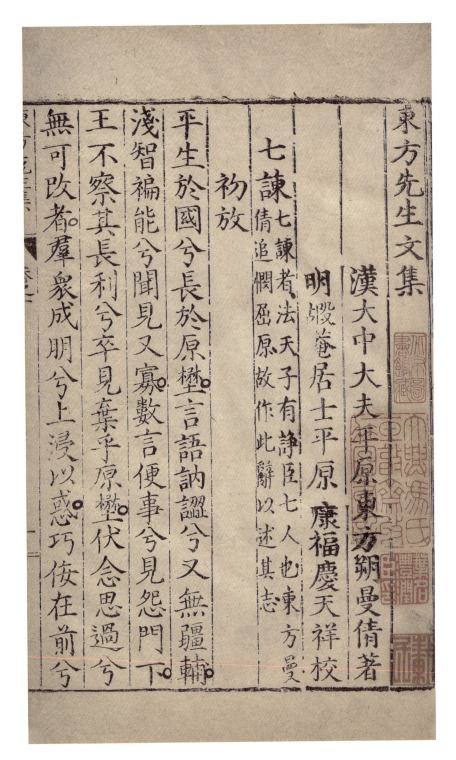

東方先生文集

漢大中大夫平原東方朔曼倩著

明□嶷菴居士平原　康福慶天祥校

七諫　七諫者法天子有諍臣七人也東方曼倩追憫屈原故作此辭以述其志

初放

平生於國兮長於原壄言語訥謑兮又無疆輔

淺智褊能兮聞見又寡數言便事兮見怨門下

王不察其長利兮卒見棄乎原壄伏念思過兮

無可改者兮群眾成明兮上浸以惑巧佞在前兮

28.東方先生文集三卷

漢平原東方朔著

明太倉張溥閱

騷

七諫　王逸註

平生於國兮，名也，平屈原長於原壑、高平曰原垌外
生於楚國與君同朝長大見遠曰野言垌原少
棄於山野傷有始而無終也言語訥謇分音
澀出口爲言相答曰語訥謇
訥者鈍也謇者難也
辭令言語訥鈍復彊一作彊
輔以保達巳志也　友黨淺智褊能分、聞見

無彊輔、信言不能巧利忠

漢　龍門司馬遷著

悲士不遇賦

悲夫士生之不辰愧顧影而獨存恆已而復禮懼志行之無聞諒才韙而世屄

將逮死而長勤雖有形而不彰徒有能而不陳何窮達之易惑信美惡之難分時

悠悠而蕩蕩將遂屈而不伸使公于公者彼我同兮私於私者自相悲兮天道微

哉　注文選張衡歸田賦注作天道悠昧又司馬彪贈山濤詩促兮則跨涉下句呼嗟闊兮人理顯然相
注陸機塘上行注作天道悠昧人理

傾奪兮好生惡死才之鄙也好貴夷賤哲之亂也炤炤洞達胸中豁也昏昏罔覺

內生毒也我之心矣哲已能忖我之言矣哲已能選沒世無聞古人惟恥朝聞夕

死執云其否逆還周乍沒乍起理不可據智不可恃　二句從文選江淹詣補建平王上書注補無造

福先無觸禍始委之自然終歸一矣　藝文類三十

報任少卿書

太史公牛馬走司馬遷再拜言少卿足下曩者辱賜書敎以順于接物推賢進士

為務意氣勤勤懇懇若望僕不相師而用流俗人之言僕非敢如此也僕雖罷駑

一

無錫丁氏藏板

30.司馬子長集一卷

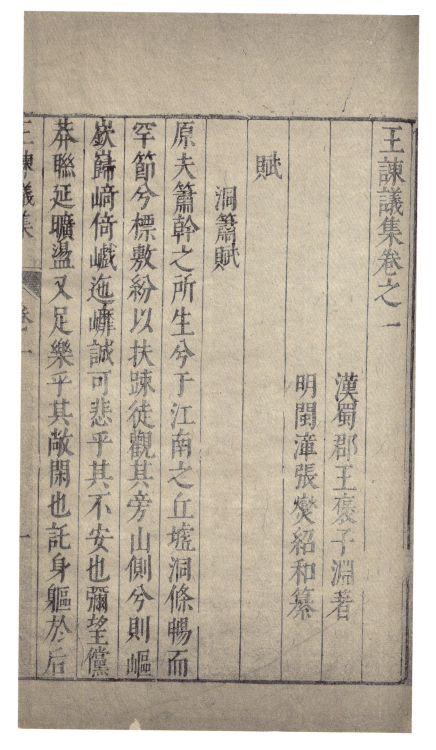

王諫議集卷之一

漢蜀郡王褒子淵著

明閩漳張燮紹和纂

賦

洞簫賦

原夫簫幹之所生兮于江南之丘壚洞條暢而罕節兮標敷紛以扶踈徒觀其旁山側兮則嶇嶔巋崎倚巇迤𡾋誠可悲乎其不安也彌望儻莽聯延曠蕩又足樂乎其敞閒也託身軀於后

王諫議集卷全

漢蜀郡王褒著

明太倉張溥閱

賦

○洞簫賦

原夫簫幹之所生兮,于江南之丘墟洞條暢而
罕節兮,標敷紛以扶疎,徒觀其夭矯山側兮,則嶇
嶔歸崎,倚巇迆巖,誠可悲乎其不安也,彌望儻
恭聯延曠盪,又足樂乎其敞閑也,託身軀於后

王諫議集　　　　卷全　　　賦　　　　一

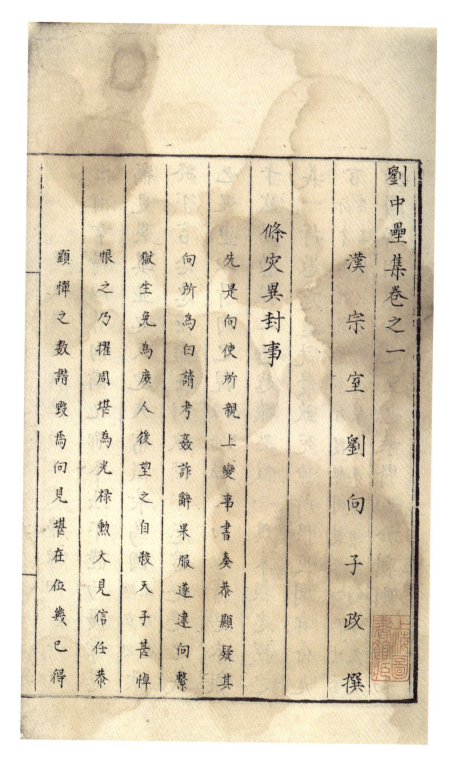

劉中壘集卷之一

漢宗室劉向子政撰

條災異封事

先是向使所親上變事書奏恭顯疑其

向所為白請考姦詐辭果服遂逮向繫

獄尚免為廢人後望之自殺天子甚悼

恨之乃擢周堪為光祿勳大見信任恭

顯憚之數譖毀焉向見堪在位幾已得

33. 劉中壘集六卷

· 33 ·

漢　劉向子政　著

明　張溥西銘　閱

賦

請雨華山賦

嶒巃巍嶸岷山清忽幽昧往曲勃林岑茉崔作

崫竭離安連迎𡶭通谷曼服慛登草均阿阪殷

紛聲沸路邈遠調修崒嶵寒服嶼宾宾蘭蔓散

峽嶃嶃㑣㑣漆漆路黍稷雲嶸忽傳天下為深

劉子政集　卷全

34. 漢劉中壘集一卷

漢　劉歆子駿　著

明　張溥西銘　閱

賦

遂初賦

遂初賦者劉歆所作也，歆少通詩書，能屬文，成
帝召爲黃門侍郎中壘校尉侍中奉車都尉光
祿大夫，歆好左氏春秋，欲立於學官，時諸儒不
聽，歆乃移書太常博士責讓深切，爲朝庭大臣

劉子駿集　卷全　　賦　一

35.漢劉子駿集一卷

法言

遂州鄭　樸編輯

學行篇

天降生民倥侗顓蒙恣于情性聰明不開訓諸
理譔學行學行之上也言之次也教人又其次
也咸无焉為眾人或曰人美父生將以學也可
謂好學巳乎曰未之好也學不美天之道不在
仲尼乎仲尼駕說者也不在茲儒乎如將復駕

揚子雲六卷　　法言　　一

漢蜀郡揚雄子雲著

明太倉張溥天如閱

賦

、太玄賦

觀太易之損益兮覽老氏之倚伏省憂喜之共
門兮察吉凶之同域皦皦著乎日月兮何俗聖
之瞻燭豈揭寵以冒突兮將噬臍之不及若飄
風不終朝兮驟雨不終日雷隆隆而輒息兮火

揚侍郎集　　　卷全　　　賦　　　一

馮曲陽集卷全

漢京兆馮衍敬通著

明太倉張溥天如閱

賦

顯志賦

開歲發春兮，百卉含英甲子之朝兮，汩吾西征、

發軔新豐兮，襄回鎬京陵飛廉而太息兮，登平

陽而懷傷悲時俗之險阨兮，哀好惡之無常棄

衡石而意量兮，隨風波而飛揚紛綸流於權利

馮曲陽集 據張溥百三家集本

後漢曲陽令京兆馮衍撰　富平張鵬一校補　關隴叢書

賦

顯志賦 有序 張本標賦序曰自論今改正

馮子以為夫人之德不磷磷如玉落落如石風與雲
蒸一龍一蛇與道翱翔與時變化夫豈守一節哉用
之則行舍之則藏進退無主屈伸無常故曰有法無
法、因時為業有度無度與物趣舍常務道德之實而
不求當世之名潤略杪小之禮蕩佚人間之事正身

馮曲陽集　一

後漢扶風徐令班彪叔皮撰　　富平張鵬一輯

北征賦

余遭世之顚覆兮罹壎塞之阨災舊室滅以丘墟兮曾不

得乎少留遂舊秩以北征兮超絶迹而遠遊朝發軔於長

都兮夕宿瓠谷之玄宮歷雲門而反顧望通天之崇崇乘

陵崗以登降息郇邠之邑鄉慕公劉之遺德及行葦之不

傷彼何生優渥我獨罹此白殃故時會之變化兮非天命

之靡常登赤須之長坂入義渠之舊城忿戎王之淫狡穢

40.班叔皮集一卷

班蘭臺集卷全

漢北地班　固著

明太倉張　溥閱

賦

兩都賦 有序

或曰賦者古詩之流也昔成康没而頌聲寝玉
澤竭而詩不作大漢初定日不暇給至於武宣
之世乃崇禮官考文章內設金馬石渠之署外
興樂府協律之事以興廢繼絕潤色鴻業是以

班蘭臺集　　卷全　　賦　　一

41.班蘭臺集一卷

東漢崔亭伯集卷全

漢　安平崔駰　著

明　太倉張溥　閱

賦

反都賦有序

漢曆中絕京師爲墟光武受命始遷洛都客有陳西土之富云洛邑褊小故略陳戲敗之機不在險也

陳西土之富云洛邑褊小故略陳戲敗之機不在險也

建武龍興奮旅西驅虜赤眉討高明斬銅馬破

崔亭伯集　　卷全　　　　　一

崔亭伯墓　　　　　崔駰

達旨

武說已曰易稱備物致用可觀而有所合故能扶陽以出順陰而入春發其華秋收其實有始有極爰發其質今子韞櫝六經服膺道術歷世而游高談有日俯鉤深於重淵仰探遠乎九乾躬至賾於幽微測潛隱之氣源然下不步卿桐之庭上不登王公之閈進不黨以讚已退不讒於蒙人獨師友道德合符羨真抱景特立與士不羣蓋高樹靡陰獨木不林隨時之宜通貴後凡於時太上運天德以君世憲王像而布官臨於洋以恢儒跡軒冕以崇賢舉惇德以屬忠孝揚武化以砥仁義選利維...

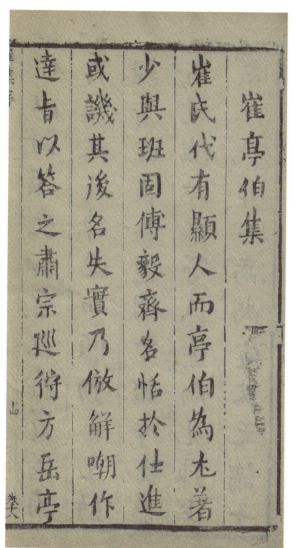

崔亭伯集

崔氏代有顯人而亭伯為尤著

少與班固傅毅齊名恬於仕進

或譏其後名失實乃倣解嘲作

達旨以答之肅宗巡狩方岳亭

43.崔亭伯集一卷

後漢車騎司馬扶風傅毅撰　　富平張鵬一輯

舞賦

楚襄王既遊雲夢、使宋玉賦高唐之事、將置酒宴飲、謂宋玉曰寡人欲觴羣臣何以娛之玉曰臣聞歌以詠言舞以盡意是以論其詩不如聽其聲聽其聲不如察其形激楚結風陽阿之舞材人之窮觀天下之至妙噫可以進乎王曰如其鄭何玉曰小大殊用、鄭雅異宜弛張之度聖哲所施是以樂記干戚之容雅

傅司馬集　　　　　　　　　　一

44. 傅司馬集一卷

曹大家集

丈夫而著書立言呂風示來禩
猶足使人聞而嘉之見而慕之
等於天球河圖重若烏號之弓
曲阜之舄況於女子操觚上可

曹大家集
女誡序

班昭

鄙人愚闇脭受性不敏蒙先君之餘寵賴母師之典訓年十有四執箕箒
於曹氏于今四十餘載矣戰戰兢兢常懼黜辱以增父母之羞以益中
外之累夙夜劬心勤不告勞而今而後乃知免耳吾性疎頑教導無素
恆恐子穀負辱清朝聖恩橫加猥賜金紫寶非鄙人庶幾所望也男能
自謀矣吾不復以為憂也但傷諸女方當適人而不漸訓誨不聞婦禮
懼失容它門取耻宗族吾今疾在沈滯性命無常念汝曹如此每用惄
惄間作女誡七章願諸女各為一迪庶有補益俾助汝身去矣其勗勉

後漢扶風曹大家班昭撰

富平張鵬一輯

賦

東征賦（文選注引大家集曰子穀爲陳留至邑作東征賦）

惟永初之有七兮余隨子乎東征時孟春之吉日兮撰良
辰而將行乃舉趾而升輿兮夕予宿乎偃師遂去故而就
新兮志愴悢而懷悲明發曙而不寐兮心遲遲而有違酌
鐏酒以弛念兮喟抑情而自諒不登樔而椓蠡兮得不
陳力而相追且從衆而就列兮聽大命之所歸遵通衢之

班氏遺書曹大家集序

漢世家學相尚女學傳授與男並重伏勝之女口傳尚書
伯喈之學嗣於蔡琰他如緹縈上書代父贖罪馬芝仲情
思親作賦皆其著也班氏女學前有況女爲成帝倢伃至
班彪女昭才兼文史奉詔續兄固漢書爲八表一志大儒
馬融伏閣受讀身沒之後深宮舉哀使者護喪號稱大家
備極哀榮古今名媛邈焉寡儔今漢書侯王八表天文一
志無大家名甞書天文志謂後書志爲馬續所撰娃固所
撰表志大體已成大家或略事潤色歟大家又注幽通賦

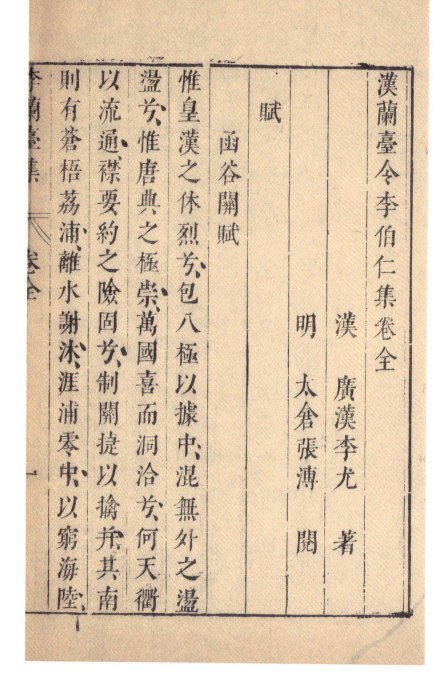

漢蘭臺令李伯仁集卷全

漢　廣漢李尤　著

明　太倉張溥　閱

賦

函谷關賦

惟皇漢之休烈兮包八極以據中、混無外之溢

盪兮、惟唐典之極崇、萬國喜而洞洽兮、何天衢

以流通、襟要約之險固兮、制關揵以擒并其南

則有蒼梧荔浦、離水謝沐、涯浦零中、以窮海陸、

47. 漢蘭臺令李伯仁集一卷

東漢王叔師集卷全

漢　　王逸叔師　著

明　張溥西銘　閱

賦

機賦

帝軒龍躍庶業是昌俯覆聖恩仰覽三光爰制
布帛始垂衣裳於是取衡山之孤桐南嶽之洪
樟結靈根於磐石託九層於巖傍性條暢以端
直貫雲表而劉良儀鳳晨鳴翔其上怪獸羣萃

王叔師集　　卷全　　　　　一

東漢馬季長集卷全

漢　扶風馬融　著

明　太倉張溥　閱

賦

長笛賦 有序

融既博覽典雅、精覈數術、又性好音律、能鼓琴
吹笛、而為督郵無留事、獨臥郿縣平陽鄔中有
雒客舍逆旅吹笛為氣出精列相續融去京師
踰年蹔聞甚悲而樂之、追慕王子淵枚乘劉伯

漢南陽張　衡著

明太倉張　溥校

賦

西京賦　薛綜註

有憑虛公子者、心奓體忲、雅好博古、學乎舊史

憑依託也虛無也言無有此公子也奓泰也忲或忲言

氏〇謂公子生于貴戚、心志奓溢體安驕泰、或忲言

謂忲習之忲言習于麗好也公子雅好者　是以

知右事故學于舊史太史掌圖典〇公子雅好者　是以

多識前代之載言於安處先生曰、言也安處猶

張河間集〇卷之一　賦　　一

50. 張河間集二卷

賜進士出身翰林院庶吉士知山陰縣事張　澍纂集

上靈帝言蕃應疏

臣聞風爲號令動物通氣木生於火相須乃明蛇能屈伸配龍

騰蟄順至爲休徵逆來爲殃咎陰氣專用則凝精爲雹故大將

軍竇武太傅陳蕃或志靈社稷或方直不回葅臣讒勝葅伏誅

烈潤內默默人懷震憤誾周公葬不如禮天乃動威今葅蕃忠

貞未被明宥魂之來皆爲此也宜急爲改葬徙還家屬其從

坐禁錮一切蠲除又皇太后雖居南宮而恩禮不接躬臣莫言

遠近失望宜思大義顧復之報書　後遂

賜進士出身翰林院庶吉士知四川屏山縣事張　澍箋集

上桓帝詔問羌事奏

臣伏見先零東羌雖數叛逆而降於皇甫規者已二萬許落善

惡既分餘冠無幾今張奐躊躇久不進者當慮外離內合兵徙

必驚且自冬踐春屯結不散人畜疲羸自凵之執徒更招降坐

制彊敵耳臣以為狼子野心難以恩納執窮雖服兵去復動惟

當長矛挾弰白刃加頸耳計東種所餘三萬餘落居近塞內路

無險折非有燕齊秦趙從橫之執而叺亂并涼累侵三輔西河

上郡已各內徙安定北地復至歸危自雲中五原西至濯陽二

52.段太尉集一卷

上順帝求自劾疏

瞿士賢翰林院學士知四川屏山縣事張澍輯集

臣比季（年）以來數陳便宜羌戎未動策其將反馬賢始出頗知必敗誤中之言在可考校臣每惟賢等擁衆四季（年）未有成功縣師之費且百億計出於平八間入姦吏故江湖之人羣為盜青徐兗饑饉貧流散夫羌戎潰叛不由承平皆由邊將失於綏御乘常守安則加侵暴苟競小利則致大害微勝則虛張首級軍敗則隱匿不言軍士勞怨困於猾吏進不得快戰退不獲功退不得溫飽旦全命餓欬溝渠暴骨中原徒見王師之出不聞振旅

鄭司農集　　　　　　　北海鄭元康成撰

相風賦

昔之造相風者其知自然之極乎其達變通之理乎上
稽天道陽精之運表以靈烏物象其類下馮地體安貞
之德鎮以金虎元成其氣風雲之應龍虎是從觀妙之
徵神明所通夫能立成器以占吉凶之先見者莫精乎
此乃搆相風因象設形宛盤虎以爲趾建修竿之亭亭
體正直而無橈度征挺而不傾棲神烏于竿首候祥風
之來征

皇后敬父母議

後漢　高密鄭玄著

獻帝皇后父屯騎校尉伏完朝賀公廷完拜如衆臣及皇后往離宮后拜如子禮三公大臣議或以爲皇后天下之母也完雖后父不可令后獨拜于朝或以爲當交拜也令后存人子之道完不廢人臣之義又子尊不加于父母雖曰天王后猶曰吾季姜欲令完猶行父法后專奉子禮公私之朝后當獨拜或以爲皇后至尊父亦至親交拜則父子無別完拜則傷子道后拜則損至尊欲令公朝者完拜如衆臣于公宮后拜如子不知四者何是正禮鄭玄議曰四者不同抑有由焉天子所不臣者三其一后之父母也天子尚不臣于后況于后平春秋魯隱公二年紀裂繻來逆女冬伯姬歸于紀又桓公九年祭公來遂逆王后于紀九年紀季姜歸于京師或言逆女或言逆王后蓋義有所見也女雖嫁爲鄰國夫人其尊無以加于父母雖已女成言曰王后明當時之尊得加父母也紀季姜歸于京師更稱其字者得行禮而戒之其尊安可加父母耳

趙計吏集

後漢計吏漢陽趙壹撰　　富平張鵬一輯

窮鳥賦

有一窮鳥、戢翼原野、罼網加上、機穽在下、前見蒼隼、

後見驅者、繳彈張右、羿弓殼左、飛丸激矢、交集於我、

思飛不得、欲鳴不可、舉頭畏觸、搖足恐墮、內獨怖急、

乍冰乍火、幸賴大賢、我矜我憐、昔濟我南、今振我西、

鳥也雖頑、猶識密恩、內以書心、外用告天、天平祚賢、

歸賢永年、且公且侯、子子孫孫、本後漢書

趙計吏集

一

56.趙計吏集一卷

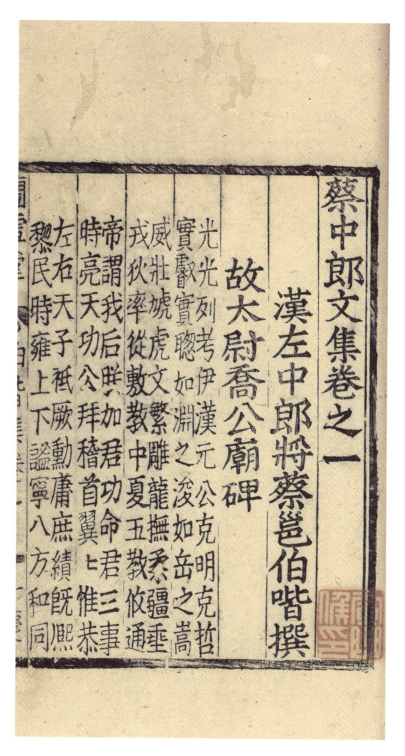

蔡中郎文集卷之一

漢左中郎將蔡邕伯喈撰

故太尉喬公廟碑

光光列考伊漢元公克明克哲
實勳實聰如淵之浚如岳之嵩
威壯虓虎文繁龍撫烝疆垂通
戎狄率從敷教中夏五教攸通
帝謂我后爰加君功命君三事
特亮天功爰拜稽首翼翼惟恭
左右天子祗厥勳庸庶績既熙
黎民特雍上下謚寧八方和同

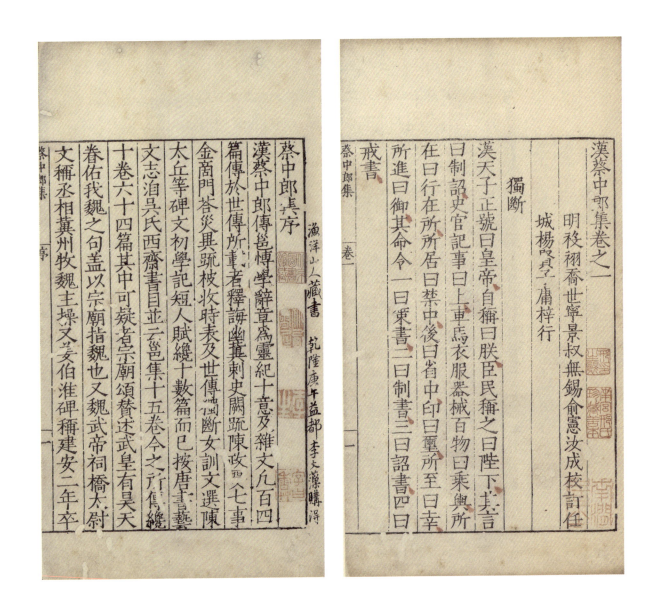

漢蔡中郎集卷之一

明 祕 祕 世 寧 景 叔 無 錫 俞 憲 汝 成 校 訂 任

城 楊 賢 空 庸 梓 行

獨斷

漢天子正號曰皇帝自稱曰朕臣民稱之曰陛下其言
曰制詔史官記事曰上車馬衣服器械百物曰乘輿所
在曰行在所居曰禁中後曰省中印曰璽所至曰幸
所進曰御其命令一曰策書二曰制書三曰詔書四曰
戒書

蔡中郎集

蔡中郎集序

漢蔡中郎傳邕博學辭章爲靈紀十意及雜文凡百四
篇傳於世傳所載者釋誨幽冀刺史闕疏陳政四七事
金商門答災異疏枚收時表及世傳獨斷女訓文選陳
太丘等碑文初學記短人賦緫十數篇而巳按唐書藝
文志洎吳氏西齋書目並云邕集十五卷今之所僅緫
十卷六十四篇其中可疑者宗廟頌贊述武皇有昊天
卷佑我魏之句蓋以宗廟指魏也又魏武帝祠橋太尉
文稱丞相冀州牧魏主堸又姜伯淮碑稱建安二年卒

漁洋山人藏書 乾隆庚午益都李文藻購得

漢蔡中郎集卷之一

獨斷上

吳興後學第一相濂雅父訂

漢天子正號曰皇帝自稱曰朕臣民稱之曰陛下
其言曰制詔史官記事曰上車馬衣服器械百物
曰乘輿所在曰行在所所居曰禁中後曰省中印
曰璽所至曰幸所進曰御其命令一曰策書二曰
制書三曰詔書四曰戒書
皇帝皇王后帝皆君也上古天子庖犧氏神農氏

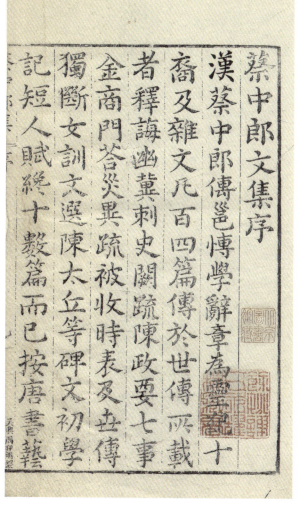

蔡中郎文集序

漢蔡中郎傳邕博學辭章焉

裔及雜文凡百四篇傳於世傳而載

者釋誨幽冀刺史闕疏陳政要七事

金商門答災異疏被收時表及立傳

獨斷女訓文選陳太丘等碑文初學

記短人賦綵十數篇而已按唐書藝

59. 漢蔡中郎集十一卷

漢陳留蔡邕著

明太倉張溥評

賦

述行賦 有序

延熹二年秋霖雨逾月，是時梁冀新誅而徐璜、左悺五侯擅貴於其處，又起顯明苑於城西，人徒凍餓不得其命者甚衆，白馬令李雲以直言，宛、鴻臚陳君以救雲抵罪璜以余能鼓琴自朝

蔡中郎集　《卷之一》　一

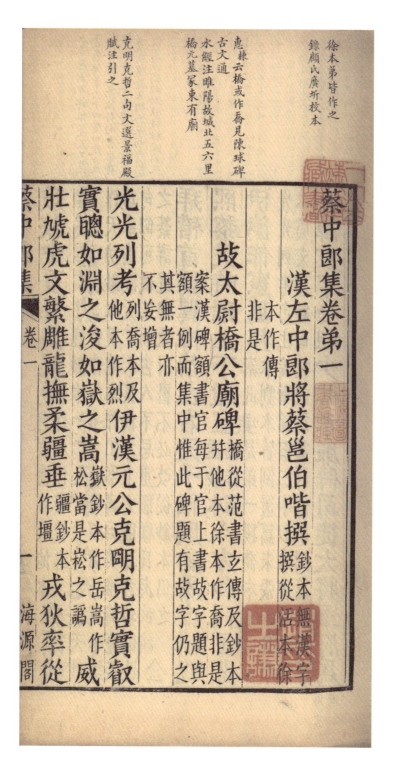

惠棟云橋或作喬見陳球碑
古文通
水經注唯陽故城北五六里
橋元蓋冢東有廟

克明克哲二句文選景福殿
賦注引之

蔡中郎集卷第一

漢左中郎將蔡邕伯喈撰　撰從活本徐本　鈔本無漢字

案漢碑額書官每于他本上書故字題與集中惟此碑題有故字仍之

不妄增其無者亦
本作傳
非是

故太尉橋公廟碑　橋從范書立傳及鈔本作喬非是與他本徐本作喬故字題有故字仍之

光光列考　他列本及本作烈

實聰如淵之浚如嶽之嵩　嶽鈔本當是嵩之譌松當本作岳嵩作

壯虩虎文縈雕龍撫柔疆垂　作壇疆鈔本　戎狄率從　威

蔡中郎集　卷一　一海源閣

61. 蔡中郎集十卷外紀一卷外集四卷末一卷

蔡中郎文集卷之一

左中郎將蔡邕伯喈

故太尉橋公廟碑

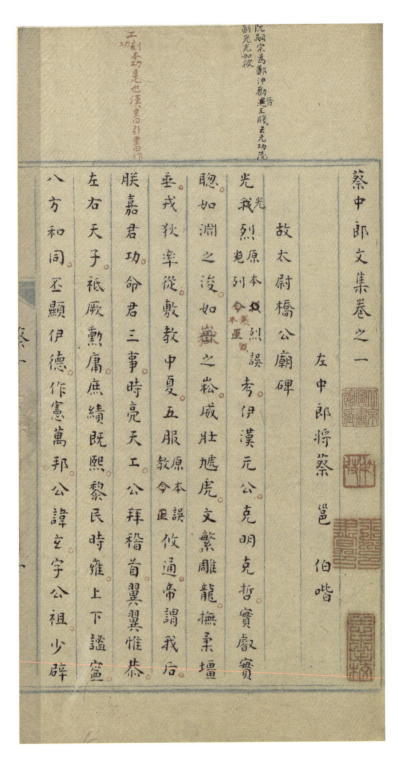

光我烈祖　原本枝烈烈誤考伊漢元公克明克哲寔嚴寔寶

聰如淵之後如嶽之崧威壯虎虎文繁雕龍撫柔壇

垂戎狄率從敷教中夏五服教令　原本誤　匝收通帝謂我后

朕嘉君功命君三事時亮天工公拜稽首翼翼惟恭

左右天子祇厥勳庸庶績既熙黎民時雍上下謐窰

八方和同丕顯伊德作憲萬邦公諱玄字公祖少辟

62.校蔡中郎文集疏證十卷外集疏證一卷蔡中郎文集補一卷

趙太常集　　　　　　　　　　　　關隴叢書

後漢京兆趙岐撰　　　　富平張鵬一輯

　孟子題辭

孟子題辭者所以題號孟子之書本末指義文辭之
表也孟姓也子者男子之通稱也此書孟子之所作
也故總謂之孟子其篇目則各自有名孟子鄒人也
名軻字則未聞也鄒本春秋邾子之國至孟子時改
曰鄒矣國近魯後爲魯所幷又言邾爲楚所幷非魯
也今鄒縣是也或曰孟子魯公族孟孫之後故孟子

63. 趙太常集一卷

東漢荀侍中集卷全

　　　　　　　　漢　荀悅仲豫　著

　　　　　　　　明　張溥西銘　閱

序

漢紀序

凡漢紀十二世、十一帝、通王莽二百二十九年、一祖三宗。高祖定天下。孝惠高后值國家無事。百姓安集。太宗昇平。世宗建功。中宗治平。昭景稱治。元成哀平。歷世陵遲。莽遂篡國也。凡祥瑞

荀侍中集　　卷全

64. 東漢荀侍中集一卷

北地傅氏遺書卷一　三傅集

關隴叢書

漢扶風太守北地傅幹

魏侍書北地傅巽撰

魏太常顥北地傅嘏

富平張鵬一輯

皇后箴

煌煌四星著天垂曜赫赫后妃是則是效舜納二女對揚

茂教正位於內頑嚚輳暴辛亂妲己共則情悅牝雞亂晨

殷祀用絕孝成寬柔縱弛紀綱王擅朝權趙專椒房巨猾

是緣竊弄神器故禍不出所懵常出所愛是以在昔明后

北地傅氏遺書　　卷一　　十五　　文獻徵輯處校印

65. 三傅集一卷補一卷

漢魯國孔　融著

明太倉張　溥閱

表疏

○薦禰衡表

臣聞洪水橫流帝思俾乂旁求四方以招賢俊

昔世宗繼統將弘祖業疇咨熙載羣士響臻

下虡聖篹承基緒遭遇厄運勞謙日昃惟嶽降

神異人竝出竊見處士平原禰衡年二十四字

劉勰云文
舉之薦禰
衡氣揚采
飛

孔少府集　卷全　表　一

66.孔少府集一卷

明太倉張　溥評閱

令

春祠令

議者以爲祠廟上殿當解履、吾受錫命、帶劍不解履上殿、今有事于廟而解履、是尊先公而替王命。敬父祖而簡君主、故吾不敢解履上殿也。又臨祭就洗以手擬水而不盥、夫盥以潔爲敬、未聞擬向不盥之禮。且祭神而神在、故吾親受

魏武帝集　　　　　宋令　　　　令　一

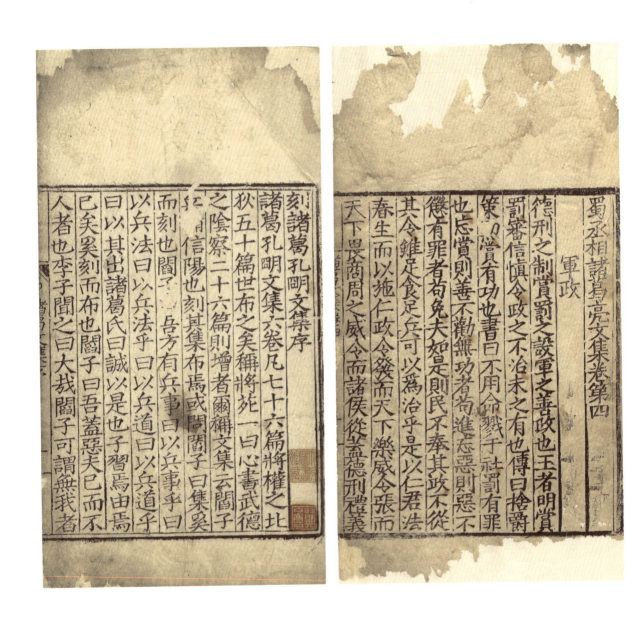

右頁：

蜀丞相諸葛亮文集卷第四

軍政

德刑之制賞罰之設軍之善政也王者明賞
罰審信慎令政之不治未之有也傳曰搶爵
策○賞有功也書曰不用命戮于社罰有罪
也忘賞則善不勸無功者苟進忘惡惡不
懲有罪者苟免夫如是則民不奉其政不從
其令雖足食足兵可以為治乎是以仁君之
春生而以施仁政令發而天下樂威令張而
天下畏商周之威令而諸侯從之無德刑禮義

左頁：

刻諸葛孔明文集序

諸葛孔明文集六卷凡七十六篇將權之北
狄五十篇世布之矣稱將死一曰心書武德
之陰察二十六篇則增者爾稱文集云集奚
○日信陽也刻其集布焉或問閭子曰集奚
而刻也閭子○　岳方有兵事曰以兵事乎曰
以兵法曰以兵道曰以兵道乎
曰　其出諸葛氏曰誠以是也子習焉由焉
已矣奚刻而布也閭子曰吾蓋惡夫已而
人者也李子聞之曰大哉閭子可謂無我者

68.蜀丞相諸葛亮文集六卷

明鹽官錢世垚輯

蜀志

諸葛亮字孔明琅邪人漢諸葛豐之後亮躬耕隴
畝好爲梁父吟家於南陽鄧縣號曰隆中身長八
尺每自比於管仲樂毅時人莫之許也惟徐庶元
直與亮友善謂爲信然時先主屯新野徐庶謂先
主曰諸葛孔明臥龍也此人可就見不可屈致將
軍宜枉駕顧之先主遂詣亮凡三往乃見因屏人

武侯集　　　卷之一　　　傳　　　一

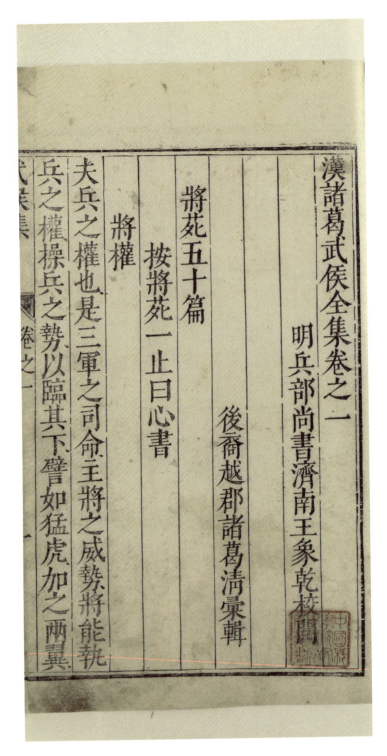

漢諸葛武侯全集卷之一

明兵部尚書濟南王象乾校閱

後裔越郡諸葛清彙輯

將苑五十篇

按將苑一止曰心書

將權

夫兵之權也是三軍之司命主將之威勢將能執

兵之權操兵之勢以臨其下譬如猛虎加之兩翼

70.漢諸葛武侯全集四卷

山陽王粲仲宣著　　四明　楊德周齊莊輯定

賦二十二首　　　　　　陳朝輔爕五訂正

登樓賦

登茲樓以四望兮聊暇日以消憂覽斯宇之所處兮
實顯敞而寡仇挾清漳之通浦兮倚曲沮之長洲背
墳衍之廣陸兮臨臯隰之沃流北彌陶牧西接昭丘
華實蔽野黍稷盈疇雖信美而非吾土兮曾何足以

王仲宣集　　卷一　　一

71.王仲宣集四卷

王侍中集卷全

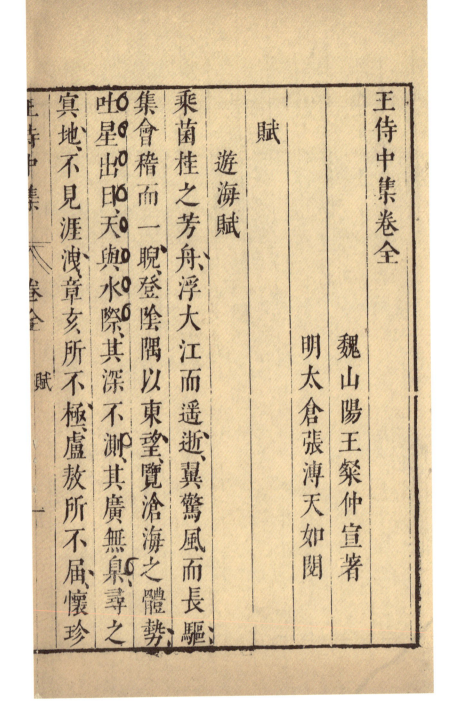

魏山陽王粲仲宣著

明太倉張溥天如閱

賦

遊海賦

乘菌桂之芳舟、浮大江而遙逝、翼驚風而長驅、
集會稽而一覩、登陰隅以東望、覽滄海之體勢、
吐星出日、天與水際、其深不測、其廣無臬尋之
寘地、不見涯涘、章亥所不極、盧敖所不屆、懷珍

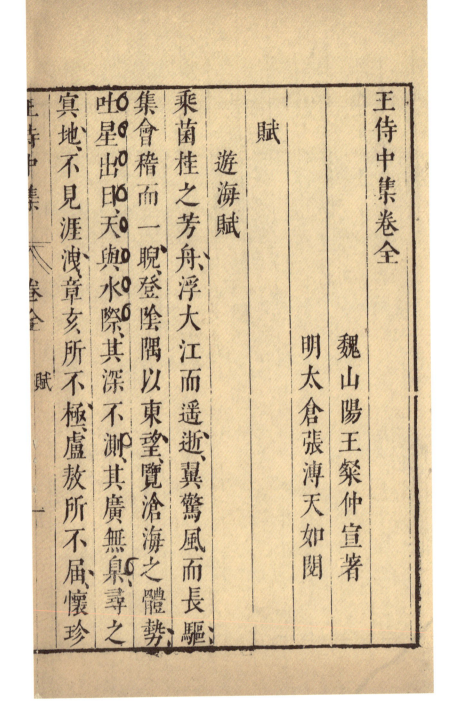

 王侍中集 卷全 賦 一

72.王侍中集一卷

·72·

廣陵陳琳孔璋著

四明　　楊德周齊莊輯定

　　　　陳朝輔爕五訂正

賦十六首

武軍賦 有序

廻天軍於易水之陽以討瓚焉鴻溝叅周鹿菰十里
荐之以棘爲建修楠于青霄竃深隧下三泉飛雲梯
衡神鈎之具不在吳孫之篇三略六韜之術者凡數
十事秘莫得聞也乃作武軍曰

陳記室集卷全

魏廣陵陳琳孔璋著

明太倉張溥天如閲

賦

武軍賦 有序

廻天軍於易水之陽以討瓚焉鴻溝黎間鹿菰
十里荐之以棘爲建修櫓千青霄竃深隧下三
泉飛雲梯衡神鈎之其不有吳孫之篇三晷六
韜之術者凡數十事秘莫得聞也乃作武軍曰

陳記室集　　卷全　　　賦　　　一

74.陳記室集一卷

建安七子集卷之一

東平劉楨公幹著　　四明　楊德周齊莊輯定

陳朝輔燮五訂正

賦五首

遂志賦

　幸遇明后因志東傾披此豐草乃命小生生之小矣

何茲云當牧馬於路役車低昂愴恨惻切我獨西行

去峻溪之鴻洞觀日月於朝陽釋叢棘之餘利踐櫃

林之柔芳皦玉粲以曜日榮日華以舒光信此山之

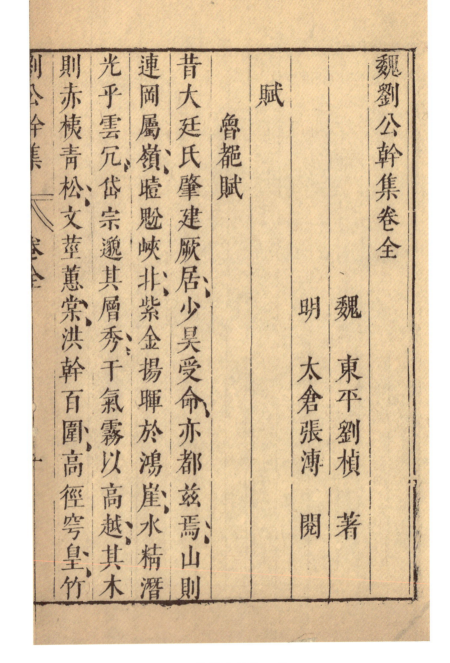

魏劉公幹集卷全

　　　　魏　東平劉楨　著

　　　　明　太倉張溥　閱

賦

魯鞠賦

昔大廷氏肇建厥居少昊受命亦都茲焉山則
連岡屬嶺墟阹峽圠紫金揚暉於鴻崖水精潛
光乎雲冗岱宗邈其層秀干氣霧以高越其木
則赤棶青松文蓳蕙棠洪幹百圍高徑穹皇竹

北海徐幹偉長著　四明　楊德周齊莊輯定

陳朝輔爕五訂正

賦三首

西征賦

奉明辟之渥德兮遊軫而西伐過京邑以釋駕觀帝

居之舊則伊吾儕之挺岁獲載筆而從師無嘉謀以

云補徒荷祿而蒙私非小人之所幸雖身安而心危

廢區宇之今定入告成乎后皇登明堂而飲至銘功

徐偉長集　　卷一　　　　　　　　一

陳畱阮瑀元瑜著　　　四明　楊德周齊莊輯定

陳朝輔爕五訂正

賦四首

止欲賦

夫何淑女之佳麗顏焲焲以流光歷千代其無匹超

今古而特章執妙年之方盛性聰慧以和良禀純潔

之明節後申禮以自防重行義以輕身志高尚乎貞

姜予情悅其美麗無須更而有怂思桃夭之所宜願

建安七子集卷之一

汝南應瑒德璉著　　四明

　　　　　　　　　　楊德周齊莊輯定

　　　　　　　　　　陳朝輔燮五訂正

賦十首

靈河賦

咨靈川之遐源兮於崑崙之神丘淩增城之陰隅兮

賴后土之潛流衝積石之重險兮披山麓之溢浮蹠

龍黃而南邁兮紆鴻體而因流涉津洛之坂泉兮播

九道之中州汾瀆湧而騰騖兮恒壹壹而徂征肇高

應德璉集　　卷一　　　一

79.應德璉集二卷

魏應德璉集卷全

明　太倉張溥　閱

魏　汝南應瑒　著

賦

慜驥賦

慜良驥之不遇兮、何屯否之弘多、抱天飛之神號兮、悲當世之莫知、赴玄谷之漸塗兮、陟高岡之峻崖、懼僕夫之嚴策兮、載悚慄而奔馳懷殊姿而因遇兮、願遠跡而自舒思奮行而驤首兮

明　太倉張溥閱

賦

浮淮賦 有序

建安十四年王師自譙東征大興水軍泝舟萬艘將予從行始入淮口行泝東山覩師徒觀旌帆赫哉盛矣雖孝武盛唐之狩軸艫千里殆不過也乃作斯賦云

泝淮水而南邁兮泛洪濤之湟波仰崇岡之崇

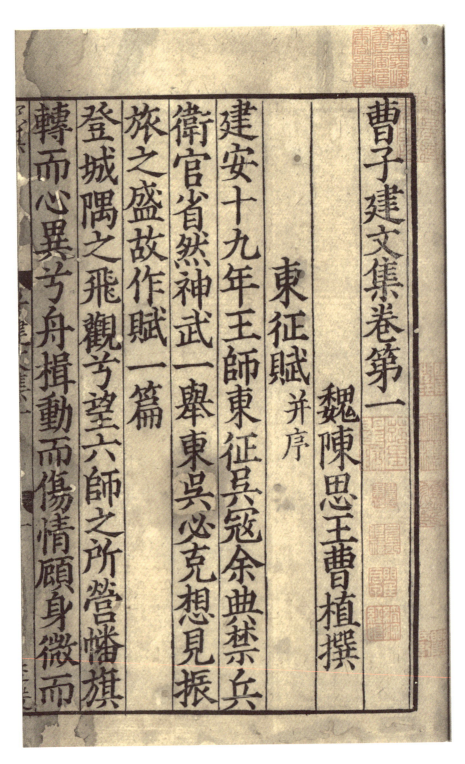

曹子建文集卷第一

魏陳思王曹植撰

東征賦并序

建安十九年王師東征吳寇余典禁兵
衛官省然神武一舉東吳必克想見振
旅之盛故作賦一篇

登城隅之飛觀兮望六師之所營幡旗
轉而心異兮舟楫動而傷情顧身微而

82.曹子建文集十卷

·82·

陳思王集卷第一

魏　陳思王曹植子建　撰

濮　陽　李廷相編次

長　安　田　瀾校正

濟　陽　郭　瀗

崑　山　蔡　芝

錢　唐　陸　溥同校

東征賦 并序

建安十九年王師東征吳冠余典禁兵衛官省然

釋名曰賦敷
也敷布其義
謂之賦也

王世貞曰子建
天才流麗雖譽
冠千古而實遜
父兄何以故桓
太高詞太葉
陳明卿曰晉觀

曹思王

曹子建集卷之一　嘉靖本五頁八行二十九字

魏陳思王曹植子建撰

漢
陽亭廷相編次
益田闕校正

崑
山梁辰魚
唐進博同校

賦十首

○東征賦　并序

一　毓漓源
陽行源
芝

建安十九年王師東征吳冠余典禁兵衛官省
然神武一舉東夷必克想見振旅之盛故作賦

二篇

○登城隅之飛觀兮望六師之所營幡旗轉而心
異兮舟楫動而傷情顧身微而任顯兮愧任重

于建集　卷一
一

序

曹子建集

世稱子建者僉謂其援筆立
就率高士步即童叟摧牧爭
嘖嘖足之余謂七步之才非子建
不能而士步之本足概子建
上林百日兩都三載甲嘗不集

84. 曹子建集十卷

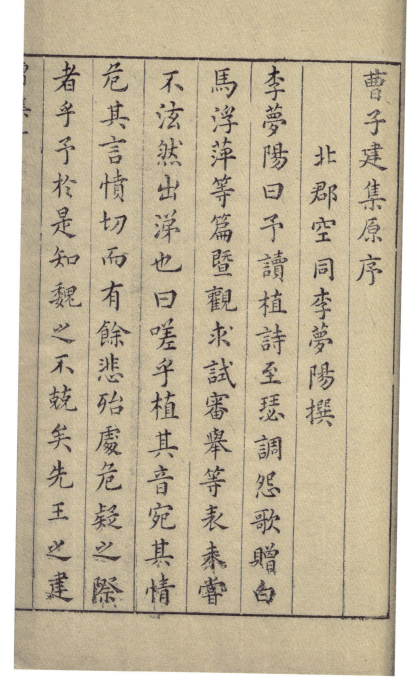

曹子建集原序

北郡空同李夢陽撰

李夢陽曰予讀植詩至瑟調怨歌贈白

馬浮萍等篇暨觀求試審舉等表奏審

不泫然出洋也曰嗟乎植其音宛其情

危其言憤切而有餘悲殆慶危疑之際

者乎予於是知魏之不兢矣先王之建

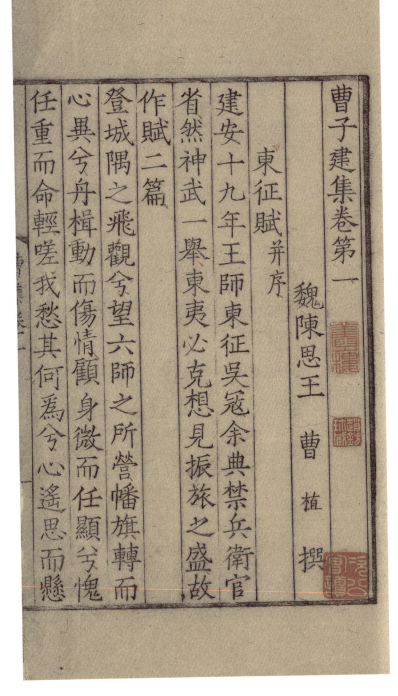

曹子建集卷第一

魏陳思王 曹植 撰

東征賦并序

建安十九年王師東征吳寇余典禁兵衛官
省然神武一舉東夷必克想見振旅之盛故
作賦二篇

登城隅之飛觀兮望六師之所營幡旗轉而
心異兮舟楫動而傷情顧身微而任顯兮愧
任重而命輕嗟我愁其何爲兮心遙思而懸

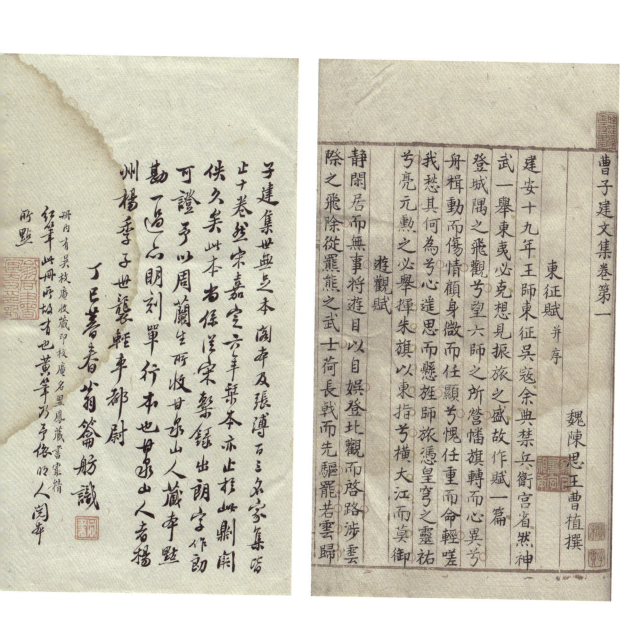

子建集世興之本間车及張溥百三名家集皆
止十卷然宋嘉定六年韓本亦止排此剞劂
俟久矣此本書保洹宋繫錄出朗字作勔
可證予以周蘭生所收甘泉山人藏车點
勘一過云明刻單行本也甘泉山人者楊
州楊季子世襄輕车都尉
丁巳書春翁簠舫識
冊內有吳校庵收藏印校庵名曇鳳藏書宲精
紅筆此冊所校皆是也黃筆乃予依旳人崗车
所點

曹子建文集卷第一

東征賦 并序　　　　　　　　魏陳思王曹植撰

建安十九年王師東征吳寇余典禁兵衛宮省然神
武一舉東夷必克想見振旅之盛故作賦一篇

登城隅之飛觀兮望六師之所營幡旗轉而心異兮
舟楫動而傷情顧身微而任顯兮愧任重而命輕嗟
我愁其何為兮邁思而懸旌師旅馮皇穹之靈祐
兮亮元勳之必舉揮朱旗以東指兮橫大江而莫御

遊觀賦

靜閒居而無事將遊目以自娛登北觀而啓路涉雲
際之飛除從罷龍之武士荷長戟而先驅罷若雲歸

87. 曹子建文集十卷

曹子建集卷一

金陵朱緒曾輯

賦

東征賦并序

魏志陳思王植傳建安十九年戒之徙臨菑侯太祖征孫權使植留守鄴此時所行無悔于鄴之徙

建安十九年王師東征吳冠余典禁兵衛宮省續漢書百官志光祿勳五官中郎將羽林中郎將又云王國置郎中令掌王大夫以下皆如漢初諸侯王帝紀制而子桓時為五官中郎將副丞相百官亦曰禁兵諸侯許都之制而子桓宮建以臨菑侯張郭以雲臨萬侯張炎守鄴作宮官王國宿衛張簿作宮與類聚御覽同今從職之也子桓年魏時子桓為五官中郎將宿衛武兵部攻具太平御覽戰伐改具太平御覽日吾昔為頓邱令年二十三矣可不勉歟從藝文類聚武部今海年亦

曹子建集序

金陵朱緒曾撰

嘗讀毛詩幽風疏引曹植螢火論辨宵行於鬼燐引惡
鳥論驗陰氣於鳴鵙左傳襄公疏引征蜀碣石證偪陽
之守周禮酒正疏引酒賦醪醴列宜城之名詠忠義於
三良和箋解於高密知子建之文有稗於經也又讀洛
神賦與禮志合奉璽朝會以三年謝封章比魏志詳高
陽穆鄉有二子社頌則鄄城與雍卹廬空東阿始度土
功誠令則王機與倉輯交讒灌均因騰謗口神禹請遷
於舊館武皇求祭於北河伐吳遺仲達之書征遼倡孔

88.曹子建集十卷敘錄一卷年譜一卷補遺一卷

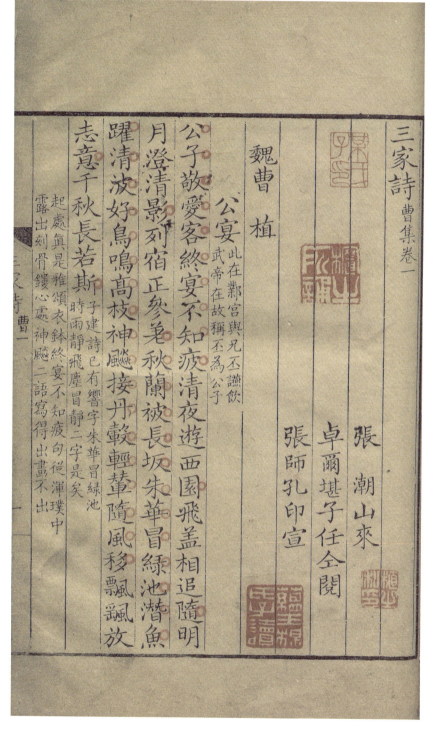

張　潮山來

卓爾堪子任全閱

張師孔印宣

魏曹植

公宴

此在鄴宮與兄丕讌飲武帝在故稱丕為公子

公子敬愛客終宴不知疲清夜遊西園飛蓋相追隨明
月澄清影列宿正參差秋蘭被長坂朱華冒綠池潛魚
躍清波好鳥鳴高枝神飈接丹轂輕輦隨風移飄颻放
志意千秋長若斯

子建詩已有響字朱華冒綠池時雨靜飛塵冒靜二字是矣

起處真是雅頌衣鉢終宴不知疲句從渾璞中露出刻骨鏤心處神飈二語寫得出畫不出

依山陽丁氏銓評本

賦

東征賦三十六〇御覽三百有序〇作征東賦

建安十九年王師東征吳寇余典禁兵衛官宮張作省然神武一舉東夷必克想見振旅之盛故作賦一〇程作二十九篇藝文五

登城隅之飛觀兮望六師之所營幡旗轉而心異兮舟楫動而傷情顧身微而任顯兮愧責藝文任〇程作重而命輕嗟我愁其何爲兮心遙思而懸旌師旅憑皇穹之靈佑兮亮元勳之必舉揮朱旗以東指兮橫大江而莫御循戈補御覽脫振靈威於東野四句以上流兮補御覽依張汜雲梯而容與禽元帥於中舟兮補御覽脫張振櫓於清此字依張脫檣御覽脫以上程三百三十

遊觀賦

靜閒居而無事將遊目以自娛登北觀而啟路涉雲際藝文作路三之飛除從羆熊藝文作之武士荷長戟而先驅羆若雲歸會如霧聚車不及回塵不獲舉奮袂成熊羆風揮汗如雨

曹集考異卷一　金陵叢書丙集之九

上元朱緒曾

賦

東征賦　太祖并征序　魏志使陳植思王守植鄴傳戒之安日吾昔為頓邱令年二十三思此時所行無悔於今汝年亦二十三矣可不勉與

建安十九年王師東征吳寇余典禁兵衛宮省　書司馬彪續漢志百官志中宮令掌禁兵衛宮書漢書云梁冀初許諸侯王以侍子留植鄴魏志王植為五官中郎將初以制蓋東征當時王植國為五官中郎將武帝紀中郎八年並掌國舊置承相國以下掌禁兵副中宮令掌宮屬都魏志曹丕為五官中郎將副承相中宮令掌華令卿掌

東夷必克想見振旅之盛故作賦一篇　誤一二郭

然神武一　省宮中省廣韻宮即宮漢書云梁皇后紀當見守省鄴屬魏侯志愴曹大真舜傳何號乃長慕於是

舉　有刪字載上文

曹子建詩箋定本卷之一

層冰堂五種

梅縣　古　直　箋

植集隋唐舊本久亡近世所傳悉無倫序今解散舊
詩上篇審其時之先後重詮次之大雅君子當不譏焉此
卷蓋建安間之作

公宴

公子敬愛客終宴不知疲　李善曰公子謂文帝也直案高誘
淮南子注諸侯之子稱公子也

清夜遊西園飛蓋相追隨　釋名釋車蓋在上覆冒也案及平
原侯植皆好文章粲與徐幹陳琳阮瑀應瑒劉楨並見友明
善玫文帝建安十六年為五官將然則詩始作于此時也友明

月澄清景列宿正參差　所說苑辨物篇所謂宿者日月五星之
其處也詩關雎參差荇菜釋名釋天宿宿者星各止宿
參差然不齊之荇菜景景影古今字止宿也

秋蘭被長坂朱華冒綠池
潛魚躍清波好鳥鳴高枝神

池李善曰月下土是冒毛傳冒覆也

層冰堂五種　曹箋卷一　　二

魏應休璉集卷全

牋

　　魏　汝南應璩著

　　明　太倉張溥閱

牋

與武帝薦貢琳牋 藝文類聚作
薦費褘誤

璩聞景雲浮則應龍翔治道明則儁義臻是故
良哉之歌興於唐堯之世多士之頌形於周文
之朝竊見太子舍人貢琳字瑋伯禀性純和體
素清宜授以千里之塗任以列曹之職

應休璉集 卷全 一

桓令君集

魏 桓 階 撰

善化陳運溶芸畦輯刊

表

賀受孫權稱臣表

漢自安帝已來政去公室國統數絶至於今者惟有名號尺土一民皆非漢有期運久已盡歷數久已終非適今日也是以桓靈之間諸明圖緯者皆言漢行氣盡黃家當與殿下應期十分天下而有其九以服事漢羣生注望遲遲怨歎是故孫權在遠稱臣此天人之應異氣齊聲臣愚以為虞夏不以謙辭殷周不吝誅放畏天知命無所與讓也 三國魏志武帝紀注

94.桓令君集一卷

五嶽山人汝南黃省曾撰

嵇子叔夜生為無辰挻倪缺之天逸而遁於穢氣
之季抱卷州之夸節而遺夫酷網之朝龍章孔姿
意氣薄日月之表瑝言瑋撰思靈邁區合之涯形
寓寰間神棲皇古以塗匱寡歡故澤和於琴綺以
郡井喧鄙故綴宅於山陽以産務不足綜故開襟於七賢恥爵組之
乎九鼎以俗子不足侶故開襟於七賢恥爵組之
競馳故表傳乎高士甲天位之窺侵故託筮乎大
師揆厥玉度蓋欲獵華纓於伏軒之署而調管篇
乘綠車於堯虞之庭而覽鳳凰者也觀其緒辭若

嵇中散集卷第一

兄秀才公穆入軍贈詩十九首
秀才答四首附
幽憤詩一首
述志詩二首
遊仙詩一首
六言十首
重作四言詩一首
思親詩一首
郭遐周贈三首附
郭遐叔贈四首附

95. 嵇中散集十卷

嵇中散集卷第一

五言古意 贈兄秀才入軍 秀才答
幽憤 述志 游仙六言十首 重作四言
思親郭延周贈三首 又郭贈五首
答二郭 与阮德如阮德如答 酒會 雜詩

明 新安程榮校

晉 譙國嵇康著

兄秀才公穆入軍贈詩十九首

五言古意一首

雙鸞匿景曜 戢翼太山崖 抗首漱朝露 晞陽振羽儀

長鳴戲雲中 時下息蘭池 自謂絕塵埃 終始求不虧

何意世多艱 虞人來我維 雲網塞四區 高羅正參差

奮迅勢不便 六翮無所施 隱姿就長纓 卒為時所羈

單雄翻孤逝 哀吟傷生離 徘徊戀儔侶 慷慨高山陂

嵇中散集　卷一

96. 嵇中散集十卷

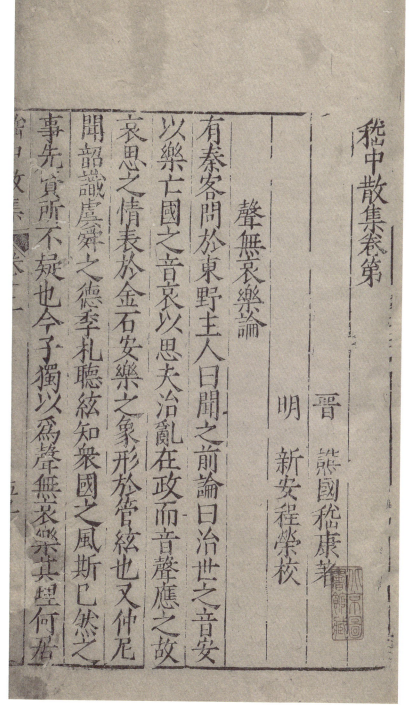

嵇中散集卷第

明　新安程榮校

聲無哀樂論

有秦客問於東野主人曰聞之前論曰治世之音安以樂亡國之音哀以思夫治亂在政而音聲應之故哀思之情表於金石安樂之象形於管絃也又仲尼聞韶識虞舜之德季札聽絃知衆國之風斯已然之事先賢實所不疑也今子獨以爲聲無哀樂其理何居

97. 嵇中散集□卷

・97・

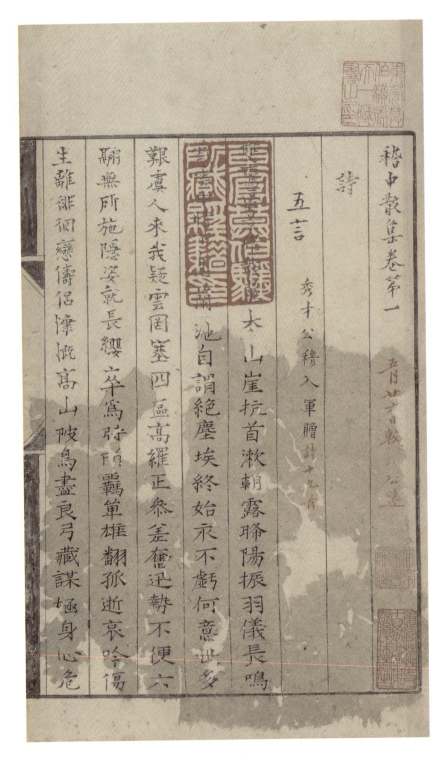

詩

五言

秀才公穆入軍贈詩十九首

太山崔嵬首漱朝露晞陽振羽儀長鳴

池自謂絕塵埃終始永不虧何意世多

艱虞人來我疑雲圍塞四區高羅正然羞奮迅勢不便六

翩無所施隱姿就長纓卒獲斫頭霸單雄翻孤逝哀吟傷

主離誹徊戀儔侶陳悕高山陵鳥盡良弓藏謀姐身心危

五言古意一首

雙鸞匿景曜戢翼太山崖抗首嗽朝露晞陽振羽儀
長鳴戲雲中時下息蘭池自謂絕塵埃終始永不虧
何意世多艱虞人來我維縈一雲罻塞四區高羅正
參差奮迅勢不便六翮無所施隱姿就長纓卒為時
所羈單雄翮獨逝哀吟傷離徘徊戀儔侶慷慨高
山陂鳥盡良弓藏謀極作損一身必危亡吉凶離在己世
路多嶮巇安得反初服抱玉寶六奇道遙遊太清攜
手相追邁相遇一作長

四言十八首贈兄秀才入軍 兄秀才公穆入軍贈詩劉

99. 嵇康集十卷

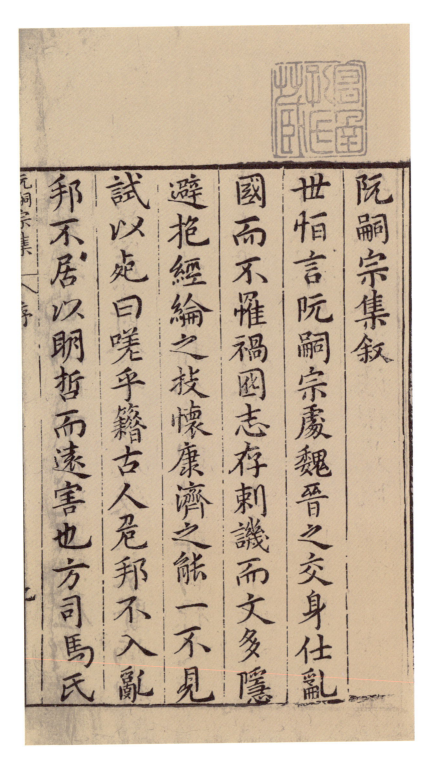

阮嗣宗集叙

世怕言阮嗣宗廢魏晉之交身仕亂

國而不罹禍國志存刺譏而文多隱

避抱經綸之技懷康濟之能一不見

試以疤曰嗟乎籍古人邑邦不入亂

邦不居以朙哲而遠害也方司馬氏

100．阮嗣宗集二卷

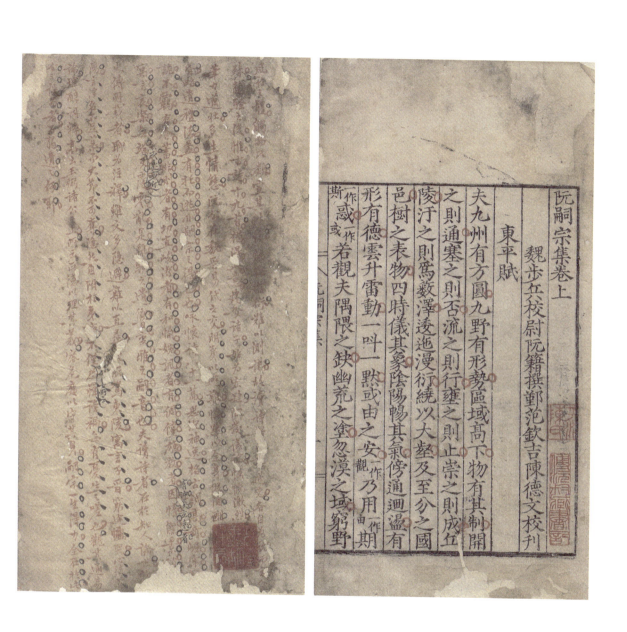

阮嗣宗集卷上

魏步兵校尉阮籍撰　鄞范欽吉陳德文校刊

東平賦

夫九州有方圓九野有形勢區域高下物有其制開
之則通塞之則否流之則行壅之則止崇之則成丘
陵汙之則爲藪澤透迤漫衍繞以大埊及至分之國
邑樹之表物四時儀其象陰陽暢其氣傍通迴邅有
形有德雲升雷動一呿一默或由之安（一作觀）乃用（一作期）
斯（一作惑）或若觀夫隅隈之鈇幽荒之塗忽漠之域窮野

101.阮嗣宗集二卷

·101·

阮嗣宗集叙

世恒言阮嗣宗處魏晉之交身仕亂
國而不罹禍凶志存刺譏而文多隱
避抱經綸之技懷康濟之能一不見
試以衆日嗟乎籍古人危邦不入亂
邦不居以明哲而遠害也方司馬氏

阮嗣宗集卷上

　　　明　新都潘璁子玉閱

東平賦

夫九州有方圓九野有形勢區域高下物有其
制開之則通塞之則否流之則行壅之則止崇
之則成丘陵汙之則爲藪澤逶迤漫行繞以大
壑及至分之國邑樹之表物四時儀其象陰陽
暢其氣傍通廻溢有形有德雲升雷動一吽一
默或由之安　觀一作乃用山一作期斯一作惑或一作若

阮步兵集卷全

魏陳留阮　籍著

明太倉張　溥評

賦

○東平賦

夫九州有方圓九野有形勢區域高下物有其
制開之則通塞之則否流之則行壅之則止崇
之則成丘陵汙之則爲藪澤逶迤漫衍繞以大
壑及至分之國邑樹之表物四時儀其象陰陽

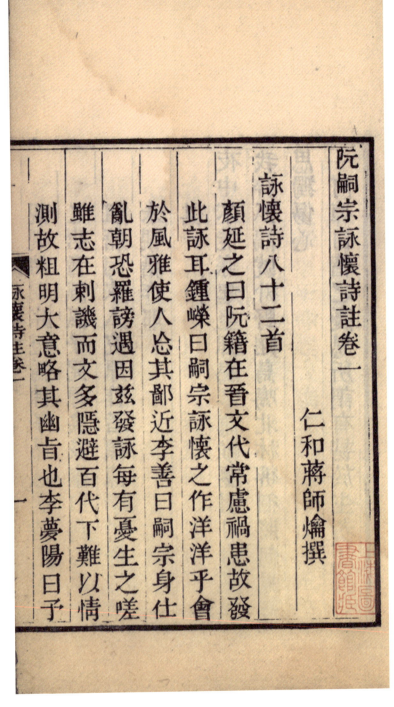

阮嗣宗詠懷詩註卷一

仁和蔣師爚撰

詠懷詩八十二首

顏延之曰阮籍在晉文代常慮禍患故發

此詠耳鍾嶸曰嗣宗詠懷之作洋洋乎會

於風雅使人忘其鄙近李善曰嗣宗身仕

亂朝恐羅謗遇因茲發詠每有憂生之嗟

雖志在刺譏而文多隱避百代下難以情

測故粗明大意略其幽旨也李夢陽曰予

永襄詩註卷一　　　　　　　一

104.阮嗣宗詠懷詩注四卷

序

詩之流別曰風曰雅曰頌時代迭易體製有殊揉其義例不能變也
若阮公之詩則小雅之流也憂時慇懃寄無端而駿放之致沈摯
之詞誠足以睥睨八荒牢籠萬有故就其詩益以箋釋非能辨其志
趣審其遭逢通古今之故洞喪亂之源執簡相從輒自督爲吾友順
德黃君以史言詩復通經術既嘗爲漢魏風詩鮑謝二集之箋注循
誦阮詩奮然命筆草創迄今時越三載甄綜衆說標舉單詞明旨慎
擇吾無憾焉至小雅往往流涕被面不能自持旁觀駴
笑視爲童騃及誦阮公之詩懍然感中間有所會初謂生非當厄哀
生於文迄今追思性實爲之況今者政弛道衰時同典午吾與黃君

阮步兵詠懷詩注

詠懷八十二首

順德黃　節集注

顏延年曰阮籍在晉文代常慮禍患故發此詠耳李善曰嗣宗
身仕亂朝恐罹謗遇因茲發詠每有憂生之嗟雖志在刺譏而文多隱避百代之下難以情測故粗明大意略其幽旨云

節案面晉文書多本傳避云百代本下有難濟以世情作志屬故魏粗明之大意略其幽旨云

陽之於詩高一寫三閭之故東陵時吹遞臺此之崇李李公子謂之文園隱惕託玄

遠之思少口不有全否人物是則由斯與世作由所酖飲來也而咸云否籍之發天下多故名也

其者詩愼懷沈禪曰阮公弔臨今廣盖武仁嘯人傚志李之遠逸愼曹豐潔直爱懿生師

書之藝嗟文而志已引哉本篇爲籍世作詠重

詩也八晉書十餘本傳爲作所詠重懷

伊昔魏晉嬗代之際天軌閉塞羣僑射真仁賢潔身而飛遯
夸毗攀附以希榮豺氣焱然當道其惟阮生承命世之
美處亢龍之位傷聲周於三府英妙軼乎五君憑廣武以弔
英雄倚長劍而歌壯士經緯之氣濟世之志瑰傑宏放淵乎
鬱乎其釋褐曹爽參軍也蓋庶幾乎攬轡澄清焉志老莊蠖
屈龍伸與時偃仰戢天之翼於寂寞之鄉鬱風雲之想於
黃神之上絶聖棄智超世駭俗莊語若諧正言如反顧以此
見雖於禮俗之會規略遠蹈奚翅霄翔堯舜盜
姦雄結軌狡點盜道激詞翻反不主故常至乃粃糠堯舜盜

阮嗣宗詠懷詩箋定本

梅縣　古直　箋

層冰堂五種

詠懷八十二首

鍾嶸詩品曰阮籍詩其源出於小雅無雕蟲之功而
詠懷之作可以陶性靈發幽思言在耳目之內情寄
八荒之表洋洋乎會於風雅使人忘其鄙近自致遠
大頗多感慨之詞厥旨淵放歸趣難求顏延之詩
也志何嘗不歸其源本諸離騷陳沈約曰阮公
其志旨水復難以情測蓋傲然遐想託諷今古
憤懷禪代憑弔武祖仁人志士之發憤焉

夜中不能寐起坐彈鳴琴
薄帷鑑明月清風吹我襟
孤鴻號外野翔鳥鳴北林
徘徊將何見憂思獨傷心

魏鍾司徒集卷全

魏　鍾會士季　著

明　張溥西銘　閱

賦

孔雀賦

有炎方之偉鳥，感靈和而來儀，稟麗精以挺質，

生丹穴之南垂，戴翠毛以表弁，垂綠鬛之森纚，

裁修尾之翹翹，若順風而揚麾，五色點注華羽，

參差，鱗交綺錯文藻，陸離丹口金輔玄目素規，

蜀漢　劉　巴　撰

善化陳運溶芸畦輯刊

表

代漢中王上漢帝表

臣以其臣之才荷上將之任董督三軍奉辭於外不能掃除寇
難靖匡王室久使陛下聖教陵遲六合之內否而未泰惟憂反
側疚如疾首曩者董卓造為亂階自是之後羣兇縱橫殘剝海
內賴陛下聖德威靈人神同應或忠義奮討或上天降罰暴逆
以漸冰消惟獨曹操久未梟除侵擅國權恣心極亂臣昔與車
騎將軍董承圖謀討操機事不密承見陷害臣播越失據忠義

劉令君集

二

108. 劉令君集一卷

· 108 ·

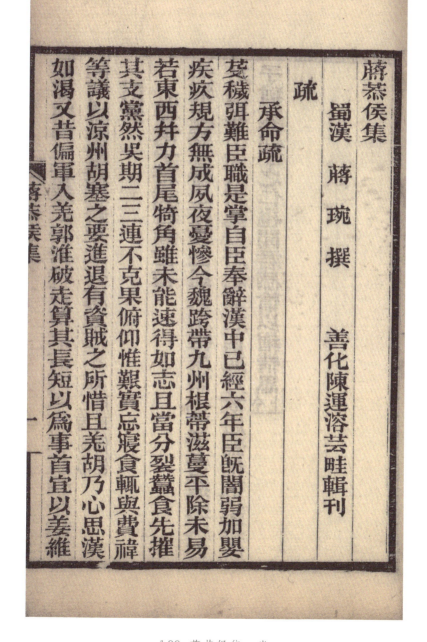

蔣恭侯集

蜀漢　蔣　琬　撰

善化陳運溶芸畦輯刊

疏

承命疏

芟穢弭難臣職是掌自臣奉辭漢中已經六年臣既闇弱加嬰

疾疢規方無成夙夜憂慘令魏跨帶九州根帶滋蔓平除未易

若東西并力首尾犄角雖未能速得如志且當分裂蠶食先摧

其支黨然吳期二三連不克果俯仰惟艱實忘寢食輒與費禕

等議以涼州胡塞之要進退有資賊之所惜且羌胡乃心思漢

如渴又昔偏軍入羌郭淮破走算其長短以爲事首宜以姜維

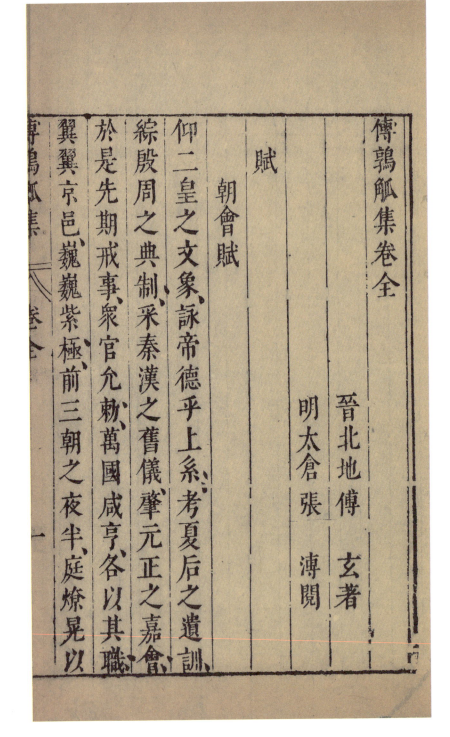

傅鶉觚集卷全

賦

朝會賦

仰二皇之文象，詠帝德乎上系，考夏后之遺訓，
綜殷周之典制，采秦漢之舊儀，肇元正之嘉會，
於是先期戒事，眾官允敕，萬國咸亨，各以其職，
翼翼京邑，巍巍紫極，前三朝之夜半，庭燎晃以

晉北地傅　玄著

明太倉張　溥閱

傅鶉觚集　　卷全　　一

110.傅鶉觚集一卷

傅鶉觚集序

隋唐藝文志著錄傅子一百二十卷至宋崇文總目祇
存五卷我
朝高宗純皇帝特開四庫全書館
命儒臣紀昀等從永樂大典中採錄二十四篇又徵各
類書中零星斷句編為一帙頒示士林謹案漢魏而後
惟是書為最古而言亦最醇所存僅此識者不無遺憾
焉嗣得日本刊板唐魏徵羣書治要中有傅子一種亟

傅鶉觚集卷一

晉司隸校尉鶉觚子北地傅 嘏 撰

傅子

治體篇

治國有二柄一曰賞二曰罰賞者政之大德也罰者政
之大威也人所以畏天地者以其能生而殺之也為治
審持二柄能使生殺不妄則其威德與天地並矣信順
者天地之正道也詐逆者天地之邪路也民之所好莫

輯錄晉司隸校尉傅玄集敍

余既輯傅子刊成因檢羣書錄得傅子所爲詩賦雜文依
文選分類編爲三卷視張天如漢魏百三家集本略爲詳
盡張本隨得隨錄不究六朝人編集之例又未著原引之
書明人陋晉大抵如斯如斯不足怪也嘗考隋書經籍志載晉
司隸校尉傅玄集十五卷注云梁五十卷錄一卷亡梁隋
相距百年間當時已散佚大半之又半則新舊唐志仍題
五十卷者殆不足信宋史藝文志載一卷不知爲文爲詩
唐宋人書注類書徵引于前張氏收拾于後余得循流導
源錄存百什之一雖不能符隋志之數較宋志則有過之

晉司隸校尉傅玄集卷一

賜進士出身誥授中憲大夫四品銜吏部主事葉德輝輯刊

賦

朝會賦 初學記十四 原本北堂書抄百五十五引
考夏后一句 藝文類聚四引作
采泰漢之舊儀志下 一句晉書禮志下題作
從考夏后間起至隋書禮 元會賦進
九引制制作藝采 元會賦進
三元日朝會賦 又五百
四句 太平御覽二十九引作

仰二皇之文象詠帝德乎上系考夏后之遺訓綜殷周之
典制采泰漢之舊儀肇元正之嘉會 初學記志下御覽五百三十
於是先期戒事眾官允敕萬國咸享各以
其職翼翼京邑巍巍紫極前三朝之夜半庭燎晃以舒光
華燈若乎火樹織百枝之煌煌 引華燈二十五句 於是六鐘

112.晉司隸校尉傅玄集三卷

成公子安集題詞

東郡成公子安賦心不若左太沖史

才不若袁彥伯其在晉文苑與庾仲

初曹輔佐兄弟也嘯賦見貴於時梁

昭明登之文選激揚嘽緩彷彿有聲、

然列於馬融長笛嵇康琴賦亦彈而

成公子安集《題詞》一

113.晉成公子安集一卷

晉荀公會集題詞

荀成侯學古而佞者也史責其授朱均以貳極煽褒閻而偶震至於斗粟與謠踰里成詠階禍巳甚誠無辭焉、聘博聞明識牛鐸諧樂勞薪炊飯咸能辨之茂先倫匹也顧其文采則謝

114.魏荀公曾集一卷

夏侯常侍集卷全

晉譙國夏侯湛著

明太倉張　溥閱

賦

雷賦

伊朱明之季節兮，暑爤赫以盛興扶桑煒以煬
燎兮，雷火曄以南升大明黯其潛曜兮，天地蠻
以同蒸掣丹霆之皓琰兮，奮迅雷之崇崇馳壯
音於天上兮，激駁響於地中徒觀其霰雹之所

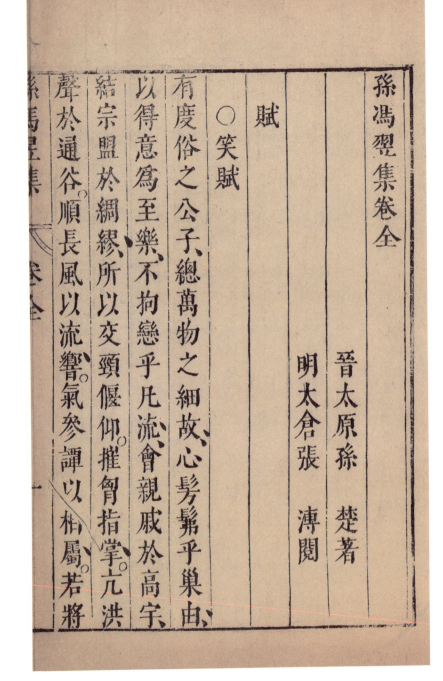

孫馮翊集卷全

晉太原孫　楚著

明太倉張　溥閱

賦

○笑賦

有虔俗之公子，總萬物之細故，心髣髴乎巢由，以得意爲至樂，不拘戀乎凡流，會親戚於高宇，結宗盟於綢繆，所以交頸偃仰，摧臂指掌，亢洪聲於通谷，順長風以流響，氣參譚以栖屬，若將

孫馮翊集　笑賦全

一

晉杜征南集

奏

晉　杜預元凱　著

明　張溥西銘　閱

上律令注解奏

法者蓋繩墨之所例非窮理盡性之書也故文
約而例直聽省而禁簡例直易見禁簡難犯易
見則人知所避難犯則幾於刑厝刑之本在於
簡直故必審名分審名分者必恐小理古之刑

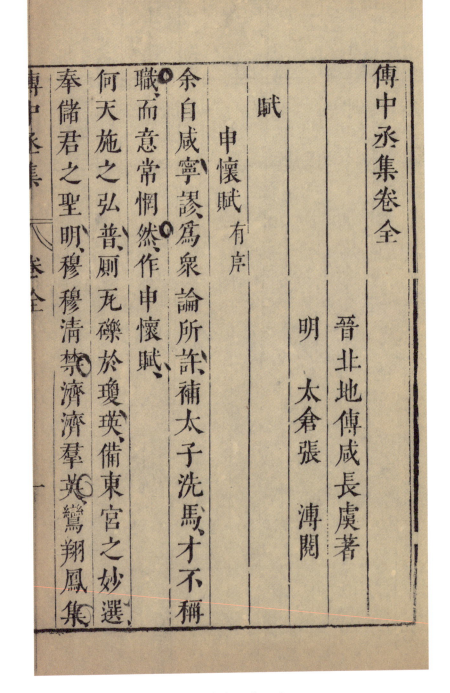

傅中丞集卷全

晉北地傅咸長虞著

明 太倉張　溥閱

賦

申懷賦 有序

余自咸寧謬爲衆論所許補太子洗馬才不稱
職而意常慨然作申懷賦、
何天施之弘普厠无礫於瓊英備東宮之妙選
奉儲君之聖明穆穆清禁濟濟羣英鸞翔鳳集

傅中丞集　卷全　　　　一

傳中丞集敘

傅休奕剛峻少容賞顯當世老而不折時晉運方與天子
虛己老成喉舌可以無恙若長虞所處國艱甫殷懲楊氏
執政之萌規汝南輔相之失劾按驚人榮終司隸直道而
行若是多福鮑子都諸葛少季無其遇也傅氏諸賦不尚
綺麗長虞短篇時見正性治獄明意賦云彼其之子邦之
古有死而無來一生骨鯁風尚顯白歷官威嚴條申職掌
御史作箴汲生共勗司隸布教臥虎立名吏砥身以存公
司直斯人有焉休奕四部六錄文集百餘湮闕者多長虞

北地傅氏遺書卷六　中丞集 廉張溥百三 家集梭補

晉御史中丞北地傅咸撰　關隴叢書

賦

申懷賦 有序

悵然作申懷賦

余自咸寧謬為衆論所許補太子洗馬才不稱職而意常
何天施之弘普廁瓦礫於瓊瑛備東宮之妙選奉儲君之
聖明穆穆清禁濟濟羣英鸞翔鳳集羽儀上京芬芳亞發
我穢其馨德音光宣我累厥聲豈伊不媿顧影慙形雖自

119.傅中丞集一卷

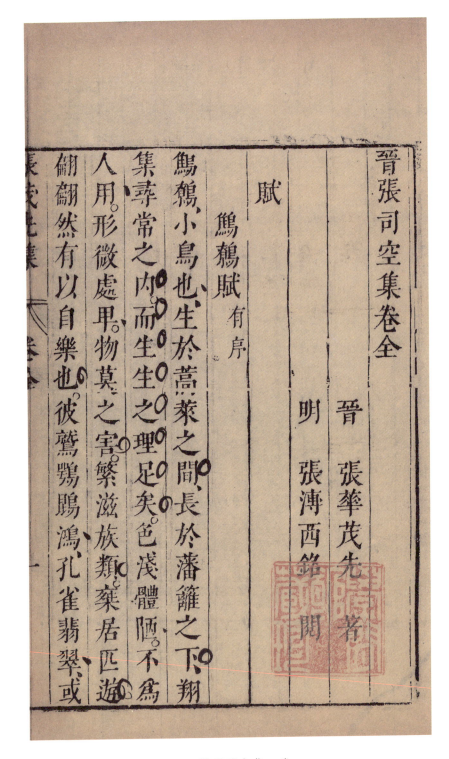

晉張司空集卷全

　　　　　　晉　張華茂先　著

　　　　　明　張溥西銘　閱

賦

鷦鷯賦　有序

鷦鷯、小鳥也、生於蒿萊之間、長於藩籬之下。翔集尋常之內、而生生之理足矣。色淺體陋。不爲人用。形微處卑。物莫之害繁滋族類棄居匹遊翩翩然有以自樂也。彼鷲鶚鶤鴻孔雀翡翠或

潘黃門集卷第一

晉　東牟潘　岳著

明　河東呂兆禧校

賦一

西征賦

歲次玄枵月旅蕤賓丙丁統日乙未御辰潘子憑軾西征自京徂秦廼喟然嘆曰古往今來邈矣悠哉寥廓忽悅化一氣而甄三才此三才者天地人道唯生與位謂之大寶生有脩短之命位有通塞之遇鬼神

潘黃門集卷全

晉　榮陽潘　岳著

明　太倉張　溥閱

賦

西征賦

歲次玄枵月旅蕤賓丙丁統日乙未御辰潘子憑軾西征自京徂秦乃喟然而歎曰古往今來邈矣悠哉寥廓忽悅化一氣而甄三才此三才者天地人道唯生與位謂之大寶生有修短之

晉　束皙廣微　著

明　張溥西銘　閱

賦

貧家賦　載藝文

余遭家之轗軻嬰六極之困屯，惴身以勞思，丁饑寒之苦辛，無原憲之厚德，有民斯之下貧，有漏狹之莫屋，無蔽覆之受塵，唯曲壁之常在，苟弛落而壓鎮，食草藥而不飽，常嗛嗛於膳珍，

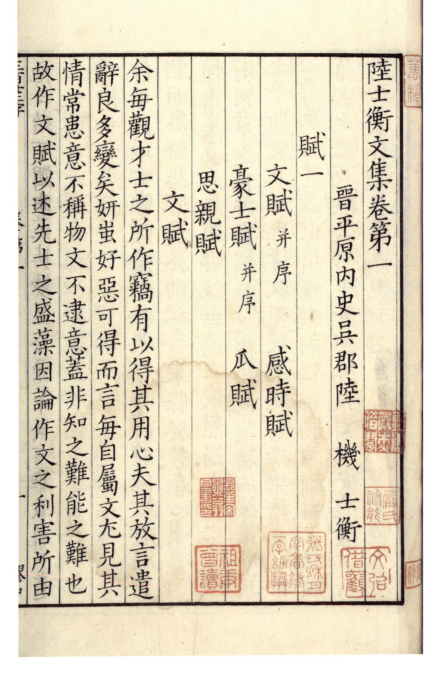

陸士衡文集卷第一

晉平原內史吳郡陸　機　士衡

賦一

　文賦　并序　　感時賦

　豪士賦　并序　　瓜賦

　思親賦

　文賦

余每觀才士之所作竊有以得其用心夫其放言遣
辭良多變矣妍蚩好惡可得而言每自屬文尤見其
情常患意不稱物文不逮意蓋非知之難能之難也
故作文賦以述先士之盛藻因論作文之利害所由

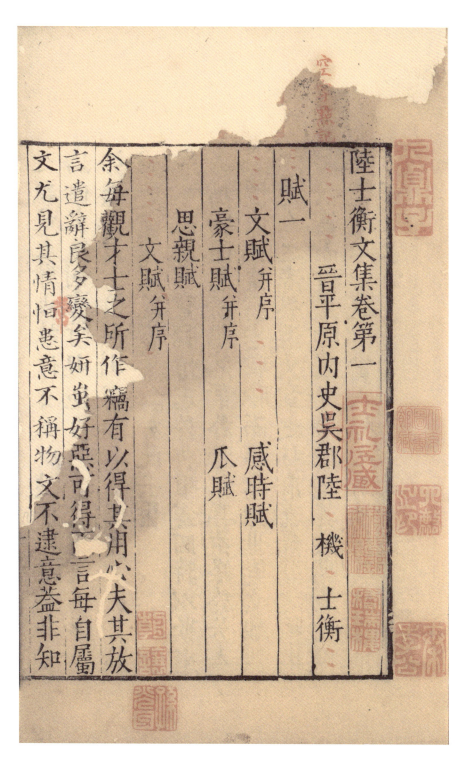

陸士衡文集卷第一

　　晉平原內史吳郡陸　機　士衡

賦一

　文賦并序

　豪士賦并序

　思親賦

　文賦并序

　　　　　　　感時賦

　　　　　　　瓜賦

余每觀才士之所作竊有以得其用心夫其放
言遣辭良多變矣妍蚩好惡可得而言每自屬
文尤見其情恒患意不稱物文不逮意蓋非知

陸士衡文集卷之一 小萬卷樓叢書

晉 陸 機 撰

賦一

文賦 幷序　感時賦

豪士賦 幷序　瓜賦

思親賦

文賦 幷序

余每觀才士之所作竊有以得其用心夫其放言遣

辭良多變矣妍蚩好惡可得而言每自屬文尤見其

情恆患意不稱物文不逮意蓋非知之難能之難也

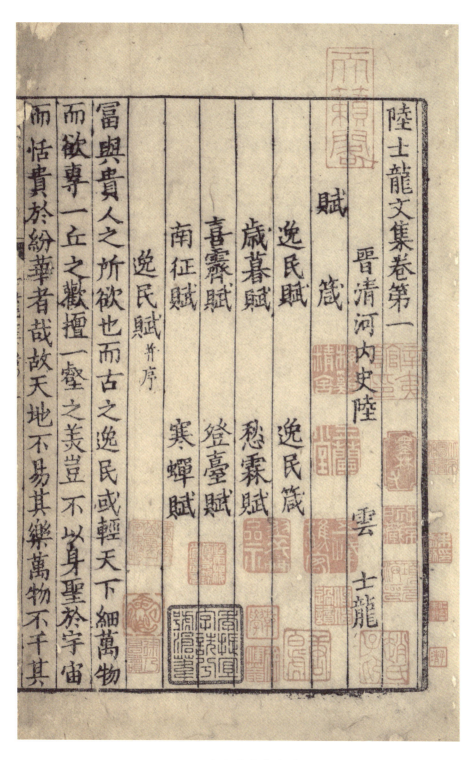

陸士龍文集卷第一

晉清河內史陸　　雲　士龍

賦

逸民賦　　　逸民箴

歲暮賦　　　愁霖賦

喜霽賦　　　登臺賦

南征賦　　　寒蟬賦

逸民箴

逸民賦并序

富與貴人之所欲也而古之逸民或輕天下細萬物
而欲專一丘之歡擅一壑之美豈不以身聖於宇宙
而恬貴於紛華者哉故天地不易其樂萬物不干其

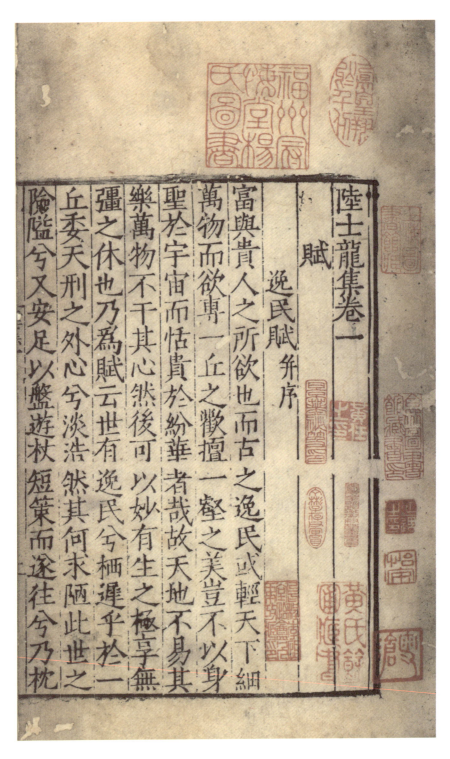

陸士龍集卷一

賦

逸民賦并序

富與貴人之所欲也而古之逸民或輕天下細
萬物而欲專一丘之歡擅一壑之美豈不以身
聖於宇宙而恬貴於紛華者哉故天地不易其
樂萬物不干其心然後可以妙有生之極享無
彊之休也乃爲賦云世有逸民兮栖遲乎於一
丘委天刑之外心兮淡泊然其何求陋此世之
隘臨兮又安足以盤遊杖短策而遂往兮乃枕

128.陸士龍集四卷

·128·

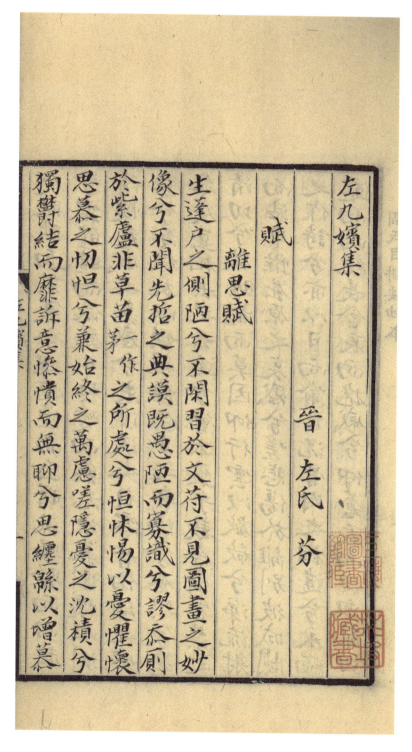

左九嬪集

　　　　　晉　左氏　芬

賦

　　離思賦

生蓬戶之側陋兮不閑習於文
符不見圖畫之妙像兮不聞先
哲之典謨既愚陋而寡識兮謬
恭廁於紫廬非草苗一作之所處兮恒
怵惕以憂懼懷思慕之切怛兮
兼始終之萬慮嗟隱憂之沈積兮
獨鬱結而靡訴意慘憤而無聊兮
思纏緜以增慕

129. 左九嬪集一卷

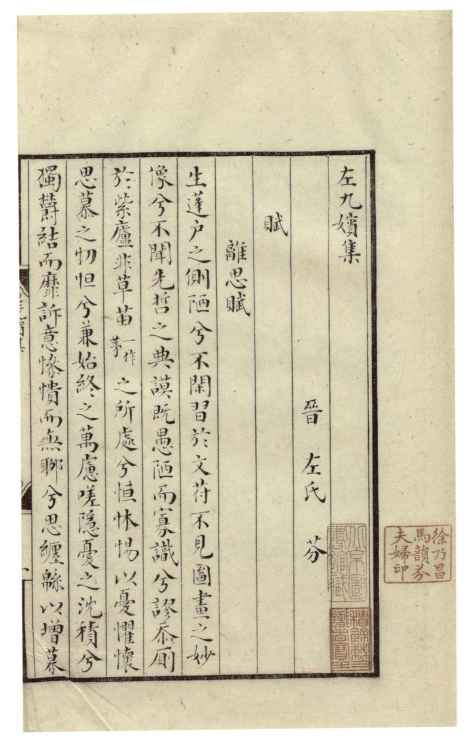

左九嬪集

晉　左氏　芬

賦

離思賦

生蓬戶之側陋兮不閑習於文符不見圖畫之妙
像兮不聞先哲之典謨旣愚陋而寡識兮謬忝厠
於紫廬非草茅一作茅之所處兮恒怵惕以憂懼懷
思慕之忉怛兮兼始終之萬慮嗟隱憂之沈積兮
獨鬱結而靡訴意慘憤而無聊兮思纏緜以增慕

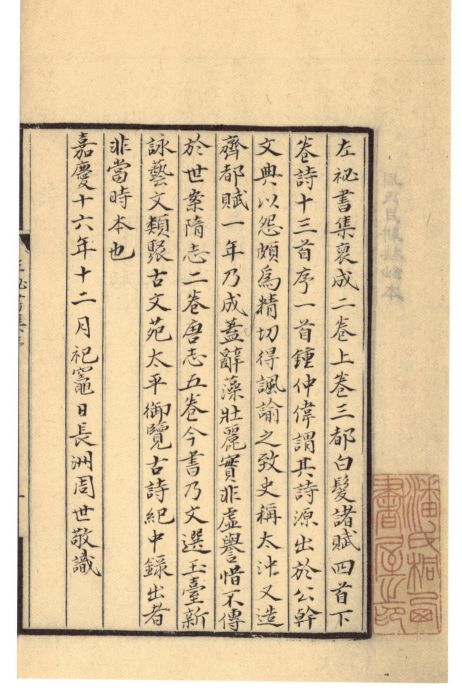

左祕書集襄成二卷上卷三都白髮諸賦四首下
卷詩十三首序一首鍾仲偉謂其詩源出於公幹
文典以怨頗爲精切得諷諭之致史稱太沖又造
齊都賦一年乃成蓋辭藻壯麗實非虛譽惜不傳
於世牽隋志二卷唐志五卷今書乃文選玉臺新
詠藝文類聚古文苑太平御覽古詩紀中錄出者
非當時本也
嘉慶十六年十二月祀竈日長洲周世敬識

131.左祕書集二卷

·131·

晉　臨淄左思著

三都賦序

蓋詩有六義焉其二曰賦揚雄曰詩人之賦麗以則班固曰賦者古詩之流也先王采焉以觀土風見綠竹猗猗則知衛地淇澳之產見在其版屋則知秦野西戎之宅故能居然而辨八方然相如賦上林而引盧橘夏熟揚雄賦甘泉而陳玉樹青蔥班固賦西都而歎以出比目張衡賦西京而述以遊海若假稱珍怪以為潤色若斯之類匪啻于茲矣之果木則生非其壤校之神物則出非其所于辭則易為藻飾于義則虛而無徵且夫玉卮無當雖寶非用俊言無驗雖麗非經而論者莫不詆訐其研精作者大氐舉為憲章積習生常有自來矣余既思摹二京而賦三都其山川城邑則稽之地圖其鳥獸草木則驗之方志風謠歌舞各附其俗魁梧長者莫非其舊何則發言為詩者詠其所志也升高能賦者頌其所見也美物者貴依其本體事者宜本其實匪本匪實覽者奚信且夫任土作貢虞書所著辯物居方周易所慎聊舉其一隅攝其體統歸諸詁訓焉

132.左太冲集一卷

晉張孟陽集卷全

賦

晉　安平張載　著

明　太倉張溥　閱

濛汜池賦

麗華池之湛澹開重壤以停源激通渠於千金

承纚洛之長川挹洪流之汪濊包素瀨之寒泉

既乃非通體乎東入紫宮左面九市右帶閶風

周墉建乎其表洋波廻乎其中幽瀆傍集潛流

張孟陽集　卷全　一

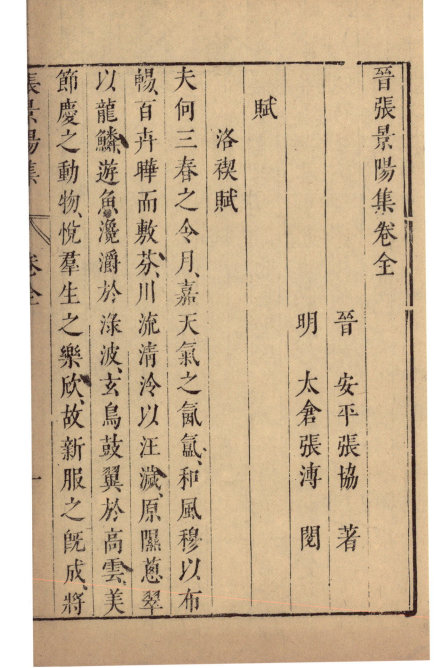

晉張景陽集卷全

晉　安平張協　著

明　太倉張溥　閱

賦

洛禊賦

夫何三春之令月，嘉天氣之氳氳，和風穆以布暢，百卉曄而敷芬，川流清泠以汪濊，原隰蔥翠以龍鱗，遊魚瀺灂於漾波，玄鳥鼓翼於高雲，美節慶之動物，悅羣生之樂欣，故新服之既成，將

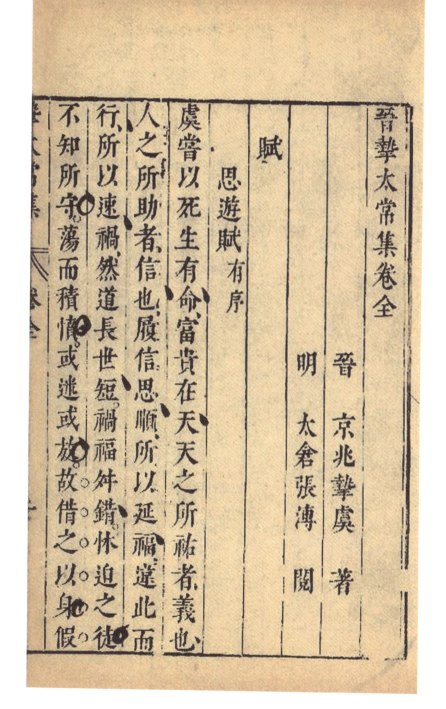

晉 京兆摯虞 著

明 太倉張溥 閱

賦

思遊賦有序

虞嘗以死生有命富貴在天天之所祐者義也
人之所助者信也履信思順所以延福蹇此而
行所以速禍然道長世短禍福舛錯休迫之徒
不知所守蕩而積憒或逃或放故借之以身假

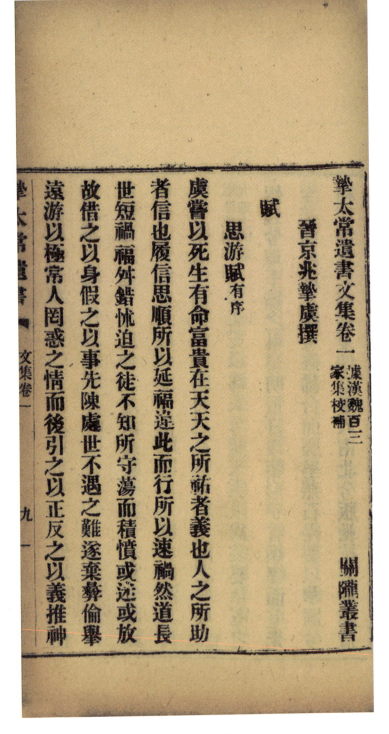

濩漢魏百三家集校補

晉京兆摯虞撰

賦

思游賦有序

虞嘗以死生有命富貴在天天之所祐者義也人之所助者信也履信思順所以延福違此而行所以速禍然道長世短禍福舛錯怵迫之徒不知所守蕩而積憤或迷或放故借之以身假之以事先陳處世不遇之難遂棄彝倫舉遠游以極常人罔惑之情而後引之以正反之以義推神

賦

晉滎陽潘尼正叔著

明　太倉張溥閱

東武館賦有序

東武館者蓋東武陽侯之館也俄而遷居謂余
曰吾將老焉故有終焉之心而無移易之志子
且為我賦之

嘉大雅之洪操美明哲之保身懲都邑之迫險

潘太常集　卷全　一

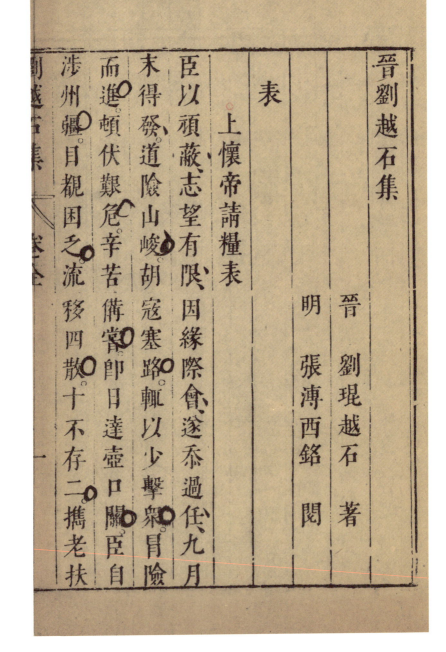

晉劉越石集

晉　劉琨越石　著

明　張溥西銘　閱

表

上懷帝請糧表

臣以頑蔽志望有限、因緣際會遂忝過任、九月
末得發道險山峻胡寇塞路輒以少擊衆冒險
而進頓伏艱危辛苦備嘗卽日達壺口關臣自
涉州疆目觀困乏之流移四散十不存二攜老扶

劉越石集

卷之全

一

138.晉劉越石集一卷

· 138 ·

郭弘農集卷之一

晉河東郭　璞　著

明太倉張　溥　閱

賦

南郊賦

於是時惟青陽、日在方旭、我后將受命靈壇、乃
改步而鳴玉、升金軒、撫太僕、揚六轡、齊八騄、列
五幡於一元兮、靡日月乎黄屋、矯陵烏以偵候、
令整豹尾於後屬、武騎伈伈以清道、被練煥以波

139. 郭弘農集二卷

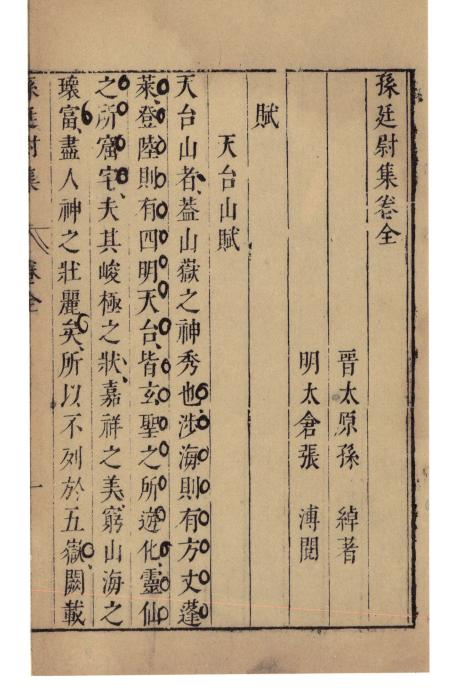

孫廷尉集卷全

晉太原孫　綽著

明太倉張　溥閱

賦

天台山賦

天台山者、蓋山嶽之神秀也。涉海則有方丈蓬萊、登陸則有四明天台、皆玄聖之所遊化、靈仙之所窟宅、夫其峻極之狀嘉祥之美窮山海之瑰富、盡人神之壯麗矣、所以不列於五嶽、闕載

孫廷尉集　集全　一

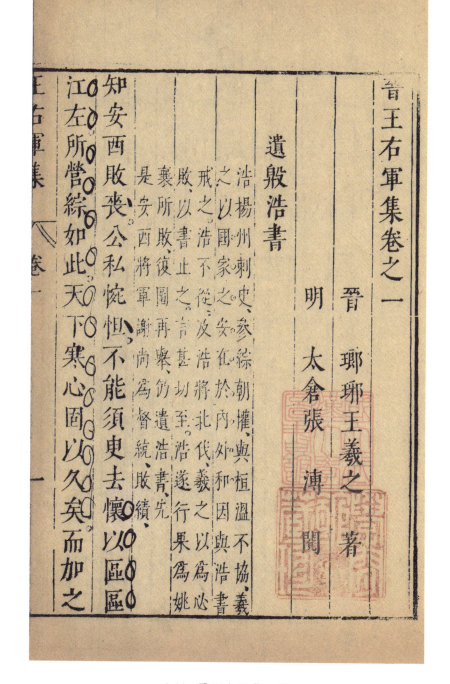

晉王右軍集卷之一

晉　琅琊王羲之　著

明　太倉張溥　聞

遺殷浩書

浩揚州刺史、參綜朝權、與桓溫不協、義之以國家之安、在於內外和、因與浩書戒之以浩不從及浩將北伐、義之以為必敗、以書止之、言甚切至、浩遂行果為姚襄所敗、欲復圖再舉、義之為督統、敗績、先是安西將軍謝尚為督統敗績、

知安西敗喪、公私慘悵、不能須更去懷、以區區江左、所營綜如此、天下寒心、固以久矣、而加之

晉　王獻之子敬　著

明　張溥西銘　閱

辭中令書　獻之自吳典內史徵拜中書令

對出謂公私可安耳勳賞旣湊亦巳息望、但使
明公不遺有會不忘亦何憂便倭耶民志不慕
高情不忘榮懇懇所祈惟願離令任邛餘無所
擇、伏度朝恩不過存愍故舊使蓬茜與蘭蕙齊
榮耳、明詔爰發恩巳被矣榮實厚矣必何須拜

王大令集　　辭全　　一

142. 晉王大令集一卷

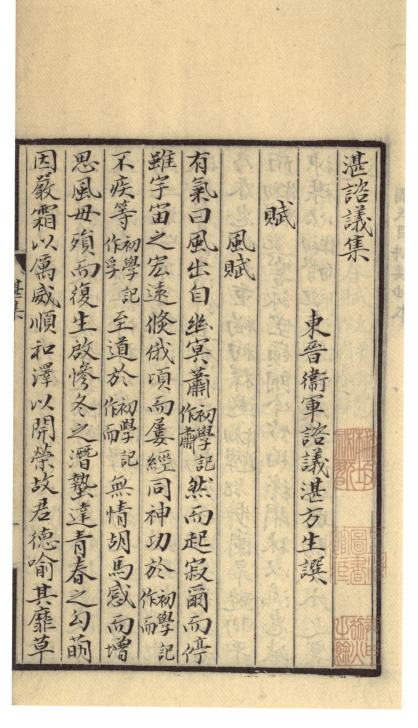

湛詥議集

東晉衛軍諮議湛方生撰

賦

風賦

有氣曰風出自幽宴蕭〔初學記〕然而起寂爾而停
雖宇宙之宏遠倏俄頃而屢經同神功於〔初學記〕
不疾等〔初學記〕至道於〔初學記〕無情胡馬感而增
思風毋殞而復生啟慘冬之潛蟄達青春之勾萌
因嚴霜以厲威順和澤以開榮故君德喻其靡草

143. 湛詥議集一卷

· 143 ·

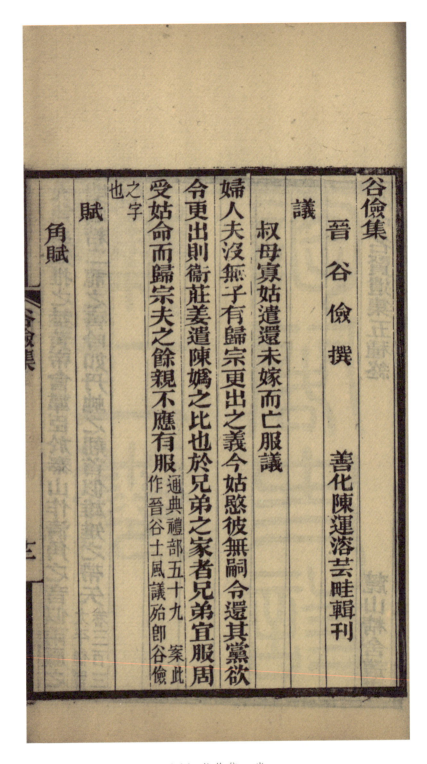

谷儉集

晉　谷　儉　撰　　善化陳運溶芸畦輯刊

議

叔母寡姑遣還未嫁而亡服議

婦人夫沒無子有歸宗更出之義今姑慇彼無嗣令還其黨欲
令更出則衛莊姜遣陳嬀之比也於兄弟之家者兄弟宜服周
受姑命而歸宗夫之餘親不應有服　作晉谷士風議殆卽谷儉
之字也　通典禮部五十九　案此

賦

角賦

144.谷儉集一卷

· 144 ·

車太常集

晉　車　胤　撰

善化陳運溶芸畦輯刊

疏

請定庶子爲所生母服疏

上言謹案喪服禮經庶子爲母緦麻三月傳曰何以緦麻以尊
者爲體不敢服其私親也此經傳之明文聖賢之格言而頃
開國公侯至於卿士庶子爲後各肆私情服其庶母同之於嫡
此末俗之弊溺情傷敎縱而不革則流遁忘返矣且夫尊尊親
親雖禮之大本然厭親於尊由來尚矣禮記曰爲父後出母無
服也者不祭故也又禮天子父母之喪未葬越紼而祭天地社

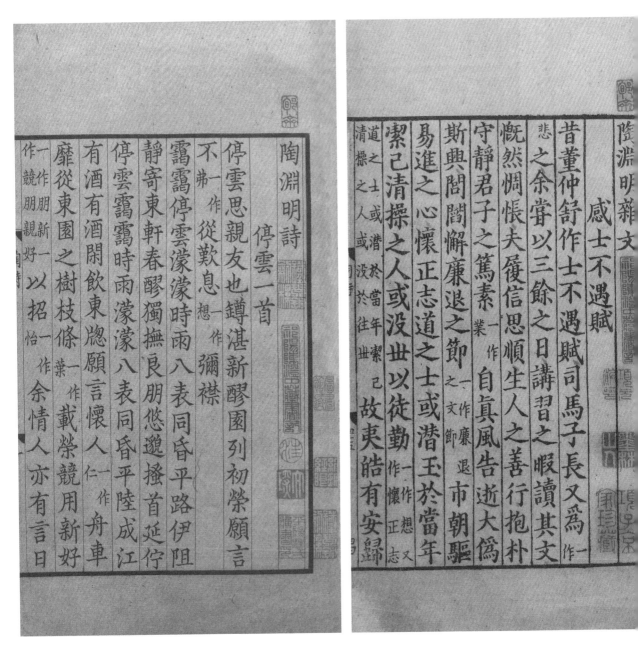

陶淵明詩

停雲一首

停雲思親友也罇湛新醪園列初榮願言
不弗從歎息想一作彌襟

靄靄停雲濛濛時雨八表同昏平路伊阻

靜寄東軒春醪獨撫良朋悠邈搔首延佇

停雲靄靄時雨濛濛八表同昏平陸成江

有酒有酒閑飲東窗願言懷人仁一作舟車

靡靡從東園之樹枝條載榮競用新好

一作競朋親好自作詩以招怡一作余情人亦有言日

陶淵明雜文

感士不遇賦

昔董仲舒作士不遇賦司馬子長又爲作一

悲之余嘗以三餘之日講習之暇讀其文

慨然惆悵夫履信思順生人之善行抱朴

守靜君子之篤素業一作自真風告逝大僞

斯興閭閻懈廉退之節之一作廉退文節

易進之心懷正志道之士或潛玉於當年

潔己清操之人或沒世以徒勤作一作想又

道之士或潛於當年絜己故夷皓有安歸

清操之人或沒於往世市朝驅

陶淵明集卷第一

詩九首 四言

停雲一首并序

停雲思親友也罇湛新醪園列初榮願言
不〔一作弗〕從歎息〔想一作〕彌襟

靄靄停雲濛濛時雨八表同昏平路伊阻

靜寄東軒春醪獨撫良朋悠邈搔首延佇

停雲靄靄時雨濛濛八表同昏平陸成江〔一作舟車〕

有酒有酒閒飲東牕願言懷人〔一作舟車〕

靡從東園之樹枝條〔一作載〕榮競用新好

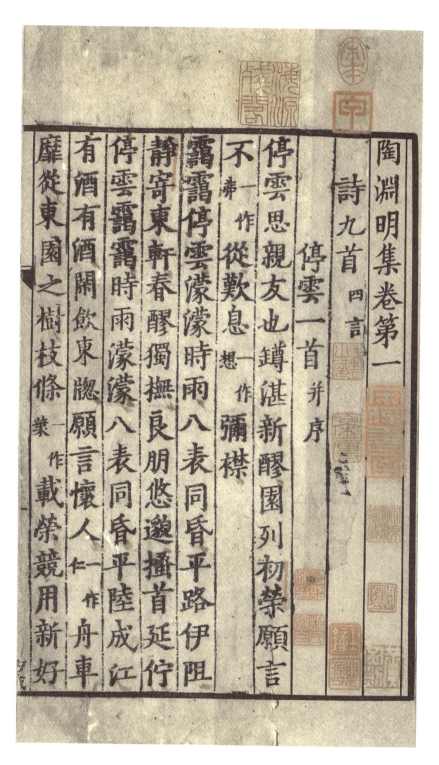

147. 陶淵明集十卷

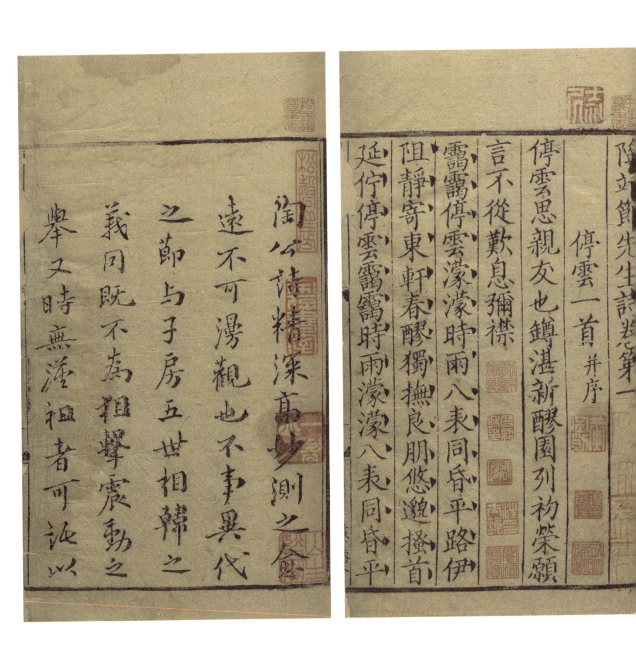

陶靖節先生詩卷第一

停雲一首 并序

停雲思親友也罇湛新醪園列初榮願
言不從歎息彌襟

靄靄停雲濛濛時雨八表同昏平路伊
阻靜寄東軒春醪獨撫良朋悠邈搔首
延佇停雲靄靄時雨濛濛八表同昏平

陶公詩精深高妙測之愈
遠不可湯觀也不事異代
之節與子房五世相韓之
義同既不為粗聲震動之
舉又時無藩祖者可証以

148. 陶靖節先生詩注四卷補注一卷

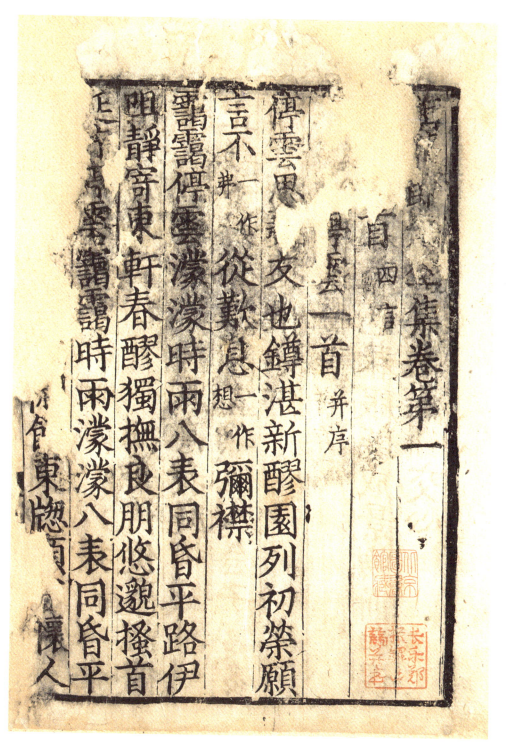

149.陶靖節先生集十卷年譜一卷

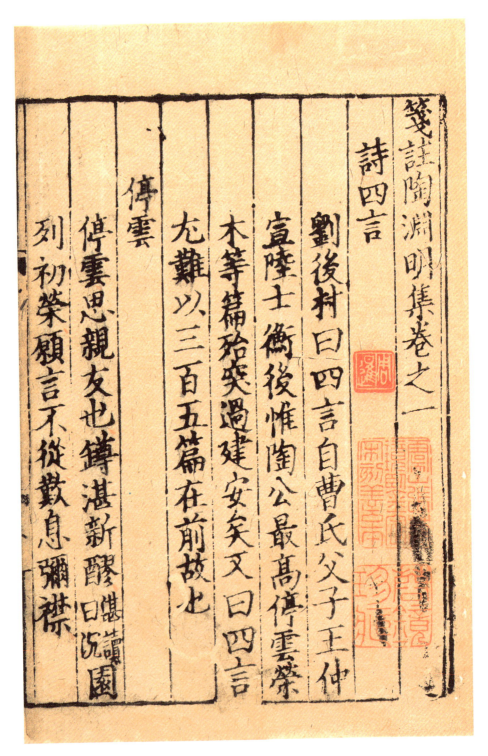

箋註陶淵明集卷之一

詩四言

劉後村曰四言自曹氏父子王仲
宣陸士衡後惟陶公最高停雲榮
木等篇殆突過建安矣又曰四言
尤難以三百五篇在前故也

停雲

停雲思親友也罇湛新醪園列
初榮顧言不從歎息彌襟

150. 箋註陶淵明集十卷總論一卷

· 150 ·

淵云自昭明誤讀陶
命子詩其五章六桓之
長沙伊勲伊德其六
章云肅矣我祖慎和
千里於皇不考淡為盧
此四祖以考系於陶侃
三不逮作淵明傳云曾
祖侃晉大司馬輔耻後
屬身後代若淵明不
知其曾不然此詩第一
章原陶姓此自陶庚
昌北周二章德于戰
國致于漢初功臣陶
舍三章舍三子青為
考景世相四章附言
長沙次出五章乃言
支不淵別孟晉乃有
己云祖考細尋自醬
長沙功德六章方叙

陶淵明傳

梁昭明太子統撰

陶淵明字元亮或云潛字淵明潯陽柴桑人也曾
祖侃晉大司馬淵明少有高趣博學善屬文頴脫
不羣任真自得嘗著五柳先生傳以自況曰先生
不知何許人也亦不詳姓氏宅邊有五柳樹無一本無樹
因以為號焉閑靜少言不慕榮利好讀書不求
甚解每有會意欣然忘食性嗜酒而家貧不能恒

陶淵明傳

一

寶墨堂

151.陶詩集注四卷東坡和陶詩一卷

世徒見陶徵士淵明讀書不求甚解遂於書申
切疑義略而不求析此大惑也徵士讀書非不解
也要以解解之以不解解之不求其甚焉斯已耳
甚之爲言太過也猶仲尼不爲已甚之甚明乎斯
旨則於讀陶詩也思過半矣諸家論徵士詩者寔
繁有徒惟蘇黃楊陸之說得其解學者可覽而知
焉惟是陶詩題甲子一事爲後世未決之疑是何
也觀集中始庚子迄丙辰凡十七年皆晉安帝時
所作初不聞題隆安元興義熙之號若九日閑居
詩有云空視時運傾擬古第九章有云忽值山河

陶詩彙注

152.陶詩彙注四卷首一卷末一卷 / 論陶一卷

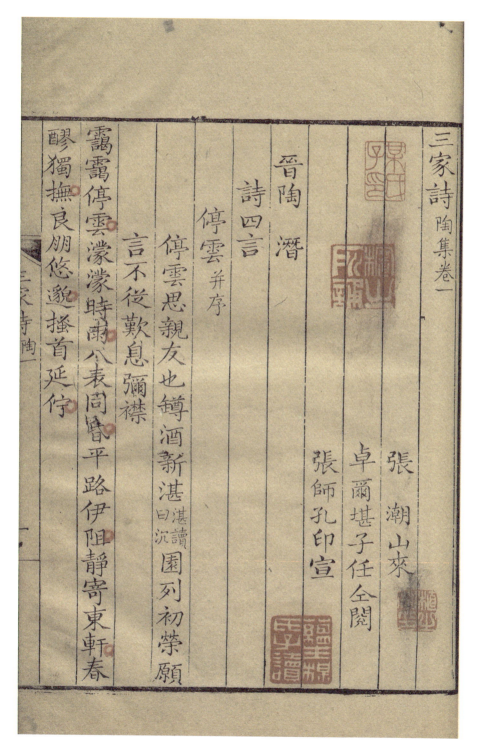

三家詩陶集卷一

張　潮山來

卓爾堪子任仝閱

張師孔印宣

晉陶潛

詩四言

停雲并序

停雲思親友也罇酒新湛湛讀湛曰沈園列初榮願

言不從歎息彌襟

靄靄停雲濛濛時雨八表同昏平路伊阻靜寄東軒春

醪獨撫良朋悠邈搔首延佇

153.陶集四卷

· 153 ·

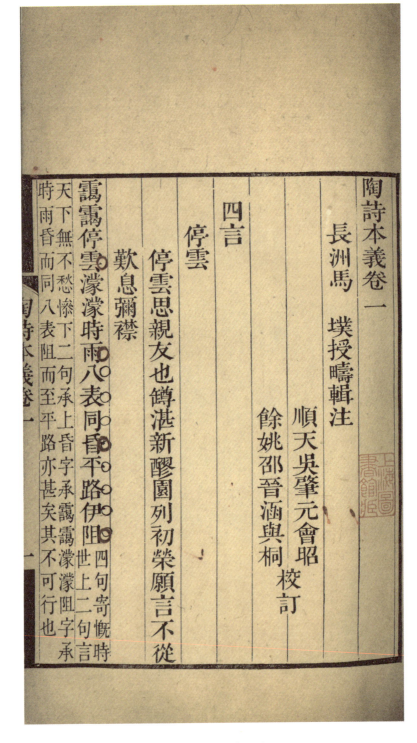

陶詩本義卷一

長洲馬　璞授疇輯注

　　　　　　順天吳肇元會昭　校訂
　　　　　　餘姚邵晉涵與桐

四言

停雲

停雲思親友也罇湛新醪園列初榮願言不從

歎息彌襟

靄靄停雲濛濛時雨○八表同昏平路伊阻○四句寄慨時
世上二句言
天下無不愁慘下二句承上昏字承靄靄濛濛阻字承
時雨昏而同八表阻而至平路亦甚矣其不可行也○

陶詩本義卷一　　　一

154.陶詩本義四卷

·154·

始作鎮軍參軍經曲阿

弱齡寄事外委懷在琴書被褐欣自得屢空常
晏如時來苟冥會宛轡〔躓響，一作〕憩通衢投策命晨
裝暫與田園疏眇眇孤舟遊綿綿歸思紆我行
豈不遙登陟千里餘目倦川塗異心念山澤居
望雲慙高鳥臨水愧游魚真想初在襟誰謂形
蹟拘聊且憑化遷終返班生廬

155.陶詩編年一卷

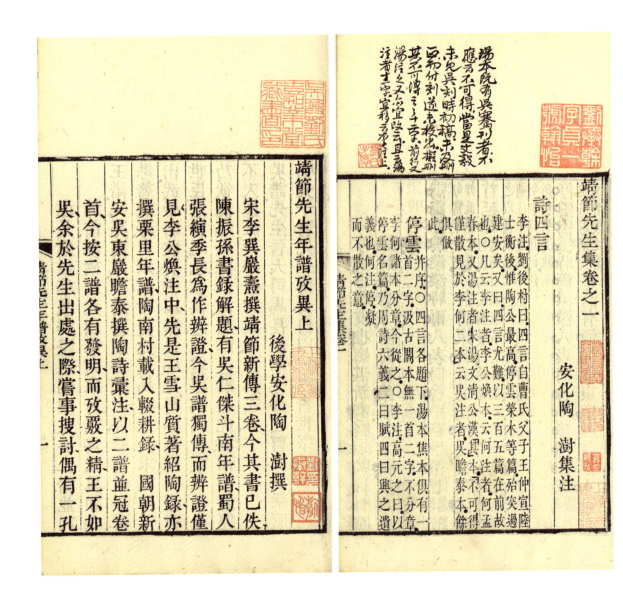

靖節先生集卷之一

安化陶　澍集注

詩四言

李注劉後村曰四言自曹氏父子王仲宣陸
士衡後惟陶公最高停雲榮木等篇殆突過
建安矣又曰四言尤難以三百五篇在前故
也○凡云李注者李公煥本云湯注者朱湯
文清公注者吳瞻泰本餘
見於李注者何孟
春也○汲古閣本無一首二字不分章

停雲并序○四言各題下湯本焦本俱有一
李何諸本乃今從之○李注高元曰以
雲何名乃周詩六義二曰賦四曰興之遺
義也不散之意凝

（上欄手書）湯本既有吳騫刊者不
應云不可得當是文敦
求見吳刻時初稿未及刪
却付刻遂並校先樹刪
其不可得三十二字且遺
湯注之又加宣改之且謬
注首王堯寶翁元孚

靖節先生年譜攷異上

後學安化陶　澍撰

宋李巽巖燾撰靖節新傳三卷今其書已佚
陳振孫書錄解題有吳仁傑斗南年譜蜀人
張縯季長爲作辨證今吳譜獨傳而辨證僅
見李公煥注中先是王雪山質著紹陶錄亦
撰栗里年譜陶南村載入輟耕錄　國朝新
安吳東巖瞻泰撰陶詩彙注以二譜並冠卷
首今按二譜各有發明而攷覈之精王不如
吳余於先生出處之際嘗事搜討偶有一孔

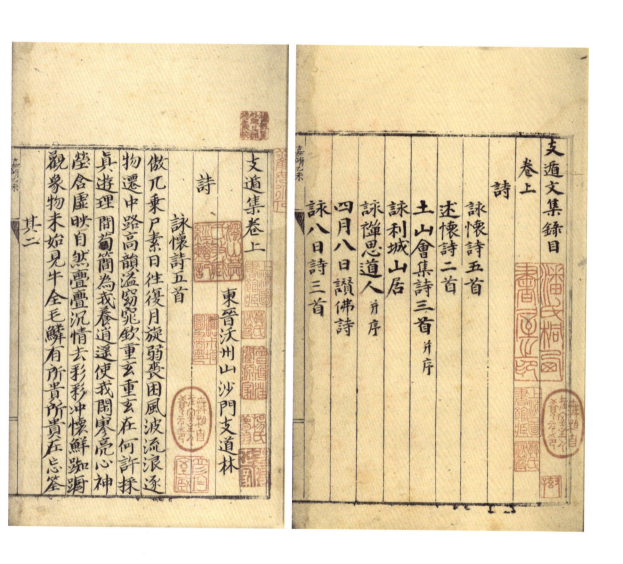

支遁文集錄目

卷上

　詩

詠懷詩五首

述懷詩二首

土山會集詩三首 并序

詠利城山居

詠禪思道人 并序

四月八日讚佛詩

詠八日詩三首

支遁集卷上

　　　　　　　東晉沃州山沙門支道林

詩

詠懷詩五首

傲兀乘尸素　日往復月旋

弱喪困風波　流浪逐物遷

中路高韻溢　窈窕重玄在

何許採真遊　間簞為我養

道遣使我閒　寥亮心神

瑩合虛映自然　壘壘沉情去

彩彩冲懷鮮　踟蹰觀象物

未始見牛全　毛鱗有所貴

所貴在忘筌

其二

支道林集序

庚子之秋予既淹迹魏墟旋邁江渚徜祥
西山乃眷考卜頗悅幽人之辭而玩焉往
歲獲觀支篇時復興詠自得於懷併拾遺
文附爲一集刊示同好用寄遐想尤有以
窺作者之用心即其才情何謝潘陸取喻
江海同波而異瀾者乎乃論之曰迖觀風
人之載窕其經緯而不以偏戾爲奇也敷言
神氣宣其指會可約而言蓋立體者以

支道林集

四月八日讚佛詩四首

三春迭云謝首夏含朱明祥祥今日泰朗
朗玄夕清菩薩彩靈和耿然因化生四王
應期來矯掌承玉形飛天鼓弱羅騰擺散
芝英綠瀾穎龍首縹蘂霺流泠芙蕖育神
蕰傾柯獻朝榮芳津霧四境甘露凝玉瓶
珍祥盈四八玄黃曜紫庭感降非情想恬
怕無所營玄根泯靈府神條秀形名圓光

158. 支道林集一卷

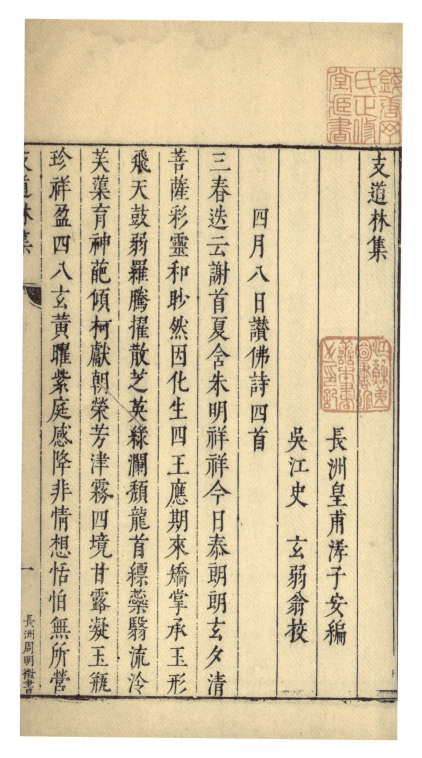

支道林集

長洲皇甫涍子安編

吳江史　玄弱翁校

四月八日讚佛詩四首

三春迭云謝首夏含朱明祥祥今日泰朔朔玄夕清

菩薩彩靈和耿然因化生四王應期來矯掌承玉形

飛天鼓弱羅騰擢散芝英淥瀾頹龍首縹蘂翳流泠

芙蕖育神葩傾柯獻朗榮芳津霧四境甘露凝玉籟

珍祥盈四八玄黃曜紫庭感降非情想恬怕無所營

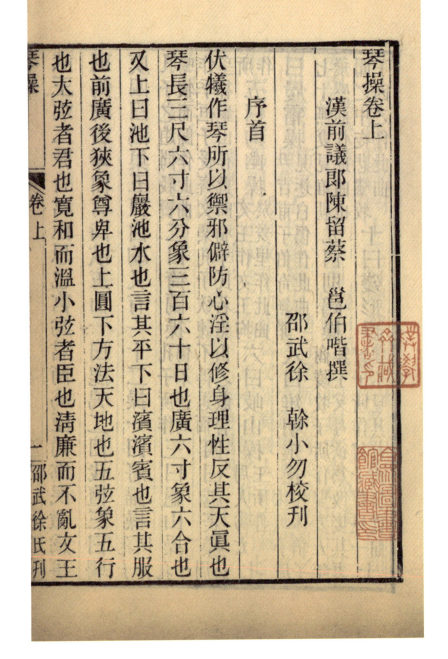

琴操卷上

漢前議郎陳留蔡邕伯喈撰

邵武徐幹小勿校刊

序首

伏犧作琴所以禦邪僻防心淫以修身理性反其天眞也

琴長三尺六寸六分象三百六十日也廣六寸象六合也

又上曰池下曰巖池水也言其平下曰濱濱賓也言其服

上圓下方法天地也五弦象五行

也前廣後狹象尊卑也

也大弦者君也寬和而溫小弦者臣也清廉而不亂文王

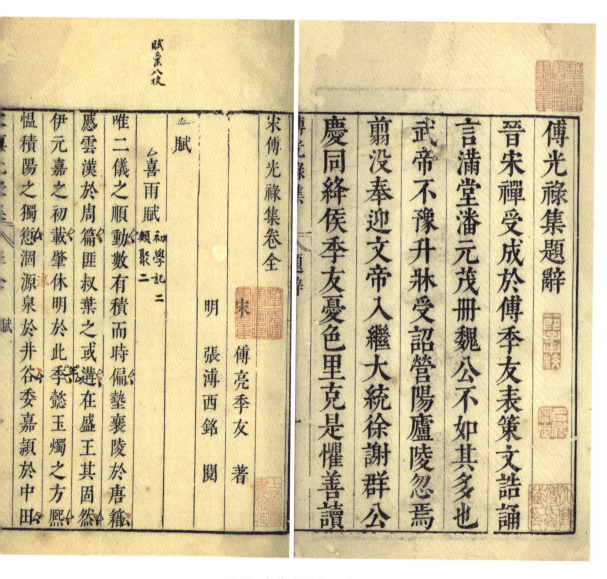

傅光祿集題辭

晉宋禪受成於傅季友表策文誥誦
言瀟堂潘元茂冊魏公不如其多也
武帝不豫升袮受詔營陽盧陵忽焉
窮没奉迎文帝入繼大統徐謝群公
慶同絳侯季友憂色里克是懼善讀

宋傅光祿集卷全

　　　宋　傅亮季友　著

　　　明　張溥西銘　閱

賦

　喜雨賦　初學記二
　　　　類聚二

唯二儀之順動數有積而時偏塾襄陵於唐籍
感雲漢於周篇匪叔葉之或遘在盛王其固然
伊元嘉之初載肇休明於此季懿玉燭之方熙
慍積陽之獨愆愬涸源泉於井谷委嘉穎於中田

賦彙八校

161.宋傅光祿集一卷

宋傅光祿集卷全

賦

　　喜雨賦

唯二儀之順動數有積而時偏蟄襄陵於唐籍

感雲漢於周篇匪叔葉之或遷在盛王其固然

伊元嘉之初載肇休明於此季懿玉燭之方熙

慍積陽之獨愆涸源泉於井谷委嘉穎於中田

宋　傅亮季友　著

明　張溥西銘　閱

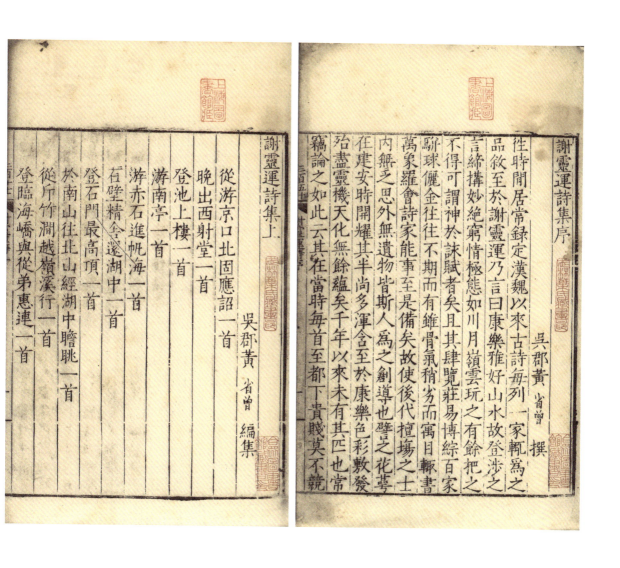

謝靈運詩集序　　吳郡黃省曾　撰

往時閒居常錄定漢魏以來古詩每列一家輒爲之
品敘至於謝靈運乃言曰康樂雅好山水故登涉之
言綷撢妙絕窮情極態如川月嶺雲玩之有餘把之
不得可謂神於詠賦者矣且其肆覽莊易博綜百家
騈珠儷金往往而有雖骨氣稍劣而寓目輒書
萬象羅會詩家能事至是備矣故使後代擅場之士
內無乏思外無遺物皆能爲之劉導也譬之花萼
在建安時開耀其半尚多渾舍至於康樂色彩敷發
殆盡靈機天化無餘蘊矣千年以來未有其匹也常
竊論之如此云其往往當時每首至都下貴賤莫不競

謝靈運詩集上　　吳郡黃省曾　編集

從游京口北固應詔一首
晚出西射堂一首
登池上樓一首
游南亭一首
游赤石進帆海一首
石壁精舍還湖中一首
登石門最高頂一首
於南山往北山經湖中瞻眺一首
從斤竹澗越嶺溪行一首
登臨海嶠與從弟惠連一首

163. 謝靈運詩集二卷

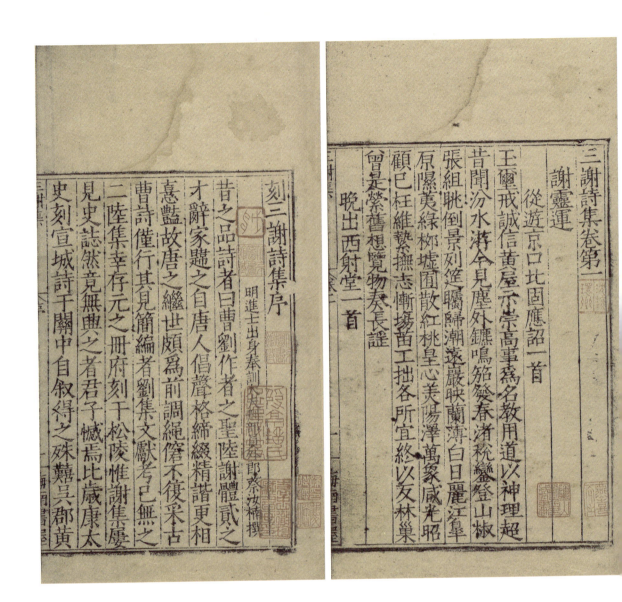

三謝詩集卷第一

謝靈運

從遊京口北固應詔一首

王翬戒誠信黃屋示崇高羈名教用道以神理超
昔聞汾水游今見塵外鑣鳴笳發春渚稅鑾登山椒
張組眺倒景刈筵矚歸潮遠嚴映蘭薄白日麗江皐
原隰荑綠柳墟囿散紅桃皇心美陽澤萬象咸光昭
顧己枉維縶撫志慚場苗工拙各所宜終以友林巢
曾是縈舊想覽物奏長謠

晚出西射堂一首

刻三謝詩集序

明進士出身奉訓大夫□□□郎蔡汝楠撰

昔之品詩者曰曹劉作者之聖陸謝體貳之
才辭家題之自唐人倡聲格締綴精諧更相
蹈襲故唐之繼世頗爲前調繩窘不復采古
曹詩僅行其見簡編者劉集文獻考之已無之
二陸集幸存元之一冊府刻于松陵惟謝集屢
見史誌然竟無𢙢之者君子憾焉比歲康太
史刻宣城詩于關中自叙得之殊𧲱吳郡黃

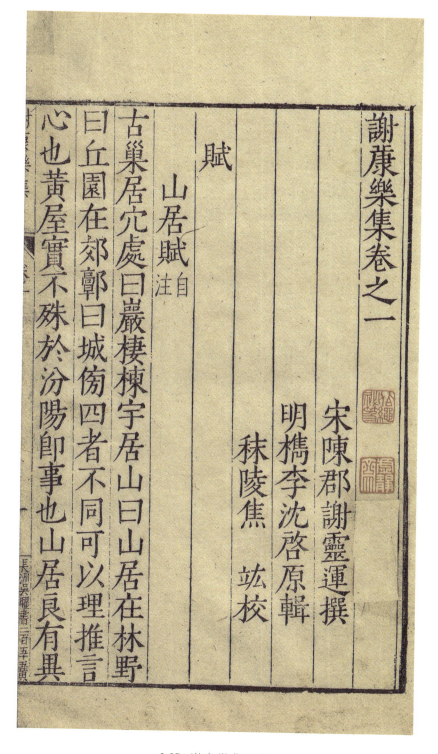

謝康樂集卷之一

宋陳郡謝靈運撰

明樵李沈啓原輯

秣陵焦　竑校

賦

山居賦　自注

古巢居穴處曰巖棲棟宇居山曰山居在林野
曰丘園在郊郭曰城傍四者不同可以理推言
心也黃屋實不殊於汾陽卽事也山居良有異

165. 謝康樂集四卷

· 165 ·

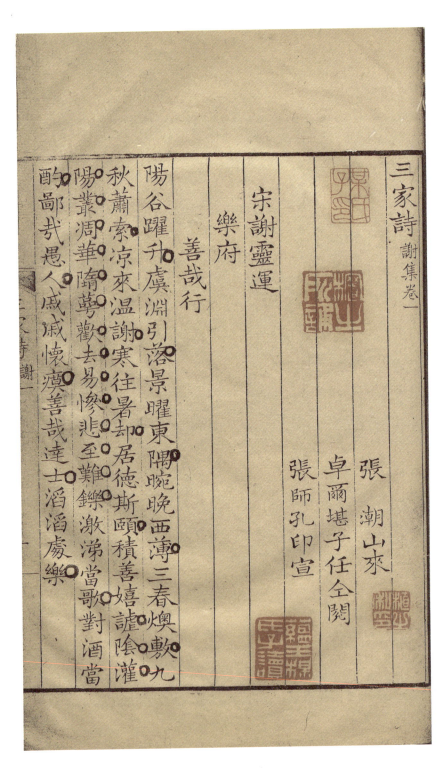

三家詩　謝集卷一

張　潮山來

卓爾堪子任全閱

張師孔印宣

宋謝靈運

樂府

善哉行

陽谷躍升虞淵引落景曜東隅晼晚西薄三春煥敷九
秋蕭索涼來溫謝寒往暑卻居德斯頤積善嬉譃陰灌
陽叢潤華陶蓍歡去易慘悲至難鑠激澒當歌對酒當
酌鄙哉愚人戚戚懷瘼善哉達士滔滔處樂

謝惠連

泛湖歸出樓中翫月一首

日落泛澄瀯　星羅游輕橈　憩慈翮面曲　泛臨流對迴潮
輟策共駢筵　並坐相招要　哀鴻鳴沙渚　悲猨響山椒
亭亭映江月　飀飀出谷飆　斐斐氣幂岫　泫泫露盈條
近瞩祛幽蘊　遠視蕩諠囂　唯言不知罷　從夕至清朝

秋懷詩一首

平生無志意　少小嬰憂患　如何乘苦心　矧復值秋晏
皎皎天月明　奕奕河宿爛　蕭瑟含風蟬　寒凄度雲鴈

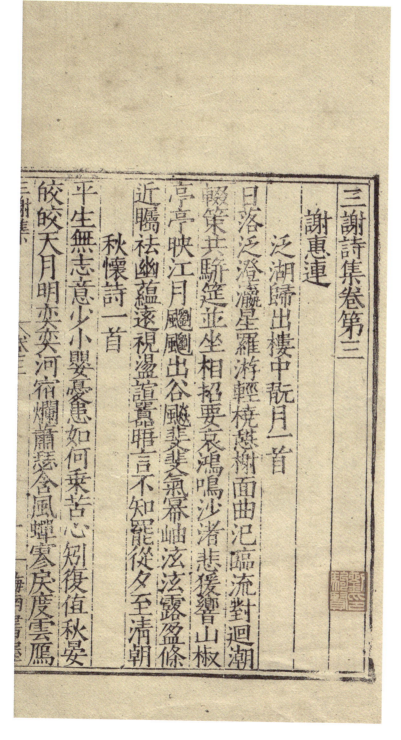

167. 謝惠連詩一卷

謝法曹集卷全

賦

　雪賦

歳將暮時旣昏寒風積愁雲繁梁王不悦遊於兔園乃置肯酒命賓友召鄒生延枚叟相如未至居客之右俄而微霰零密雪下王乃歌北風於衛詩詠南山於周雅授簡於司馬大夫曰抽

宋陳郡謝惠連著

明太倉張　溥閲

謝法曹集　卷全　賦　　一

宋何衡陽集

宋　東海何承天　著

明　太倉張溥　閱

賦

木瓜賦

美中州之嘉樹表間冶之麗姿結靈根以誕秀
傾朝日以揚輝擢叢柯之冉冉布翠葉而萋萋
惟茲木之在林亦超類而獨劲方朝華而繁實
比沙棠而有耀當大廈之方隆愧惟榦之纖微

169.宋何衡陽集一卷

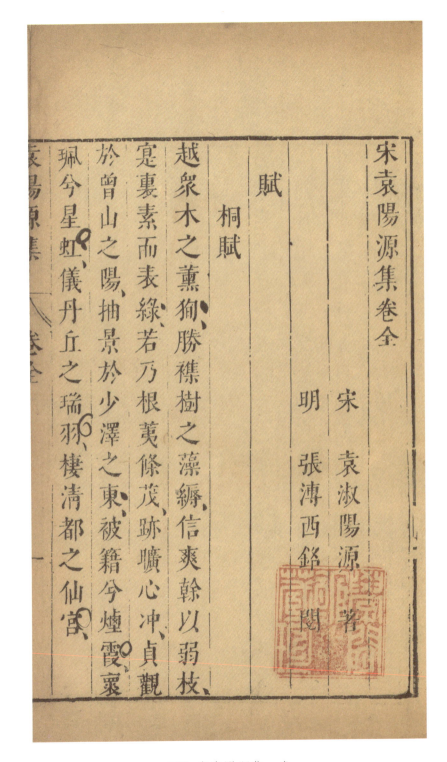

宋袁陽源集卷全

　　　　　　　宋　袁淑陽源　著

　　　　　明　張溥西銘　閱

賦

　桐賦

越衆木之薰狗、勝襍樹之藻纏、信爽榦以弱枝、

寔裏素而表綠、若万根葰條茂、跡曠心冲、貞觀

於曾山之陽、抽景於少澤之東、被籍兮煙霞裹、

珮兮星虹、儀丹丘之瑞羽、樓清都之仙宮、

安成顔欲章編

鹽官姚士粦校

赭白馬賦 并序

驥不稱力馬以龍名登不以國尚威容軍馹趨迅

而巳實有騰光吐圖疇德瑞聖之符焉是以語崇

其靈世榮其至我高祖之造宋也五方率職四隩

入貢秘寶盈於玉府文駟列乎華廐乃有乘輿赭

白特稟逸異之姿妙簡帝心用錫聖阜服御順志

171. 顔光禄集三卷

· 171 ·

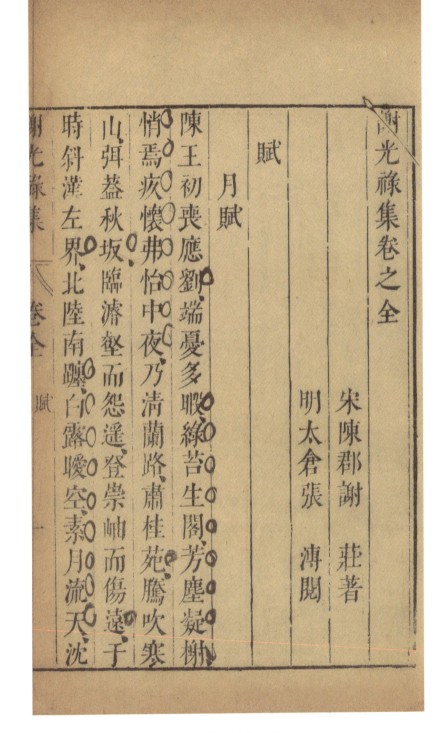

謝光祿集卷之全

賦　　　　　　　明太倉張　溥閱

　　　　　　　　宋陳郡謝　莊著

月賦

陳王初喪應劉端憂多暇綠苔生閣芳塵凝榭
悄焉疚懷弗怡中夜乃清蘭路肅桂苑騰吹寒
山弭蓋秋坂臨濟壑而怨遙登崇岫而傷遠于
時斜漢左界北陸南躔白露曖空素月流天沈

謝光祿集　　卷全　　賦　　一

172.謝光祿集一卷

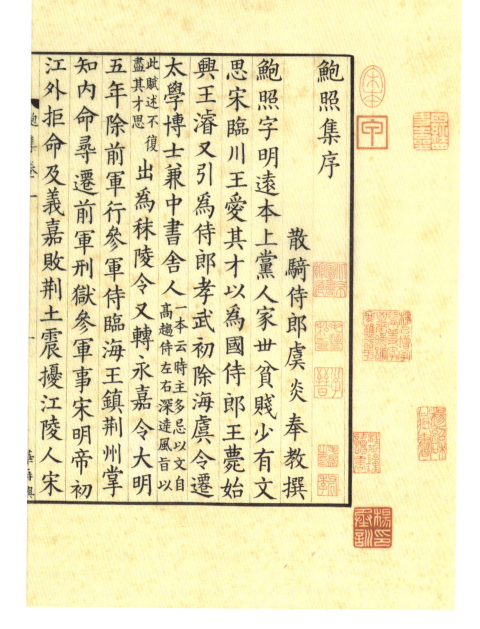

鮑照集序

散騎侍郎虞炎奉教撰

鮑照字明遠本上黨人家世貧賤少有文
思宋臨川王愛其才以爲國侍郎王薨始
興王濬又引爲侍郎孝武初除海虞令遷
太學博士兼中書舍人一本云時主多忌以文自
盡其才思此賦述不復高趣侍左右深達風旨以
出爲秣陵令又轉、永嘉令大明
五年除前軍行參軍侍臨海王鎮荆州掌
知內命尋遷前軍刑獄參軍事宋明帝初
江外拒命及義嘉敗荆土震擾江陵人宋

鮑集卷一

一

華陵祖

173. 鮑氏集十卷

鮑照集序　散騎侍郎虞炎奉敕撰

鮑照字明遠本上黨人家世貧賤少有文思
宋臨川王愛其才以為國侍郎王薨始興王
濬又引為侍郎孝武初除海虞令遷大學博
士兼中書舍人出為秣陵令又轉永嘉令大明五
年除前軍行參軍侍臨海王鎮荊州掌知內
命及義禹敗荊土震擾江陵人宋景因劫掠

鮑氏集卷第一

舞鶴賦
蕪城賦
芙蓉賦
遊思賦
飛蛾賦

舞鶴賦

散幽經以驗物偉胎化之仙禽鍾浮曠之藻
質抱清迥之明心精瀚壺而翻翮指崑閬而
揚音匪日域以迴驚躬天步而高尋踐神區而

齊　瑯琊王儉　著

明　太倉張溥　閱

賦

靈丘竹賦

靈丘深沉、蔓竹凝陰、神根合拱、槓榦百尋、振芳
條乎崑岳、敷六采於高峯、沿淮海而蔚映帶沮
漳而蕭森、至東南而擅美、在淇衛而流音方靈
壽而均茂、儀菌桂而成林、若乃青春受謝、九野

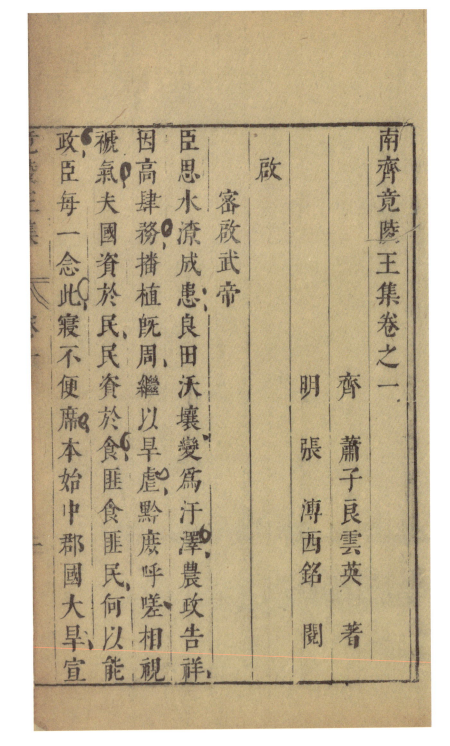

南齊竟陵王集卷之一

齊　蕭子良雲英　著

明　張溥西銘　閱

啟

審啟武帝

臣思水潦成患良田沃壤變爲汙澤農政告祥
因高肆務播植既周繼以旱虐黔庶呼嗟相視
祴氣夫國資於民民資於食匪食匪民何以能
政臣每一念此寤不便廉本始中郡國大旱宣

176.南齊竟陵王集二卷

· 176 ·

王寧朔集卷全

齊瑯琊王　融著

明太倉張　溥閱

賦

風賦

奄今日采之既移忽兮群景之將馳靡輕筠之
碧葉沈會松之翠枝總高羽而蕭瑟韻珠露之
參差此烈士之英風長寥亮其如斯

桐樹賦應竟陵王教

王寧朔集　卷全　賦　一

南齊孔詹事集卷全

齊　孔稚珪德璋　著

明　張溥西銘　閱

表

上新定法律表

臣聞匠萬物者以繩墨爲正馭大國者以法理
爲本是以古之聖王臨朝思理遠防邪荓深杜
姦漸莫不資法理以成化明刑賞以樹工者也
伏惟陛下蹄曆登皇乘圖踐帝天地更築日月

孔詹事集　卷全　一

178.南齊孔詹事集一卷

· 178 ·

齊　張融思光著

明　張溥西銘閱

賦

海賦

蓋言之用也，情矣形乎，使天形寅內敷情敷外

寅者言之業也，吾遠職荒官，將海得地，行關入

浪宿渚經波傅懷樹，觀長滿朝夕。□西西無里南

非如天反覆懸烏卻裹薿色，壯哉水之奇也，奇

齊長史集

一

179. 齊張長史集一卷

宣城集舊十卷宋以後止傳其詩賦五卷其五卷者
皆當時雜文不如詩故不傳也劉侯知武功之二年
一日來滸西別業見宣城集嘆曰古之言詩者以曹
劉鮑謝今曹鮑刻本矣顧獨無劉謝幸親與見謝今
巳不刻如後世絕之者自余為何刻成于撫卷太息
曰嗟乎宣城詩盛傳於當時及於后世且千有百年
也由昭代以來且百有數十年也亦莫不咸愛其詩
思見其集顧窶無一人刻彼豈弗知不愛也利私見
本耀掩昧希之為勝爾本即多差謬隨王鼓吹曲與
樂府所載頗異他何可言哉或曰此集本或其質直

謝脁集卷第一

賦

酬德賦　　思歸賦
七夕賦　　高松賦
杜若賦　　野鶩賦
遊後園賦　臨楚汪賦
擬宋玉風賦

樂歌

零祭歌
迎神　　世祖武皇帝
青帝　　赤帝

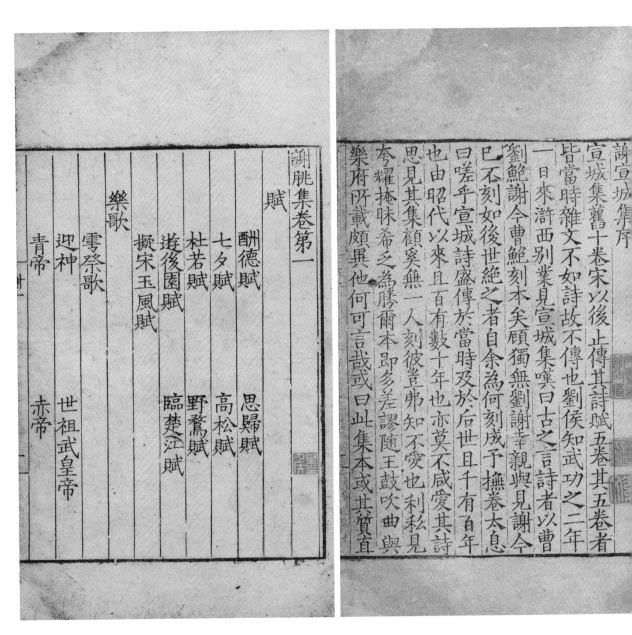

180. 謝脁集五卷

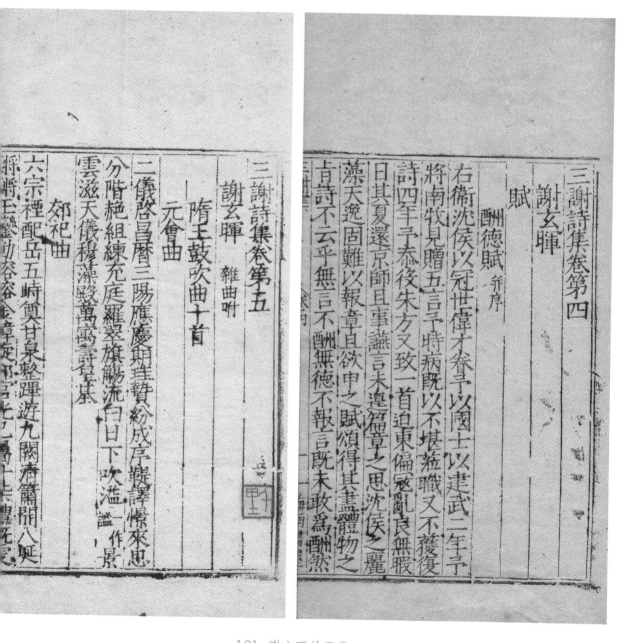

三謝詩集卷第四

謝玄暉

賦

酬德賦 并序

右衛沈侯以冠世偉才奮于以國士以建武二年于
將南牧見贈五言于時病既以不堪莅職又不獲復
詩四年子泰後朱方又致一首迫東偏寇亂良無暇
日其夏還京師且事讌言未遑篇章之思沈侯之麗
藻天逸固難以報章且欲申之賦頌得其盡體物之
言詩不云乎無言不酬無德不報言既未敢為酬然

三謝詩集卷第五

謝玄暉
    雜曲卅
隋王鼓吹曲十首
  元會曲
二儀啟昌曆三陽應慶期𫖮贊紛成序鞶譯儵來思
分階絶組練充庭羅翠旗𫖮流日日下歎溢溢一作景
雲滋天儀穆藻鑾萬寓𫖮臯基
  郊祀曲
六宗禋配岳五嶠覿甘泉整鞾遊九闕瀟府篇開八延
𫖮將王鑾𫖮功容𫖮金章定𫖮𫖮𫖮𫖮𫖮𫖮�

181. 謝玄暉詩五卷

· 181 ·

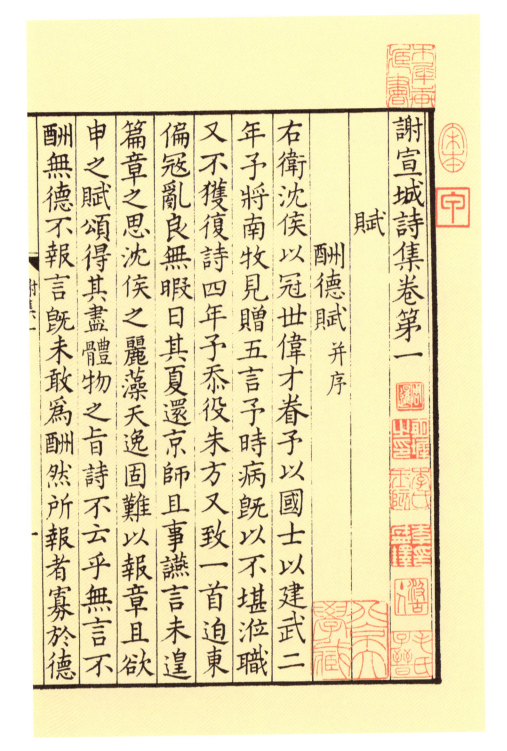

謝宣城詩集卷第一

賦

酬德賦 并序

右衛沈侯以冠世偉才眷予以國士以建武二
年予將南牧見贈五言予時病既以不堪涖職
又不獲復詩四年予忝役未方又致一首迫東
偏冠亂良無暇日其夏還京師且事讒言未遑
篇章之思沈侯之麗藻天逸固難以報章且欲
申之賦頌得其盡體物之旨詩不云乎無言不
酬無德不報言既未敢爲酬然所報者寡於德

182. 謝宣城詩集五卷

梁高祖武皇帝蕭衍著

賦

淨業賦 有序

少愛山水有懷丘壑身羈俗羅不獲遂志夙獨
往之行乖任縱之心因爾登庸以從王事屬時
多故世路屯塞有事戎旅略無寧歲上政昏虐
下豎姦亂君子道消小人道長御刀應勑梅蟲
兒莊法珍俞靈韻豐勇之如是等多輩誌所

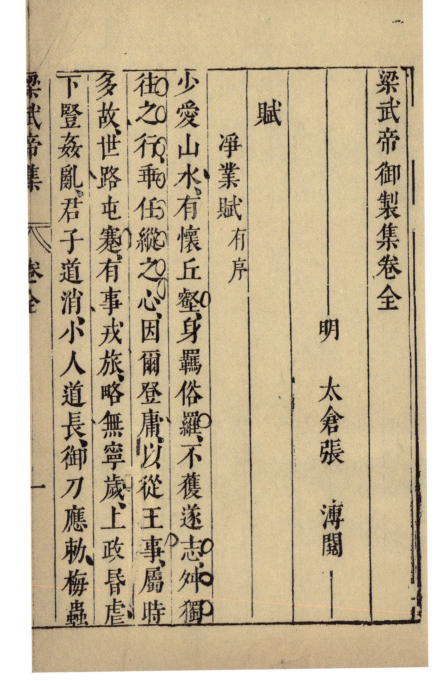

梁武帝御製集卷全

明　太倉張　溥閱

賦

淨業賦有序

少愛山水，有懷丘壑，身羈俗羅，不獲遂志，斯獨御之行，乘任縱之心，因爾登庸，以從王事，屬時多故，世路屯蹇，有事戎旅，略無寧歲，上政昏虐，下豎姦亂，君子道消，小人道長，御刀應勑，梅蟲

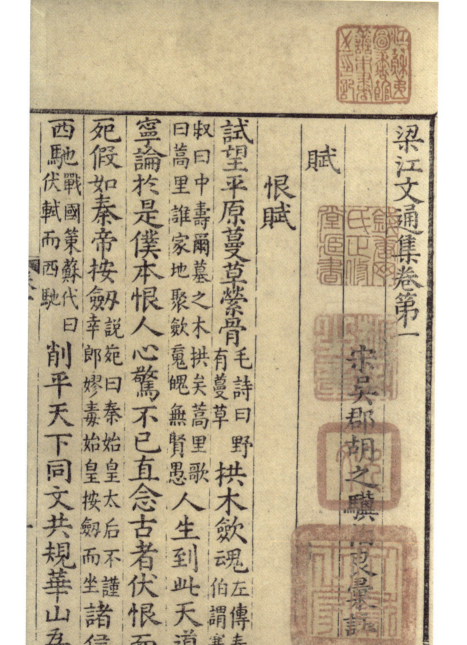

梁江文通集卷第一

宋吳郡胡之驥

賦

恨賦

試望平原蔓草縈骨毛詩曰野拱木歛魂左傳秦
有蔓草歛魂伯謂蹇
叔曰中壽爾墓之木拱矣蒿里歌
曰蒿里誰家地聚歛蒐魄無賢愚人生到此天道
寧論於是僕本恨人心驚不已直念古者伏恨而
死假如秦帝按劒幸郎嬝毒始皇按劒而坐諸侯
西馳伏軾而西馳說苑曰秦始皇太后不謹
戰國策蘇代曰削平天下同文共規華山爲

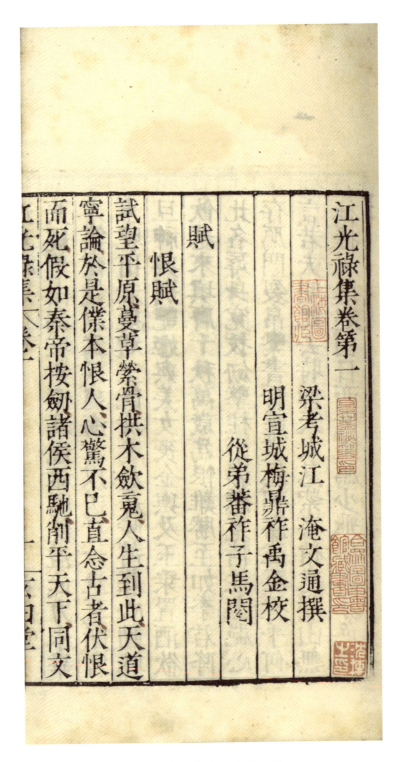

江光祿集卷第一

梁考城江　淹文通撰

明宣城梅鼎祚禹金校

從弟蕃祚子馬閣

賦

恨賦

試望平原蔓草縈骨拱木斂䰟人生到此天道
寧論於是僕本恨人心驚不已直念古者伏恨
而死假如秦帝按劒諸侯西馳削平天下同文

江光祿集卷一

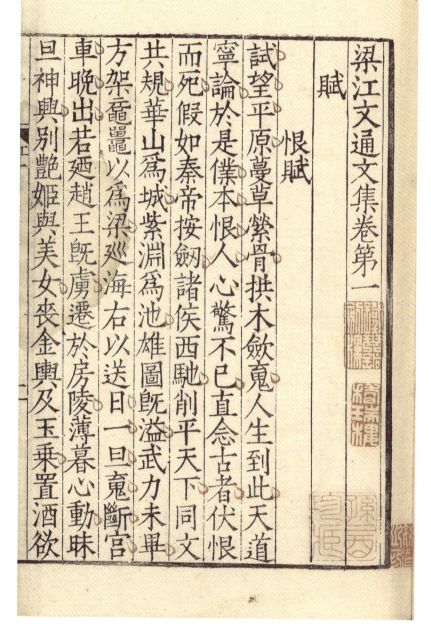

梁江文通文集卷第一

賦

恨賦

試望平原蔓草縈骨拱木斂魂人生到此天道
寧論於是僕本恨人心驚不已直念古者伏恨
而死假如秦帝按劒諸侯西馳削平天下同文
共規華山爲城紫淵爲池雄圖旣溢武力未畢
方架黿鼉以爲梁巡海右以送日一旦魂斷宮
車晚出若迺趙王旣虜遷於房陵薄暮心動昧
旦神與別艷姬與美女喪金輿及玉乘置酒欲

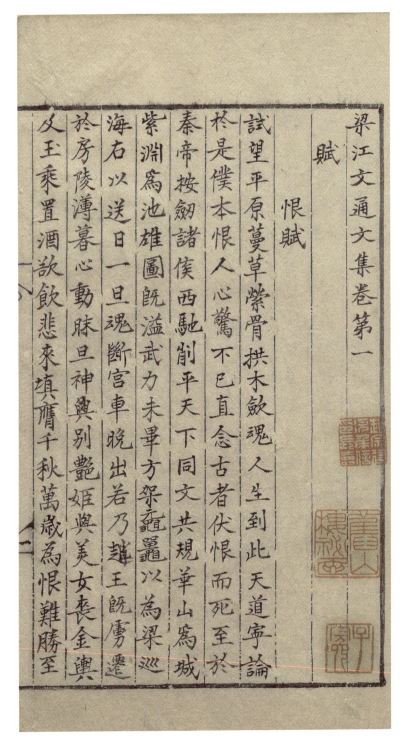

賦

恨賦

試望平原蔓草縈骨拱木斂魂人生到此天道寧論
於是僕本恨人心驚不已直念古者伏恨而死至於
秦帝按劍諸侯西馳削平天下同文共規華山為城
紫淵為池雄圖既溢武力未畢方架黿鼉以為梁巡
海右以送日一旦魂斷宮車晚出若乃趙王既虜遷
於房陵薄暮心動昧旦神興別艷姬與美女喪金輿
又王乘置酒欲飲悲來填膺千秋萬歲為恨難勝至

188. 梁江文通文集十卷

任中丞集卷全

梁　樂安任　昉彥升著

明　太倉張　溥天如閱

賦

答陸倕知己賦

原知己之時義故相知之信然乃貪廉之異貫

奈勇怯之相懸貪在物而成累怯在我而可甄

既自得於爲御復甘心於執鞭矧相知其如此

獨攬涕而潸湲雖有望於己知更非謂其知己

189. 任中丞集一卷

· 189 ·

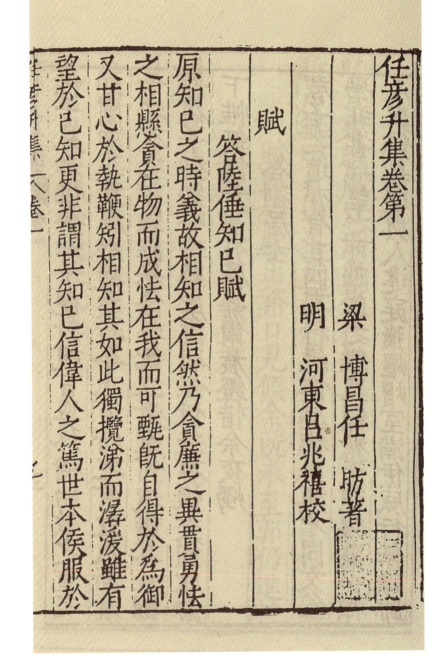

賦

答陸倕知己賦

原知已之時義故相知之信然乃貪廉之異貫勇怯
之相縣貪在物而成怯在我而可甄旣自得於爲御
又甘心於執鞭匆相知其如此獨攬途而潺湲雖有
望於已知更非謂其知已信偉人之篤世本俟服於

梁　博昌任　昉著

明　河東呂兆禧校

明　張溥西銘　閱

梁　丘遲希範　著

賦

還林賦并序

爰自京師言歸舊嶺今風古轍每動寸裹因事
而書不覺成卷非謂爲文聊記行途所經云爾

太皥弭節祝融聳駕炎鍾汎响青簷靜吹丘子
稅轅畿路總舳川湄禠寬故嶺結夢舊堰捸身

一

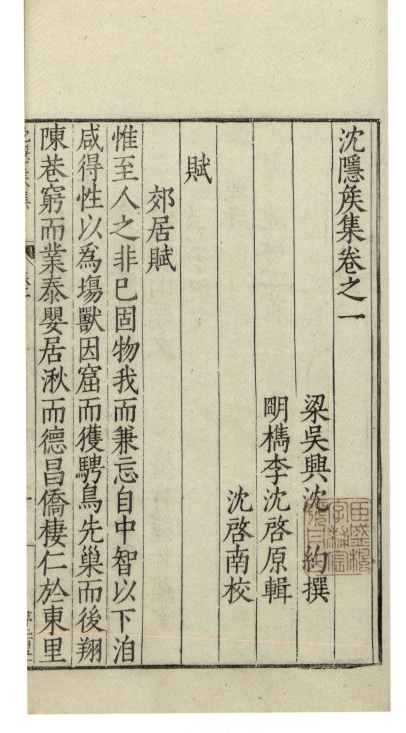

沈隱矦集卷之一

梁吳興沈約撰

明檇李沈啓原輯

沈啓南校

賦

郊居賦

惟至人之非巳固物我而兼忘自中智以下洎

咸得性以為塲獸因窟而獲騁鳥先巢而後翔

陳巷窮而業泰嬰居湫而德昌僑棲仁於東里

192. 沈隱矦集四卷

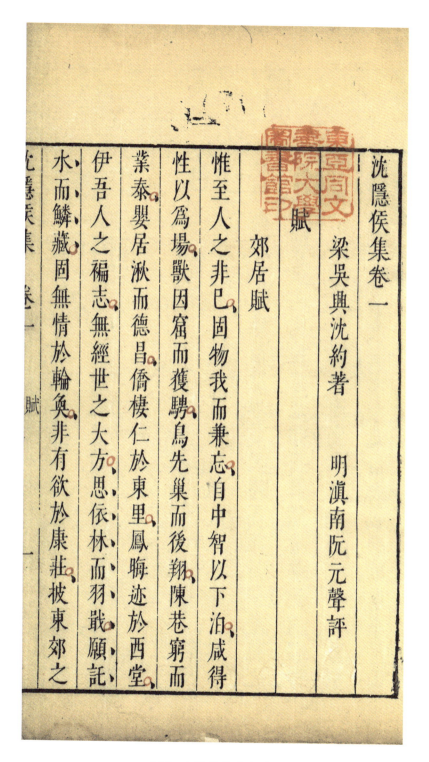

沈隱侯集卷一

梁吳興沈約著　　明滇南阮元聲評

賦

郊居賦

惟至人之非己固物我而兼忘志自中智以下洎咸得
性以爲場獸因窟而獲騁鳥先巢而後翔陳巷窮而
業泰嬰居湫而德昌僑棲仁於東里鳳晦迹於西堂
伊吾人之褊志無經世之大方思依林而羽戢願託
水而鱗藏固無情於輪奐非有欲於康莊披東郊之

沈隱侯集　卷一　賦　　　一

何水部詩集

行經孫氏陵

昔在零陵厭神器若無依逐兔爭先捷掎鹿兢因機
呼噏開伯道吒唾掩江畿豹變分奇略虎視肅戎威
長岫蚴巳漢驥馬絶淮淝交戰無內禦重門豈外扉
成功樂巳棄盈德懷而違水龍忽東騖青蓋乃西歸
輶來巳永久年代曖微微苔石疑文字荊墳失是非
出鶯空曙響朧月自秋暉銀海終無浪金梟會不飛
閒寂今如此望望沾人衣

登石頭城

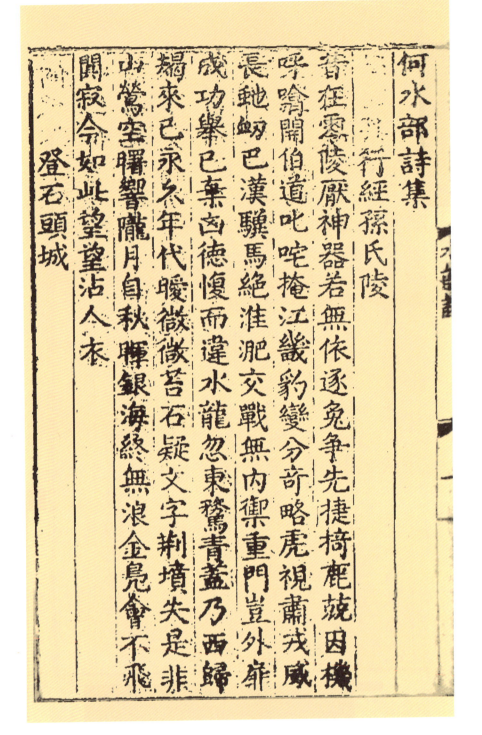

194.何水部詩集一卷

梁東海何遜仲言著
明閩漳張燮紹和纂

賦

窮鳥賦

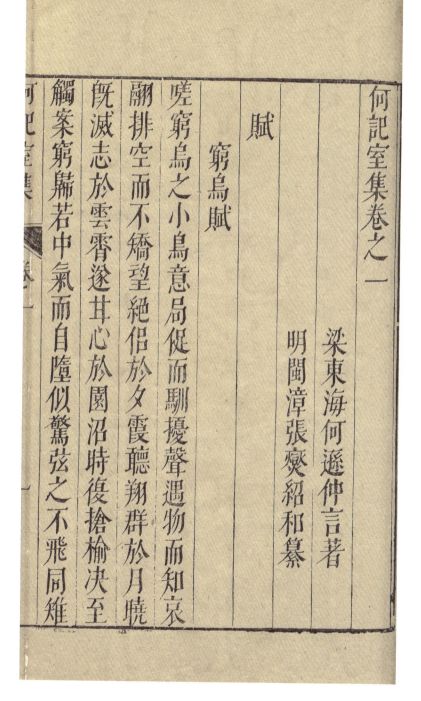

嗟窮鳥之小鳥意局促而馴擾聲遇物而知哀
翩排空而不矯望絕侶於夕霞聽翔群於月曉
既滅志於雲霄遂茸心於園沼時復捨榆決至
觸案窮歸羈若中氣而自隨似驚弦之不飛同雉

195.何記室集三卷

梁東海何　遜著

明太倉張　溥閱

賦

窮烏賦

嗟窮烏之小鳥，意局促而馴擾，聲遇物而知哀，

翩排空而不矯，望絕侶於夕霞，聽翔羣於月曉，

旣滅志於雲霄，遂甘心於園沼，時復搶榆決至，

觸案窮歸，若中氣而自墮，似驚弦之不飛，同雉

何記室集　　卷全　　賦　　一

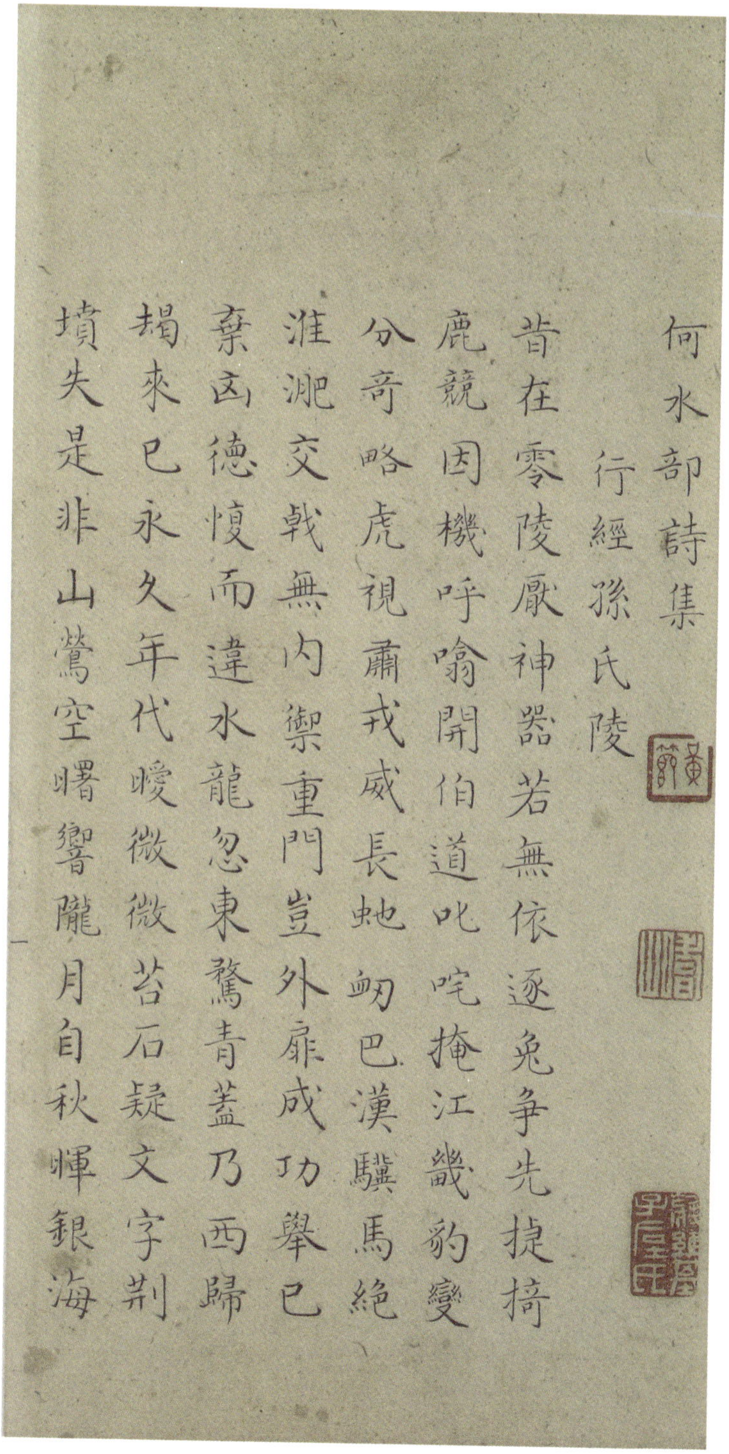

何水部詩集

行經孫氏陵

昔在零陵厭神器若無依逐兔争先捷掎
鹿競因機呼噏開伯道叱咤掩江畿豹變
分奇略虎視肅戎威長虵衂巴漢驥馬絶
淮淝交戟無内禦重門豈外扉成功舉已
棄凶德愎而違水龍忽東騖青蓋乃西歸
朅來已永久年代曖微微苔石疑文字荆
墳失是非山鶯空曙響隴月自秋輝銀海

197.何水部詩集三卷

賦

梁吳興吳　均著

明太倉張　溥閱

吳城賦

古樹荒煙幾千百年〇云是吳王所築越王所遷
〇〇〇〇東有鑄劍殘水西有舞鶴故壁縈具區之廣澤
帶姑蘇之遠山僕本蓄怨千悲億恨況復荊棘
蕭森叢蘿彌蔓亭梧百尺皆歷地而生枝階筠

198.吳朝請集一卷

王左丞集卷之全

梁東海王僧孺著

明太倉張　溥閱

賦

　賦體

雜沓芳舉旌容與兮龍駕、新桐兮始華、孔雀兮

初化思冶兮終朝求人兮仄夜竟大德之未酬、

何飛光之徒舍

199. 王左丞集一卷

陸太常集卷全

梁吳郡陸倕佐公著

明婁東張溥天如閱

賦

感知巳賦

夜申旦而不寐獨匡坐而慇咨命僕夫而屬駕
指南館而為期學窮書府文究辭林旣耳聞而
存口又目見而登心似臨淄之借書類東武之
飛翰軫工遲於長卿踰巧速於王粲固乃度平

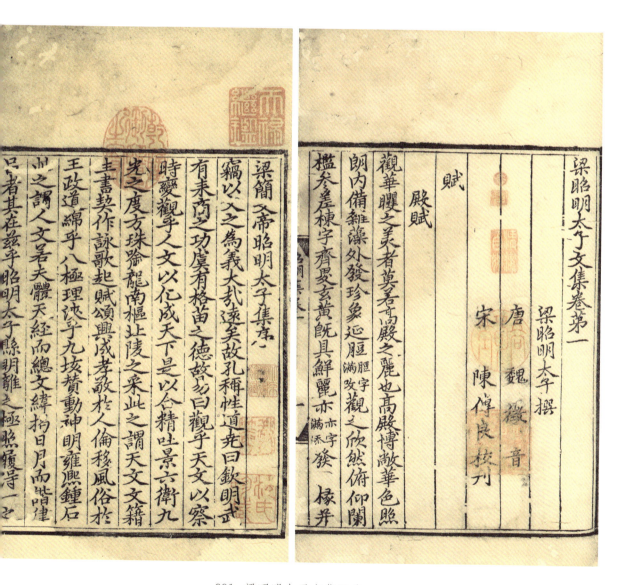

梁昭明太子文集卷第一

梁昭明太子撰

唐　魏　徵　音

宋　陳傅良　校刊

賦

殿賦

觀曈曨之美者莫若高殿之麗也高殿博敞華色照
朗内備雜藻外發珍象延腥（胜字改）觀之欣然俯仰闌
檻參差柱棟字齊旻玄黃飢具鮮麗亦（滿字添）

梁簡文帝昭明太子集序

竊以文之為義大矣遠矣故孔稱道尤曰欽明武
有柔商之功虞有格苗之德詩書易曰觀乎天文以察
時變觀乎人文以化成天下是以合精吐景六衛九
光之度方珠臉龍南樞止陵之桼此之謂天文籍
主書契作詠歌起賦頌興成孝敬於人倫移風俗於
王政道綿乎八極理詮乎九垓贊勭神明雍熙鍾石
州之謂人文若夫體天經而總文緯拘日月而皆建
呂者其在茲乎昭明太子縣明離之極照覆得一之

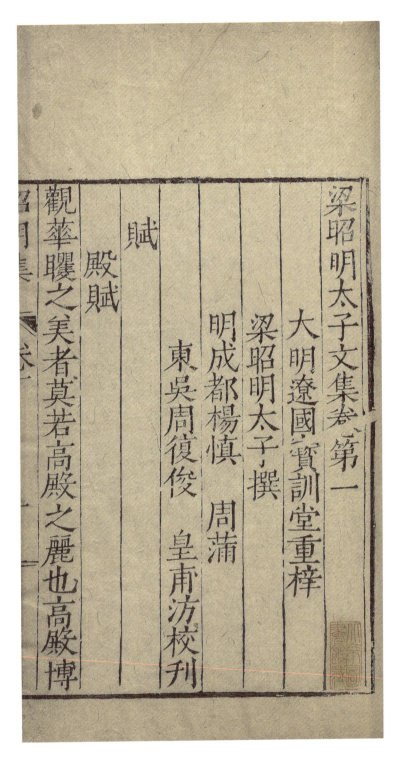

梁昭明太子文集卷第一

大明遼國寶訓堂重梓

梁昭明太子撰

明成都楊慎　周蒲

東吳周復俊　皇甫汸校刊

賦

殿賦

觀華曠之美者莫若高殿之麗也高殿博

昭明集　卷一

202. 梁昭明太子文集五卷

梁昭明太子集卷一

　　　　　明檇李葉紹泰重訂

　　　　　武林茹之宗全閱

賦

殿賦

觀夫曒曨之美者莫若高殿之麗也高殿博敞華色照

朗內備雜藻外發珍象延脰觀之欣然俯仰闌檻參

差棟宇齊晏玄黃旣其鮮麗亦發橡并散節若山若

谷或象翔鳥或擬森竹藻梲鮮華而綵色山節珍形

而曜目旅視刑則委累崖峩彫丹文於簷際鏤華形

昭明太子集卷一　　賦

203. 梁昭明太子集六卷

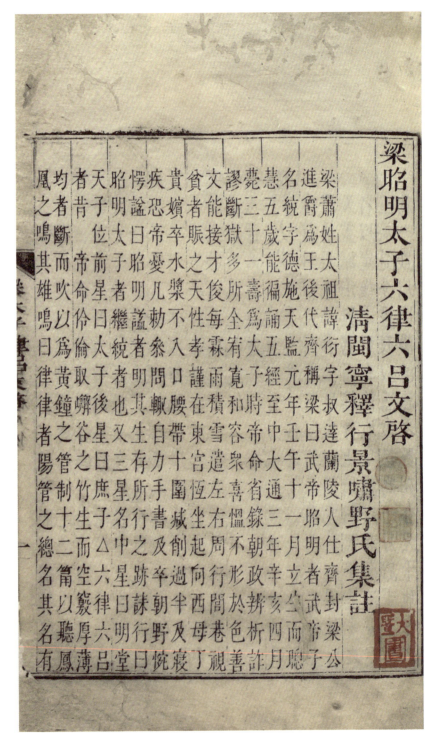

梁昭明太子六律六呂文啓

清閩寧釋行景嘯野氏集註

梁，蕭姓。太祖衍，字叔達，蘭陵人，仕齊，封梁公，進爵爲王，後代齊稱帝，梁武帝。昭明者，立爲太子。名統，字德施。天監元年壬午十一月立。

聡慧，五歲能徧誦五經。性孝謹，入問起居。每霖雨積雪，遣左右周行閭巷，視貧困不能自存者賑之。

性寬和容衆，喜慍不形於色。讀書數行並下，過目皆憶。

貴嬪有疾……水漿不入口……恐帝憂，不啟聞……四月……薨。諡曰昭明。

昭明者，繼統者也。……天子位，前星……帝命伶倫取嶰谷之竹……制十二筒，以聽鳳之鳴，其雄鳴曰律。律者，陽管之總名……均者，斷而吹之，以爲黃鐘之宮……竹生而空，六律六呂厚薄……其名有鳳。

204. 梁昭明太子六律六呂文啓一卷

梁昭明太子文集卷一

賦

殿賦

觀華曜之美者莫若高殿之麗也高殿博敞華色照朗內備雜藻
外發珍象延腔觀之欣然俯仰闌檻參差棟宇齊曼之黃旣具鮮
麗亦發椽弁散節若山若谷或象翔烏或擬森竹藻梲鮮華而粲
色山節珍形而曜目旅視刑則委累嵯峨雕丹文於簷際鏤華形
以列羅若乃日照珠籤彪炳灼爍輕風吹幌乍揚乍薄接長棟之
耿耿簷垂溜於四隅建廂廊於左右造金埤於前廡卷高幃於玉
檻且散志於琴書

銅博山香鑪賦

裏至精之純質產靈嶽之幽深經班倕之妙旨運公輸之巧心有
薰帶而巖隱亦霓裳而昇仙寫嵩山之籠嵸象鄧林之芊眠方夏
鼎之瓌異類山經之俶詭制一器而備眾質諒茲物之為侈于時

205.梁昭明太子文集五卷補遺一卷

梁昭明太子文集卷第一

梁昭明太子撰 名統

賦

　殿賦　　　　　　　　銅愽山香爐賦

古樂府

　將進酒　　　　　　　長相思

　有所思　　　　　　　三婦艷

　上林　　　　　　　　飲馬長城窟行

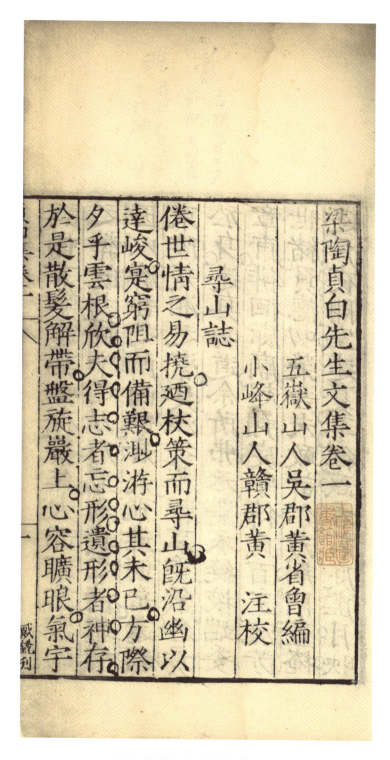

梁陶貞白先生文集卷一

　五嶽山人吳郡黃省魯編

　小峰山人贛郡黃　　汪校

尋山誌

倦世情之易撓迺杖策而尋山既沿幽以

達峻寔窮阻而備艱泝游心其未已方際

夕乎雲根欣夫得志者忘形遺形者神存

於是散髮解帶盤旋巖上心容曠朖氣宇

威鏡刊

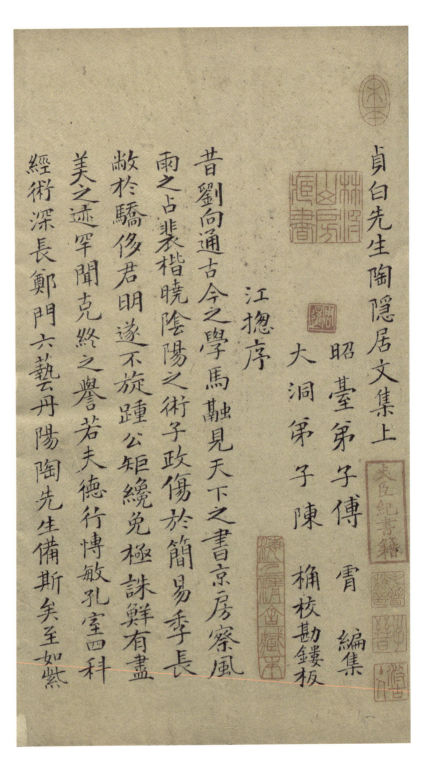

貞白先生陶隱居文集上

昭臺第子傅　霄　編集

大洞第子陳　桷校勘鋟板

江摠序

昔劉向通古今之學馬融見天下之書京房察風
雨之占裴楷曉陰陽之術子政傷於簡易季長
敝於驕侈君明遂不旋踵公矩緫免極誅鮮有盡
美之迹罕聞克終之譽若夫德行博敏孔室四科
經術深長鄭門六藝丹陽陶先生備斯矣至如紫

208. 貞白先生陶隱居文集一卷傳記一卷

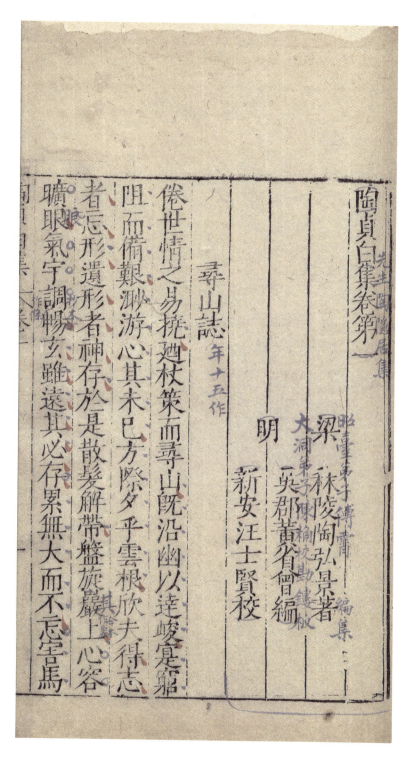

陶貞白集卷第一

梁　秣陵陶弘景著
大洞弟子陳稱校勘鏤板
明　新安汪士賢校
一英郡黃省曾編

尋山誌〈年十五作〉

倦世情之易撓　廻杖策而尋山　既沿幽以達峻　寔窮巇
阻而備艱　渺游心其未巳　方際夕乎雲根　欣夫得志
者忘形　遺形者神存　於是散髮解帶　盤旋巖上心容
曠眼　氣宇調暢玄　雖遠其必存　累無大而不忘　害焉

209. 陶貞白集二卷

· 209 ·

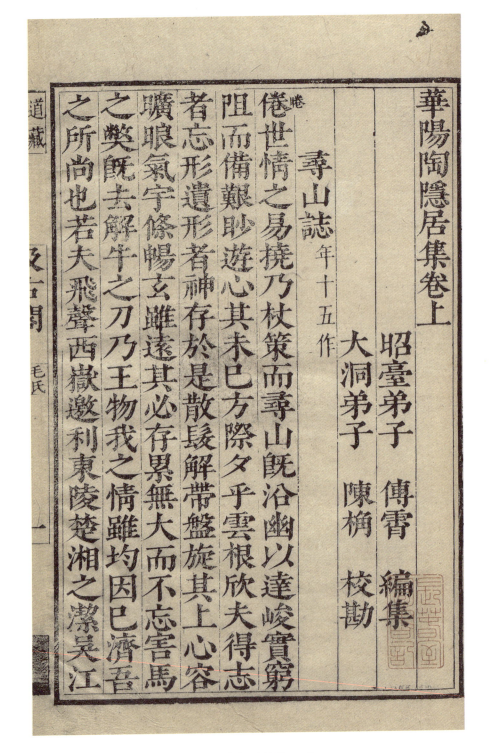

華陽陶隱居集卷上

昭臺弟子　傳霄　編集

大洞弟子　陳柟　校勘

尋山誌年十五作

倦世情之易撓乃杖策而尋山既浴幽以達峻實窮
阻而備艱眇遊心其未巳方際夕乎雲根欣夫得志
者忘形遺形者神存於是散髮解帶盤旋其上心容
曠眼氣宇條暢玄雖遠其必存累無大而不忘害焉
之樊既去解牛之刀乃王物我之情雖均因巳濟吾
之所尚也若夫飛聲西嶽邈利東陵楚湘之潔吳江

梁平原劉峻著　　明滇南阮元聲評

詩

自江州還入石頭詩（藝文作劉峻英華次元帝詩帝後而逸其名或以爲）元帝詩非也

鼓枻浮大川延聯洛城觀洛城何鬱鬱杳與雲霄半

前望蒼龍門斜瞻白鶴館槐垂御溝道柳綴金堤岸

迅馬晨風趨輕輿流水散高歌（一作梁塵下）紲瑟荊

禽亂我思江海遊曾無朝市玩忽寄靈臺宿空軫及

婉孌不戒
玄聊

劉孝標集　卷一　詩　一

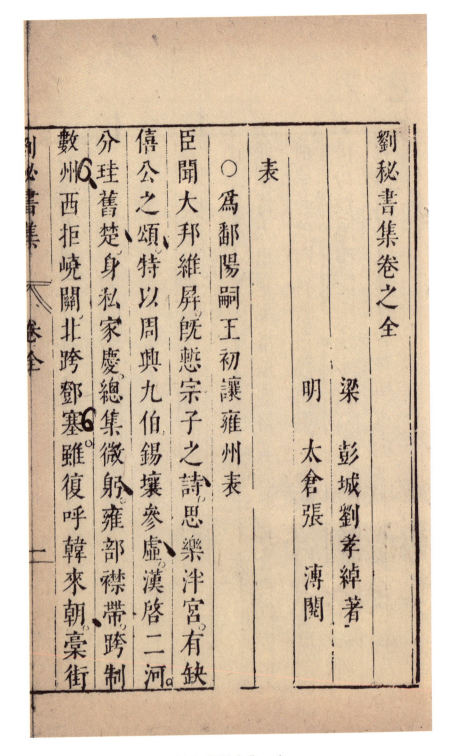

劉秘書集卷之全

梁　彭城劉孝綽著

表

○爲鄱陽嗣王初讓雍州表

臣聞大邦維屏旣懃宗子之詩思樂泮宮有缺

僖公之頌特以周與九伯錫壤參虛漢啓二河。

分珪舊楚身私家慶總集微躬雍部襟帶跨制

數州西拒嶢關北跨鄧塞雖復呼韓來朝豪街

劉必書集　　卷全　　　　　二

劉豫章集卷全

梁彭城劉　潛著

明太倉張　溥閱

賦

　歎別賦

在羈旅兮爲思每居常而不樂意難偕於駷蕩
情易邈於隕穫愁非招而自來憂試排而不却
退求已以自省慨撫衿而太息位不俟於一進
髮徒彰於二色名有似於務耕學無均於譬織

劉豫章集　卷全　　一

劉庶子集卷全

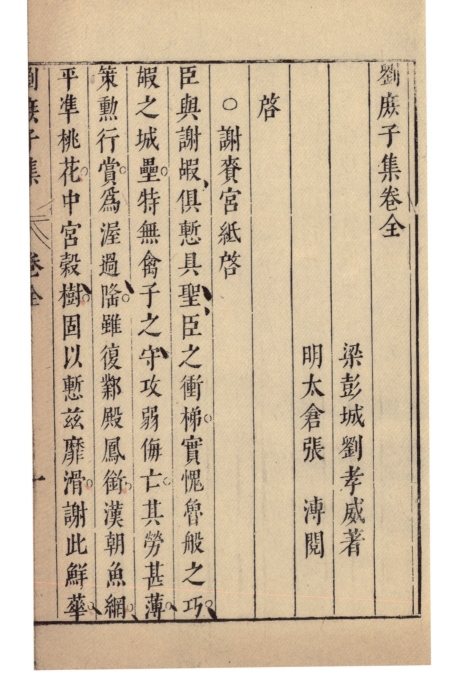

梁彭城劉孝威著
明太倉張溥閱

啓

○謝賚宮紙啓

臣與謝䫂俱懕具聖臣之衝梯實愧魯般之巧

䫂之城壘特無禽子之守攻弱侮亡其勞甚薄

策勳行賞爲渥過隴雖復鄴殿鳳銜漢朝魚網

平準桃花中宮穀樹固以懕茲靡滑謝此鮮蓻

劉庶子集　卷全　一

214. 劉庶子集一卷

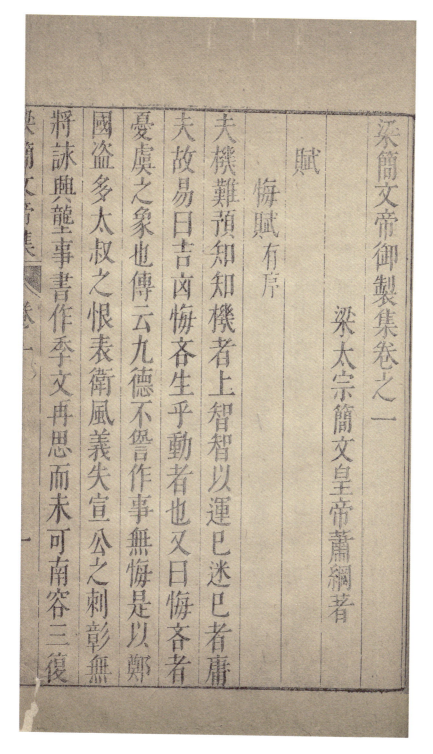

梁太宗簡文皇帝蕭綱著

賦

悔賦有序

夫機難預知知機者上智智以運巳迷巳者庸夫故易曰吉凶悔吝生乎動者也又曰悔吝者憂虞之象也傳云九德不愆作事無悔是以鄭國盜多太叔之恨表衛風義失宣公之刺彰無將詠興龍事書作季文再思而未可南容三復

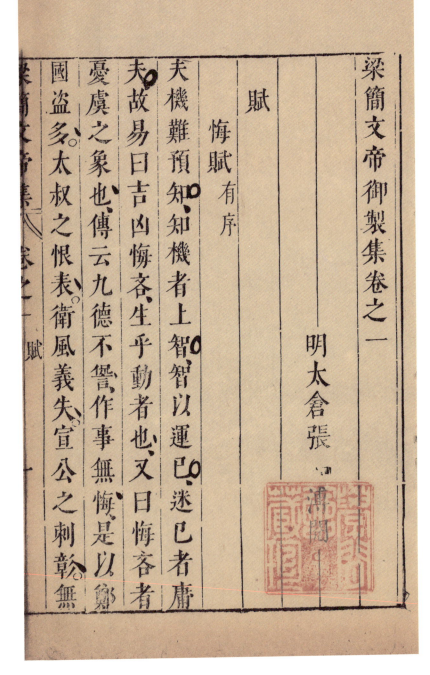

明太倉張

賦

悔賦 有序

夫機難預知，知機者上智。智以運巳迷巳者庸
夫故易曰吉凶悔吝生乎動者也，又曰悔吝者
憂虞之象也，傳云九德不愆，作事無悔，是以鄭
國盜多。太叔之恨表衛風義失宣公之刺軓無

梁簡文帝御製集卷之一 賦

216. 梁簡文帝御製集二卷

·216·

庾度支集卷全

梁新野庾肩吾著

明太倉張　溥閲

表

○爲寧國公讓中書表

臣聞陵彼太行伯后之車屢怠望兹吳坂少游
之馬難蹄是知美非流水立致摧轅駿靡浮雲
便期頓轡起登天漢寧陪九萬之風坐濟星橋
非使千年之翼豈有幼稱辯慧足對元禮弱標

庾度支集　　卷全　　一

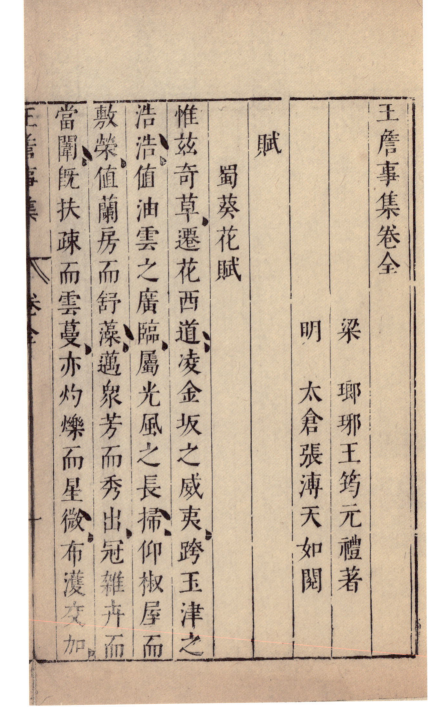

王詹事集卷全

梁　瑯瑘王錫元禮著

明　太倉張溥天如閱

賦

蜀葵花賦

惟兹奇草遷花西道凌金坂之威夷跨玉津之

浩浩值油雲之廣臨屬光風之長掃仰椒屋而

敷榮值蘭房而舒藻蘰衆芳而秀出冠雜卉而

當闈既扶疎而雲蔓亦灼爍而星微布濩交加

梁元帝御製集卷之一

梁世祖孝元皇帝蕭繹著

賦

玄覽賦

歲次旃蒙月建司空燮凌陰之呂扇廣莫之風
蕭子襄帷九水作牧三宮乃府衛國而言曰惟天
惟大惟堯則之惟地惟厚惟王國之粵我皇之
握鏡實乃神而乃聖陳六聯於八則弘九職於
三令運璇樞而御宇執玉衡而齊政大矣廣矣

219.梁元帝御製集十卷

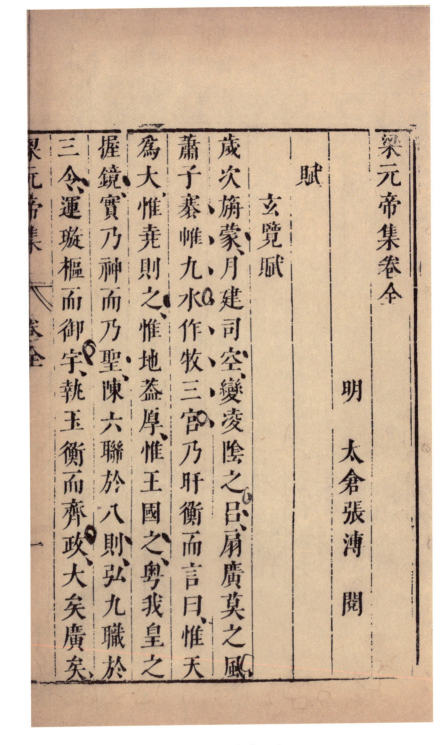

梁元帝集卷全

明　太倉張溥　閱

賦

玄覽賦

歲次蟠蒙月建司空變凌陰之呂扇廣莫之風蕭子蓁帷九水作牧三宮乃肝衡而言曰惟天為大惟堯則之惟地益厚惟王國之粵我皇之握鏡實乃神而乃聖陳六聯於八則弘九職於三令運璇樞而御宇執玉衡而齊政大矣廣矣

高令公集卷全

魏渤海高允伯恭著

明太倉張　溥評閱

賦

鹿苑賦

啓重基於朔土，系軒轅之洪裔。武承天以作主，熈大明以御世。灑靈液以滂沱，扇仁風以遐被。踵姬文而築苑，包山澤以開制。植群物以充務，鐲四民之常稅。暨我皇之繼統，誕天縱之明叡。

高令公集　卷全　賦　一

221.高令公集一卷

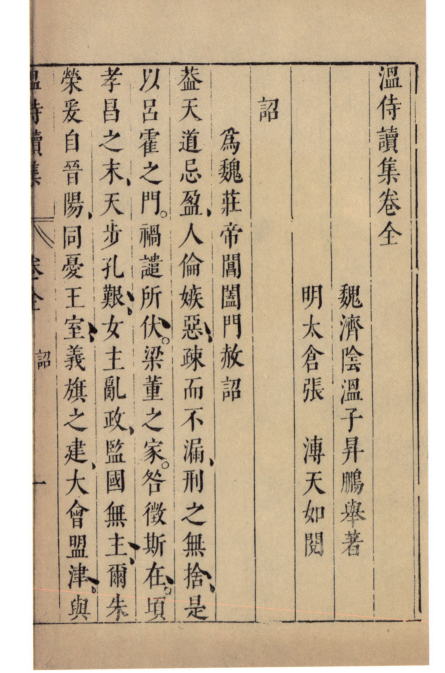

溫侍讀集卷全

魏濟陰溫子昇鵬舉著

明太倉張溥天如閱

詔

為魏莊帝閶闔門赦詔

蓋天道忌盈，人倫嫉惡，疎而不漏，刑之無捨。是以呂霍之門，禍釁所伏。梁董之家，咎徵斯在。項孝昌之末，天步孔艱，女主亂政，監國無主。爾朱榮爰自晉陽，同憂王室，義旗之建，大會盟津。與

溫侍讀集　卷全　詔　一

222. 溫侍讀集一卷

222

齊河間邢邵子才著

明太倉張溥天如閱

賦

新宮賦

擬二儀而構路寢、法三山而起翼室。何大廈之
耽耽、而斯干之秩秩。豈西京之足偉、故東都之
所匹。爾其狀也、則環譎屈奇、瀾漫陸離、嵯峨崔
嵬、巉巖巀嶭、參差若密雲之乍舉、似鵬翼之中垂。布

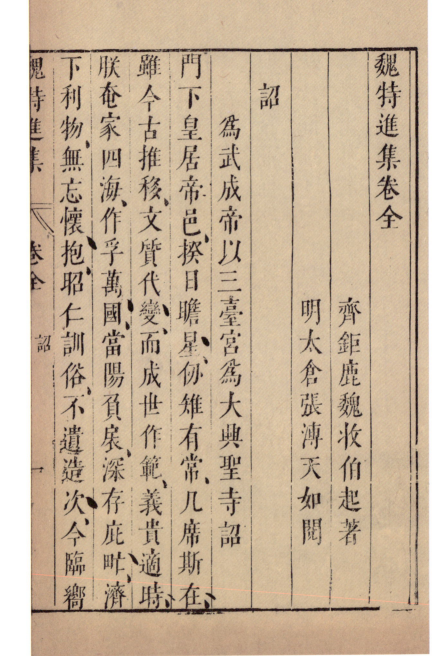

魏特進集卷全

齊鉅鹿魏收伯起著

明太倉張溥天如閲

詔

為武成帝以三臺宮為大興聖寺詔

門下皇居帝邑揆日瞻星、伤雉有常几席斯在

雖今古推移文質代變而成世作範義貴適時、

朕奄家四海作孚萬國富陽貟扆深存庇眂濟

下利物無志懷抱昭仁訓俗不遺遷次今臨鄉

魏特進集 卷全 詔 一

王司空集卷全

周瑯琊王　褒著

明太倉張　溥閱

詔

赦詔

民生而靜純懿之性本均感物而遷嗜欲之情
斯起雖復雲鳥殊世文質異時莫不限以隄防
示之禁令朕君臨萬寓覆養黎元思振頹綱納
之軌式比因人有犯與衆棄之所在羣官有懲

王司空集　卷全　一

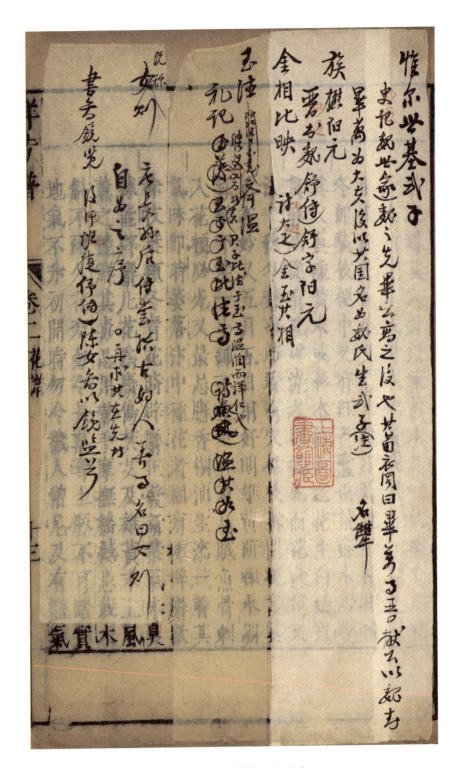

226.王司空詩集注不分卷

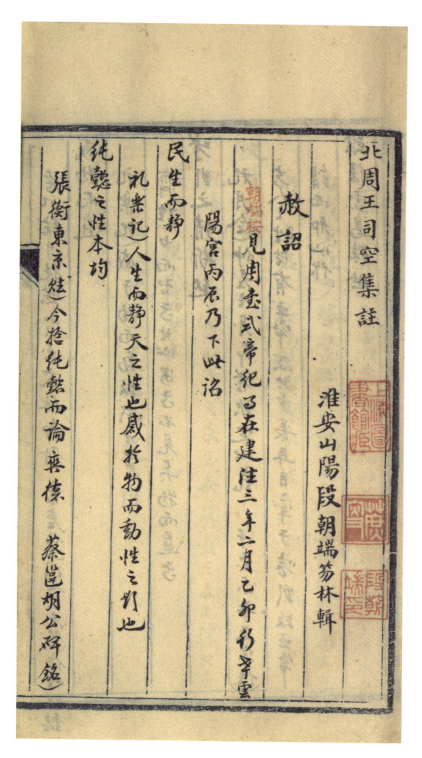

北周王司空集註

淮安山陽段朝端荺林輯

敕詔

朝端按見周書武帝紀己在建注三年二月乙卯行幸雲

陽宮丙辰乃下此詔

民生而靜

礼樂記）人生而靜天之性也感於物而動性之判也

純戇之性本均

張衡東京賦）今捨純戇而論襄樣　蔡邕朗公碑銘）

227. 王司空詩集注不分卷

· 227 ·

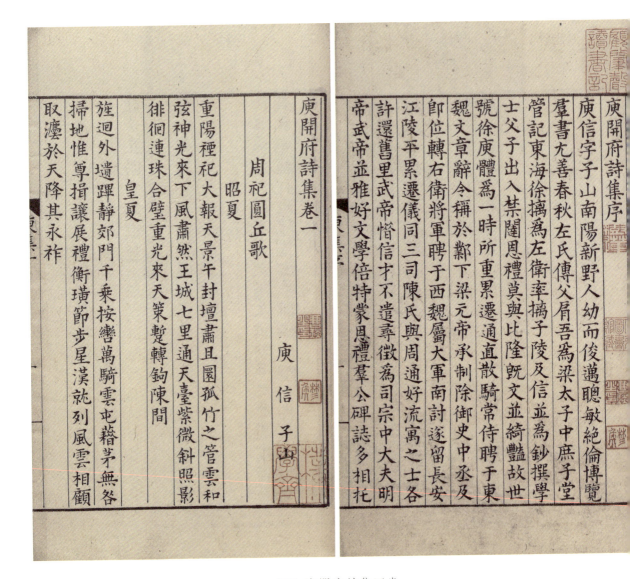

庾開府詩集序

　　　　　　　　　　庾信　子山

庾信字子山南陽新野人幼而俊邁聰敏絕倫博覽
羣書尤善春秋左氏傳父肩吾為梁太子中庶子
管記東海徐摛為左衛率摛子陵及信並為鈔撰學
士父子出入禁闥恩禮莫與比隆既文並綺豔故世
號徐庾體辭令稱於一時所重累遷通直散騎常侍聘于東
魏文章辭令稱於鄴下梁元帝承制除御史中丞及
即位轉右衛將軍聘于西魏屬大軍南討遂留長安
江陵平累遷儀同三司陳氏與周通好流寓之士各
許還舊里武帝惜信才不遣尋徵為司宗中大夫明
帝武帝並雅好文學倍特蒙恩禮羣公碑誌多相托

庾開府詩集卷一

　　　　　　　　　　庾信　子山

　周祀圓丘歌

昭夏

重陽禋祀大報天景午封壇蕭且圓孤竹之管雲和
弦神光來下風蕭然玉城七里通天臺紫微斜照影

皇夏

徘徊連珠合璧重光來天策整轉鉤陳間

旋迴外壝蹕靜郊門千乘按轡萬騎屯籍茅無咎
掃地惟尊揖讓展禮衡璜節步星漢就列風雲相顧
取瓚於天降其永祚

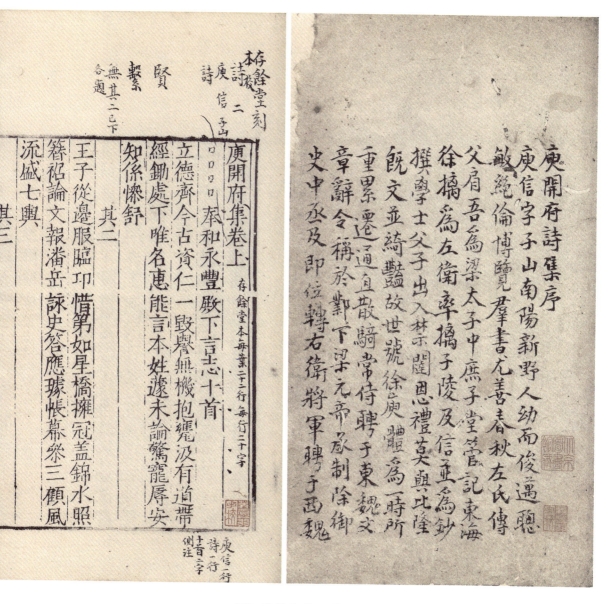

庾開府詩集序
庾信字子山南陽新野人幼而俊邁聰
敏絕倫博瞻見羣書尤善春秋左氏傳
父肩吾為梁太子中庶子堂管記東海
徐摛為左衛率摛子陵及信並為抄
撰學士父子出入林宗閣恩禮莫與此隆
既文並綺豔故世號徐庾體為一時所
重累遷通直散騎常侍聘于東魏文
章辭令稱於鄴下梁元帝承制除御
史中丞及即位轉右衛將軍聘于西魏

存餘堂刻本

庾信詩二

詩
庾信 子山

□□□□

庾開府集卷上　存餘堂本每葉二十二行、每行二十字

奉和永豐殿下言志十首

經鋤處下唯名惠能言本姓遽未論驚寵辱安
立德齊今古資仁一敦譽無機抱繩汲有道帶
知係懶舒
　　　　其二
王子從邊服臨邛惜第如星橋擁冠蓋錦水照
籍祒論文報潘岳詠史答應璩帳幕粲三顧風
流盛七興、
　　　　其三

賢
繫
無其二己下
合題

庾信一行
詩一行
士音三字
側注

229.庾開府集二卷

· 229 ·

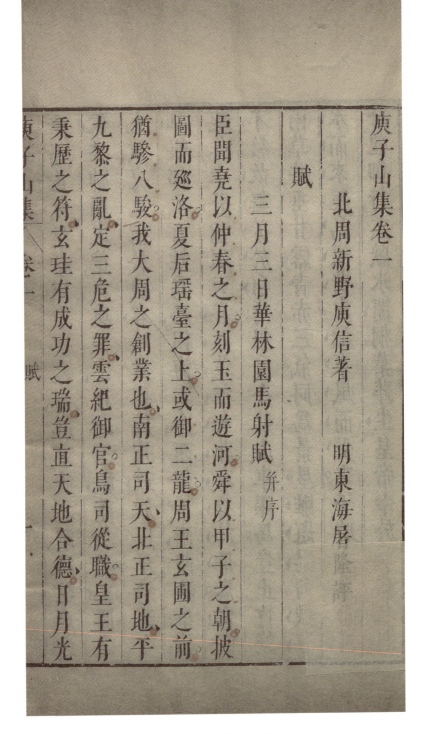

北周新野庾信著　　明東海屠隆評

賦

三月三日華林園馬射賦 并序

臣聞堯以仲春之月刻玉而遊河舜以甲子之朝披

圖而廵洛夏后瑤臺之上或御二龍周王玄圖之前

猶驂八駿我大周之創業也南正司天北正司地平

九黎之亂定三危之罪雲紀御官鳥司從職皇王有

秉歷之符玄珪有成功之瑞豈直天地合德日月光

庾子山集 卷一 賦 一

230. 庾子山集十六卷

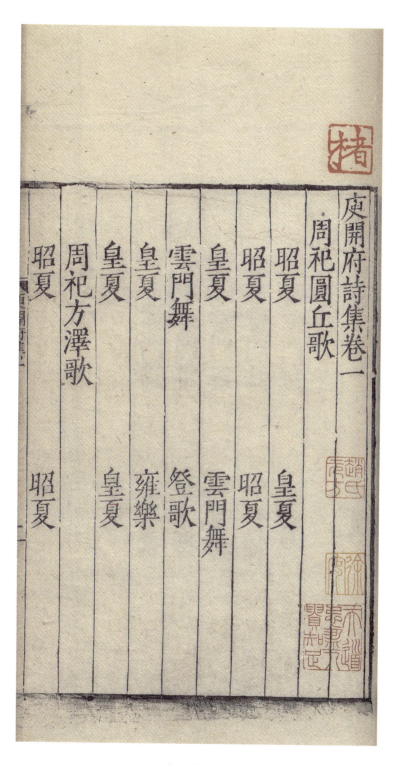

庾開府詩集卷一

周祀圜丘歌

昭夏　　　　　　　　　皇夏

昭夏　　　　　　　　　昭夏

皇夏　　　　　　　　　雲門舞

雲門舞　　　　　　　　登歌

皇夏　　　　　　　　　雍樂

皇夏

周祀方澤歌

昭夏　　　　　　　　　皇夏

昭夏

231. 庾開府詩集六卷

· 231 ·

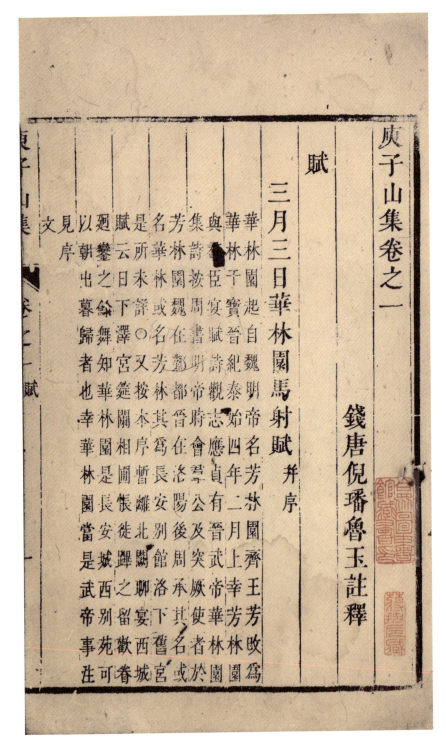

庚子山集卷之一

錢唐倪璠魯玉註釋

賦

三月三日華林園馬射賦 并序

華林園起自魏明帝始名芳苑圃齊王芳改爲
華林千寶晉紀泰始四年二月上幸芳林園
與群臣禊飲晉武帝諱芳改爲華林園於
集蒿菽救周書紀觀蔣濟萬機論應貞公及晉武帝華林園
芳林園或名藝都明帝時會在洛陽後周承其舊名或
名華林園或名芳林其序略曰安北別館洛下西城宮
賦是所未詳○又按本相圃暫離徙蹕之留宴西城
云日下澤宮延閣關相圃帳徙蹕之留歡眷
廻鑾之餘舞知華林延關相圃是長安城西別苑在
以朝出暮歸者也幸華林園是長安城西武帝
文見序

吳江吳兆宜顯令箋註

三月三日華林園馬射賦　并序〔明帝紀武成二年三〕　徐樹毅曰〔周〕

月會羣公列將卿大夫及突厥使者於芳林園賜錢帛各有差　園在長安明昭陽繁辛巳年乃武帝保定元年也葢武帝初卽位踟蹰行故事而史偶失書耳按〔魏志云〕有鄴下先初卽位踟蹰行故事而史偶失書耳按〔魏志云〕有遊少帝諱改曰華林是則鄴下先有華林園後周無諱當遊而此賦亦改芳為華芳林園後周無諱當遊而此賦亦改芳為華未詳何故

臣聞堯以仲春之月剗玉而遊河〔帝王世紀後年二〕月堯率羣臣剗璧舜以甲子之朝披圖而巡洛〔帝王世紀舜攝政二十八年而堯崩三年喪畢舜年八十一以仲冬甲子日次於畢始卽眞以土承火色尚黃〔竹書紀年〕舜設〔爲書東沉洛水〕

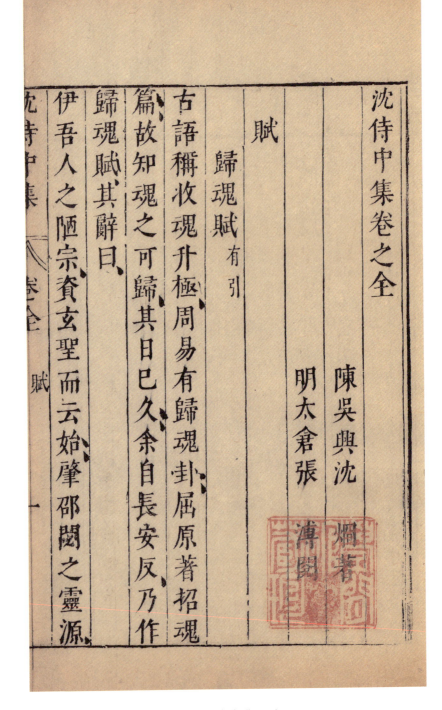

陳吳興沈　炯青

明太倉張　溥閲

賦

歸魂賦 有引

古語稱收魂升極周易有歸魂卦屈原著招魂
篇故知魂之可歸其曰巳久余自長安反乃作
歸魂賦其辭曰

伊吾人之陋宗資玄聖而云始肇邵闓之靈源

沈侍中集 卷全 賦 一

234. 沈侍中集一卷

· 234 ·

陰常侍詩集　　　　武威張　溍編輯

新成安樂宮　初學記作長安宮

新宮實壯哉　雲裏望樓臺　迢遞翔鵾仰　藝文作簷
連翩賀燕來　重欄
寒霧宿　樂府作簷寒露宿　丹井返景　樂府作
夏夜一作　蓮開砌石披新錦　梁作
晝　藝文作盡　早梅欲知安樂盛　歌管雜塵埃

班婕妤怨　怨字一本無

栢梁新寵盛　長信昔恩傾　誰謂爲　一作　詩書巧翻爲歌舞輕孌　月
分窻進蒨草　共階生姜淚衫疇滿單瞑眠　一作　夢裏驚可惜逢秋
扇何用合歡名

235. 陰常侍詩集一卷

陰常侍詩集

閒居對雨

四溟飛旦雨三逕絶來由震位雷聲發離
宮電影浮山雲遙似帶庭葉近成舟茅簷
下亂滴石竇引環流寄言一高士如何麥
不收

又

嶺藻降靈祇聰明諒在斯牕戶朝起雲從星
夜月離八川奔巨壑萬頃溢澄陂綠野舍

236.陰常侍詩集一卷

陳張散騎集卷全

賦

陳　清河張正見　著

明　太倉張溥　閱

山賦

何神山之峻美，崚苞結之所成，東垂曰泰，南服
稱衡，西戎所擅，北狄標名，於是嶤值洪流洛天，
襄陵，禹敷水土，莫高刊木，衆川既導，羣嶽自修，
潛通四瀆，鎮壓九州，森羅辰象，唑吸雲霧深不

張散騎集　卷全　　賦　　一

237. 陳張散騎集一卷

· 237 ·

明太倉張溥閲

賦

夜亭度鴈賦

春望山楹日煖苔生雲隨竹動月共水明暫逍

遥於夕逕聽霜鴻之度聲度聲已悽切猶含關

塞鳴從風兮前侣駛帶暗兮後羣驚帛久兮書

字滅蘆束兮斷街輕行雜響時亂響雜行時散

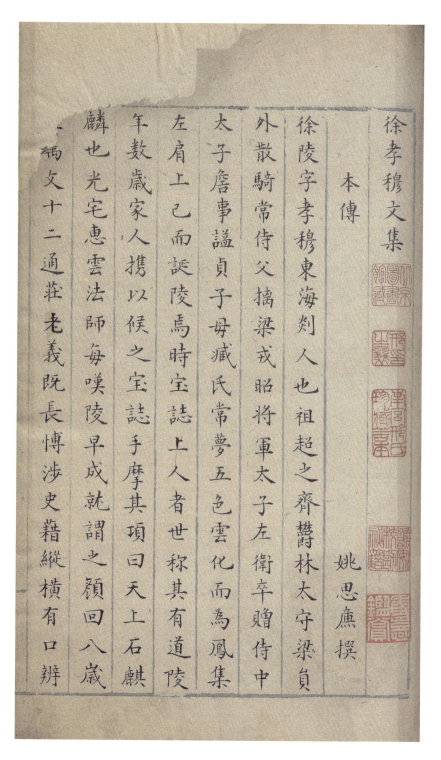

徐孝穆文集

本傳

姚思廉撰

徐陵字孝穆東海郯人也祖超之齊欝林太守梁員
外散騎常侍父摛梁戎昭將軍太子左衛卒贈侍中
太子詹事謚貞子母臧氏常夢五色雲化而為鳳集
左肩上已而誕陵焉時寶誌上人者世称其有道陵
年數歲家人携以候之寶誌手摩其項曰天上石麒
麟也光宅惠雲法師每嘆陵早成就謂之顏回八歲
屬文十二通莊老義旣長博涉史籍縱橫有口辨

陳鄣徐陵著　　　　　明東海屠隆評

賦

鴛鴦賦

飛飛兮海濱去去兮迎春炎皇之季女織素之佳人
未若宋玉之小史含情而夾憶少婦之生離恨新婚
之無子旣交頸於千年亦相隨于萬里山雞映水那
自得孤鸞照鏡不成雙天下眞成長合會無勝此翼
兩鴛鴦觀其呼咮浮沈輕軀瀺濁拂荇戲而波散排

徐孝穆集　　　　　卷一　　　　　賦

240. 徐孝穆集十卷

吳江吳兆窒顯令箋注

賦

鴛鴦賦

飛飛兮海濱去去兮迎春炎皇之季女〔漢張良傳注 師古曰赤松子仙人號也神農時為雨師服水土教神農能入火自燒至昆山上常止西王母石室隨風雨上下炎帝少女追之亦得仙去〕

織素之佳人將縑來此〔古詩新人工織縑故人工織素新人不如故素織縑日一匹織素五丈餘〕

未若宋王之小史含情而欬〔列異傳宋康王埋韓〕

憶少婦之生離恨新〔玉臺新詠漢建安中焦仲卿妻劉氏為仲卿母所遣其家逼嫁没水仲卿亦縊人哀〕

馮夫妻各一恆栖樹上晨夕交頸雄

婚之無子

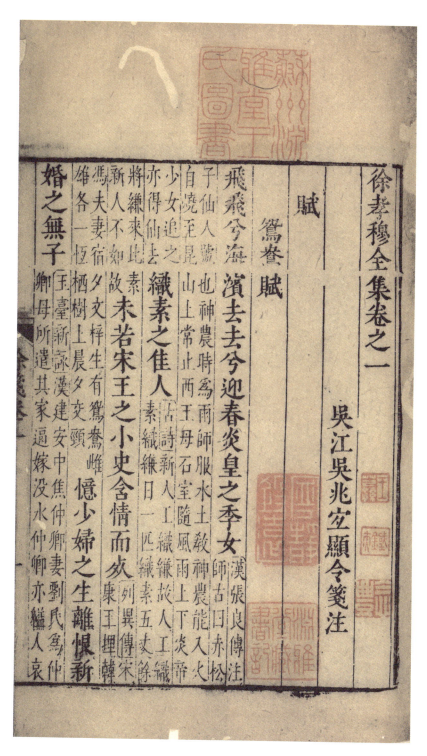

江令君集卷全

陳濟南江　總著

明太倉張　溥閱

賦

　修心賦有序

太清四年秋七月、避地於會稽龍華寺、此伽藍
者、余六世祖宋尚書右僕射州陵侯元嘉二十
四年之所搆也、侯之王父晉護軍將軍彪昔泣
此邦、卜居山陰都陽里、貽厥子孫、有終焉之志

盧武陽集卷全

隋范陽盧思道著

明太倉張溥閱

賦

孤鴻賦 有序

余志學之歲自鄉里遊京師便見識知音歷受
羣公之眷年登弱冠甫就朝列談者過誤遂竊
虛名通人楊令君邢持進巳下皆分庭致禮倒
屣相接翕拂吹噓長其光價而才木駑拙性實

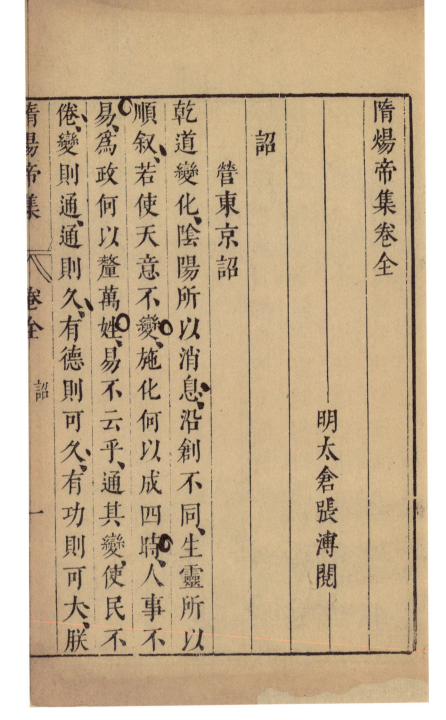

隋煬帝集卷全　　　　明太倉張溥閲

詔

營東京詔

乾道變化、陰陽所以消息、沿剝不同、生靈所以
順叙、若使天意不變、施化何以成四時、人事不
易爲政何以釐萬姓、易不云乎、通其變使民不
倦、變則通通則久、有德則可久、有功則可大、朕

隋煬帝集　　卷全　　　詔　　　一

薛司隸集卷之全

隋河東薛道衡玄卿著

明太倉張　溥天如閱

賦

宴喜賦

梁孝王帝子帝孫藉寵承恩名高西漢禮盛東
蕃引雍容文雅之客坐檀欒脩竹之園水逶迤
而繞砌風清冷而入軒直凝神而廻矚乃惆悵
而興言顧謂枚乘曰予聞氣序環周人生荇浮

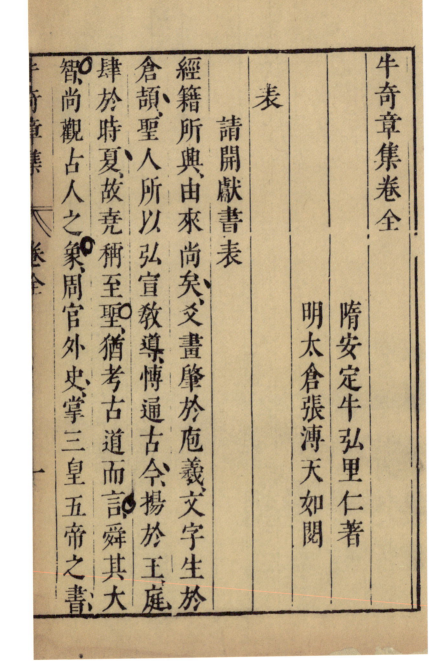

牛奇章集卷全

隋安定牛弘里仁著

明太倉張溥天如閱

表

請開獻書表

經籍所興，由來尚矣，爻畫肇於庖羲文字生於倉頡，聖人所以弘宣教導博通古今揚於王庭肆於時夏，故堯稱至聖，猶考古道而言舜其大智，尚觀古人之象，周官外史，掌三皇五帝之書

卷全

一

夫作者曰聖述者曰明陶鑄性情功在上哲夫子文章可得而聞

徵聖第二　大大大大大大大　大大大大

而同乎聖人之情見乎老王文采表布之方冊夫子文章

…格言是以遠稱唐世近襃周代故政化

郁乎可從此徵之於文之用也…伯入陳以之成功宗置

折俎以多文舉禮也…文之成也襄美子産可云

以它志文以定言沈隱吾子…循身类

又之成也於君子之文情信而辭巧此…

秉文之金科矣夫鑒周日月妙極神文…規矩閎含英

契我嘗言此…音或說博哉明足以…

S.5478

247. 文心雕龍十卷

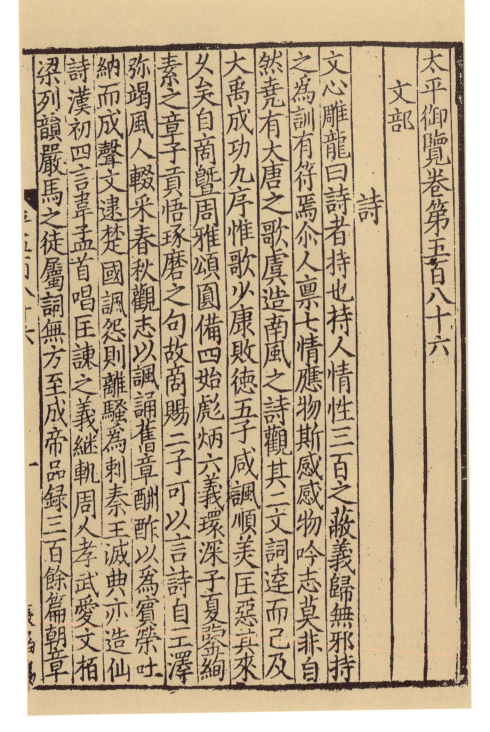

文部

詩

文心雕龍曰詩者持也持人情性三百之蔽義歸無邪持
之為訓有符焉介人稟七情應物斯感感物吟志莫非自
然堯有大唐之歌虞造南風之詩觀其二文詞達而已及
大禹成功九序惟歌少康敗德五子咸諷順美匡惡莫不
义矣自商暨周雅頌圓備四始彪炳六義環深子夏鑒絢
素之章子貢悟琢磨之句故商賜二子可以言詩自王澤
弥竭風人輟采春秋觀志則諷誦舊章酬酢以為賓榮吐
納而成聲文逮楚國諷怨則離騷為刺秦王誠典亦造仙
詩漢初四言韋孟首唱匡諫之義繼軌周人孝武愛文栢
梁列韻嚴馬之徒屬詞無方至成帝品錄三百餘篇朝章

一

248. 文心雕龍

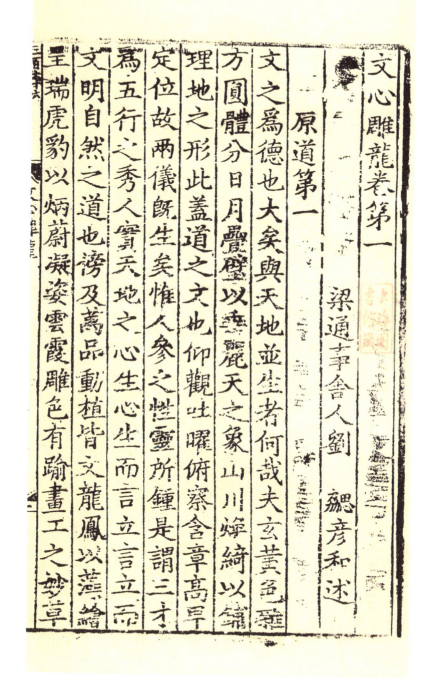

文心雕龍卷第一

梁通事舍人劉　勰彥和述

原道第一

文之爲德也大矣與天地並生者何哉夫玄黃色雜
方圓體分日月疊璧以垂麗天之象山川煥綺以鋪
理地之形此蓋道之文也仰觀吐曜俯察含章高卑
定位故兩儀旣生矣惟人參之性靈所鍾是謂三才
爲五行之秀人實天地之心心生而言立言立而
文明自然之道也傍及萬品動植皆文龍鳳以藻繪
呈瑞虎豹以炳蔚凝姿雲霞雕色有踰畫工之妙章

249. 文心雕龍十卷

249

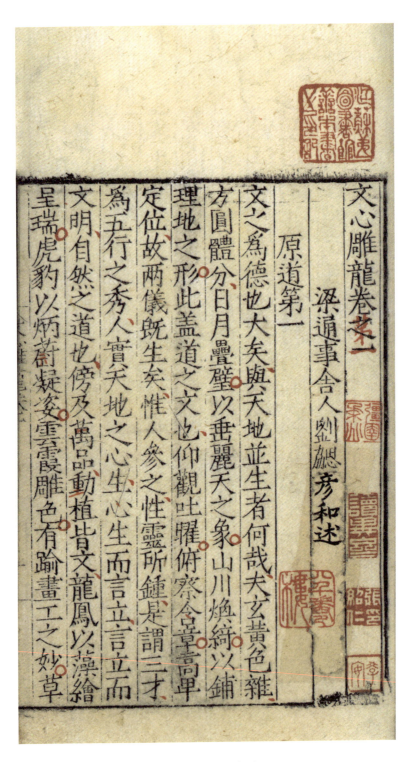

文心雕龍卷之一

梁通事舍人劉勰彥和述

原道第一

文之為德也大矣與天地並生者何哉夫玄黃色雜
方圓體分日月疊璧以垂麗天之象山川煥綺以鋪
理地之形此蓋道之文也仰觀吐曜俯察含章高卑
定位故兩儀既生矣惟人參之性靈所鍾是謂三才
為五行之秀人實天地之心心生而言立言立而
文明自然之道也傍及萬品動植皆文龍鳳以藻繪
呈瑞虎豹以炳蔚凝姿雲霞雕色有踰畫工之妙草

250. 文心雕龍十卷

· 250 ·

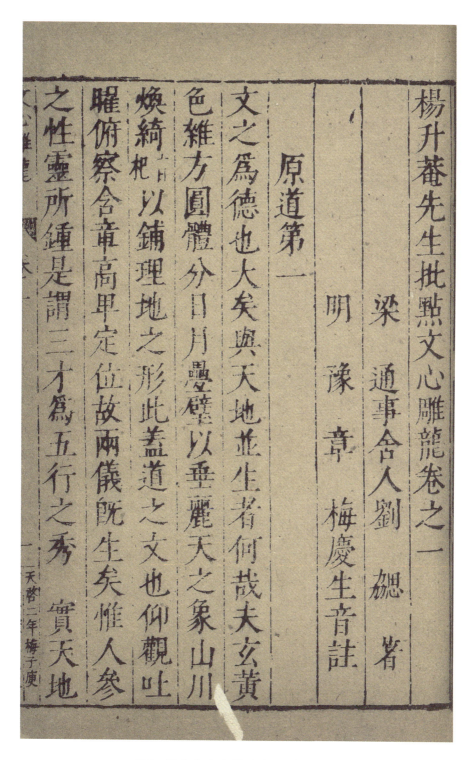

楊升菴先生批點文心雕龍卷之一

梁　通事舍人劉　勰　著

明　豫　章　梅慶生音註

原道第一

文之為德也大矣與天地並生者何哉夫玄黄
色雜方圓體分日月疊璧以垂麗天之象山川
煥綺以鋪理地之形此蓋道之文也仰觀吐
曜俯察含章高卑定位故兩儀既生矣惟人參
之性靈所鍾是謂三才為五行之秀　實天地

文心雕龍　卷天一　　一　天啟二年梅于庚

251.楊升庵先生批點文心雕龍十卷

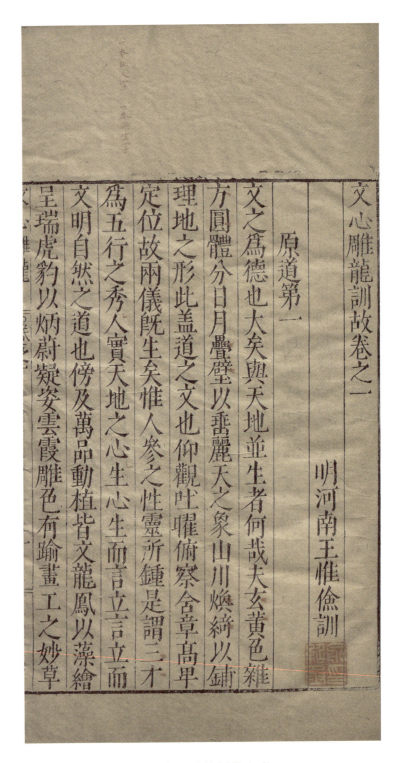

文心雕龍訓故卷之一

明河南王惟儉訓

原道第一

文之為德也大矣與天地並生者何哉夫玄黃色雜
方圓體分日月疊璧以垂麗天之象山川煥綺以鋪
理地之形此蓋道之文也仰觀吐曜俯察含章高卑
定位故兩儀既生矣惟人參之性靈所鍾是謂三才
為五行之秀人實天地之心心生而言立言立而
文明自然之道也傍及萬品動植皆文龍鳳以藻繪
呈瑞虎豹以炳蔚凝姿雲霞雕色有踰畫工之妙草

252. 文心雕龍訓故十卷

劉子文心雕龍卷上之上

原道第一

文之爲德也大矣與天地並生者何哉夫玄黃色
雜方圓體分日月疊璧以垂麗天之象山川煥綺
以鋪理地之形此蓋道之文也仰觀吐曜俯察含
章高卑定位故兩儀既生矣惟人參之性靈所鍾
是謂三才爲五行之秀人實天地之心心生而
言立言立而文明自然之道也傍及萬品動植皆
文龍鳳以藻繪呈瑞虎豹以炳蔚凝姿雲霞雕色

文心雕龍上

一

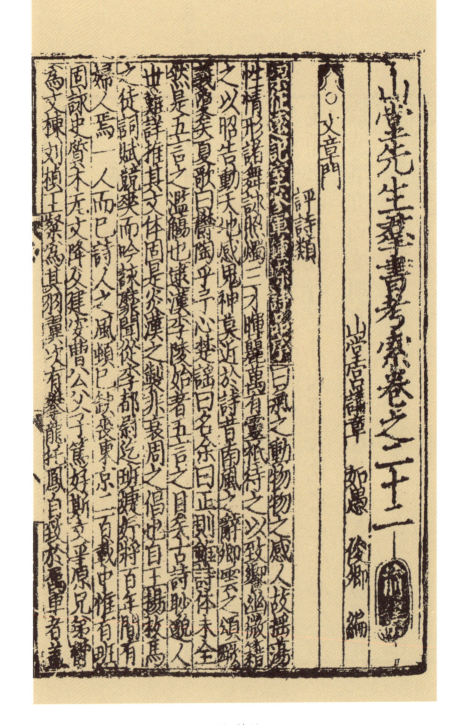

254. 詩品

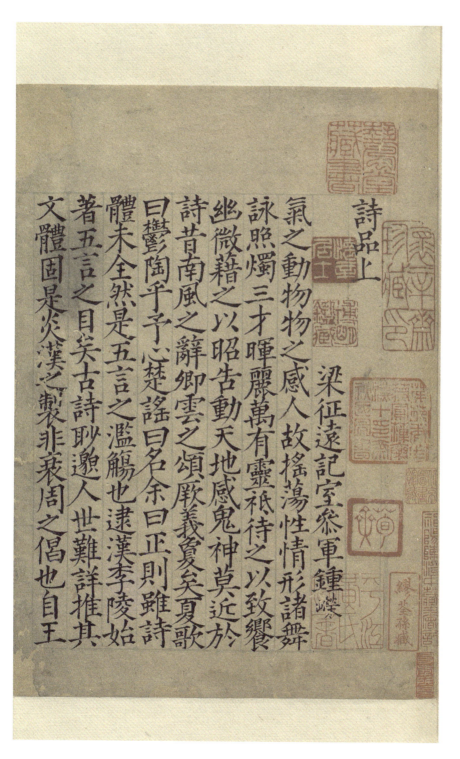

詩品上

梁征遠記室參軍鍾嶸

氣之動物物之感人故搖蕩性情形諸舞
詠照燭三才暉麗萬有靈祇待之以致饗
幽微藉之以昭告動天地感鬼神莫近於
詩昔南風之辭卿雲之頌厥義夐矣夏歌
曰鬱陶乎予心楚謠曰名余曰正則雖詩
體未全然是五言之濫觴也逮漢李陵始
著五言之目矣古詩耶邈人世難詳推其
文體固是炎漢之製非衰周之倡也自王

255. 詩品三卷

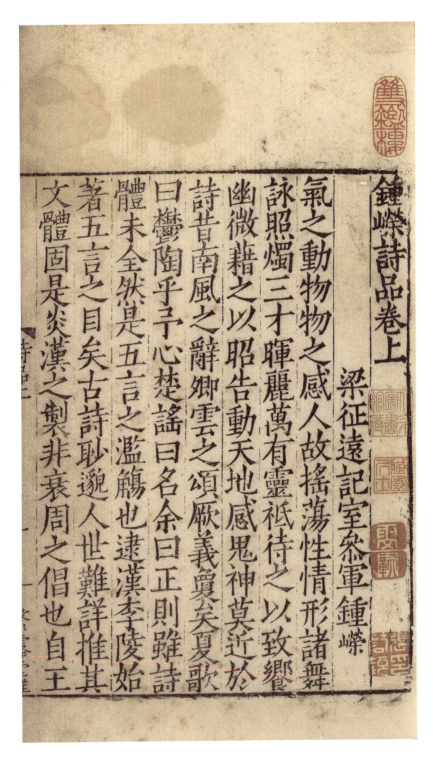

鍾嶸詩品卷上

梁征遠記室參軍鍾嶸

氣之動物物之感人故搖蕩性情形諸舞
詠照燭三才暉麗萬有靈祇待之以致饗
幽微藉之以昭告動天地感鬼神莫近於
詩昔南風之辭卿雲之頌厥義夐矣夏歌
曰鬱陶乎予心楚謠曰名余曰正則雖詩
體未全然是五言之濫觴也逮漢李陵始
著五言之目矣古詩眇邈人世難詳推其
文體固是炎漢之製非衰周之倡也自王

256. 鍾嶸詩品三卷

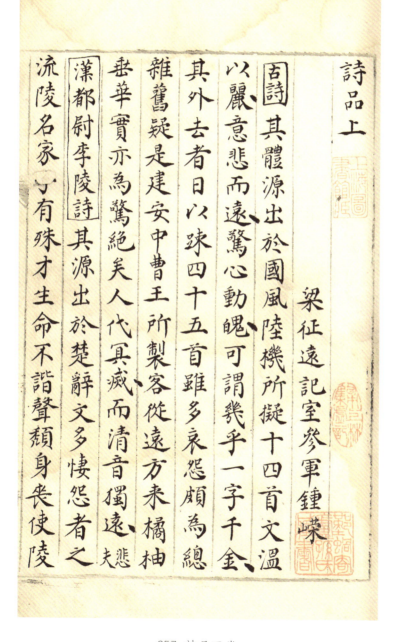

詩品上

梁征遠記室參軍鍾嶸

古詩 其體源出於國風陸機所擬十四首文溫以麗意悲而遠驚心動魄可謂幾乎一字千金其外去者日以踈四十五首雖多哀怨頗為總雜驚疑是建安中曹王所製客從遠方來橘柚垂華實亦為驚絕美人代其蔽而清音獨遠悲夫

漢都尉李陵詩 其源出於楚辭文多悽怨者之流陵名家子有殊才生命不諧聲頹身喪使陵

257. 詩品三卷

· 257 ·

詩品三卷平凡不
足觀然其書尤古
故諸家之選無不
載者今亦倣繁載
之讀著其諒焉

潤源甚遠

六朝人之文銀濫
無味如此可厭

詩品卷上

梁 鍾 嶸 仲偉 撰述

日本 近藤元粹純叔 評訂

氣之動物物之感人故搖蕩性情形諸舞詠照燭三才暉麗萬
有靈祇待之以致饗幽微藉之以昭告動天地感鬼神莫近於
詩昔南風之辭卿雲之頌厥義夐矣夏歌曰鬱陶乎予心楚謠
曰名予曰正則雖詩體未全然是五言之濫觴也逮漢李陵始
著五言之目矣古詩眇邈人世難詳推其文體固是炎漢之製。
非衰周之倡也自王楊枚馬之徒詞賦競爽而吟詠靡聞從容
都尉迄三班婕好將百年間有婦人焉一人而已詩人之風頓已
缺喪東京二百載中惟有班固詠史質木無文降及建安曹公
父子篤好斯文平原兄弟鬱爲文棟劉楨王粲爲其羽翼次有

文章緣起

梁新安太守樂安任　昉彥升　譔

明　叅軍嘉興陳懋仁無功　註

　黃虞外史歙　方　熊熙子集補註

六經素有歌詩誄箴銘之類尚書帝庸作歌
毛詩三百篇左傳叔向貽子產書魯哀公孔
子誄孔悝鼎銘虞人箴此等自秦漢以來聖
君賢士泌著爲文章名之始故因暇錄之凡
八十四題聊以新好事者之目云爾

文章緣起

259. 文章緣起一卷

文章緣起註

梁樂安任昉彥升撰　明檇李陳懋仁註

六經素有歌詩誄箴銘之類尚書帝庸作歌毛詩
三百篇左傳叔向詒子產書魯哀公孔子誄孔悝
鼎銘虞人箴此等自秦漢以來聖君賢士沿著為
文章名之始故因暇錄之凡八十四題聊以新好
事者之目云爾

三言詩晉散騎常侍夏侯湛所作

國風江有汜三言之屬也漢武帝元鼎四年馬生渥
洼水中作天馬歌乃三言之始

續文章緣起

明　檇李陳懋仁無功著

二言詩黃帝時竹彈歌吳越春秋曰越王欲謀復吳范
蠡進善射者陳音越王請音而問曰弧開子善射道
何所生音曰臣聞弩生于彈彈起于古之
孝子不忍見父母為禽獸所食故作彈以守之其歌
云斷竹續竹飛土逐宍小雅祈父二言之屬也

八言詩漢中大夫東方朔作按史記本傳曰八言七言
上下謂八言七言各有上下篇小雅我不敢效我友
自逸八言之屬也

260. 文章緣起一卷續文章緣起一卷

· 260 ·

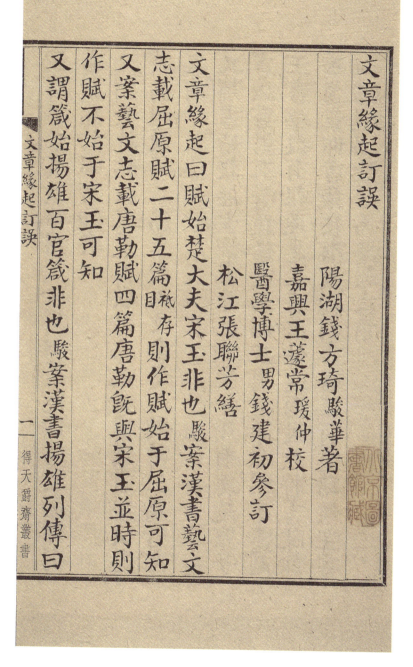

文章緣起訂誤

文章緣起訂誤　　　　　　　　　　陽湖錢方琦駿華著

　　　　　　　　　　　　　　　　嘉興王璂常瑗仲校

　　　　　　　　　　　醫學博士男錢建初參訂

　　　　　松江張聯芳繕

文章緣起曰賦始楚大夫宋玉非也　駿案漢書藝文
志載屈原賦二十五篇祗存目則作賦始于屈原可知
又案藝文志載唐勒賦四篇唐勒既與宋玉並時則
作賦不始于宋玉可知
又謂箴始揚雄百官箴非也　駿案漢書揚雄列傳曰

二　　得天爵齋叢書

261. 文章緣起訂誤一卷補一卷

・261・

一、總集類

1. 文選六十卷

南朝梁蕭統輯,唐李善注。北宋刻遞修本。羅振玉題款,勞健跋。十四冊。存二十四卷:十五至十九、三十至三十一、三十六至三十八、四十六至四十七、四十九至六十。

十行十七字,小字雙行二十五至二十六字,細黑口、左右雙邊,無魚尾。版心中鐫"李善注文選"和卷次(如"李善注文選第十八")及葉次,下鐫刻工。第三冊書首副葉有羅振玉題款,次戊辰(1928)勞健跋。

蕭統(501—531)字德施,梁武帝蕭衍長子。天監元年(502)立爲太子,卒後謚爲昭明,世稱昭明太子。好文學,博覽群書,招集門下文士編撰《文選》。《梁書》卷八、《南史》卷五十三有傳。

李善(約630—689),唐代揚州江都(今屬江蘇揚州)人。顯慶中任崇賢館學士、蘭臺郎,學問博洽,號稱"書簏"。後流放姚州,遇赦還,居汴鄭間講授《文選》。《舊唐書》卷一百八十九、《新唐書》卷二百二(李邕傳中)有傳。

羅振玉(1866—1940)字叔言、叔蘊,號雪堂、雪廬、貞松,別署永豐鄉人、松翁、貞松老人等,清末民國間浙江上虞人。縣諸生,應鄉試不中遂專意讀書治學,後相繼創辦農學社、東文學社,又受張之洞之邀任湖北農務局總理、農務學堂監督,襄辦江楚編譯局,創辦江蘇師範學堂,又調學部任參事官。辛亥後應廢帝溥儀之召入直南書房,又參與成立偽滿洲國,是其污點。

勞健(1894—1952)字篤文,浙江桐鄉人。清京師大學堂總監勞乃宣之子,精書法,尤長於小楷,善治印,又精研老子之學,撰有《篆刻學類要》《老子古本考》等。勞健與周叔弢相交甚久,誼情篤厚。

　　《文選》是現存編選最早的一部詩文總集，編者是蕭統，《梁書》本傳稱："所著文集二十卷，又撰古今典誥文言爲《正序》十卷，五言詩之善者爲《文章英華》二十卷，《文選》三十卷。"蕭統《文選序》也稱："事出於沉思，義歸乎翰藻。故與夫篇什，雜而集之。遠自周室，迄於聖代。都爲三十卷，名曰《文選》云耳。"由於《文選序》不署作年，故《文選》的成書主要存在如下諸説：一是編纂始於普通中，而終於普通七年（526）；二是始於普通七年，終於中大通三年（531）蕭統去世；三是普通三年（522）至普通七年之間。編者除史傳記載的蕭統説之外，還有編者爲劉孝綽、昭明太子十學士以及蕭統、劉孝綽兩人合編諸説。該書收録周代至六朝七八百年間一百三十位知名作家和少數佚名作家的作品七百餘首，各種文體的主要代表作大致具備（參見中華書局影印胡克家刻本《文選》之《出版説明》）。蕭統所編《文選》三十卷本，始見於《隋書·經籍志》（以下皆簡稱"隋志"）著録，題"梁昭明太子撰"。蕭統卒諡"昭明"，《文選》又世稱《昭明文選》。《隋志》還著録有蕭該《文選音》三卷，是所知最早研究《文選》的著述，導"文選學"之先聲。降至唐代，爲《文選》作注者有數家，其中最著且完整流傳至今者僅有李善注和五臣注兩家。大致唐末北宋之際，蕭統編三十卷本即所謂的蕭《選》原本漸不傳於世（《舊唐書·經籍志》尚著録，《新唐書·藝文志》著録者衹是存録書名，《崇文總目》已不著録），所傳者惟李善注《文選》六十卷本和五臣注《文選》三十卷本，以及北宋以來的合兩家之注（六臣注或六家注）的六十卷本。

　　李善注《文選》，由蕭統所編《文選》的三十卷本重新厘分爲六十卷本。《舊唐書》本傳稱："明（避顯字諱改）慶中，纍補太子内率府録事參軍崇賢館直學士兼沛王侍讀。嘗注解《文選》，分爲六十卷，表上之。賜絹一百二十匹，詔藏於秘内。"又《新唐書》李邕傳附善事跡云："父善，淹貫古今……人號書簏。顯慶中，纍擢崇賢館直學士兼沛王侍讀。爲《文選注》，敷析淵洽，表上之，賜賚頗渥。"今傳本《文選》卷首載有顯慶三年（658）李善《上文選注表》，署"文林郎守太子右内率府録事參軍崇賢館直學士臣李善"，與本傳相合，云："故勉十舍之勞，寄三餘之暇，弋釣書部，願言注緝，合成六十卷。"知《文選注》初成書在是年。又日僧圓仁撰《入唐求法巡禮行記》云："開成三年（838）十一月廿九日，揚州有卅餘寺。法進僧都本住白塔，臣善者，在此白塔寺撰《文選注》矣。"按咸亨初李善因賀蘭敏之之敗而流放姚州，咸亨五年（674）赦還，此後寓居汴鄭間講學《文選》。《李邕傳》稱"四遠至，傳其業，號'文選學'"，而"文選學"的最重要體現當即李善注《文選》六十卷，圓仁的記載表明李善晚年恐怕又會對注本進行修訂的工作。又《新唐書》李邕本傳云："邕少知名，始善注《文選》釋事而忘意，書成以問邕，邕不敢對。善詰之，邕意欲有所更。善曰試爲我補益之，邕附事見義，善以其不可奪，故兩書並行。"則又存在李邕補注過的《文選注》本。但該説有疑，假定李邕二十歲左右方有能力補注《文選》，此時李善已故去，何來父子切磋之語？推測即便李邕果真做過補注，當在李善卒後。唐人李匡乂《資暇集》即稱："代傳數本李氏《文選》，有初注成者、覆注者、有三注四注者"，"嘗將數本並校，不惟注之贍略有異，至於科段互相不同"。其説當有據可信。曹道衡則認爲："李匡乂所見的幾種寫本，恐未必都是李善手稿，而多半出於别人傳鈔。因此他所説的'贍略有異'就難免有鈔寫者加以增删的可能。"（參見傅剛《文選版本研究》所載曹序）

　　《舊唐書·經籍志》和《新唐書·藝文志》（以下皆分别簡稱爲"舊唐志""新唐志"，兩者合稱時則簡稱爲"兩唐志"）均著録李善注《文選》六十卷，遂爲今本面貌。現存李善注《文選》有明確年款的最早版本，是法國國家圖書館所藏的伯二五二八（P. 2528）《西京賦》殘卷，鈔寫在永隆年間，距離顯慶三年李善上表《文選注》不過二十餘年。另伯二五二七（P. 2527）《答客難》等殘卷也有李善注，但與伯二五二八並非同帙，也未署鈔寫時間。現存最早的刻本即此北宋本。按北宋初始有李善注雕印本，《宋會要輯稿·崇儒》云："景德四年（1007）八月，詔三館秘閣直館校理，分校《文苑英華》、李善《文選》，摹印頒行……李善注《文選》校勘畢，先令刻板，又命覆勘。"王應麟《玉海》引《實録》云："祥符二年（1009）十月己亥，命太常博士石待問校勘。十二月辛未，又命張秉、薛映、戚綸、陳彭年覆校。"程俱《麟臺故事》云："大中祥符四年（1011）八月，選三館、秘閣直官、校理，校勘《文苑英華》、李善《文選》，摹印頒行。"按此條材料與《宋會要輯稿·崇儒》所稱"景德四年"云云相近，不知是否存在訛誤,還是指李善注《文選》自景德四年始校理勘訂,經祥符二年覆校,至此祥符四年方刻印行世。《宋會要輯稿·崇儒》稱:"未幾,宮城火,二書皆盡。"據《麟臺故事》《宋朝事實類苑》,宮火發生在祥符八年(1015),天聖間又開始校刻李善注《文選》。《宋會要輯稿·崇儒》稱:"至天聖中,監三館書籍劉崇超上言:李善注《文選》援引該贍,典故分明,欲集國子監官校定净本,送三館雕印。從之。天聖七年(1029)十一月板成,又命直講黃鑑、公孫覺校對焉。"朝鮮活字本《六家文選》所附校勘題記稱李善本"天聖三年(1025)五月校勘了畢","天聖七年十一月日雕造了畢",校勘官正是公孫覺與黃鑑兩位,此與《宋會要輯稿·崇儒》所載相合。至"天聖九年(1031)月日進呈",此即爲天聖間國子監刻本李善注《文選》。《六家文選》卷首有國子監准敕節文,稱:"竊見李善《文選》援引該贍,典故分明,若許雕印,必大段流布。欲乞差國子監説書官員詳定净本後鈔寫,版本更切對讀後上版,就三館雕造,侯敕旨。奉敕宜依所奏施行。"此當即劉崇超所奏及國子監准敕。自景德四年至天聖七年歷時二十餘年,始畢《文選》李善注本雕刻之業。

北宋天聖間所刻李善注《文選》,宋代以來未見書目有明確著録者。《郡齋讀書志》著録一部李善注《文選》,云:"唐李善集注析爲六十卷……初爲輯注,博引經史,釋事而忘其義。書成上進,問其子邕,邕無言。善曰:非邪?爾當正之。於是邕更加以義釋,解精於五臣。今釋事、加義者兩存焉。蘇子瞻嘗讀善注而嘉之,故近世復行。"晁説本自《新唐書》李邕傳,又有所敷衍。顯慶三年李邕尚未出生,何來稱"書成上進,問其子邕"?《四庫全書總目》中館臣已有辯駁。晁氏又稱蘇軾嘉許善注,李善注本遂"復行",時在天聖本之後。推定晁氏並不知北宋國子監有李善注本之刻,著録者應非天聖本可知。

此帙北宋本殘卷即天聖明道間所刻者,依據書中"通"字闕筆。勞跂即稱:"宋諱闕筆至禎字止,通字亦爲字不成。天聖元年(1023)章獻太后臨朝稱制,令天下諱其父名。明道二年(1033)后崩,遂不復諱。"按《宋史·仁宗本紀》云乾興元年(1022)十月"詔中外避皇太后父諱",明道二年皇太后崩則"詔中外毋避莊獻明肅太后父諱"。皇太后父名劉通。書中"通"字闕筆者,如見於卷十八潘岳《笙賦》"越上篋而通下管”,卷三十謝朓《始出尚書省》“既通金閨籍”,卷五十三李蕭遠《運命論》“通之斯爲川焉”等處。勞跂未言此即天聖明道間國子監刻本,學界一般認爲即監本。除“通”字闕筆外,勞跂還稱該本“與上虞羅氏所印日本高山寺藏北宋本《齊民要術》字體絕相似,彼書通字亦缺末筆,或同時同地所刻,亦未可知也”,從字體也判定該本屬北宋本。此外字體有唐寫本書寫遺意,行款與伯二五二八李善注《西京賦》殘卷相近,以及版心樣式與唐山豐潤遼塔所出遼刻蝴蝶裝佛經相同等,進一步佐證刻在北宋殆無疑義(參見拙作《北宋刊李善注〈文選〉的版本》,載日本《汲古》雜志總第70號,2016年12月)《中國古籍善本書目》則著錄爲“北宋刻遞修本”,按書中玄、絃、弦、鉉、朗、敬、璥、驚、警、鏡、竟、境、弘、泓、殷、匡、恒、貞、讓諸字闕筆,而桓、構、遘、溝、媾、慎和敦等字不闕筆,則遞修當不及南宋。又“愍”字闕筆,卷五十二曹冏《六代論》“愍漢室之傾覆”句,似印證該本源出唐本。刻工有劉、蔡、孫三、何志、脩、任、馬、張、允脩、樊等,版心因殘缺,許多刻工姓名或佚去或不可辨識,僅辨認出上述諸例。又按該本所存卷第,《北京圖書館古籍善本書目》著錄爲二十一卷,存卷詳目爲卷十七至十九、三十至三十一、三十六至三十八、四十六至四十七、四十九至五十八、六十,上述諸卷中惟卷三十七、五十兩卷爲完整卷第,其餘各卷均殘缺不一。另此“二十一卷”的著錄也尚有缺漏,如卷十五、十六各存“四面”,卷五十九存“兩面”,故應再計入此三卷而總爲存二十四卷(該本所存各卷的起止,劉躍進《文選舊註輯存》附錄二《北宋本〈文選〉李善注殘卷》有詳細著錄,可參考)。

書中鈐“智祥”“德麟”“周暹”諸印,清内閣大庫舊藏,建國初周叔弢捐獻北京圖書館,現藏中國國家圖書館,編目書號8575。《叢刊》即據該本影印,收在第一至二册。

2. 文選三十卷

南朝梁蕭統輯,唐呂延濟、劉良、張銑、呂向、李周翰注。宋杭州開牋紙馬鋪鍾家刻本。一册。存一卷:三十。

十二行十八至十九字,小字雙行二十七字,白口、左右雙邊,單魚尾。版心中鐫
"文選"和卷次及葉次,下鐫刻工。

吕延濟,生卒年不詳,唐代開元間人。官衢州常山縣尉,見於《新唐書·吕向
傳》中,稱:"(向)嘗以李善釋《文選》爲繁釀,與吕延濟、劉良、張銑、李周翰等更爲
詁解,時號五臣注。"

劉良,生卒年不詳,字承祖,唐代開元間人。官都水使者,按《舊唐書·玄宗本
紀》稱"道士馮道力、處士劉承祖皆善於占兆",則劉良爲官前曾爲處士,擅長占卜
之類的方術行爲,曾向即位前的玄宗獻忠誠之心。又《姜皎傳》稱"皎之所親,都水
使者劉承祖配流雷州",姜皎因"漏洩禁中語"遭流放,劉良亦牽連其中,時在開元
十年(722)。

張銑,生卒年不詳,處士,唐代開元間人。

吕向,生卒年不詳,字子回,唐代或籍涇州(今屬陝西長武)人。開元十年,召
入翰林兼集賢院校理,侍太子及諸王爲文章,又擢左拾遺、左補闕,累官至工部侍
郎,卒贈華陰太守。《新唐書》卷二百二有傳。又《趙冬曦傳》稱:"翰林供奉吕向、
東方顥爲校理。踰年,冬曦與知章、吕向皆爲直學士。"按吕延祚進表稱"處士",時
在開元十年之前,與本傳稱"隱陸渾山"相合。又《舊唐書·房琯傳》稱"好隱遁,與
東平吕向陸渾伊陽山中讀書爲事凡十餘歲",則吕向似又籍東平。

李周翰,生卒年不詳,處士,唐代開元間人。

五臣注《文選》,見於開元六年(718)吕延祚《進五臣集注文選表》,云:"臣嘗覽
古集至梁昭明太子所撰《文選》三十卷,閱翫未已,吟讀無數……往有李善,時謂宿
儒,推而傳之,成六十卷。忽發章句,是徵載籍。述作之由,何嘗措翰。使復精覈注
引,則陷於末學。質訪指趣,則歸然舊文。祇謂攪心,胡爲析理?臣懲其若是,志爲
訓釋。乃求得衢州常山縣尉臣吕延濟、都水使者劉承祖男臣良、處士臣張銑、臣吕
向、臣李周翰等,或藝術精遠、塵游不雜,或詞論穎曜、巖居自修。相與三復,乃詞周
知秘旨,一貫於理。杳測澄懷,目無全文。心無留義,作者爲志。森乎可觀,記其所
善。名曰集注,並具字音,復三十卷。其言約,其利博,後事元龜,爲學之師。"見於

史書記載，在《新唐書·吕向傳》，不言吕延祚集五臣集注事，似吕向乃創注《文選》之意者。知五臣針對李善注《文選》的“述作之由，何嘗措翰”，而重新注釋，目的在“析理”。晁公武即稱：“延祚以李善止引經史，不釋述作意義，集吕延濟、劉良、張銑、吕向、李周翰五人注，延祚不與焉。”完成新注本，吕延祚稱之以“集注”，據延祚上《表》全稱以“五臣集注《文選》”，後世則一般稱爲“五臣注《文選》”。吕延祚稱“復三十卷”，即回復蕭《選》三十卷本卷第舊貌。五臣注《文選》最早見於《崇文總目》著録，此後的《新唐志》《郡齋讀書志》等均著録。

五臣注始刻於五代後蜀毋昭裔時，《宋史·世家·西蜀孟氏》云：“（毋守素）父昭裔，僞蜀宰相，太子太師致仕……昭裔好藏書，在成都令門人勾中正、孫逢吉書《文選》《初學記》《白氏六帖》鏤版。”按沈嚴《五臣本後序》云：“二川、兩浙先有印本，模子大而部帙重。”所謂“二川”本，當即指毋昭裔所刻的五臣注本《文選》。自五代至南宋初，五臣注本較爲流行，《六家文選》卷首李善進表後有北宋國子監准敕節文稱“五臣注《文選》傳行已久”（參見《天禄琳瑯書目後編》卷七著録首部《六家文選》），又淳熙八年（1181）尤袤刻《文選》跋稱“今是書流傳於世皆是五臣注本”。此本爲南宋初杭州鍾家刻本，卷三十末鎸“錢唐鮑洵書字”和“杭州貓兒橋河東岸開牋紙馬鋪鍾家刻本”兩行。書中玄、絃、袨、警、驚、弘、殷、筐、恒、貞、徵和樹諸字闕筆，有陳、宥、張、徐、彦、郎和徐瓦等刻工名。趙萬里考證云：“案紹興三十年（1160）刻本釋延壽《心賦注》卷四後有‘錢唐鮑洵書’五字，與此鮑洵，當是一人。如以鮑洵一生可有三十年左右工作時間計算，則此書當是南宋初年杭州刻本。貓兒橋本名平津橋，在府城小河賢福坊内，見《［咸淳］臨安志》。卷中宋諱桓、構等字均不缺筆，則因南宋初年避諱制度未嚴之故。紹興初思溪王氏刻《新唐書》，北宋英宗以下諱均不避，即其一例。又考建炎三年（1129）升杭州爲臨安府，因推知此書之刻當在建炎三年前。總之，此書雖未必爲北宋本，定爲南宋初年刻，當無大誤。”（《中國版刻圖録》）除存此一卷（其中第二十六葉係補鈔）外，北大圖書館尚存有卷二十九（闕第十六葉，中貿聖佳 2018 年秋季拍賣會拍出），存世僅此兩卷而已。

書中鈐“唐印鍾吉”“唐伯子”“唐氏寶古”“諸氏珍藏”“允修”“季振宜藏書”

"疑盦""疑盦寓意"諸印,清季振宜舊藏,現藏中國國家圖書館,編目書號11480。《叢刊》即據該本影印,收在第二册。

3. 文選六十卷

南朝梁蕭統輯,唐李善、吕延濟、劉良、張銑、吕向、李周翰注。宋贛州州學刻宋元明遞修本。六十一册。

九行十五字,小字雙行二十字,白口、左右雙邊,雙魚尾。補版或黑口、四周單邊,或白口、四周雙邊,或黑口,左右雙邊。版心上鐫字數,中(上魚尾下)鐫"文選"和卷次,下(下魚尾下)鐫葉次和刻工。卷端題"文選卷第一",次行低五格題"梁昭明太子撰",第三至五行低六格題"唐李善注,唐五臣吕延濟、劉良、張銑、吕向、李周翰注"。卷首有唐顯慶三年(658)《李善上文選注表》,次開元六年吕延祚《進五臣集注文選表》、蕭統《文選序》,次《文選目録》(單獨作爲一册)。

《文選》注本的刊刻,根據資料記載最先是五代後蜀時的毋昭裔刻五臣注本,北宋初國子監又刊刻李善注本。此後開始出現李善注與五臣注合刻的傾向,最早者是元祐九年(1094)秀州(今屬浙江嘉興)州學本,朝鮮活字本《六家文選》所附秀州州學刊刻題記云:"秀州州學今將監本《文選》逐段詮次編入,李善並五臣注其引用經史及五家之書,並檢元本出處,對勘寫入,凡改正舛錯脱剩約二萬餘處。二家注無詳略,文意稍不同者,皆備録無遺。其間文意重疊相同者,輒省去留一家,總計六十卷。"秀州州學本是五臣注在前,李善注在後,世稱"六家注本"。秀州州學本今已不存,存世南宋初明州本一般認爲即據秀州本傳刻。南宋初又出現李善注在前、五臣注在後的合刻本,即此贛州本。斯波六郎認爲贛州本"不是以單行李善注本、單行五臣注本爲底本,所據是一個五臣李善注本,祇不過顛倒了李善與五臣的順序"(參見所撰《文選諸本的研究》)。意即贛州本以某一六家注本爲底本,祇是顛倒五臣注和李善注的序次,而形成世稱的"六臣注本"。但贛州本的底本,是否即爲秀州本,由於秀州本亡佚不存,很難做出判斷。至於與現存的明州本之間的關係,由於兩本均出現在紹興年間,也不容易確定贛州本即爲據明州本而刻,贛州本的底本問題還有待於進一步的研究。尤袤跋稱:"獨李善淹貫該洽,號爲精詳,雖四明、贛上各嘗刊勒,往往裁節語句,可恨!"四明、贛上刊勒者即明州本和贛州本。儘管南宋初存在六家注本和六臣注本,但《郡齋讀書志》和《遂初堂書目》等未著録,似印證尚未流行。至《直齋書録解題》始著録"六臣注《文選》"之目,云:"唐工部侍郎吕延祚開元六年表上,號五臣集注……以李善注惟引事不説意義,故復爲此注,後人並與李善原注合爲一書,名六臣注。"著録者即此贛州本,依據是陳振孫又稱:"東坡謂五臣乃俚儒之荒陋者,反不及善。如謝瞻詩'苛慝暴三殤',引'苛政猛於虎'以父與夫爲殤,非是。然此説乃實本於善也。"按贛州本此句李善注即云:"《禮記》曰苛政猛於虎。同翰注。"李周翰注即稱:"横死曰殤。孔子過太山,有婦人哭於墓者而哀,使子貢問之,曰吾舅死於虎,吾夫又死焉,今吾子又死焉。曰何不去也? 曰無苛政。孔子曰:小子識之,苛政猛於虎也。秦之苛法,天下怨之,其暴甚於此三殤也。"檢明州本則將此條注文删掉。印證贛州本相較明州本更爲流行開來,現存福建刻的宋本《六臣注文選》,即出自贛州本,元代以降的諸六臣注本亦均祖述贛州本。

該本係宋贛州州學刻宋元明遞修本,《天禄琳琅書目後編》云:"通部闕筆,嫌名半字,俱極清晰。每卷末列校對校勘覆勘衔名,或三人,或四人。其覆勘張之綱官贛州州學教授,李盛官贛州司户參軍,蕭倬官贛州石城縣尉,鄒敦禮官贛州觀察推官,皆一時章貢僚屬,是此本贛州郡齋開雕者,流傳頗少。"書中玄、弦、絃、炫、泫、衒、袨、眩、朗、敬、警、鏡、竟、驚、境、弘、泓、霙、殷、匡、恒、貞、楨、禎、偵、徵、懲、樹、讓、頊、勗、桓、完、洹、莞、構、遘、穀、搆、講、慎諸字闕筆,大致至"慎"字止。各卷後有"州學司書蕭鵬校對""鄉貢進士李大成校勘""左從政郎充贛州州學教授張之綱覆校""左迪功郎新昭州平樂縣尉兼主簿嚴興父校勘""鄉貢進士劉格非校勘""鄉貢進士劉才劭校勘""州學齋長吴拯校對""州學直學陳烈校勘""州學學諭管獻民校勘""左從事郎贛州觀察推官鄒敦禮覆校""鄉貢進士楊挶校勘""左迪功郎贛州司户參軍李盛覆校""州學學諭吴撝校勘""州學齋諭李孝開校對""左迪功郎新永州零陵縣主簿李汝明覆校""州學齋諭蕭人傑校對""左迪功郎贛州石城縣尉主管學事權左司理蕭倬覆校"等銜名。版本定爲宋贛州州學刻宋元明遞修本,初刻在南宋紹興間,在宋元明三朝板片又經修補。書中版片漫漶,斷版多處。凡李善注文體例如"他皆類此"等,皆以白文陰圍標識。島田翰《漢籍善本考》稱"其版成於汴時,修版至南渡後也",還是視爲紹興間初刻爲宜。宋代參加補版的刻工有陳新、陳壽、徐杞、陶春、于良等。按書中"敦""燉""憞""郭""槨"等字不諱,而"慎"字則避諱,其補版當在孝宗時。孝宗之後當亦有修版。元明兩朝又有補版,如明代國子監監生參與了補版工作,如陳浚、戴添與、鄧志昂、高山甫、龔恩、黃還郎、留成、秦淳、王明、趙良、張罕言等,版心題以諸如"監生張罕言補録"等字樣。明代補版,審其刀法似明弘治、正德間所刻。

書中鈐"季印振宜""滄葦""天禄琳琅""天禄繼鑑""乾隆御覽之寶""五福五代堂古稀天子寶""八徵耄念之寶""太上皇帝之寶""悟言居士"諸印,"悟言居士"疑爲文徵明藏印,其有"悟言室"一印(參見《藏書紀事詩》)。清初季振宜舊藏,後入藏清宮天禄琳琅,現藏中國國家圖書館,編目書號 12371。《叢刊》即據該本影印,收在第三至十二册。

4. 文選三十卷

南朝梁蕭統輯,唐呂延濟、劉良、張銑、呂向、李周翰注。宋紹興三十一年(1161)建陽崇化書坊陳八郎宅刻本(卷二十一至二十五配鈔本)。王同愈跋,吳湖帆題款。十六册。

十二行二十二至二十三字不等,小字雙行二十七至二十八字不等,白口、左右雙邊,雙黑魚尾。版心上鐫字數,中(上魚尾下)鐫"文"和卷次,下(下魚尾下)鐫葉次。卷端題"文選卷第一"。卷首有呂延祚《進集注文選表》,次高力士宣口敕,次牌記(共兩個),次蕭統《文選序》,次《重校新雕文選目録》。書首副葉有己未(1919)王同愈跋,次壬申(1932)吳湖帆題款。

王同愈(1856—1941)字文若,號勝之,又號栩緣,清末民國間元和(今屬浙江杭州)人。光緒十五年(1889)進士,歷官江西學政、順天鄉試考官和湖北學政等,辛亥革命後退出政壇。博學多藝，富藏書，長於金石鑒賞，撰有《栩緣日記》《栩緣隨筆》等。

　　吳湖帆（1894—1968）名翼燕，字遹駿，又名倩，號倩盫，署湖帆、湖颿、蘇州人。曾任内政部古物保管委員會顧問、上海博物館董事等職，新中國成立後任上海文史館館員、上海中國畫院副院長等。精於書畫鑒藏和鑒定，室名梅景書屋、迢迢閣，撰有《佞宋詞痕》《聯珠集》等。

　　此本爲存世兩種宋本五臣注單行本《文選》之一，也是相對最爲完整的五臣注本。卷首牌記其一云：“凡物久則弊，弊則新。《文選》之行尚矣，轉相摹刻，不知幾家，字經三寫，誤謬滋多，所謂久則弊也。琪謹將監本與古本參校考正，的無舛錯，其亦弊則新。與收書君子，請將見行板本比對，便可概見。紹興辛巳（1161）龜山江琪咨聞。”牌記二云“建陽崇化書坊陳八郎宅善本”。江琪當是校訂者，陳八郎宅當是刊刻售賣者。所謂“古本”蓋指北宋沈嚴序中所稱的平昌孟氏本，序云：“二川、兩浙，先有印本，模字大而部帙重，較本粗而舛誤夥。舛誤夥則轉迷亥豕，誤後生之記誦。部帙重則難置巾箱，勞游學之負挈……今平昌孟氏好事者也，訪精當之本，命博洽之士，極加考核，彌用刊正……苟或書肆悉如孟氏之用心，則五經、子史皆可得而流布，國家亦何所藉焉。”而監本當指北宋國子監印行毋昭裔所刻五臣注之本，按《宋史·世家·西蜀孟氏》云：“昭裔性好藏書，在成都令門人勾中正、孫逢吉書《文選》《初學記》《白氏六帖》鏤板，守素（昭裔之子）齎至中朝，行於世。大中祥符九年，子克勤上其板，補三班奉職。”經江琪校訂後而刻在紹興三十一年，王跋稱，“宋諱如玄、敬、殷、桓、讓、徵、朗、構、驚、貞、匡、警、楨、頊、禎、檠、恆、搆皆闕筆”，而慎、慜、廓不闕筆，印證確刻在紹興間。書中有朱筆圈點和標抹，王跋認爲“出宋人之手。凡宋諱嫌名如懸、樹、署、完、貞、廓、構、彀、朂、慎、莞、旭、頊、紈、丸、雊、煥、炯、敦、句等字皆有紅圍，當爲寧宗時人讀本”。眉端亦有朱筆批注，如卷一《兩都賦》“繚以周牆”，朱批“繚音了”。卷三《吳都賦》“而吳子言蜀都之富”，朱批“吳”字爲“吾”。又有墨筆眉批，基本爲校記，如卷一《兩都賦序》“抑亦雅頌之亞也”句，眉批“抑字下五臣有‘國家之遺美’五字”。卷四《羽獵賦》“制道德之囿”

句,眉批"制一作創"。書中有補鈔葉,又卷二十一至二十五係通卷鈔配,乃據他本(非另一部陳八郎宅本)而鈔。以該本與鍾家本卷三十相校存在差異,如《頭陀寺碑文》"是以掩室摩竭"句,注"良曰:掩室謂斂心之静也",鍾家本"之静"作"入静"等。

書中鈐"菫封""仲義""景文""東吳毛表""東吳毛表圖書""奏叔""毛奏叔""毛奏叔氏""字奏叔""奏叔氏""西河""毛表私印""毛表之印""汲古閣""汲古閣圖書記""海虞毛表奏叔圖書記""古虞毛氏奏叔圖書記""虞山毛氏汲古閣收藏""乾學""徐健庵""古歙檀干許氏梯寓室藏書印""蔣鳳藻""鳳藻""香生眼福""鳳藻敬觀""香生""蔣仲子""吳下蔣郎""蔣氏之寶""秦漢十印齋藏""長州蔣氏十印齋藏書""長州蔣鳳藻印信長壽""同愈""勝之""王氏祕匧""王印同愈""元和王同愈""元和王氏圖書記""栩緣""栩緣印信""栩緣所藏""栩栩盦""張銘中印""醜簃""某景書屋""密均樓""蔣祖詒""蔣祖詒印""烏程蔣祖詒藏書""烏程蔣祖詒藏""穀孫秘笈""穀孫""祖詒審定""沈渝印""紀父常""費君直""銘心絶品""別號正庵""白雲舊吏""江南吳氏世家""西吳文獻世家"諸印,清初毛表舊藏,後經蔣鳳藻、王同愈和蔣祖詒所藏,現藏臺北"國家圖書館",編目書號13573。《叢刊》即據該本影印,收在第十三至十五冊。

5. 古詩十九首説一卷

清朱筠撰,徐昆述。清乾隆三十七年(1772)徐氏貯書樓刻本。一冊。

九行二十字,白口、四周雙邊,單魚尾。版心上鐫"十九首説",中鐫葉次。卷端題"古詩十九首説",次行低一格題"朱筍河先生口授,受業徐昆后山筆述"。卷首有癸巳(1773)錢大昕序,次乾隆壬辰(1772)徐昆序。卷末有辛卯(1771)跋。

朱筠(1729—1781)字竹君,又字美叔,號筍河,清代順天大興(今屬北京大興)人。乾隆十九年(1754)進士,授編修,擢侍讀學士、充日講起居注官,三十六年(1771)提督安徽學政。纂修《四庫全書》,任校辦各省送到遺書纂修官,撰有《筍河集》。生平事跡參見《清史稿》卷四百八十五《文苑傳》。

　　徐昆,生卒年不詳,字后山,清代平陽府(今屬山西臨汾)人。才美學富,乾隆四十一年(1776)任陽城縣教諭,與名宿多有詩歌唱和,撰有《柳崖外編》。

　　《古詩十九首》最早載録於蕭統編《文選》中,李善注云:"並云古詩,蓋不知作者,或云枚乘,疑不能明也。詩云'驅馬上東門',又云'遊戲宛與洛',此則辭兼東都,非盡是乘明矣。昭明以失其姓氏,故編在李陵之上。"吕向注云:"不知時代,又失姓氏,故但云古詩。"《古詩十九首》有單行注本大抵始自清代,據《清史稿·藝文志》著録,注本有徐昆《古詩十九首說》一卷、卿彬《古詩十九首注》一卷、饒學斌《古詩十九首注解》二卷和張庚注的《古詩十九首解》一卷。

　　此爲徐昆筆述朱筠有關《古詩十九首》的評解而成書,錢序云:"臨汾徐君后山,倜儻奇士。予嘗見其傳奇數種,己心異之。兹所刊《古詩十九首》,說則本吾友筠河學士,譙談之餘論,推衍而成者也。"又徐序云:"歲戊子(1768)三冬圍爐,余從筠河先生縱談今古,每說詩輒以十九首爲歸,紬繹妙緒,陶淑性情……至嘉平月八日之夕說始竟……辛卯亦在都,鏤刻舊說不敢忘,然未落筆墨也……届九月,先生奉命爲督學安徽使時又將別,先生因於別前數日細意詮述,成若干言,用質同學諸君子。"正文首有《總說》,敘解詩旨意,稱:"後人詠懷寄托,不免偏有所著,十九首包涵萬有,磕著即是。凡五倫道理,莫不畢該,卻又不入理障,不落言詮,此所以獨高千古也。"朱筠評解附在每首詩篇末。又有卷末跋稱:"吾願學詩者從此入手,忠臣孝子,義友節婦,其性情皆可從此陶鑄也。"書首有内扉葉,題"古詩十九首說,壬辰冬月,貯書樓新鎸"。貯書樓當即徐昆齋號,貯書樓所刻者還有徐氏所撰的《柳崖外編》。

　　此本現藏中國國家圖書館,編目書號31623。《叢刊》即據該本影印,收在第十五册。

6. 古詩十九首附箋一卷

　　清張庚原解,李兆元附箋。清嘉慶二十四年(1819)李氏十二筆舫刻本。一册。

　　九行二十二字,白口、左右雙邊,單魚尾。版心上鎸"古詩",中鎸葉次。卷端題"古詩十九首附箋",次行、第三行均低七格分別題"秀水張庚浦山原解""東萊李兆元勺洋附箋"。卷首有嘉慶己卯(1819)李兆元《詩箋三種序》,次嘉慶二年(1797)李兆元《古詩十九首附箋引》。卷末有癸亥(1803)李兆元跋。

張庚,生卒年不詳,字浦山,號瓜田,清代浙江嘉興人。布衣,乾隆元年(1736)薦博學鴻詞,撰有《强恕齋詩文集》。

李兆元(1757—1828)字瀛客,號勺洋,清代掖縣(今屬山東萊州)人。乾隆五十九年(1794)舉人,官河南知縣,撰有《十二筆舫詩稿》《十二筆舫雜録》等。

此書乃李兆元以張庚《古詩十九首解》爲基礎,附以個人評解而成。該本正文中各首詩末即先附張庚評解,稱以"原解",次附李氏的《附箋》。對於張氏評解也有所删省,如《青青陵上柏》一首即不録李解,小注稱"殊失詩旨,不録"。"附箋"也附有諸家之評,以"附録"標識,如《庭中有奇樹》一首"附録"即云:"邵子湘曰:與《涉江采芙蓉》首意同,而前曰望鄉,此稱路遠,有行者、居者之别。"關於《附箋》的成書,李跋云:"余幼讀十九首,嘗苦無入門處。既得浦山解,喜甚,奉以爲枕秘。久之,間出鄙見相發明,因作箋附其後。"又稱"今秋重校一過",該跋作於癸亥即嘉慶八年,是年將《附箋》重新校理一過。按嘉慶二年序稱:"秀水張浦山徵君《古詩十九首解》最稱善本,然亦間有附會。余録其全册,披誦之餘,不揣鄙陋,間出管見,附原解後。"則《附箋》初稿成於是年。初稿經"重校",至嘉慶二十四年始梓行,《詩箋三種序》云:"因取所箋《古詩十九首》及蘇李五言二種,付鈔胥,附以漁洋秋柳詩箋,彙爲《詩箋三種》,藏之家塾。今夏吾友吳子敏園、朱子韞山、黃子卉町、龔子裕堂見之,共爲校定,並助貲代付剞劂。"書首内扉葉即題"詩箋三種,嘉慶己卯新刊,十二筆舫藏板",十二筆舫即李兆元齋名。

此本現藏中國國家圖書館,編目書號79727。《叢刊》即據該本影印,收在第十五册。

7. 古詩十九首解一卷

清張庚撰。清嘉慶間吳省蘭聽彝堂刻道光三十年(1850)金山錢氏漱石軒重印

《藝海珠塵》本。一册。

十行二十一字,白口、左右雙邊,單魚尾。版心上鎸"藝海珠塵",中鎸"古詩解"和葉次。卷端題"藝海珠塵",第四行低一格題"古詩十九首解",第五行低二格題"張庚纂"。

吴省蘭(？—1810)字泉之,號稷堂,清代南匯(今屬上海)人。乾隆四十三年(1778)賜進士,授編修,後歷官文淵閣校理、浙江等地提學使和禮部侍郎等職。藏書處爲聽彝堂,撰有《十國宫詞》《河源紀略》和《楚南隨筆》等,編刻《藝海珠塵》。

錢熙輔(1790—1861)字次丞,號鼎卿,清代上海金山人。廩生,官蕪湖教諭,吴省蘭之婿。喜藏書和刻書,齋名漱石軒,撰有《勤有書堂剩稿》。

該本正文首有張庚所撰小序,云:"睢陽吴氏説選詩(即《六朝選詩定論》),大有發明,然穿鑿附會,牽强偏執,在在有之。欲求醇全者,什僅二三。雍正戊申(1728)館於滿城,陳氏弟子於正課之暇,以《古詩十九首》請業,因參其説詮解焉。然爲得爲失,究不自知耳。爲録一册,以俟服古者正之。"交待注《古詩十九首》緣起。次列胡應麟評詩、吴淇評《古詩十九首》之説。次列己説,云:"組織風騷,鈞平文質,得性情之正,合和平之旨,義理聲歌兩用其極,故能紹已亡之風雅,垂萬襈之規模。有志斯道者,當終身奉以爲的。"此可謂張氏注解《古詩十九首》的題旨。張氏注解附在每首詩之末,並引有吴淇《六朝選詩定論》中有關《古詩十九首》的評解。

該書爲吴省蘭編叢書《藝海珠塵》中的一種,《藝海珠塵》由吴氏在嘉慶間刊刻(起嘉慶十年,訖於十四年)行世,自甲至辛共八集(其中辛集屬刊而未竟)。書中扉葉題"聽彝堂藏版",聽彝堂即吴省蘭齋號。道光三十年,又經其婿錢熙輔續刻壬癸兩集並重印。

此本現藏首都圖書館,編目書號乙5·107。《叢刊》即據該本影印,收在第十五册。

8. 古詩十九首箋注一卷

清陳敬畏撰。清管庭芬編稿本《花近樓叢書》本。管庭芬跋。一册。

十一行字不等,小字雙行字不等,黑口、左右雙邊,無魚尾。版心中題"古詩注"和葉次,下鎸"別下齋校本"字樣。卷端題"古詩十九首箋注,海昌陳敬畏寅仲"。卷末有咸豐辛酉(1861)管庭芬跋。

陳敬畏(1758—1780)字寅仲,號墨莊,陳萊孝次子,清代海寧人。長於篆刻,博學多藝,惜早卒,撰有《補六書通考證》《銅香書屋印譜》等。

管庭芬(1797—1880)字培蘭,又字子佩,號芷湘,別署淳溪病叟、芷翁,清代海昌(今屬浙江海寧)人。縣諸生。博極群書,擅長目錄學,曾佐錢泰吉輯《海昌備志》,撰有《天竺山志》《淳溪老屋自娛集》《一郡筆存》《芷湘退稿》等,所輯書有《花近樓叢書》。

此書爲陳敬畏的《古詩十九首》注本,注釋基本依據李善注,個人評解附在各首詩篇末的"愚按"中,同時也引及諸家的評語。如《行行重行行》"愚按"云:"古人於遇合之際,往往有所托而言之者,如第一第二首俱以夫婦離別言,然不必寔指夫婦也,如此看便深。孫月峰云此婦憶夫詩,以比君臣。妙處似質而腴,骨最蒼,氣最鍊。"有的評解則未標以"愚按"字樣,實亦即陳氏之解。如《冉冉孤生竹》一首篇末云:"此是怨婚遲之詩,結婚而未會,所以有過時之慮也。遇合無時,那能無感,而詞旨溫然,可謂怨而不怒。"《去者日以疏》一首篇末云:"大旨與前首同,言愈簡而意愈長,尤爲警切。"關於是書的撰者陳敬畏,管跋稱:"陳君寅仲,吾邑誰園先生萊孝之哲嗣也,以名諸生,爲時推重。因古今之注蕭《選》者,每略於詩詠一門,爲補注《十九首》以作家塾課本。惜早世,稿藏予家,幸未散佚。"管氏據陳敬畏注《十九首》稿本鈔録,編入《花近樓叢書》中。《花近樓叢書》存世有管氏的手編稿本,該本即爲此稿本中的一種。版心下鎸"別下齋校本","別下齋"乃蔣光煦藏書齋名,管庭芬曾館於別下齋讀書治學。

書中鈐"管庭芬""芷湘子"諸印,現藏中國國家圖書館,編目書號 A02849。《叢刊》即據該本影印,收在第十五冊。

9. 古詩十九首注一卷

清劉光蕡撰。民國八至十年(1919—1921)王典章思過齋刻《煙霞草堂遺書》

本。一册。

十行二十一字,小字雙行同,黑口、左右雙邊,單魚尾。版心中鎸"古詩十九首注",下鎸"思過齋錄版"字樣。卷端題"古詩十九首注,煙霞草堂遺書十三",次行低十二格題"咸陽劉光蕡古愚"。

劉光蕡(1843—1903)字煥堂,號古愚,清代陝西咸陽人。光緒元年(1875)中舉人,會試落榜後講學於多處書院,撰有《學記臆解》《大學古義》等。

王典章(1845—1943)字幼農,清末民國間陝西三原人。曾受業於劉光蕡,歷任四川布政使署文案、新寧知縣和定遠府知府等職。辛亥革命後任廣東省粵海道尹、陝西省民政廳廳長等職,撰有《安隱廬詩存》,出資編印《煙霞草堂文集》。

此書爲劉光蕡的注釋《古詩十九首》之作,其注不引經據典,著重在串解詩意和詩旨,釋述作意義。書首有內扉葉題"古詩十九首,康有爲""歲次庚申刊於蘇州"。又版心下鎸"思過齋錄版",按思過齋爲王典章齋號,劉光蕡撰《王幼農思過齋跋》云:"三原王幼農茂才,名典章,顏其讀書之齋曰'思過'。"王典章於民國八至十年(1919—1921)在蘇州刊刻劉氏所撰《煙霞草堂遺書》十七種,該書即爲其一,刻在民國九年(1920)。

此本現藏首都圖書館,編目書號乙5·19。《叢刊》即據該本影印,收在第十五册。

10. 玉臺新詠十卷

南朝陳徐陵輯。明嘉靖十九年(1540)鄭玄撫刻本。六册。

十行十八字,白口、左右雙邊,單魚尾。版心中鎸"玉臺新詠"和卷次及葉次。卷端題"玉臺新詠卷一",次行低四格題"陳東海徐陵編,明歙方大法校"。卷首有嘉靖己亥(1539)吳世忠《刻玉臺新詠序》,次同年方弘靜《刻玉臺新詠序》、徐陵《玉臺新詠序》和《名家世序》。

徐陵(507—583)字孝穆,南朝陳東海郯(今屬山東郯城)人。仕南朝梁任通直散騎常侍,入陳官至尚書,編有《玉臺新詠》。《陳書》卷二十六、《南史》卷六十二有傳。

鄭玄撫，生卒年不詳，字思祈，號梧野山人，明代歙（今屬安徽歙縣）人。

《陳書》《南史》本傳不言徐陵有《玉臺新詠》之編，最早見於徐陵《玉臺新詠序》云："往世名篇，當今巧製。分諸麟閣，散在鴻都。不藉篇章，無由披覽。於是然脂暝寫，弄筆晨書，撰録艷歌，凡爲十卷。"提及所編《玉臺新詠》爲十卷本，與今本卷第同。又劉肅《大唐新語》稱："梁簡文爲太子，好作艷詩，境内化之。晚年欲改作，追之不及，乃令徐陵爲《玉臺集》。"《郡齋讀書志》（著録《玉臺新詠》在"樂類"）則稱："唐李康成云昔陵在梁世，父子俱事東朝，特見優遇。時承平好文，雅尚宮體，故采西漢以來詞人所著樂府艷詩以備諷覽，且爲之序。"《玉臺新詠》又稱爲《玉臺集》，南宋陳玉父序又稱之爲"玉臺新詠集"。見於著録始自《隋志》，題"《玉臺新詠》十卷，徐陵撰"。自《隋志》始，公私書目均著録爲十卷本。《四庫全書總目》稱："其書前八卷爲自漢至梁五言詩，第九卷爲歌行，第十卷爲五言二韻之詩。雖皆取綺羅脂粉之詞，而去古未遠，猶有講於溫柔敦厚之遺，未可概以淫艷斥之。"

就目前所見版本而言，此本是現存《玉臺新詠》版本中有明確刻年的較早的一種版本。卷一收詩三十七首，卷二二十四首，卷三五十一首，卷四七十五首，卷五九十七首，卷六八十二首，卷七七十一首，卷八九十九首（王訓詩二首在正文中合爲一首，實際爲九十八首），卷九一百三十九首，卷十一百八十一首，總爲八百五十六首詩。傅增湘稱該本"與趙刻（即崇禎六年趙均小宛堂刻本）次第不同，字句亦多異，然繆誤實多，去趙刻遠甚"。如卷一《古詩八首》其一"故人從門去"句，趙本"門"作"閣"；其二"焉能凌風飛"句，趙本"能"作"得"；其六"四坐且莫歡"句，趙本"且莫歡"作"莫不歡"等。次第的不同，如該本卷一蔡邕《飲馬長城窟行》之後是繁欽的《定情篇》，而趙本在《定情篇》前還有陳琳的《飲馬長城窟行》、徐幹詩二首（《室思》和《情詩》各一首）。關於該本之刻，吳序云："是編殘簡甚訛，曾莫校讎。頃有方生敬明，挾策遠遊，購此閬市。厥交梧埜鄭君受以鋟布，廣之四方。"又方序云："鄭君梧野以名家公子綽有雅懷，揖當代才流，馳其高駕，得鈔本於上都，撫殘篇而動色，爰乃廣逸拾遺，續爲外集，併刻山堂，傳諸寰内。"知此本據某一傳鈔本爲底本,經方大法校訂後而刻,且疑此傳鈔本並不具備宋元本的來源。

書中鈐"元和王氏圖書記""王印同愈""栩緣所藏""元和王同愈""栩栩盫長物"諸印,王同愈舊藏,現藏中國國家圖書館,編目書號17979。《叢刊》即據該本影印,收在第十六冊。

11. 玉臺新詠十卷

南朝陳徐陵輯。清初毛氏汲古閣刻後印本。四冊。

八行十九字,白口、左右雙邊,無魚尾。版心上鐫"玉臺新詠",中鐫卷次和葉次,下鐫"汲古閣"字樣。卷端題"玉臺新詠卷第一",次行低七格題"陳尚書左僕射太子少傅東海徐陵孝穆撰"。卷首有徐陵《玉臺新詠敘》。

毛晉(1599—1659)字子九,更字子晉,原名鳳苞,號潛在,明末清初常熟人。性喜藏書,有"汲古閣""目耕樓"以庋藏。又好刻書和鈔書,汲古閣刻書廣爲流布,鈔書中的影鈔本頗具聲譽。其子毛扆、毛褒等也精於校勘,富藏書,又繼續汲古閣刻書事業,一般統稱以毛氏汲古閣刻書。

此本卷一至六、卷九至十篇目及篇次,均同鄭本。不同者,卷七增益王僧孺《爲人述夢》一首,爲七十二首。卷八則差異較大,該本僅收五十六首,其中王訓詩鄭本目録作二首,正文合爲一首,該本同。若依據目録作二首,則收五十七首。不收鄭本中的蕭子雲詩一首、蕭子輝詩一首、蕭子範詩一首、蕭愨詩一首、王筠詩五首(鄭本十一首,該本僅收六首)、劉孝綽詩五首(鄭本十首,該本僅收五首)、劉孝儀詩一首、劉孝威詩三首(鄭本六首,該本僅收三首)、劉遵詩一首(鄭本三首,該本僅收二首)、庾肩吾詩六首(鄭本十三首,該本僅收七首)、庾成師詩一首、鮑泉詩三首(鄭本五首,該本僅收二首)、鄧鏗詩一首(鄭本三首,該本僅收二首)、陰鏗詩五首、劉邈詩三首(鄭本四首,該本僅收一首)、朱超道詩一首、裴子野詩一首、房篆詩一首、陸罩詩一首、庾信詩二首(鄭本八首,該本僅收二首),不收者共計四十四首。而該本則收鄭本此卷未收的湯僧濟詩一首和徐悱妻劉氏詩一首,兩項折合相較於鄭本闕四十二首,卷一至十收詩總爲八百十三首。表明汲古閣本應據鄭本而刻,但篇目又有所删節。書中篇題下有校記,如卷一《皚如山上雪》篇題下小注云"一本無平生二句、郭東四句、皬如四句",《答夫》篇題下小注云"一作答詩",又《古詩爲焦仲卿妻作》篇題下小注"一本無賤妾二句"等。

書中鈐"曾藏濟陽春蔯處"一印,現藏中國社會科學院文學研究所圖書館,編目書號 851. 3354/2874。《叢刊》即據該本影印,收在第十七册。

12. 玉臺新詠十卷

南朝陳徐陵輯,明袁宏道評。明天啓二年(1622)沈逢春刻本。四册。

九行十九字,白口、四周單邊,單魚尾。版心上鎸"玉臺新詠",中鎸卷次和葉次。卷端題"玉臺新詠卷之一",次行低六格題"陳東海徐陵孝穆甫編定",第三、四兩行均低六格分别題"明公安袁宏道中郎甫批閲、錢塘沈逢春六符甫參訂"。卷首有袁宏道《玉臺新詠序》,次天啓壬戌(1622)沈逢春《玉臺新詠敘》、徐陵《玉臺新詠序》。

袁宏道(1568—1610)字中郎,號石公、六休,明代公安人。萬曆二十年(1592)進士,歷官吴縣知縣、國子助教、禮部主事和吏部郎中等職。詩文與兄宗道、弟中道並稱,同爲公安派,世稱"三袁"。所撰詩文風格自然率真,有《袁中郎集》《觴政》《瓶花齋雜録》等。《明史》卷二百八十八有傳。

沈逢春,字六符,明代錢塘(今屬浙江杭州)人,生平仕履不詳。

此本各卷篇目及篇次均同鄭玄撫刻本,當屬以鄭本爲底本而重刻。書中袁宏道評語以小字標出,一般在所評之詩的篇末或篇中。如卷一《古詩》八首其一篇末評云"悽婉",同卷《古詩爲焦仲卿妻作》"哽咽不能語,我自不驅卿"句評云"可憐",卷三張華《雜詩二首》其一篇末評云"清艷",同卷陶潛《擬古詩》篇末評云"沖淡",卷八《落日看還》篇末評云"新聲巧變",卷十《詠殘燈》篇末評云"趣"。書中又刻有小注和校記,小注主要是詩人的生平簡介。如卷一《日出東南隅行》篇題下校語云"一作《陌上桑》",同卷枚乘《雜詩》篇題下小注"字叔,淮陰人,事梁孝王"。關於該本之刻,袁序云:"請顔兹集,以俟重刻。"又沈序云:"孝穆以情彙,中郎以情鑒賞，且品題之序之。世有能解是集之不離乎情者，可以讀是集矣。"

書中鈐"長樂鄭振鐸西諦藏書""長樂鄭氏藏書之印"兩印，鄭振鐸舊藏，現藏中國國家圖書館，編目書號 15776。《叢刊》即據該本影印，收在第十八册。

13. 玉臺新詠十卷

南朝陳徐陵輯。明崇禎二年（1629）馮班鈔本。清馮班、何士龍校並跋，清葉裕、錢孫艾、趙瑾、翁同書跋。四册。

九行十九字，黑口、左右雙邊，雙魚尾。版心中題"玉臺"和卷次及葉次。卷端題"玉臺新詠卷第一"。卷首有徐陵序。書首副葉有己未（1859）翁同書跋。卷一末有壬申（1632）何士龍朱筆題跋。卷十末有同年馮班朱筆題跋，另有壬辰（1652）署名"五湖漁郎"（不詳誰氏）跋，次甲午（1654）葉裕跋，次壬申馮班跋三則（其中第三則未署何年，當亦作於壬申年），次崇禎十七年（1644）錢孫艾跋，次庚寅（1650）趙瑾跋。書尾副葉有咸豐九年（1859）翁同書跋兩則。

馮班（1602—1671）字定遠，號鈍吟，又號二癡、雙玉生等，明末清初常熟人。明諸生，與其兄馮舒世稱"海虞二馮"。好藏書，長於校讎，撰有《鈍吟雜録》等。

何士龍，生卒年不詳，名雲，明末清初常熟人。能古文詞，尤熟唐史，錢謙益曾延聘至家塾，又從瞿式耜流離閩粵十餘年。生平事跡參見《［同治］蘇州府志》卷一百。

葉裕（1635—1659）字祖仁，自稱枝指生，明末清初吳縣（今屬江蘇蘇州）人。葉奕之子，好藏書，游錢謙益、陳確庵之門，撰有《華萼集》《二葉詩稿》等。

錢孫艾，生卒年不詳，字頤仲，明末清初常熟人。

趙瑾，生卒年不詳，字懿侯，明末清初太原人。明末進士，官長洲知縣（據《帶經堂詩話》卷十一）。

此本卷十末題"宋本重録"，當爲馮班手寫，即據宋本而鈔。馮跋稱："己巳（1629）之冬獲宋本於平原趙靈均，因重録之""是本（指宋本）則其舊書"。鈔完後又經何士龍和馮班勘訂，馮跋稱："己巳冬方甚寒，燃燭録此不能無亥豕。壬申春重假原本,士龍與余共勘,二日而畢。凡正定若干字,其宋板有誤則仍之云。"按卷一末何士龍即題"壬申仲春何士龍勘於胥門客舍一卷畢",卷十末則有馮班題云"壬申二月初七日馮偉節勘於胥門客舍"。實際馮班之後又進行過重勘,依據是卷五末題"八月十六二癡重勘"。書中塗白粉者,當爲何士龍與馮班勘訂者,如卷七《代樂府三首》之《新城安樂宮》中的"城"字即塗以白粉。馮跋説"正定若干字",似爲數不多。而錢孫艾跋稱該本又經過了他人修訂,云:"索借頗多,遂爲俗子塗改,中間差誤已失鈔時本來面目。"此類"塗改"疑爲書中塗黃粉者,如《古詩爲焦仲卿妻作》"新婦謂府吏,何意出此言"句中的"新婦"兩字即塗以黃粉。除此兩類塗粉者之外,還有其他形式的修訂,應皆非出自何班二人之手。據卷十末諸跋,署名"五湖漁郎"和葉裕及趙甲都曾校過該本,但在錢孫艾之後。卷九《盤中詩》眉端還有清人吳紹潗的朱筆校記,云:"原本無蘇伯玉妻四字,蓋此詩本休奕擬作。錢跋云俗子改塗失真,此處亦當是俗子妄增也,蘇泉。"該本與趙均刻本均出自宋本,但以該本與趙本相校存在差異,如《古詩八首》其二"懍懍歲雲暮",趙本"懍懍"作"癛癛";"願得長巧笑",趙本"長"作"常";"諒無晨風翼",趙本"晨"作"鸜";"垂涕沾雙扉",趙本"沾"作"霑"等。

　　第一册書衣題"馮鈍吟先生手鈔,阮氏琅嬛仙館藏書",第四册書衣題"上郙馮氏精鈔宋本,常熟翁同龢重裝並署"。卷首徐陵序末題"震澤葉氏家藏書籍",震澤葉氏俟考。書中鈐"上郙馮氏之印""班""二癡""上郙""上黨馮生""師李""書農""宋本""士""錢孫艾印""忠孝之家""葉裕""揚州阮氏琅嬛仙館藏書印""文選樓""錢唐嚴杰借閱""保""翁印同書""長生安樂翁同書印""祖庚曾讀""祖庚翰墨""文端文勤兩世手澤同龢敬守""東壁圖書""寶瓠齋藏書""吳紹潗字澂埜號蘇泉藏書印""疑是故人來"諸印,經馮班、阮元、翁同書和吳紹潗等人所藏。按清康熙馮鱉刻本所載馮鱉跋稱:"端陽後偶得汲古閣藏本,字句一遵宋刻,復有黃筆點定,翻閱後跋,知爲鈍吟公筆也",知該本又曾經毛氏汲古閣所藏。現藏中國國家圖書館,編目書號2718。《叢刊》即據該本影印,收在第十九册。

14. 玉臺新詠十卷

南朝陳徐陵輯。明崇禎六年(1633)趙均刻本。清伊秉綬、王霖、葉志詵、屠倬、
鄧瑶、李士棻、劉嗣綰、梅曾亮等題款,清陳鴻壽跋。四册。

十五行三十字,細黑口,左右雙邊,無魚尾。版心中鐫"玉臺新詠"和卷次及葉
次。卷端題"玉臺新詠卷第一",次行低十一格題"陳尚書左僕射太子少傅東海徐
陵字孝穆撰"。卷首有徐陵《玉臺新詠集並序》,卷末有嘉定乙亥(1215)陳玉父《後
敘》。書首副葉有嘉慶十九年(1814)伊秉綬題款,次嘉慶二十年(1815)王霖題款、
嘉慶二十一年(1816)葉志詵等題款,次丙子(1816)屠倬題款、同治二年(1863)鄧
瑶題款和同治乙丑(1865)李士棻題款。第二册書首副葉有丙子劉嗣綰等題款,第
三册書首副葉有道光元年(1821)梅曾亮等題款,第四册書首副葉有嘉慶丁丑
(1817)陳曼生跋。

趙均(1591—1640)字靈均,趙宧光之子,明代吴縣人。家富藏書,喜搜求金石
古文,藏書處曰"小宛堂",撰有《金石林時地考》等。

伊秉綬(1754—1815)字組似,號墨卿,又號默庵,清代福建寧化人。乾隆五十
四年(1789)進士,守惠州,知揚州,工詩,善隸書,好收藏古書畫,撰有《留春草堂
集》。

王霖,生卒年不詳,字雨蒼,清代無錫人。乾隆時國子生。

葉志詵(1779—1863)字東卿,晚號遂翁,清代漢陽(今屬湖北武漢)人。嘉慶
九年(1804)進册翰林院,初官國子監典簿,充提調,升兵部武選司郎中,撰有《平安
館詩文集》。

屠倬(1781—1828)字孟昭,號琴鄔,晚號潛園,清代錢塘(今屬浙江杭州)人。
官儀徵知縣,後纍官至九江知府,工詩古文,旁及書畫金石篆刻,撰有《是程堂集》。

鄧瑶(1811—1866)字伯昭,又字小芸,清代湖南新化人。道光間拔貢,官麻陽
教諭,撰有《雙梧山館文鈔》。

李士棻(1821—1885)字重叔,號芋仙,清代忠州(今屬四川忠縣)人。道光二

十九年(1849)拔貢生,官江西彭澤縣令,又移臨安,工詩文,喜藏書,撰有《天瘦閣詩草》《天補樓行記》等。

劉嗣綰(1762—1820)字簡之,號芙初,又號醇甫,清代陽湖(今屬江蘇武進)人。嘉慶十三年(1808)進士,官編修,後主東林書院,撰有《尚絅堂詩文集》《筝船詞》。

梅曾亮(1786—1856)字伯言,清代上元(今屬江蘇南京)人。道光二年(1822)進士,官户部郎中,告歸後主揚州書院,又客河道總督楊以增幕,撰有《柏梘山房文集》。

陳鴻壽(1768—1822)字子恭,號曼生、曼龔、曼公、胥溪漁隱、夾谷亭長和老曼等,清代錢塘人。嘉慶六年(1801)拔貢,官溧陽知縣,工詩書畫印,撰有《種榆仙館詩集》《桑連理館集》等。

此爲趙均據宋本而刻,崇禎六年趙均序(此本脱該序)稱:"獨存此宋刻耳……今又合同志中,詳加對證……竊恐宋人好僞,葉公懼真。敢協同人,傳諸解士。矯釋莫資,逸駕終馳焉耳。"序中所稱的"宋刻"即南宋陳玉父本。陳玉父《後敘》云:"《玉臺新詠集》十卷,幼時至外家李氏,於廢書中得之,舊京本也。宋失一葉,間復多錯謬,版亦時有刓者,欲求他本是正多不獲。嘉定乙亥在會稽,始從人借得豫章刻本,財五卷,蓋至刻者中徙,故弗畢也。又聞有得石氏所藏録本者,復求觀之,以補亡校脱,於是其書復全,可繕寫。"陳玉父本即合各本而成,非盡屬"京本"即北宋本之貌,故趙序稱之以"竊恐宋人好僞,葉公懼真"。書中保留了宋本中的避諱字,如玄、泫、朗、敬、鏡、竟、驚、擎、殷、筐、貞、遘、溝、構和慎諸字即均闕筆。據趙序,該本收詩七百六十九首,"世所通行妄增又幾二百",收詩數目不同於明刻諸本。書中附刻有趙均校語,如卷七最後一首詩《閨妾寄征人》篇末小注即稱"目作三首,此首疑衍",又卷九沈約《古詩題六首》篇題下小注稱"《八詠》,孝穆止收前二首,此皆後人附録,故在卷末"。印證即便是宋本也並非徐陵書原貌,經過了諸如詩篇等的增益。

書中鈐"胡開遠珍藏印""胡廣之印""開遠""名余曰廣""曾亮""屠倬""青平

山人""李士棻""芋仙""芋仙所藏""忠州李芋仙隨身書卷""伊印秉綬""默庵"
"志誃""程式金""陳務兹""臣鄧瑶""伯昭一字小耘""聽香過眼""所翁曾觀""陳
曼生審定書畫印記""蓬庵""玉方審定""繩武堂印""澹寧書屋""烏鵲橋東""涵芬
樓""涵芬樓藏""海鹽張元濟經收""墨林"(僞)"子京父印"(僞)"季滄葦藏書印"
(僞)諸印,經清人胡開遠、李士棻所藏,民國間歸涵芬樓,現藏中國國家圖書館,編
目書號7764。《叢刊》即據該本影印,收在第十九至二十册。

15. 玉臺新詠十卷

南朝陳徐陵輯。明五雲溪館銅活字印本。鄧邦述校並跋又録明李維楨、清馮
班、孫潛、葉萬跋。四册。

十行十九字,白口、左右雙邊,單魚尾。版心上題"五雲溪館活字",中題卷次
和葉次。卷端題"玉臺新詠卷之一"。卷首有嘉定乙亥(1215)陳玉父《玉臺新詠集
後序》。書尾副葉有鄧邦述朱筆過録清馮班、明李維楨、清孫潛、葉萬跋,次鄧邦述
緑筆手跋。又書中各卷末有鄧邦述朱筆或緑筆校記及跋。

鄧邦述(1868—1938)字孝先,號正闇,近代江寧(今屬江蘇南京)人。光緒二
十四年(1898)進士,授翰林院編修,曾入端方幕,又曾任吉林民政使。喜藏書,因得
黄丕烈士禮居舊藏宋本《群玉集》和《碧雲集》,而名其藏書處曰群碧樓。撰有《群
碧樓詩鈔》《漚夢詞》,刻有《群碧樓叢刻》七種等。

李維楨(1547—1626)字本寧,明代京山(今屬湖北京山)人。隆慶二年(1568)
進士,萬曆間遷提學副使,天啓初以布政使家居,詔修《神宗實録》,纍官至禮部尚
書。博聞強記,文章弘肆,撰有《史通評釋》《大泌山房集》等。《明史》卷二百八十
八有傳。

孫潛(1618—?)字潛夫,又字凱之、節生,號蔎園、知節君,別署字山法頂、道人
法頂,明末清初句容(今屬江蘇句容)人。嗜藏書,精於校讐。

葉萬(1619—1685)字石君,號潛夫,以字行,一名樹廉,別署鶴汀、南陽穀道人、
清遠堂主人等,明末清初吳縣(今屬江蘇蘇州)人。曾爲邑諸生,後隱居於家,聚書

治學,勘校群籍,撰有《樸學齋集》《史記私論》等。

此五雲溪館銅活字印本,五雲溪館不詳誰氏,印行之年亦難於確考。按馮班跋(載明崇禎二年馮班鈔本《玉臺新詠》中)稱:"余十六歲時,嘗見五雲溪館活字本於孫氏,後有宋本一序,甚雅質。"馮班生於萬曆三十年(1602),則十六歲時乃萬曆四十五年(1617),推斷至遲在此年已印行於世。劉躍進推測"五雲溪館本更早在正德以前即已問世","在現存諸明版《玉臺新詠》中,此本問世當推是最早的一種了"(參見《玉臺新詠研究》)。該本篇目及篇次均不同於鄭玄撫本,屬鄭本之外的另一《玉臺新詠》版本系統。如卷一收陳琳《飲馬長城窟行一首》、徐幹詩五首和《室思詩》一首及《情詩》一首,而鄭本則將上述諸詩收在卷二。該本所收篇目如下,卷一收詩四十五首,卷二和卷三均爲三十九首,卷四五十五首,卷五七十三首,卷六五十五首,卷七七十首,卷八五十四首,卷九一百首,卷十一百五十三首,總爲收詩六百八十三首。相較於鄭本,少收一百七十三首詩。除與鄭本差異較大外,與趙均本也歧異較多。如卷六末鄧邦述朱筆跋稱:"此卷活本與趙本歧出,如吳均《古意》四首,朱筆校勘乃據此刪落。而活本所失者二首,《述夢》一首或是排失,《長門後怨》一首屠本亦誤。"趙本卷六收吳均《古意》詩六首,即《賤妾思不堪》《妾本娟家女》《春草攬可結》《何處報君書》《妾家橫塘北》和《匈奴數欲盡》,該本僅收《賤妾思不堪》和《匈奴數欲盡》兩首,恰好是一頭一尾,或是排工有意刪節。另《搗衣》後不收《爲人述夢》一首,《采菱》後不收《長門後怨》一首,也有可能是排工失誤而致不收。卷六卷端葉眉端鄧跋亦稱:"舊本無王僧孺,活本作吳均三十四首,亦無僧孺。今按增《梅花落》,去《妾本》《春草》《何處》《妾家》四首,其數正合。"趙本卷六收詩六十首,該本不收六首,計五十四首,又比趙本增益《梅花落》一首得五十五首,正是該本此卷所收詩篇之數。五雲溪館活字本的系統不同於鄭本和趙本,鄧跋云:"此活字本亦不常見,而所據乃宋本,與趙靈均繕陳本又不同。"卷七眉端跋中也提到該本經過了後人的改動,云:"按此集撰於武帝朝,不應便有廟號,如簡文作皇太子、元帝作湘東王可證。太子既稱聖制,此爲後人所加無疑矣。"

書中有鄧邦述校,一類是綠筆校,即過録所據鈔本(即曹彬侯藏鈔本,見鄧跋)

中的校語。一部分是校趙均本者,以緑筆書寫,鄧跋稱:"緑筆所寫係校寒山趙氏繙陳玉父本,與鈔本同出一源。緑筆所稱宋本作某,與此活字本相符,知此本所據亦宋本也。且有勝於趙氏所據者,不可以其爲活字本而輕之。"緑筆校還包括校趙均本之外者,鄧跋云:"書中緑筆又一人手校者,未書名字,不可知爲何氏,且亦未卒業,至五卷爲止。據《文選》校異同處爲多,間多采《藝文》《初學記》者。其中言宋本作某,則不知據何本也。"按此五卷的校語又見於國家圖書館藏趙均本《玉臺新詠》中(編目書號〇一七九五一部)。此類校語均屬佚名校。一類是朱筆校,屬於鄧邦述據鈔本的手校,包括正文中行側的朱筆校,鄧跋稱"凡與鈔本異同寫入行側"。包括地腳處的朱筆校,鄧跋稱"此卷(指卷九)排手粗率,訛舛極多,與鈔本義有異同則注於下方,否則隨字改正。其改而不注者,則兩本皆同而朱筆校改者也。"也包括眉端上的朱筆校,如據他書所出的校記等。每卷末還有朱筆校記和跋。據卷一末朱筆跋,知鄧邦述校該本始自壬子(1912)五月廿八日,至乙卯(1915)八月廿七日校竟(卷十末朱筆跋)。書尾鄧跋稱:"亡友吳佩伯得曹彬侯藏鈔本,又非靈均底本,係馮二癡輩同時傳鈔,見於錢遵王《敏求記》……余假佩伯過録,四年之久始得録竟。"知此鈔本與馮班鈔本係同時據宋本《玉臺新詠》而鈔。鄧氏既迻録鈔本中的校語和佚名校語,以緑筆過録;又據此鈔本校此活字本,以朱筆書寫。

　　書中鈐"邦述之鉢""正闇手校""孝先""群碧校讀""趙氏元方""趙鈁珍藏""曾在趙元方家""無悔齋藏""一麀十駕"諸印,經鄧邦述、趙元方所藏,現藏中國國家圖書館,編目書號5864。《叢刊》即據該本影印,收在第二十册。

16. 玉臺新詠校正十卷

　　清紀昀撰。稿本。紀昀跋。二册。

　　十行十九字,小字雙行同,白口、左右雙邊、單魚尾。卷端題"玉臺新詠卷第一,河間紀昀校正"。卷首有壬辰(1772)紀昀序,次徐陵《玉臺新詠序》。卷十末有癸巳(1773)署觀弈道人(即紀昀)跋。書末有陳玉父《後敍》。

　　紀昀(1724—1805)字曉嵐,一字春帆,別號石雲,清代直隸獻縣(今屬河北獻縣)人。乾隆十九年(1754)進士,官至禮部尚書、協辦大學士,加太子少保,諡文達。學問淵博,曾任四庫全書纂修館總纂官,工詩文,撰有《紀文達公遺集》《閲微草堂筆記》《鏡煙堂十種》等。

　　此書爲紀昀箋釋評點《玉臺新詠》的稿本,一是箋釋即"校正",主要體現在正文中。"校正"的撰寫,紀昀序云:"崇正(即崇禎,避雍正諱而改爲'正')癸酉(1633)距今百有餘載,意其書已不存(指宋本《玉臺新詠》),乾隆壬午(1762)忽於常熟門人家得之,紙墨完好,巋然法物……然亦時時有訛字。馮鈍吟云宋刻是麻沙本,故不佳,信矣。辛卯(1771)六月余自西域從軍歸,檢點藏書,多所散佚,惟幸是本之僅存。是歲十月再入東觀,稍理舊業,偶取閲之。喜其去古未遠,尚有典型,終勝於明人臆改之本。用參校諸書,仿《韓文考異》之例,各箋其棄取之由附之句下,兩可者並存之,不可通者闕之,雖可通而於古無徵者則別附注之。丹黄矻矻,蓋四閲月乃粗定。"二是評點,主要體現在眉端,如卷一《古樂府六首》其一"行者見羅敷,下擔捋髭須。少年見羅敷,脱巾著帩頭。耕者忘其耕,鋤者忘其鋤。來歸相怨怒,但坐觀羅敷"八句,眉批云:"行者八句將丰姿之美,從旁看出,烘托有神,過接無跡,局法筆法皆可從此悟入。"評點之撰,紀跋稱:"余既粗爲'校正',勒爲《考異》十卷。會汾陽曹子受之問詩於余,屬爲評點,以便省覽。因雜書簡端以應之,與《考異》各自爲書不相雜也。"《考異》即"校正"單獨成書而鈔入《四庫全書》中,署紀昀之父紀容舒撰,實爲紀曉嵐之作,此稿本可證。而評點則未單獨成書,而是保存在了此稿本中。校正和評點在初稿完成後,都經過了紀昀的修訂,塗改勾乙及所貼浮簽均屬此類修訂所爲。還有所貼的一類浮簽屬據《永樂大典》所載相應詩篇的校語,按《玉臺新詠考異》館臣提要云:"惟漢魏六朝諸作散見《永樂大典》者,所據皆宋刻精本,足資考證。以書藏中秘,非外間之所能窺。其間文句之殊,尚未能一一參訂。今併詳爲校正,各加案語於簡端,以補其所遺焉。"

　　據張蕾《〈玉臺新詠校正〉綜論》,紀昀的"校正"包括三個方面,即"精校原文,訂正疏誤""精考作者,核實篇目"和"透視歧義,闡微洞幽"。"精校"者,如卷一《古詩八首》其三"菟絲附女蘿"句,校正云:"菟,《文選》作'兔',宋刻則皆從艸。

案《玉篇・艸部》菟字注菟絲，草名，則加艸尚非俗體。又《楚詞・天問》：顧菟在腹，字亦從艸，則菟、兔古字本通，今仍以宋刻作菟，後皆倣此。""核實篇目"者，如卷一陳琳《飲馬長城窟行一首》校正云："此亦當入第九卷，疑此附入之人未審孝穆之體例，以與中郎年代相接，題目又同，遂竄置於此耳。""闡微洞幽"者，如卷八《七夕》篇題下校正云："此詩，今本開府集不載，蓋今本乃蒐輯而成，編録者偶遺之耳。"

此本現藏中國國家圖書館，編目書號2382。《叢刊》即據該本影印，收在第二十一册。

17. 玉臺新詠札記一卷

徐乃昌撰。稿本。一册。

十行二十二字，白口、左右雙邊，單魚尾。版心中題葉次。卷首有徐乃昌序。

徐乃昌（1866—1946）字積餘，號隨庵，安徽南陵人。清光緒十九年（1893）舉人，官江蘇淮安知府等職，又曾任江蘇高等學堂總辦、三江師範學堂監督。民國後寓居上海，藏金石、圖籍甚富，又擅長刻書，撰有《續方言又補》《南陵縣建置沿革表》《後漢書儒林傳補逸》等。

此稿本書衣題"玉臺新詠札記"，是書編撰緣起，徐序云："此書（指《玉臺新詠》）在宋時已不祇一本，明以來傳刻尤夥。五雲溪館活字本、孟璟刊本皆源出天水，而遜於此本（指趙均本），二馮評點本、紀氏考異本、吳氏箋注本則各以己意校改。燉煌唐寫本頗足以訂宋本之訛，惜僅存四頁耳。他若《文選》《漢書》《太平御覽》《藝文類聚》《文苑英華》《樂府詩集》《初學記》《東觀餘論》《西溪叢語》《垣齋通編》《滄浪詩話》《古樂府》《古詩類苑》《詩紀》諸書所引各有異同，合而校之，成札記一卷。"所據校諸本中的"孟璟刊本"指清康熙四十六年（1707）孟璟所刻之本（中國國家圖書館有藏本），"二馮評點本"當指康熙五十三年（1714）馮鼇本（該本內扉葉題"虞山二馮先生校閲"），"紀氏考異本"即指紀昀的《玉臺新詠考異》，"吳氏箋注本"即指吳兆宜注本《玉臺新詠》。

該書即《札記》體例是以趙均本卷次和篇目爲序，首列所出札記的詩句，次列札記的内容。據《藝文類聚》出札記者，如卷一《古詩八首》"四坐莫不歡"句，札記云："歡，《藝文類聚》作歡"。據孟璟本出札記者，如卷一《古樂府詩六首》"觀者見羅敷"句，札記云："觀，孟本作行"。據《西溪叢語》出札記者，如卷一秦嘉《贈婦詩三首》"爲郡上椽"句，札記云："椽當作掾，《西溪叢語》引此文注掾一作計。"據《坦齋通編》出札記者，如卷二《劉勳妻王氏雜詩二首》"峙止屠不得往"句，札記云："往，《坦齋通編》作共。"據《古詩類苑》出札記者，如卷九沈約《八詠二首》"昭姬泣胡殿"句，札記云："昭，《古事類苑》作文。"除序中提到的各本外，徐氏還據宋本等出札記，如卷一枚乘《雜詩九首》"迢迢牽牛星"句，札記云："迢迢，宋刻誤作苕苕，全書皆然。"所據之"宋刻"不詳何本，按趙均本亦作"迢迢"，馮鈔本作"沼沼"。還據作家本集出札記，如卷二曹植《雜詩五首》"儻願終盼昒"句，札記云："本集及《藝文類聚》均作'儻終顧昒恩'。"檢宋本曹植集即作"儻終顧昒恩"。也有出自己意作札記者，如卷二《甄皇后樂府塘上行一首》"棄捐篋與蒯"，札記云："蒯當作菅。"札記也偶有錯謬之處，如卷一《古樂府詩六首》"髯髯頗有鬚"句，札記云："馮本注：髯字，字書不載，凡宋刻書髯字多如此寫，活本、楊本（當指明嘉靖二十二年楊士開刻本）作髤髤。""馮本注"即爲"吳氏箋注本"之誤，該注出自吳兆宜注本中。札記中存在勾乙塗改，眉端亦間有增入的札記條目，當經過作者本人的屢次增補修訂。

此本現藏西南大學圖書館，編目書號 VB851.3/52745。《叢刊》即據該本影印，收在第二十一册。

18. 古文苑二十一卷

宋章樵注。宋端平三年（1236）常州軍刻淳祐六年（1246）盛如杞重修本。十册。

十行十八字，小字雙行十八至二十二字不等，白口、左右雙邊，雙魚尾。版心上魚尾下鎸卷次和"文苑"，下魚尾下鎸葉次和刻工。卷端題"古文苑卷第一"。卷首有紹定壬辰（1232）章樵《古文苑序》，次同年吳淵《注古文苑後序》，次淳熙六年

（1179）韓元吉序、《古文苑目録》。卷末有嘉熙丁酉（1237）江師心跋，次淳祐丁未（1247）盛如杞跋。

章樵（？—1235）字升道，號桐麓，南宋武林（今屬浙江杭州）人。嘉定元年（1208）進士，歷海州高郵山陽教官、知漣海軍職，擢宰吳縣，通判常州，後又擢監登聞鼓院，尋以疾歸，授朝散郎知處州事，撰有《章氏家訓》《補注春秋繁露》等。生平事跡參見《［民國］杭州府志》卷一百三十八。

盛如杞，生卒年不詳，南宋於潛（今屬浙江杭州）人。翰林學士，淳祐間歷任承議郎通判常州軍州事、通判慶元府等，繫官至差充尚書省提領田事所檢閱官。生平事跡參見《［咸淳］重修毗陵志》卷九。

《古文苑》未見於北宋（含）之前史志著録，韓序稱："世傳孫巨源於佛寺經龕中得唐人所藏古文章一編，莫知誰氏録也，皆史傳所不載，《文選》所未取，而間見於諸集及《樂府》，好事者因以《古文苑》目之。今次爲九卷，可類觀……惟訛舛謬缺者多，不敢是正而補之，蓋傳疑也。"按孫巨源（1031—1079）名洙，巨源乃其字，北宋廣陵（今屬江蘇揚州）人。未冠而舉進士，神宗間爲翰林學士。韓元吉（1118—1187）字無咎，號南澗，南宋初籍開封人。歷官南劍州主簿、建安令，遷守建州，繫官至吏部尚書、龍圖閣學士。若記述可信，則《古文苑》首次出現在北宋中期，南宋初又爲韓元吉所得並編次爲九卷本。《郡齋讀書志》《遂初堂書目》和《直齋書録解題》均著録此書，晁陳兩家之説大抵祖述韓記，印證韓記當是唯一提及《古文苑》的最早文獻記載。《直齋書録解題》稱："韓無咎類次爲九卷，刻之婺州"，知宋代有婺州本。又稱"常州有版本"，當即此章樵注本。該本内容，章序云："歌詩賦頌書狀箴銘碑記雜文爲體二十有一，爲篇二百六十有四，附入者七。始於周宣石鼓文，終於齊永明之倡和。""附入者七"指所附的末一卷，實際爲賦十四首和頌三首，共十七首，疑"七"前脱漏一"十"字。該卷首章樵注稱："舊編載此諸篇，文多殘缺，搜檢他集互加參證，或補及數句，猶非全文，姑存卷末以竢博訪。"推斷章樵所見的《古文苑》，除包括韓元吉所稱的九卷本的二百六十四篇外，還附有一些殘篇。章樵將此類殘篇重加董理，而作爲單獨的一卷附在全書之末，較九卷本更爲完善。

　　章樵注《古文苑》的緣起及過程，章序稱：“其中句讀聱牙，字畫奇古，未有音釋。加以傳録舛訛，讀者病之……樵學製吳門，竊簿書期會之暇，續以燈火餘工，玩味參訂，或衷斷簡以足其文，或較別集以證其誤，推原文意，研覈事實，爲之訓注。其有首尾殘缺，義理不屬者，姑存舊編以俟庾考。復取漢晉間文史册之所遺以補其數，凡若干篇，釐爲二十卷，將質諸博洽君子以求是正焉。”吳序肯定章樵注的學術價值，稱：“會萃音釋，覈別章句，發千古之奥賾，訂衆人之訛謬。其援據精切，其闡敘敷皀。”章樵在注釋的同時，也將《古文苑》從九卷本重新編次爲二十卷本。據盛跋稱：“癸巳（1233）冬……《古文苑》稿方授楷書，吏將付諸梓，俾與訂正，以歲莫呕行而未究。明年（1234）公除司鼓，留稿以遺後人程君士龍。”推知章樵自紹定五年始注《古文苑》，至六年歷一年有餘而完成。而此本之刻，江跋稱：“章君不忍自私，倅毗陵日，欲繙諸梓，以貽後學……歲在丙申（1236，即端平三年）六月畢工。”而章樵則卒在端平二年（1235），未及見書刻版。刻版完工後並未印行，而是由江師心訂正書版中的訛誤，江跋稱：“明年（1237）四月，僕到官既半載，章君之子淳過僕，盡取其版，訂刊者之誤凡二百餘字。”盛跋亦稱：“繼之者江君師心復爲訂刊者之誤書，於是乎有傳。”淳祐六年盛如杞知常州，“公餘取所刊板，鱗次先後，遇板有蠹蝕者，字有漫漶者，即命工補□之，及□□偏旁差訛者，數字益嚴，局□守護□□庶可以詔久傳遠。”經過盛如杞的修版而印行，故該本定爲“宋端平三年常州軍刻淳祐六年盛如杞重修本”。檢書中玄、弘、殷、匡、筐、恆、貞、楨、徵、樹、勗、桓、完、遘、慎、敦和燉諸字闕筆，另“愍”字也闕筆（見於卷十九崔瑗《河間相張平子碑》“愍而不弔”句），似印證所據底本祖出唐本。版心下所鎸刻工有許忠、邵思齊和劉榮等。

　　書中卷二十一《請雨華山賦》眉端有批注云：“此篇似五言詩，緣多闕文，殊不可解。夫古文章，存者多僞，真者又多疑誤。文士苦用心，惜哉！武夷山人徐駿讀，辛卯春分記。”徐駿不詳其人，俟考。鈐“世美”“宋本”“汪士鐘曾讀”“鐵琴銅劍樓”諸印，清經汪士鐘、瞿氏鐵琴銅劍樓所藏，現藏中國國家圖書館，編目書號7134。《叢刊》即據該本影印，收在第二十二册。

19. 六朝詩集五十五卷

明嘉靖刻本。十二册。

十行十八字,白口、左右雙邊,無魚尾。版心中鎸集目的簡稱和卷次及葉次。卷首有嘉靖癸卯(1543)薛應旂《六朝詩集序》(係補鈔),次咸淳庚午(1270)謝枋得序(係補鈔),次《六朝詩賦選目》(係補鈔)。

此本選編六朝人的詩賦作品,包括二十四種計五十五卷,集目爲《梁武帝集》一卷、《梁簡文帝集》二卷、《梁元帝集》一卷、《梁宣帝集》一卷、《後周明帝集》一卷、《陳後主集》一卷、《隋煬帝集》一卷、《陳思王集》四卷、《阮嗣宗集》三卷、《嵇中散集》一卷、《陸士衡集》七卷、《陸士龍集》四卷、《謝康樂集》一卷、《謝惠連集》一卷、《謝宣城集》五卷、《江文通集》四卷、《鮑氏集》八卷、《梁沈約集》一卷、《梁劉孝綽集》一卷、《梁劉孝威集》一卷、《何水部集》二卷、《陰常侍集》一卷、《王子淵集》一卷和《庾開府集》二卷。謝序云:"是集始自蕭梁諸帝,暨王凡八以象八節也,輯名宦自阮籍以迄庾開府凡十有六,合帝王則二十有四以象二十四氣,備乎六曆之周天也。"其中宣帝集僅六篇、後周明帝集僅二篇,難免有凑足集目之嫌。書中刻有校語,如《阮嗣宗集》卷一《東平賦》"或由之安"句,"安"字下有校語"一作觀";"忽漠之域"句,"漠"字下有校語"一作漢"。《謝宣城集》卷一《酬德賦》"巾帝車之廣軾"句,"車"字下有校語"一作連"。《王子淵集》中的《長安有狹斜行》"威行狹斜道"句,"行"字下有校語"一作紆"等。

《六朝詩集》據謝序似編在南宋後期,但宋元以來史志書目未見著録。最早見於著録是在明人的書目中,如《澹生堂書目》《天一閣書目》和《絳雲樓書目》等。該本爲嘉靖刻本,依據是薛序,但序文不言此集的編定及刊刻情況,僅稱:"然則斯集也,其殆續詩之散逸,固匪直兩漢之餘波,初唐之濫觴也。"薛應旂,生卒年不詳,字仲常,號方山,明代武進(今屬江蘇常州)人。嘉靖十四年(1535)進士,縈官至禮部郎中,爲學兼宗朱陸,提倡務實,撰有《方山先生文録》《四書人物考》等。或刻者延請薛氏作序,檢《方山先生文禄》確載有此序。周亮工《書影》稱"嘉靖間吳中刻《六朝詩集》”,當即此本。謝序的存在產生該集編在南宋的説法,傅增湘稱:“方知此集實宋末坊本,嘉靖時從而覆刊耳。”(《藏園群書經眼録》)鄭振鐸也據行款與宋書棚本一致而推測稱:“頗疑是從宋書棚本覆刻。”(鄭振鐸所藏一部《六朝詩集》的跋)。但謝序的真僞性有待於定讞,謝枋得(1226—1289)字君直,號疊山,南宋信州弋陽(今屬江西弋陽)人。寶祐中舉進士,工詩文,撰有《疊山集》《文章軌範》等。四庫館臣稱有署枋得撰僞作者,此序似亦屬此類,《疊山集》即未收,或爲書賈刻《六朝詩集》而僞撰謝序冠之。儘管書中存在避宋帝的諱字,如“玄”(《陳思王集》卷一/6a)、“匡”(《江文通集》卷一/4b)等字,還是應審慎地認爲該集編刻均在明代,儘管部分集目有可能存在參據宋代傳本的背景;但就《六朝詩集》的編撰而言成書在明代,不宜視爲宋代成書。

第十二册末葉(第36葉b面)鈐“橋”“川”連珠式戳印,日人橋川時雄舊藏。傅增湘《明本六朝詩集跋》中曾提到:“適東方館中送閲此集全帙,其前録有咸淳庚午謝枋得敘。”(《藏園群書題記》)東方館當即日本人主持的東方文化事業委員會圖書館,簡稱“東方館”。橋川時雄與該委員會過從甚密,推斷傅氏所閲之部即橋川所藏該本。現藏中國國家圖書館,編目書號2380。《叢刊》即據該本影印,收在第二十三至二十五册。

20. 六朝文絜箋注十二卷

清許槤評選,黎經誥注。清光緒十五年(1889)枕溢書屋刻本。四册。

十行二十字,小字雙行同,白口、左右雙邊,單魚尾。版心上鎸“六朝文絜箋注”,中鎸卷次和所載篇目的文體名及葉次。上下兩截版,上截版内鎸刻評語。卷端題“六朝文絜箋注卷一”,次行低兩格題“海昌許槤評選,德化黎經誥覺人箋注”,第三、四兩行均低十格合題“福州林群玉琴南、丁芸耕鄰,望江何聲灝伯梁、焕仲吕參定”。卷首有光緒十五年黎經誥序,次原序(即道光五年許槤序),次光緒戊子(1888)謝章鋌序、張澥序和《六朝文絜箋注目録》。卷末有光緒戊子汪宗沂跋,次己丑(1889)黎經誥跋。

許槤(1787—1862)字叔夏,號珊林,清代海寧人。道光十三年(1833)進士,以薦修國子監《金石志》,後由知縣擢知州,選山東平度,縈官至江蘇糧儲道。吏事精敏,日不廢學,撰有《説文解字統箋》等,編訂《六朝文絜》。生平事跡參見譚廷獻《許府君家傳》(載《續碑傳集》卷七十九)。

黎經誥,生卒年不詳,字覺人,清末民國間江西九江人(自署德化)。喜藏書,室名山壽堂、耕雅齋,撰有《許學考》。

《六朝文絜》是許槤編選的一部六朝文總集,涉及賦、詔、敕、令、教、策問、表、疏、啓、牋、書、移文、序、論、銘、碑、誄和祭文共十八種文體,選文七十二篇。許序云:"歲丙寅(1806)輯選斯帙,不揆疏陋,爲甄別其義,迄今二十襪矣。易稿者數四,凡讎句比字,捃理務覈,然猶未嘻其葴爲歉歉也。"黎序則評價許氏編選《六朝文絜》,云:"許君誠歷觀文囿,泛覽詞林,品盈尺之珍,搜經寸之寶,由博而反約者乎""讎句比字,務求精覈,歷二十襪,易稿者數四,用心可謂至矣"。許槤編選之外也撰有評語,書中上截版内所載者即許評。黎氏稱:"許氏評語精核,仍備録之,他皆倣此。"黎氏又加以箋注,序云:"誥嘗取此授謨詳詔諸弟讀之,澄心握玩,亦復憪然有喜。但典實紛披,難盡冰釋,有疑義輒求講解……不揣樗質,願此箋釋。"而箋注的體例,序云:"舊有注者,如李注《文選》、倪注《子山集》,素稱博贍,皆備述之,並妄附補正一二焉。其無注者,窮居諸力,弋釣書部,徵前賢之遺跡,采詞人之美藻。或引經傳,或求訓詁,勉深考索,力期諦當。"謝序亦稱:"今所爲《六朝文絜》注,體例一本李善,則誠知取法矣。"又黎跋稱:"余注《文絜》合成十二卷,卷首不作凡例……余所徵引,今多散佚,或采選注,或出近儒輯本,初未敢妄僞。"書中凡舊注之外的黎氏自注,皆以陰文黑圍"補"字標識,黎氏稱:"有舊注者,因而留之,並於篇首題其姓名。若於原注外有所補緝,並稱'補'字以別之。"除自注,也參考各家的注釋。如卷一《蕪城賦》篇題下補云"孫志祖補正曰"。黎氏也作校勘,即書中所刻校記者,黎跋稱:"篇中讎句比字,悉取六朝史書、汪士賢二十名家集、張天如百三家集,及各專集校刊。近古者羅列,以別其同異,潛心校核,聊備參考。"如卷一《蕪城賦》"軸以崑岡","岡"字校語稱"一作崗"。

關於此本之刻,黎序云:"戊子(即光緒十四年)仲春,謝師(指謝枚如)以稿本寄還……秋九月……載稿行篋中,何伯梁、仲吕兄弟見而許可,即勸鋟木,惠諸同好……辭不獲已,始付剞劂,今年春殺青甫就。"知刻在光緒十五年。書首内扉葉題"六朝文絜箋注,長樂謝枚如夫子鑒定,枕溢書屋藏板","光緒十五年春三月鋟就"。

此本現藏上海圖書館,編目書號綫普530213‐16。《叢刊》即據該本影印,收在第二十五册。

二、別集類

21. 賈長沙集十卷

漢賈誼撰。明成化十九年(1483)喬縉刻本。傅增湘跋。四册。

九行十八字,黑口、四周雙邊,雙魚尾。版心中鐫葉次。卷端題"賈長沙集",次行低一格題"賈誼新書"(及卷次和篇次)。卷首有成化十九年喬縉《賈生才子傳序》,次《賈長沙集/賈誼新書目録》《洛陽賈生傳》。卷首副葉有辛酉(1921)傅增湘跋。

賈誼(前200—前168),西漢洛陽人。文帝時召爲博士,遷太中大夫,後爲大臣所忌而出爲長沙王太傅,又遷梁懷王太傅而卒,年三十三,世稱賈太傅或賈生。《史記》卷八十四、《漢書》卷四十八有傳。

喬縉,生卒年不詳,字廷儀,明代洛陽人。成化八年(1472)進士,授兵部主事,縈遷郎中,出補四川參議,後乞歸。少穎敏,師事河東薛瑄,撰有《性理解惑》《河南郡志》等。生平事跡參見《河南通志》卷五十九。

傅增湘(1872—1949),字沅叔,四川江安人。光緒二十四年(1898)進士,選庶吉士,散館爲編修,民國間曾任教育總長。著名藏書家,藏書處曰雙鑑樓、藏園。撰有《藏園老人遺稿》等。

《漢書·藝文志》(以下皆簡稱"漢志")之《詩賦略》著録賈誼賦七篇,另《諸子略》著録賈誼五十八篇。至《隋志》著録《賈子》十卷、録一卷,又小注稱梁有賈誼集四卷,録一卷,推斷至遲南朝梁時已有賈誼集的傳本。《隋志》不著録賈誼集,推測梁五卷本賈誼集編入十卷本《賈子》内。《舊唐志》則著録《賈子》爲九卷,另著録賈誼集兩卷,兩者相合仍爲《隋志》著録的《賈子》十一卷(計《録》一卷在内)。也就是將賈誼集自《賈子》中析出單行,由合到分。《崇文總目》著録同《舊唐志》。南宋以來賈誼集單行本不傳,《郡齋讀書志》著録《新書》十卷,據晁公武稱"誼著《事勢》《連語》《雜事》凡五十八篇",當不含賈誼集在内。而《直齋書録解題》著録《賈子》十一卷,陳振孫云:"今書首載《過秦論》,末爲《弔湘賦》,餘皆録《漢書》語,且略節誼本傳於第十一卷中。"則又含賈誼集在内。推斷自《隋志》以來,賈誼集的流傳以編入《賈子》(即《新書》)爲主要形態。

此本是現存最早以"賈誼集"爲名目的版本,按喬縉序云:"縉與誼爲鄉人,恨生也晚,不得追逐後塵,企慕高風於千載之上。公餘因取二家之《傳》,並誼平時所爲《論》《賦》,略加隱栝,纂而爲一,目曰《賈長沙集》。庶發潛德之幽光,復捐貲繡梓以廣其傳,用僭一言序諸首。"則該本乃合《新書》與賈誼賦作而成,類似於《隋志》和《直齋書録解題》著録本。傅增湘頗爲看重該本,跋稱:"宋刻(指賈誼集)世不多見,此明初所刻亦罕秘,若此雖與宋本同珍可也。"該本不過是《新書》又附上幾篇賦作(相當於賈誼集),屬於子書入集。據卷首目録,卷一至十爲《新書》共五十八篇,其中《問孝》和《禮容語上》有目無辭,實際爲五十六篇。卷首目録及書中正文均未見有賈誼賦作,實際間接保存在了卷首喬縉所撰的《洛陽賈生傳》中,收《弔屈原賦》《鵩鳥賦》《論積貯疏》《論時政疏》《請封建子弟疏》《諫立淮南諸子疏》《過秦論》和《惜誓》共八篇。

書中鈐"新安汪氏""啓淑信印""古潭州袁臥雪廬收藏""積學齋徐乃昌藏書"諸印,經清汪啓淑、袁芳瑛和徐乃昌所藏,現藏上海圖書館,編目書號綫善800534-37。《叢刊》即據該本影印,收在第二十六冊。

22. 枚叔集一卷

漢枚乘撰,清周世敬輯。清鈔本。一冊。

九行二十字,黑口、左右雙邊,雙魚尾。版心中鎸"枚集",下魚尾下鎸葉次。卷端題"枚叔集",次行低八格題"漢宏農都尉淮陰枚乘撰",次目録。

枚乘(?—前140)字叔,西漢淮陰人。先後任吳王濞、梁孝王武文學侍從之臣,景帝時任弘農都尉,後以病去官。武帝即位後,以安車蒲輪徵,死於途中。《漢書》卷五十一有傳。

周世敬,生卒年不詳,字謝庵,號研六居士,周錫瓚季子,清代長洲(今屬江蘇蘇州)人。精於目錄學,富藏書,撰有《研六齋筆記》等。

《漢志》著錄枚乘賦九篇。枚乘作品編稱“集”始見於《隋志》小注,稱梁有漢弘農都尉枚乘集二卷、錄一卷,隋唐之際已不傳。至《舊唐志》復著錄爲兩卷本,疑即梁本重現於世。《文選》謝朓《休沐重還道中》李善注稱“枚乘集有《臨灞池遠訣賦》”,所引“枚乘集”當即《舊唐志》著錄本。大致唐末散佚不傳,南宋尤袤《遂初堂書目》有“枚乘集”之目,不題卷數,當爲南宋初的重編本。《直齋書錄解題》著錄一卷本《枚叔集》云:“漢弘農都尉淮陰枚乘撰,叔其字也。《隋志》梁時有二卷,亡,《唐志》復著錄。今本乃於《漢書》及《文選》諸書鈔出者。”《宋史·藝文志》(以下皆簡稱“宋志”)亦著錄枚乘集一卷。此一卷本元明之際也不傳於世,現存明人輯編的《七十二家集》《漢魏六朝百三名家集》等也未見有枚乘集之目。

此本屬存世最早的枚乘集單行版本,據目錄所收篇目爲《梁王菟園賦》《忘憂館柳賦》《雜詩九首》《七發十一首》《上書諫吳王》和《上書重諫吳王》,總爲六篇。《附錄》一卷包括《漢書》本傳、《篇目考》和《采輯古書考》。書中間鈔有據自他本的校語,如《梁王菟園賦》“故徑於崑崙”,“徑”字校語稱“一作行”;“往來霞水”,“霞”字校語稱“一作露”。與傳世本相校也存在異文,如“秋風揚焉,虛谷應焉”,嚴可均輯本無“虛谷應焉”四字,《古文苑》同;“予之幽冥,窮之乎莫殫,究之乎無端”,嚴輯本無“窮之乎莫殫”五字,《古文苑》同;“騰躍水意而未發,嬉遊之歡方洽”,嚴輯本無“嬉遊之歡方洽”六字,《古文苑》同。而鈔本此三處,同《文選補遺》和《歷代賦彙》。《采輯古書考》儘管稱該篇據自《古文苑》,實則據《文選補遺》或《歷代賦彙》校訂過。再如,“及其燕飾之遊”,“飾”字校語稱“一作汾”,《文選補遺》和《歷代賦彙》即均作“汾”。書中另有朱筆校字。

該本出自清人周世敬所輯,然書中並未見題“周世敬”者。據現存周世敬輯錄稿本《湛諧議集》《左秘書集》《左九嬪集》亦均附有《篇目考》和《采輯古書考》,體例相同,推斷是集同出周氏輯錄。

書中鈐"潘茶坡圖書印"一印,清人潘介繁舊藏,現藏上海圖書館,編目書號綫善831899。《叢刊》即據該本影印,收在第二十六册。

23. 枚叔集一卷

漢枚乘撰,丁福保輯。清宣統三年(1911)無錫丁氏鉛印《漢魏六朝名家集初刻》本。一册。

十四行三十一字,下黑口、四周雙邊,無直格,單魚尾。版心上題"枚叔集",中題葉次,下題"無錫丁氏藏版"。卷端題"枚叔集",次行低二十一格題"漢淮陰枚乘著"。卷首有枚乘《本傳》(録自《漢書》),次《枚叔集目録》。

丁福保(1874—1953)字仲祐,號梅軒,又號疇隱居士,又署濟陽破衲,江蘇無錫人。光緒二十九年(1903)任京師大學堂及譯學館教習,三十四年(1908)在上海任自新醫院監院,又創辦丁氏醫院和醫學書局。藏書豐富,勤於治學,編有《漢魏六朝名家集》《全漢三國晉南北朝詩》《説文解字詁林》《佛學大辭典》等。

丁福保編輯《漢魏六朝名家集》的緣起,所撰《緒言》云:"張溥《一百三家集》編録無法,繆誤錯見……福保才既庸駑,頗喜馳騖。乙未(1895)之歲,肄業江陰南菁書院,課餘無事,朝夕得窺院中之藏書,遂依嚴鐵橋先生《全上古六朝文》目録,綜輯漢魏六朝人别集,又益以家藏之舊刻,共得一百十家。"其中自《枚叔集》至《隋煬帝集》凡四十家集屬"初刻",《賈長沙集》至《牛里仁集》凡七十家集屬"續刻"。此本即爲"初刻"中的一種。據卷首目録收詩文七篇,相較於周世敬輯本增益一篇即《臨灞池遠訣賦》。該篇篇題下小注稱"《文選》謝朓《休沐重還道中詩》注引枚乘集",有目無辭,實際還是六篇。各篇篇末注明出處,如《柳賦》注稱"《西京雜記》上,又略見《初學記》二十八"。文中附有校語,如《梁王菟園賦》"長劍閑焉"句中的"閑焉"兩字,校語稱"《文選》范蔚宗《宦者傳論》注作'閒焉'"。至於《雜詩九首》,該本與周世敬輯本均收録,依據《玉臺新詠》將之視爲枚乘之作。其中有八首載於《文選》卷二十九《古詩十九首》中,李善注云:"並云古詩,蓋不知作者,或云枚乘,疑不能明也。詩云'驅馬上東門',又云'遊戲宛與洛',此則辭兼東都,非盡是乘明矣。昭明以失其姓氏,故編在李陵之上。"不載《蘭若生春陽》一首,篇末小注即稱:"按此首《文選》不録,陸士衡有《擬蘭若生朝陽》詩。"

書中鈐"蔣抑卮藏"一印。該本系《漢魏六朝名家集初刻》叢編的一種,現藏上海圖書館,編目書號綫普長 280574 - 603。《叢刊》即據該本影印,收在第二十六册。

24. 董膠西集二卷

漢董仲舒撰,明張燮輯。明天啓、崇禎間刻《七十二家集》本。一册。

九行十八字,白口、左右雙邊,單魚尾。版心上鎸"董膠西集",中鎸卷次及葉次,下鎸刻工姓名。卷端題"董膠西集卷之一",次行、第三行均低九格分别題"漢清河董仲舒著""明閩漳張燮纂"。卷首有甲子(1624)張燮《重纂董膠西集小引》,次《董膠西集目録》。

董仲舒(前 179—前 104),西漢廣川(今屬河北棗强)人,少治《春秋公羊傳》,景帝時爲博士,武帝時拜江都相,因言災異事而下獄,赦免後出任膠西王相,恐久而獲罪而告病免官家居。推崇儒術,撰有《春秋繁露》等著述,《史記》卷一百二十一、《漢書》卷五十六有傳。

張燮(1574—1640)字紹和,號汰沃,明龍溪錦江(今屬福建龍海)人。弱冠即中舉人,後絶意仕途,遍游山川,結交名流,與黃道周、曹學佺等相友善。撰有《東西洋考》《霏雲居集》《群玉樓集》等著述,又編刻《七十二家集》。《福建通志》卷五十一有傳。

董仲舒作品編稱"集",始見於《隋志》著録,題"漢膠西相董仲舒集一卷",小注稱"梁二卷",知南朝梁有兩卷本董集。《兩唐志》均著録爲兩卷本,或即梁本之貌。唐李善注《文選》引有《董仲舒集》"七言《琴歌》二首"(今已佚),當即《舊唐志》著録本。宋代《崇文總目》《中興館閣書目》和《直齋書録解題》均著録爲一卷本,陳振孫稱:"案:隋、唐《志》皆二卷,今惟録本傳中三《策》及《古文苑》所載《士不遇賦》《詣公孫弘記室書》二篇而已。其敘篇略載本傳語,亦載《古文苑》。"知南宋傳本董仲舒集所收篇目僅三篇,另附《董仲舒集敘》一篇,已非唐本舊貌。明人又有輯本,篇目稍增,《百川書志》云:"今失原集。此蓋好事者采諸總集而成,以廣藏書之目,凡十一篇。"

此張燮編刻本,收文凡八篇,即卷一賦(《士不遇賦》)、策(《賢良策》一、《賢良策》二、《賢良策》三),卷二章(《乞種麥限田章》)、書(《詣丞相公孫弘記室書》)、對(具體篇目分別是《高廟園災對》《雨雹對》《郊祀對》)、頌(《山川頌》)。不收《越有三仁對》一篇,現存正德五年(1510)桂連西齋活字印本、盧雍刻本以及汪士賢校輯本董仲舒集則均載有此篇。張燮《糾謬》稱:"《越有三仁對》,對問始自宋玉,是借問答以發本懷。董生《郊祀》等對,亦牽綴意旨,組而成篇。乃董集舊本並載《三仁對》,則明是口語,不宜入集矣,今駁歸本傳。"張燮所謂"舊本"當指上述諸本董集。張燮《小引》稱董仲舒"儒林藻苑,判不雙收,乃生饒兼之。文質而核,贍而有體"。書末有《附錄》一卷,篇目有漢司馬遷《董仲舒傳》、漢班固《董仲舒傳》以及《遺事》《集評》和《糾謬》。

此本係《七十二家集》叢編本的一種,現藏中國國家圖書館,編目書號 A01785。《叢刊》即據該本影印,收在第二十六冊。

25. 司馬長卿集一卷

漢司馬相如撰。明刻《漢魏六朝諸家文集》本。一冊。

九行二十字或十八字,白口、左右雙邊,單魚尾。版心上鐫"司馬長卿集",下鐫葉次。卷端題"司馬長卿集",次行、第三行均低八格分別題"漢成都司馬相如著""明新安汪士賢校"。卷首有《司馬長卿集目錄》。

司馬相如(前179—前118)字長卿,西漢成都人。武帝時因呈現賦作而任命爲郎,又通使邛、筰有功。撰有《子虛》《上林》《大人》等賦作,講究諷喻,鋪張雕琢,文字華麗,是漢代賦作家的代表之一。《史記》卷一百十七、《漢書》卷五十七有傳。

司馬相如作品編明確稱"集"始見於《隋志》著錄,題"漢文園令司馬相如集一卷"。《舊唐志》著錄爲兩卷本,大致唐末散佚不傳。今所存司馬相如集最早爲明人輯本,且無單行版本,僅有叢編本,如《漢魏六朝二十一名家集》本、《漢魏六朝諸家文集》本、《漢魏諸名家集》本、《七十二家集》本和《漢魏六朝百三名家集》本等。

該本即《漢魏六朝諸家文集》本,據目録收文凡十一篇,即《子虛賦》《上林賦》《哀二世賦》《大人賦》《美人賦》《長門賦》《琴歌二首》《諫獵書》《遺言封禪事》《諭巴蜀父老檄》《與蜀父老詰難》,另附卓文君《白頭吟》。而張燮《七十二家集》本司馬相如集則增益兩篇,即《報卓文君書》和《自序傳》。實則司馬相如未曾撰有《自序傳》,故不應入集。張燮入集的理由,其稱:"劉子玄《史通》云'馬卿爲《自傳》,具在其集中,子長録爲《列傳》,班氏仍舊,曾無改'……然則《自序傳》應至'相如既病免,家居茂陵'爲止。此後別有結束,惜今不傳。"但南宋王應麟質疑司馬相如撰有《自序傳》,稱:"《史通》云'司馬相如始以《自敘》爲傳,然其所敘,但記自少及長,立身行事而已',今考之本傳,未見其爲《自敘》。又云'相如《自敘》,記其客游臨邛,以《春秋》所諱,持爲美談',恐未必然。意者《相如集》載本傳,如賈誼《新書》末篇,故以爲《自敘》歟?"所見切實。疑早期傳本司馬相如集有"傳"一篇,乃取自《史記》或《漢書》本傳,卻造成司馬相如撰有"自傳"或"自敘"的誤解,因此並不存在所謂的司馬相如"自序(敘)傳"。

該本所在的叢編《漢魏六朝諸家文集》,係傅增湘舊藏,鈐"傅增湘讀書"一印。現藏中國國家圖書館,編目書號00259。《叢刊》即據該本影印,收在第二十七册。

26. 司馬文園集一卷

漢司馬相如撰,明張溥輯。明婁東張氏刻《漢魏六朝百三名家集》本。清何紹基評點。一册。

九行十八字,白口、左右雙邊,單魚尾。版心上鎸"司馬文園集",中鎸"卷全"和葉次。卷端題"司馬文園集卷全",次行、第三行均低九格分別題"漢蜀郡司馬相如著""明太倉張溥閲"。卷首有張溥《司馬文園集題辭》,次《司馬文園集目録》。

張溥(1602—1641)字天如,明代太倉人。崇禎四年(1631)進士,改庶吉士,與同里張采齊名,稱"婁東二張",曾組織復社,評議時政,撰有《七録齋集》等。《明史》卷二百八十八有傳。

何紹基(1799—1873)字子貞,號東洲,又號猨叟,一作蝯叟,清代湖南道州(今屬道縣)人。道光十六年(1836)進士,長於經史小學,旁及金石律算,撰有《說文段注駁正》《東洲草堂文鈔》等。

此本相較於《漢魏六朝諸家文集》本司馬相如集增益一篇,即《報卓文君書》。書中眉端有何紹基評點,如《子虛賦》"其上則有赤猿玃猱,鵷雛孔鸞,騰遠射干。其下則有白虎玄豹,蟃蜒貙犴。於是乎乃使專諸之倫,手格此獸",何氏眉批"軼致";"問楚地之有無者,願聞大國之風烈,先生之餘論。今足下不稱楚王之德厚,而盛推雲夢以爲高奢,言淫樂而顯侈靡,竊爲足下不取也",何氏眉批"筆意到左氏"。《難蜀父老文》"夫拯民於沉溺,奉至尊之休德。反衰世之陵夷,繼周氏之絶業,天子之急務也",何氏眉批"天子之急務,一語妙括情勢"。《封禪文》"依類託寓,諭以封巒",何氏眉批"依類託寓四字妙";又"故曰興必慮衰,安必思危。是以湯武至尊嚴,不失肅祇。舜在假典,顧省闕遺,此之謂也",何氏眉批"結語規諫深切"。卷末附錄《本傳》,錄自《史記》。

該集爲《漢魏六朝百三名家集》叢編的一種,係何紹基舊藏,現藏武漢大學圖書館,編目書號 G810.0823/1133。《叢刊》即據該本影印,收在第二十七冊。

27. 司馬長卿集二卷

漢司馬相如撰,丁福保輯。清宣統三年(1911)無錫丁氏鉛印《漢魏六朝名家集初刻》本。一冊。

十四行三十一字,下黑口、四周雙邊,無直格,單魚尾。版心上題"司馬長卿集",中題卷次和葉次,下題"無錫丁氏藏版"。卷首有《本傳》(錄自《史記》),次《司馬長卿集目錄》。

此本卷一收《子虛賦》(包括《上林賦》篇文在內)《哀秦二世賦》《大人賦》,卷二收《美人賦》《長門賦》《梨賦》《魚葅賦》《上書諫獵》《喻巴蜀檄》《報卓文君書》《答盛擎問作賦》《難蜀父老》《封禪文》《題市門》《琴歌二首》,總爲十五篇,篇末注明出處。相較於《漢魏六朝諸家文集》本,增益《梨賦》《魚葅賦》《報卓文君書》《答盛擎問作賦》和《題市門》共五篇,輯録較爲齊備。其中《梨賦》僅據《文選·魏都賦》劉逵注引録得一殘句,《魚菹賦》僅據《北堂書鈔》録得一題目,《答盛擎問作賦》據自《太平御覽》卷五百八十七引《西京雜記》,《題市門》則據自《華陽國志》。書中有内扉頁題"宣統三年七月出版,《司馬長卿集》,上海文明書局發行"。

該本係《漢魏六朝名家集初刻》叢編的一種,現藏上海圖書館,編目書號綫普長280574‐603。《叢刊》即據該本影印,收在第二十七册。

28. 東方先生文集三卷

漢東方朔撰,明吕兆禧輯。明康丕顯刻本。二册。

九行十八字,白口、左右雙邊,單魚尾。版心上鎸"東方先生集",中鎸卷次和葉次。卷端題"東方先生文集",次行、第三行均低五格分別題"漢大中大夫平原東方朔曼倩著""明碬菴居士平原康福慶天祥校"。卷首有吕兆禧《東方先生集序》,次康丕顯《刻東方先生文集序》《東方先生集目録》。

東方朔(前154—前93)字曼倩,西漢平原厭次(今屬山東德州)人,武帝時待詔金馬門,官至太中大夫,爲武帝弄臣,撰有《答客難》《非有先生論》和《七諫》等。南北朝時期的《神異經》和《海内十洲記》,皆托名於東方朔所撰。《史記》卷一百二十六、《漢書》卷六十五有傳。

吕兆禧(1573—1590),字錫侯,明海鹽人。生有異才,十二能文章,買書萬餘卷,年十八以溺苦文翰而死,撰有《筆記》一卷,並輯編東方朔、潘岳、梁簡文帝、任昉諸人文集。生平事蹟參見《[天啓]海鹽縣圖經》卷十四。

康丕顯,生卒年不詳,據康序所署"平原康丕顯士文",知其籍平原(今屬山東德州),與東方朔屬同里,或字士文,其餘生平仕履俟考。又據徐泳《山東通志藝文志訂補》,康丕顯乃陵縣人,萬曆間貢生,撰有《鋤經堂遺文》一卷。

東方朔作品編稱"集"始見於《隋志》著録,題"漢太中大夫東方朔集二卷"。疑南朝時已有朔集之編,《文心雕龍·詮賦》云:"秦世不文,頗有雜賦。漢初辭人,順流而作。陸賈扣其端,賈誼振其緒……皋朔已下品物畢圖。"劉勰似即據朔集而立論,且推斷朔集中有賦作。《舊唐志》著錄卷第同《隋志》。唐李善注《文選》引朔集兩條,當即《舊唐志》著錄本。降至宋代,《太平御覽》《埤雅》等著述均引及朔集。但自《崇文總目》至南宋各公私書目(如《郡齋讀書志》《直齋書錄解題》)等均未見著錄東方朔集,則大致唐末即亡佚不傳(《新唐志》著錄者衹是存錄書名)。

此康不顯刻本是現存最早的東方朔作品編單行版本,屬明人呂兆禧輯本。按呂序云:"余自結髮慕古,嚮往其人,因哀集遺文,置諸座右,庶幾炙言論於千祀云。"據《東方先生集目錄》,卷一收文凡二十五篇,《七諫》《據地歌》《誡子詩》《柏梁詩》《應詔上書》《諫起上林苑》《諫止董偃入宣室》《臨終諫天子》《劾董偃罪狀》《與公孫弘書》《與公孫弘借車馬書》《與友人書》《侏儒對》《化民有道對》《劇武帝對》《劇群臣對》《伯夷叔齊對》《善哉瞿所對》《上天子壽》《上壽謝過》《割肉自責》《答客難》《答驃騎》《旱頌》《非有先生論》,及所輯的逸句。卷二至三爲《漢書》東方朔本傳及歷代諸家評贊、碑記等,屬附錄的性質。該本之刻,康序稱:"惜夫世人不察,猥以吾丘壽王輩同類而共目之,甚有列之滑稽者矣。因刻其行事文辭《九諫》(當爲"七諫"之誤)等篇,彙爲一帙,並班《傳》行於世","前有史氏可憑,近有文集可憑也"。

書中鈐"賜硯齋""大興馮氏亞敦齋收藏圖書記""葉名澧潤臣印"諸印,清葉名澧舊藏,現藏中國國家圖書館,編目書號T00510。《叢刊》即據該本影印,收在第二十七冊。

29. 東方大中集一卷

漢東方朔撰,明張溥輯。明婁東張氏刻《漢魏六朝百三名家集》本。清何紹基評點。一冊。

九行十八字,白口、左右雙邊,單魚尾。版心上鐫"東方大中集",中鐫"卷全"和所載篇目的文體名及葉次。卷端題"東方大中集卷卷(似衍一'卷'字)全",次行、第三行均低九格分別題"漢平原東方朔著""明太倉張溥閱"。卷首有張溥《東方大中集題辭》,次《東方大中集目錄》。

此本據目録所收篇目爲《七諫》《諫起上林苑疏》《應詔上書》《與公孫弘書》《從公孫弘借車馬書》《與友人書》《十洲記序》《非有先生論》《答客難》《答驃騎難》《旱頌》《寶甕銘》《據地歌》《誡子詩》《嗟伯夷》，總爲十五篇。末附《本傳》，録自《漢書》。篇目輯録遠不及康丕顯本完備，但如下《十洲記序》《寶甕銘》和《嗟伯夷》三篇不見於康本。其中《十洲記序》當屬托名之作，似不應收入集中，《四庫全書總目》即稱張溥輯本"有僞妄無稽而濫收者，如東方朔集録《真仙通鑑》所載《與友人書》及《十洲記序》之類是也"。《寶甕銘》據自王嘉《拾遺記》，篇題下有小注。《嗟伯夷》據自《北堂書鈔》卷一百五十八。書中眉端有何紹基評點，如《本傳》"贊曰"云云，何氏眉批"贊語説得本色出"。另在眉端亦鐫刻評語，如《非有先生論》"故卑身賤體，説色微辭，愉愉呴呴，終無益於主上之治，則志士仁人不忍爲也"，所鐫評語"感慨係之"。

該集爲《漢魏六朝百三名家集》叢編的一種，係何紹基舊藏，鈐"何印紹基""道州何氏收藏""道州何氏收藏圖書印"諸印。現藏武漢大學圖書館，編目書號G810.0823/1133。《叢刊》即據該本影印，收在第二十七册。

30. 司馬子長集一卷

漢司馬遷撰，丁福保輯。清宣統三年（1911）無錫丁氏鉛印《漢魏六朝名家集初刻》本。一册。

十四行三十一字，下黑口、四周雙邊，無直格，單魚尾。版心上題"司馬子長集"，中題葉次，下題"無錫丁氏藏版"。卷端題"司馬子長集"，次行低二十格題"漢龍門司馬遷著"。卷首有《本傳》（録自《漢書》），次《司馬子長集目録》。

司馬遷（前145—前86?）字子長，司馬談之子，西漢夏陽（今屬陝西韓城）人。曾奉使西至巴蜀等地，元封三年（前108）繼父職任太史令。因爲李陵辯護而下獄，處以宮刑，出獄后任中書令，撰有《史記》。生平事跡參見《史記·太史公自序》，《漢書》卷六十二亦有傳。

《漢志》著録司馬遷賦八篇，而作品編稱爲"集"始見於《隋志》著録，題"漢中書令司馬遷集一卷"。《舊唐志》著録爲兩卷,宋代公私書目未見著録(《新唐志》僅存録書名並不反映實際流傳情況),大致唐末散佚不傳。該本爲丁福保輯本司馬遷集,與嚴可均《全漢文》所輯者篇目相同,即《悲士不遇賦》《報任少卿書》《與摯伯陵書》《素王妙論》,篇末注明出處。正文中間以小字雙行注出校語,如《悲士不遇賦》"天道微哉",即有小注稱"《文選》張衡《歸田賦》注作'天道悠昧',又司馬彪《贈山濤詩》注、陸機《塘上行》注作'天道悠昧,人理促兮',則跨涉下句"。書中卷首有內扉頁,題"宣統三年七月出版,司馬子長集,上海文明書局發行"。

該本係《漢魏六朝名家集初刻》叢編的一種,現藏上海圖書館,編目書號綫普長 280574 - 603。《叢刊》即據該本影印,收在第二十七册。

31. 王諫議集二卷

漢王褒撰,明張燮輯。明天啓、崇禎間刻《七十二家集》本。一册。

九行十八字,白口、左右雙邊,單魚尾。版心上鐫"王諫議集",中鐫卷次和葉次。卷端題"王諫議集卷之一",次行、第三行均低八格分別題"漢蜀郡王褒子淵著"、"明閩漳張燮紹和纂"。卷首有天啓甲子(1624)張燮《王諫議集引》,次《王諫議集目録》。

王褒(約前88—約前55)字子淵,東漢蜀資中(今屬四川資陽)人,宣帝時擢爲諫大夫,善詩賦,赴益州祭祀金馬碧雞之寶途中卒。《漢書》卷六十四有傳。

王褒作品編稱"集"首見於《隋志》,題"漢諫議大夫王褒集五卷"。《兩唐志》及《宋志》著録同,惜元季以來五卷舊本不傳。此《七十二家集》本乃現存王褒作品的最早輯本,據目録收文凡八篇,即卷一《洞簫賦》《九懷》,卷二《四子讓德論》《聖主得賢臣頌》《甘泉宮頌》《移金馬碧雞文》《僮約》《責髯奴文》。張燮《引》稱:"《僮約》一篇,突開百代俳諧之祖。"附録一卷有班固《王褒傳》、常景《王子淵贊》、鮑照《蜀賢詠》、楊慎《王子淵祠》及《集評》和《糾謬》。

此本係《七十二家集》叢編本的一種,現藏中國國家圖書館,編目書號 A01785。《叢刊》即據該本影印,收在第二十七册。

32. 王諫議集一卷

漢王褒撰,明張溥輯。明婁東張氏刻《漢魏六朝百三名家集》本。清何紹基評點。一册。

九行十八字,白口、左右雙邊,單魚尾。版心上鎸"王諫議集",中鎸"卷全"和所載篇目的文體名及葉次。卷端題"王諫議集卷全",次行、第三行均低十格分别題"漢蜀郡王褒著""明太倉張溥閲"。卷首有張溥《王諫議集題詞》,次《王諫議集目録》。附録的《本傳》末有丙寅(1866)何紹基題識。

據目録,該本所收篇目同張燮輯本王褒集。書中眉端或篇末有何紹基評點,如《四子講德論》眉端何批"排比汪洋,好在時露筋節",《聖主得賢臣頌》眉端何批"雅健醋洽",《僮約》篇末何批"遊戲波致,才人莫測"。《本傳》末何氏題識稱"丙寅十月廿八日起,十一月朔閲至此,蝃嫂"。

該集爲《漢魏六朝百三名家集》叢編的一種,係何紹基舊藏,現藏武漢大學圖書館,編目書號 G810.0823/1133。《叢刊》即據該本影印,收在第二十七册。

33. 劉中壘集六卷

漢劉向撰。明鈔本。一册。

九行十八字,小字雙行同,白口、左右雙邊,無魚尾。卷端題"劉中壘集卷之一",次行低三格題"漢宗室劉向子政撰"。卷首有《劉中壘集目録》。

劉向(前77?—前6)原名更生,字子政,漢高祖弟楚元王劉交四世孫。宣帝時任散騎諫大夫,成帝時任光禄大夫,撰有《别録》《新序》《説苑》《列女傳》等。《漢書》卷三十六有傳。

《漢志》著録劉向賦三十三篇,作品編稱"集"始見於《隋志》,題"漢諫議大夫劉向集六卷"。至《舊唐志》著録爲五卷,略有闕佚。南宋自《中興館閣書目》至元代的《文獻通考·經籍考》《宋志》皆著録爲五卷,其中《直齋書録解題》著録本題"劉中壘集五卷",云:"前四卷,《封事》並見《漢書》,《九歎》見《楚辭》,末《請雨華山

賦》見《古文苑》。"推斷似屬南宋人的重編本,雖卷帙合於《舊唐志》,但應非唐本劉
向集。大致元明之際,此五卷本佚而不傳。

此本屬現存最早的劉向作品編輯録本,乃明人重編。據卷首目録,收文爲卷一
《條灾異封事》《請封甘延壽陳湯功疏》,卷二《諫起昌陵疏》《極諫外家封事》《灾異
疏》《請興禮樂疏》《對成帝問》,卷三《九嘆》,卷四《請雨華山賦》《戰國策序》《上新
苑書》《進關尹子書》《進晏子春秋》《誡子書》,卷五《列女傳序頌》,卷六《説苑序
論》,總爲十六篇。附録《本傳》,録自《漢書》。諸篇輯自《漢書》之本傳(即《楚元
王交附傳》)、《陳湯傳》《禮樂志》和《郊祀志》,以及王逸注《楚辭》《藝文類聚》《古
文苑》《列女傳》和《説苑》中各篇的序論(《君道》篇除外),還有《説苑》《戰國策》
《關尹子》《晏子春秋》傳世本中所載的劉向撰作的序録。也有遺漏,如《孫卿書録》
即未收入集中,再次印證該集出自明人重編,並無宋元本的淵源。

書中鈐"四明清華左臺藏書印"一印,現藏上海圖書館,編目書號綫善 756632。
《叢刊》即據該本影印,收在第二十八册。

34. 劉中壘集一卷

漢劉向撰,明張溥輯。明婁東張氏刻《漢魏六朝百三名家集》本。清何紹基評
點。一册。

九行十八字,白口、左右雙邊,單魚尾。版心上鎸"劉子政集",中鎸"卷全"和
葉次。卷端題"漢劉中壘集",次行、第三行均低八格分別題"漢劉向子政著""明張
溥西銘閲"。卷首有《漢劉子政集目録》,次張溥《劉中壘集題詞》。

據卷首目録,該本相較於明鈔本增益十一篇,即《論星字山崩疏》《神寶舊時
議》《日食對》《高祖頌》《杖銘》《董爐銘》《上子華子》《上列子》《上於陵子》《孫卿
子後序》《洪範五行傳》。而明鈔本中的《上新苑書》《誡子書》《列女傳序頌》《新苑
序論》則未收入該張溥輯本中。書中眉端有何紹基評點,如《請雨華山賦》眉端何
批"無一句可讀,何處尋來",《諫營起昌陵序》眉端何批"明白剴切,起尤警動",《使
人上變事書》眉端何批"短章質切",《極諫外家封事》眉端何批"痛切至此,已無及

矣”，《神寳舊時議》“及漢宗廟之禮，不得擅議，皆祖宗之君與賢臣所共定。古今異制，經無明文，至尊至重，難以疑説正也”，眉端何批“揚詞得體”。

該集爲《漢魏六朝百三名家集》叢編的一種，係何紹基舊藏，現藏武漢大學圖書館，編目書號 G810.0823/1133。《叢刊》即據該本影印，收在第二十八册。

35. 漢劉子駿集一卷

漢劉歆撰，明張溥輯。明婁東張氏刻《漢魏六朝百三名家集》本。清何紹基評點。一册。

九行十八字，白口、左右雙邊，單魚尾。版心上鎸“劉子駿集”，中鎸“卷全”和所載篇目的文體名及葉次。卷端題“漢劉子駿集”，次行、第三行均低八格分別題“漢劉歆子駿著”“明張溥西銘閲”。卷首有張溥《劉子駿集題詞》，次《漢劉子駿目録》。

劉歆（？—23）字子駿，後改名秀，字穎叔，劉向之子。河平中，與父向校中秘圖書，向逝後任中壘校尉，繼續整理六藝群籍而撰爲《七略》。王莽篡政任國師，因參與謀殺王莽事泄而自殺。除整理典籍外，通曉天文律曆，撰有《三統曆譜》。《漢書》卷三十六有傳，附在劉向傳之後。

劉歆作品編稱“集”始見於《隋志》著録，題“漢太中大夫劉歆集五卷”。《舊唐志》著録同《隋志》，宋以來公私書目未見著録（《新唐志》著録者僅録書名，並不反映實際存佚），推測大致亡佚於唐末。此本爲張溥輯本，據卷首目録收文十三篇，即《遂初賦》《甘泉宫賦》《燈賦》《移太常博士書》《答文學》《與揚雄求方言書》《武帝廟不宜毀議》《太上惠景寢園議》《王莽服母緦線議》《上鄧析子》《三統曆説》《新序論》《洪範五行傳》，附録有《本傳》，録自《漢書》。書中眉端有何紹基評點，如《移太常博士書》“夫禮失求之於野，古文不猶愈於野乎”，眉端何批“絶不誇張《左氏》，是爲得體”。

該集爲《漢魏六朝百三名家集》叢編的一種，係何紹基舊藏，現藏武漢大學圖書館，編目書號 G810.0823/1133。《叢刊》即據該本影印，收在第二十八册。

36. 揚子雲集六卷

漢揚雄撰,明鄭樸輯。明刻本。六冊。

九行十八字,白口、四周單邊,無魚尾。版心上鐫"揚子雲集",中鐫篇目(如"法言")和葉次,下鐫本版字數。卷端題"揚子雲集",次行低十格題"遂州鄭樸編輯"。卷首有《揚子雲集目錄》,卷末有《揚子始末辯》,次班固《揚雄傳》。

揚雄(前53—18),字子雲,西漢蜀郡成都人。少好學,長於辭賦,成帝時拜爲郎,王莽時爲大夫,校書天禄閣。博通群籍,撰有《法言》《太玄經》和《方言》等。《漢書》卷八十七有傳。

鄭樸,據卷端所題知爲明遂州(今屬四川遂寧)人。按存世尚有明萬曆二十四年(1596)鄭樸刻《博古圖録考正》,卷首有鄭氏所撰序文,末鐫"鄭中子樸""諷嘯堂"兩印,知主要生活於明萬曆間,諷嘯堂當爲其齋號。其餘生平仕履不詳。

揚雄作品編明確稱"集"始見於《隋志》,題"漢太中大夫揚雄集五卷"。按《文心雕龍·詮賦》稱譽揚雄賦作爲"辭賦之英傑也",或南朝時即已有揚雄集編本。《兩唐志》均著録爲五卷本,同《隋志》。唐李賢注《後漢書》、李善注《文選》及林寶《元和姓纂》均引及該集,即爲《舊唐志》著録本。北宋纂修《太平御覽》卷首所附的《經史圖書綱目》著録有揚雄集,而不見於《崇文總目》,則北宋時已佚。南宋初晁公武《郡齋讀書志》著録爲三卷本,云:"古無雄集,皇朝譚愈好雄文,患其散在諸篇籍,離而不屬,因綴輯之,得四十餘篇。"譚愈,生平仕履不詳。相較於《兩唐志》著録本缺佚兩卷,《四庫全書總目》稱:"已非舊本。"而姚振宗則認爲:"案此三卷似五卷之寫誤。"該本屬譚愈重編本,固已非《兩唐志》著録本之貌。《中興館閣書目》著録爲六卷本,稱收文"四十三篇。"按《後村詩話》續集卷三稱:"《揚雄集》六卷四十三篇,《劇秦美新》之作在焉。"此即《中興館閣書目》著録本。又陳振孫《直齋書録解題》著録爲五卷本,云:"大抵皆録《漢書》及《古文苑》所載。案:宋玉而下五家(筆者注:另四家爲枚乘、董仲舒、劉向、揚雄)皆見唐以前《藝文志》,而《三朝志》俱不著録,《崇文總目》僅有《董集》一卷而已。蓋古本多已不存,好事者於史傳、類書中鈔録,以備一家之作,充藏書之數而已。"南宋揚雄集傳本,雖有三卷本、五卷本和六卷本之別,皆屬重編本。至《宋志》著録揚雄集六卷本,大概元季以來宋人所編諸本亡佚不傳。

現存揚雄最早的作品集即此鄭樸編本。書中應有鄭樸序一篇,疑佚去。按文淵閣《四庫全書》本《揚子雲集》載此序,云:"嗚呼！自莽大夫之言信,而子雲罪案不可解矣。邇者解以泰和胡正甫,闡以秣陵焦弱侯。投閣之悲,美新之垢,一經湔被,便成名儒。此余彙集意也。"又云:"故子雲之可傳,不必以美新、投閣掩也,而剡其詆焉者乎？此余彙集意也。"序末署"萬曆乙未(1595)九月朔",知該集編在萬曆二十三年。據目録,不計《法言》(卷一)、《太玄經》(卷二)和《方言》(卷三)在內,所收篇目凡五十三篇。即卷四《諫不受單于朝書》《答劉歆書》《答桓譚書》《答茂陵郭威書》《劇秦美新文》《解難》《解嘲》,卷五《甘泉賦》(目録不載該篇,實際正文中收入)《羽獵賦》《長楊賦》《蜀都賦》《河東賦》《逐貧賦》《太玄賦》《橄靈賦》節文《反騷》《趙充國頌》,卷六《冀州牧箴》《兖州牧箴》《青州牧箴》《徐州牧箴》《揚州牧箴》《荊州牧箴》《豫州牧箴》《益州牧箴》《雍州牧箴》《幽州牧箴》《并州牧箴》《交州牧箴》《光禄勳箴》《衛尉箴》《太僕箴》《廷尉箴》《大鴻臚箴》《宗正箴》《大司農箴》《少府箴》《執金吾箴》《將作大匠箴》《城門校尉箴》《上林苑令箴》《司空箴》《太常箴》《尚書箴》《博士箴》《太官令箴》《太史令箴》《酒箴》《元后誄》《連珠》《蜀王本紀》《蜀王記》《琴清英》。並附有闕佚篇目,即《訓纂》《家諜》《繡補靈節龍骨銘詩三章》《綿竹頌》《廣騷》和《畔牢愁》。

書中鈐"江安傅沅叔藏書記"一印,傅增湘舊藏。現藏中國國家圖書館,編目書號2924。《叢刊》即據該本影印,收在第二十九冊。

37. 揚侍郎集一卷

漢揚雄撰,明張溥輯。明婁東張氏刻《漢魏六朝百三名家集》本。清何紹基評點。一冊。

九行十八字,白口、左右雙邊,單魚尾。版心上鐫"揚侍郎集",中鐫"卷全"和所載篇目的文體名及葉次。卷端題"揚侍郎集卷全",次行、第三行均低八格分别題"漢蜀郡揚雄子雲著""明太倉張溥天如閱"。卷首有張溥《揚侍郎集題辭》,次《揚侍郎集目錄》。

此本據目錄收文五十七篇,其中《酒賦》與《酒箴》乃同篇重出,《自序傳》實則據自《漢書》揚雄本傳,實際爲五十五篇。附錄有《傳贊》,錄自《漢書》。相較於鄭樸輯本,不載《蜀都賦》《橄靈賦》《蜀王本紀》《蜀王記》《琴清英》五篇,增益《與桓譚書》《潤州牧箴》《太樂令箴》《國三老箴》《司命箴》《難蓋天八事》六篇(《太玄攡》一篇實則見於《太玄經》中)。書中眉端有何紹基評點,如《逐貧賦》眉端何批"昌黎《送窮》更益(?)波致,然不如此之蕭",《羽獵賦》眉端何批"步趨相如,而筆力不逮遠甚"。

該集爲《漢魏六朝百三名家集》叢編的一種,係何紹基舊藏,現藏武漢大學圖書館,編目書號 G810.0823/1133。《叢刊》即據該本影印,收在第三十册。

38. 馮曲陽集一卷

漢馮衍撰,明張溥輯。明婁東張氏刻《漢魏六朝百三名家集》本。清何紹基評點。一册。

九行十八字,白口、左右雙邊,單魚尾。版心上鎸"馮曲陽集",中鎸"卷全"和葉次。卷端題"馮曲陽集卷全",次行、第三行均低八格分别題"漢京兆馮衍敬通著""明太倉張溥天如閱"。卷首有《馮曲陽集題詞》,次《馮曲陽集目錄》。

馮衍,生卒年不詳,字敬通,東漢京兆杜陵(今屬陝西西安)人。更始帝時任立漢將軍,領狼孟長。光武帝時任曲陽令,後爲司隸從事,因交通外戚而獲罪赦歸故里,永平年間卒。《後漢書》卷二十八有傳。

《後漢書》本傳稱馮衍"所著賦誄銘説《問交》《德誥》《慎情》書記説、自序、官錄説、策五十篇,肅宗甚重其文",不言有集之編。而作品編稱"集"始見於《隋志》著錄,題"後漢司隸從事馮衍集五卷"。《舊唐志》著錄同《隋志》,按李賢注《後漢書》及《文選》李善注均引及本集。如李賢注本傳馮衍撰述稱"衍集見有二十八篇",此當即《舊唐志》著録本。北宋纂修《太平御覽》所附《經史圖書綱目》尚著録有馮衍集,而南宋以來公私書目未見有著録,則當亡佚於兩宋之際。

此本據卷首目録,收文爲《顯志賦》《自陳疏》《奏記鄧禹》《與鄧禹牋》《與田邑書》《説鄧禹書》《與鄧禹書》《與陰就書》《出獄後與陰就書》《與婦弟任武達書》《與宣孟書》《自論》《刀陽銘》《刀陰銘》《杖銘》《杯銘》《車銘》,總爲十七篇,同張燮輯本。附録《本傳》,録自《後漢書》。書中眉端有何紹基評點,如《奏記鄧禹》"今生人之命懸於將軍,將軍所杖必須良才,宜改易非任,更選賢能",眉端何批"注意在此";《自論》"將西田牧肥繞之野,殖生產,修孝道,營宗廟,廣祭祀。然後闔門講習道德,觀覽乎孔老之論,庶幾乎松喬之福",眉端何批"歸重墳墓祭祀,意致娓惻"。

書中鈐"龔氏蘅圃倚柯庭圖書"一印。該集爲《漢魏六朝百三名家集》叢編的一種,係何紹基舊藏,現藏武漢大學圖書館,編目書號 G810.0823/1133。《叢刊》即據該本影印,收在第三十册。

39. 馮曲陽集一卷

漢馮衍撰,張鵬一輯。民國間鉛印《關隴叢書》本。一册。

九行二十字,黑口、四周雙邊,單魚尾。版心題"馮曲陽集"和葉次。卷端題"馮曲陽集,關隴叢書",次行低一格題"後漢曲陽令京兆馮衍撰,富平張鵬一校補"。卷首有壬戌(1922)張鵬一《馮曲陽集敘》,次張溥《曲陽集題辭》、本傳和《馮曲陽集目》。

張鵬一(1867—1944)字扶萬,陝西富平人。少從學於劉古愚先生,辛亥後任陝西省圖書館館長。精於史學,撰有《司馬遷年譜》《魚豢魏略補遺》,編有《關隴叢書》。

此本收文二十二篇,其中《慎情》《問交》兩篇有目無辭,實際爲二十篇。張溥本收文十七篇,其中所收《自論》一篇爲《顯志賦》序,應合爲一篇,故實際爲十六篇。相較於張本,該本增益四篇,即《揚節賦》《竹杖銘》《爵銘》和《德誥》。張序云:"《隋志》有五卷,而《後書》章懷注云'衍集見有二十八篇',唐初蓋亦佚其半矣。

明張溥《百三家集》有敬通文十七篇，而誤以《顯志》賦序分爲二篇。《文心雕龍·才略篇》云‘敬通《顯志》自序蚌病成珠’，則有賦有序，非二篇明矣，今爲厘正。又增《揚節賦》佚文二條、《竹杖銘》一首、《德誥》佚文二條、《爵銘》二條，《問交》《慎情》二目，凡得文二十篇。"書中所輯錄諸篇，注明出處。又正文中附有批注，其一是注釋文字，如《顯志賦》篇題下小注云"有序，張本標賦序曰‘自論’，今改正"。其二是出校勘記，如《顯志賦》"將西田牧肥饒之野"，"西"字有校記稱"《書鈔》九八作‘栖’"。其三是作校補，如《顯志賦》"游情宇宙"，"情"字有校補稱"張本誤‘精’，據《文選·思玄賦》注引此序改"。

該本爲《關隴叢書》的一種。書衣有收藏來源信息一則，稱"崑山趙學南代陝西富平張扶萬先生，致送張堰圖書館惠存，丁卯正月"，"丁卯"即民國十六年（1927），張堰今屬上海市金山區。曾爲張堰圖書館所藏，現藏上海圖書館，編目書號綫普長108983。《叢刊》即據該本影印，收在第三十冊。

40. 班叔皮集一卷

漢班彪撰，張鵬一輯。民國間鉛印《關隴叢書》本。一冊。

九行二十二字，白口、四周雙邊，無直格，無魚尾。版心上題"班氏遺書"，中題卷次和"叔皮集"及葉次，下題"教育圖書社代印"。卷端題"扶風班氏佚書卷一叔皮集、關隴叢書"，次行低一格題"後漢扶風徐令班彪叔皮撰，富平張鵬一輯"。卷首有《班氏遺書班叔皮集序》《扶風班氏佚書班叔皮集目》。書末有《班叔皮集勘誤表》。

班彪（3—54）字叔皮，東漢扶風安陵（今屬陝西咸陽）人。西漢末曾爲竇融從事，光武初舉茂才，拜徐令，因病免官。曾作《西漢史後傳》六十五篇，以補《史記》太初以後之闕，未就，由其子班固、女班昭續成爲《漢書》。《後漢書》卷四十有傳。

班彪作品編稱"集"始見於《隋志》著錄，題"後漢徐令班彪集二卷"。小注又稱"梁五卷"，知至遲在南朝梁時編有班彪集編本。《舊唐志》著錄本同《隋志》，《新唐志》著錄爲三卷本，"三"疑爲"二"之訛。宋元時期的公私書目均未見著錄有班彪集，大致唐末散佚不傳。明清時期班彪集的重編本，也極爲罕見，此本屬較爲完備的重輯本。

據卷首目録，該本收文爲《北征賦》《覽海賦》《遊居賦》《王命論》《史記後傳略論》《請置太子諸王帥保疏》《請復置護羌校尉疏》《上事四則》《與金昭卿書》《與京兆丞郭季通書》（目録不列，正文有此篇）《元帝紀贊》《成帝紀贊》《翟方進傳贊》《孝元王后傳贊》《韋賢傳贊》，總爲十五篇。附録有《班超請兵討龜兹疏》《絶域請還疏》《班勇復西域議》《後書班超傳》《後書班勇傳》，共五篇。篇目注明出處，如《北征賦》即注以“《文選》”。篇題下有考訂性的小注，如《覽海賦》小注稱“張溥本以此賦入班固集，考《初學記》六引此賦爲班彪作，《文選》（之）《海賦》注、王儉《碑文》（即《褚淵碑文》）注亦云然，今從之”。按《文選》之《西征賦》注引作班固《覽海賦》，或爲同題之賦。書中也有據諸書所引而進行的輯補文字，或不見於嚴氏輯本，尤爲可貴！如《北征賦》，即據《韻補》輯補兩段殘文。其中“忽進路以息節兮，飲余馬兮洹泉。朝露漸余冠蓋兮，衣晻靄而蒙塵”一段，與《後漢書·郡國志》劉昭注引《遊居賦》“漱余馬乎洹泉，嗟西伯於牖城”有雷同之句，引作《遊居賦》而非《北征賦》，待考。再如《遊居賦》，同樣據《韻補》注引班彪《冀州賦》輯補一段殘文“遵大路以北征兮，歷趙衰之采邑。醜柏人之惡名兮，聖高帝之不宿”，不見於嚴氏輯本，檢《韻補》“北征”作“北逝”。卷末題“癸亥（1923）六月陝西文獻徵輯處校印”。

該本爲《關隴叢書》的一種，現藏上海圖書館，編目書號綫普 321411－22。《叢刊》即據該本影印，收在第三十册。

41. 班蘭臺集一卷

漢班固撰，明張溥輯。明婁東張氏刻《漢魏六朝百三名家集》本。清何紹基評點。一册。

九行十八字，白口、左右雙邊，單魚尾。版心上鎸“班蘭臺集”，中鎸“卷全”和所載篇目的文體名及葉次。卷端題“班蘭臺集卷全”，次行、第三行均低九格分別題“漢北地班固著”“明太倉張溥閲”。卷首有張溥《班蘭臺集題詞》，次《班蘭臺集目録》。

班固(32—92)字孟堅,東漢扶風安陵人。班彪之子,明帝時任蘭臺令史,後遷爲郎,典校秘書,撰有《漢書》《白虎通德論》。和帝時隨竇憲出征匈奴,任中護軍,後因竇憲之禍捕繫獄中而死。《後漢書》卷四十有傳。

《後漢書》本傳稱"所著《典引》《賓戲》《應譏》詩賦銘誄頌書文記論議六言在者凡四十一篇",不言有集之編。作品編稱"集"始見於《隋志》著録,題"後漢大將軍護軍司馬班固集十七卷"。至《舊唐志》著録爲十卷,《史通·申左篇》稱班固集有難左氏九條三評等科,當即《舊唐志》著録本。《日本國見在書目録》則著録有班固集十二卷。北宋以來未見公私書目著録(《新唐志》著録者祇是存録書名,並不反映實際的存佚),大致亡佚於唐末。現存班固作品集最早的輯本是張燮《七十二家集》本,而此張溥輯本即以該本爲基礎。

據卷首目録,此本收文爲《兩都賦》《幽通賦》《終南山賦》《覽海賦》《遊居賦》《竹扇賦》《爲第五倫薦謝夷吾表》《奏記東平王蒼》《與竇憲牋》《與弟超書》《與陳文通書》《匈奴和親議》《典引》《答賓戲》《竇車騎北征頌》《東巡頌》《南巡頌》《封燕然山銘》《高祖沛水亭碑銘》《十八侯銘》《難莊論》《功德論》《馬仲都哀辭》《擬連珠》《奕旨》《郊祀靈芝歌》《詠史》《竹扇詩》,總爲二十八篇。附録有《本傳》。其中《覽海賦》,或引作班彪所撰。書中眉端有何紹基評點,如《兩都賦》"有西都賓問於東都主人曰"眉端何批"賓主二字已定主意",《典引》眉端何批"故爲奧澀,真是文中僻體",《答賓戲》眉端何批"名諦不乏,起結尤雋",《封燕然山銘》眉端何批"孟文能爲提空之筆,故短章尤勁",《奕旨》眉端何批"諧辨有奇姿"。

該集爲《漢魏六朝百三名家集》叢編的一種,係何紹基舊藏,現藏武漢大學圖書館,編目書號 G810.0823/1133。《叢刊》即據該本影印,收在第三十册。

42. 東漢崔亭伯集一卷

漢崔駰撰,明張溥輯。明婁東張氏刻《漢魏六朝百三名家集》本。清何紹基評點。一册。

九行十八字,白口、左右雙邊,單魚尾。版心上鐫"崔亭伯集",中鐫"卷全"和葉次。卷端題"東漢崔亭伯集卷全",次行、第三行均低八格分別題"漢安平崔駰著""明太倉張溥閱"。卷首有張溥《崔亭伯集題辭》,次《東漢崔亭伯集目錄》。

崔駰(? —92)字亭伯,東漢涿郡安平(今屬河北衡水)人。在太學時與班固、傅毅齊名,和帝時車騎將軍竇憲辟爲府掾,出爲長岑長,不赴任而歸鄉。《後漢書》卷五十二有傳。

《後漢書》本傳稱"所著詩賦銘頌書記表《七依》《婚禮》《結言》《達旨》《酒警》合二十一篇",而編爲集子則始見於《隋志》著錄,題"後漢長岑長崔駰集十卷"。《舊唐志》亦著錄爲十卷本,大致唐末五代之際亡佚不傳。宋至明時期的史志公私書目罕見有著錄崔駰集者,現存最早的輯本即此張溥輯本。據卷首目錄,收文爲《反都賦》《大將軍西征賦》《大將軍臨洛觀賦》《達旨》《與竇憲書》《與竇憲牋》(另同題兩篇,屬輯錄殘句)《太尉箴》《司徒箴》《大理箴》《虎賁中郎箴》《河南尹箴》《酒箴》《仲山父鼎銘》《車左銘》《車右銘》《車後銘》《樽銘》《襪銘》《縫銘》《刀劍銘》(另同題一篇,均屬輯錄殘句)《刻漏銘》《六安枕銘》《扇銘》《上四巡頌表》《西巡頌》《南巡頌》《東巡頌》《北巡頌》《漢明帝頌》《北征頌》《杖頌》《章帝謚議》《博徒論》《七依》《婚禮結言》《安封侯詩》《七言詩》,總爲三十七篇。附錄《本傳》,錄自《後漢書》。書中眉端有何紹基評點,如《七依》"當此之時,孔子傾於阿谷,柳下忽而更婚,老聃遺其虛靜,揚雄失其太玄,此天下之逸豫宴樂之至盤也",眉端何批"不成話"。

該集爲《漢魏六朝百三名家集》叢編的一種,係何紹基舊藏,現藏武漢大學圖書館,編目書號 G810.0823/1133。《叢刊》即據該本影印,收在第三十一册。

43. 崔亭伯集一卷

漢崔駰撰,明張運泰、余元熹編,張運泰等評。清刻《漢魏六十名家》本。一册。

十行二十七字,白口、四周單邊,無魚尾,無直格。版心上鐫"東漢文",中鐫"崔亭伯"和篇目及葉次,下鐫卷次。卷端題"東漢文",次行低一格題"崔亭伯集"。

卷首有余文熙崔亭伯集序（版心題“崔集序”），次《目次》（據版心所題）。

張運泰，生卒年不詳，字來倩，明末古潭（今屬湖南長沙）人。經營書坊於福建，其餘事跡待考。

余元熹，生卒年不詳，字延穉，明末古潭（今屬湖南長沙）人。與張運泰一起經營書坊於福建，除共同刻印《漢魏名文乘》外，又單獨刻印過《重刻增補故事白眉》《群書典彙》等，其餘事跡待考。

《漢魏六十名家》又名《漢魏名文乘》，《四庫全書總目》云：“明張運泰、余元熹同編，二人皆閩中書賈也。所錄凡六十家，蓋雜采何鏜《漢魏叢書》、張溥《百三家集》二書合併而成。”此本據目錄，篇目有《達旨》《與竇憲書》《與竇憲牋》《博徒論》《七依》《上四巡頌表》及《西巡頌》《南巡頌》《東巡頌》《北巡頌》《反都賦》《西征賦》《大理箴》，總爲十三篇，不及張溥輯本齊備。目錄葉題“雲間翁元益象韓、豫章黃國琦五湖鑒定”，“古潭張運泰來倩、余元熹延穉彙評”。正文行間刻有小字評注，如《達旨》“冠掛不顧，人溺不拯，則非仁也”句旁即有評注稱“達旨而旨達矣”。篇末有諸家評語，如《達旨》末有鍾伯敬評語，書中還有余延穉、張天如和張來倩等人的評語。

此本現藏中國國家圖書館，編目書號107349。《叢刊》即據該本影印，收在第三十一冊。

44. 傅司馬集一卷

漢傅毅撰，張鵬一輯。民國間鉛印《關隴叢書》本。一冊。

九行二十字，黑口、四周雙邊，單魚尾。版心中題“傅司馬集”和葉次。卷端題“傅司馬集，關隴叢書”，次行低一格題“後漢車騎司馬扶風傅毅撰，富平張鵬一輯”。卷首有張鵬一《傅司馬集敘》，次《後漢書本傳》《傅司馬集目》。

傅毅（？—90）字武仲，東漢扶風茂陵（今屬陝西興平）人。章帝時任蘭臺令史，與班固、賈逵等同校內府藏書。永元初任車騎將軍竇憲記室，後任司馬。《後漢書》卷八十有傳。

《後漢書》本傳稱傅毅"著詩賦誄頌祝文《七激》《連珠》凡二十八篇",不言有集之編。作品編稱"集"始見於《隋志》著録,題"後漢車騎司馬傅毅集二卷"。又小注稱"梁五卷",則至遲南朝梁時已有傅毅集傳本。至《隋志》著録本闕佚三卷,《舊唐志》復著録爲五卷本,或即梁代傳本。宋代公私書目不著録(《新唐志》著録者僅存書名,非爲存佚之證),大致唐末散佚不傳。未見有明清人輯本傳世,此本輯録較爲齊備,據卷首目録收文爲《舞賦》《洛都賦》《琴賦》《扇賦》《七激》《明帝誄》《北海王誄》《東巡頌》《竇將軍北征頌》《西征頌》《顯宗頌》《連珠》(有目無辭)《扇銘》《車左銘》《車右銘》《車後銘》《迪志詩》《孤竹詩》《漢法本內傳》(兩條),總爲十八篇(不計《連珠》在內)。篇末注明出處,如《七激》即注以"《藝文類聚》五十七"字樣。也作了新的輯補,如《洛都賦》,據《韻補》輯出四段殘文,均不見於嚴氏輯本中。又據《水經注》輯出"因龍門以暢化,開伊闕以達聯"兩句,引作"反都賦",嚴氏輯本從之。而此本則有小注稱"疑反爲洛之誤",故輯在《洛都賦》目下。間有按語或評語,如《北海王誄》即據《文心雕龍·誄碑篇》,在篇末作按語稱"《古文苑》此文,非全篇矣"。評語者,如《迪志詩》末載李天生之評,《孤竹詩》末載陳沆之語。

該本爲《關隴叢書》的一種,現藏上海圖書館,編目書號綫普 321411‑22。《叢刊》即據該本影印,收在第三十一册。

45. 曹大家集一卷

漢班昭撰,明張運泰、余元熹編,張運泰等評。清刻《漢魏六十名家》本。一册。

十行二十七字,白口、四周單邊,無直格,無魚尾。版心上鎸"東漢文",中鎸"曹大家"和所載篇目名及葉次,下鎸卷次。卷端題"東漢文",次行低一格題"曹大家集"。卷首有張運泰曹大家集序(版心題"張敍"),次《曹大家集目次》(據版心所題)。

班昭,生卒年不詳,字惠班,一名姬,東漢扶風安陵人。班彪之女,班固之妹,嫁曹世叔,早寡。屢受召入宮,爲皇后及諸貴人施教,號曰大家。撰有《女誡》,又奉和帝之命續成《漢書》。《後漢書》卷八十四有傳(附於《列女傳》中)。

《後漢書》本傳稱"所著賦頌銘誄問注哀辭書論上疏遺令凡十六篇,子婦丁氏為撰集之,又作《大家贊》焉",推斷班昭在世時便有集之編,出自其子婦之手,且作有贊文一篇(蓋相當於集序)。張鵬一序稱:"專集見於東漢者,實始於此。"班昭作品編稱"集"始見於《隋志》小注著錄,題"梁有班昭集三卷",此即《七錄》著錄本,南朝梁時流傳有三卷本班昭集。《舊唐志》著錄為兩卷,相較於梁本闕佚一卷。集本大致亡佚於唐末(《新唐志》著錄者祇是存錄書名),現存班昭作品最早的輯本即此《漢魏六十名家》本。據卷首目錄,該文收文凡四篇,即《女誡》(包括序和自《卑弱》至《和叔妹》七小篇)、《為兄請歸疏》(正文作"請歸兄超書")、《上鄧太后疏》和《東征賦》。篇末有各家之評,如陳家珍、張來倩、余延稺、袁中郎(即袁宏道)和陳明卿(即陳仁錫)等。如《女誡·卑弱第一》篇末有余延稺評云"旨義肅穆,讀之覺與坤卦不殊",《請歸兄超書》篇末袁中郎評云"情詞曲致,光景慘惻,而為君之忠,為兄之悌,可謂兼至",陳明卿則評云"自見漢疏典型"。《東征賦》篇末張來倩評云"其言醇正,絕去脂粉之氣,引《魯論》處尤多風藻,似一篇勉子文"。篇中正文行間亦間有夾評,如《請歸兄超書》"蠻夷之性,悖逆侮老。而超旦暮入地,久不見代"句,夾評稱"更悽惋"。

此本現藏中國國家圖書館,編目書號107349。《叢刊》即據該本影印,收在第三十一冊。

46. 曹大家集一卷

漢班昭撰,張鵬一輯。民國間鉛印《關隴叢書》本。一冊。

九行二十二字,白口、四周雙邊,無直格,單魚尾。版心上題"班氏遺書",中題卷次和葉次,下題"教育圖書社代印"。卷端題"扶風班氏遺書卷三曹大家集,關隴叢書",次行低一格題"後漢扶風曹大家班昭撰,富平張鵬一輯"。卷首有壬戌(1922)張鵬一《班氏遺書曹大家集序》,次《後漢書本傳》《扶風班氏遺書曹大家集目》。

此本為張鵬一輯錄的班昭作品集編本,據卷首目錄收文為《東征賦》《鍼縷賦》

《蟬賦》《大雀賦》《欹器頌》《上鄧太后疏》《請召兄超生還疏》《難問神》《幽通賦注》《列女傳注》《女誡(七篇)》,其中《難問神》據自《太平御覽》引《三輔決録》,有目無辭,實爲十篇。附《班婕妤傳》《自悼賦》《擣素賦》《怨歌行》,張序稱"以見一家才女之盛焉"。篇末注明出處,如《鍼縷賦》注《古文苑》,《蟬賦》注明出自《文選》注。或附有校語,如《蟬賦》"昭豹貓而灼灼",校語稱"《事類賦》卷三十、《御覽》九百四四貓作豹";《請兄超召還歸老疏》(正文標題與目録有異)"上損國家縈世之功",校語稱"《文選·述祖德詩》注引此文'縈世'下有'德勞遠圖'四字"(實作"劬勞遠圖")。卷末題"癸亥六月陝西文獻徵輯處付印"。

該本爲《關隴叢書》的一種,現藏上海圖書館,編目書號綫普321411‑22。《叢刊》即據該本影印,收在第三十一册。

47. 漢蘭臺令李伯仁集一卷

漢李尤撰,明張溥輯。明婁東張氏刻《漢魏六朝百三名家集》本。清何紹基評點。一册。

九行十八字,白口、左右雙邊,單魚尾。版心上鎸"李蘭臺集",中鎸"卷全"和葉次。卷端題"漢蘭臺令李伯仁集卷全",次行、第三行均低八格分別題"漢廣漢李尤著""明太倉張溥閲"。卷首有張溥《李伯仁集題詞》,次《漢李伯仁集目録》。

李尤,生卒年不詳,字伯仁,東漢廣漢(今屬四川廣漢)人。少以文章顯,和帝時拜蘭臺令史,安帝時爲諫議大夫,奉詔與劉珍等撰《漢記》,順帝時遷樂安相。《後漢書》卷八十有傳。

《後漢書》本傳稱"所著詩賦銘誄頌《七歎》《哀典》凡二十八篇",不言有集之編。作品編稱"集"始見於《隋志》小注,稱梁"又有樂安相李尤集五卷",推斷至遲在南朝梁時已有李尤集之編。唐代公私書目未見著録,按《文選》任昉《齊竟陵文宣王行狀》李善注引李尤集序,則唐代當有李尤集傳本(也有可能此篇集序録自他書)。宋元時期僅見《遂初堂書目》和《宋志》著録,其中《宋志》著録爲兩卷本。姚振宗稱"此大抵亦是輯本"。元明之際,此兩卷本不傳於世,現存最早的輯本即此張溥本。據卷首目錄收文爲《函谷關賦》《平樂觀賦》《東觀賦》《德陽殿賦》《辟雍賦》《七欸》《几銘序》《九曲歌》及各類銘體文章八十五篇,總爲九十三篇。附錄有《本傳》。書中眉端有何紹基評點。

書中鈐"龔氏蘅圃倚柯庭圖書"一印。該集爲《漢魏六朝百三名家集》叢編的一種,係何紹基舊藏,現藏武漢大學圖書館,編目書號 G810.0823/1133。《叢刊》即據該本影印,收在第三十一冊。

48. 東漢王叔師集一卷

漢王逸撰,明張溥輯。明婁東張氏刻《漢魏六朝百三名家集》本。清何紹基評點。一冊。

九行十八字,白口、左右雙邊,單魚尾。版心上鐫"王叔師集",中鐫"卷全"和葉次。卷端題"東漢王叔師集卷全",次行、第三行均低八格分別題"漢王逸叔師著""明張溥西銘閱"。卷首有張溥《王叔師集題詞》,次《漢王叔師集目錄》。

王逸,生卒年不詳,字叔師,子王延壽,東漢南郡宜城(今屬湖北宜城)人。元初中任校書郎,順帝時爲侍中,撰有《楚辭章句》。《後漢書》卷八十有傳。

《後漢書》本傳稱"著《楚辭章句》行於世,其賦誄書論及雜文凡二十一篇,又作《漢詩》百二十三篇",不言有集之編。作品編稱"集"始見於《隋志》小注,題"(梁有)王逸集二卷、錄一卷"。推斷至遲南朝梁時已有王逸集編本,《隋志》不著錄則唐初不傳。至《舊唐志》又著錄且爲兩卷本,當即梁本。北宋以來未見公私書目著錄(《新唐志》著錄者祇是存錄書名,並不反映實際的存佚),大致亡佚於唐末。此本爲現存最早的王逸集輯本,據卷首目錄收文爲《機賦》《荔支賦》《楚辭序》(共十七篇)《折武論》《九思》(共九篇)《琴思楚歌》,總爲六篇,附錄有《本傳》。書中眉端有何紹基評點,如《九懷章句》眉端何批稱"當時文字蓋俱歸史官錄第",《九思·逢尤》眉端何批稱"'曾莫分別諸',未知兮所投兮字如何用",《琴思楚歌》眉端何批稱"此琴曲不得講文義"。

書中鈐"龔氏蘅圃倚柯庭圖書"一印。該集爲《漢魏六朝百三名家集》叢編的一種,係何紹基舊藏,現藏武漢大學圖書館,編目書號 G810.0823/1133。《叢刊》即據該本影印,收在第三十一册。

49. 東漢馬季長集一卷

漢馬融撰,明張溥輯。明婁東張氏刻《漢魏六朝百三名家集》本。清何紹基評點。一册。

九行十八字,白口、左右雙邊、單魚尾。版心上鎸"馬季長集",中鎸"卷全"和葉次。卷端題"東漢馬季長集卷全",次行、第三行均低八格分别題"漢扶風馬融著""明太倉張溥閲"。卷首有張溥《馬季長集題詞》,次《東漢馬季長集目録》。

馬融(79—166)字季長,東漢扶風茂陵人。安帝時爲校書郎中,於東觀典校秘書,桓帝時任南郡太守。才高博洽,爲東漢通儒,盧植、鄭玄皆出其門下,撰有《三傳異同説》等。《後漢書》卷六十有傳。

《後漢書》本傳稱"所著賦頌碑誄書記表奏七言琴歌對策遺令凡二十一篇",不言有集之編。作品編稱"集"始見於《隋志》著録,題"後漢南郡太守馬融集九卷"。《舊唐志》著録爲五卷,相較於《隋志》著録本闕佚四卷,篇目有散佚。北宋以來未見公私書目著録(《新唐志》著録者衹是存録書名,並不反映實際的存佚),大致亡佚於唐末。此本爲現存最早的馬融集輯本,據卷首目録收文爲《長笛賦》《圍棋賦》《樗蒱賦》《琴賦》《上安帝請龐參等書》《上論日蝕疏》《上順帝乞自効疏》《廣成頌》《東巡頌》《爲梁冀誣奏太尉李固書》《與謝伯世書》《與竇伯向書》《忠經序》《忠經》,其中《忠經》及序乃出於僞託之作,張溥云:"其文常人耳,及讀本傳並未云季長作《忠經》。然則《忠經》果馬氏之書歟?予不敢信也。"實際爲十二篇。另《長笛賦》篇末附有注釋,一類是釋義,一類是釋音,均基本據自《文選》該賦注。書中眉端有何紹基評點,如《長笛賦》眉端何批稱"此詞古雋,與班令《奕旨》終段相似,當時蓋有此體",《上論日蝕疏》眉端何批稱"樸實盡致",《忠經》眉端何批"季長何至如此腐陋"。

該集爲《漢魏六朝百三名家集》叢編的一種,係何紹基舊藏,現藏武漢大學圖

書館,編目書號 G810.0823/1133。《叢刊》即據該本影印,收在第三十一册。

50. 張河間集二卷

漢張衡撰,明張溥輯。明婁東張氏刻《漢魏六朝百三名家集》本。清何紹基評點。一册。

九行十八字,白口、左右雙邊,單魚尾。版心上鎸"張河間集",中鎸卷次和所載篇目的文體名及葉次。卷端題"張河間集卷之一",次行、第三行均低九格分別題"漢南陽張衡著""明太倉張溥校"。卷首有張溥《張河間集題辭》,次《張河間集目録》。

張衡(78—139)字平子,東漢南陽西鄂(今屬河南南陽)人。少善屬文,通五經天文曆算和機械製作等。安帝時任郎中,又遷太史令。永和初爲河間相,拜尚書。《後漢書》卷五十九有傳。

《後漢書》本傳稱"所著詩賦銘七言《靈憲》《應間》《七辯》《巡誥》《懸圖》凡三十二篇",不言有集之編。作品編稱"集",始見於《隋志》著録,題"後漢河間相張衡集十一卷"。小注稱:"梁十二卷,又一本十四卷。"推斷至遲南朝梁時已有張衡集編本,存在十二卷本和十四卷本兩種版本系統。《隋志》著録本,當即自梁十二卷本中析出《靈憲》一卷後之本(《隋志》子部天文類著録《靈憲》一卷,已單行)。至《舊唐志》著録爲十卷本,與《隋志》著録本當仍屬同書,蓋不計目録一卷在內。唐李賢注《後漢書》引及張衡集,劉知幾《史通·自敘》亦稱"其後見張衡、范曄《集》",當皆即《舊唐志》著録本。北宋時未見公私書目著録(《新唐志》著録者祇是存録書名,並不反映實際的存佚),大致亡佚於唐末。南宋《遂初堂書目》著録,不題卷數,推測應屬南宋初以來的重編本。《宋志》則著録爲六卷本,仍屬宋人重編本。明代張衡集單行本,見於傅增湘《藏園群書經眼録》著録,稱"又見明人寫本"。又《藏園訂補郘亭知見傳本書目》亦著録,稱:"明寫本,爲張氏輯本之嚆矢。"此帙明寫本不知是否屬《宋志》著録的六卷本,還是明人的重編本,亦不知現存何處。現存張衡集最早的輯本,是明張燮所輯録的《七十二家集》本《張河間集》

六卷。

此本爲張溥輯本,以張燮輯本爲基礎,據卷首目録收文爲《兩京賦》(即《西京賦》《東京賦》兩篇)《南都賦》《週天大象賦》《温泉賦》《羽獵賦》《思玄賦》《歸田賦》《定情賦》《扇賦》《觀舞賦》《冢賦》《髑髏賦》《東巡誥》《大疫上疏》《陳事疏》《駁圖讖疏》《論貢舉疏》《論舉孝廉疏》《水災對策》《求合正三史表》《日蝕上表》《請專事東觀收檢遺文表》《與崔瑗書》《與特進書》《七辯》《應問》《應問序》《曆議》《渾儀》《靈憲》《靈應》《綬笥銘》《南陽文學儒林書贊》《大司農鮑德誄》《司徒吕公誄》《司空陳公誄》《怨篇》《同聲歌》《四愁詩》,總爲四十篇,附録有《本傳》。書中眉端有何紹基評點,如《西京賦》眉端何批“勁□遠遜蘭臺,而博舉自勝”,“敘處删繁摘要,意在取勝,亦費心極”。《歸田賦》眉端何批“意境開散,五柳先聲”;《曆議》眉端何批“文特簡勁”。卷末有何氏題識“丙寅十一月十三日閲至此,蝯記”。

書中鈐“龔氏蘅圃倚柯亭圖書”一印。該集爲《漢魏六朝百三名家集》叢編的一種,係何紹基舊藏,現藏武漢大學圖書館,編目書號 G810.0823/1133。《叢刊》即據該本影印,收在第三十二册。

51. 張太常集一卷

漢張奐撰,清張澍輯。清道光元年(1821)張氏刻《二酉堂叢書》本。一册。

十行二十四字,白口、左右雙邊,單魚尾。版心上鎸“張太常集”,中鎸葉次。卷端題“張太常集”,次行低十格題“賜進士出身翰林院庶吉士知四川屏山縣事張澍纂集”。卷首有張澍《張太常集序》,次《張氏事跡》和《漢書本傳》。

張奐(104—181)字然明,東漢敦煌酒泉(今屬甘肅酒泉)人。桓帝時拜議郎,後又歷官武威太守、大司農、少府和太常等職。《後漢書》卷六十五有傳。

《後漢書》本傳稱:“所著銘頌書教誡述志對策章表二十四篇。長子芝字伯英最知名,芝及弟昶字文舒,並善草書,書至今稱之。”作品編稱“集”始自《隋志》小注,題“太常卿張奐集二卷、録一卷”,即《七録》著録本。《舊唐志》著録爲二卷,大致唐末散佚不傳,《新唐志》著録者祇是存録書名。現存張奐作品集最早的輯本即此張澍《二酉堂叢書》本,序稱:"余采輯群書都爲一卷,其子伯英、文舒《書》《銘》亦附於末。"所收篇目爲《上靈帝言菌應疏》《上疏》《奏記司隷校尉段頴》《與延篤書》《又與延篤書》《與宋季文書》《與陰氏書》《報崔子玉書》《與崔子真書》《與李季蔚書》《與許季師書》《誡兄子書》《遺命》《與崔元始書》《又與崔子書》《與屯留君書》《與張公超書》和《芙蓉賦》,總爲十八篇。篇末注明出處,又有張澍按語,如《與李季蔚書》按語稱"《太平御覽》引作'與孟季衛書'"。附録有盧植《與張然明書》和延篤《答張奐書》《又與張奐書》三篇。又附録張芝《與太僕朱賜書》《與朱使君書》《與李幼才書》《書》四篇,和張昶《西岳華山堂闕碑銘》《書》兩篇,又有米芾以爲係張旭書今不録兩則。

該本現藏首都圖書館,編目書號乙5·34。《叢刊》即據該本影印,收在第三十二冊。

52. 段太尉集一卷

漢段頴撰,清張澍輯。清道光元年(1821)張氏刻《二酉堂叢書》本。一册。

十行二十四字,白口、左右雙邊,單魚尾。版心上鐫"段太尉集",中鐫葉次。卷端題"段太尉集",次行低十格題"賜進士出身翰林院庶吉士知四川屏山縣事張澍纂集"。卷首有張澍《段太尉集序》,次《段太尉事跡》和《漢書本傳》。

段頴(?—179)字紀明,東漢武威姑臧(今屬甘肅武威)人。桓帝初舉孝廉,歷官議郎、中郎將、護羌校尉、幷州刺史和司隷校尉等職,官至太中大夫。《後漢書》卷六十五有傳。

史志未見著録有段頴集。現存段頴作品集最早的輯本,即此張澍輯《二酉堂叢書》本。書中收文爲《上桓帝詔問羌事奏》《上靈帝言東羌奏》《上書》和《薦樊志張表》,總爲四篇,序即云:"隋唐志無太尉集,兹就范《書》、《東觀記》得四篇。"附録延篤《與段紀明書》一篇。每篇末均注明出處。有内扉葉,題"段太尉集,道光元年辛巳新鐫,二酉堂藏板"。

該本現藏首都圖書館,編目書號乙 5·33。《叢刊》即據該本影印,收在第三十二册。

53. 皇甫司農集一卷

漢皇甫規撰,清張澍輯。清道光元年(1821)張氏刻《二酉堂叢書》本。一册。

十行二十四字,白口、左右雙邊,單魚尾。版心上鎸"皇甫司農集",中鎸葉次。卷端題"皇甫司農集",次行低十格題"賜進士出身翰林院庶吉士知四川屏山縣事張澍纂集"。卷首有張澍《皇甫司農集序》,次《皇甫事跡》《漢書本傳》。

皇甫規(104—174)字威明,東漢安定朝那(今屬甘肅靈臺)人。永和末爲郡功曹上計掾,歷官郎中、中郎將、議郎、尚書和弘農太守等職,贈司農卿。《後漢書》卷六十五有傳。

張澍(1781—1847)字伯瀹,又字時霖等,號介侯、介白,清代甘肅武威人。嘉慶四年(1799)進士,改翰林院庶吉士,散館授貴州玉屏知縣,又歷官四川屏山、江西永新及臨江通判。爲隴西文獻家,"輯關隴作者著述凡數十種,籍非鄉邦,而其書關佚者亦擴捃,爲《二酉堂叢書》"(《清史列傳》)。《清史列傳》卷七十三有傳。

《後漢書》本傳稱"所著賦銘碑贊禱文弔章表教令書檄牋記凡二十七篇",而見於史志著録則始自《隋志》小注,稱"(梁)又有司農卿皇甫規集五卷",即阮孝緒《七録》著録者。《舊唐志》著録同《七録》,大致唐末散佚不傳,《新唐志》著録者祇是存録書名。現存皇甫規作品集最早的輯本即此張澍《二酉堂叢書》本,序稱:"今輯得十一篇,而趙壹《報書》、蔡邕《薦章》並綴諸末。"該本所收篇目爲《上順帝求自效疏》《舉賢良方正對策》《上書自奮討零吾疏》《自訟疏》《薦中郎將張奂自代疏》《請坐黨人奏》《永康元年對策》《謝趙壹書》《與劉司空牋》《與馬融書》《女師箴》和《與張奂書》,總爲十二篇,而非序所稱的十一篇。附有趙壹《報皇甫規書》和蔡邕《薦皇甫規疏》兩篇。所收諸篇均注明出處,如《與馬融書》篇末注"《北堂書鈔》"等。書中有内扉葉,題"皇甫司農集,道光元年辛巳新鎸,二酉堂藏板"。

該本現藏首都圖書館,編目書號乙 5·32。《叢刊》即據該本影印,收在第三十二册。

54. 鄭司農集一卷

漢鄭玄撰,清盧見曾編。清乾隆盧氏雅雨堂刻《雅雨堂叢書》本。一册。

十行二十一字,白口、四周單邊,單魚尾。版心上鐫"鄭司農集",下鐫葉次和"雅雨堂"字樣。卷端題"鄭司農集",次行低十二格題"北海鄭元康成撰"。

鄭玄(127—200)字康成,東漢高密人。年十六即號曰神童(《太平御覽》引鄭玄《別傳》),曾入太學研習《京氏易》《公羊春秋》等,又從張恭祖受《禮記》《左傳》《古文尚書》等,後事馬融。遊學十餘年後回鄉聚衆講學,遍注五經,今惟存《毛詩箋》《周禮注》等。《後漢書》卷三十五有傳。

盧見曾(1690—1768)字抱孫,號澹園,別署雅雨山人,清山東德州人。康熙六十年(1721)進士,歷官四川洪雅知縣、亳州知州、江寧知府等職,官至兩淮鹽運使。好結交文士,頗具文采風流,藏書處、刻書處曰雅雨堂,撰有《雅雨堂詩文集》《出塞集》《讀易便解》《焦山詩》等。《清史列傳》卷七十一有傳。

鄭玄作品編稱"集",首見於《隋志》小注稱"(梁)又有《鄭玄集》二卷,錄一卷,亡"。《隋志》未著録,至《舊唐志》則著録爲兩卷本,蓋即梁時舊本。鄭珍《鄭學録》稱:"案鄭康成平生雜著,必皆萃此集中。"《新唐志》雖著録鄭玄集,而非北宋時實有傳本,《崇文總目》即未見著録,疑唐末即散佚不傳。南宋以來的史志及公私書目均未見著録,亦罕有重編鄭玄集者。此盧見曾本應屬現存最早的鄭玄作品輯本,所輯"皆從諸書中哀輯者也"(盧文弨《書鄭司農集後》之語)。收文凡八篇,即《相風賦》《伏后議》《春夏封諸侯議》《戒子益恩書》《易贊》《詩譜敘》《尚書大傳敘》《魯禮禘祫義》。其中《相風賦》載於《藝文類聚》卷六十八,題"晉傅玄"撰,而非鄭玄之作,當系盧見曾誤收,實際爲七篇。

此本係《雅雨堂叢書》本的一種,現藏中國國家圖書館,編目書號00537。《叢刊》即據該本影印,收在第三十二册。

55. 鄭康成集一卷

漢鄭玄撰,丁福保輯。清宣統三年(1911)無錫丁氏鉛印《漢魏六朝名家集初刻》本。一冊。

十四行三十一字,下黑口、四周雙邊,無直格,單魚尾。版心上題"鄭康成集",中題葉次,下題"無錫丁氏藏版"字樣。卷端題"鄭康成集",次行低二十格題"後漢高密鄭玄著"。卷首有鄭玄《本傳》(録自《後漢書》),次《鄭康成集目録》。

據卷首目録,此本收文爲《皇后敬父母議》《戒子益恩書》《尚書大傳敘》《詩譜敘》《孝經注敘》《六藝論》和《自序》共七篇。相較於盧見曾輯本,已不收《相風賦》,增益三篇即《孝經注敘》《六藝論》和《自序》。各篇篇末或輯録於同篇之內的各片段之末均注明出處,如《戒子益恩書》篇末注明"《後漢·鄭玄傳》,又見《藝文類聚》二十三,又《御覽》四百五十九引鄭玄《別傳》"。正文中間有校語,如《六藝論》"後得孔氏壁中古文《禮》凡五十六篇","五十六篇"校語稱:"案《奔喪》正義作五十七。"篇末也有考證性的案語,如《孝經注敘》篇末云:"案《孝經注》或言鄭小同作,今據《唐會要》七十七引鄭玄《六藝論》敘《孝經》云玄又爲之注,明非小同作也。"書首有內扉葉題"鄭康成集,宣統三年七月出版,上海文明書局發行"。

該本係《漢魏六朝名家集初刻》叢編的一種,現藏上海圖書館,編目書號綫普長280574‑603。《叢刊》即據該本影印,收在第三十二冊。

56. 趙計吏集一卷

漢趙壹撰,張鵬一輯。民國間鉛印《關隴叢書》本。一冊。

九行二十字,黑口、四周雙邊,單魚尾。版心中題"趙計吏集"和葉次。卷端題"趙計吏集,關隴叢書",次行低一格題"後漢計吏漢陽趙壹撰,富平張鵬一輯"。卷首有癸亥(1923)張鵬一《趙計吏集敘》,次《後書傳》《趙計吏集目》。

趙壹(122—196)字元叔,東漢漢陽西縣(今屬甘肅天水)人。光和初舉郡上計,辟公府不就。《後漢書》卷八十有傳。

《後漢書》本傳稱"著賦頌箴誄書論及雜文十六篇",作品編稱"集"始建於《隋志》小注,題"上計趙壹集二卷,録一卷",即《七録》著録者。《舊唐志》著録爲二卷,大致唐末散佚不傳,《新唐志》著録者衹是存録書名。現存最早的趙壹集輯本,即此張鵬一《關隴叢書》本,序稱:"今輯賦三首、書二首。"篇目爲《窮鳥賦》《刺世嫉邪賦》《解擯賦》《迅風賦》《與皇甫規書》和《非草書》。篇末注明出處。

該本爲《關隴叢書》的一種,現藏上海圖書館,編目書號綫普長002920。《叢刊》即據該本影印,收在第三十二册。

57. 蔡中郎文集十卷外傳一卷

漢蔡邕撰。明正德十年(1515)華堅蘭雪堂銅活字印本。清黃丕烈跋。四册。

七行十三字,小字雙行同,白口、左右雙邊,單魚尾。版心上題"蘭雪堂",中題"伯喈集"和卷次,下題葉次和印工姓名。卷端題"蔡中郎文集卷之一",次行低三格題"漢左中朗將蔡邕伯喈撰"。卷首有北宋天聖元年(1023)歐静序,次《蔡中郎文集目録》。書首副葉有嘉慶庚午(1810)黃丕烈跋。

蔡邕(132—192)字伯喈,東漢陳留(今屬河南開封)人。靈帝時拜郎中,後董卓徵召爲祭酒,纍遷中郎將,董卓敗爲王允所害。少博學,好辭章,精音律,多才多藝,撰有《獨斷》等。《後漢書》卷六十有傳。

華堅,生卒年不詳,字允剛,無錫人,藏書處曰蘭雪堂,以活字排印書籍多種,如《春秋繁露》等。

黃丕烈(1763—1825)字紹武,號蕘圃,一署復翁,乾隆戊申(1788)舉人,其餘生平事跡及藏書典故詳參《藏書紀事詩》。

蔡邕的作品,《後漢書》本傳稱:"所著詩、賦、碑、誄、銘、贊、連珠、箴、弔、論議、《獨斷》《勸學》《釋誨》《敘樂》《女訓》《篆藝》、祝文、章表、書記,凡百四篇,傳於世。"不言有集之編。陸雲《與兄平原書》云:"景猷(荀崧之字)有蔡氏文四十餘卷,小者六七紙,大者數十紙。"推斷至遲在西晉時蔡邕作品已結撰成集。南朝梁劉昭注《後漢書》明確引蔡邕集,證梁時即流傳有蔡邕集本。按《隋志》小注稱"梁有(蔡邕集）二十卷、録一卷”，當即劉昭注引之本。《隋志》著録爲十二卷，相較於梁本佚去近半，《四庫全書總目》即稱：“其集至隋已非完本。”《舊唐志》著録爲二十卷本，或即梁本舊貌，李賢注《後漢書》引蔡邕集數處，當即《舊唐志》著録本。大概唐末蔡邕集散佚。北宋初有蔡邕集的重編本，天聖元年歐静序云：“今之所傳纔十卷，亡外計六十四篇。”此北宋重編十卷本，至《郡齋讀書志》《直齋書録解題》《文獻通考·經籍考》《宋志》均著録蔡邕集爲十卷本，承繼重編本，亦即今本卷第。

此蘭雪堂活字本卷首保留有歐静序，推斷當祖述北宋重編本即歐静序本，也是現存蔡邕集最早的版本。歐静序本有六十四篇，序稱：“其中可疑者，《宗廟頌》贊述武皇平亂之功，又有‘昊天眷佑我魏’之句，以魏宗廟也。又有魏武帝《祠喬太尉文》，稱丞相冀州牧魏主諱操遣掾再拜祠文。姜伯淮碑稱建安二年（197），又平劉鎮南碑稱建安十三年（208）薨、太和二年（228）葬。”蔡邕卒在初平三年，上述諸篇顯然非邕之作，故實際爲六十篇。據該活字本目録，卷一至十收文凡六十四篇（按目録爲六十三篇，實際正文中卷三除收目録所列的《文烈侯楊公碑》外，還有一篇《司空文烈侯楊公碑》），《外傳》一卷凡八篇，總計七十二篇。其中六十四篇基本屬歐静本篇目之貌，但已删去王肅《魏宗廟頌》和魏武曹操的《祠喬太尉文》兩篇，而保留兩篇碑文。按理説調整篇目後的活字本應爲六十二篇，然目録作六十四篇，其中溢出的兩篇俟考（即疑活字本又增入兩篇）。所附入的八篇，當屬明人輯録。

該活字本卷首目録末題“正德乙亥（1515）春三月錫山蘭雪堂華堅允剛活字銅版印行”，卷五至六、九至十末有“錫山”“蘭雪堂華堅活字板印行”兩印記，《外傳》末題“錫山蘭雪堂華堅允剛活字銅版印”。版心下所題印工有“慶”“魁”“廣”“員”等。

書中鈐“施印子惠”“施天錫印”“三省堂”“曾在東山徐復菴處”“敦仁堂徐氏珍藏”“星邨父”“陳樹杓印”“涵芬樓”“涵芬樓藏”“海鹽張元濟經收”“尚餘數卷殘書在”“南州孺子”“軍曲侯印”諸印，涵芬樓舊藏，現藏中國國家圖書館，編目書號7603。《叢刊》即據該本影印，收在第三十二至三十三册。

58. 漢蔡中郎集六卷

漢蔡邕撰。明嘉靖二十七年（1548）楊賢刻本。清李文藻題款。四册。

九行二十一字，白口、四周單邊，無魚尾。版心上鎸"蔡中郎集"，中鎸卷次，下鎸葉次。卷端題"漢蔡中郎集卷之一"，次行、第三行均低四格合題"明祒禐喬世寧景叔、無錫俞憲汝成校訂、任城楊賢子庸梓行"。卷首有歐静《蔡中郎集序》，次嘉靖二十七年喬世寧《刻蔡中郎集敘》、嘉靖戊申（1548）俞憲序，次《漢蔡中郎集總目》。《蔡中郎集序》首葉有清李文藻題款。

楊賢，生平仕履不詳，據卷端題署當字子庸，明任城（今屬山東濟寧）人。

李文藻（1730—1778）字素伯，又字莭畹、香草，號南澗，清山東益都（今屬山東青州）人。乾隆二十四年（1759）舉人，二十六年（1761）進士，纍官廣東恩平、潮陽知縣，擢廣西桂林府同知。性好聚書，爲學肆古，撰有《南澗文集》《嶺南詩集》《國朝獻徵録》等著述。生平事跡參見錢大昕《潛研堂文集》卷四十三《李南澗墓誌銘》。

此集之編校，喬序云："集舊無精本，頃與俞子汝成校理，汝成又稍稍增定。顧其籍散落既久，無從蒐逸補亡耳。《獨斷》舊附小説，今列置卷首，以皆中郎之言宜彙成一家。"又俞序稱："吾錫舊藏《蔡中郎集》，往往脱誤至不可章句，西京喬子來際楚學，耦余校之。"所稱"吾錫舊藏《蔡中郎集》"當即華堅蘭雪堂活字印本蔡邕集，收文凡七十二篇。該編校本的篇目，俞憲序稱"篇九十有二"，據卷首目録實爲八十九篇。相較於活字本篇目有所"增定"，即增益二十篇，篇目爲《獨斷》《陳政要七事》《東巡頌》《正交論》《祖德頌》《樽銘》《警枕銘》《司空文烈侯楊公碑》《漢律賦》《協和婚賦》《筆賦》《琴賦》《彈琴賦》《彈碁賦》《胡栗賦》《答元式詩》《翠鳥詩》《京兆尹樊德雲銘》《九疑山銘》《焦君贊》。同時未收活字本已有的三篇，即《上漢書十志疏》《被收時表》和《表太尉董公可相國》。兩相折合實際增益十七篇，加之活字本七十二篇恰爲該集篇目之數。該集經喬世寧和俞憲編校，由楊賢在嘉靖二十七年付梓行世。

書中鈐"王印士禎""字貽上""李印文藻""李生""字曰香草""南澗居士""林西書屋""邢印之襄""南宫邢氏珍藏善本"諸印,清王士禎舊藏,後經李文藻和民國間邢之襄所藏,現藏中國國家圖書館,編目書號 10170。《叢刊》即據該本影印,收在第三十三册。

59. 漢蔡中郎集十一卷

漢蔡邕撰。明萬曆八年(1580)茅一相文霞閣刻本。鄭振鐸跋。六册。

九行十九字,白口、四周單邊,單魚尾。版心上鎸"蔡中郎集",中鎸卷次,下鎸葉次和刻工。卷端題"漢蔡中郎集卷之一",次行低八格題"吳興後學茅一相康伯父訂"。卷首有歐静《蔡中郎文集序》,次嘉靖二十七年喬世寧《蔡中郎集敘》、嘉靖戊申俞汝成《刻蔡中郎集説》、萬曆元年(1573)王乾章《蔡中郎文集敘》,次《蔡中郎集卷目録》。卷末有署名"東海生"(即茅一相)跋。書衣有一九五八年二月十七日鄭振鐸跋。

茅一相,生卒年及仕履不詳,字國佑,號泰峰,又號康伯、東海居士,明吳興(今屬浙江湖州)人,主要生活在明嘉靖、萬曆年間。撰有《欣賞詩法》《詩訣》《繪妙》《文霞閣草》等,室名文霞閣。

鄭振鐸(1898—1958),別署西諦,又號幽芳閣主、玄覽居士,福建長樂人,所藏戲曲小説頗富,室名玄覽堂、紉秋山館。1958 年出國訪問飛機失事遇難,生前藏書近十萬册,卒後由其夫人高君箴及子鄭爾康,將全部藏書捐贈北京圖書館。

《善本書室藏書志》著録一部"明萬曆庚辰(1580)刊本"蔡邕集,稱:"實爲吳興茅一相校刊,後有木記云'萬曆庚辰秋七月既望吳興花林東海居士刊於文霞閣中'。"知茅一相所刊本中有牌記,詳記刻年及刻者。惜鄭振鐸所藏此部佚去牌記,然與《善本書室藏書志》著録者屬相同版本,故定爲"明萬曆八年茅一相文霞閣刻本"。鄭振鐸跋稱:"茅一相編刻本,斠酌諸本異同,頗爲精善,惜世少知者。"該本是收録存世蔡邕文較多的版本,據目録凡九十二篇,即在明嘉靖二十七年楊賢本蔡邕集八十九篇的基礎上增益三篇:《上漢書十志疏》《薦太尉董卓》(活字本作《表太

尉董公可相國》)和《被收時表》。"東海生"(茅一相)跋稱:"中郎集,余得三本,一

出於無錫華氏,爲卷十一,得文七十有一首,前後錯雜至不可句讀。再得陳留令徐

子器本,大都襲華之舊,而了不加察,徒爲木災耳。最後得南都余汝成(即俞汝成)

本,益文二十有一,而損卷爲六。益之則是,損之則非。其間亦稍稍補輯遺漏,尚不

免魯魚亥豕之舛,信乎校書之難也!"此茅本篇目逾於上述三本,且輯校尚屬謹嚴,

整理蔡邕集應以之爲底本。

　　書中鈐"餘姚謝氏永耀樓藏書""長樂鄭振鐸西諦藏書""長樂鄭氏藏書之印"

諸印,民國間謝光甫舊藏,後歸鄭振鐸,現藏中國國家圖書館,編目書號 16392。

《叢刊》即據該本影印,收在第三十四册。

60. 蔡中郎集二卷

　　漢蔡邕撰,明張溥輯。明婁東張氏刻《漢魏六朝百三名家集》本。清何紹基評

點。一册。

　　九行十八字,白口、左右雙邊、單魚尾。版心上鎸"蔡中郎集",中鎸卷次和葉

次。卷端題"蔡中郎集卷之一",次行、第三行均低九格分別題"漢陳留蔡邕著""明

太倉張溥評"。卷首有張溥《蔡中郎集題詞》,次《蔡中郎集目録》。

　　據卷首目録,該本收文一百二十五篇(輯録殘句失題者不計在内),屬輯録蔡

邕作品較爲齊備的版本。相較於茅一相本,增益三十七篇,即《協初賦》《撿逸賦》

《青衣賦》《瞽師賦》《團扇賦》《蟬賦》《辭金龜紫綬表》《徙朔方報楊復書》《徙朔方

報羊月書》《辭郡辟讓申屠蟠書》《與袁公書》《銘論》《桓彬論》《曆數議》《對事》

《廣連珠》《南巡頌》《陳留太守行小黄縣頌》《考城縣頌》《麟頌》《五靈頌》《琴贊》

《太尉陳公贊》《衣箴》《盤銘》《司空房楨碑》《司空袁逢碑》《荆州刺史庾侯碑》《翟

先生碑》《伯夷叔齊碑》《真定直父碑》《祝社文》《祖餞祝文》《禊文》《弔屈原文》

《九惟文》《答卜元嗣詩》。而不收兩篇,即《獨斷》和《劉鎮南碑》。書中眉端或篇

末鎸刻張溥評語,如《薦太尉董卓表》眉端鎸評"伯喈敗行,此表尤爲累"。《曆數

議》篇末鎸評"劉昭曰:不有君子,其能國乎!觀蔡邕之議,可以言天機矣。賢明在

朝,弘益遠哉! 公卿結正,足懲淺妄之徒。詔書勿治,亦深盍各之致"。篇末亦刻有案語,如《東巡頌》(並序)案語稱"《古文苑》俱稱班固作,而舊刻中郎集亦載是篇,姑兩存之",《南巡頌》案語稱"舊集不載此篇,而《藝文》云蔡邕作,姑并存之"。另眉端也有何紹基評點,如《諫伐鮮卑議》何批"簡煉明白",《光武濟陽宮碑》何批"謹煉之作"。卷二末有何紹基題識,云:"典重淵懿,卓然大家,惜後史無傳,斷非蔚宗輩所能及,丙寅十一月廿八日閱至此,蝯叟。"

書中鈐"龔氏蘅圃倚柯亭圖書""學問館藏珍"兩印。該集爲《漢魏六朝百三名家集》叢編的一種,係何紹基舊藏,現藏武漢大學圖書館,編目書號 G810.0823/1133。《叢刊》即據該本影印,收在第三十四至三十五册。

61. 蔡中郎集十卷外紀一卷外集四卷末一卷

漢蔡邕撰。清咸豐二年(1852)楊氏海源閣刻本。清趙之謙跋。清佚名録各家校。三册。

九行十八字,小字雙行同,白口、左右雙邊,單魚尾。版心上鐫"蔡中郎集",中鐫卷次和葉次,下鐫"海源閣"字樣及本版字數。卷端題"蔡中郎集卷第一",次行低三格題"漢左中郎將蔡邕伯喈撰"。卷首有《蔡中郎集目次》,次咸豐二年楊以增《敍》《黃校題識》《顧校題識》《徐本敍跋》《歐本原敍》和《凡例》及《蔡中郎集目》(指本集和《外紀》之目)。《外紀》末有咸豐三年(1853)高均儒跋。書衣有趙之謙跋。過録各家校語在眉端、地腳或正文夾批中。

楊以增(1787—1856)字益之,號致堂,又號東樵,清代山東聊城人。道光二年(1822)進士,官至江南河道總督,卒謚"端勤"。富藏書,建海源閣儲之。藏書之外亦刻書,多有精本。生平事跡參見《清續文獻通考》卷二百六十九。

趙之謙(1829—1884)字益甫,又字撝叔,別字冷君,號悲庵、憨寮,清代浙江會稽(今屬紹興)人。咸豐九年(1859)舉人,歷鄱陽、奉新、南城等知縣,精書畫篆刻,撰有《國朝漢學師承續記》《補寰宇訪碑録》等。

此本包括蔡邕本集十卷、《外紀》一卷和《外集》四卷,又附《後漢書》本傳及王昶所撰《年表》爲末一卷。其中本集和《外紀》的篇目同明活字本和明徐子器本(書目著錄爲"明刻本"),稍有異者,該本將《讓高陽侯印綬符策》析爲兩篇,即《讓高陽侯印綬符策表》和《再讓高陽侯印綬符策表》。另外在序次上也有所調整,如將卷九調整爲卷六,《凡例》即云:"惟第九卷亦屬碑銘,列於論表之後,似徐改掇,斷非歐輯之舊。今移列第六卷,其原第六卷循次遞下。"(實際活字本即如此,並非徐子器本所改易)《外集》四卷由楊以增補輯,《敘》稱:"於徐本十卷、《外紀》一卷外,又采自他本另編四卷。"篇目相較於明楊賢本和張溥輯本僅增益一篇即《女訓》,該篇篇題下小注云:"他本皆無,劉本(即康熙中陳留劉氏依明楊賢本的增刊補遺本)補遺。"

書中正文附刻楊以增據各本校語,以小字雙行形式標出。有關所作校語,《敘》云:"以增少業是集,心好之,而所見之本或六卷或八卷或二卷,互有錯忤,苦無善本對勘。囊歲庚戌(1850)始購得黃蕘圃、顧澗蘋合校明萬曆間陳留令徐成庵所刻有宋天聖間歐識之敘之十卷本……迭繙詳覈,各有可取,亦各有可議,每思彙而別之,徵其同異,析其是非。當著之説別於句下,當補之篇附於卷餘……比識秀水高君伯平均儒,舉以商榷,伯平韙之。爲仿朱崇沐刻《韓文考異》舊式,仍徐本爲主本,即黃顧二家所校之鈔本、活字本,以證嘉靖間袑裼喬氏刻六卷本(此即明楊賢本)、新安汪氏校二十家八卷本、太倉張氏校百三家二卷本、康熙中陳留劉氏依喬本六卷增刊有補遺本,擇善而從,存疑俟質。"高均儒跋亦稱:"楊至堂侍郎出示所藏黃蕘圃、顧澗蘋所校十卷本,屬爲重校……洵有足據以釋前此之疑者,亦有因所校增替脱羨之字,疑轉滋甚。旁證諸喬氏、張氏、汪氏、劉氏各刻本,正訛錯出,姑就度擇。以句意曉暢者列於正文,餘悉注於句下,並舉重校之例若干條。"又《凡例》稱:"迭誦互勘,同異兼存,是非嚴辨,於每句之下注明,不敢逞臆增竄一字。"而是書的刊刻,高跋云:"遂命工付版,凡十閱月刊畢。"卷首有内扉頁題以"蔡中郎十卷,原編《外紀》一卷,今編《外集》四卷、傳表一卷""咸豐二年東郡楊氏海原閣仿宋刊"。

此外書中眉端、地腳或正文夾批過錄各家校語,包括黃丕烈、顧廣圻、惠棟、盧文弨、勞氏(據趙之謙跋乃勞平甫權)、何焯、錢大昕、陸堯春和蔡雲等人。其中盧氏的校語以朱筆標識,何焯在正文中的評點也以朱筆標識。書末附有散葉三張,錄碑文兩篇即永康元年(167)《漢故荆州刺史庚侯之碑》和《漢故太尉車騎將軍特進逯鄉昭烈侯劉公之碑》。

書中鈐"趙印之謙""三金蜨堂藏書"兩印,清趙之謙舊藏,現藏上海圖書館,編目書號綫善795789‐91。《叢刊》即據該本影印,收在第三十五至三十六册。

62. 校蔡中郎文集疏證十卷外集疏證一卷蔡中郎文集補一卷

清吳志忠撰並輯。稿本。王邑跋。三册。

九行二十字,白口、四周雙邊,藍格,單魚尾。版心中鈔"蔡"和卷次,下鈔葉次。卷端題"蔡中郎文集卷之一",次行低七格題"左中郎將蔡邕伯喈"。"疏證"部分卷端題"校蔡集疏證",次行低十一格題"吳縣吳志忠"。"補"部分卷端題"蔡中郎文集補目,吳縣吳志忠輯"。書首副葉有王邑跋。

吳志忠,生卒年不詳,字有堂,號妙道人,清吳縣(今屬江蘇蘇州)人。與同郡黄丕烈、顧廣圻相交遊,長於目録校勘之學。又富藏書,謂之璜川吳氏有堂。曾校刊《釋名》。其餘事跡不詳。

王邑,民國間人,生平仕履不詳。

該本由四部分内容組成,首先是鈔蔡邕集十卷、外集一卷,並隨文作批校,以朱、墨兩色呈現於眉端、夾行及正文中小字雙行。眉批者如卷一《故太尉橋公廟碑》"時亮天工"句,云:"'工',刻本'功'是也,《漢書》引《書》作'功'。"夾批及正文中小字雙行者如卷一《朱公叔謚議》"周有仲山甫"句中的"甫"字,云:"父,原本甫。"卷二《文范先生陳仲弓銘》"府規陳謀"句中的"陳"字,云:"原本誤諫,今依張本正。"卷三《太尉楊秉碑》篇題中的"太尉"兩字,云:"原本誤司空,今正。"《外集》末鈔歐静序,次《蔡中郎文集目録》。其次是《校蔡集疏證》,即針對鈔蔡邕集中的批校作"疏證",如卷一《故太尉橋公廟碑》"西域之事,爭以美談"句中的"爭"字,校云:"原本脱'爭',今補。"疏證云:"原本'爭'字以上'事'字,形近而脱,别本改'人以爲美談',非。"

再次是《蔡中郎文集補目》，輯補蔡邕集中未收的篇目（相較於明茅一相本而言，實際相當多的篇目已見於張溥輯本中），即《徙朔方報楊復書》《徙朔方報羊月書》《辭郡辟讓申屠蟠書》《與袁公書》《桓彬論》《琴贊》《衣箴》《漢律賦》《青衣賦》《筆賦》《協初昏賦》《檢逸賦》《瞽師賦》《蟬賦》《琴賦》《傷故栗賦》《柳賦》《彈棊賦》《温泉賦》《誚青衣賦》《羽獵賦》《觀舞賦》《終南山賦》《東巡頌》《南巡頌》《焦君贊》《警枕銘》《酒樽銘》《九惟文》《祖德頌》《京兆尹樊陵碑》《伯夷叔齊碑銘》《翟先生碑銘》《司空袁逢碑銘》《司空房楨碑銘》《荆州刺史庾侯碑》《銘論》《陳留太守行小黄縣頌》《考城縣頌》《五靈頌》《麟頌》《太尉陳公贊》《祖餞祝》《答卜元式詩》《答卜元嗣詩》《祝社文》《弔屈原文》《翠鳥》《禊文》《真定直父碑》《扇賦》《盤銘》《勸學》《廣連珠》《書》又（《書》）《女誡》，共計五十七篇，並在每篇篇題下注明出處。其中有些篇目已見於明楊賢本蔡邕集中，如《警枕銘》《漢律賦》等。最後是《蔡中郎文集補》，即把所補的逸文録出。

檢鈔本中遇"玄""胤""弘""曆""寧"諸字闕筆，當鈔寫在清道光間。

書中鈐"志忠手校""王印邕""王邕書印"諸印，王邕舊藏。現藏中國國家圖書館，編目書號8366。《叢刊》即據該本影印，收在第三十六册。

63. 趙太常集一卷

漢趙岐撰，張鵬一輯。民國間鉛印《關隴叢書》本。一册。

九行二十字，黑口、四周雙邊，單魚尾。版心中題"趙太常集"和葉次。卷端題"趙太常集，關隴叢書"，次行低一格題"後漢京兆趙岐撰，富平張鵬一輯"。卷首有癸亥（1923）張鵬一《趙太常集叙》，次《趙岐傳》《漢臣盧植趙岐列傳》《禮部會奏遵議漢儒趙岐從祀摺》和《趙太常集目》。

趙岐（？—201）字臺卿，原名嘉。後更名岐，字邠卿，東漢京兆長陵（今屬陝西咸陽）人。徵拜議郎，太傅，撰有《孟子章句》《三輔決録》等。《後漢書》卷六十四有傳。

史志未見著録有趙岐集。現存趙岐作品集最早的輯本即此張鵬一《關隴叢書》本,序稱:"生平著作,今存《孟子章句》十四卷、《三輔決録》二卷,其他文見於《後書》注者僅存其目,今輯爲一卷。談經摘藻,可以觀已。"所收篇目爲《孟子題辭》《孟子篇敍》《三輔決録敍》《與友書》《救兄子令》《救子令》《藍賦》《禦寇論》《連珠四十首》《壽藏季札子産晏嬰叔向像贊》和《庀屯歌二十三章》,其中《禦寇論》以下四篇有目無辭,實際收録七篇。篇末注明出處。

該本爲《關隴叢書》的一種,現藏上海圖書館,編目書號綫普 321411 - 22。《叢刊》即據該本影印,收在第三十七册。

64. 東漢荀侍中集一卷

漢荀悦撰,明張溥輯。明婁東張氏刻《漢魏六朝百三名家集》本。清何紹基評點。一册。

九行十八字,白口、左右雙邊,單魚尾。版心上鎸"荀侍中集",中鎸"卷全"和葉次。卷端題"東漢荀侍中集卷全",次行、第三行均低八格分别題"漢荀悦仲豫著""明張溥西銘閲"。卷首有張溥《東漢荀侍中集題詞》,次《漢荀仲豫集目録》。

荀悦(148—209)字仲豫,東漢潁川潁陰(今屬河南許昌)人。荀彧從兄,少好學,獻帝時任黄門侍郎、秘書監和侍中等職,撰有《申鑒》《漢紀》等。《後漢書》卷六十二有傳。

《後漢書》本傳稱"又著崇德正論及諸論數十篇",不言有集之編,公私書目中亦未見著録有荀悦集。此本爲現存最早的荀悦集編本,據卷首目録所收篇目共四十二篇,皆録自《漢紀》和《申鑒》。書中眉端鎸刻張溥評語,又有何紹基評點。

該集爲《漢魏六朝百三名家集》叢編的一種,係何紹基舊藏,現藏武漢大學圖書館,編目書號 G810.0823/1133。《叢刊》即據該本影印,收在第三十七册。

65. 三傅集一卷補一卷

漢傅幹、傅巽、傅嘏撰,張鵬一輯。民國間鉛印《關隴叢書・北地傅氏遺書》本。一册。

九行二十二字，白口、四周單邊，無直格，單魚尾。版心上題"北地傅氏遺書"，中題卷次和葉次，下題"文獻徵輯處校印"字樣。卷端題"北地傅氏遺書卷一，三傅集，關隴叢書"，第三行低十五格題"富平張鵬一輯"，次行、第三、第四三行均低一格合題"漢扶風太守北地傅幹、魏尚書北地傅巽、魏太常卿北地傅嘏撰"。卷首有《北地傅氏遺書總序》，次《北地傅氏遺書總目》、《北地傅氏遺書卷一三傅佚集目》，次《北地傅氏遺書附錄》。

傅幹，生卒年不詳，字彥林，又作彥材，小字別成，傅燮之子，東漢末北地泥陽（今屬陝西耀縣）人。官扶風太守，終於丞相倉曹屬。生平事跡參見《後漢書》卷五十八。

傅巽，生卒年不詳，字公悌，東漢末北地泥陽人。建安中為東曹掾，後封關內侯。魏黃初中任侍中，遷尚書。生平事跡參見《後漢書》卷七十四、《三國志·魏書》卷六。

傅嘏（209—255）字蘭石，又字昭先，傅巽弟傅充之子，三國魏北地泥陽人。正始中任尚書郎，遷黃門侍郎，纍官至陽鄉侯，卒贈太常，謚號元侯。《三國志·魏書》卷二十一有傳。

張鵬一專輯《北地傅氏遺書》，據總目有《三傅集》《傅子》《傅子校補》《鶡觚集》《中丞集》和《晉諸公敘贊》。至於《三傅集》，癸亥（1923）所撰卷首《總序》云："今考北地傅氏諸人著作，《隋志》有魏尚書傅巽集二卷，又太常卿傅嘏集二卷……今編傅幹、傅巽、傅嘏遺文一卷。"其中傅幹集未見史志及公私書目著錄，惟《後漢書·傅燮傳》"呼幹小字曰別成"句李賢注引幹集稱"幹字彥林"，所引之"幹集"當即傅幹集，證唐初有該集的傳本。該本傅幹集收《皇后箴》《王令敘》（該篇篇題下小注稱"案令當作命"）《與張叔威書》三篇和佚文一則。傅巽集始見於《隋志》小注，題"（梁有）尚書傅巽集二卷，録一卷"，此為南朝梁時傳本，即《七録》著録者。《隋志》不著録，則唐初無傳本。《舊唐志》復著録為兩卷本，開元間訪書重現於世，大致唐末散佚不傳（《新唐志》著録者祇是存録書名）。該本傅巽集收《蚊賦》《筆銘》《七誨》和《奢儉論》四篇。傅嘏集亦始見於《隋志》小注著録，題"（梁有）太常卿傅嘏集二卷、録一卷”，即《七録》著録的南朝梁時傳本。《隋志》不著録，則唐初無傳本。《舊唐志》復著録爲兩卷本，大致唐末散佚不傳（《新唐志》著録者祇是存録書名）。該本傅嘏集收《難劉劭考課法論》《伐吴對》兩篇。《補三傅集》一卷則收傅幹《諫征孫權》《肉刑議》和《王命敘》三篇，收傅巽《槐賦》一篇，收傅嘏《請立貴嬪爲皇后表》一篇，《三傅集》總爲收文十五篇。篇末注明出處，如《與張叔威書》篇末注明“《御覽》四百十”。

該本爲《關隴叢書》的一種，現藏上海圖書館，編目書號綫普長 002925。《叢刊》即據該本影印，收在第三十七册。

66. 孔少府集一卷

漢孔融撰，明張溥輯。明婁東張氏刻《漢魏六朝百三名家集》本。清何紹基評點。一册。

九行十八字，白口、左右雙邊，單魚尾。版心上鐫“孔少府集”，中鐫“卷全”和所載篇目的文體名及葉次。卷端題“孔少府集卷全”，次行、第三行均低九格分别題“漢魯國孔融著”“明太倉張溥閲”。卷首有張溥《孔少府集題辭》，次《孔少府集目録》。

孔融（153—208）字文舉，東漢末年魯（今屬山東曲阜）人。獻帝時爲北海相，入朝官至太中大夫，後爲曹操所殺。善文章，建安七子之一。《後漢書》卷七十有傳。

《後漢書》本傳稱“魏文帝深好融文辭，每歎曰：‘揚、班儔也。’募天下有上融文章者，輒賞以金帛。所著詩、頌、碑文、論議、六言、策文、表、檄、教令、書記凡二十五篇”，推測曹魏文帝時或已有孔融集之編。作品編明確稱“集”始見於《隋志》著録，題“後漢少府孔融集九卷”。小注又稱“梁十卷，録一卷”，則至遲南朝梁時已有孔融集傳本。相較於梁本，《隋志》著録本略有篇目散佚。《舊唐志》著録爲十卷，或即梁本，也可能是《隋志》著録本（將“録一卷”計在内）。北宋以來未見公私書目著録（《新唐志》著録者祇是存録書名，並不反映實際的存佚），大致亡佚於唐末。明人有輯本,《四庫全書總目》稱:"大抵捃拾史傳類書,多斷簡殘章,首尾不具。不但非隋唐之舊,即蘇軾所稱楊氏《四公贊》,今本亦無之,則宋人所及見者今已不具矣。"現存最早者當爲張燮《七十二家集》本,此張溥輯本以張燮本爲基礎,篇目溢出三篇(即《奏宜准古王畿制書》《上三府所辟稱故吏事》《奏馬賢事》),總爲三十七篇。其中《六言三首》,《四庫全書總目》稱:"今所傳三章,詞多凡近,又皆盛稱曹操功德。斷以融之生平,可信其義不出此,即使舊本有之,亦必黃初間購求遺文,贋託融作以頌曹操,未可定爲真本也。"書中眉端有何紹基評點,如《與曹操論盛孝章書》眉端何批"情文兼至",《汝潁優劣論》眉端何批"奇作"。

該集爲《漢魏六朝百三名家集》叢編的一種,係何紹基舊藏,現藏武漢大學圖書館,編目書號 G810.0823/1133。《叢刊》即據該本影印,收在第三十七册。

67. 魏武帝集一卷

漢曹操撰,明張溥輯。明婁東張氏刻《漢魏六朝百三名家集》本。清何紹基評點。一册。

九行十八字,白口、左右雙邊,單魚尾。版心上鐫"魏武帝集",中鐫"卷全"和所載篇目的文體名及葉次。卷端題"魏武帝集卷全",次行低八格題"明太倉張溥評閱"。卷首有張溥《魏武帝集題詞》,次《魏武帝集目録》。

曹操(155—220)字孟德,小名阿瞞,東漢末沛國譙(今屬安徽亳州)人。年二十舉孝廉,除洛陽北部尉,遷頓丘令,後遷濟南相,消滅各方政治勢力逐漸統一北方,官至丞相、大將軍,封魏王。子曹丕稱帝,追尊爲太祖武帝。《三國志·魏書》卷一有本紀。

《三國志·魏書·文帝紀》注引《典論自敘》稱:"上雅好詩書文籍,雖在軍旅,手不釋卷。"不言有集之編,按《蜀書·糜竺傳》裴注引有曹公集,推斷至遲南朝宋時已有曹操作品集之編,或即名爲"曹公集"。史志明確著録曹操集始見於《隋志》,題"魏武帝集二十六卷",又著録題"魏武帝集新撰十卷"。小注稱:"梁三十卷,録一卷。梁又有武皇帝逸集十卷,亡。"推斷南朝梁時流傳有三十卷本《魏武帝集》和十卷本《武皇帝逸集》。《隋志》著録本相較於梁本闕佚四卷,篇目有所散佚,又所著録《魏武帝集新撰》十卷本當即小注所稱的梁本《武皇帝逸集》。所謂"逸集""新撰",推測可能是在曹操本集之外另行輯得詩文的編本。《舊唐志》復著録爲三十卷,或即梁本。宋代惟見《新唐志》(不可作爲北宋時流傳有曹操集之證)和《遂初堂書目》著録,唐本曹操集大致亡佚於唐末五代之際,而尤袤著録者疑屬南宋人的重編本。宋元之際,此尤袤著録本亦亡佚不傳。

現存曹操集最早的輯本是明人張燮的《七十二家集》本,此張溥本以張燮本爲基礎,據卷首目録收文共一百四十九篇,文體有令、教、表、奏事、策、書、尺牘、序、祭文和樂府諸體,附録有《本紀》。書中眉端有何紹基評點,如《述志令》眉端何批"孝廉敘同年,有情致",《祀橋太尉文》眉端何批"祭文絶調"。

書中鈐"龔氏蘅圃倚柯庭圖書"一印。該集爲《漢魏六朝百三名家集》叢編的一種,係何紹基舊藏,現藏武漢大學圖書館,編目書號 G810.0823/1133。《叢刊》即據該本影印,收在第三十七册。

68. 蜀丞相諸葛亮文集六卷

三國蜀諸葛亮撰。明正德十二年(1517)閻欽刻本。朱文鈞跋。一册。存三卷:四至六。

十行十七字,白口、左右雙邊,無魚尾。版心中鐫"諸葛文集"和卷次及葉次。卷端題"蜀丞相諸葛亮文集卷第四"。卷首有正德十二年《刻諸葛孔明文集序》。卷六末有朱文鈞跋。

諸葛亮(181—234)字孔明,人稱卧龍,東漢末年琅琊陽都(今屬山東臨沂)人。任三國蜀相,整官制,修法度,匡復漢室,北伐中原,卒於五丈原軍中,謚號忠武侯。《三國志·蜀書》卷五有傳。

閻欽,生卒年不詳,字子明,明代隴州(今屬陝西隴縣)人。正德戊辰(1508)進士,選吏科給事中,官至河南參政。生平事跡參見《陝西通志》卷五十七上。

朱文鈞(1882—1937)字幼屏,號翼庵,又號甄父,浙江蕭山人。富藏書。

　　諸葛亮作品編的編撰且稱以“集”，首見於《三國志》本傳，云：“亮言教書奏多可觀，別爲一集”，題以“諸葛氏集”。陳壽進書表稱：“臣前在著作郎，侍中領中書監濟北侯臣荀勖、中書令關内侯臣和嶠奏，使臣定故蜀丞相諸葛亮故事。亮毗佐危國，負阻不賓。然猶存録其言，恥善有遺。誠是大晉光明至德，澤被無疆，自古以來，未之有倫也。輒删除複重，隨類相從，凡爲二十四篇，篇名如右……泰始十年（274）二月一日癸巳平陽侯相臣陳壽上。”知諸葛亮集編在西晉泰始年間。此外還有壽良編本諸葛亮集，《華陽國志》稱：“時壽良亦集，故頗不同。”姚振宗稱：“按此則晉初有陳壽二家所集本。”至遲自《隋志》始，諸葛亮集便著録在集部別集類，視爲集部著述。《隋志》題“蜀丞相諸葛亮集二十五卷”，小注稱“梁二十四卷”。相較於梁本溢出的一卷，當爲目録一卷。正文即二十四卷，與陳壽編本的二十四篇相對應。《舊唐志》著録爲二十四卷本，《唐日本國見在書目》雜家著録《諸葛武侯上事》九卷，姚振宗稱：“案此殆亦從本集析出表奏疏議之屬。”至南宋的《中興館閣書目》著録爲十四卷，云：“後二卷録傳及碑記，其前十二篇章句頗多，字數乃少。”元代《宋志》著録同《中興館閣書目》本，均非唐本舊貌，疑爲篇目散佚後的宋人重編本。大致元明之際此十四卷本即佚而不傳，今所見傳本爲明人編本。

　　此本乃現存諸葛亮集的最早版本，出自明人重編，惜僅存三卷。篇目爲卷四《軍政》《强兵》《命將》《任賢》《兵戒》，卷五《治國》《治君臣》《視聽》《納言》《察言》《治民》《舉措》《考黜》，卷六《治軍》《賞罰》《喜怒》《治亂》《教令》《斬斷》《思慮》《陰察》。關於此本的刊刻，卷首序云：“諸葛孔明文集六卷，凡七十六篇……稱文集云，閻子兵備信陽也，刻其集布焉。或問閻子曰：集奚而刻也？閻子曰：吾方有兵事……然謂是書出諸葛氏則非矣。閻子遇李子問曰：是書也，奚不諸葛氏出也？李子曰：……是書仁義詐力共條，則誠僞淆矣……閻子名欽，隴人也，今爲河南按察司僉事。李子名夢陽，北地人也，寓大梁。”知由閻欽刻在信陽，權作籌劃兵事之用。

　　書中鈐“翼盦”“朱文鈞印”兩印，朱文鈞舊藏，現藏中國國家圖書館，編目書號17087。《叢刊》即據該本影印，收在第三十七册。

69. 武侯集十六卷

三國蜀諸葛亮撰,明錢世垚、王士騏輯。明萬曆四十五年(1617)錢世垚刻本。六册。

九行十八字,白口、左右雙邊,單魚尾。版心上鎸"武侯集",中鎸卷次和所載篇目名及葉次。卷端題"武侯集卷之一",次行低十一格題"明鹽官錢世垚輯"(卷五至十五題"明瑯琊王士騏編、鹽官錢世垚校",卷十六題"明鹽官錢世垚校")。卷首有楊繼益《諸葛武侯集敍》,次萬曆丁巳(1617)錢世垚《武侯集跋》、《武侯集品藻》和《諸葛武侯集目録》。

錢世垚,生卒年不詳,字夷山,明代鹽官(今屬浙江海寧)人,其他仕履俟考。

王士騏,生卒年不詳,字囧伯,王世貞之子,明代太倉人。萬曆十七年(1589)進士,官至吏部員外郎,撰有《醉花庵詩》《馭倭録》《武侯全書》《四侯傳》等。生平事跡參見《禮部志稿》卷四十二。

陳壽編本諸葛亮集的篇目,《三國志》諸葛亮本傳稱:"集録曰:開府作牧第一、權制第二、南征第三、北出第四、計算第五、訓厲第六、綜覈上第七、綜覈下第八、雜言上第九、雜言下第十、貴和第十一、兵要第十二、傳運第十三、與孫權書第十四、與諸葛瑾書第十五、與孟達書第十六、廢李平第十七、法檢上下第十八十九、科令上下第二十二十一、軍令上中下第二十二至二十四,右二十四篇凡十萬四千一百一十二字。"

而此本的篇目,卷一至四由錢世垚輯録,錢序云:"故余斷以二傳爲卷之一,新書爲第二,心書爲第三。舊刻皆以二《表》及《梁父吟》《訓子》等書爲一卷,予以二《表》附入北伐中,《訓子》入遺事中,不贅,止以《梁父吟》及《八陣》列於雜著,定爲卷之四。"而卷五至十六則依據王士騏輯本又略加調整,錢序云:"後又得吳中王司馬刻《武侯全書》十六卷……司馬公於此編搜緝可謂無遺□,誠可備一家言……中間魯魚重複倒置不少……此編總計汰去者四,存者十二,合前四卷仍得十六卷。"成書後刻在萬曆四十五年,楊序云:"《武侯集》一十六卷,鹽官錢夷山氏剥薛懸購,最后得夔東王司馬全書而增汰。其凡千載前,武侯三不朽業具是矣,甚哉!夷山氏之景行加渴也,刻成問敘于予。"錢序亦稱:"即此刻亦未必遂爲全書,而搜羅之勤,校述之備,聊以識余尚友之一念云。"據卷首目録,該本篇目爲卷一志、傳,卷二新書,卷三心書,卷四雜著,卷五鼎立,卷六繼統,卷七連吳,卷八南征,卷九北伐,卷十調御,卷十一法檢,卷十二遺命,卷十三遺事,卷十四綱目,卷十五評論,卷十六銘記。

此本現藏中國社會科學院文學研究所圖書館,編目書號 842.5/0440。《叢刊》即據該本影印,收在第三十八册。

70. 漢諸葛武侯全集四卷

三國蜀諸葛亮撰,明諸葛清輯。明天啓元年(1621)諸葛清刻本。四册。

九行十九字,白口、四周雙邊,單魚尾。版心上鎸"武侯集",中鎸卷次和葉次。卷端題"漢諸葛武侯全集卷之一",次行低六格題"明兵部尚書濟南王象乾校閲",第四行低九格題"後裔越郡諸葛清彙輯"。卷首有龍膺《諸葛武侯全集序》,次明天啓元年諸葛清《題武侯全集小引》《先賢小像》及贊語,次《武侯集十六策》,次《漢諸葛武侯全集目録》。

諸葛清,生卒年不詳,號滄水漁父,明末粵東(今屬廣東)人,其餘仕履俟考。

明代諸葛亮集輯本有閭欽刻本、王士騏輯本、錢世垚輯本、楊時偉輯本、諸葛羲輯本、單恂輯本、張燮輯本和張溥輯本,清人張澍云:"明王士騏集武侯全書二十卷,楊時偉以王書蕪累更撰諸葛全書十卷,亦無財擇。"相較而言,此本屬采選頗具得法之本,優於其他明人輯本。據卷首目録,收文爲卷一將苑五十篇、卷二新書二十五篇(内缺三篇)、卷三遺策十六篇,卷四遺文七十一篇。篇目同龍膺序所稱的"是集秘於金華孟旭公家……據其將苑五十篇、新書二十五篇、遺策十六篇、遺文七十一篇"。而該本之刻,諸葛清序云:"當今柄國而下所宜熟讀此集,昕夕玩味……益不敢私,謹序數語,以授剞劂。"

此本現藏中國社會科學院文學研究所圖書館,編目書號 842.5/0440‐04。《叢刊》即據該本影印,收在第三十九册。

71. 王仲宣集四卷

漢王粲撰,明楊德周輯。明崇禎十一年(1638)陳朝輔刻《建安七子集》本。一册。

九行二十字,白口、左右雙邊,無魚尾。版心上鎸"王仲宣集",中鎸卷次和葉次。卷端題"建安七子集卷之一",次行、第三行低一格合題"山陽王粲仲宣著,四明楊德周齊莊輯定、陳朝輔爕五訂正"。卷首有目録。

王粲(177—217)字仲宣,三國魏山陽高平(今屬山東鄒城)人。東漢末年依附劉表,後歸曹操,任丞相掾,纍官至侍中。建安二十二年征吴途中病卒,爲建安七子之一。《三國志·魏書》卷二十一有傳。

楊德周,生卒年不詳,字南仲,又字浮先,別號齊莊,明代鄞縣(今屬浙江寧波)人。萬曆十六年(1588)舉人,任古田知縣、高唐知州等職,撰有《杜詩解》《澹圃芋記》《銅馬編》《金華雜識》等。生平事跡參見《千頃堂書目》。

陳朝輔,生卒年不詳,字爕五,明代鄞縣人。萬曆四十四年(1616)進士,任太僕寺少卿。

《三國志》本傳稱"著詩賦論議垂六十篇",不言有集之編。顏之推《顏氏家訓·勸學篇》稱有王粲集,云:"嘗説王粲集中難鄭玄尚書事……竟不以粲集示之。"則至遲在北齊時編有王粲集之編。《隋志》著録題"後漢侍中王粲集十一卷",《舊唐志》著録爲十卷本,當即同書,《隋志》溢出的一卷可能是目録一卷。至南宋初的《郡齋讀書志》著録爲八卷本,云:"著詩賦論議垂六十篇。今集有八十一篇,按《唐藝文志》粲集十卷,今亡兩卷,其詩文返多於史所紀二十餘篇,與曹植集同。"即相較於唐本王粲集闕佚兩卷,而篇目則溢出二十餘篇。姚振宗云:"案史所言篇數或以卷分,或以類分,晁氏以首數爲篇數,似不然",又云:"亡兩卷者,蓋即《尚書問》析出别行,其後鄭氏門人田瓊、韓益爲解釋之,即《七録》所載《尚書釋問》四卷是也。"《中興館閣書目》亦著録爲八卷本,當即晁公武著録本。《遂初堂書目》亦著録,不題卷數。《文獻通考·經籍考》《宋志》著録同晁《志》和《中興館閣書目》,大致元明之際王粲集亡佚不傳。

此本據卷首目録收文五十二篇,相較於張溥輯本闕五篇,即《爲劉表與袁譚書》《務本論略》《儒吏論略》《刀銘》《蕤賓鐘銘》;而溢出者則有三篇,即《靈壽杖頌》《清河詩二首》和《懷德詩》。

該集爲《建安七子集》叢編的一種,現藏中國國家圖書館,編目書號 11612。《叢刊》即據該本影印,收在第三十九册。

72. 王侍中集一卷

漢王粲撰,明張溥輯。明婁東張氏刻《漢魏六朝百三名家集》本。清何紹基評點。一册。

九行十八字,白口、左右雙邊,單魚尾。版心上鐫"王侍中集",中鐫"卷全"和所載篇目的文體名及葉次。卷端題"王侍中集卷全",次行、第三行均低八格分別題"魏山陽王粲仲宣著"、"明太倉張溥天如閲"。卷首有張溥《王仲宣集題辭》,次《王仲宣集目録》。

此本爲張溥輯本,以張燮輯《王侍中集》三卷本爲基礎。據卷首目録,收文爲《遊海賦》《登樓賦》《浮淮賦》《初征賦》《羽獵賦》《思友賦》《傷夭賦》《出婦賦》《寡婦賦》《神女賦》《閑邪賦》《大暑賦》《酒賦》《馬瑙勒賦》《車渠椀賦》《迷迭賦》《柳賦》《槐賦》《白鶴賦》《鸚鵡賦》《鶡賦》《鶯賦》《爲劉荆州與袁譚書》《爲劉荆州與袁尚書》《爲荀彧與孫權檄》《七釋》《荆州文學記》《務本論》《三輔論》《難鍾句太平論》《儒吏論》《爵論》(又輯得一段殘句)《安身論》《務本論略》《儒吏論略》《連珠四首》《正考父贊》《反金人贊》《刀銘》《硯銘》《蕤賓鐘銘》《無射鐘銘》《鐘簴銘》《弔夷齊文》《太廟頌三首》《俞兒舞歌四首》《贈蔡子篤》《贈士孫文始》《贈文叔良》《思親詩》《雜詩》《雜詩四首》《七哀詩三首》《詠史詩》《公讌詩》《從軍詩五首》,總爲五十六篇。附録《本傳》,録自《三國志》。書中眉端有何紹基評點,如《馬瑙勒賦》眉端何批"《馬瑙勒》有何好處!而群彦賦之□",《七釋》眉端有何批"零句湊成"。

該集爲《漢魏六朝百三名家集》叢編的一種,係何紹基舊藏,現藏武漢大學圖書館,編目書號 G810.0823/1133。《叢刊》即據該本影印,收在第三十九册。

73. 陳孔璋集二卷

漢陳琳撰,明楊德周輯。明崇禎十一年(1638)陳朝輔刻《建安七子集》本。一册。

九行二十字,白口、左右雙邊,無魚尾。版心上鎸"陳孔璋集",中鎸卷次和葉次。卷端題"建安陳孔璋集卷之一",次行、第三行均低一格合題"廣陵陳琳孔璋著,四明楊德周齊莊輯定,陳朝輔變五訂正"。卷首有唐順之《建安七子陳孔璋傳略》,次張燮《陳記室集小引》,次目録。

陳琳(?　—217)字孔璋,東漢末廣陵射陽(今屬江蘇淮安)人。漢靈帝時任大將軍何進主簿,後歸袁紹,袁紹敗後曹操愛其才而不咎,署爲司空軍師祭酒,與阮瑀同管記室,又徙爲丞相門下督。建安二十二年(217),與劉楨、應瑒、徐幹等同染疾而亡。《三國志·魏書》卷二十一《王粲傳》附有陳琳小傳。

《三國志》本傳稱所著文賦數十篇,而作品編稱"集"始見於《隋志》著録,題"後漢丞相軍謀掾陳琳集三卷"。小注又稱"梁十卷、録一卷",則至遲在南朝梁時便有陳琳集編本。《隋志》著録本相較於梁本有闕佚,篇目有散佚。至《舊唐志》復著録爲十卷,或即梁本。北宋《崇文總目》著録,題"陳琳文集九卷",推測仍爲唐本的子遺。南宋惟見陳振孫《直齋書録解題》著録,題"陳孔璋集十卷",云:"今諸家(指建安七子等)詩文散見於《文選》及諸類書。其以集傳者,仲宣、子建、孔璋三人而已。余家亦未有仲宣集。"此十卷本與《崇文總目》及《舊唐志》著録本的關係俟考。《文獻通考·經籍考》《宋志》均著録爲十卷本,即陳振孫著録本,大致元明之際亡佚不傳。現存最早的陳琳集輯本是張燮所編的《七十二家集》本。

據卷首目録,該本篇目同張溥輯本,又附録三篇,即《漢臧洪報陳琳書》《魏陳思王植與陳琳書》《唐温庭筠過陳琳墓》。

該集爲《建安七子集》叢編的一種,現藏中國國家圖書館,編目書號 11612。

《叢刊》即據該本影印,收在第三十九冊。

74. 陳記室集一卷

漢陳琳撰,明張溥輯。明婁東張氏刻《漢魏六朝百三名家集》本。清何紹基評點。一冊。

九行十八字,白口、左右雙邊,單魚尾。版心上鎸"陳記室集",中鎸"卷全"和所載篇目的文體名及葉次。卷端題"陳記室集卷全",次行、第三行均低八格分別題"魏廣陵陳琳孔璋著"、"明太倉張溥天如閱"。卷首有張溥《陳孔璋集題辭》,次《陳記室集目錄》。

此本以張燮輯本爲基礎,據卷首目錄收文爲《武軍賦》(又輯得四段殘句)《神武賦》《止欲賦》《神女賦》《大暑賦》《瑪瑙勒賦》《迷迭賦》《柳賦》《鸚鵡賦》《爲袁紹上漢帝書》《爲袁紹與公孫瓚書》《更公孫瓚與子書》《爲曹洪與世子書》《答張紘書》《答東阿王牋》《爲袁紹檄豫州文》《檄吳將校部曲文》《爲袁紹拜烏丸三王爲單于版文》《應譏》《飲馬長城窟行》《遊覽二首》《宴會》,總爲二十二篇。附錄有《本傳》。或附刻校記,如《飲馬長城窟行》篇末附有校記稱"'少',《玉臺》作'兒','往'一作'與','關'一作'間'"。書中眉端有何紹基評點,如《武軍賦》眉端何批"此篇若完整,如何巨麗耶",《爲袁紹檄豫州文》眉端何批"痛快!後惟駱賓王討武氏可媲之"。卷末有何紹基題識稱"丙寅(1866)嘉平四日蝯叟閱至此"。

該集爲《漢魏六朝百三名家集》叢編的一種,係何紹基舊藏,現藏武漢大學圖書館,編目書號 G810.0823/1133。《叢刊》即據該本影印,收在第三十九冊。

75. 劉公幹集二卷

漢劉楨撰,明楊德周輯。明崇禎十一年(1638)陳朝輔刻《建安七子集》本。一冊。

九行二十字,白口、左右雙邊,無魚尾。版心上鎸"劉公幹集",中鎸卷次和葉次。卷端題"建安七子集卷之一",次行、第三行均低一格合題"東平劉楨公幹著,四明楊德周齊莊輯定,陳朝輔燮五訂正"。卷首有目録。

劉楨(?—217)字公幹,東漢末東平(今屬山東東平)人。曹操任爲丞相掾書,建安七子之一。《三國志·魏書》卷二十一《王粲傳》附有劉楨小傳。

劉楨作品編稱"集"始見於《隋志》著録,題"魏太子文學劉楨集四卷",小注"録一卷"。至《舊唐志》著録爲兩卷本,相較於《隋志》著録本闕佚三卷。北宋未見有流傳之據(《新唐志》著録者僅屬存録書名,並不反映存佚情況),而至南宋尤袤《遂初堂書目》方著録是集,不題卷第,屬宋人重編本抑或承自唐兩卷本不可考。尤袤之後,公私書目均未著録,推測宋元之際即亡佚不傳。此本收文十五篇,相較於張溥輯本,未收三篇即《清慮賦》《諫平原植書》和《答太子書》,而溢出一篇即《感遇》詩。

該集爲《建安七子集》叢編的一種,現藏中國國家圖書館,編目書號11612。《叢刊》即據該本影印,收在第四十册。

76. 魏劉公幹集一卷

漢劉楨撰,明張溥輯。明婁東張氏刻《漢魏六朝百三名家集》本。一册。

九行十八字,白口、左右雙邊,單魚尾。版心上鐫"劉公幹集"。中鐫"卷全"和葉次。卷端題"魏劉公幹集卷全",次行、第三行均低八格分別題"魏東平劉楨著""明太倉張溥閱"。卷首有張溥《劉公幹集題詞》,次《魏劉公幹集目録》。

此本據卷首目録收文爲《魯都賦》《大暑賦》《遂志賦》《黎陽山賦》《瓜賦》《清慮賦》《諫平原侯植書》《答太子書》《處士國文甫碑》《公讌詩》《贈五官中郎將》《贈徐幹》《贈從弟》《雜詩》《鬥雞》《射鳶》《失題》,總爲十七篇。附録有《本傳》。

該集爲《漢魏六朝百三名家集》叢編的一種,係何紹基舊藏,現藏武漢大學圖書館,編目書號 G810.0823/1133。《叢刊》即據該本影印,收在第四十册。

77. 徐偉長集六卷

漢徐幹撰,明楊德周輯。明崇禎十一年(1638)陳朝輔刻《建安七子集》本。

一册。

九行二十字,白口、左右雙邊,無魚尾。版心上鎸“徐偉長集”,中鎸卷次和葉次。卷端題“建安七子集卷之一”,次行、第三行低一格合題“北海徐幹偉長著,四明楊德周齊莊輯定、陳朝輔燮五訂正”。卷首有目録。

徐幹(170—217)字偉長,東漢末北海(今屬山東昌樂)人。曹操任爲司空軍謀祭酒掾屬、五官將文學,爲建安七子之一,撰有《中論》。《三國志·魏書》卷二十一《王粲傳》附有徐幹小傳。

徐幹作品編稱“集”始見於《隋志》著録,題“魏太子文學徐幹集五卷”,小注又稱“梁有録一卷,亡”,推斷至遲南朝梁時已有徐幹集編本。《舊唐志》著録同《隋志》。北宋未見有流傳之據(《新唐志》著録者僅屬存録書名,並不反映存佚情況),而至南宋尤袤《遂初堂書目》方著録是集,不題卷第,屬宋人重編本抑或承自唐五卷本不可考。尤袤之後,公私書目均未著録,推測宋元之際即亡佚不傳。明張溥《漢魏六朝百三名家集》並未輯有徐幹集,故此本屬現存最早的徐幹集編本。據卷首目録,收文爲卷一《西征賦》《序征賦》《齊都賦》《情詩》《答劉公幹詩》《雜詩五首》《室思詩》《爲挽船士與新娶妻別詩》《七喻》,卷二《治學》《考僞》《貴言》,卷三《法象》《務本》《虛道》《藝紀》《曆數》,卷四《修本》《民數》《譴交》,卷五《審大臣》《夭壽》《慎所從》,卷六《貴驗》《亡國》《覈辨》《智行》《爵禄》《賞罰》,總爲二十九篇,其中卷二至六共二十篇實際輯自《中論》。

該集爲《建安七子集》叢編的一種,現藏中國國家圖書館,編目書號11612。《叢刊》即據該本影印,收在第四十册。

78. 阮元瑜集二卷

漢阮瑀撰,明楊德周輯。明崇禎十一年(1638)陳朝輔刻《建安七子集》本。一册。

九行二十字,白口、左右雙邊,無魚尾。版心上鎸“阮元瑜集”,中鎸卷次和葉次。卷端題“建安七子集卷之一”,次行、第三行低一格合題“陳留阮瑀元瑜著,四明楊德周齊莊輯定、陳朝輔爕五訂正"。卷首有目録。

阮瑀（165？—212）字元瑜，東漢末陳留尉氏（今屬河南開封）人。少受學於蔡邕，後曹操任爲司空軍謀祭酒，管記室，爲建安七子之一。《三國志·魏書》卷二十一《王粲傳》附有阮瑀小傳。

阮瑀作品編稱"集"始見於《隋志》著録，題"後漢丞相倉曹屬阮瑀集五卷"，小注又稱"梁有録一卷，亡"。推斷至遲南朝梁時已有阮瑀集之編。《舊唐志》亦著録爲五卷本。北宋未見有流傳之據（《新唐志》著録者僅屬存録書名，並不反映存佚情況），而至南宋尤袤《遂初堂書目》方著録是集，不題卷第，屬宋人重編本抑或承自唐五卷本不可考。尤袤之後，公私書目均未著録，推測宋元之際即亡佚不傳。現存最早的明人編阮瑀集爲張溥輯本，此爲陳朝輔刻《建安七子集》本。據卷首目録收文爲《止欲賦》《箏賦》《紀征賦》《鸚鵡賦》《詠史詩二首》《七哀詩》《雜詩二首》《駕出北郭門詩》《苦雨詩》《老人詩》《怨詩》《詠史詩》《弔伯夷》《文質論》《爲曹公與孫權書》，總爲十五篇。

該集爲《建安七子集》叢編的一種，現藏中國國家圖書館，編目書號11612。《叢刊》即據該本影印，收在第四十册。

79. 應德璉集二卷

漢應瑒撰，明楊德周輯。明崇禎十一年（1638）陳朝輔刻《建安七子集》本。一册。

九行二十字，白口、左右雙邊，無魚尾。版心上鎸"應德璉集"，中鎸卷次和葉次。卷端題"建安七子集卷之一"，次行、第三行低一格合題"汝南應瑒德璉著，四明楊德周齊莊輯定、陳朝輔爕五訂正"。卷首有目録。

應瑒（？—217）字德璉，應劭從子，東漢末汝南（今屬河南汝南）人。曹操任爲丞相掾屬，後任五官將文學，建安七子之一。《三國志·魏書》卷二十一《王粲傳》附有應瑒小傳。

應瑒作品編稱"集"始見於《隋志》著録，題"魏太子文學應瑒集一卷"，小注又稱“梁有五卷,録一卷,亡”。推斷至遲在南朝梁時已有應瑒集之編,即梁本應瑒集。《隋志》著録本相較於梁本闕佚四卷,篇目散失較多。《舊唐志》著録爲兩卷本,與《隋志》本相較溢出一卷。北宋未見有流傳之據(《新唐志》著録者僅屬存録書名,並不反映存佚情況),而至南宋尤袤《遂初堂書目》方著録是集,不題卷第,屬宋人重編本抑或承自唐兩卷本不可考。尤袤之後,公私書目均未著録,推測宋元之際即亡佚不傳。據卷首目録,該本收文相較於張溥輯本闕兩篇,即《車渠椀賦》和《檄文》,而溢出兩篇即《雜詩》《與州將牋》。

該集爲《建安七子集》叢編的一種,現藏中國國家圖書館,編目書號 11612。《叢刊》即據該本影印,收在第四十册。

80. 魏應德璉集一卷

漢應瑒撰,明張溥輯。明婁東張氏刻《漢魏六朝百三名家集》本。一册。

九行十八字,白口、左右雙邊,單魚尾。版心上鎸“應德璉集”,中鎸“卷全”和葉次。卷端題“魏應德璉集卷全”,次行、第三行均低八格分别題“魏汝南應瑒著”、“明太倉張溥閱”。卷首有張溥《應德璉休璉集題詞》,次《魏應德璉集目録》。

此本據卷首目録收文爲《慜驥賦》《迷迭賦》《靈河賦》《正情賦》《征賦》《馳射賦》《鸚鵡賦》《愁霖賦》《西狩賦》《車渠椀賦》《楊柳賦》《報龐惠恭書》《文質論》《奕勢》《檄文》《報趙淑麗》《公讌》《侍五官中郎將建章臺集詩》《别詩》《鬥雞》,總爲二十篇。附録有《本傳》。

書中鈐“龔氏蘅圃倚柯庭圖書”一印。該集爲《漢魏六朝百三名家集》叢編的一種,係何紹基舊藏,現藏武漢大學圖書館,編目書號 G810.0823/1133。《叢刊》即據該本影印,收在第四十册。

81. 魏文帝集二卷

三國魏曹丕撰,明張溥輯。明婁東張氏刻《漢魏六朝百三名家集》本。清何紹基評點。一册。

九行十八字,白口、左右雙邊,單魚尾。版心上鐫"魏文帝集",中鐫卷次和葉次。卷端題"魏文帝集卷之一",次行低八格題"明太倉張溥閲"。卷首有張溥《魏文帝集題詞》,次《魏文帝集目録》。

曹丕(187—226)字子桓,三國魏沛國譙人。曹操次子,襲魏王位,後代漢稱帝,爲魏文帝。喜文學,撰有《典論》等著述。《三國志·魏書》卷二有本紀。

《三國志》本紀稱:"帝好文學,以著述爲務,自所勒成垂百篇。"又裴注引《魏書》云:"論撰所著《典論》、詩賦,蓋百餘篇",引胡沖《吳曆》云:"帝以素書所著《典論》及詩賦餉孫權,又以紙寫一通與張昭。"《文選》李善注《與魏文帝箋》《爲曹洪與魏文帝書》均引及《文帝集序》,推測曹丕在世時或即手編其集。史志著録曹丕集始見於《隋志》,題"魏文帝集十卷",小注稱"梁二十三卷"。南朝梁時有二十三卷本曹丕集,《隋志》著録本闕佚十三卷,相當一部分篇目散佚。《舊唐志》亦著録爲十卷本,即《隋志》著録之本,唐本大致亡佚於唐末五代之際(《新唐志》雖著録爲十卷,衹是存録書名)。南宋的《中興館閣書目》著録爲六卷本,《遂初堂書目》也有著録,可能是南宋人的重編本。《宋志》著録爲一卷本,亦屬輯録重編叢殘詩文之本。現存的曹丕集輯本最早爲明張燮的《七十二家集》本,此張溥輯本即以該本爲基礎。據卷首目録,收文爲賦二十八篇、詔五十九篇、令十九篇、策四篇、教一篇、表三篇、書二十五篇、序四篇、論六篇、議一篇、連珠一篇、銘兩篇、文一篇、哀策一篇、誄一篇、制一篇、樂府十八篇、詩十六篇和補遺四篇,總爲一百九十五篇,附録有《本紀》。書中眉端有何紹基評點,如《柳賦》眉端何批"此賦有致",《營壽陵詔》眉端何批"此詔剴切",《典論·論文》眉端何批"以後逾論逾精,文章之可貴可壽於斯道盡"。《又報孫權書》針對文中的"中國雖饒馬,其知名絶足亦時有之耳"句,眉端何批"山谷語所自出"。按黃庭堅《跋東坡所作馬券》有"夫天厩雖饒馬,其知名絶足亦時有之爾"句,恰即本於此。卷末有何紹基題識"丙寅嘉平二日暖曳記"。

書中鈐"龔氏蘅圃倚柯庭圖書""學閒館藏珍"兩印。該集爲《漢魏六朝百三名家集》叢編的一種,係何紹基舊藏,現藏武漢大學圖書館,編目書號 G810.0823/1133。《叢刊》即據該本影印,收在第四十冊。

82. 曹子建文集十卷

三國魏曹植撰。宋刻本。四册。

八行十五字,白口,左右雙邊,雙魚尾。版心上鎸字數,中鎸"子建文集"和卷次,下鎸葉次和刻工。卷端題"曹子建文集卷第一",次行低七格題"魏陳思王曹植撰"。卷首有《曹子建文集目録》。

曹植(192—232)字子建,曹操第三子,曹丕之弟,三國時魏國人。善詩文,丕廢漢稱帝,曹植抑鬱不得志,遭貶爵徙封。明帝曹叡即位,仍不見用。以封陳王,謚曰思,世稱陳思王。《三國志·魏書》卷十九有傳。

《三國志·魏書》本傳稱:"撰録植前後所著賦頌詩銘雜論凡百餘篇,副藏内外。"此即曹植作品集的秘閣編本,收録曹植詩文百餘篇,是經秘閣甄選所作作品之後的結集。曹植也曾自編其集,《藝文類聚》卷五十五引曹植《文章序》稱:"余少而好賦,其所尚也,雅好慷慨,所著繁多。雖觸類而作,然蕪穢者衆,故删定別撰,爲《前録》七十八篇。"此《前録》或僅爲自編集的部分。按《晉書·曹志傳》云:"帝嘗閱《六代論》,問志曰:'是卿先生所作邪?'志對曰:'先王有手所作目録,請歸尋按。'還奏曰:'按録無此。'"印證曹植確手編有全集,有別於秘閣編本。曹植集首見於《隋志》著録,題"魏陳思王曹植集三十卷"。至《舊唐志》則著録爲二十卷本和三十卷本兩種曹植集,《四庫全書總目》稱:"蓋三十卷者,隋時舊本;二十卷者,爲後來合併重編,實無兩集。"北宋《崇文總目》等未見著録(《新唐志》雖著録但並不反映實際存佚情況),南宋初晁公武《郡齋讀書志》著録爲十卷本,應屬宋人重編本。《直齋書録解題》則著録爲二十卷本,但非《舊唐志》著録的二十卷本,疑屬三十卷本系統,可能是闕佚後的再編本。大致元季,此二十卷本已佚而不傳。《文獻通考·經籍考》《宋志》均著録爲十卷本,即晁公武著録本,遂爲今本卷第。

此本爲存世曹植集最早的版本,是後世諸本曹植集的祖本。檢書中"玄""殷""恒""禎""貞""遘""慎""廓"諸字闕筆,避諱至宋寧宗趙擴止,當爲寧宗時刻本。刻工有徐仲、葉材、王彦明、劉世寧、劉祖、陳朝俊、李安、于宗、魏之先、陳俊和王明等。卷八、卷十兩卷末均題"新雕曹子建文集"，疑以晁公武著録本爲底本重刻。該本輯録曹植詩文凡賦四十三篇、詩六十三篇（按詩的首數是七十三首）、雜文九十篇（按首數是九十二首），共計一百九十六篇。與後世諸本曹植集（明活字本除外）最明顯的區別，在於未收《述行賦》和《七步詩》兩篇。與此前的晁公武著録本相較，則佚去四篇。且宋代當時流傳的曹植詩文，仍有一部分未收入集中，推斷該集屬宋人的一種編本，已非唐本曹植集之貌。

書中鈐"華亭朱氏""朱文石史""毘陵周氏九松迂叟藏書記""周印良金""虞山瞿紹基藏書之印""恬裕齋鏡之氏珍藏""古里瞿氏記""菰里瞿鏞""瞿潤印""瞿印秉沖""良士眼福""瞿啓甲""鐵琴銅劍樓""杭州王氏九峰舊廬藏書之章""綏珊經眼"諸印，明朱大韶舊藏，後歸周良金，入清經瞿氏鐵琴銅劍樓和王綏珊遞藏。現藏上海圖書館，編目書號綫善 796517 - 20。《叢刊》即據該本影印，收在第四十一册。

83. 陳思王集十卷

三國魏曹植撰。明正德五年舒貞刻本。四册。

九行二十字，白口、左右雙邊，雙魚尾。版心中鐫"曹集"和卷次及葉次。卷端題"陳思王集卷第一"，次行、第三、第四、第五、第六和第七行均低無格分別題"魏陳思王曹植子建撰""濮陽李廷相編次""長安田瀾校正""濟陽郭濂""崑山蔡芝""錢唐陸溥同校"。卷首有《陳思王集目録》。

舒貞，生平事跡不詳，明代杭州人，曾居北京，游於書肆，賣書讀書爲生，參見田瀾《曹子建集序》。

此本屬現存最早將《七步詩》和《述行賦》兩篇輯入曹植集的版本。相較於宋本，即溢出此兩篇：《七步詩》載於卷九末，題以"附"字；《述行賦》載於卷十末，篇題下小注稱"附出《古文苑》"。該本原有田瀾序一篇，流傳中佚去。田序（依據明萬曆三十一年鄭士豪刻本《曹子建集》所載該序）稱："杭州布衣舒貞，以父兄役居京師。貧而好書，卻無力以致其學也，又恥甘他技，遂游意書肆間，流爲書儈。且賣且讀……舒曰:往歲過長洲,得徐氏子建集百部,行且賣之無餘矣。近亦多問此集,貞久無以應之。蓋彼活字板初有數,而今不可得也。貞欲以糊口羨積,板行求無踰徐氏本者。李(即李廷相)曰:予有謄本,亦未盡善。閒中曾一次之,頗有移附。但句有亂誤位地,而字多魯魚,所不能暇顧。瀾曰:可校而與之。"知該本以李廷相"謄本"爲底本而刻。所謂"移附",按田序稱:"舊本詩在五卷,樂府六卷,頌贊銘七卷,章表令八卷,文啓詠序書誄哀辭九卷。李以詩卷章表六卷,令七啓九詠摘移十卷,文序書誄哀辭七卷,其餘仍舊。""移"當指將舊本的卷次篇目重新調整,而"附"即指附入的兩篇。序所稱的"舊本"卷次篇目與宋本、活字本均同,似以活字本最有可能。推斷李廷相的"謄本"乃據自活字本,調整了卷次篇目,同時又經田瀾等校訂後付刻行世。

書中鈐"王印文治""王氏禹卿""柿葉山房"諸印,清王文治舊藏,現藏中國國家圖書館,編目書號4441。《叢刊》即據該本影印,收在第四十一冊。

84. 曹子建集十卷

三國魏曹植撰。明李夢陽、王世貞等評。明天啓元年(1621)凌性德刻朱墨套印本。清周星詒校並跋。四冊。

八行十八字,白口、四周單邊,無直格,無魚尾。版心上鎸"子建集",中鎸卷次,下鎸葉次。卷端題"曹子建集卷之一"。卷首有李夢陽《曹子建集序》,次徐伯虹《曹子建集序》、天啓改元施宬賓《曹子建集(序)》、"朗庵主人"(凌性德之號)《凡例》、周星詒鈔録正德五年田瀾序、《總評》《陳思王傳》《外紀》和《曹子建集目録》。卷十末有周星詒鈔補《述行賦》,次鈔録書林龔氏刻書牌記。次附《音義》一卷、《附評諸名家》。《凡例》末有周星詒跋,卷十末有癸酉(1873)周星詒題識一則。

李夢陽(1473—1530)字天賜,又字獻吉,號空同子,明代陝西慶陽(今屬甘肅)人,後徙河南扶溝,一作開封人。弘治六年(1493)進士,官至户部郎中,又曾任江西提學副使。文學倡導復古,是"前七子"之一。《明史》卷二百八十六有傳。

王世貞(1528—1590)字元美,號鳳洲,齋號爲弇山堂,故號弇州山人,明代江蘇太倉人。嘉靖二十六年（1547）進士，官刑部主事，纍官至刑部尚書。爲“後七子”首領，撰有《藝苑卮言》《弇山堂別集》等。《明史》卷二百八十七有傳。

凌性德（1592—1623）字成之，號朗庵，又稱朗庵子、朗庵主人，明代湖州人。喜刻書，刻過《虞初志》，又批點《紅梨記》等。生平事跡參見《凌氏宗譜》卷八。

周星詒（1833—1904）字季貺，又字曼嘉，號巳翁，又號窳翁，清代河南祥符（今屬河南開封）人。官邵武府同知，與章鈺、費念慈等人相交往，喜藏書，撰有《窳櫎詩質》《勉憙詞》等。

此本篇目在宋本基礎上增補六篇，即卷四《述行賦》，卷五《七步詩》，卷六《聖皇篇》《棄婦篇》，卷八《陳審舉表》《復發士息表》。書中眉端及篇末鐫刻諸家評點，有王世貞、陳明卿、李獻吉、劉會孟、沈嘉則、陳仁子、劉坦之、蔣仲舒、王楙、郭明龍、王遵巖、楊用脩、何大復、鍾伯敬、李廣麟等。也鐫刻注釋或校記，如卷一《玄暢賦》“聊作賦，名曰《玄暢》”，校記稱：“《北堂書鈔》‘作’下有‘斯’字。”書中也有墨筆校改，當出自周星詒之手。該本的刊刻，徐伯虬序云：“按景初中植著凡百餘篇，隋爲三十卷，今卷止十，詩文反溢而近二百篇，遂姑仍之，刊布以傳焉。”又施陸賓序云：“余考其集彚五十卷（指《舊唐志》著錄的三十卷本和二十卷本之和），恨不得睹，若夫通集批閱，則空同先生之手澤猶新。至輯遺訂謬，顏朱殺青，爲之振藻詞壇，社友成之兄實董成已。”“成之兄”即凌性德，故定爲天啓元年凌性德刻本。

書中鈐“龔印一發”“茂苑香生蔣鳳藻秦漢十印齋祕匧圖書”“小綠天藏書”諸印，清蔣鳳藻舊藏，後歸孫毓修，現藏中國國家圖書館，編目書號 12930。《叢刊》即據該本影印，收在第四十二冊。

85. 曹子建集十卷

三國魏曹植撰，明楊德周輯。明崇禎十一年（1638）陳朝輔刻《建安七子集》本。二冊。

九行二十字，白口、左右雙邊，無魚尾。版心上鐫“曹子建集”，中鐫卷次和葉次。卷端題“建安七子集卷之一”，次行、第三行均低一格合題“陳王曹植子建著，四明楊德周齊莊輯定、陳朝輔爕五訂正"。卷首有崇禎戊寅（1638）陳朝輔《彙刻建安七子集序》，次楊承鯤《建安七子詩集序》、張爕《陳思王集序》、李夢陽《曹子建集序》和《曹子建集目録》。

"七子"之稱始自曹丕《典論·論文》，稱："今之文人，魯國孔融文舉、廣陵陳琳孔璋、山陽王粲仲宣、北海徐幹偉長、陳留阮瑀元瑜、汝南應瑒德璉、東平劉楨公幹，斯七子者"因七子均主要生活在東漢末建安時期，故世稱"建安七子"。史志及公私書目未見著録有"七子集"或"建安七子集"之目。七子集之編始自明代范欽，楊序云："世無建安七子集，范司馬彙七子集而冠以孔融，宗《典論》也，非建安七子。按陳壽《志》敘陳思而下至於公幹七人，而謝靈運於《鄴中集詩》亦列仲宣等七子，從史也，是爲建安七子。"知范欽所編的"建安七子集"之目同《典論》，而楊承鯤則認爲建安七子不包括孔融，而應將曹植包括在內。至楊德周重輯"建安七子集"，即不收孔融詩文作品，而將曹植收録在內，同楊承鯤"建安七子"之目。該集並由陳朝輔刊刻行世，陳序云："世未見建安集，吾鄉范堯卿司馬彙七子，從《典論》冠以孔少府，楊伯翼太學撰有詩序在《碣石編》。自兩公久即世，書亦漫滅失傳。近吾年友楊南仲藏有秘函，因出以供賞奇析疑之適……兹不悉備，第刻其見存者如於篇。"即陳朝輔刻本《建安七子集》，收有《曹子建集》《王仲宣集》《阮元瑜集》《應德璉集》《徐偉長集》《陳孔璋集》和《劉公幹集》七種。

此《建安七子集》本《曹子建集》與宋本及明活字本同屬十卷本，但篇目、篇次均有差異，如篇目即增益兩篇即《述行賦》和《七步詩》（就篇目而言還增益一篇《黃初六年令》，但該篇內容實際包含在《黃初五年令》篇內，故不能視爲增益），印證該本並非直接據自上述兩本。儘管卷首載有張爕序，但篇次與張爕《七十二家集》本曹植集也有差異，表明亦非據自張爕本。經比對，該本與明嘉靖二十一年（1542）郭雲鵬本曹植集比較接近，當據自郭本。理由是兩本卷一至五篇目及篇次相同，卷六篇目與篇次亦相同，惟篇目名有差異，如《梁甫行》《桂之樹行》和《磐石篇》，郭本分別作"梁甫吟""桂樹枝行"和"磐石行"。卷七篇目相同，而篇次有差異，如《周公贊》《周成王贊》，郭本則是先《周成王贊》，次《周公贊》（檢正文則是先《周公贊》，次《周成王贊》,與卷首目録編排不同),與活字本同。《漢景帝贊》《漢武帝贊》,郭本則是先《漢武帝贊》,次《漢景帝贊》,與活字本同。卷八增益《黄初六年令》一篇,且與《黄初五年令》作爲"令二首"置於改卷之末。郭本雖僅收《黄初五年令》一篇,實際已將《黄初六年令》包括在内,故算不上是增益篇目,但該本作爲兩篇的處理更爲允當。卷九篇次有差異,《王仲宣誄》在《卞太后誄》之後,郭本則將此篇置於《仲雍哀辭》之後。同是誄作,該本處理更爲恰當。卷十《魏德論》與《魏德論謳》爲先後之篇,郭本則將《魏德論》置於《相論》之後。《藉田説》與《髑髏説》爲先後之篇,且置於"説二首"之内,郭本則將《藉田説》置於《辨道論》之後。顯然此兩者均不及該本處理允當,郭本同活字本,推斷該本之編實際糾正了自活字本以來在篇目編排上的不當。

書中鈐"紹庭"一印,該集爲《建安七子集》叢編的一種,現藏中國國家圖書館,編目書號 11612。《叢刊》即據該本影印,收在第四十三册。

86. 曹子建集十卷

三國魏曹植撰。明銅活字印本。趙元方跋。二册。

九行十七字,細黑口、左右雙邊,單魚尾。版心中鎸"曹集"和卷次及葉次。卷端題"曹子建集卷第一",次行低七格題"魏陳思王曹植撰"。卷首有《曹子建集目録》。書首副葉有乙酉(1945)趙元方跋。

趙元方(1905—1984),名鈁,以字行,蒙古族人,生於北京,性嗜典籍,藏書處曰無悔齋。

此本與宋本曹植集的分卷、篇目及篇次相同,推知即以宋本爲底本排印。但活字本也存在不同於宋本的異文,如卷三《感婚賦》"慨仰首而太息",宋本"太"作"歎";《洛神賦》"芙蓉出渌波",宋本"芙蓉"作"芙蕖";卷五《雜詩》"飄飄隨長風",宋本"隨長"作"長隨";又"悲嘯守青雲",宋本"守"作"入",知活字本又據他本曹植集進行了校訂。書中也有校記可證,如卷五《贈白馬王彪》"孤魂翔故域","域"字校記稱"一作城";"存者忽復過","復"字校記稱"一作已"等。又卷六《君子行》篇目校記稱:"《古樂府》作《古辭》,'冠'字下有四句云'嫂叔不親授,長幼不比肩。勞謙得其柄,和光甚獨難'。恐編者有誤,故附此。"排印的時間,按明正德五年田瀾序稱:"舒(即舒貞)曰:往歲過長洲,得徐氏《子建集》百部,行且賣之無餘矣。近亦多問此集,貞久無以應之。蓋彼活字板初有數,而今不可得也。"徐氏《子建集》當即該本,推斷排印在正德五年之前。國家圖書館尚藏有另外三部活字印本,經比對各部印本之間存在文字上的差異(參見《明活字本〈曹子建集〉初探》),此即趙跋所稱的"活字本排印亦不祇一次"。

書中鈐"朱印子儋"(疑屬偽印)"趙氏家藏""舊山樓""鈁""趙鈁珍藏""落月屋梁""王孫之□紀室"諸印,清趙宗建舊藏,後歸趙元方。現藏中國國家圖書館,編目書號5851。《叢刊》即據該本影印,收在第四十三冊。

87. 曹子建文集十卷

三國魏曹植撰。明鈔本。清翁同書跋。二冊。

十二行二十字,紅格,下黑口、左右雙邊,單魚尾。卷端題"曹子建文集卷第一",次行低十二格題"魏陳思王曹植撰"。卷首有《曹子建文集目錄》。書首副葉有丁巳(1857)翁同書跋兩則。

翁同書(?—1865)字祖庚,號藥房,卒諡文勤,清江蘇常熟人。翁心存長子,翁同龢之兄。道光二十年(1840)進士,官至安徽巡撫,撰有《覈軒雜記》《藥房詩文集》等。生平事跡參見《海虞翁氏族譜》。

此本篇目與宋本相同,翁跋稱:"此本當係從宋槧錄出,朗字作朗可證。"按就篇目相同而言,確祖出宋本而略有調整。檢卷九《平原懿公主誄》"寔朗寔貴"和《文帝誄》"才秀藻朗"中的兩"朗"字均闕筆,與宋本相合,印證確自宋本鈔出。但篇次及篇題略有差異,如卷七《孔子廟頌》《學宮頌》,宋本篇次是《學宮頌》《孔子廟頌》。卷七《卞子贊》,宋本題"務光贊"。文字也存在差異,如卷三《洛神賦》"彷彿兮若輕雲之蔽月",宋本"彷彿"作"髣髴";"飄颻乎若流風之回雪",宋本"乎"作"兮";"灼若芙蕖出綠波",宋本"綠"作"淥"。又《愁霖賦》"怨此辰之潛精",宋本

"此"作"北";"瞻沉雲之浹漭兮",宋本"浹"作"浃"。或屬鈔誤,也存在據他本的校訂,不盡符合宋本舊貌。書中有朱、黃兩色筆點勘,其中朱筆乃鈔本故有,而黃色筆則出自翁同書之手,翁跋稱"依明人閱本所點"。

書中鈐"聽蛙溪舍藏書""望谿樓顧氏敬藏""吳翌鳳枚庵氏珍藏""臣""覺""同書""翁同書字祖庚""寶瓶齋""萬卷藏書宜子弟"諸印,經清吳翌鳳、翁同書所藏,現藏中國國家圖書館,編目書號 16988。《叢刊》即據該本影印,收在第四十四册。

88. 曹子建集十卷補遺一卷敘録一卷年譜一卷

三國魏曹植撰,清朱緒曾輯並撰。清鈔本。清莫友芝批並跋,王頌蔚跋。佚名批校。二册。

十行二十一字,小字雙行同,緑格、緑口、左右雙邊,雙魚尾。卷端題"曹子建集卷一",次行低十一格題"金陵朱緒曾輯"。卷首有朱緒曾《曹子建集序》。卷首朱緒曾序前有光緒辛巳(1881)王頌蔚跋,序末有同治丁卯(1867)莫友芝跋。

朱緒曾(1805—1860)字述之,號北山,清代江蘇上元(今屬南京)人。道光二年(1822)鄉試舉人,官至台州知府。精訓詁,富藏書,撰有《續棠陰比事》《開有益齋集》等。生平事跡參見《續修江寧府志》卷十四。

莫友芝(1811—1871)字子偲,號郘亭,清代貴州獨山人。道光十一年(1831)舉人,曾入曾國藩幕,又領江南書局。學問博洽,精於版本目録之學,撰有《聲韻考略》《郘亭經説》《影山詞》等。

王頌蔚(1848—1895)字芾卿,號蒿隱,清代江蘇長洲(今屬蘇州)人。光緒六年(1880)進士,由庶常散館改户部,補軍機章京。擅長金石及版本目録之學,撰有《明史考證擱逸》《寫禮廎雜著》等。生平事跡參見《清史稿》卷四百八十六。

此本乃鈔録朱緒曾輯本曹植集,並鈔録朱緒曾所撰曹植集《補遺》《敘録》和《年譜》。朱緒曾於曹植詩文輯編賅備,但也存在個別篇目不辨真僞而收入集中,如《七步詩》《死牛詩》《六代論》等。除輯録詩文外,亦隨文以雙行小注的形式附有朱氏的批注,或考證,或校勘,或注解,詳實細密。詩文篇目較宋本有所增補,如卷三增補《遷都賦》《洛陽賦》,卷四增補《射雉賦》《述行賦》《述征賦》,卷五增補失題詩一首、《七步詩》《棄婦詩》《代劉勳妻王宋詩》《寡婦詩》《七哀詩》、失題詩、《七恣》《離別詩》《死牛詩》《離友詩》、四言詩兩首(屬殘句)、雜詩兩首(屬殘句)、失題詩八首(屬殘句)。卷六增補《鼙鼓歌五篇》《結客篇》《苦熱行》《亟出行》《長歌行》《遠游篇》《兩儀篇》《艷歌行》《對酒行》《天地篇》《飛龍篇》《妾薄相行》《秋胡行》《陌上桑》《遊仙詩》《善哉行》《樂府詩》,卷七增補《列女傳頌》《畫贊序》《禹治水贊》《禹渡河贊》《冶子等贊》《長樂觀贊》《禹贊》《夏启贊》《孔甲贊》《夏桀贊》《王霸贊》《王陵贊》《賢后贊》、失題贊一首、《禹廟贊》《酈食其贊》《鏡銘》,卷八增補《謝徙封鄄城王表》《轉徙東阿王謝表》《求習業表》《求祭先王表》《求出獵表》《請赴元正表》《謝得入表》《罷朝表》《謝賜穀表》《答詔表》《上九尾狐表》《上銀鞍表》、失題表一篇、《毁鄄城故殿令》《説灌均上事令》《自訟》,卷九增補《詰紂文》《文章序》《與陳琳書》《答崔文始書》《與丁敬禮書》、《魏德論謳》之《甘露》《連理木》、《輔臣論》《成王論》《仁孝論》《征蜀論》《螢火論》《釋疑論》《六代論》、失題論一篇、《説疫氣》《辨問》、失題諸文(屬殘句)、《大饗碑》。《敘録》一卷包括曹植集的各家書目著録和各種版本兩部分內容。《年譜》一卷系年考證尤具功力。而《補遺》一卷,則包括《年譜》補遺和各卷篇目校訂注釋補遺兩部分內容。書中眉端有批注,另貼有浮簽,所寫內容基本爲批校,題"庚案"字樣,鈐"伯西"一印,其人俟考。

書中鈐"頌蔚私印""弗卿""莫氏子偲"諸印,經莫友芝、王頌蔚所藏,現藏中國國家圖書館,編目書號 A02910。《叢刊》即據該本影印,收在第四十四至四十五册。

89. 曹集二卷

三國魏曹植撰,清卓爾堪編,卓爾堪等評。清康熙刻《三家詩》本。二册。

十一行二十一字,小字雙行二十八字,細黑口、左右雙邊,單魚尾。版心中鎸"三家詩"和所載集目、卷次及葉次。卷端題"三家詩,曹集卷一",次行、第三和第四兩行均低十二格合題“張潮山來、卓爾堪子任、張師孔印宣全閲”。卷首有張潮《合刻曹陶謝三家詩序》，次張師孔序、卓爾堪序，次陳壽《陳思王傳》《魏曹子建總評》和《魏曹子建集目録》。

卓爾堪（1656？—？）字子任，又字鹿墟，別號寶香山人，清代江都（今屬江蘇揚州）人。少孤失學，曾從軍平耿精忠之亂，以母病乞歸後遊歷四方。與當時名流孔尚任、曹寅及明遺臣魏禧、屈大均等均有交往，編《遺民詩》十六卷和《三家詩》八卷，撰有《近青堂詩集》四卷。《國朝耆獻類徵》卷三百二十七有傳。

《三家詩》包括《曹集》二卷、《陶集》四卷和《謝集》二卷，三家合刻緣起，張潮序云：“若子建、淵明、康樂三家之詩，自宜孤行於世，今乃取而合梓之……卓子鹿墟及家柘園以合刻三家詩商之於予。”又張師孔序云：“寶香山人既輯《遺民詩》行世，復有曹陶謝三家之選……刻既竣，余爲之左右讎校。”卓序則稱：“余與張子山來、印宣體其意，輯三家之集，並彙古人評騭傳序，且搜求本集遺失篇章合而梓之。”知該書由卓爾堪編選，既裒輯古人品評之語，又補輯本集未收的篇目。書首有内扉葉，題“三家詩，曹子建、陶元亮、謝康樂，卓子任、張山來、印宣全閲”，所謂“閲”既包括讎校，也包括評注。

《曹集》正文行間鐫刻評注，當即出自三人之手。評注的内容包括其一篇末評點，以抉發詩篇意旨，如卷一《公宴》詩篇末評點稱“起處真是雅頌衣鉢，‘終宴不知疲’句從渾樸中露出刻骨鏤心處。‘神飇’二語寫得出畫不出。”其二篇題小注，或引經史等中的事典作注，或引諸家的注釋作注。如卷一《送應氏二首》篇題下小注稱“劉良云送璩、瑒兄弟”。同卷《送丁廙》篇題下小注引《文士傳》稱“廙字敬禮，儀之弟也，爲黃門侍郎”。其三篇末附以考訂之語，如卷一《離友詩二首》篇末考訂云：“本集止載前一首，梅聖俞考《藝文》附入。《初學記》載二句云‘日匿景兮天微陰，經迴路兮造北林’，當別有一首也。”又同卷《七步詩》篇末考訂云：《七步》者，言子建嘗七步而能詩成，猶八叉手之謂……《世説新語》亦齊諧之餘，小説之祖。因此詩同根相煎，似對其兄語，以七步附會之耳。煮豆然豆萁，亦非子建口氣。”又卷二《贈友》篇末考訂云：“此詩本集不載，但辭義頗似，今録之。”書中刻有校語，如卷一《侍太子坐》"寒水辟炎景""齊人進奇樂"句,校語稱"景一作氣""奇一作嘉"等。

書中鈐"某氏子印""植之私印""蘊生楳氏子讀""植之所誦""藐姑射之山人"諸印,清梅植之舊藏,現藏中國國家圖書館,編目書號13548。《叢刊》即據該本影印,收在第四十六冊。

90. 曹集銓評十卷逸文一卷附魏陳思王年譜一卷

清丁晏撰,丁福保輯。清宣統三年(1911)無錫丁氏鉛印《漢魏六朝名家集初刻》本。二冊。

十四行三十一字,小字雙行同,下黑口、四周雙邊,無直格,單魚尾。版心上題"曹子建集",中題卷次和葉次,下題"無錫丁氏藏版"。卷端題"曹子建集卷一,依山陽丁氏銓評本"。卷首後録《四庫全書提要》曹子建集條提要,次録《直齋書録解題》《郡齋讀書志》中曹植集的提要,次同治五年(1866)吳棠序,次同治四年(1865)丁晏自序,次李夢陽舊序、張溥題辭、同治二年(1863)丁晏《陳思王詩鈔原序》、丁晏《東阿懷古》《東阿王墓》,次本傳、《集説》《曹子建集目録》和《曹子建集逸文目録》。卷末有同治己巳(1869)劉壽曾跋。

丁晏(1794—1875)字儉卿,又字柘堂,號石亭居士,清代江蘇山陽(今屬淮安)人。道光元年(1821)舉人,咸豐中以辦團練,薦內閣中書加三品銜,治經學,撰有《尚書餘論》《禹貢集釋》等。

《曹集銓評》收文比較齊備,據卷首目録,卷一至三收賦作四十四篇,載有宋本不收的《述行賦》。卷四收詩作二十七篇附遺句,相較宋本增益《七步詩》《離別詩》和失題詩及遺句。卷五收樂府四十八篇附遺句,其中宋本歸入詩篇的《七哀》《鬥鷄》也視爲樂府,增益宋本不收的《鼙舞歌》《棄婦篇》《長歌行》《苦熱行》《結客篇》《陌上桑》《天地篇》《樂府歌》《樂府歌詞》,而不載宋本中的《怨歌行一首七解》。卷六收頌體八篇,未載宋本中的《孔子廟頌》。增益《制命宗聖侯孔羡奉家祀碑》一篇。收贊體三十三篇,增益宋本未收的《禹治水贊》《禹渡河贊》《長樂觀畫贊》《古冶子等贊》四篇。收銘體兩篇。卷七收章體兩篇、表體三十一篇,增益宋本未收的《封鄄城王謝表》《轉封東阿王謝表》《謝入覲表》《謝周觀表》《答明帝詔表》《諫取諸國士息表》《望恩表》《請祭先王表》《請赴元正表》《作車帳表》《乞田表》《獵表》《歐冶表》《上銀鞍表》《謝賜穀表》十五篇,不載宋本中的《請用賢表》。卷八收令體三篇,增益《寫灌均上事令》,收文體兩篇、七體兩篇,增益《七咨》一篇。詠體一篇、序體五篇,增益《前録自序》《酈生頌序》《遷都賦序》《畫贊序》四篇。收書體六篇,增益《與陳琳書》《與丁敬禮書》《答崔文始書》三篇。卷九收論體十篇,增益《成王漢昭論》《仁孝論》《輔臣論》《征蜀論》四篇。收説體四篇,增益《畫説》《説疫氣》。卷十收誄體九篇,增益《蒼舒誄》一篇。收哀辭三篇。

《曹子建集逸文目録》,輯得殘文賦九篇、詩四篇附遺句、樂府七篇附遺句、贊四篇、頌一篇、表兩篇附遺句、令一篇、論一篇、辨一篇,附全集遺句。逸文每篇篇題下注明輯録的出處,如《悲命賦》,小注稱“《文選》江文通《別賦》李注”。

丁晏的“銓評”,主要包括三方面:其一是校語,以小字雙行的形式隨文標出,如據自張溥本的校語,程本的校語,或據自類書、總集等的校語,具體體例參見劉壽曾跋。其二是丁晏本人的按斷,以“晏按”“晏案”的形式標出。其三是丁晏引諸家的評注之語。如《贈白馬王彪》篇題下引杭世駿《三國志補注》云:“《志》稱七年徙封白馬,而陳思王詩稱四年白馬王朝京師,則當時未有此封,宜稱吳王。”又引《藝苑卮言》云:“此詩全法《大雅·文王》之什體,以故首二章不相承耳,後人不知,合而爲一者,良可笑也。”是書的編撰,吳棠序稱:“(曹植集)其傳者,皆掇拾叢殘,僅存其略。明張溥集本,訛脱頗夥。自來未有注家,亦無善本。山陽丁儉卿先生,年逾七旬,耄而好學,撰《銓評》十卷,於是思王集始可讀矣。”又丁晏自序稱:“余編校曹集,依程氏十卷之本。張本亦掇拾類書,非其原本。兹乃兩本讎校,擇善而從。曹集向無注本,其已見《文選》李善注,家有其書,不復彈述。義或隱滯,略加表明。取劉彦和‘銓評昭整’之言,撰次十卷,併以余舊所撰詩序年譜附載於後。”書首有內扉頁題“曹子建集,宣統三年七月出版,上海文明書局發行”。

書中鈐“蔣抑卮藏”一印。該本係《漢魏六朝名家集初刻》叢編的一種,現藏上海圖書館，編目書號綫普長 280574－603。《叢刊》即據該本影印，收在第四十六册。

91. 曹集考異十卷敘録一卷年譜一卷

清朱緒曾撰。民國三至五年（1914—1916）蔣氏慎修書屋鉛印《金陵叢書》丙集本。三册。

十一行二十三字，小字雙行同，黑口、四周單邊，單魚尾。版心中題集目次第（"丙九"）和書名簡稱"考異"及卷次和葉次，下題"金陵叢書，蔣氏校印"。卷端題"曹集考異卷一，金陵叢書丙集之九"，次行低十四格題"上元朱緒曾"。卷首有朱緒曾《曹集考異序》，次《曹子建集考異目録》。卷末有光緒元年（1875）朱桂模跋，次蔣國榜《曹集考異跋》。

蔣國榜，生卒年不詳，字蘇庵，清末民國間江寧人，一作上元（今皆屬江蘇南京）人。室名湖上草堂，撰有《蘇庵詩稿》《平叔事略》等。又從事刻書出版事業，與翁長森共同編輯慎修書屋鉛印本《金陵叢書》，分爲甲乙丙丁四集，收書五十四種。

《曹集考異》乃朱緒曾平生研讀曹植集的力作，蔣跋云："是編要約不匱，該瞻不蕪，實曹注之收弆……唯沿乾嘉考據之末流，以多爲貴，不加裁汰。"朱緒曾在序中自述編撰是書緣起，稱："因慨隋唐舊帙既佚，而諸本或審舉未窺全豹，或聱鼓僅拾一鱗……於是尋源竟流，核其原采之書……一字一句，必稽異同，必求根據……如此之類，頗多是正。斷圭零璧，悉綴於篇……緒曾譾陋寡聞，敢希七步，篇籍不去。實所醉心，舟車自隨，暇即改定。思丁敬禮之潤飾，免劉季緒之疵訶。癸丑（1853）冬於役袁江，維時聊城楊至堂侍郎屬高君伯平既校刊蔡中郎集，將從事於斯編……敬以就正，許爲質疑，爰商付於梓人……凡考異十卷、敘録一卷、年譜一卷。"實際並未付梓，其子朱桂模跋又詳述該書校訂之過程，云："先君校輯曹子建集，託始於道光庚子（1840），歷十餘年甫成書。咸豐癸丑冬於役袁江，聊城楊至堂侍郎索觀善之，將付築氏。先君以尚待商榷辭，攜稿返湔。甲寅（1854）冬别録副本寄侍郎，未及鋟木而侍郎歸道山。先君即初稿隨時校益，庚申（1860）冬先君捐館舍，四明徐君柳泉借觀是書……是稿被燬……念副本存侍郎哲嗣協琴學士處，欲假傳録……學士遣人回聊城取書來，即付鈔胥家寫畢。復籲金華余子餕、紹興張牧莊兩中翰，同里朱佑之孝廉校數過，仍歸副本於學士。癸酉（1873）秋奉鈔本返金陵，思取書中所據各本及所據校各書一一讎校……雖審正數十訛字，而意猶未慊也……江陰繆子柚岑……遂詢仲武（莫友芝之子莫繩孫）得所鈔本，其中多莫先生校補語……今並補入，加'友芝案'三字以別之……嗣丁先生復輯陳思王集附《年譜》於後，而名其書曰《曹集銓評》。其成書較晚，先君已不及見……兹並采入，其餘丁本所收佚句，有是書未引者，檢尋所據之書，並以類益而述其事於跋內……校讎既卒業，更手録一部乞同里陳雨生孝廉持歸學士。"此本即據朱桂模校訂本《曹集考異》排印，由蔣氏收入《金陵叢書》中，作爲丙集第九種出版發行。書首內扉葉題"曹集考異，蔣氏慎修書屋校印，甲寅如月著始，丙辰涂月告成"。

　　按除此《曹集考異》外，存世尚有一種清鈔本曹植集十卷，正文行間附有朱緒曾考訂，另外還有朱氏所撰《補遺》一卷、《敘録》一卷和《年譜》一卷（參見清鈔本"《曹子建集》十卷"條提要）。此《曹集考異》的內容當即以清鈔本爲基礎，所不同的是將清鈔本中《補遺》一卷里的各篇詩文按文體相應附入正文內（以各卷所收的篇目文體爲依據），不再單獨作爲一卷。同時文字內容也應經過了修訂，而總題以"曹集考異"，《考異》本朱序末即稱"凡《考異》十卷、《敘録》一卷、《年譜》一卷"。而此句則未見於清鈔本朱序中，推斷現存清鈔本很可能是據朱緒曾的初稿本鈔録，而此《考異》則是依據朱氏及其子朱桂模再加修訂之後的本子，內容當更賅備詳贍。

　　《曹集考異》在傳世本曹集之外，又有所補輯佚篇，即朱序所謂"斷圭零璧，悉綴於篇"，當然有參考丁晏《曹集銓評》之處。卷首目録卷十末也稱："右目次依宋嘉定十卷本（實際指四庫本），訛者正之，每類各補所遺其各篇殘文，即綴於各篇之末。其有題無文者，存其題，其失題者附於各類之末……至嘉定本誤收晉左九嬪《上元皇后諜表》則删之。"凡增補篇目請參見清鈔本《曹子建集》條提要。增補者均注明出處，如卷一《玄暢賦》補"緪日際而來王"句，注明出自"《文選》顏延年《宋郊祀歌》李注"。也交待輯入集中的依據，如卷五《棄婦詩》小注稱"見《玉臺新詠》。楊慎云此詩郭茂倩《樂府詩集》不載，近刻子建集亦遺焉。幸《玉臺新詠》有之，遂録以傳。馮惟訥《詩紀》云本集不載。按子建集,後人所輯,非原書,蒐録時偶遺之耳。《御覽》載此詩,亦云曹植所作也"。

《考異》的內容主要有五類:其一引據史書中的本事注釋作品創作的背景。如卷一《東征賦》篇題下注引《魏志·陳思王植傳》。其二是據典籍所引或各本曹植集出校記,並斟酌異文是非。如《東征賦》"故作賦一篇"句,校記稱"一,郭誤二","郭"即指明嘉靖二十一年(1542)郭雲鵬刻本曹植集。又"循戈櫓於清流,氾雲梯而容與。禽元帥於中舟,振靈威於東野"句,校記稱"四句,郭本無,張溥從《御覽》采入,多兩分字"。同卷《遊觀賦》"識旌旗之所停"句,校記稱"旗,《初學記》作麾"。卷五《雜詩》"殺身良獨難"句,校記稱"良,《詩紀》作誠"。一般在篇題下注明校勘的依據,如卷三《洛神賦》即注明"全文從尤袤《文選》本校"。其三是在篇題下注解詩文的題旨,如《遊觀賦》篇題下小注稱"此賦作於鄴中,子建登臺賦,所謂立中天之華觀也"。其四是據字書或舊注等注釋字義。如卷一《感節賦》"見遊魚之涔灂"句中的"灂"字,小注稱"《説文》:灂,水小聲。宋玉《高唐賦》:巨石溺溺之瀺灂兮。又潘岳《閒居賦》:游鱗瀺灂。蓋本思王此賦也"。卷九《七啓》"形不抗手,骨不隱拳"句,小注稱"李善注:《爾雅》曰抗,禦也。服虔《漢書》注:隱,築也"。其五引經史等事典或諸家之説串解句意,如卷三《愁霖賦》"迎朔風而爰邁兮,雨微微而逮行"句,小注稱"鄴都在此,故云迎朔風。文帝《愁霖賦》云:將言旋於鄴都。蓋與子建同時作"。引諸家之説者,如卷三《登臺賦》引李光地、姜宸英之説,卷六《靈芝篇》引朱乾之説,卷八《求自試表》引杭世駿之説等。《考異》所附敘録一卷,包括"各家書目"和"所見各本"兩部分內容。年譜一卷,自漢獻帝初平三年(192)曹植生起,至魏明帝太和六年(232)卒止,並引及諸家之説。

此本現藏上海圖書館,編目書號綫普 319722‑849。《叢刊》即據該本影印,收在第四十六至四十七册。

92. 曹子建詩箋定本四卷

古直撰。民國二十四年(1935)鉛印《層冰堂五種》本。一册。

十一行二十三字,小字雙行同,黑口、左右雙邊、單魚尾。版心上題"層冰堂五種",中題"曹箋"和卷次及葉次。卷端題"曹子建詩箋定本卷之一,層冰堂五種",次行低十格題"梅縣古直箋"。卷首有《陳散原先生手簡》,次民國乙亥(1935)古直題辭。

古直(1885—1959)字公愚,譜名雙華,號層冰,別署孤生、遇庵,廣東梅縣人。曾加入過同盟會,擔任中山大學等校教授,建國後任廣東文史館館員等。醉心於文學創作和學術研究,撰有《東林遊草》《隅樓集》《陶靖節詩箋》和《鍾記室詩品箋》等。

此本是古直的曹植詩箋注,作爲《層冰堂五種》之一,其餘四種是《阮嗣宗詠懷詩箋定本》《陶靖節詩箋定本》《陶靖節年譜》和《層冰文略》。題辭云:"删定五種,姑命門人彭精一印布之。"該本分爲四卷,分別是"詩上""詩下""樂府詩上"和"樂府詩下",大致按照詩作的創作時期歸類。"詩上"小注即稱:"植集,隋唐舊本久亡,近世所傳悉無倫序。今解散舊第,審其時之先後,重詮次之。"以上四卷即均有小注分別稱"此卷蓋建安間之作""此卷蓋黃初、太和間之作""此卷蓋建安間之作""此卷蓋黃初、太和間之作",不同於傳世曹植集中詩作的編次。古直箋注的體例以唐李善注爲宗,又采納丁晏、丁福保和黃節諸家之注,同時附以個人的注解,以"案"或"直案"的形式標出。其箋注以舊注和事典爲憑據,且將所箋曹植詩稱以"定本"。

該本現藏上海圖書館,編目書號綫普長 462303 - 7。《叢刊》即據該本影印,收在第四十七册。

93. 魏應休璉集一卷

三國魏應璩撰,明張溥輯。明婁東張氏刻《漢魏六朝百三名家集》本。清何紹基評點。一册。

九行十八字,白口、左右雙邊、單魚尾。版心上鎸"應休璉集",中鎸"卷全"和葉次。卷端題"魏應休璉集卷全",次行、第三行均低八格分別題"魏汝南應璩撰"

"明太倉張溥閲"。卷首有張溥《應德璉休璉集題詞》,次《魏應休璉集目録》。

應璩(190—252)字休璉,應瑒之弟,三國魏汝南人。官至侍中,典著作。《三國志·魏書》卷二十一《王粲傳》附有應璩小傳。

應璩作品集之編,按《晉書·涼武昭王李玄盛傳》稱"於是寫諸葛亮訓誡以勖諸子曰:覽諸葛《訓厲》、應璩'奏諫',尋其終始,周孔之教盡在中矣",姚振宗云:"案《訓厲》爲諸葛集篇目,'奏諫'或亦是此集中篇名。"推測東晉時便已有應璩集之編。又《文選·百一詩》李善注注引《今書七志》云:"應璩集謂之新詩,以百言爲一篇。"《今書七志》乃王儉所作,推斷南朝宋齊時也存在應璩集的傳本。而作品編明確稱"集"始見於《隋志》著録,題"魏衛尉卿應璩集十卷",小注稱"梁有録一卷",斷定南朝梁時有傳本應璩集,與《七志》著録本疑屬同書。至《舊唐志》著録應瑗集十卷,不著録應璩集,而《隋志》同樣也不著録應瑗集。姚振宗推測《舊唐志》著録者"蓋即應璩集",又云:"然本《志》(即《隋志》)無瑗集,《唐志》無璩集,而卷數皆同爲十卷。馮氏、張氏所采瑗之詩句又甚似《百一詩》佚文,則璩之集爲多。"北宋以來未見公私書目有著録(《新唐志》著録者僅屬存録書名,並不反映存佚情況),則大致亡佚於唐末。

此本爲現存應璩集的最早輯本,據卷首目録收文爲《與武帝薦賁琳牋》《薦和模牋》《與曹公牋》《與曹昭伯牋》《與劉靖牋》《與滿炳書》《與侍郎曹長思書》《與廣川長岑文瑜書》《與西陽令孔德琰書》《與從弟君苗君胄書》《與劉公幹書》《與韋仲將書》《與董仲連書》《與尚書諸郎書》《又與尚書諸郎書》《答韓文憲書》《與許子俊書》《又與許子俊書》《報東海相梁季然書》《與陰夏書》《與陰中夏書》《與程文信書》《與梁州刺史劉文爽書》《與劉文達書》《與夏侯孝智書》《與洛陽令杜偉忠書》《與王子雍書》《與毋丘仲恭書》《與龐惠恭書》《報燕中尉樊彦皇書》《報平陸長賁偉伯書》《與崔瑗書》《與人書》《與趙叔潛書》《書》《與王將軍書》《與劉孔才書》《書》《百一詩三首》《雜詩三首》《三叟》《又百一詩》《遺句》,總爲四十三篇。附録有應璩《本傳》。書中篇題下刻有小注,如《雜詩三首》小注稱"《廣文選》作應瑒,今依《藝文》作應璩"。又正文中刻有校語,如《與從弟君苗君胄書》"扶寸肴修",

"扶"字校語稱"一作膚"。眉端有何紹基評點,如《與曹公牋》"昔漢光武與戴子高有拂塵之好",眉端何批"拂塵想是拂去衣上塵土"。

書中鈐"學閒館藏珍"一印。該集爲《漢魏六朝百三名家集》叢編的一種,係何紹基舊藏,現藏武漢大學圖書館,編目書號 G810.0823/1133。《叢刊》即據該本影印,收在第四十七册。

94. 桓令君集一卷

三國魏桓階撰,清陳運溶輯。清光緒湘西陳氏刻《麓山精舍叢書·湘中名賢遺集五種》本。一册。

十行二十四字,黑口、左右雙邊,單魚尾。版心中鎸"桓令君集"和葉次。卷端題"桓令君集",次行低兩格題"魏桓階撰,善化陳運溶芸畦輯刊"。

桓階(?—221)字伯緒,又作伯序,三國魏長沙臨湘(今屬湖南長沙)人。東漢末爲郡功曹,曹操平荆州辟爲丞相掾主簿,曹丕即魏王位遷尚書令等職,受禪後徙封安樂鄉侯,拜太常,卒謚貞侯。《三國志·魏書》卷二十二有傳。

陳運溶(1858—1918)字子安,號芸畦,別署靈麓山人,清末民國間善化(今屬湖南長沙)人。援例授修職郎,畢生致力於著書、輯書和刻書,撰有《靈麓山人詩集》等,輯有《麓山精舍叢書》。

陳運溶輯湘中鄉前賢的作品編爲《湘中名賢遺集五種》,其目即《蔣恭候集》《劉令君集》《桓令君集》《車太常集》和《谷儉集》。陳氏《湘中名賢遺集序》敍編輯緣起云:"蓋湘中名賢,自漢以來並無專集,其見之《隋書經籍志》者惟谷儉集一種,此外無聞焉。今搜羅數家遺文,強名以集……以聊存梗概云。"史志及公私書目未見著録有"桓階集"之目,故該輯本《桓令君集》爲現存最早的一種桓階作品編。收文爲表五篇,即《賀受孫權稱臣表》《乙卯勸進第一表》《乙卯勸進第二表》《壬戌勸進表》《庚午勸進表》;疏二篇,即《請改制疏》和《請追尊太尉公侯尊號疏》。各篇末均注明出處,如《請追尊太尉公侯尊號疏》注明出自"杜佑《通典》禮部三十二"。

該本爲《麓山精舍叢書·湘中名賢遺集五種》中的一種,現藏上海圖書館,編目書號綫普長 80660‐65。《叢刊》即據該本影印，收在第四十七册。

95．嵇中散集十卷

三國魏嵇康撰。明嘉靖四年（1525）黃省曾南星精舍刻本。一册。

十一行二十字，白口、左右雙邊，單魚尾。版心中鐫“嵇集”和卷次及葉次，版心下鐫“南星精舍”字樣。卷端題“嵇中散集卷第一”。卷首有嘉靖乙酉（1525）黃省曾《嵇中散文集敍》。

嵇康（223—262）字叔夜，三國魏譙郡銍（今屬安徽宿州）人。少孤，爲魏宗室婿，任中散大夫。博洽多聞，工於詩文，熟精樂理，與阮籍等稱爲“竹林七賢”。景元中，遭鍾會誣陷而被害，年四十。《三國志·魏書》卷二十一《王粲傳》附有嵇康小傳，又《晉書》卷四十九有傳。

黃省曾（1490—1540）字勉之，號五嶽，明吳縣（今屬江蘇蘇州）人。少好古文，舉鄉試，與王守仁、湛若水遊，又學詩於李夢陽，撰有《五嶽山人集》。《明史》卷二百八十七有傳，又生平事跡參見《明儒學案》卷二十五。

《晉書》本傳稱嵇康“善談理，又能屬文。其高情遠趣，率然玄遠”，撰有《高士傳贊》《太師箴》和《聲無哀樂論》等，不言有本集之編。“嵇康集”之稱始見於《三國志·魏書·邴原傳》裴注引荀綽《冀州記》，云：“鉅鹿張貔，字邵虎。祖父泰，字伯陽，有名於魏。父邈，字叔遼，遼東太守，著名《自然好學論》，在嵇康集。”《冀州記》乃荀綽所撰《九州記》中的一篇，荀綽西晉亡後任後趙從事中郎，推斷至遲在西晉末年便已有嵇康作品集之編。又《魏書·嵇康傳》裴注引有《康集目錄》，乃嵇康集的敍錄，是南朝宋時有嵇康集傳本的明證。又《魏書·王粲傳》裴注引孫盛《魏氏春秋》云：“康所著諸文、論六七萬言，皆爲世所玩詠。”當就嵇康作品集而言。《隋志》明確著錄作品集，題“魏中散大夫嵇康集十三卷”，小注稱：“梁十五卷、録一卷。”則唐初傳本相較於南朝梁本已闕佚兩卷。至《舊唐志》又著錄爲十五卷本。降至宋代，《太平御覽》所載的《經史圖書綱目》著錄有嵇康集，當即《崇文總目》著錄的十卷本。北宋賀鑄還藏有一部十卷本，稱“毘陵賀方回家所藏繕寫嵇康集十卷,有詩六十八首,今《文選》所載康詩纔三數首。《選》惟載康《與山巨源絶交書》一首,不知又有《與吕長悌絶交》一書。《選》惟載《養生論》一篇,不知又有《與向子期論養生難答》一篇,四千餘言,辨論甚悉。集又有《宅無吉凶攝生論難》上中下三篇、《難張叔遼自然好學論》一首、《管蔡論》《釋私論》《明膽論》等文……《崇文總目》謂《嵇康集》十卷,正此本爾"(見於南宋王楙《野客叢書》)。自《崇文總目》始,《郡齋讀書志》《直齋書録解題》《文獻通考·經籍考》《宋志》均著録爲十卷本,遂爲今本卷第。疑此十卷本並非唐時傳本之貌,乃宋人重編之本,《四庫全書總目》稱:"宋時已無全本矣。"

此本屬明吴氏叢書堂鈔本嵇康集之外最重要的版本,黄序云:"故迺校次瑶篇,彙爲十卷,刻之齋中。""齋中"即指南星精舍。據各卷目録,卷一收詩六十七首,其中嵇康詩四十七首,卷二《琴賦》《與山巨源絶交書》和《與吕長悌絶交書》,卷三《卜疑集》《嵇荀録》(存目)和《養生論》,卷四《黄門郎向子期難養生論》《答難養生論》,卷五《聲無哀樂論》,卷六《釋私論》《管蔡論》《明膽論》,卷七張遼叔《自然好學論》《難自然好學論》,卷八《宅無吉凶攝生論》《難宅無吉凶攝生論》,卷九《釋難宅無吉凶攝生論》《答釋難宅無吉凶攝生論》,卷十《太師箴》《家誡》,不計他人作品,共計收嵇康詩文六十二篇。按此本篇目與北宋賀鑄藏本相同,惟賀鑄本溢出詩一首,印證並非出自明人重編,而是祖自宋本的重刻本。又明高儒《百川書志》亦著録一部嵇康集,溢出賦作兩篇,疑輯自類書的殘篇(如《北堂書鈔》卷一百四十八所引的《酒賦》、《太平御覽》卷八百十四所引的《蠶賦》等),與該本當源自同一底本即宋本。

書中鈐"趙印宧光"(僞)"黄氏如鋌之印""稽瑞樓""鐵琴銅劍樓"諸印,清陳揆舊藏,後歸瞿氏鐵琴銅劍樓。現藏中國國家圖書館,編目書號 6981。《叢刊》即據該本影印,收在第四十八册。

96. 嵇中散集十卷

三國魏嵇康撰。明程榮刻本。繆荃孫校並録清黄丕烈、張燕昌題識。二册。

九行二十字,白口、左右雙邊,單魚尾。版心上鐫"嵇中散集",中鐫卷次和葉次。卷端題"嵇中散集卷第一",次行、第三行均低十格分別題"晉譙國嵇康著""明新安程榮校"。卷首有嘉靖乙酉黃省曾《嵇中散集敘》,次《嵇康傳》《嵇中散集目錄》。書末副葉有繆荃孫過錄清乾隆戊子(1768)張燕昌跋一則和黃丕烈跋三則,首兩則撰寫於嘉慶丙寅(1806),第三則撰寫於嘉慶癸酉(1813)。

張燕昌(1738—1814)字芑堂,又作芑塘,號文魚,別署金粟逸人、金粟山人,浙江海鹽人。乾隆四十二年(1777)優貢生,嘉慶元年(1796)舉孝廉方正,撰有《金石契》《金粟箋說》《石鼓文釋存》等。

繆荃孫(1844—1919)字炎之,號筱珊,又作小山,晚號藝風,清江陰人。光緒二年(1876)進士,官翰林院編修。撰有《藝風堂文集》《五代史方鎮表》《詩存》等。

該本載有黃省曾序,且分卷、所收篇目及次序均與黃省曾本相同,印證即據黃本而刻。在刊刻中也加以校訂,存在不同於黃本的異文,如卷一《兄秀才公穆入軍贈詩十九首》其八"以濟不朽",程榮本"濟"作"躋";其十九"棄之八成",程榮本"八"作"無"等。或稱:"惟程榮刻十卷本,較多異文,所據似別一本。"(魯迅《校本嵇康集序》)似非允妥之說。又書中也存誤刻之字,如卷一《酒會詩七首》其五"寔惟龍化"中的"惟"誤刻作"椎"。明刻《漢魏六朝諸家文集》中有《嵇中散集》,即《諸家文集》本嵇康集,與此程榮本應屬同版摹印,以其單行故定爲明程榮本。

函套題簽稱:"繆藝風依宋本校,采咸山民署,甲戌(1934)春二月。"書中即有繆氏朱墨兩色批校,所校者如《秀才答四首》"仰瞻青禽翔"句中的"青"校作"春",《述志詩二首》"仰笑神鳳翔"句中的"神"校作"鸞",《六言十首》"不顧天子相"句中的"顧"校作"願",《郭遐周贈三首》"敬德在慎軀"句中的"在"校作"以"等。按上述諸校均與明吳寬家叢書堂鈔本同,推斷繆氏所據校之本即此鈔本,而當非宋本,祇是將此鈔本視爲據宋本而鈔。

書中鈐"求古居""荃孫""荃孫手斠""雲輪閣""虛靜齋藏書"諸印,孫伯繩舊藏。現藏中國國家圖書館,編目書號5092。《叢刊》即據該本影印,收在第四十八冊。

97. 嵇中散集□卷

三國魏嵇康撰。明刻本。傅增湘校。存□卷。一冊。

九行二十字,白口、四周單邊,單魚尾。版心上鐫"嵇中散集",中鐫卷次("卷十二")和葉次(自葉五十九起)。卷端題"嵇中散集卷第□",次行、第三行均低十格分別題"晉譙國嵇康著""明新安程榮校"。

該本各卷卷端卷次多經挖割,惟《張遼叔自然好學論》等兩篇所在的一卷標爲"卷十二",且通篇版心均標爲"卷十二"。篇目起《聲無哀樂論》,至《家誡》止,屬殘本,全集卷數及所存卷數均不詳。又葉次起自"五九",則闕第一至五十八葉。通篇葉碼連排,而非各卷另起葉碼。版心雖均題爲"卷十二",但篇目之間有明顯的卷第起訖。《聲無哀樂論》爲一卷,相當於明刻《漢魏六朝諸家文集》本的卷五。《釋私論》《管蔡論》和《明膽論》相當於卷六,《張遼叔自然好學論》《難自然好學論》相當於卷七,《宅無吉凶攝生論》《難宅無吉凶攝生論》在卷八,《釋難宅無吉凶攝生論》《答釋難宅無吉凶攝生論》在卷九,《太師箴》和《家誡》在卷十。其中《家誡》有鈔補,版心題"沅叔手鈔",則出自傅增湘之手。

書中有傅增湘朱筆校訂和墨筆校補,眉端又有朱筆校記。如《答釋難宅無吉凶攝生論》"夫先王垂訓開端","端"字旁有朱筆校訂一"制"字。"準而望公侯也"至"不盡善之理矣苟闇"一葉眉端朱筆校記云:"此葉當在'假顔'後,原刻誤在前耳,正闇借校據鈔本糾正並記。"《明膽論》"敬覽來論",眉端朱筆校記"張本'敬覽'句上有'呂子曰'三字爲是"。該本屬坊刻俗本,訛誤較多,其價值在傅增湘的校語。

此本現藏中國國家圖書館,編目書號 105612。《叢刊》即據該本影印,收在第四十八冊。

98. 嵇中散集十卷

三國魏嵇康撰。明鈔本。明□夏校並跋。一冊。

八行二十二字,黑口、四周單邊,雙魚尾。卷端題"嵇中散集卷第一"。卷一第一葉 a 面和卷十末有崇禎己巳（1629）□夏朱筆跋。

該本與黃省曾本、程榮本篇目相同，疑即鈔自黃本。但也存在異文，如《兄秀才公穆入軍贈詩十九首》其十六“旨酒盈樽”，黃本、程本“樽”均作“尊”；《重作四言詩七首》其四“自令不幸”，黃本、程本“自令”均作“今自”等。推斷此帙鈔本尚有他本嵇康集的依據，且屬戴明揚《嵇康集校注》未參校之本。書中也存在鈔誤之字等，如《郭遐周贈三首》其二“言別在斯須”中的“斯”誤鈔爲“思”等。還有鈔寫成倒文而致誤者，如《述志詩二首》“神龜安歸所”，“歸所”當作“所歸”；《郭遐周贈三首》“翻然將翔高”，“翔高”當作“高翔”等。另外版本一般著錄爲“明鈔本”，據其版心屬大黑口，可能鈔寫在嘉靖之前。但據兩則跋，稱“五月廿六日較，公遠”，“崇禎己巳五月弟夏爲僧彌世兄較”，也可能是明末鈔本。□夏或字公遠，其人待考。

書中鈐“東莞莫伯驥號天一藏書之印”“東官莫伯驥所藏經籍印”“東官莫氏五十萬卷廛劫後珠還之”諸印，莫伯驥舊藏。現藏中國國家圖書館，編目書號 13364。《叢刊》即據該本影印，收在第四十九册。

99. 嵇康集十卷

三國魏嵇康撰，魯迅校訂。稿本。一册。

十一行二十字，無欄格。版心中題“嵇”和卷次及葉次。卷端題“嵇康集第一卷”。卷首有《嵇康集目録》，卷十末鈔録先簡、張燕昌和黃丕烈跋（所據鈔叢書堂本嵇康集舊有之跋），次魯迅輯《嵇康集逸文》、《嵇康集附録》。

魯迅（1881—1936）字豫才，曾用名周樟壽，後改名周樹人，發表《狂人日記》時署名“魯迅”，浙江紹興人。生平事跡從略。

現存嵇康集的最佳版本是明吳寬家叢書堂鈔十卷本，舊爲國立北平圖書館所藏，現藏於臺灣故宫博物院。魯迅據該叢書堂本鈔録副本即此本，作爲校訂嵇康集的底本。據顧農研究，該校訂完成在 1924 年（參見《關於魯迅校本〈嵇康集〉手稿》，載《魯迅研究月刊》1994 年第 8 期）。魯迅的校訂（即校記）主要體現在眉端和書中正文行間以及地腳處，主要是在眉端。眉端處校訂的體例是，先以朱筆漢文數字的方式在正文中將所校字句標出,然後在眉端按照朱筆數字之序逐一呈現校訂內容。如卷一《五言古意一首》"抗首嗽朝露"句中的"抗"和"嗽"兩字,各標以朱筆數字"一"和"二",眉端校記則即爲"一,字從舊校,各本同","二,各本作漱"。所謂"舊校",魯迅校記中屢次出現,指的是作爲底本的叢書堂本中的校訂。正文行間的校記,如卷一《六言詩十首》"佳哉尒時可意"句終的"意"字下有小注"即喜字",校記稱"三字舊注,各本及《詩紀》徑作'喜',無此注"。魯迅在校記中也屢次使用"舊注"之稱,也是指作爲底本的叢書堂本中舊有的隨文附入的小注。地腳處的校記,如《五言古意一首》"世路多嶮巇"句中的"世"字,校記稱"字從舊校,各本同"。

　　魯迅的校訂,其一是據各本嵇康集出校記,如黃省曾本、程榮本、汪士賢本、張燮本和張溥本等。其二是據經史典籍、類書和詩文總集等所引出校記,如《藝文類聚》《詩紀》《太平御覽》《文選》(尤袤本、五臣本和六臣本)、《初學記》《晉書》《文選集注》殘本、《世說新語》《三國志》《匡謬正俗》《樂府詩集》《文選考異》《北堂書鈔》等。如卷一《四言十八首》"泳彼長川"句中的"泳"字,校語稱"原鈔沐,據各本改";"顧盼儔侶"句中的"盼"字,校語稱"《類聚》作'目丏',黃本訛'眄',《詩紀》同";"以濟不朽"句中的"濟"字,校語稱"程本、汪本作'躋'"。其三是出自己意的理校,如卷一《五言詩三首》"朱紫雖玄黃"句中的"雖"字,校語稱"疑當作雜";卷五《聲無哀樂論》"吹無韻之律"句中的"韻"字,校語稱"案當作損";卷八《難宅無吉凶攝生論》"欲以所識"句,校語稱"'識'下當奪六字,黃、汪、二張本作'而□□□之所',程本'而'下作'求今人',舊校作'決古人',蓋皆意補"。魯迅還引及日本人的著述以出校記,如卷四《答難養生論》"夫嗜欲雖出於人"句中的"人"字,校語稱"日本丹波宿禰康賴《醫心方》二十七引'人'下有'情'字"。校記足見魯迅研治嵇康集之精深。卷末附有魯迅所輯錄的嵇康逸文,均逐一注明出處,並附有考訂性的案語。《嵇康集附錄》則列舉史志及公私書目中有關嵇康集的著録和敘録。

　　書中鈐"會稽周氏"一印,即魯迅藏印。手稿原件現藏北京魯迅博物館。《叢刊》即據該本影印,收在第四十九冊。

100. 阮嗣宗集二卷

三國魏阮籍撰。明程榮刻本。一册。

九行二十字,白口、左右雙邊,單魚尾。版心上鐫"阮嗣宗集",中鐫卷次和葉次。卷端題"阮嗣宗集卷上",次行、第三行均低十格分別題"魏陳留阮籍著""明新安程榮校"。卷首有嘉靖癸卯(1543)陳德文《阮嗣宗集敘》,次《阮籍傳》(録自《晉書》)。

阮籍(210—263)字嗣宗,阮瑀之子,三國魏尉氏(今屬河南開封)人。曾任步兵校尉,世稱阮步兵。性不臧否人物,縱酒談玄,嘗與嵇康等七人作竹林之遊,時人稱之"竹林七賢"。《三國志·魏書》卷二十一《王粲傳》附有阮籍小傳,又《晉書》卷四十九有傳。

程榮,生平仕履不詳,字伯仁,明歙縣人,專於刻書業。

《晉書》本傳稱阮籍"能屬文,初不留思。作《詠懷詩》八十餘篇,爲世所重",不言有集之編。作品編明確稱"集"始自《隋志》,題"魏步兵校尉阮籍集十卷"。然小注又稱"梁十三卷、録一卷",則至遲在梁代已有作品集之編。《兩唐志》均著録阮籍集爲五卷本,疑爲詩集。自北宋《崇文總目》至南宋以來的《郡齋讀書志》《直齋書録解題》《文獻通考·經籍考》及《宋志》均著録爲十卷本,但恐非《隋志》著録本之貌。除詩文合編的阮籍集外,還流傳有阮籍詩集,始見於《直齋書録解題》明確著録,題"阮步兵集",凡四卷(似可印證《兩唐志》著録五卷本者屬詩集),云:"其題皆曰'詠懷',首卷四言十三篇,餘皆五言八十篇,通爲九十三篇,《文選》所收十七篇而已。"知阮籍詩集所收爲其《詠懷》詩作。明代以來,詩文合編本和詩集本是阮籍作品集的兩種形態。

此本卷首載陳序,當祖出范欽、陳德文刻本阮籍集,如保留的隨文附刻的校語基本相同(略有異者如卷上《東平賦》"豈待久而發諸士"句中的"士"字下有小注"缺",范本作"疑缺")。但兩本也存在差異:其一篇目不同,存在兩處即該本收五言《詠懷詩》八十二首,范本收八十一首。溢出的一首是《幽蘭不可佩》詩,范本不收該詩。該本收四言《詠懷詩》三首，范本收兩首，溢出的一首是《清風肅肅》詩。其二文字有差異，如《東平賦》"靡則靡觀"句中的"觀"字，范本作"覘"；"群鳥羣天"句中的"羣"字，范本作"翔"；"託思飆而載行兮"句中的"託"字，范本作"記"等。據卷端所題"新安程榮校"字樣，印證程榮據范本又進行了一番校訂工作。傳世明萬曆天啓間新安汪氏刻《漢魏六朝二十一名家集》中也有《阮嗣宗集》一目，此即《二十一名家集》本阮籍集。以之與此程榮本相校，行款版式及篇目篇次完全相同，推斷此程榮本與《二十一名家集》本阮籍集屬同版。或緣於零種單行，又據卷端冠以"程榮校"字樣，而定爲程榮刻本，實則即爲《二十一名家集》本。

書中鈐"宥函孔氏藏"一印，現藏中國科學院國家科學圖書館，編目書號集210/7188。《叢刊》即據該本影印，收在第四十九冊。

101. 阮嗣宗集二卷

三國魏阮籍撰。明嘉靖二十二年（1543）范欽、陳德文刻本。佚名題記並評點。二冊。

九行二十字，白口、四周單邊，單魚尾。版心中鐫"阮嗣宗集"和葉次。卷端題"阮嗣宗集卷上"，次行低三格題"魏步兵校尉阮籍撰，鄞范欽、吉陳德文校刊"。卷首有嘉靖二十二年陳德文《刻阮嗣宗集敘》。

范欽（1506—1585）字堯卿，又字安卿，號東明，明鄞縣（今屬浙江寧波）人。嘉靖十一年（1532）進士，纍官至兵部右侍郎。生平喜藏書，有"天一閣"藏書數萬卷，撰有《天一閣集》《范氏奇書》等。《浙江通志》卷一百五十九有傳。

陳德文，生卒年不詳，號石陽山人，明吉州（今屬江西吉安）人。嘉靖中曾任順天府尹，撰有《孤竹賓談》。

此本乃存世阮籍詩文的最早集本。陳德文《刻阮嗣宗集敘》稱："大梁舊刻籍詩，南來少傳，郡伯鄞范了取而刻之宜春。""大梁舊刻籍詩"當指李夢陽所刻阮籍《詠懷詩》一卷，"取而刻之"者即以該本爲底本。經比對，兩本詠懷詩序次有差異，則又經詮次調整。同時，范欽和陳德文又輯編阮籍文與詩合刻，形成詩文合編本，而且刻地在今江西宜春。據卷上、下目録,卷上收文十三篇,即《東平賦》《首陽山賦》《鳩賦》《獼猴賦》《清思賦》《元父賦》《通易論》《莊論》《樂論》《奏記太尉蔣濟》《答伏義書》《大人先生傳》《爲鄭沖勸晉王箋》,卷下收《詠懷詩》八十一首(篇),附《詠懷》四言詩兩首。按《直齋書録解題》著録的《詠懷詩》五言八十篇,四言十三篇。而該本五言詩溢出一首,四言詩則悉數不收,祇是自《藝文類聚》中輯録四言殘詩兩首(該本中稱"《初學記》有此篇,舊集不載",未能檢得《初學記》有載,疑誤記)。印證其《詠懷詩》的底本並非據自陳振孫著録本,而是别有他本。又文中隨刻有校語,如《東平賦》"或由之安"句小注稱"安"字"一作觀",《大人先生傳》"故循制而不振"句小注稱"循"字"一作滔",《詠懷詩》第三十六首《人言願延年》小注稱:"一本第五句云……。"推斷詩文之刻又參校了當時其他傳本的阮籍集。書中書首和書尾副葉均有朱墨兩色題記,卷首序後有朱筆題記,又眉端及正文行間有朱筆評點,也貼有墨筆書寫的浮簽,内容也是批點之類,不知出自何人之手。傅增湘稱:"此本極爲罕覯,有舊人評語點識,咸具深旨。"(參見《藏園群書題記》卷十一《明嘉靖刊本阮嗣宗集跋》)另卷下末有墨筆題跋一行,部分文字已漫漶或佚去,略可識者稱"方山先生見貽,辛酉竹醉""居士""載父題"。

書中鈐"吴嵩衡印""陳氏西畇草堂藏書印""西畇草堂""平江陳氏西畇藏書""雙鑑樓""雙鑑樓藏書印"諸印,傅增湘舊藏。現藏中國國家圖書館,編目書號2156。《叢刊》即據該本影印,收在第五十册。

102. 阮嗣宗集二卷

三國魏阮籍撰。明崇禎潘璁刻《阮陶合集》本。一册。

九行十八字,白口,左右雙邊,單魚尾。版心上鎸"阮嗣宗集",中鎸卷次和葉次。卷端題"阮嗣宗集卷上",次行低六格題"明新都潘璁子玉閲"。卷首有嘉靖癸卯(1543)陳德文《阮嗣宗集敍》,次《阮籍傳》《總論》和《阮嗣宗集目録》。

潘璁,生卒年及仕履不詳,據卷端題署知其爲新都(即新安,今屬江西婺源、安徽績溪一帶)人,或字子玉。

此本是存世唯一一種載有完整四言《詠懷詩》的本子。據目錄,該本卷上收文十三篇,篇目同范欽本。卷下收《詠懷詩》八十二首,有《詠懷詩》四言十三首。五言詩較范本溢出一首,即《幽蘭不可佩》。另附刻完整的四言詩十三首,與陳振孫著錄本相同。而且還保留有校語,如其七"委命有爲,承天無怨"句小注稱"一作委命承天,無尤無怨",其八"三后臨朝"句中的"朝"小注稱"一作軒"等,印證參校了其他傳本的四言《詠懷詩》。該本此十三首四言詩的直接來源,可能是朱子儋本,《讀書敏求記》云:"阮嗣宗《詠懷》詩行世本惟五言八十首。朱子儋取家藏舊本刊於存餘堂,多四言《詠懷》十三首,覽者勿漫視之。"而朱子儋所據者或即陳振孫著錄本。

關於該本的刻者,《中國古籍善本書目》僅著錄爲明崇禎刻本《阮陶合集》,潘璁編,不言刊刻者爲誰。據所刻《陶靖節集》中潘璁《集東坡先生和陶詩引》稱:"東坡有和陶詩,諸選本間一載。余閱坡公全集,悉拈出之,附刻陶集後。"推斷《阮陶合集》的編者及刻者均爲潘璁。且刻在崇禎年間,依據是書中"由""檢"兩字避朱由檢名諱,即"由"改作"繇",如《詠懷詩》其四《天馬出西北》"繇來從東道"句。"檢"則改作"撿",如《大人先生傳》"行欲爲目前撿"。

書中鈐"德州北李後知堂文籍圖書記""北李渭公""一九四九年武强賀孔才捐贈北平圖書館之圖書"諸印,清李渭舊藏,民國間歸賀孔才,建國初捐贈北京圖書館收藏至今,編目書號T02313。《叢刊》即據該本影印,收在第五十册。

103. 阮步兵集一卷

三國魏阮籍撰,明張溥輯。明婁東張氏刻《漢魏六朝百三名家集》本。清何紹基評點。一册。

九行十八字,白口、左右雙邊,單魚尾。版心上鐫"阮步兵集"。中鐫"卷全"和所載篇目的文體名及葉次。卷端題"阮步兵集卷全",次行、第三行均低九格分別題"魏陳留阮籍著""明太倉張溥評"。卷首有張溥《阮步兵集題辭》,次《阮步兵集目錄》。

此爲張溥輯本,收文較爲齊備。據卷首目録收文爲二十三篇,相較於范欽本增益八篇,即《與晉王薦盧播書》《通老論》《老子贊》《孔子誄》《吊某公文》《搏赤猿帖》《采薪者歌》《大人先生歌》(《詠懷》四言詩輯録也較范欽本爲全)。《詠懷詩》八十二首的排列序次同天啓三年(1623)及樊本。書中刻有校語及張溥的評語,校語者如《詠懷詩》中的《駕言發魏都》篇末稱"客,集作落。浮蜺,一作蜺鷩"。張溥評者,如《東平賦》篇末云:"清遥古雅,有楚騷之遺則,凡賦中仍沓鋪張薰蒸蹇澀諸習,皆洗濯盡去。"《鸑鳩飛桑榆》篇末云:"此首《藝文類聚》所載與今本不同,而義意近優,觀李善《文選》注江文通,按《詠懷詩》所引與《藝文》同,亦一證也,今從《藝文》定正。"眉端有何紹基評點,如《清思賦》何批"此賦尚可仿佛猜詳,不似《東平賦》之渺茫",《詠懷詩》何批"隨意詠懷,何必語語寄託昔人,穿鑿者多矣。至秋舫(指陳沆)默深爲最甚,吾不敢附和也。"卷末有何氏題識"丙寅嘉平六日暖叟閱"。

該集爲《漢魏六朝百三名家集》叢編的一種,係何紹基舊藏,現藏武漢大學圖書館,編目書號 G810.0823/1133。《叢刊》即據該本影印,收在第五十册。

104. 阮嗣宗詠懷詩注四卷

清蔣師爚撰。清嘉慶四年(1799)蔣氏敦艮堂刻本。一册。

九行十八字,白口、四周雙邊,單魚尾。版心中鎸"詠懷詩注"和卷次及葉次。卷端題"阮嗣宗詠懷詩注卷一",次行低十格題"仁和蔣師爚撰"。卷首有嘉慶二年(1797)蔣師爚《阮嗣宗詠懷詩注敘録》,次詩目。

蔣師爚(1743—1798)字慕文,又字慕劉,號東橋,清代仁和(今屬浙江杭州)人。乾隆庚子(1780)聯捷成進士,官兵部主事等職,撰有《敦艮堂詩集》。生平事跡參見《兩浙輶軒續録》卷十。

"詠懷詩"之稱始見於《晉書》本傳,云阮籍"能屬文,初不留思,作詠懷詩八十餘篇,爲世所重"。《文選》載有所作《詠懷詩》十七首,而《詠懷詩》有單行傳本的記載見於宋阮閱《詩話總龜》,云:"京師曹氏家藏《阮步兵詩》一卷,唐人所書,與世所傳多異,有數十首《集》中所無。"明確見於書目著録則始自《直齋書録解題》,題"阮步兵集”，乃四卷本，云："其題皆曰《詠懷》，首卷四言十三篇，餘皆五言八十篇，通爲九十三篇，《文選》所收十七篇而已。"雖題以"阮步兵集"，實則爲詩集。知阮籍的《詠懷詩》包括五言詩和四言詩。明人所刻《詠懷詩》，朱承爵本(見於《讀書敏求記》)同陳振孫著録本，現已不傳。李夢陽刻本乃八十二首，無四言詩，爲現存最早的單行本《詠懷詩》，篇目及排序與他本均有不同。詩文合刻的阮籍集，范欽本八十一首，四言詩兩首(輯自類書)；及樸本八十二首，四言詩三首(輯自類書)；潘璁本五言詩篇數同及樸本，又載四言詩十三首，是存世唯一一部載有完整四言詩的本子。

是書爲蔣師爚的《詠懷詩》注本，作注緣起蔣序云："李空同序嗣宗《詠懷詩》八十篇，訛缺姑仍之，未見其本。馮具區《詩紀》所録八十二篇，頗文從字順矣。謄録一過，爲校以張天如百三名家本，謬爲箋注，不知其是否。家有敝帚，享之千金，乃更詮次其先後。其與張本異者，仍其差第，爲附千慮一得於下方。"序作於嘉慶二年，推斷是年初稿成書。據卷首内扉葉所題"詠懷詩注，敦艮堂藏板，嘉慶四年秋七月"，則至嘉慶四年方付梓行世。敦艮堂即蔣氏堂號，知該本爲蔣氏自刻本。卷首目録中自第五首詩至第六十五首詩，標目一一注明詩篇的應作序次，如"其十八，當是其五；其十九，當是其六"等，其序次與各本阮籍集均有所不同。蔣氏注《詠懷詩》，引《文選》舊注及諸家之説作注，舊注者如《文選》中的顏延之、沈約和李善、五臣注等，諸家之説則包括李夢陽、何焯、張晏、張溥和楊慎等。而蔣氏個人注解則以"師爚案"的形式注出，其案語引經據典以注釋字句，並串解文意和詩旨。如其一《夜中不能寐》詩注云："何焯曰：籍之憂思，所謂有甚於生者，注家何足以知之。師爚案：此刺善箋憂生之嗟也，此首是詠懷所緣起。"引何焯之説進而點明該詩詩旨。又注云："李善曰：《廣雅》鑑，照也。師爚按：《左傳‧昭二十八年》'光可以鑑'注'可以照人'。《毛詩》：月出照兮。《古詩》：明月皎夜光。"則屬援引字書舊注和用典進行注解字句。其五(當是其八)《天馬出西北》詩，注云："師爚案：此言萬事不定，勢利無常，置君如弈，朝美而夕醜之矣。"亦屬敘詩旨。又其二十九(當是其十九)《昔余遊大梁》詩，注云："張溥曰：當時魏明帝郭后妬寵相殺，正類武靈王事，故隱語怪説,亦《春秋》定哀多微辭意。師燼案:明帝遊北園,景初元年(237)事。此蓋追憶之作,故以'昔余遊大梁'起。《三國志·魏·毛后傳》:帝之幸郭元后也……賜后死。"針對張溥之説又申述詩旨,同時引史傳作注。

書中眉端間有批注,如其二《二妃遊江濱》詩眉批稱"陳沆曰:司馬父子隱譎險詐,奸而不雄,《詠懷》詩中多以妾婦譏之。"亦間有校記,如其十八(當是其五)《懸車在西南》詩"曠世未合併"句,眉批"曠世,一作歎息"。每卷末鎸"男詩、健校"字樣。

此本現藏上海圖書館,編目書號綫普長455713。《叢刊》即據該本影印,收在第五十一册。

105. 阮步兵詠懷詩注一卷校補表一卷

黃節撰。民國十五年(1926)鉛印本。一册。

十行二十六字,小字雙行同,下黑口、四周雙邊,單魚尾。版心上題"阮步兵詠懷詩注",中題葉次。卷端題"阮步兵詠懷詩注",次行低十五格題"順德黃節集注"。卷首有乙丑(1925)諸宗元序,次丙寅(1926)黃節自敍、《晉書·阮籍傳》。

黃節(1873—1935)字晦聞,廣東順德人。曾任廣東通志館館長一職,好詩學,撰有《蒹葭樓詩》《詩律》等。

此黃節注《詠懷詩》的緣起,自序云:"余既箋漢魏樂府風詩,復爲鮑謝二家詩注。以癸亥(1923)之春南歸過武林,訪諸君貞壯,湖上得見仁和蔣東橋所注阮嗣宗《詠懷詩》,假歸卒讀,竊歎東橋是事感我無窮","東橋是注爲益詎少,然有附會失實者,有爲舊説所誤者,有未明嗣宗用古之趣者。苕苕千載,余取而重注之。"該本注五言詩八十二首,不載四言詩。注釋的體例,首先是校勘文字,包括校以《文選》《玉臺新詠》《詩紀》等總集和《藝文類聚》等類書;校以他本,如丁本(當指丁福保本)、潘本(即明崇禎潘璁本)和曹卷(即《詩話總龜》記載的京師曹氏家藏本)等;校出異文而不注出處,如《灼灼西隤日》"憔悴使心悲",黃校"悲"字"一作非";偶有注音及釋義,如《昔有神仙士》"噓噏嘰瓊華",注"嘰"字"音機,小食也"。其次是引經據典注釋詩本身，如《夜中不能寐》引王粲《七哀詩》、《釋名》《廣雅》《毛詩》《古詩》、劉楨詩、繁欽《定情詩》、《爾雅》《楚辭·九章》及王逸注、《左傳》、魏文帝《善哉行》、曹植詩、《楚辭·九嘆》等，廣徵博引，甚見功力。再次是引諸家評語，如吳淇、何焯、蔣師爚、吳汝綸、成倬云等。最後是附以個人按語，或間入諸家評語中。諸家評語和黃氏案語較注釋低一格以示區別。附以《校補表》一卷，凡校補四十六條。

此本現藏中國國家圖書館，編目書號112869。《叢刊》即據該本影印，收在第五十一册。

106. 阮嗣宗詠懷詩箋定本一卷

古直撰。民國二十四年（1935）鉛印《層冰堂五種》本。一册。

十一行二十三字，小字雙行同，黑口、左右雙邊，單魚尾。版心上題“層冰堂五種”，中題“阮箋”和葉次。卷端題“阮嗣宗詠懷詩箋定本，層冰堂五種”，次行低十格題“梅縣古直箋”。卷首有閼逢閹茂（甲戌，1934）曾運乾序。

是書爲古直對於阮籍《詠懷詩》八十二首的箋注，書衣題“層冰堂五種之二”。古直撰作該書緣起及其學術價值，曾序云：“梅縣古層冰先生知人論世，卷溢緗囊，陸賦鍾評，業垂青簡，尤嗜阮公《詠懷詩》。實始詳爲箋注，鈎潛鱗而出重淵，縈翰鳥而墜層雲……層冰望古作法，參今制奇……探賾鈎沉，質言無隱。”古直箋注，以徵引經史等中的事典爲主，基本不作闡發性的釋意。《文選》載有《詠懷詩》十七首，此部分詩作的箋注宗以李善注，同時對於李善未注者又作補充。如《夜中不能寐》詩的首兩句，李善不注，古直箋注云：“《詩·邶風》：耿耿不寐，如有隱憂。《文選》王仲宣《七哀詩》：獨夜不能寐，攝衣起撫琴。”同時也引及諸家之説作注，如《詠懷詩八十二首》篇題下注引陳沆之語，其他還有何焯（《昔聞東陵瓜》）、曾星笠（《西方有佳人》）、聞人倓（同上）、黃晦聞（同上）、陳明祚（《壯士何慷慨》）、曾國藩（同上）、吳汝綸（《混元生兩儀》）、方東樹（《天網彌四野》）、蔣師爚（《人言願延年》）和王闓運（《木槿榮丘墓》）等。箋注中也有校記，如《天馬出西北》“春秋非有訖”

句,校語稱"六臣本作'訖',李善本作'託'"等。卷末題"平遠弟子黄純仁謹校"。

此本現藏上海圖書館,編目書號綫普長462303‑7。《叢刊》即據該本影印,收在第五十一册。

107. 魏鍾司徒集一卷

三國魏鍾會撰,明張溥輯。明婁東張氏刻《漢魏六朝百三名家集》本。清何紹基評點。一册。

九行十八字,白口、左右雙邊,單魚尾。版心上鐫"鍾司徒集",中鐫"卷全"和葉次。卷端題"魏鍾司徒集卷全",次行、第三行均低八格分別題"魏鍾會士季著""明張溥西銘閲"。卷首有張溥《魏鍾司徒集題詞》,次《魏鍾司徒集目録》。

鍾會(225—264)字士季,鍾繇之子,三國魏潁川長社(今屬河南長葛)人。景元四年(263)與鄧艾征蜀有功,官至司徒,進封縣侯,後與姜維謀據蜀而爲亂兵所殺。《三國志·魏書》卷二十八有傳。

鍾會作品編稱"集"始見於《隋志》著録,題"魏司徒鍾會集九卷"。小注又稱"梁十卷、録一卷",推斷至遲南朝梁時已有鍾會集之編。相較於梁本,《隋志》著録本闕佚一卷,篇目略有散失。《舊唐志》著録爲十卷,或爲梁本,亦或爲《隋志》著録本,即含目録一卷在内,實際同書。北宋以來未見公私書目有著録(《新唐志》著録者僅屬存録書名,並不反映存佚情况),則大致亡佚於唐末。此本爲現存最早的鍾會集輯本,據卷首目録收文爲《孔雀賦》《菊花賦》《蒲萄賦》《移蜀檄》《平蜀奏》《與姜維書》《與蔣斌書》《與吳主書》《高貴鄉公少康高祖優劣論記》《母張夫人傳》《成侯命婦傳》《芻蕘論》,總爲十二篇,附録有鍾會《本傳》。書中眉端有何紹基評點,如《高貴鄉公少康高祖優劣論記》"是以自古及今議論之士,莫有言者,德美隱而不宣",眉端何批"雋妙"。卷末有何氏題識"丙寅(1866)嘉平九日蝃蝀"。

書中鈐"龔氏蘅圃倚柯庭圖書""子貞"兩印,該集爲《漢魏六朝百三名家集》叢編的一種,係何紹基舊藏,現藏武漢大學圖書館,編目書號G810.0823/1133。《叢刊》即據該本影印,收在第五十一册。

108. 劉令君集一卷

三國蜀劉巴撰,清陳運溶輯。清光緒湘西陳氏刻《麓山精舍叢書·湘中名賢遺集五種》本。一册。

十行二十四字,黑口、左右雙邊,單魚尾。版心中鐫"劉令君集"和葉次。卷端題"劉令君集",次行低兩格題"蜀漢劉巴撰,善化陳運溶芸畦輯刊"。

劉巴(? —222)字子初,東漢末零陵烝陽(今屬湖南邵東)人。先主定蜀,辟爲左將軍西曹掾,進尚書,代法正爲尚書令。《三國志·蜀書》卷九有傳。

《三國志》本傳稱"凡諸文誥策命皆巴所作也",但史志及公私書目中均未見著録有"劉巴集"者,該本屬劉巴作品編明確稱"集"的第一個輯録本。書中收文凡十一篇,即《代漢中王上漢帝表》《先主即位告天文》《册穆皇后》《册皇太子》《策魯王》《策梁王》《策諸葛亮爲丞相》《策張飛領司隸校尉》《策馬超領涼州牧》《答劉先書》《與諸葛亮書》,均輯自《三國志》。

該本爲《麓山精舍叢書·湘中名賢遺集五種》中的一種,現藏上海圖書館,編目書號綫普長80660‐65。《叢刊》即據該本影印,收在第五十二册。

109. 蔣恭侯集一卷

三國蜀蔣琬撰,清陳運溶輯。清光緒湘西陳氏刻《麓山精舍叢書·湘中名賢遺集五種》本。一册。

十行二十四字,黑口、左右雙邊,單魚尾。版心中鐫"蔣恭侯集"和葉次。卷端題"蔣恭侯集",次行低兩格題"蜀漢蔣琬撰,善化陳運溶芸畦輯刊"。

蔣琬(? —246)字公琰,東漢末零陵湘鄉(今屬湖南湘鄉)人。以州書佐隨劉備入蜀,除廣都長,尋爲什邡令,劉備任漢中王時徵爲尚書郎。後主時,任東曹掾,諸葛亮卒後縶官至録尚書事,卒謚恭侯,撰有《喪服要記》一卷。《三國志·蜀書》卷十四有傳。

史志及公私書目中均未見著録有"蔣琬集"者,該本屬蔣琬作品編明確稱"集"

的第一個輯録本。書中僅收文一篇《承命疏》，附録一篇即《恭侯子蔣斌答鍾會書》。

該本爲《麓山精舍叢書·湘中名賢遺集五種》中的一種，現藏上海圖書館，編目書號綫普長 80660‐65。《叢刊》即據該本影印，收在第五十二册。

110. 傅鶉觚集一卷

晉傅玄撰，明張溥輯。明婁東張氏刻《漢魏六朝百三名家集》本。清何紹基評點。一册。

九行十八字，白口、左右雙邊，單魚尾。版心上鎸"傅鶉觚集"，中鎸"卷全"和葉次。卷端題"傅鶉觚集卷全"，次行、第三行均低九格分别題"晉北地傅玄著""明太倉張溥閲"。卷首有張溥《傅鶉觚集題詞》，次《晉傅鶉觚集目録》。

傅玄（217—278）字休奕，西晉北地泥陽（今屬陜西銅川耀州）人。少孤貧，州舉秀才，官至司隸校尉，封鶉觚男。善屬文，撰有《傅子》。《晉書》卷四十七有傳。

《晉書》本傳稱有"文集百餘卷行於世"，又鮑照《松柏篇》序云："余患脚上氣四十餘日，知舊先借傅玄集，以余病劇，遂見還。"推斷至遲在南朝宋時已有傅玄作品集編本流傳。史志著録始見於《隋志》，題"晉司隸校尉傅玄集十五卷"，小注稱"梁五十卷、録一卷，亡"。則南朝梁時傳本爲五十卷，至《隋志》著録本亡佚大半。至《舊唐志》復著録爲五十卷，或即梁本。大致唐末亡佚不傳（《新唐志》著録者衹是存録書名），南宋尤袤《遂初堂書目》著録是集，當爲南宋初的重編本。《宋志》著録爲一卷本，疑即尤袤著録本。元明之際此一卷本亦散佚不傳，現存最早的是明人張燮輯録的《七十二家集》本。此張溥輯本以張燮本爲基礎，據卷首目録輯録各體文章如下：賦作三十九篇（另附賦序七篇）、墓誌銘一篇、疏三篇、表一篇、奏一篇、議兩篇、序四篇、論一篇、贊七篇、箋兩篇、銘十八篇、誡一篇、頌一篇、設難一篇、誄一篇、祝文一篇、服兩篇、樂府二十五篇，總爲一百十一篇，附録《本傳》。眉端有何紹基評點，卷末有何氏題識"丙寅嘉平月十六日晨閲至此，蝯記，冬暖"。

書中鈐"龔氏蘅圃倚柯庭圖書"一印，該集爲《漢魏六朝百三名家集》叢編的一

種,係何紹基舊藏,現藏武漢大學圖書館,編目書號 G810. 0823/1133。《叢刊》即據
該本影印,收在第五十二册。

111. 傅鶉觚集五卷補遺一卷附傅子校勘記一卷

晉傅玄撰,清方濬師輯。清光緒二年(1876)廣州書局刻本。三册。

九行二十一字,白口、四周雙邊、單魚尾。版心上鎸"傅鶉觚集",中鎸卷次和
葉次。卷端題"傅鶉觚集卷一",次行、第三行均低一格分別題"晉司隷校尉鶉觚子
北地傅玄撰""大清資政大夫三品頂戴廣東分巡肇陽羅道加四級署理兩廣鹽運使
前内閣侍讀記名御史定遠方濬師校集"。卷首光緒丙子(1876)方濬師《傅鶉觚集
序》,次録《欽定四庫全書提要》中的《傅子》條提要、《本傳》和《傅鶉觚集總目》。

方濬師,生卒年不詳,字子嚴,清代安徽定遠人。咸豐間舉人,官直隷永定河
道,撰有《退一步齋文集》。

此本輯録傅玄詩文篇目較爲齊備,又將所撰《傅子》編入集中。全書正文共五
卷,卷一至二即爲《傅子》,以《四庫全書》本爲底本,同時據《群書治要》等校補所闕
篇目。方序云:"嗣得日本刊板唐魏徵《群書治要》中有《傅子》一種,亟取《四庫》所
收校之……計得篇目三十(《四庫》本收二十四篇)。偶以示同年老友李恢垣吏部,
吏部復檢得《三國志》注中所引者數十條,皆《治要》《大典》及《四庫》未曾采入者,
不禁狂喜,乃盡發架上藏書徧爲搜輯,於《初學記》《意林》《通典》《困學紀聞》《丹
鉛録》《續古文苑》中復得如干條,並明張氏溥彙輯傅鶉觚詩文雜著,釐爲五卷,以
合《崇文總目》之數。"卷一即爲三十篇,卷二乃據《永樂大典》《諸子瓊林》《太平御
覽》《文選》注、《三國志》《意林》《通典》《資治通鑑》胡三省注、《困學紀聞》增補
《傅子》佚文,卷端稱"武英殿本搜輯外,復從各書中摘入者并附此"。卷三爲賦疏
雜文,卷四樂府,卷五詩。詩文篇目與張溥輯本基本相同,但未收《魏武帝擬古皮弁
裁縑帛爲白帢以易舊服》一篇,同時據《續古文苑》增補詩兩篇,即《季冬詩》和《炎
旱詩》。卷五後有《補遺》一卷,補入輯自《初學記》《丹鉛總録》《資治通鑑》和《百
名家書》等著述中的《傅子》佚文,方濬師稱:"校刊傅集將竣,續於各書中搜録如干

條,爰附之五卷末。"最後附《傅子校勘記》一卷,主要是據自《群書治要》的校記。

書中正文刻有校語或小注,如《雜詩三首》其一"繁星衣青天",校語稱"衣"字"一作依"。《紫花賦》篇末小注稱"《太平御覽》傅玄《紫華賦》尚有'葩艷挺玉碧枝兮,煥若珊瑚之翠英'"。同時刻有方濬師按語,内容主要包括作校記、糾正訛誤和注明篇目存録三類,如《九曲歌》"安得長繩繫白日",按稱"周嬰《卮林》引'繫白日'作'繫日月'"。《釣竿》"保無極,永太平",按稱"張氏本作永泰年,誤,依《晉志》作'永太平'"。《卻西門行》篇題下按稱"此篇《樂府詩集》不載"。眉端有朱、墨兩色批語。

卷首有内扉頁題"光緒二年八月刊於廣州書局",目録末云:"光緒二年八月己丑朔越五日甲午日躔壽星之次,廣東補用知府前署廣州府糧補監掣通判巴陵方功惠總校督刊、高要縣同治丁卯科舉人周鸞飛、番禺縣學增生黎永椿覆校、全椒縣學附生黃樹培、鳳陽府學廩膳生方臻喆、定遠縣學廩膳生方臻喜分校。"附木刻題記"定遠方氏退壹步齋校集"。推知該本之刻由方功惠主持。

書中鈐"邵陽魏氏"一印,現藏上海圖書館,編目書號綫普長402864‑66。《叢刊》即據該本影印,收在第五十二册。

112. 晉司隸校尉傅玄集三卷

晉傅玄撰,清葉德輝輯。清光緒二十八年(1902)葉氏刻《觀古堂所著書》本。一册。

十一行二十二字,小字雙行同,黑口、左右雙邊,雙魚尾。版心中鎸"傅集"和卷次及葉次。卷端題"晉司隸校尉傅玄集卷一",次行題"賜進士出身誥授中憲大夫四品銜吏部主事葉德輝輯刊"。卷首有辛丑(1901)葉德輝《輯録晉司隸校尉傅玄集敍》。

葉德輝(1864—1927)字煥彬,又字奂芬,號直山、直心,又署郋園,清末民國初湖南湘潭人。光緒十一年(1885)鄉試中舉人,十八年(1892)中進士,任吏部主事。不願爲官,辭職歸家,讀書治學甚有成績,撰有《書林清話》《觀古堂文稿》等。

此本爲葉德輝輯録並刊刻,序云:"余既輯《傅子》刊成,因檢群書録得傅子所爲詩賦雜文,依《文選》分類編爲三卷,視張天如《漢魏百三家集》本略爲詳盡","嘗考《隋書·經籍志》載晉司隷校尉傅玄集十五卷,注云'梁五十卷、録一卷,亡'。梁隋相距百年間,當時已散佚大半之又半。則《新唐志》仍題五十卷者,殆不足信。《宋史·藝文志》載一卷,不知爲文爲詩。"該本卷一收賦五十七篇、詩四十一篇另附有逸句,卷二收樂府九篇,卷三收騷二篇、七四篇、疏四篇、表一篇、設難一篇、序三篇、頌一篇、贊九篇、論一篇、議二篇、箴二篇和銘五篇(其中一篇有目無辭)。所輯諸篇均在篇題下或正文中注明出處,又據各書所引作校勘記,以雙行小注的形式附在正文中。如《朝會賦》篇題下小注"《初學記》十四",又賦中"綜殷周之典制,采秦漢之舊儀,肇元正之嘉會"句,小注云:"《晉書·禮制下》《御覽》五百三十九引'制'作'藝'、'采'作'採'、'肇'作'定'。"

此本現藏首都圖書館,編目書號丙4·4951。《叢刊》即據該本影印,收在第五十三册。

113. 晉成公子安集一卷

晉成公綏撰,明張溥輯。明婁東張氏刻《漢魏六朝百三名家集》本。清何紹基評點。一册。

九行十八字,白口、左右雙邊,單魚尾。版心上鎸"成公子安集",中鎸"卷全"和葉次。卷端題"晉成公子安集卷全",次行、第三行均低七格分別題"晉司馬成公綏著""明太倉張溥閲"。卷首有張溥《成公子安集題詞》,次《晉成公子安集目録》。

成公綏(231—273)字子安,西晉東郡白馬(今屬河南滑縣)人。初召爲博士,後升中書郎,擅長辭賦。《晉書》卷九十二有傳。

《晉書》本傳稱"所著詩賦雜筆十餘卷行世",可能晉代已有集之編。史志明確著録作品集始自《隋志》,題"晉著作郎成公綏集九卷(殘缺)"。小注稱"梁十卷",則南朝梁時集本乃十卷,《隋志》著録本當即梁本,衹是略有篇目散佚。《舊唐志》復著録爲十卷本,即梁本,大致唐末佚而不傳(《新唐志》著録者衹是存録書名)。

現存成公綏集最早的輯本即此張溥本,據卷首目錄收文爲《天地賦》《木蘭賦》《雲賦》《柳賦》《琵琶賦》《大河賦》《琴賦》《時雨賦》《棄故筆賦》《芸香賦》《烏賦》《陰霖賦》《延賓賦》《嘯賦》《蜘蛛賦》《螳螂賦》《洛禊賦》《鴻雁賦》(附《鸚鵡賦序》《日及賦序》兩篇)《賢明頌》《菊頌》《椒華銘》《蔽髻銘》《菊銘》《市長箴》《魏相國舞陽宣文侯司馬公誄》《七唱》《隸書體》《戒火文》《晉四廂樂歌》《中宮詩二首》《行詩》《遊仙詩》,總爲三十二篇。附錄有《本傳》。書中眉端有何紹基評點,如《嘯賦》眉端何批"此事失傳,故不解其妙"。

書中鈐"龔氏蘅圃倚柯庭圖書"一印,該集爲《漢魏六朝百三名家集》叢編的一種,係何紹基舊藏,現藏武漢大學圖書館,編目書號 G810.0823/1133。《叢刊》即據該本影印,收在第五十三冊。

114. 魏荀公曾集一卷

晉荀勖撰,明張溥輯。明婁東張氏刻《漢魏六朝百三名家集》本。一冊。

九行十八字,白口、左右雙邊,單魚尾。版心上鎸"荀公曾集",中鎸"卷全"和葉次。卷端題"魏荀公曾集",次行、第三行均低八格分別題"晉潁川荀勖著""明太倉張溥閱"。卷首有張溥《晉荀公曾集題詞》,次《魏荀公曾集目錄》。

荀勖(?—289)字公曾,西晉潁陰(今屬河南許昌)人。三國魏時任中郎,入晉爲侍中,封濟北郡公,進位光禄大夫,博學明識,撰有《中經》。《晉書》卷三十九有傳。

荀勖作品編始稱"集"見於《隋志》小注,稱"荀勖集三卷、録一卷,亡"。《舊唐志》著録荀勖集爲二十卷,姚振宗稱"案十字衍",則應爲二卷,唐末散佚不傳(《新唐志》著録者祇是存録書名)。此張溥輯本爲現存最早的荀勖集編本,據卷首目錄收文十五篇,即《蒲萄賦》《條牒問列和諸律意狀奏》《辭尚書令表》《讓豫州大中正表》《讓樂事表》《答問三公表》《議遣王公之國對》《議增置文法對》《省吏議》《甲乙議》《爲文王與孫皓書》《答王琛書》《穆天子傳序》《晉四廂樂歌》和《從武帝華林園宴》,附錄有《本傳》。

該集爲《漢魏六朝百三名家集》叢編的一種,係何紹基舊藏,現藏武漢大學圖書館,編目書號 G810.0823/1133。《叢刊》即據該本影印,收在第五十三册。

115. 夏侯常侍集一卷

晉夏侯湛撰,明張溥輯。明婁東張氏刻《漢魏六朝百三名家集》本。清何紹基評點。一册。

九行十八字,白口、左右雙邊,單魚尾。版心上鐫"夏侯常侍集",中鐫"卷全"和所載篇目的文體名及葉次。卷端題"夏侯常侍集卷全",次行、第三行均低九格分别題"晉譙國夏侯湛著""明太倉張溥閲"。卷首有張溥《夏侯常侍集題辭》,次《夏侯常侍集目録》。

夏侯湛,生卒年不詳,字孝若,西晉譙國譙(今屬安徽亳州)人。征西將軍夏侯淵曾孫,少任太尉掾,泰始中舉賢良方正,後官至散騎常侍,撰有《新論》。《晉書》卷五十五有傳。

《晉書》本傳不言有集之編,按《世説新語·文學》劉孝標注引有《湛集敍》,即夏侯湛集的集序,推斷南朝梁時已有本集之編。史志著録始於《隋志》,題"晉散騎常侍夏侯湛集十卷"。小注稱"梁有録一卷",即梁本夏侯湛集有目録一卷,又可爲梁時有傳本之證。《舊唐志》亦著録爲十卷,當即《隋志》著録本。宋代以來未有傳本,大致唐末散佚不傳(《新唐志》著録者祇是存録書名)。現存夏侯湛作品集最早的輯本是張燮《七十二家集》本《夏侯常侍集》二卷,此張溥輯本以張燮本爲基礎。據卷首目録收文四十五篇,即《雷賦》《春可樂賦》《秋夕哀賦》《秋可哀賦》《大暑賦》《禊賦》《梁田賦》《夜聽笳賦》《鞞舞賦》《雀釵賦》《缸燈賦》《繳彈賦》《觀飛鳥賦》《玄鳥賦》《獵兔賦》《愍桐賦》《芙蓉賦》《石榴賦》《宜男花賦》《朝華賦》《浮萍賦》《薺賦》《瓜賦》《抵疑》《羊秉序》《從祖叔權幼權序》《昆弟誥》《東方朔畫贊》《虞舜贊》《左丘明贊》《顔子贊》《閔子騫贊》《莊周贊》《管仲贊》《鮑叔贊》《范蠡贊》《魯仲連贊》《外祖母憲英傳》《周詩》《山路吟》《江上泛歌》《離親詠》《長夜謡》《寒苦謡》和《征邁辭》,附録有《本傳》。眉端或篇末等有何紹基評點,如《抵疑》篇末何批"《解嘲》《賓戲》之後有此奇作"。又《昆弟誥》眉端何批"無故模仿《尚書》，有何意味，不必説借也"，篇題旁則批曰"題已奇謬"。

書中鈐"龔氏蘦圃倚柯庭圖書"一印，該集爲《漢魏六朝百三名家集》叢編的一種，係何紹基舊藏，現藏武漢大學圖書館，編目書號 G810.0823/1133。《叢刊》即據該本影印，收在第五十三册。

116. 孫馮翊集一卷

晉孫楚撰，明張溥輯。明婁東張氏刻《漢魏六朝百三名家集》本。清何紹基評點。一册。

九行十八字，白口、左右雙邊，單魚尾。版心上鐫"孫馮翊集"，中鐫"卷全"和葉次。卷端題"孫馮翊集卷全"，次行、第三行均低九格分别題"晉太原孫楚著""明太倉張溥閲"。卷首有張溥《孫子荆集題詞》，次《晉孫馮翊集目録》。

孫楚（？—293）字子荆，西晉太原中都（今屬山西平遥）人。富文才，曹魏末年參鎮東軍事，西晉惠帝初任馮翊太守。《晉書》卷五十六有傳。

孫楚作品編稱"集"始見於《隋志》著録，題"晉馮翊太守孫楚集六卷"。小注稱"梁十二卷，録一卷"，則至遲南朝梁時即有孫楚集編本。相較於梁本，《隋志》著録本佚去一半。《舊唐志》著録爲十卷，大致唐末散佚不傳（《新唐志》著録者衹是存録書名）。現存孫楚集最早的輯本爲張燮《七十二家集》本《孫馮翊集》二卷，此張溥輯本以張燮本爲基礎。據卷首目録，收文四十六篇，即《笑賦》《登樓賦》《韓王臺賦》《井賦》《雪賦》《笳賦》《相風賦》《菊花賦》《蓮花賦》《枕杜賦》《茱萸賦》《鷹賦》《雁賦》《雉賦》《蟬賦》《屈建論》《尼父頌》《梁令孫侯頌》《莊周贊》《榮啓期贊》《原壤贊》《顔回贊》《管仲贊》《季子贊》《白起贊》《樂毅贊》《韓信贊》《反金人銘》《石人銘》《故太傅羊祜碑》《雁門太守牽府君碑》《龍見上疏》《九品疏》《取士疏》《薦傅長虞牋》《謝賜鄣日牋》《爲石苞與孫皓書》《與董京書》《和氏外孫道生哀文》《和氏外孫小同哀文》《答弘農故吏民》《除婦服詩》《征西官屬送於陟陽侯作詩》《太僕座上詩》《祖道詩》和《之馮翊祖道詩》，附録有《本傳》。眉端有何紹基評點。

該集爲《漢魏六朝百三名家集》叢編的一種,係何紹基舊藏,現藏武漢大學圖書館,編目書號 G810.0823/1133。《叢刊》即據該本影印,收在第五十三册。

117. 晉杜征南集一卷

晉杜預撰,明張溥輯。明婁東張氏刻《漢魏六朝百三名家集》本。清何紹基評點。一册。

九行十八字,白口、左右雙邊,單魚尾。版心上鎸“杜征南集”,中鎸“卷全”和葉次。卷端題“晉杜征南集”,次行、第三行均低八格分别題“晉杜預元凱著”“明張溥西銘閲”。卷首有張溥《晉杜征南集題詞》,次《晉杜征南集目録》。

杜預(222—284)字元凱,西晉京兆杜陵(今屬陝西西安)人。官河南尹、度支尚書,太康元年(280)率兵滅吳,封當陽縣侯。博學,多謀略,人稱杜武庫,撰有《春秋左氏傳集解》。《晉書》卷三十四有傳。

杜預作品編稱“集”始見於《隋志》著録,題“晉征南將軍杜預集十八卷”。至《舊唐志》著録爲二十卷,增益兩卷,似内容稍廣。北宋以來未見公私書目著録,推斷亡佚於唐末(《新唐志》著録者衹是存録書名)。此張溥輯本爲現存最早的杜預集編本,據卷首目録收文二十四篇,即《律令注解奏》《黜陟課法略》《秦川軍事》《奏事》《論水利疏》《陳伐吳至計表》《再上伐吳表》《請署羊祜辟士表》《舉賢良方正表》《皇太子釋服議》《答盧欽魏舒問》《皇太子諒闇終制奏》《祥祫議》《與王濬書》《與子耽書》《歲終帖》《親故帖》《春秋左氏傳序》《律序》《春秋長曆論》《春秋長曆説》《宗譜》《遺令》和《酒論》,附録有《本傳》。眉端有何紹基批點。

該集爲《漢魏六朝百三名家集》叢編的一種,係何紹基舊藏,現藏武漢大學圖書館,編目書號 G810.0823/1133。《叢刊》即據該本影印,收在第五十三册。

118. 傅中丞集一卷

晉傅咸撰,明張溥輯。明婁東張氏刻《漢魏六朝百三名家集》本。清何紹基評點。一册。

九行十八字,白口、左右雙邊,單魚尾。版心上鐫"傅中丞集",中鐫"卷全"和葉次。卷端題"傅中丞集卷全",次行、第三行均低八格分別題"晉北地傅咸長庚著""明太倉張溥閱"。卷首有張溥《傅中丞集題詞》,次《傅中丞集目錄》。

傅咸(239—294)字長虞,傅玄之子,西晉北地泥陽(今屬陝西銅川耀州)人。泰始末襲父爵爲清泉侯,拜太子洗馬,纍遷尚書右丞,出爲冀州刺史,後官至尚書左丞。元康初轉太子中庶子,纍官至御史中丞,詔贈司隸校尉,卒諡曰貞。《晉書》卷四十七有傳。

傅咸作品編稱"集"始見於《隋志》著錄,題"晉司隸校尉傅咸集十七卷"。小注又稱"梁三十卷,錄一卷",則至遲南朝梁時已有傅咸集編本。《隋志》著錄本相較於梁本闕佚近半,篇目散佚不少。《舊唐志》復著錄爲三十卷,當即梁本。大致唐末佚而不傳(《新唐志》著錄者祇是存錄書名),現存傅咸集以張燮輯錄的《七十二家集》本《傅中丞集》爲最早。此張溥輯本以張燮本爲基礎,據卷首目錄收文賦三十五篇(附有賦序三篇)、疏一篇、表六篇、奏六篇、上書三篇、牋一篇、教一篇、草一篇、書六篇、尺牘一篇、頌一篇、箴一篇、銘四篇、碑銘一篇、誄一篇和詩十五篇,總爲八十四篇。賦中的《燭賦》一篇,嚴可均均據《太平御覽》歸入傅玄之作,實際爲八十三篇。附有《本傳》。書中眉端有何紹基評點,如《毛詩詩》眉端何批"此集句耳"。

書中鈐"龔氏衡圃倚柯庭圖書"一印,該集爲《漢魏六朝百三名家集》叢編的一種,係何紹基舊藏,現藏武漢大學圖書館,編目書號 G810.0823/1133。《叢刊》即據該本影印,收在第五十四冊。

119. 傅中丞集一卷

晉傅咸撰,張鵬一輯。民國間鉛印《關隴叢書·北地傅氏遺書》本。一冊。

九行二十二字,上黑口、四周單邊,無直格,單魚尾。版心中題"北地傅氏遺書"和卷次及葉次,下題"文獻徵輯處校印"字樣。卷端題"北地傅氏遺書卷六,中丞集,關隴叢書",次行低一格題"晉御史中丞北地傅咸撰"。卷首有張溥《傅中丞集敘》,次《晉書·傅咸傳》《別傳》和《目錄》。

據卷首目録,該本相較於張溥輯本,賦作增益一篇即《弔始皇賦》,又增益《禘奏》、佚文一則、《贈郭泰機詩序》《答辛曠詩序》《愁霖詩》和佚文二則,共計七篇。其中《答楊濟書》在張溥本作兩篇,該本合爲一篇題"二首",故實際收文九十一篇。各篇篇末或輯録同篇内的各個片段均注明出處,如《鏡賦》由四個片段組成,分別注明出自"《御覽》七百十七""《初學記》二十五""《書鈔》二十五"和"《書鈔》百三十六"。書中有校記,如《櫛賦》"夫才之治世"句中的"夫"字,校記稱"《書鈔》百三十六、張本'夫'作'大'"等。也對張溥本進行訂補,卷端題名"中丞集"下有小注稱"據張溥《百三家集》校補"。如《羽扇賦》"昔吳人截鳥翼而搖之風,不減方圓二扇而功無加,然中國莫有生意者。滅吳之後,翕然貴之,無人不用,其辭曰",校語稱"張本無'誤'字('誤'爲'昔'字之誤,排字錯,張本作'吳人'),'不減'作'既勝於'三字,'扇'下無'弓無加'三字('功'字誤排成'弓'),'翕然'句下無'無人不用'四字,今據《世説新語》上注補正",張本即作"吳人截鳥翼而搖風,既勝於方圓二扇,而中國莫有生意。滅吳之後,翕然貴之,其辭曰"。

該本爲《關隴叢書》的一種,現藏上海圖書館,編目書號綫普長002925。《叢刊》即據該本影印,收在第五十四册。

120. 晉張司空集一卷

晉張華撰,明張溥輯。明婁東張氏刻《漢魏六朝百三名家集》本。清何紹基評點。一册。

九行十八字,白口、左右雙邊,單魚尾。版心上鐫"張茂先集",中鐫"卷全"和葉次。卷端題"晉張司空集卷全",次行、第三行均低八格分别題"晉張華茂先著""明張溥西銘閱"。卷首有張溥《張茂先集題詞》,次《晉張茂先集目録》。

張華(232—300)字茂先,西晉范陽方城(今屬河北固安)人。因諫伐吳有功而封廣武縣侯,後官至司空。趙王倫謀廢賈后,不從而遭殺害。博學多聞,撰有《博物志》等。《晉書》卷三十六有傳。

《晉書》本傳稱"著《博物志》及文章並行於世",不言有集之編。張華作品編稱

"集"始見於《隋志》著録,題"晉司空張華集十卷",小注稱"録一卷"。《舊唐志》著録同《隋志》,大致唐末亡逸(《新唐志》著録者衹是存録書名)。南宋《郡齋讀書志》著録爲三卷本,云:"集有詩一百二十、哀辭册文二十一、賦三。"屬南宋初的重編本。《遂初堂書目》亦著録,不題卷數,當即晁氏著録本。《直齋書録解題》仍著録爲三卷本,稱:"前二卷爲四言五言詩,後一卷爲祭祝哀誄等文。"《文獻通考·經籍考》著録同陳氏,《宋志》著録張華集二卷和張華詩一卷,疑將三卷本釐分爲一卷的詩集單行本和兩卷的詩之外作品單行本兩種。至遲在元明之際,此三卷本不傳於世。現存張華集最早的輯本即此張溥輯本,《題詞》云:"晁氏書目云張司空集有詩一百二十、哀詞册文二十一、賦三。今余所綴輯,賦數過之,文不及全,詩歌八十餘。"據卷首目録收文爲《鷦鷯賦》《歸田賦》《相風賦》《永懷賦》《感婚賦》《朽社賦》《環材枕賦》《豆羹賦》《上壽食舉歌詩表》《薦成公綏表》《封禪議》《晉文王謚議》《廢黜武悼楊太后議》《武帝哀策文》《武元楊皇后策文》《章懷皇后誄》《魏劉驃騎誄》《列文先生鮑玄泰誄》《女史箴》《大司農箴》《尚書令箴》《環材枕箴》《倚几銘》《杖銘》《與褚陶書》《報雷焕書》《暫西帖》《甲乙問》《博物志序》《博物志地理贊》《晉四廂樂歌》《晉冬至初歲小會歌》《晉宴會歌》《晉中宮所歌》《晉宗親會歌》《晉正德大豫舞歌》《晉凱歌》《晉白紵舞歌詩》《晉杯槃舞歌詩》《拂舞歌二首》《遊獵篇》《遊俠篇》《博陵王宫俠曲》《門有車馬客行》《輕薄篇》《壯士篇》《蕭史篇》《祖道征西應詔詩》《祖道趙王應詔詩》《太康六年三月三日後園會詩》《上巳篇》《勵志詩》《答何劭》《情詩》《感婚詩》《雜詩》《擬古》《遊仙詩》《贈摯仲洽詩》《招隱》《荷詩》和《橘詩》,總爲六十二篇。附録有張華《本傳》。書中眉端有何紹基評點,如《朽社賦》眉端何批"兼有神耶",《獨漉篇》眉端何批"拉雜斷續,多古意"。

書中鈐"龔氏蘅圃倚柯庭圖書""學閒館藏珍"兩印,該集爲《漢魏六朝百三名家集》叢編的一種,係何紹基舊藏,現藏武漢大學圖書館,編目書號 G810.0823/1133。《叢刊》即據該本影印,收在第五十四册。

121. 潘黃門集六卷

晉潘岳撰。明刻《漢魏六朝諸家文集》本。傅增湘校並跋。一册。

九行二十字或十八字,白口、左右雙邊,單魚尾。版心上鐫"潘黄門集",中鐫卷次和葉次。卷端題"潘黄門集卷第一",次行、第三行均低九格分別題"晉東牟潘岳著""明河東吕兆禧校"。卷首有《潘岳傳》,次《潘黄門集目録》。目録末有戊寅(1938)傅增湘跋。

潘岳(247—300)字安仁,西晉滎陽中牟(今屬河南中牟)人。任河陽令,纍官至給事黄門侍郎,世稱潘黄門。潘岳與石崇等諂事賈謐,爲謐門二十四友之首。趙王倫專政,中書令孫秀誣以謀反而被害。《晉書》卷五十五有傳。

潘岳作品編稱"集"明確見於《隋志》,題"晉黄門郎潘岳集十卷"。《舊唐志》著録亦爲十卷本。宋代書目中惟見《遂初堂書目》著録,不題卷數,疑爲宋人重編本。至《宋志》著録爲七卷,相較於唐本闕佚三卷,或即尤袤著録本。現存潘岳集,基本屬明人重編本,有六卷本和一卷本(即張溥編本)之别。

此本屬現存最早的潘岳作品集重編本,據卷首目録卷一至三爲賦作十九篇,其中《秋菊賦》篇題下小注稱"此篇一作潘尼",卷四爲詩作十四篇四十五首,卷五至六爲議頌箴贊誄哀策文等共三十篇,總爲六十三篇。書中眉端及正文有傅增湘校,其一是標注賦作的來源,目録中的賦作即逐一校記出處,如《滄海賦》校稱"《類聚》八"。其二是在正文中有夾行批校,或校出異文,如卷一《西征賦》"聖智弗能豫","豫"有校記"預";卷四《河陽縣作》"再升上宰朝",校稱"朝,宋建本誤相"。或批注篇目的異同,如卷三《河陽庭前安石榴賦》小序,批注稱"此序據《藝文類聚》乃潘尼所作"。或注明校勘的依據,如《西征賦》稱"此賦據六朝人卷子本校"。當然書中也刻有校記,如目録中的《秋菊賦》篇題下小注稱"此篇一作潘尼",又卷四《内顧詩二首》其一"别領訴歸期,雲沉不可釋",校記稱:"别領二句,《玉臺》作'引領訊歸雲,沈思不可釋'。"

該本所在的叢編《漢魏六朝諸家文集》,係傅增湘舊藏,鈐"傅增湘讀書"一印。現藏中國國家圖書館,編目書號00259。《叢刊》即據該本影印,收在第五十四册。

122. 潘黄門集一卷

晉潘岳撰,明張溥輯。明婁東張氏刻《漢魏六朝百三名家集》本。清何紹基評點。一册。

九行十八字,白口、左右雙邊,單魚尾。版心上鎸"潘黄門集",中鎸"卷全"和所載篇目的文體名及葉次。卷端題"潘黄門集卷全",次行、第三行均低八格分别題"晉滎陽潘岳著""明太倉張溥閲"。卷首有張溥《潘黄門集題詞》,次《晉潘黄門集目録》。

此張溥輯本相較於《漢魏六朝諸家文集》本,篇目有所增益。如表類增益《上關中詩表》一篇,誄類增益《賈充誄》一篇,詩類增益《别詩》一篇,總爲六十六篇。又賦誄篇目雖與《漢魏六朝諸家文集》本相同,但《相風賦》該本又補輯出"採脩竹於層城,歷寒暑而靡凋。踞神獸於下趾,棲靈鳥於上標"諸句。眉端有何紹基評點,如《滄海賦》眉端何批"雖然短篇,鼎足張木","張木"指張融和木華均撰有《海賦》。

該集爲《漢魏六朝百三名家集》叢編的一種,係何紹基舊藏,現藏武漢大學圖書館,編目書號 G810.0823/1133。《叢刊》即據該本影印,收在第五十五册。

123. 晉束廣微集一卷

晉束晳撰,明張溥輯。明婁東張氏刻《漢魏六朝百三名家集》本。清何紹基評點。一册。

九行十八字,白口、左右雙邊,單魚尾。版心上鎸"束廣微集",中鎸"卷全"和葉次。卷端題"晉束廣微集",次行、第三行均低八格分别題"晉束晳廣微著""明張溥西銘閲"。卷首有張溥《束陽平集題辭》,次《晉束廣微集目録》。

束晳(261? —約300)字廣微,西晉陽平元城(今屬河北大名)人。官著作佐郎、尚書郎,與荀勖、衛恒等整理汲冢書。《晉書》卷五十一有傳。

《晉書》本傳稱"所著《五經通論》《發蒙記》《補亡詩》文集數十篇行於世",推斷晉代已有集之編。作品集見於史志著録始自《隋志》,題"晉著作郎束晳集七卷"。小注稱"梁五卷,録一卷",則南朝梁時傳本爲五卷本,《隋志》著録本則增益兩卷。《舊唐志》復著録爲五卷,即梁本。至《宋志》又著録爲一卷,疑爲宋人重編本,而唐本則大致在唐末五代之際散佚不傳(《新唐志》著録者祇是存録書名)。此一卷本也至遲在元明之際不傳,現存最早的輯本即此張溥本。據卷首目録,收文爲《貧家賦》《餅賦》《勸農賦》《近遊賦》《讀書賦》《春夏封諸侯論》《廣農議》《高禖壇石議》《婚姻以時議》《風伯雨師不得避諱議》《三日曲水對》《薦王璞奏》《答汲冢竹書難釋書》《謝公曹牋》《弔蕭孟恩文》《弔衛巨山文》《玄居釋》《集語》和《補亡詩六首》,總爲十九篇。附録有《本傳》。書中眉端有何紹基評點,如《補亡詩六首序》眉端何批“爲《鄉飲》而作,不爲僭矣”。卷末有何氏題識“丙寅嘉平廿二日蝯叟閱至此”。

該集爲《漢魏六朝百三名家集》叢編的一種,係何紹基舊藏,現藏武漢大學圖書館,編目書號 G810.0823/1133。《叢刊》即據該本影印,收在第五十五册。

124. 陸士衡文集十卷

晉陸機撰。清影宋鈔《晉二俊文集》本。清趙懷玉、翁同書校,嚴元照批註並跋又録盧文弨校。一册。

十一行二十字,白口、左右雙邊,無魚尾。版心上題字數,中題卷次和葉次,下題刻工姓名。卷端題“陸士衡文集卷第一”,次行低五格題“晉平原内史吳郡陸機士衡”。卷首有南宋慶元庚申(1200)徐民瞻《晉二俊文集敍》。卷十末有嚴元照朱筆題跋。

陸機(261—303)字士衡,三國時吳國吳郡(今屬江蘇蘇州)人,一説華亭(今屬上海松江)人。祖遜,父抗,皆吳重臣。曾任吳牙門將,吳亡退居舊里。西晉太康間,與其弟陸雲入洛,名動一時,並稱“二陸”。歷任太子洗馬、著作郎和中書郎等職,後薦爲平原内史,世稱“陸平原”。與弟陸雲同在“八王之亂”中遇害。《晉書》卷五十四有傳。

趙懷玉(1747—1823)字億孫,號牧庵,別署味辛、映川、樓園,清江蘇武進人。乾隆四十五年(1780)賜舉人,授内閣中書,後歷任青州府海防同知、登州及兗州知府。富藏書,與黃丕烈、鮑廷博等相往來,撰有《亦有生齋文集》等。

嚴元照(1784—1818)字修能,號久能,又號蕙櫋、晦庵居士,清浙江歸安(今屬浙江湖州)人。縣諸生。喜藏書,有芳椒堂,撰有《娛親雅言》《爾雅匡名》《悔庵文鈔》等。生平事跡參見《歸安縣志》卷三十七。

盧文弨(1717—1795)字紹弓,又作召弓,號磯漁,又號檠齋,晚更號弓父,稱抱經先生,清浙江餘姚人。乾隆十七年(1752)進士,官至湖南學政。精於校勘,博極群書,撰有《抱經堂文集》《鍾山札記》《讀史札記》等。生平事跡參見《抱經堂文集》首附《盧公墓誌銘》。

《晉書》本傳稱"所著文章凡三百餘篇,並行於世",不言有集之編。按陸雲《與兄平原書》云:"兄文章已自行天下","前集兄文爲二十卷,適訖一十,當黃之。書不工,紙又惡,恨不精"。推斷陸機生前已有作品集之編,而編者乃其弟陸雲。東晉葛洪《抱朴子》云:"嵇君道問二陸優劣,抱朴子曰:吾見二陸之文百許卷,似未盡也……嵇君道曰:每讀二陸之文,未嘗不廢書而嘆,恐其卷盡也。""二陸之文百許卷"當包括陸機詩文集在內。陸機作品編稱"集"首見於《隋志》著錄,題"晉平原內史陸機集十四卷"。小注又稱:"梁四十七卷,錄一卷。"此即梁本陸機集,北朝也有流傳,如顏之推《顏氏家訓·風操》稱陸機集有《與長沙顧母書》。《隋志》著錄本即初唐傳本陸機集,相較於梁本闕佚三十餘卷。《舊唐志》則著錄爲十五卷本,當合目錄一卷在內,實即《隋志》本。《北堂書鈔》《文選》及日藏舊鈔本《文選集注》均引有唐本陸機集,其中《北堂書鈔》卷五十七引有陸機集序,推知唐本陸機集有集序一篇。降至北宋,《太平御覽》尚引及陸機集,至《崇文總目》則未見著錄,大致北宋中期亡佚不傳。南宋初晁公武《郡齋讀書志》著錄陸機集爲十卷本,屬重編本。按晁氏稱:"今存詩賦論議箋表碑誄一百七十餘首,以《晉書》《文選》校正外,餘多舛誤。"印證陸機集出自重編。《直齋書錄解題》《文獻通考·經籍考》《宋志》均著錄爲十卷本,遂爲今本卷第。

此本爲清影宋鈔《晉二俊文集》本,自內容而言可直接視爲"宋本",從此角度來說屬現存陸機集最早的版本。按南宋慶元六年徐民瞻在華亭縣學刊刻二陸集即《晉二俊文集》,世稱宋華亭縣學本。華亭縣學本《晉二俊文集》至清初尚存於世,遂有此部影鈔本流傳至今,惜現僅存宋本陸雲集。賴此影宋鈔陸機集,而獲睹宋本舊貌。如保留宋本中的避諱字,"玄""弦""朗""弘""殷""匡""恒""貞""桓""慎""敦""惇""廓"諸字均缺末筆,較爲謹嚴。又保留有宋本中的刻工,如繆中、高惠、高文、高正、吕椿、徐詢等。輯録陸機詩文一百七十四篇,即晁本所稱的"一百七十餘首",相較於本傳所稱的"三百餘篇"佚去近一半,而且還可能混入了非陸機之作的篇目。在文獻內部也留下了重編的證據,如卷八《演連珠》"臣聞禄五臣本施於寵,非隆家之舉"句,"五臣本"即屬竄入,是輯自《文選》之證。此外,鈔本中有趙懷玉(眉端藍筆)、翁同書(眉端墨筆)、嚴元照(正文夾行朱筆)三人的校語,及嚴氏録自盧文弨的校語(眉端朱筆,略草),可分爲訂正"宋本"譌脱和據別本校勘兩類,頗具參考價值。

書中鈐"嚴氏修能""元照之印""張氏秋月字香修一字幼憐""香修""芳淑堂印""祖庚曾讀""何元錫借觀印""文弨借觀""錢唐嚴傑借閱""東壁圖書"諸印,嚴元照舊藏,經名家經眼或批校。現藏中國國家圖書館,編目書號戰2751。《叢刊》即據該本影印,收在第五十五冊。

125. 陸士衡文集十卷

晉陸機撰。明正德十四年(1519)陸元大刻《晉二俊文集》本。清黃丕烈跋並録陸貽典校。二册。

十行十八字,白口、左右雙邊,單魚尾。版心中鐫"陸士衡"和卷次及葉次。卷端題"陸士衡文集卷第一",次行低四格題"晉平原內史吳郡陸機士衡"。卷十末有正德己卯(1519)都穆跋,跋末有黃丕烈跋,並附有陳鱣信札一通。

陸元大,生平仕履不詳,繆荃孫《雲自在龕隨筆》卷三"書籍"條引《夷白齋詩話》稱其"洞庭涵村人,性疏懶,好遠遊,晚歲業書"。

陸貽典(1617—1686)字敕先,號覿庵,明末清初江蘇常熟人。篤志墳典,長於校讎,撰有《玄要齋集》《覿庵詩鈔》等。

此本是除清影宋鈔本之外最爲重要的陸機集版本,都穆跋稱:"士衡集十卷,宋慶元中嘗刻華亭縣齋，歲久其書不傳。予家舊有藏本，吳士陸元大爲重刻之。"知即據宋華亭縣學本陸機集重刻，篇目及篇次皆同宋本（以影宋鈔本爲據），故長期以來視同"宋本"。以之與影宋鈔本陸機集相校存在異文，如卷一《文賦》"良難以辭逐"，陸本"逐"作"逮"；"故踸踔於短韻"，陸本"韻"作"垣"；同卷《豪士賦》"修心以爲量者"，陸本"修"作"循"；卷二《遂志賦》"皆相依效焉"，陸本"效"作"仿"等。印證陸本在刊刻中有所校訂，非盡屬宋本文字原貌，故應定爲據宋重刻本而非翻刻或覆刻（行款已經改易）。書中有黃丕烈過録陸貽典校，據書首副葉稱"陸敕先校宋本，宋板十一行二十字，走行不越字數"，知據宋本陸機集而校。既保留宋本文字之貌，又照摹宋本行格，如卷一末葉（第 10 葉 b 面）朱筆題"宋板八葉四行"（指宋本卷一文字共八葉又第九葉 a 面四行），眉端朱筆題"此懸六行"（指宋本卷一末題"陸士衡文集卷第一"與正文之間有六行空白），皆與影宋鈔本相合，頗具版本及文獻價值。

書中鈐"又玄齋收藏圖書印""秦季公""四麟止印""朝""讓""孫光父""大石山房""士禮居藏""稽瑞樓""鐵琴銅劍樓"諸印，明秦四麟舊藏，又歸孫朝讓。入清經黃丕烈、陳揆、瞿氏鐵琴銅劍樓遞藏。現藏中國國家圖書館，編目書號 3536。《叢刊》即據該本影印，收在第五十五冊。

126. 陸士衡文集十卷札記一卷

晉陸機撰，清錢培名撰。清光緒四年（1878）刻《小萬卷樓叢書》本。一冊。

十行二十字，白口、左右雙邊，單魚尾。版心上鎸"陸士衡文集"，中鎸卷次和葉次。卷端題"陸士衡文集卷之一，小萬卷樓叢書"，次行低十一格題"晉陸機撰"。卷十末有咸豐二年（1852）錢培名跋，次《札記》。

錢培名，生卒年不詳，字賓之，號夢花，錢熙經之子，清代金山（今屬上海）人。縣諸生，官候選訓導，藏書處曰小萬卷樓，繼承父志輯編《小萬卷樓叢書》。

錢氏輯編《小萬卷樓叢書》凡十七種，所收"不拘門户，不限時代，要以有關於學問文章風俗教化者爲斷"（《小萬卷樓叢書》錢氏自跋），且"書尾輒跋其著書條理及得書始末,或札記其失誤"(張文虎《鼠壤餘蔬·錢賓之傳》),特別是札記頗具學術價值。該叢書刻在光緒四年,叢書卷首總目末有是年錢序云:"近歲張君嘯山自金陵辭席歸興,言及此,謂可就板翻刻,爲費較輕,因與商略。"

《陸士衡文集》及《札記》即該叢書的第十五種,卷首有內扉葉題"陸士衡集附札記"。錢跋詳述是書編刻事由,云:"今此本詩文共一百七十四首,蓋即晁氏所見之本……集中殘篇斷簡,雜出不倫,大要出《藝文類聚》《初學記》諸書,而不無罣漏,疑亦北宋人捃摭而成。徐刊本已不可得,此本乃明正德間陸元大重刻,後有都穆跋,昭文張氏《愛日精廬藏書志》遂以爲都刻,非也。書估居奇,去其跋以爲宋槧。文達所得影鈔本,疑即據此。新安汪士賢輯晉二十家集亦從此翻刻,舛誤悉同。今重校繡梓,凡確見爲寫刻之誤者,徑改之。其義可兩通及他書所引有異同者,著之札記。"兹以該本校以陸元大本,的確經過校改,如卷二《遂志賦》"陋《幽通》矣"句,陸本"陋"作"漏";同卷《懷土賦》"適新邑之邱墟"句,陸本"邱"作"丘"等。錢氏《札記》則據史書、類書及總集等,博稽陸機詩文同異,且作有考訂性的辨正。所據典籍有《文選》《初學記》《藝文類聚》《太平御覽》《晉書》《古文苑》《雲間志》《詩紀》《玉臺新詠》《樂府詩集》和《三國志》等。如《文賦》"夫其放言遣辭"句,札記云:"《文選》無'其'字,《初學記》二十一引有。"又"或受山欠於拙目"句,札記云:"山欠當作,《文選》亦誤。""卷第七"札記云:"此卷卷首目錄'樂府'下脱'挽歌','百年歌'下脱'秋胡行''順東西門行''上留田行''隴西行''駕言出北闕行''太山吟''櫂歌行''東武吟行''飲酒樂'等十篇題目,蓋轉寫失之。"又《晉平西將軍孝侯周處碑》則引諸家之說辨此篇碑文屬僞作而誤收入集中,如引顧炎武《金石文字記》云:"張燮編次陸士衡集收入此篇,謂其中多訛謬,文理不接,且孝侯戰没而云舊疾增加奄捐館舍,明是不讀史者僞作。"

《札記》一卷還附有《逸文》,即輯錄未收入陸機集中的詩文殘篇,每篇或輯錄的殘句均注明出處,且以小注的形式有所考訂。如"若車渠繞理,馬瑙縟文,黿甲錯龜龍鱗"句,小注云:"《御覽》八百八引陸機《靈龜賦》。按車渠二句見本集卷四《浮雲賦》,黿甲六字亦費解,疑有誤。"又如"凰駕出城東,送子臨江曲。密席接同志,羽觴飛酃淥。登樓望峻阪,時逝一何速"句,小注稱"《類聚》三十一引陸機《又贈波邱令馮文羆詩》,'波'蓋'斥'之誤。《初學記》十八'江'作'河',又見《詩紀》。"又"與子別所期,耀靈緣扶木"句,小注稱"《文選》三十謝靈運《南樓中望所遲客詩》注引陸機《贈馮文羆詩》,按以韻推之,與《類聚》所引當爲一首。"卷末鎸"金山錢培杰覆校"一行字樣。

書中鈐"王培孫紀念物"一印,現藏上海圖書館,編目書號綫普長 330309‑20。《叢刊》即據該本影印,收在第五十六冊。

127. 陸士龍文集十卷

晉陸雲撰。宋慶元六年(1200)華亭縣學刻本。明項元汴跋。五册。

十一行二十字,白口、左右雙邊,單魚尾(間有雙魚尾)。版心上鎸字數,中鎸"士龍集"和卷次,下鎸刻工。卷端題"陸士龍文集卷第一",次行低五格題"晉清河内史陸雲士龍"。卷十末有明萬曆二年(1574)項元汴跋。

陸雲(262—303)字士龍,三國時吳國吳郡人,陸遜之孫,陸抗之子,陸機之弟。吳亡與其兄陸機赴北入洛,西晉時任清河内史,世稱"陸清河"。與陸機並在"八王之亂"中遇害。《晉書》卷五十四有傳。

項元汴(1525—1590)字子京,號墨林子,又號香嚴居士、退密齋主人,《嘉興府志》云:"項元汴博雅好古,不習舉業,萬曆間被徵不起……獲古琴,有天籟字,遂以顏其儲藏之閣。"

《晉書》本傳稱陸雲"所著文章三百四十九篇,又撰《新書》十篇,並行於世",不言有集之編。按《與兄平原書》云:"云少作書,至今不能令成,日見其不易。前數卷爲時有佳語……猶當一定之,恐不全,此七卷無意復望增(此蓋指《新書》)。欲作文章六七紙,卷十分,可令皆如今所作輩,爲復差徒爾。文章誠不用多,苟卷必佳,便謂此爲足。今見已向四卷,比五十可得成。""欲作文章六七紙,卷十分"當指個人作品集之編,擬分卷爲十。東晉葛洪《抱朴子》云:"嵇君道問二陸優劣,抱朴子曰:吾見二陸之文百許卷,似未盡也……嵇君道曰:每讀二陸之文,未嘗不廢書而嘆,恐其卷盡也。”“二陸之文百許卷”當包括陸雲詩文集在内。陸雲作品編首次明確稱“集”,見於《隋志》著録,題“晉清河太守陸雲集十二卷”。小注稱:“梁十卷,録一卷。”此即梁本陸雲集,與《與兄平原書》所稱的“卷十分”相合,疑即傳自陸雲手編集本。《隋志》著録本溢出兩卷,至《舊唐志》復著録爲十卷本。李善注《文選》卷二十五《爲顧彦先贈婦二首》稱:“《集》亦云爲顧彦先。”此即《舊唐志》著録本。降至北宋《崇文總目》著録爲八卷本,疑篇目稍有闕佚。而南宋的《郡齋讀書志》《直齋書録解題》均著録爲十卷本,當是在八卷殘本基礎上又輯録陸雲詩文的編本,是爲今本卷第。

　　此本屬現存陸雲集最早的版本,定爲“宋慶元六年華亭縣學刻本”的依據是明陸元大本《晉二俊文集》所保留的慶元六年徐民瞻序,云:“每以未見其全集爲恨,聞之鄉老曰:士衡有集十卷,以《文賦》爲首。士龍集十卷,以《逸民賦》爲首……因訪其遺文於鄉曲,得士衡集十卷於新淮西撫幹林君,其首篇冠以《文賦》,士龍集十卷則無之。明年移書故人秘書郎鍾君,得之於册府,首篇《逸民賦》悉如所聞。亟繕寫命工鋟之木以行,目曰《晉二俊文集》……又明年書成,謹述於篇首。”該本即徐民瞻華亭縣學所刻《晉二俊文集》中的《陸士龍文集》,流傳過程中脱去徐序。避諱謹嚴,“玄”“袨”“弦”“朗”“殷”“匡”“胤”(寫作“徹”字)、“恒”“貞”“征”“桓”“構”“遘”“慎”“敦”“惇”“廓”等均闕筆,避諱至宋寧宗趙擴止。刻工有高聰、高惠、高文、高正、吕椿、朱僖等。收録詩文一百首(由於一篇詩題下存在分首者,故全部按首數計算。據自各卷卷首目録,含他人所作),《四庫全書總目》稱“僅録二百餘篇”,可能是同篇的各分篇也計算在内(如卷三《兄平原贈》按目録是一篇,按分篇則是十一篇,即陸機贈詩十篇,陸雲答詩一篇)。相較於本傳記載的“三百四十九篇”,闕佚至少爲三之一。其中有些篇目如卷二的“四言失題”,卷三的“失題”,卷四的《芙蕖》和《嘯》兩首詩並非完貌,印證部分篇目屬輯録自他書。

　　書中鈐“玉蘭堂”“辛夷館印”“梅溪精舍”“翠竹齋”“五峰樵客”“項元汴印”“子京珍秘”“子孫永保”“檇李項氏世家寶玩”“項墨林父秘笈之印”“項墨林鑒賞章”“平生真賞”“天籟閣”“振宜之印”“季振宜字詵兮號滄葦”“乾學”“徐健庵”

"聽雨樓查氏有圻珍賞圖書""朱印學勤""修伯讀過""結一廬藏書印""仁龢朱澂""子清""徐乃昌讀"諸印（書中另鈐"趙氏子昂""唐伯虎"兩印，張元濟《寶禮堂宋本書録》稱屬僞印），明文徵明舊藏，後歸項元汴。入清經季振宜、徐乾學、查有圻、朱學勤等遞藏，徐乃昌曾經眼。民國間歸潘宗周寶禮堂，建國初由潘世兹捐獻北京圖書館收藏至今，編目書號8703。《叢刊》即據該本影印，收在第五十六册。

128. 陸士龍集四卷

晉陸雲撰。明刻本。清周亮工校並跋。二册。

十行十八字，白口、左右雙邊，無魚尾。版心中鎸"陸集"和卷次及葉次。卷端題"陸士龍集卷一"。卷首副葉有周亮工跋。

周亮工（1612—1672）字元亮，又字伯安，號櫟園，又號減齋、陶庵，稱櫟下先生，明末清初祥符（今屬河南開封）人。崇禎十三年（1640）進士，授濰縣令，擢監察御史。入清任福建布政使，官至户部右侍郎。撰有《賴古堂詩文集》《印人傳》等。《江南通志》卷一百七十二有傳。

此本所收篇目卷一爲賦，卷二至四爲詩，篇目及篇次均同宋本和明陸元大本陸雲集（即明正德十四年陸元大刻《晉二俊文集》本《陸士龍文集》）。以之與兩本相校，存在異文，如《逸民賦》"曾丘翳莽"，宋本"莽"作"蒼"，陸元大本同此明刻本；"食秋菊於高岑"，宋本"食"作"飡"，陸元大本同此明刻本。推斷此明刻據自陸元大本，祇取賦詩而不及各體文章。書中眉端有周亮工校，如《逸民賦》"既明於天爵分，何惄於人禍"，校稱"汪本闕惄字"；又在該賦篇末眉端校稱"汪本多《逸民箴》一首"。《贈顧彦先》"先塋"，校稱"汪本先塋作光塋"。《答吳王上將顧處微》，校稱"汪本闕上將二字"。《孫顯世贈》其十"寂寂重門"，校稱"汪本闕寂寂二字"。汪本當指汪士賢輯刻《漢魏六朝二十一名家集》本《陸士龍文集》，與之相核，汪本並不闕"惄"字，汪本確誤刻作"光塋"，汪本"上將"兩字刻以墨釘，汪本"寂寂"作"寂寞"。關於此本的刊刻，周跋稱："迺明萬曆静紅齋校本，筆力端方，刀法遒勁，勝今坊校者多矣。兼所采擇精詳，真有以少爲貴者。"

書中鈐"福州冠悔堂楊氏圖書""黃任之印""景葵祕笈印""鳳皇翔於千仞"
"文彬子存父寓目""延週之印""怡安""閩三山王道徵叔蘭父印""更濬""黃氏餘
閒藏書""烏程李怡堂怡盦兄弟收藏印""十研翁""去疾歡喜""適印""去疾大利"
"清雪李氏秋龏山房藏"諸印，經葉景葵等藏，現藏上海圖書館，編目書號綫善
T05510‐11。《叢刊》即據該本影印，收在第五十六冊。

129. 左九嬪集一卷

晉左芬撰，清周世敬輯。清嘉慶周氏目耕樓鈔本。一冊。

九行十九字，黑口、左右雙邊，單魚尾。版心中題"左九嬪集"和葉次。卷端題
"左九嬪集"，次行低九格題"晉左氏芬"。卷首有嘉慶十七年（1812）周世敬序，次
《左九嬪集目錄》。

左芬（？—300）字蘭芝，出土墓誌"芬"作"棻"，左思之妹，西晉臨淄人。爲晉
武帝貴嬪，好學能文。《晉書》卷三十一《武悼楊皇后傳》附有左貴嬪傳。

《晉書》本傳稱"答兄思詩書及雜賦頌數十篇並行於世"，不言有集之編。作品
編稱"集"始見於《隋志》小注，題"晉武帝左九嬪集四卷"。推斷南朝梁時流傳有四
卷本左芬集。《隋志》不著錄，《舊唐志》著錄爲一卷本。按《太平御覽·皇親部》稱
"左貴嬪集有《離思賦》《相風賦》《孔雀賦》《松柏賦》《涪漚賦》《納皇后頌》《楊后
登阼頌》《芍藥花頌》《鬱金頌》《菊花頌》《神武頌》四言詩四首《武元皇后誄》《萬年
公主誄》"，則北宋時尚有左芬集編本存世。該集收錄左芬詩文十四篇，姚振宗認
爲"非其全錄"。其中《神武頌》《楊后登阼頌》（此篇疑即《納楊后贊》）兩篇，今已
亡佚。大致至遲兩宋之際，左芬集佚而不傳。

現存左芬集最早的輯本即此周世敬編本，周序云："曩嘗於《太平御覽》見左貴
嬪集篇目一則，有《相風賦》《芍藥花頌》《神武頌》四言詩諸作，疑李昉、徐鉉、宋白、
吳淑、舒雅等尚見其集。按目而求，亦少《神武頌》一篇、四言詩三首。此本皆於史
傳、類書鈔出，零章斷句，以備一家之作，充藏書之數而已。"據卷首目錄收文爲《離
思賦》《相風賦》《涪漚賦》《松柏賦》《孔雀賦》《鸚鵡賦》《啄木詩》《感離詩》《上元

皇后誄表》《白鳩賦序》《武帝納皇后頌》《德柔頌》《德剛頌》《神武頌》（闕）《芍藥花頌》《菊花頌》《鬱金頌》《巢父惠施贊》《虞舜二妃贊》《周宣王姜后贊》《納楊后贊》《班婕妤贊》《孟軻母贊》《楚狂接輿妻贊》《荆武王夫人鄧曼贊》《齊杞梁妻贊》《齊義繼母贊》《魯敬姜贊》《武元楊皇后誄》《萬年公主誄》，總爲二十九篇。附錄有《晉書》左思本傳和《太平御覽》一則。末附《篇目考》，列舉左芬集的公私書目著錄情況。次《采輯古書考》，注明輯錄各篇的出處，如《武皇納皇后頌》出自“《晉書》三十一、《藝文類聚》十五后妃部”。

書中隨文鈔有校記，如《松柏賦》“臨淥水之素波”，“臨淥”兩字校語稱“《藝文類聚》作‘帶綠’”。又有朱筆校訂。版框外書耳處題“周氏目耕樓鈔本”。

書中鈐“茶坡藏書”“潘氏桐西書屋之印”兩印，清人潘介繁舊藏，現藏上海圖書館，編目書號綫善831951。《叢刊》即據該本影印，收在第五十七册。

130. 左九嬪集一卷

晉左芬撰。清鈔本。一册。

九行十九字，黑口、左右雙邊，雙魚尾。版心中題“左九嬪集”，下題葉次。卷端題“左九嬪集”，次行低九格題“晉左氏芬”。卷首有《左九嬪集目錄》。

據該本卷首目錄，篇目及篇次與周世敬輯錄鈔本同，惟《神武頌》外，《相風賦》和《芍藥花頌》兩篇也注明“闕”，均未收此兩篇。另校語也有不同，如《松柏賦》“臨淥水之素波”句，該本僅針對“臨”字校語稱“《藝文類聚》作‘帶’”。最後是該本僅有《篇目考》，而未附《采輯古書考》。推測該本可能編在周世敬輯錄本之前，故周氏又有所增補，即增入《相風賦》和《芍藥花頌》兩篇。

書中鈐“徐乃昌馬韻芬夫婦印”“積學齋徐乃昌藏書”“積餘秘笈識者寶之”“延古堂李氏珍藏”諸印，清末經徐乃昌、李世珍所藏，現藏中國國家圖書館，編目書號T4401。《叢刊》即據該本影印，收在第五十七册。

131. 左秘書集二卷

晉左思撰，清周世敬輯。清嘉慶周氏目耕樓鈔本。一册。

九行十九字,黑口、左右雙邊,單魚尾。版心中題"左祕書集"和卷次及葉次。卷端題"左祕書集卷上",次行低五格題"晉祕書郎臨淄左思太沖撰"。卷首有嘉慶十六年(1811)周世敬序,次《左祕書集目録》。

左思,生卒年不詳,字太沖,西晉臨淄(今屬山東淄博)人。官秘書郎,貌陋口訥而博學能文,撰有令洛陽紙貴的《三都賦》。《晉書》卷九十二有傳。

左思作品編稱"集"始見於《隋志》,題"晉齊王府記室左思集二卷"。小注稱"梁有五卷,録一卷",推斷至遲在南朝梁時已編有左思集。《隋志》著録本相較於梁本闕佚三卷,篇目有所散佚。《舊唐志》復著録爲五卷,大致唐末佚而不傳(《新唐志》著録者祇是存録書名)。現存左思集的最早編本即此周世敬輯録本,周序稱:"左祕書集衰成二卷……今書乃《文選》《玉臺新詠》《藝文類聚》《古文苑》《太平御覽》《古詩紀》中録出者,非當時本也。"據卷首目録收文爲賦四篇即《蜀都賦》《吳都賦》《魏都賦》《白髮賦》,詩五篇即《贈妹九嬪悼離詩》《詠史八首》《招隱二首》《雜詩》《嬌女詩》,序一首即《三都賦序》,總爲十篇。附録有《晉書》左思本傳、臧榮緒《晉書》中有關左思的記載、左思《別傳》二則、《世說新語》一則和《詩品》一則。末附《篇目考》,列舉公私書目中關於左思集的著録情況。次《采輯古書考》,注明輯録各篇的出處,如《白髮賦》輯自"《古文苑》三、《太平御覽》三百七十三"。

書中隨文鈔有校記,如《蜀都賦》"糜蕪布濩於中阿","糜"字有校語稱"一作蘪";《白髮賦》"將拔將鑷",校語稱"《太平御覽》作'將鑷將拔'"。又有朱筆勾乙校訂。鈔寫中遇清帝諱字闕筆,如《蜀都賦》"常暐暐以猗猗","暐暐"均闕筆。版框外書耳處題"周氏目耕樓鈔本"。

書中鈐"潘氏桐西書屋之印""潘茞坡圖書印",清人潘介繁舊藏,現藏上海圖書館,編目書號綫善831950。《叢刊》即據該本影印,收在第五十七册。

132. 左太沖集一卷

晉左思撰,丁福保輯。清宣統三年(1911)無錫丁氏鉛印《漢魏六朝名家集初刻》本。一册。

十四行三十一字，白口、四周雙邊，無直格，單魚尾。版心上題“左太沖集”，中題葉次，下題“無錫丁氏藏版”字樣。卷端題“左太沖集”，次行低二十一格題“晉臨淄左思著”。卷首有左思《本傳》（録自《晉書》），次《左太沖集目録》。

據卷首目録，收文爲《三都賦》《白髮賦》《齊都賦》《七略》《七諷》《嬌女詩》《詠史八首》《招隱二首》和《雜詩》，總爲九篇。其中《七略》篇題下小注稱“案當從《文心雕龍》作《七諷》”，故當爲八篇。相較於周世敬輯本，不收《贈妹九嬪悼離詩》一篇，增益《齊都賦》和《七諷》兩篇。各篇篇末注明出處，如《白髮賦》篇末注明“《藝文類聚》十七、《御覽》三百七十三”。正文中間有校語，如《嬌女詩》“小字爲紈素”句，校語稱“紈”字“一作織”；“面目目粲如畫”句，校語稱“面”字“一作兩”。書首有内扉葉，題“左太沖集，宣統三年七月出版，上海文明書局發行”。

書中鈐“蔣抑卮藏”一印。該本係《漢魏六朝名家集初刻》叢編的一種，現藏上海圖書館，編目書號綫普長 280574－603。《叢刊》即據該本影印，收在第五十七册。

133. 晉張孟陽集一卷

晉張載撰，明張溥輯。明婁東張氏刻《漢魏六朝百三名家集》本。清何紹基評點。一册。

九行十八字，白口、左右雙邊，單魚尾。版心上鐫“張孟陽集”，中鐫“卷全”和葉次。卷端題“晉張孟陽集卷全”，次行、第三行均低八格分别題“晉安平張載著”“明太倉張溥閲”。卷首有張溥《張孟陽景陽集題詞》，次《晉張孟陽集目録》。

張載，生卒年不詳，字孟陽，西晉安平（今屬河北安平）人。博學善文，與弟協、亢均以文學知名，世稱“三張”。官至中書侍郎，領著作。《晉書》卷五十五有傳。

張載作品編稱“集”始見於《隋志》，題“晉中書郎張載集七卷”。小注稱“梁一本二卷，録一卷”，推斷至遲南朝梁時已有張載集編本，爲兩卷本。《舊唐志》著録爲三卷本，實即梁本，合目録一卷在内。《新唐志》著録爲兩卷，則又不計目録一卷在内。當然此著録衹是存録書名，並非北宋時有張載集傳本之證，大致唐末散佚。現存張載集最早的輯本即此張溥本，據卷首目録收文爲《濛汜池賦》《敘行賦》《酃酒賦》《扇賦》《安石榴賦》《榷論》《平吴頌》《劍閣銘》《洪池陂銘》《匕首銘》《登成都白菟樓》《贈虞顯度》《招隱詩》《七哀詩》《霖雨》《擬四愁詩》《述懷詩》及失題詩,總爲十八篇。附録有《本傳》。書中眉端有何紹基評點,如《擬四愁詩四首》眉端何批"擬之何意"。

該集爲《漢魏六朝百三名家集》叢編的一種,係何紹基舊藏,現藏武漢大學圖書館,編目書號 G810.0823/1133。《叢刊》即據該本影印,收在第五十七册。

134. 晉張景陽集一卷

晉張協撰,明張溥輯。明婁東張氏刻《漢魏六朝百三名家集》本。一册。

九行十八字,白口、左右雙邊,單魚尾。版心上鎸"張景陽集",中鎸"卷全"和葉次。卷端題"晉張景陽集卷全",次行、第三行均低八格分别題"晉安平張協著"、"明太倉張溥閲"。卷首有張溥《張孟陽景陽集題詞》,次《晉張景陽集目録》。

張協,生卒年不詳,字景陽,張載之弟,西晉安平人。辟公府掾,除秘書郎,補華陰令,纍官至中書侍郎。永嘉初徵爲黄門侍郎,不就。《晉書》卷五十五有傳。

張協作品編稱"集"始見於《隋志》,題"晉黄門郎張協集三卷"。小注稱"梁四卷,録一卷",推斷至遲南朝梁時已有張協集編本,爲四卷本。《隋志》著録本相較於梁本闕佚一卷,篇目有所散佚。《舊唐志》著録爲兩卷,較《隋志》本又闕佚一卷,大致唐末佚而不傳(《新唐志》著録者祇是存録書名)。現存張協集最早的輯本即此張溥本,據卷首目録收文爲《洛禊賦》《都蔗賦》《安石榴賦》《玄武館賦》《登北邙賦》《泰阿劍銘》《文身刀銘》《把刀銘》《長鋏銘》《短鋏銘》《霜陌刀銘》《手戟銘》《七命》《詠史》《雜詩十首》《雜詩》和《遊仙》,總爲十七篇。附録有《本傳》。

該集爲《漢魏六朝百三名家集》叢編的一種,係何紹基舊藏,現藏武漢大學圖書館,編目書號 G810.0823/1133。《叢刊》即據該本影印,收在第五十七册。

135. 晉摯太常集一卷

晉摯虞撰,明張溥輯。明婁東張氏刻《漢魏六朝百三名家集》本。清何紹基評點。一册。

九行十八字，白口、左右雙邊，單魚尾。版心上鎸“摯太常集”，中鎸“卷全”和葉次。卷端題“晉摯太常集卷全”，次行、第三行均低八格分别題“晉京兆摯虞著”“明太倉張溥閲”。卷首有張溥《摯太常集題詞》，次《晉摯太常集目録》。

摯虞，生卒年不詳，字仲洽，西晉長安（今屬陝西咸陽）人。少事皇甫謐，著述不倦。泰始中舉賢良，纍官至太常卿，撰有《文章流别集》等。《晉書》卷五十一有傳。

摯虞作品編稱“集”始於《隋志》，題“晉太常卿摯虞集九卷”。小注稱“梁十卷，録一卷”，推斷至遲在南朝梁時已有摯虞集編本。《隋志》著録本相較於梁本，篇目有散佚。《舊唐志》著録爲二卷，篇目更是有所散佚。而《新唐志》著録爲十卷本者，乃據《隋志》小注存録書名。大致唐末摯虞集散佚不傳，現存最早的輯本即此張溥本。據卷首目録，該本收文爲《思遊賦》《鵁鶄賦》《觀魚賦》《槐賦》《疾愈賦》《賢良對策》《普增位一等表》《討論新禮表》《明堂議奏》《二社奏》《祀六宗奏》《祀皋陶議》《廟設次殿議》《皇太孫薨服議》《國喪佩劍綬議》《國喪服制議》《吉駕導喪議》《輓歌議》《寄公齊衰服議》《諸侯公孤絶朞議》《師服議》《廵狩建旗議》《皇太子稱臣議》《夫人答拜群妾議》《新禮議》《宜用古尺駁》《五禮冠服駁》《答杜預論皇太子除服書》《駁河内宜立學書》《致齊王冏牋》《太康頌》《釋奠頌》《連理槐頌》《尚書令箴》《新婚箴》《庖犧贊》《神農贊》《黄帝贊》《唐堯贊》《夏禹贊》《殷湯贊》《周文王贊》《周武王贊》《周宣王贊》《漢高祖贊》《漢文帝贊》《孔子贊》《顔子贊》《左丘明贊》《武庫銘》《門銘》《竈屋銘》《選宅誥》《文章流别論》《三日曲水對》《答杜育詩》《雍州詩》《愍騷》，總爲五十八篇，附録有《本傳》。書中眉端有何紹基評點。

書中鈐“龔氏蘅圃倚柯庭圖書”一印，該集爲《漢魏六朝百三名家集》叢編的一種，係何紹基舊藏，現藏武漢大學圖書館，編目書號 G810.0823/1133。《叢刊》即據該本影印，收在第五十七册。

136. 摯太常遺書三卷

晉摯虞撰，張鵬一輯。民國間鉛印《關隴叢書》本。一册。

九行二十二字,白口、四周雙邊,單魚尾。版心上題"摯太常遺書",中題篇目內容(如"文集")和卷次及葉次。卷端題"摯太常遺書文集卷一,關隴叢書",次行低兩格題"晉京兆摯虞撰"。卷首有戊午(1918)張鵬一《摯太常集序》,次張溥《摯太常集題詞》《晉書本傳》《敍錄》和《摯太常遺書文集目》。末附《太常集勘誤表》。

此本分爲三卷,卷一詩文,卷二《決疑要注》佚文和卷三《文章流別志論》附《文章志》佚文。序云:"明張溥有《漢魏百三家集》,始録摯氏佚文爲一卷。惟大體雖備,尚待釐正。如《論太子除喪服書》重文兩引,《河內立學書》以太守以下三十二字列爲正文。又漏列《胡昭贊》《逸驥詩》《册王太尉文》三首,今並爲補正。別集、決疑要注、文章流別志論各爲一卷,以存遺文。"詩文收録六十篇,相較於張溥本增益四篇,即《朝會五輅制度議》《徵士胡昭贊》《册隴西太尉文》和《逸驥詩》。所輯諸篇篇末注明出處或典籍中所載該篇的差異之處,如《賢良對策》篇末小注即云:"本傳。《御覽》兵部八二引張隱《文士傳》有'古之良臣,受彤弓彤戈之錫,銘之彝器,貽之後昆,曠世歷代,以爲北榮,豈無其物貴殊品也'等句。"又有張鵬一有關篇目考證等的按語,如稱:"案張溥本此(指《夫人答拜群妾議》)下有《新禮議》一篇,引遣將臨軒,尚書授節鉞云,實非虞議,今删之。"卷首目録末有牌記,題"癸亥五月陝西文獻徵輯處刊行圖書社代印"。又卷二和卷三卷首分別有戊午張鵬一撰寫的《決疑要注序》和《文章流別志論序》。

此本現藏上海圖書館,編目書號綫普321411‐22。《叢刊》即據該本影印,收在第五十七册。

137. 潘太常集一卷

晉潘尼撰,明張溥輯。明婁東張氏刻《漢魏六朝百三名家集》本。清何紹基評點。一册。

九行十八字,白口、左右雙邊,單魚尾。版心上鐫"潘太常集",中鐫"卷全"和葉次。卷端題"潘太常集卷全",次行、第三行均低八格分別題"晉滎陽潘尼正叔著""明太倉張溥閱"。卷首有張溥《潘太常集題辭》,次《潘太常集目録》。

潘尼(約250—約311)字正叔,潘岳之侄,西晉滎陽中牟人。元康中任宛令,趙王倫篡位,尼稱病歸里。後佐齊王同討倫,任參軍,後封安昌公,官至中書令。永嘉中又遷太常卿。《晉書》卷五十五有傳。

《晉書》本傳稱"少與岳俱以文章見知,性静退不競,唯以勤學著述爲事",不言有集之編。作品編稱"集"始見於《隋志》著録,題"晉太常卿潘尼集十卷"。《舊唐志》亦著録爲十卷本,大致唐末佚而不傳(《新唐志》著録者衹是存録書名)。現存潘尼集輯本以張燮的《七十二家集》本《潘太常集》爲最早,此張溥輯本以張燮本爲基礎。據卷首目録,該文收文賦爲十四篇(附賦序一篇)、頌兩篇、箴論序銘各一篇,碑兩篇,詩二十篇,總爲四十二篇。篇目分別爲《東武館賦》《西道賦》《懷退賦》《武庫賦》《釣賦》《火賦》《苦雨賦》《琉璃椀賦》《璵瑁椀賦》《扇賦》《石榴賦》《桑樹賦》《芙蓉賦》《鱉賦》《朝菌賦序》《釋奠頌》《後園頌》《乘輿箴》《安身論》《送二李郎詩序》《戴侍中銘》《益州刺史楊恭侯碑》《給事黄門侍郎潘君碑》《七月七日侍皇太子宴玄圃》《贈陸機出爲吳王郎中令》《答陸士衡》《答傅咸詩》《皇太子集應令》《皇太子社》《三月三日洛水作》《贈河陽詩》《贈侍御史王元貺》《贈長安令劉正伯》《贈隴西太守張正治》《贈滎陽太守吳子仲》《答楊士安》《送盧景宣》《迎大駕》《逸民吟》《釋奠詩》《送大將軍掾盧晏》《贈汲郡太守李茂彦》和《贈劉佐》,附録有《本傳》。書中眉端有何紹基評點,如《安身論》"蓋崇德莫大乎安身,安身莫尚乎存正,存正莫重乎無私,無私莫深乎寡欲"句,眉端何批"名言妙理"。卷末有何氏題識"丙寅嘉平廿八煖叟閱"。

該集爲《漢魏六朝百三名家集》叢編的一種,係何紹基舊藏,現藏武漢大學圖書館,編目書號G810.0823/1133。《叢刊》即據該本影印,收在第五十八册。

138. 晉劉越石集一卷

晉劉琨撰,明張溥輯。明婁東張氏刻《漢魏六朝百三名家集》本。清何紹基評點。一册。

九行十八字,白口、左右雙邊,單魚尾。版心上鎸"劉越石集",中鎸"卷全"和葉次。卷端題"晉劉越石集",次行、第三行均低八格分別題"晉劉琨越石著""明張溥西銘閱"。卷首有張溥《劉中山集題詞》,次《晉劉越石集目録》。

劉琨(270—318)字越石,西晉中山魏昌(今屬河北無極)人。愍帝時任大將軍,都督并冀幽三州諸軍事。晉室南渡任侍中太尉,堅守并州,因寡不敵衆而投奔段匹磾,遭害。《晉書》卷六十二有傳。

劉琨作品編稱"集"始見於《隋志》,題"晉太尉劉琨集九卷"。小注稱"梁十卷",則至遲南朝梁時已有劉琨集編本。相較於梁本,《隋志》著録本闕佚一卷。《隋志》又著録題"劉琨別集十二卷",所謂"別集"可能是在本集正外另行輯録作品而編的集子。《舊唐志》至《崇文總目》均著録有十卷本劉琨集,則梁本至北宋時尚存於世。但所謂的十二卷本別集則未見著録,疑唐開元時已佚而不傳,或編入十卷本中,難於稽考。《崇文總目》又著録有劉琨詩集十卷,推測爲自本集中輯出詩作的編本。南宋以來的《直齋書録解題》亦著録爲十卷,云:"前五卷差全可觀,後五卷闕誤,或一卷數行,或斷續不屬,殆類鈔節者,末卷劉府君誄尤多訛,未有別本可以是正。"推斷該本屬相沿梁十卷本的殘本,《文獻通考·經籍考》《宋志》著録者當均爲陳振孫著録本。大致元明之際亡佚,張溥《題詞》稱:"晉劉司空集十卷,在宋時已多缺誤,今日欲覩全書未可得也。"則張溥之前一直未有輯本。現存劉琨集最早的輯本,即此張溥本。

據卷首目録,該本收文爲《上愍帝請糧表》《上愍帝謝録功表》《上愍帝請北伐表》《勸進元帝表》《與丞相牋》《上太子牋》《與丞相牋》《答晉王睿牋》《答太傅府書》《答盧諶書》《遺石勒書》《與親故書》《與兄子南兗州刺史演書》《與兄弟書》《書》《與段匹磾書》《與段匹磾盟文》《散騎常侍劉府君誄》《答盧諶八首》《重答盧諶》《扶風歌》《胡姬年十五》,總爲二十二篇,附録有《本傳》。書中眉端有何紹基評點。

該集爲《漢魏六朝百三名家集》叢編的一種,係何紹基舊藏,現藏武漢大學圖書館,編目書號 G810.0823/1133。《叢刊》即據該本影印,收在第五十八册。

139. 郭弘農集二卷

晉郭璞撰,明張溥輯。明婁東張氏刻《漢魏六朝百三名家集》本。清何紹基評點。一册。

九行十八字,白口、左右雙邊,單魚尾。版心上鎸"郭弘農集",中鎸卷次和葉次。卷端題"郭弘農集卷之一",次行、第三行均低九格分別題"晉河東郭璞著""明太倉張溥閱"。卷首有張溥《郭弘農集題辭》,次《晉郭弘農集目録》。

郭璞(276—324)字景純,兩晉之際河東聞喜(今屬山西聞喜)人。擅長詞賦,博洽多聞,元帝時任著作佐郎,與王隱撰《晉書》。後任王敦記室參軍,因勸阻敦謀反被殺。《晉書》卷七十二有傳。

《晉書》本傳稱"所作詩歌誄頌亦數萬言,皆傳於世",不言有集之編。作品編稱"集"始見於《隋志》著録,題"晉弘農太守郭璞集十七卷"。小注稱"梁十卷,録一卷",則至遲南朝梁時已有郭璞集編本。相較於梁本,《隋志》著録本增益七卷。至《舊唐志》復著録爲十卷,當即梁本,大致唐末散佚不傳(《新唐志》著録者祇是存録書名)。南宋《遂初堂書目》始見著録,不題卷數,疑爲南宋初人的重編本。《宋志》著録爲六卷,或即尤袤著録本。大致元明之際此六卷本不傳,現存郭璞集最早的輯本爲張燮的《七十二家集》本《郭弘農集》。此張溥本以張燮本爲基礎,據卷首目録,收文爲《南郊賦》《江賦》《巫咸山賦》《登百尺樓賦》《鹽池賦》《井賦》《流寓賦》《蜜蜂賦》《蚍蜉賦》《省刑疏》《日有黑氣疏》《皇孫生請布澤疏》《平刑疏》《彈任谷疏》《禁荻疏》《辭尚書表》《山海經序》《爾雅序》《方言序》《客傲》《晉元帝哀策文》《山海經圖贊》《遷州記》《贈溫嶠》《遊仙詩》《贈潘尼》《春》《夏》《別》《題墓詩》,總爲三十篇,附録有《本傳》。書中眉端有何紹基評點,如《日有黑氣疏》眉端何批"文氣勁直不屈",《山海經序》眉端何批"閎論不刊"。卷末有何氏題識"丁卯(1867)正月廿三日閱至此,蝯叟"。

書中鈐"龔氏蘅圃倚柯庭圖書"一印。該集爲《漢魏六朝百三名家集》叢編的一種,係何紹基舊藏,現藏武漢大學圖書館,編目書號 G810.0823/1133。《叢刊》即據該本影印,收在第五十八册。

140. 孫廷尉集一卷

晉孫綽撰,明張溥輯。明婁東張氏刻《漢魏六朝百三名家集》本。清何紹基評點。一册。

九行十八字,白口、左右雙邊,單魚尾。版心上鎸"孫廷尉集",中鎸"卷全"和葉次。卷端題"孫廷尉集卷全",次行、第三行均低九格分别題"晉太原孫綽著""明太倉張溥閲"。卷首有張溥《孫廷尉集題辭》,次《晉孫廷尉集目録》。

孫綽(314—371)字興公,孫楚之孫,東晉太原中都(今屬山西平遥)人。初爲章安令,轉永嘉太守,纍官至廷尉卿。博學善文,撰有《集解論語》《孫子》等。《晉書》卷五十六有傳。

孫綽作品編稱"集"始見於《隋志》,題"晉衛尉卿孫綽集十五卷",小注稱"梁二十五卷",則梁時傳本爲二十五卷。《隋志》著録本相較於《七録》著録的二十五卷本,闕佚十卷。《舊唐志》著録同《隋志》,大致唐末亡佚不傳(《新唐志》著録者祇是存録書名)。現存孫綽集最早的輯本爲張燮所編的《七十二家集》本《孫廷尉集》二卷,此張溥輯本即以張燮本爲基礎。據卷首目録,收文爲《天台山賦》《望海賦》《遂初賦》《諫移都洛陽疏》《爲功曹參軍駮事牋》《喻道論》《蘭亭集後序》《太尉庾亮碑》《太傅褚裒碑》《丞相王導碑》《太宰郗鑒碑》《司空庾冰碑》《潁州府君碑》《太平山銘》《漏刻銘》《樽銘》《聘士徐君墓頌》《賀司空循像贊》《孔松楊像贊》《某太常碑贊》《老子贊》《商丘子贊》《原憲贊》《道壹贊》《釋道安贊》《康僧會贊》《庾公誄》《王長史誄》《表哀詩》《三月三日》《蘭亭集詩二首》《秋日》《情人碧玉歌二首》,總爲三十三篇。附録有《本傳》。眉端有何紹基評點,如《太尉庾亮碑》眉端何批"似生前之碑"。

該集爲《漢魏六朝百三名家集》叢編的一種,係何紹基舊藏,現藏武漢大學圖書館,編目書號 G810.0823/1133。《叢刊》即據該本影印,收在第五十八册。

141. 晉王右軍集二卷

晉王羲之撰，明張溥輯。明婁東張氏刻《漢魏六朝百三名家集》本。清何紹基評點。一册。

九行十八字，白口、左右雙邊，單魚尾。版心上鎸"王右軍集"，中鎸卷次和葉次。卷端題"晉王右軍集卷之一"，次行、第三行均低七格分別題"晉瑯琊王羲之著""明太倉張溥閱"。卷首有張溥《王右軍集題詞》，次《晉王右軍集目録》。

王羲之(303—361)字逸少，司徒王導從子，東晉瑯琊臨沂(今屬山東臨沂)人。官至右軍將軍、會稽内史，世稱王右軍。精諸體書法，自成一家，世稱書聖。《晉書》卷八十有傳。

王羲之作品編稱"集"始見於《隋志》著録，題"晉金紫光禄大夫王羲之集九卷"。小注稱"梁十卷，録一卷"，則南朝梁時已有王羲之集傳本。《隋志》著録本闕佚一卷，篇目較梁本有所散佚。《舊唐志》著録爲五卷，則篇目又有散佚，大致唐末佚而不傳(《新唐志》著録者祗是存録書名)。現存王羲之集最早的輯本即此張溥編本，據卷首目録收文爲《遺殷浩書》《報殷浩書》《與會稽王牋》《與尚書僕射謝安書》《與謝安書》《與桓温牋》《誡謝萬書》《與謝萬書》《與人書》《與所知書》《與郗家論婚書》《蘭亭集序》《題王夫人筆陣圖後》《祭墓文》《蘭亭集詩二首》，以及雜帖二百餘條(選自《右軍書記》，載張彦遠《法書要録》)。除雜帖外，總爲十五篇。書中眉端有何紹基評點，如《祭墓文》眉端何批"亦似僞作"。

書中鈐"龔氏蘅圃倚柯庭圖書""學閒館藏書"兩印。該集爲《漢魏六朝百三名家集》叢編的一種，係何紹基舊藏，現藏武漢大學圖書館，編目書號 G810.0823/1133。《叢刊》即據該本影印，收在第五十九册。

142. 晉王大令集一卷

晉王獻之撰，明張溥輯。明婁東張氏刻《漢魏六朝百三名家集》本。清何紹基評點。一册。

九行十八字,白口、左右雙邊,單魚尾。版心上鎸"王大令集",中鎸"卷全"和葉次。卷端題"晉王大令集卷全",次行、第三行均低七格分別題"晉王獻之子敬著""明張溥西銘閱"。卷首有張溥《王大令集題辭》,次《晉王大令集目錄》。

王獻之(344—386)字子敬,王羲之之子,東晉瑯琊臨沂人。少有盛名,學書於其父王羲之。纍官至中書令,族弟王珉代中書令,亦能書,世稱獻之爲大令,珉爲小令。《晉書》卷八十《王羲之傳》附獻之傳。

王獻之作品編稱"集"始見於《隋志》小注,題"金紫光禄大夫王獻之集十卷,録一卷"。此即梁本王獻之集,《隋志》及之後史志、公私書目未見著録,屬久佚之集。此張溥本爲存世最早的王獻之集輯本,據卷首目録收文爲《辭中令書》《與郗超論袁宏書》《別郗氏妻》《與兄徽之書》《明謝安忠勳疏》《啓瑯琊王爲中書監表》《保母志》《桃葉歌二首》共八篇,及雜帖六十餘條,附録有《本傳》。書中眉端有何紹基評點。卷末有何氏題識,稱"丁卯正月廿四晨閱,蝘曳。父子集兩時許閱竟,究是淡雅無深致"。

書中鈐"龔氏蘅圃倚柯庭圖書"一印。該集爲《漢魏六朝百三名家集》叢編的一種,係何紹基舊藏,現藏武漢大學圖書館,編目書號 G810.0823/1133。《叢刊》即據該本影印,收在第五十九册。

143. 湛諮議集一卷

晉湛方生撰,清周世敬輯。清嘉慶周氏目耕樓鈔本。一册。

九行十九字,黑口、左右雙邊,單魚尾。版心中題"湛集"和葉次。卷端題"湛諮議集",次行低六格題"東晉衛軍諮議湛方生撰"。卷首有嘉慶十七年周世敬序,次《湛諮議集目録》。

湛方生,生卒年及籍貫仕履不詳,曾任衛軍諮議參軍。

湛方生集,始見於《隋志》著録,題"晉衛軍諮議湛方生集十卷",小注稱"録一卷"。《舊唐志》亦著録爲十卷,大致唐末散佚不傳(《新唐志》《通志》著録者祇是存録書名)。現存湛方生集的最早輯本即此周世敬編本,周序云:"此册偶從諸書綴拾而成,簡斷編殘,較諸夾漈所收十卷完本,什不存一,遂合詩賦《七歡》教牋解序論頌銘贊盟文弔文共二十七首,爰付小胥鈔存一卷。至不能文從字順者,恐有別風淮雨之沿,又無別本可正,姑仍其舊。"據卷首目録,該本收文爲《風賦》《懷春賦》《秋夜賦》《廬山神仙詩》《後齋詩》《帆入南湖》《還都帆》《天晴詩》《諸人共講老子》《懷歸謡》《遊園詠》、失題、《七歡七首》《修學校教》《讓中正牋》《上貞女解》《羈鶴吟序》《火論》《木連理頌》《老子贊》《孔公贊》《北叟贊》《庭前植稻苗贊》《長鳴雞贊》《靈秀山銘》《盟社文》《弔鶴文》,總爲二十七篇。隨文鈔有校記,如《風賦》"蕭然而起"句中的"蕭"字,校語稱"《初學記》作'肅'";《天晴詩》"落帆脩江渚"句中的"渚"字,校語稱"《初學記》作'湄'"。書中有朱筆校訂。版框外書耳處題"周氏目耕樓鈔本"。卷末有《湛集篇目考》,列舉湛方生集的著録情況。次《采輯古書考》,注明各篇的出處,如《懷春賦》"《藝文類聚》三、《初學記》三、《太平御覽》二十"。

書中鈐"潘氏桐西書屋之印""椒坡祕翫""癸申劫火之餘"諸印,清人潘介繁舊藏,現藏上海圖書館,編目書號綫善831949。《叢刊》即據該本影印,收在第五十九冊。

144. 谷儉集一卷

東晉谷儉撰,清陳運溶輯。清光緒湘西陳氏刻《麓山精舍叢書·湘中名賢遺集五種》本。一冊。

十行二十四字,黑口、左右雙邊,單魚尾。版心中鎸"谷儉集"和葉次。卷端題"谷儉集",次行低兩格題"晉谷儉撰,善化陳運溶芸畦輯刊"。

谷儉,生卒年不詳,字士風,兩晉之際湘州桂陽(今屬湖南桂陽)人。東晉初策試高第,除中郎,尋歸不仕。《晉書》卷七十《甘卓傳》有谷儉事跡。

谷儉作品集始見於《隋志》小注,題"湘州秀才谷儉集一卷",推測詩文並不算多。《隋志》以來的公私書目及史志均未見著録,屬久佚之集。該集爲現存最早以"集"爲稱的輯本,實則收文僅兩篇,即《叔母寡姑遭還未嫁而亡服議》和《角賦》,篇

末分别注明出處"《通典》禮部五十九""《太平御覽》卷三百三十八"。其中前者篇
末又有按語稱"案此作晉谷士風議,殆即谷儉"。實際嚴可均《全晉文編》已將該篇
視爲谷儉之作。

該本爲《麓山精舍叢書・湘中名賢遺集五種》中的一種,現藏上海圖書館,編
目書號綫普長 80660‐65。《叢刊》即據該本影印,收在第五十九册。

145. 車太常集一卷

東晉車胤撰,清陳運溶輯。清光緒湘西陳氏刻《麓山精舍叢書・湘中名賢遺集
五種》本。一册。

十行二十四字,黑口、左右雙邊,單魚尾。版心中鎸"車太常集"和葉次。卷端
題"車太常集",次行低兩格題"晉車胤撰,善化陳運溶芸畦輯刊"。

車胤,生卒年不詳,字武子,東晉初南平(今屬湖北荆州)人。以博學知名,桓
温在荆州徵爲從事,又遷别駕、征西長史,官至吏部尚書。《晉書》卷八十三有傳。

此本屬車胤作品編稱"集"的最早輯本,實際收文僅四篇,疏兩篇即《請定庶子
爲所生母服疏》《再論定庶子爲所生母服疏》,議兩篇即《明堂議》《皇太子拜廟朝臣
上禮議》。每篇末均出明出處,四篇均選自《晉書・禮志》。

該本爲《麓山精舍叢書・湘中名賢遺集五種》中的一種,現藏上海圖書館,編
目書號綫普長 80660‐65。《叢刊》即據該本影印,收在第五十九册。

146. 陶淵明詩一卷雜文一卷

晉陶潛撰。宋紹熙三年(1192)曾集刻本。二册。

十行十六字,白口、左右雙邊,雙魚尾。版心中鎸"陶詩"或"匋詩",下鎸葉次
和刻工。卷端題"陶淵明詩"。卷末有宋顔延年撰《靖節徵士誄》,次昭明太子撰
《傳》,次紹熙壬子(1192)曾集跋。

陶潛(365?—427)字淵明,或字元亮,號五柳先生,卒謚靖節先生,東晉潯陽柴
桑(今屬江西九江)人。曾祖父陶侃任晉朝大司馬,祖茂任武昌太守。陶淵明少有

高趣，撰《五柳先生傳》以況。曾入桓玄幕，任劉裕參軍和彭澤令等職，後棄官歸隱，南朝宋元嘉四年（427）卒。《晉書》卷九十四、《宋書》卷九十三和《南史》卷七十五有傳。

曾集，生卒年不詳，字致虛，南宋贛川（今屬江西贛州）人。紹熙間知南康軍事，勤理庶政，篤信仁賢。生平事跡參見《江西通志》卷九十四。

陶淵明的作品集，《晉書》本傳稱"所有文集並行於世"，大概陶淵明卒後即編有集子。《隋志》小注稱"梁五卷、錄一卷"，又北齊陽休之《序錄》稱"其集先有兩本行於世，一本八卷無序，一本六卷並序目，編比顛亂，兼復闕少"。此五卷、六卷及八卷本或即本傳所稱的"文集並行於世"者。按《飲酒詩序》云："余閑居寡歡，兼比夜已長，偶有名酒，無夕不飲。顧影獨盡，忽焉復醉。既醉之後，輒題數句自娛，紙墨遂多，辭無詮次，聊命故人書之以爲歡笑爾。"推測生前可能也有部分即興詩篇的結集編本。至梁蕭統編有八卷本，所撰《陶淵明集序》云："余素愛其文，不能釋手……故加搜校，粗爲區目。"蕭統編本"合序目傳誄，而少《五孝傳》及《四八目》。然編錄有體，次第可尋。"（參見陽休之《序錄》）北齊陽休之以蕭統編本爲基礎，編入《五孝傳》及《四八目》而成十卷本，遂爲今本卷第，且爲後世陶集傳本的祖本。

此本收陶淵明詩、文各一卷，相較於宋本《陶淵明集》未收《五孝傳》和《四八目》（即《集聖賢群輔錄》），以及《扇上畫贊》和《讀史述九章》。曾跋云："去其卷第與夫《五孝傳》以下《四八目》雜著，所爲犯是不韙，非敢有所去取，直欲嚅嚌真淳。"瞿氏稱之爲"實則別具鑒裁"（參見《鐵琴銅劍樓藏書目錄》）。所收詩文篇目同《陶淵明集》，篇次亦基本相同（惟《始作鎮軍參軍經曲阿》和《庚子歲五月中從都還阻風於規林二首》兩篇次序有異），印證底本據自《陶淵明集》。該本的刊刻，曾跋稱："淵明集行於世尚矣……南康蓋淵明舊遊處也……求其集顧無有，豈非此邦之軼事歟！集竊不自揆，模寫詩文，刊爲一編。"避諱至"敦"字止，有劉仁、吳申、余仲、胡時、何彦等刻工，刻在南康（今屬江西星子）。

書中鈐"袁氏與之""項元汴印""項子京家珍藏""檇李項氏世家寶玩""項墨林鑑賞章""項墨林父祕笈之印""退密""墨林山人""墨林祕玩""湯科之印""汪"

"文琛""平陽汪氏藏書印""汪印士鐘""士鐘""閬源父""民部尚書郎""三十五峰園主人所藏""宋本""鐵琴銅劍樓""祁陽陳澄中藏書記""郇齋""綏珊經眼""二鄉齋書畫""何經襄"諸印，明袁褧舊藏，後經項元汴、湯科等藏，入清經汪文琛、汪士鐘、瞿氏鐵琴銅劍樓遞藏。建國初自陳澄中手中購歸北京圖書館收藏至今，編目書號9619。《叢刊》即據該本影印，收在第六十冊。

147. 陶淵明集十卷

晉陶潛撰。宋刻遞修本。清金俊明、孫延題簽，汪駿昌跋。二冊。

十行十六字，白口、左右雙邊，單魚尾。版心中鐫"陶集"和卷次，下鐫葉次和刻工。卷端題"陶淵明集卷第一"。卷十末有北齊陽休之《序録》，次本朝宋丞相《私記》《曾紘説》。書首副葉有道光二十八年（1848）汪駿昌跋。

汪駿昌，生卒年不詳，大致生活於道咸年間，清代長洲（今屬江蘇蘇州）人。任候選通判（據《[民國]吳縣志》卷六十九下）。又據《滂喜齋藏書記》卷二子部著録宋刻本《三因極一病證方》有"長洲汪駿昌藏""駿昌""雅庭""吳中汪四"諸印，或字雅庭。

此本爲現存陶淵明集的最早版本，據所附的陽休之《序録》推定源出陽休之所編的十卷本。所收詩文篇目，卷一至四爲詩，共六十一篇；卷五爲辭賦三篇，卷六爲記傳贊述五篇，卷七爲《五孝傳》，卷八爲疏祭文四篇，卷九至十爲《集聖賢群輔録》，即"四八目"。其中《種苗在東皋》一首詩小注稱"或云此篇江淹雜擬，非淵明所作"。又《問來使》一首篇題下小注也稱"南唐本有此一首"。該本曾誤定爲"北宋本"，緣自所附的《曾紘説》有"宣和六年（1124）七月中元臨漢曾紘書刊"的題署。"刊"字乃後人妄加，目的是冒充北宋本。據書中"構""遘"兩字闕筆，且避諱至南宋高宗止，實爲南宋紹興間刻本。又經修版再印，仍在紹興時期，故刻工分爲前後兩期。書中保留有參據北宋宋庠本的校記，如卷二《答龐參軍一首》"情通萬里外"，校語稱"通"字"宋本作懷"；卷三《飲酒》"歲月相催逼"，校語稱"催逼"兩字"宋本作從過"。也頗具校勘價值，如《讀山海經十三首》中的"形夭無千歲"，傳本自元本以來皆作"刑天舞干戚"（宋本惟見湯漢注《陶靖節先生詩》亦作"刑天舞干戚"）。

　　書中鈐"桃源戴氏""文彭之印""文壽承氏""汲古閣""毛氏子晉""甲""黃丕烈""百宋一廛""士禮居""陶陶室""士鐘""閬源父""宋存書室""楊東樵讀過""楊氏彥合""楊保彝藏本""海源殘閣""先都御史公遺藏金石書畫印""楊印承訓"諸印，黃丕烈認爲"桃源戴氏"屬元人印。明文彭舊藏，後經毛氏汲古閣、黃丕烈所藏，爲黃氏陶陶室藏宋本陶集的第一部。又經汪士鐘、聊城楊氏海源閣遞藏。建國初，周叔弢捐獻北京圖書館收藏至今，編目書號8368。《叢刊》即據該本影印，收在第六十册。

148. 陶靖節先生詩注四卷補注一卷

　　宋湯漢撰。宋刻本。清周春、顧自修、黃丕烈跋，孫延題簽。二册。

　　七行十五字，白口、左右雙邊，雙魚尾。版心上鐫本版字數，中鐫"詩"和卷次及葉次，下鐫刻工。卷端題"陶靖節先生詩卷第一"。卷首有淳祐元年（1241）湯漢序。書首副葉有乾隆辛丑（1781）周春跋，次周氏跋又二則。書尾副葉有丁未（1787）顧自修跋，次嘉慶己巳（1809）黃丕烈跋。

　　湯漢（1202—1272）字伯紀，南宋饒州安仁（今屬江西鄱陽）人。介潔有守，恬於進取。曾充象山書院山長，淳祐十二年（1252）充史館校書，又遷秘書省校書郎，累官至權工部尚書兼侍讀，謚文清，撰有文集六十卷。《宋史》卷四百三十八有傳。

　　周春（1729—1815）字芚兮，號松靄，晚號黍穀居士，清代浙江海寧人。乾隆十九年（1754）進士，選廣西岑溪知縣，富藏書，撰有《海昌勝覽》《十三經音略》《代北姓譜》等。

　　顧自修，生平仕履不詳，約生活於清乾隆年間。

　　此書僅見於馬端臨《文獻通考·經籍考》著録，題"《靖節詩注》四卷"，即該本卷第。在篇目次序上與宋本《陶淵明集》及曾集本《陶淵明詩》有差異，如將卷二《歸園田居六首》中的《種苗在東皋》，附在注本卷四《聯句》之後；《歸園田居六首》

之後的《問來使》，相應調整到《種苗在東皋》後。湯注分別云：“此江淹擬作，見《文選》，其音節文貌絶似。至‘但願桑麻成，蠶月得紡績’，則與陶公語判然矣”，“此蓋晚唐人因太白《感秋詩》而僞爲之。”另外還有《雜詩》一首（即《雜詩十二首》第十二首“嫋嫋松標崿”），實際是將此並非陶淵明所作的四首詩附在一起。也存在異文，如卷一《榮木》“余豈之墜”作“余豈云墜”，卷四《讀山海經十三首》“形夭無千歲”作“刑天舞干戚”等。湯漢注陶詩的緣起，序云：“余偶窺見其指，因加箋釋以表暴其心事，及他篇有可發明者亦併著之。”

該本屬湯注陶詩的“最初本”，系海内孤本（參見傅增湘《藏園訂補邵亭知見傳本書目》）。實則屬據淳祐元年（1241）刻本的重刻本，按湯序云：“文字不多，乃令繕寫模傳，與好古通微之士共商略焉。”序末署“淳祐初元九月九日鄱陽湯漢敬書”，此即淳祐元年刻本。按書中有刻工蔡慶、鄧生、吳清等，趙萬里稱皆參與了咸淳元年（1265）《周易本義》的刊刻，推定刻在建寧（今屬福建建甌）府，屬咸淳元年前後的重刻本。此時湯漢爲官福州，而延請建寧府的刻工至福州付刻此書。

書中鈐“董宜陽”“徐氏長孺”“項印禹揆”“海野居士”“子毗父”“子毗所藏”“項子毗真賞章”“吳山秀水中人”“周春”“苣兮”“海寧周氏家藏”“内樂邨農”“著書齋”“自謂是羲皇上人”“松靄”“松靄藏書”“松磬山房”“黃丕烈”“丕烈”“蕘夫”“士禮居”“陶陶室”“縣橋”“汪士鐘印”“士鐘”“閬源父”“閬源真賞”“汪印振勳”“楳泉”“臣東郡宋存書室珍藏”“四陶居”“宋存書室”“陶南布衣”“東郡楊氏海源閣珍藏”“東郡楊氏宋存書室珍藏”“臣紹和印”“東郡楊紹和印”“東郡楊紹和字彦合藏書之印”“楊紹和讀過”“協卿珍賞”“楊保彝藏本”“周暹”“景仁”“鐸”“秀石”“時還讀我書”諸印，明董宜陽、徐長孺、項禹揆等藏，入清經鮑廷博、張芑堂、周春、吳子修、黃丕烈、汪士鐘、汪振勳、楊氏海源閣遞藏，建國初周叔弢捐獻北京圖書館收藏至今，編目書號8369。《叢刊》即據該本影印，收在第六十册。

149. 陶靖節先生集十卷年譜一卷

晉陶潛、宋吳仁傑撰。宋刻遞修本。二册。存四卷：一至四。

九行十五字,白口、左右雙邊,雙(?)魚尾。卷端題"陶靖節先生集卷第一"。

吳仁傑,生卒年不詳,字斗南,昆山人。淳熙進士,歷國子學録,博洽經史,撰有《古易》《周易圖説》《樂舞新書》等。生平事跡參見《江南通志》卷一百六十三。

此本陶集詩文存四卷,篇目同宋刻遞修本《陶淵明集》(僅就所存四卷而言),且正文中的校語基本相同,推斷當即據以爲底本而刻。也略有差異,如卷一《勸農》"儋石不儲",宋本《陶淵明集》"儋"作"檐";卷二《移居二首》"衣食當須犯",宋本《陶淵明集》"犯"作"紀",作"犯"字屬誤刻。附吳仁傑所撰《年譜》僅十六葉,而上海圖書館藏該《年譜》十四葉,恰可配爲《年譜》完帙。書中避諱至"慎"字止,該字有闕筆和注御名兩種方式,如卷一《榮木》"貞脆由人"句中的"脆"字,小注稱"一作御名,同音"。印證該本刻在南宋孝宗時,是現存宋本《陶淵明集》之後的第二個版本。《年譜》見於陳振孫《直齋書録解題》著録,題"《陶靖節年譜》一卷《年譜辨證》一卷《雜記》一卷",云:"吳郡吳仁傑斗南爲《年譜》,蜀人張縯季長辨證之,又雜記前賢論靖節語。此蜀本也。"按國家圖書館所藏元鈔本《直齋書録解題》,將此《年譜》等三種文獻與《陶靖節集》合爲一條,印證屬陶集與《年譜》等的合刻本,疑即該本,惜《辨證》與《雜記》未能流傳下來。

書中鈐"東郡楊紹和字彦和鑑藏金石書畫印""諸端華重""王雨五十後經眼善本""長樂鄭振鐸西諦藏本"諸印,清楊氏海源閣舊藏,後歸鄭振鐸。現藏中國國家圖書館,編目書號15789。《叢刊》即據該本影印,收在第六十一册。

150. 箋注陶淵明集十卷總論一卷

晉陶潛撰,宋湯漢等箋注/宋李公焕輯。元刻本。清邵淵耀、宋康濟跋,傅增湘題款。四册。序、卷三至四鈔配,其餘卷第亦間有鈔配、鈔補。

九行十六字,細黑口、左右雙邊,雙魚尾。版心中上魚尾下鐫"匋寺"和卷次及葉次。卷端題"箋注陶淵明集卷之一"。卷首有蕭統《陶淵明集序》,次《箋注陶淵明集目録》《補注陶淵明集總論》。卷末有《北齊楊休之序録》,次《宋朝宋丞相私記》《書靖節先生集後》。《陶淵明集序》後有道光壬辰(1832)邵淵耀跋。書尾副葉有宋康濟跋。卷二末有宣統二年(1910)傅增湘題款。

李公煥，宋末元初人，籍廬陵(今屬江西吉安)，其餘生平仕履不詳。

邵淵耀(1788—1858)字充有，號盅友，清代常熟人。生平事跡參見龐鐘璐所撰墓表。

宋康濟，清代人，生平仕履不詳。

此書成於南宋之末(邵跋即稱"《總論》中載及苕溪、後村之説，蓋成於南宋之末)，淳祐中又刻於省署，當時稱爲玉堂本(據清吳焯跋)。玉堂本已不傳，此屬元本，是現存最早的彙集諸家評注陶集的版本。據卷首目錄，該本卷一至四詩篇及篇次均同宋本《陶淵明集》，卷五至十篇目相同(惟元本不錄《扇上畫贊》一篇)，但篇次及分卷均有差異。正文彙集諸家評注，如朱熹、蘇軾、黄庭堅、楊萬里、胡仔、葛常之、陳師道、劉克莊、蔡寬夫、湯漢和張縯等人之説。李公煥所輯《總論》則輯錄朱熹、楊時、真德秀、胡仔、蘇軾、葛常之、黄庭堅、陳師道、蔡絛《西清詩話》、陳知柔、《雪浪齋日記》、劉克莊、蔡寬夫、湯漢、祁寬和張縯諸家的評論。該本箋注以湯漢注爲主，輔以其他各家注。與宋本湯漢注《陶靖節先生》相比，其一，宋本里的湯注存在不見於該本者，如卷一《命子》"穆穆司徒，厥族以昌"，宋本湯注云："《春秋傳》分康叔以殷民七族，陶氏、施氏云云，陶叔授民命以康誥，杜注陶叔司徒。"即不見於該本中。宋本湯注有《補注》一卷，所作補注諸條亦均未見該本中。其二，或將之移作評語，如《時運》"我愛其靜"，宋本湯注云："靜之爲言，謂其無外慕也，亦庶乎知浴沂者之心矣。"該本則置於篇末作評語。湯注之外的各家注，除湯漢注者據宋本可知外，其餘不知出自誰手，賴該本而保留至今。

此本曾被視爲宋本，如卷五末署"倚桐山人"所撰題識稱"宋刻宋印"，書尾副葉偏署孫原湘所撰題跋稱"此書爲南宋原刻本"，實則爲元坊刻本。儘管存在誤刻之字，仍有其版本價值，邵跋稱："其字句較今本多有異同，如《歸去來辭》'胡爲遑遑'句，多'乎''分'二字，似音節更勝。"此外書中除邵、宋二人跋和傅氏題款外，餘則疑均屬僞託。

書中鈐"張金吾昧經書屋""月宵""張金吾藏""張印蓉鏡""張蓉鏡觀""張伯

元別字芙川""芙川""芙川鑒定""芙川居士""芙川張蓉鏡心賞""蓉鏡""蓉鏡珍藏""蓉鏡珍賞""虞山張蓉鏡鑑定宋刻善本""虞山張氏""秘殿紬書""芙初女士姚畹真印""翁綬琪印""陸印樹聲""歸安陸樹聲藏書之記""歸安陸樹聲叔桐父印""周暹""方氏若蘅曾觀""王履吉印"(偽)"陸鋐之章""王印曰俞"(偽)"洪印亮吉"(偽)"稚存"(偽)"因培"(偽)"寶鋣""生花""悟其仙館""希世寶"諸印,清張金吾愛日精廬舊藏,後爲張蓉鏡所得,又爲翁綬祺、陸樹聲所藏,周叔弢捐獻北京圖書館收藏至今,編目書號 8370。《叢刊》即據該本影印,收在第六十一册。

151. 陶詩集注四卷東坡和陶詩一卷

清詹夔錫撰/宋蘇軾撰。清康熙三十三年(1694)詹氏寶墨堂刻本。清管庭芬跋並録清何焯、查慎行批,沙彦楷跋。二册。

八行十九字,白口、左右雙邊,單魚尾。版心上鐫"陶詩集注",中鐫卷次和葉次,下鐫"寶墨堂"字樣。卷端題"陶詩集注卷之一",次行低五格題"西湖後學詹夔錫允諧氏纂輯",第三至第六行均低七格合題"同學姪陸淵静含、許昌麟星彩、章寅殷仲、陸如韶載華參訂",第七、八兩行均低九格合題"男之涵静侯、壻章廷棟軼群校字"。卷首有康熙甲戌(1694)詹夔錫序,次《陶詩集注目録》、蕭統《陶淵明集序》《陶淵明傳》和《陶靖節集總論》。《東坡和陶詩》卷末有康熙甲戌陸弘跋。《東坡和陶詩》末有同治二年(1863)管庭芬跋。眉端有管庭芬録何焯、查慎行批。書尾副葉有癸卯(1963)沙彦楷跋。

詹夔錫(1632—?)字允諧,號容庵,清代錢塘(今屬浙江杭州)人。諸生,撰有《白石山房詩》。

何焯(1661—1722)字潤千,更字屺瞻,號茶仙、蓼谷,學者稱義門先生,清代長洲(今屬江蘇蘇州)人。康熙四十二年(1703)進士,授翰林院庶吉士,入直南書房,兼武英殿纂修官,又授翰林院編修。精於校勘之學,撰有《義門讀書記》等。

查慎行(1650—1727)字悔餘,號初白,清代海寧人。康熙四十二年特賜進士出身,改翰林院庶吉士,官編修、武英殿書局校勘。工詩文,家有得樹樓藏書,撰有《得樹樓雜鈔》《敬業堂集》等。

管庭芬(1797—1880)字培蘭,號芷湘,晚號芷翁,清代海寧人。諸生,精目録之學,撰有《遊越小録》《一瓻筆存》等。

此本爲詹夔錫陶詩集注,名爲"集注"實則注釋簡明,惟在篇末列諸家評語,如高元之、趙泉山、蘇軾、韓子蒼、湯東澗、蔡寬夫和黄山谷等人。亦引典籍中評述陶詩之語,如《西清詩話》《正音集》和《竹坡詩話》等。同時篇末也載有詹氏按語,附以己見,如卷二《游斜川》篇末稱"按辛丑歲,靖節年三十七。詩云開歲倏五十,乃義熙十年甲寅。以詩語證之,序爲誤。今作開歲倏五日,則與序中正月五日語意相貫。"關於是書之刻,詹序云:"余不敢妄贅一辭,止就各本中前人所箋注者集編手録一帙,以藏行篋,越今十載矣。陸子静含見而喜之,因偕章子殷仲輩廣搜舊本,一一參訂而付之梓。"序署康熙三十三年,又據版心題"寶墨堂",故定爲康熙三十三年(1694)詹氏寶墨堂。書中眉端有管庭芬過録何焯和查慎行批語,"朱筆從何義門勘本,墨筆從查初白閲本"。《東坡和陶詩》一卷有管庭芬校,跋稱"從初白先生施注蘇詩評本校"。

書中鈐"談文灯所讀書""郭溪葛"諸印,現藏上海圖書館,編目書號綫善820709‐10。《叢刊》即據該本影印,收在第六十二册。

152. 陶詩彙注四卷首一卷末一卷論陶一卷

清吳瞻泰輯/清吳崧撰。清康熙四十四年(1705)程崟刻本。清陳本禮校並録諸家批,清黄景洛跋。二册。

十行十九字,白口、四周單邊,單魚尾。版心上鎸"陶詩彙注",中鎸卷次和葉次。卷端題"陶詩彙注卷一",次行低兩格題"歙吳瞻泰東巖輯,門人程崟夔州參訂"。卷首有康熙甲申(1704)宋犖序,次康熙乙酉(1705)吳瞻泰序,次《陶詩彙注目録》《凡例》、蕭統《陶淵明傳》和吳仁傑《陶靖節先生年譜》。《彙注》卷末附諸家詩話,《論陶》卷末有程元愈跋。眉端有清陳本禮過録諸家批,眉端及正文夾行有陳本禮批校,《目録》末有光緒十年(1884)黄景洛跋。

　　吳瞻泰(1657—1735)字東巖,清代歙縣人。諸生,留心經術,科試不第遂遊歷各地,撰有《杜詩提要》《刪補選注》等。生平事跡參見《清詩別裁集》卷二十六。

　　吳菘,生卒年不詳,字綺園,吳瞻泰叔父,清代歙縣人,撰有《挲羅草堂詩》。

　　程崟,生卒年不詳,字夔州,號南坡、二峰,程鑾弟,原籍歙縣,清代安東人。康熙十二年(1673)進士,授兵部主事,升員外,遷福建清吏司郎中,編有《明文偶鈔》《國朝文偶鈔》等。

　　陳本禮,生卒年不詳,字嘉惠,號素村,清代江蘇江都(今屬揚州)人。監生,淹貫群籍,撰有《瓠齋詩鈔》等。

　　黃景洛,生卒年不詳,字醒原,約生活於光緒間,仁和(今屬浙江杭州)人。

　　此本爲吳瞻泰輯録陶詩諸家注,宋犖序云:"新安吳子東巖喜讀陶詩,常輯諸家注,衷以己説,釐爲四卷。"所輯諸家,《凡例》稱:"瞻泰少嗜陶,以案頭俗本訛誤,間有考正徵引,箋之紙尾。後得湯東澗、劉坦之、何燕泉、黃維章諸本,漸次加詳。而吾友汪于鼎洪度、王名友棠各有箋注,亦折衷采録……又泰州沈興之默,同邑洪去蕪嘉植、汪文冶洋度、程偕柳元愈,余叔綺園菘,弟衛猗瞻淇,商榷駁正,裨益良多。"此外還輯録了楊萬里、周公謹(密)、蘇軾、方熊、趙泉山、李公煥、王安石、葛常之、胡仔、洪适、吕祖謙、周少隱、曾端伯和唐子西等人的注。己見則以"瞻泰按"的形式標出。彙集各家注之外也附各本異文,如卷二《和郭主簿二首》"息交游閒業,卧起弄書琴"句,"游閒業"校語稱"一作逝閒卧","卧"校語稱"一作坐"。此本之刻,宋犖序稱:"東巖注成將梓行,請予序,遂書諸簡首。"又《凡例》稱:"門人程夔州崟篤志好古,日夕手録吟諷,亦間抒所見。讎校既清,代付剞劂。"書中有清人陳本禮過録諸家批,墨筆者乃何義門、查初白之批,紫筆者乃卓子白之批,緑筆者乃陳胤倩之批,朱筆者乃沈歸愚之批。黃筆者乃陳本禮本人的批校。

　　書中鈐"瓠室""黃景洛印""醒原""素邨""餘姚謝氏永耀樓藏書"諸印,民國間謝光甫舊藏,現藏上海圖書館,編目書號綫善798943‐44。《叢刊》即據該本影印,收在第六十二册。

153. 陶集四卷

晉陶潛撰,清卓爾堪編,卓爾堪等評。清康熙刻《三家詩》本。清梅植之批點。二册。

十一行二十一字,小字雙行二十八字,細黑口、左右雙邊,單魚尾。版心中鎸"陶"和所載集目、卷次及葉次。卷端題"三家詩,陶集卷一",次行、第三和第四兩行均低十二格合題"張潮山來、卓爾堪子任、張師孔印宣全閲"。卷首有蕭統《晉陶淵明傳》,次《晉陶靖節集總論》和《晉陶靖節集目録》。

卓爾堪等的評注主要包括三方面:其一正文或篇末有評點,串解句意或述詩篇題旨。如卷一《停雲》"停雲靄靄,時雨濛濛。八表同昏,平陸成江"句,評點云"二句蓋寓飈回霧塞、陵迁谷變之意"。又卷二《歸園田居》其二篇末評云:"虚室句惟學道者知之,否則六合内外無不羅列方寸矣。"篇末的評點引諸家之評解,包括高元之、湯東澗、趙泉山、楊誠齋、張縯、蘇軾、韓子蒼、蔡寬夫以及《冷齋夜話》等,如卷一《贈長沙公族祖》引張縯《辯證》有關詩作年的考證。也有出自卓爾堪等人的評點,如卷二《和郭主簿二首》篇末評云"似別有寄託"。其二正文中引據經史等事典作注,如《贈長沙公族祖》"遥遥三湘"句下注云:"《寰宇記》:湘潭、湘鄉、湘源爲三湘。"其三附有校語,如卷四《擬挽歌辭三首》其二"昔在高堂寢,今宿荒草鄉"句下有校語稱"一本有'荒草無人眠,極視正茫茫'二句"。書中眉端有梅植之朱、墨兩色批點,如卷二《形影神三首》墨筆批點云:"三詩乃先生心學,一生作用根核,全在此處。"又卷首《總論》朱筆批點云:"三蘇與陶學識本不相同,陶則達觀於事先,蘇則悔禍於事後,和陶之作既非得已,故其詩亦優孟耳。"

書中鈐"藐姑射之山人""楳蘊生印""某氏子印""植之所誦""植之私印""蘊生楳氏子讀"諸印,清梅植之舊藏,現藏中國國家圖書館,編目書號13548。《叢刊》即據該本影印,收在第六十三册。

154. 陶詩本義四卷

清馬璞撰。清乾隆三十五年(1770)吳肇元與善堂刻本。清王大鶴題詩。

二册。

十行二十一字,小字雙行同,黑口、左右雙邊,單魚尾。版心中鎸"陶詩本義"和卷次及葉次。卷端題"陶詩本義卷一",次行低兩格題"長洲馬璞授疇輯注",第三、第四兩行均低十格合題"順天吳肇元會昭、餘姚邵晉涵與桐校訂"。卷首有乾隆庚寅(1770)吳肇元序,次《陶詩本義目録》。目録末有清王大鶴題詩一首。

馬璞,生平仕履不詳,字授疇,或號厄園,清代長洲(今屬江蘇蘇州)人。約生活在乾隆間。

吳肇元,生卒年不詳,字會照,號百藥,清代大興(今屬北京)人。乾隆十六年(1751)進士,改庶吉士,授編修,歷官翰林院侍讀,撰有《桐華書屋詩稿》等。生平事跡參見《國朝畿輔詩傳》卷三十八。

王大鶴,生卒年不詳,字露仲,號嘯笠,清代順天通州(今屬北京)人。乾隆二十二年(1757)進士,官少詹事,因避權貴而引疾歸里,書法米芾兼趙孟頫,撰有《嘯笠山房詩》《露仲詩文集》等。

此書内容爲馬璞注釋陶淵明詩,馬璞注詩及該書刊刻事由,吳序云:"厄園既不得志於時,薄游淮陰,訪其故人。既至趣所合,窮居獨處,手陶詩一編,鈎稽歲月,疏瀹章句,思詣微入,神理冥符,撰成本義四卷……乃屬餘姚邵孝廉與桐爲校讎,付梓人……刻既成,卷帙行列字句一無所竄易。"該書由吳肇元付梓行世,目録葉鎸"與善堂藏本"字樣,故定爲吳肇元與善堂刻本。馬氏注陶詩,重在串解句意,進而闡發詩句涵義,並撮舉詩篇旨意。解詩意者,如卷一《停雲》"靄靄停雲,濛濛時雨。八表同昏,平路伊阻"句,注云:"四句寄慨時世。上二句言天下無不愁慘,下二句承上,昏字承靄靄濛濛,阻字承時雨。昏而同八表,阻而至平路,亦甚矣其不可行也。"以上下文中字句之"承"解詩,是馬氏注解陶詩的義例。注解中也引經史中的事典作注,如卷一《答龐參軍》"朝爲灌園"句,注云:"《高士傳》:楚王聘陳仲子爲相,仲子逃去,爲人灌園。"注解中引諸家之説作注,如何焯、趙泉山、程崟、吳東嵓、劉坦之、吳瞻泰、何燕泉、毛西河、湯東潤、程元愈和黄庭堅等。撮舉詩篇旨意者,如卷二《贈羊長史》篇末注云:"此詩通首祗聞君、路經、爲我三句點羊長史,餘皆自述己懷,今人斷不然也。"亦間引他人之説進而申述己解,如《停雲》篇末云:"黄維章曰:四詩皆匡扶世道之熱腸,非但離索思群之意。此亦得其一班,非盡然也。蓋通四首含蓄之意有四:思親友者……所以避世亡群者,黄唐莫逮也。"篇題下也有考訂性的小注,如卷二《歸園田五首》篇題下小注即稱:"按《歸園田》詩,陳述古本祇有五首,俗本六首,蓋取江文通《種苗在東皋》一首爲殿章,即醴陵集《擬古》三十首之一,是文通擬陶者也。韓子蒼《遯齋閑覽》:洪景盧、郎仁寶俱辨其誤,詳詩話,今删之,從厥舊也。"

此本現藏上海圖書館,編目書號綫善004395。《叢刊》即據該本影印,收在第六十三册。

155. 陶詩編年一卷

清陳澧撰。清鈔本。一册。

七行十八字,無欄格。

陳澧(1810—1882)字蘭浦,號東塾,清代番禺(今屬廣東廣州)人。道光十二年(1832)舉人,官河源縣訓導,博學多識,撰有《東塾讀書記》《水經注提綱》和《東塾集》等。

此書内封面題"陳蘭甫先生陶詩編年",係以鈔録陶詩爲底本,詩篇序次與陶集傳本不同,如第一篇是《始作鎮軍參軍經曲阿》,應是大致據詩篇作年排序次。凡有明確編年者,則以朱筆書寫於該詩眉端。如《歸園田居五首》"甲午,三十歲"、《庚子歲五月中從都還阻風於規林二首》"庚子,三十六歲"、《飲酒二十首》"四十歲"、《榮木》"四十歲"、《連雨獨飲》"甲辰,四十歲"、《雜詩十二首》"五十歲"、《擬古九首》"五十六歲,是歲宋簒晉,故云山河改""九首未必一時之作"。眉端偶有校記,如《遊斜川一首》"開歲倏五十"句,"十"字原鈔有校記"一作'日',非",眉端校記稱"作'日'是也"。按宋明州本陶集校記作"一作日",無"非"字。檢該書中多處校記出現"非"字,或鈔者在鈔寫過程中對於異文作出是非判斷。而對於無明確編年的詩篇,則以朱筆書寫於篇末,如《歸鳥》篇末朱批"此詩蓋在《歸去來》之後",

《形影神》篇末朱批"此不知何時"。

此本現藏廣東省立中山圖書館,編目書號 80/2.50.520。《叢刊》即據該本影印,收在第六十三冊。

156. 靖節先生集十卷首一卷年譜考異二卷

晉陶潛撰,清陶澍集注/清陶澍撰。清道光二十年(1840)惜陰書舍刻本。清莫友芝批校並跋。四冊。

十行十九字,小字雙行同、白口、左右雙邊、單魚尾。版心鎸"靖節先生集"和卷次及葉次。卷端題"靖節先生集卷之一",次行低十格題"安化陶澍集注"。《年譜考異》卷端題"靖節先生年譜考異上",次行低九格題"後學安化陶澍撰"。卷首有道光庚子(1840)周詒樸序,次《靖節先生集總目》、道光己亥(1839)陶澍《例言》、《欽定四庫全書提要》、陶澍編輯《靖節先生集諸本序錄》,次《靖節先生集誄傳雜識》。卷十末附《諸本評陶彙集》。眉端有莫友芝批校,《考異下》末有莫友芝跋。

陶澍(1779—1839)字子霖,號雲汀,又號髯樵,別署桃花漁者,卒謚文毅,清代湖南安化人。嘉慶七年(1802)進士,官編修,道光間官至安徽巡撫、兩江總督。公餘手不釋卷,勤於治學,又從事纂輯、校刊書籍,撰有《印心石屋詩文集》《蜀輶日記》等。生平事跡參見《續碑傳集》卷二十三陳鑾《陶文毅公行狀》。

此本陶淵明詩文部分卷一至四爲詩,卷五賦和辭,卷六記傳述贊,卷七疏、祭文,卷八五孝傳,卷九至十爲集聖賢群輔錄上和下。陶澍集注以湯漢、李公煥和何孟春三家注爲本,《例言》稱:"世所傳者,惟湯文清、李公煥、何孟春三家最著。湯止注詩,頗爲簡要,李何稍繁,然於意逆之處俱有發明。故今所注,雖博采群賢,要以三家爲本。"三家注外以"澍按"的形式附以己見。如《贈長沙公》"同出大司馬"句小注云:"李注:漢高帝時陶舍。澍按:大司馬謂桓公……考《史記》《漢書》皆云漢王五年(前202)爲右司馬,非大司馬。且漢初無大司馬官名,至武帝元狩四年(前119)始置,此注誤也。"篇末又附以諸家評説,亦以"澍按"的方式附個人見解,如《述酒》詩篇末引李公煥注中諸家如黃山谷、韓子倉和趙泉山之説,附以"澍按"

云云。陶澍集注之外,同時列有校記,《例言》云:"字句同異固由轉寫多訛,亦半係憑臆妄改。今參取湯文清本、李公焕本、何孟春本、焦弱侯本、汲古閣舊本、毛晉緑君亭本、何義門所校宣和本,擇善而存,其義可兩存,但云某本作某,去取從違,不敢專輒。"《年譜考異》同樣以"澍按"的方式進行考訂,如"隆安三年己亥,三十五歲。澍按:始作鎮軍參軍,當在是年,説具後。"

書首内扉葉題"靖節先生集,陶文毅公集注,道光庚子秋刊"。是書之刻,周序云:"外舅陶文毅公以道光己亥夏卒於位。秋,夫人奉喪歸,以公注《靖節先生集》十卷、《年譜考異》二卷授余,曰:公於從政之暇,不知幾寒暑而成是書。今公歸道山,子且幼,能成公志者必汝,其毋忘公意乎!詒樸謹受命,校讎數過,槧於金陵。"按書首《例言》末鎸刻"金陵吳儀寫□惜陰書舍雕板"字樣,故版本定爲"惜陰書舍刻本"。書中眉端又有莫友芝批校,如《五孝傳》批云:"此卷傳文贊語,俱不似靖節筆墨,殆休之誤以他人作耳。此别出之,甚善甚善。"

書中鈐"莫友芝""友芝私印""莫氏子偲""莫友芝圖書印""莫印彝孫""莫印繩孫""劉印承幹""翰怡""劉承幹字貞一號翰怡""吳興劉氏嘉業堂藏書印"諸印,清莫友芝舊藏,後爲劉承幹嘉業堂所藏,現藏上海圖書館,編目書號綫善823698-701。《叢刊》即據該本影印,收在第六十四册。

157. 支遁集二卷

晉釋支遁撰。明嘉靖十四年(1535)楊氏七檜山房鈔本。清莫棠跋,傅增湘題款。一册。

十行十八字,白口、左右雙邊,單魚尾。版心上鎸"嘉靖乙未七檜山房"。卷端題"支遁集卷上",次行低七格題"東晉沃州山沙門支道林"。卷首有《支遁文集録目》。書首副葉有莫棠朱筆題跋,次傅增湘題款。

釋支遁(314—366)字道林,本姓關氏,西晉陳留(今屬河南開封)人,或云河東林慮(今屬河南林縣)人。家世篤信佛教,精通《莊子》及《維摩經》等,世稱"支公""林公",終於洛陽。生平事跡參見南朝梁釋慧皎撰《高僧傳》卷四。

楊儀，生卒年不詳，字夢羽，號五川，明代常熟人。嘉靖五年（1526）進士，官至山東按察司副使。性喜藏書等，家有“萬卷樓”“七檜山房”；又以讀書著述爲事，撰有《孤珠隨録》《古虞文禄》《高坡異纂》等。《續文獻通考》卷一百七十九有傳。

莫棠（？—1929）字楚孫，又字楚生，貴州獨山人。莫祥芝之子，友芝從子。清末需次廣東知府，辛亥後棄官，寓居蘇州，撰有《銅井文房專録》。

《高僧傳》稱“凡遁所著文翰，集有十卷”，按《隋志》小注稱“梁十三卷”，則南朝支遁集有十卷和十三卷本之别。《隋志》著録題“晉沙門支遁集八卷”，相較於南朝時傳本有散佚。《舊唐志》著録爲十卷本，或即爲《高僧傳》記載之本。降至宋元，自《崇文總目》至《宋志》均未見著録支遁集（《新唐志》著録祇是存録書名，而非北宋實有此書流傳之據），當佚而不傳。現存支遁集，屬明人據《高僧傳》《弘明集》和《廣弘明集》等輯出支遁詩文的重編本。

此本爲現存支遁作品集的最早版本，莫棠跋稱爲“最古最著之鈔本”。據卷首目録，所收篇目爲卷上收詩九篇，即《咏懷詩五首》《述懷詩二首》《土山會集詩三首並序》《咏利城山居》《咏禪思道人並序》《四月八日讚佛詩》《咏八日詩三首》《五月長齋詩》《咏大德詩》，卷下收文五篇，即《上皇帝書》《座右銘》《釋迦文佛像讚並序》《阿彌陀佛像讚並序》《諸菩薩讚十一首》，總爲十四篇。以諸篇與《高僧傳》《廣弘明集》等相校，鈔本略經校訂而文字有異同，篇題也經過改動。如載於《廣弘明集》（據自明萬曆刻本）中的《八關齋詩三首》其三“從容遐想逸”，鈔本“想”作“相”；又《詠懷詩五首》其二“眇罔玄思劬”，鈔本“玄”作“忘”等。《八關齋詩三首》則改題“土山會集詩三首”。書中貼有浮簽，且寫有校語，如《述懷詩二首》其二“恢心委形度”句中的“恢”字有塗改，在地腳處補寫此字的正確之字，浮簽校語稱“板框外字移入板中，框外勿再刻”。《詠利城山居一首》“瀆涌蕩津”句原本漏鈔“四”字，補鈔此字在旁側，浮簽校語稱“此字排入行中”。推斷該本曾作爲刊刻支遁集的寫樣底本使用。

書中鈐“楊氏夢羽”“華陰世家”“禮部員外郎吳郡楊儀挍”“曾藏汪閬源家”“潘茮坡圖書印”“潘氏桐西書屋之印”“彦均室藏”“無相自在室主人覺元印”“觀

妙道人""莫氏祕笈""獨山莫氏收藏經籍記"諸印,明楊儀舊藏,據"禮部員外郎吳
郡楊儀按"之印知該本經其手校一過。入清又經汪士鐘、潘介繁、莫棠等遞藏。
1916年傅增湘據此本影鈔一部。現藏上海圖書館,編目書號綫善789404。《叢刊》
即據該本影印,收在第六十五冊。

158. 支道林集一卷

晉釋支遁撰。明嘉靖十九年(1540)皇甫汸刻本。一冊。

九行十六字,白口、左右雙邊,單魚尾。版心中鎸"道林集"和葉次。卷端題
"支道林集"。卷首有皇甫汸《支道林集序》,次《支道林集目》。

皇甫汸(1497—1546)字子安,號少玄,明代長洲(今屬江蘇蘇州)人。嘉靖十
一年(1532)進士,官至浙江按察僉事。工詩博學,號稱"皇甫四杰"之一,撰有《皇
甫少玄集》。《明史》卷二百八十七有傳。

此本的編刻,皇甫汸序稱:"庚子(1540)之秋,予既淹跡魏墟……往歲獲覯支
篇,時復興詠,自得於懷,併拾遺文附爲一集,刊示同好。""魏墟"當指開封附近,即
此本刻地。該本篇目較楊氏七檜山房鈔本增益《與桓玄論州符求沙門名籍書》一
篇,序所謂的"併拾遺文"即此篇,推斷"獲覯"的"支篇"可能即楊氏本據鈔的底本。
兩本相校存在文字差異,如《述懷詩二首》其一"自肩棲南嵎",皇甫汸本"自"作
"息";《土山會集詩三首》其一"三界贊清休",皇甫汸本"休"作"攸";《詠利城山居
一首》"長嘯歸林領",皇甫汸本"領"作"嶺"等,推測又經皇甫汸本人的校訂。

書中鈐"席鑑之印""席氏玉照""莫山珍本""鐵琴銅劍樓""李印毓芳""涵仲"
"臣理之印""曾在吳興小崇城家""西溪水隱""西谿竹堂藏書之印""雨樓""樸學
齋""錢曾之印""遵王""虞山錢曾遵王藏書"(此三印疑僞)諸印,經清代席鑑、瞿
氏鐵琴銅劍樓所藏,現藏中國國家圖書館,編目書號4249。《叢刊》即據該本影印,
收在第六十五冊。

159. 支道林集一卷外集一卷

晉釋支遁撰,明史玄輯。明末吳家騊刻本。清丁丙跋。一冊。

九行二十字,白口、左右雙邊,單魚尾。版心上鐫"支道林集",下鐫葉次和寫工名。卷端題"支道林集",次行、第三行均低十格分別題"長洲皇甫涍子安編""吳江史玄弱翁校"。《外集》卷端題"支道林外集",次行、第三行均低十格分別題"吳郡史玄弱翁輯""新安吳家騆龍媒校"。卷首有皇甫涍《支道林集序》,次《支道林集目》。《外集》卷首有史玄《支道林外集小序》,次《支道林外集目》,卷末有吳家騆《讀支道林外集後》。書首副葉有丁丙跋。

史玄,生卒年不詳,字弱翁,明代吳郡(今屬江蘇蘇州)人。天才俊逸,學有根柢,與吳易、趙涣齊名,詩宗杜甫,古體尤工,撰有《河行注》等。生平事跡參見《松陵文獻》卷十《人物志》。

吳家騆,生卒年不詳,字龍媒,明代新安(今屬安徽歙縣)人。

丁丙(1832—1899)字嘉魚,別字松生,別署八千卷樓主人、青門詞隱、書庫抱殘生等,清代錢塘(今屬浙江杭州)人。與兄丁申配補文瀾閣書,士林稱頌,其家八千卷樓藏書爲清末四大藏書家之一。博極群書,淡泊榮利,撰有《禮經集解》《武林金石志》等。

此本包括支遁集一卷和外集一卷。支遁集詩文以皇甫涍本爲底本,吳家騆《讀支道林外集後》稱"支公集始於子安(皇甫涍之字)"。重刻中也做了部分文字的校訂,如《詠懷詩五首》其四"石室庇微身"句,涍本"室"作"宇";《座右銘》"空同五音",涍本"音"作"陰";《釋迦文佛像贊》"量褒太清",涍本"褒"作"哀"等。校訂有存在誤者,如"五陰"作"五音"即誤,"五陰"是"五蘊"的舊譯。《外集》一卷由史玄所輯,序云:"集故有八卷,子安所拾才十有三四。余更以道人隽語佳事,並而列之,附爲別集。"又吳家騆《後》稱:"《外集》則余友弱翁編輯,余請刊布以鼓風流也。"書衣有墨筆題"支道林集,光緒癸巳(1893)錢塘丁氏重裝",當即丁丙所題。又副葉丁丙跋一則,即收在《善本書室藏書志》中的支遁集敘錄。

書中鈐"八千卷樓珍藏善本""八千卷樓藏書之記""錢唐丁氏正修堂藏書""善本書室"諸印,清丁氏八千卷樓舊藏,現藏南京圖書館,編目書號 GJ/KB2510。《叢刊》即據該本影印,收在第六十五册。

160. 支遁集二卷補遺一卷

晉釋支遁撰,清蔣清翊輯。清光緒十年(1884)徐榦刻《邵武徐氏叢書》本。一册。

九行二十二字,白口、左右雙邊、單魚尾。版心上鎸“支遁集”,中鎸卷次和葉次,下鎸“邵武徐氏刊”字樣。卷端題“支遁集卷上”,次行低兩格題“東晉沃州山沙門支道林撰”,第三行低十一格題“邵武徐榦小勿校刊”。《補遺》一卷卷端題“吴縣蔣清翊敬臣編輯”。卷首有《支遁集目録》,次《四庫未收書目提要》、釋慧皎《高僧傳》。《補遺》卷末有同治甲戌(1874)蔣清翊跋。

蔣清翊,生卒年不詳,字敬臣,清代吴縣(今屬江蘇蘇州)人。吴縣諸生,淮安府學教授蔣錫寶次子,曾爲官武義縣。學識淵博,愛好金石學,曾注釋《王勃集》。其子蔣伯斧,亦有雋才。

徐榦,生卒年不詳,字小勿,清代邵武(今屬福建邵武)人。同治七年(1868)曾任入監琉球官生教習,編有《琉球詩課》《上虞詩選》等。喜藏書,編刻《邵武徐氏叢書》。

此本爲徐榦編刻《邵武徐氏叢書》的一種,收在該叢書第二集中,書首内扉葉題“支遁集,光緒甲申(1884)春三月邵武徐氏開雕”。該本卷帙、篇目及篇次均同楊氏鈔本,推斷以此鈔本系中的某本作底本,按蔣跋云:“余家藏明人鈔本,尾有都穆藏書朱印,僅二卷,凡詩文三十二首,似出後人鈔輯……又校吾郡支硎山寺刊本,其卷目皆與家藏本相符,知支公集存世者祇有此本。”則所據底本乃蔣氏家藏明鈔本,應屬據楊氏鈔本的傳鈔本。但徐榦刊刻時略有校訂,卷端即題以“校刊”字樣,如卷上《詠懷詩五首》其一“寥亮心神瑩”句,楊氏鈔本“瑩”作“瑩”;其二“蕭蕭柱下迴”句,楊氏鈔本“迴”作“逈”;《述懷詩二首》其一“自肩趨南隅”,楊氏鈔本“趨”作“棲”等。《補遺》一卷卷首有《支遁集補遺目録》,篇目爲書二篇即《與高驪道人書》《與桓太尉論州符求沙門名籍書》,序二篇即《大小品對比要鈔序》《天台山銘序》,讚四篇即《文殊像讚》《竺法護像讚》《于法蘭像讚》和《于道邃像讚》,論二篇即《逍遥論》《即色論妙觀章》，失題詩一首。所輯各篇均注明出處，如《天台山銘序》注明出自“《文選》十一李善注”，失題詩一首出自“《姑蘇志》八”，篇題下蔣氏按云：“支公集《土山會集詩》有寒泉五字，惟上句不同。”蔣跋述補輯支遁集詩文，稱：“余病其尚多遺漏，需次多暇，廣加蒐輯，得集外文十首，爲書二序二讚四論二及零詩句編爲支遁集補遺一卷。”

此本現藏上海圖書館，編目書號綫普長 292888‐927。《叢刊》即據該本影印，收在第六十五册。

161. 宋傅光禄集一卷

南朝宋傅亮撰，明張溥輯。明婁東張氏刻《漢魏六朝百三名家集》本。清傅以禮校。一册。

九行十八字，白口、左右雙邊，單魚尾。版心上鎸“宋傅光禄集”，中鎸“卷全”和所載篇目的文體名及葉次。卷端題“宋傅光禄集卷全”，次行、第三行均低八格分別題“宋傅亮季友著”“明張溥西銘閲”。卷首有張溥《傅光禄集題辭》，次《宋傅光禄集目録》。

傅亮（374—426）字季友，南朝宋北地靈州（今屬寧夏靈武）人。晉司隸校尉傅咸玄孫，初爲建威參軍，劉裕受禪遷太子詹事，少帝時進中書監尚書令，文帝時任散騎常侍、左光禄大夫等職，元嘉三年伏誅。《宋書》卷四十三、《南史》卷十五有傳。

傅以禮（1827—1898）原名以豫，字戊臣，號小石。後更字節子，別署節庵學人，籍直隸大興（今屬北京），會稽（今屬浙江紹興）人。捐縣丞，分福建任長吏，後拔至道員，署福州府事。好藏書和刻書，多手自校讎考訂，撰有《華延年室題跋》《殘明宰輔年表》，編有《長恩閣叢書》等。

《宋書》本傳稱傅亮“博涉經史，尤善文辭”，不言有集之編。傅亮作品編稱“集”始見於《隋志》著録，題“宋尚書令傅亮集三十一卷”。小注稱“梁二十卷，録一卷”，則南朝梁時已有傅亮集編本。《隋志》著録本相較於梁本增益十卷，篇目亦當有所增益。《舊唐志》著録爲十卷本，篇目則又有所散佚。大致唐末傅亮集佚而不傳（《新唐志》著録者衹是存録書名），現存最早的庾亮作品輯本即此張溥本。

此爲傅以禮校張溥輯本傅亮集，較何紹基校更具文獻價值。傅氏於書中卷首目録末列“參校書目”，包括《晉書》《南史》《通典》《初學記》《藝文類聚》《太平御覽》《文選》《文館詞林》和《緯略》共九種。實際據正文及眉端的校記，還參校有《歷代賦彙》《宋書》《淵鑒類函》《文選旁證》和《詩紀》等五種，如《喜雨賦》眉端即題“《賦彙》八校”。次過録嚴可均案語中有關傅亮之作考訂者，稱：“張溥本有《進劉裕侍中車騎將軍詔》《封豫章郡公詔》《封宋公詔》《進宋王詔》《禪宋詔》《禪策》《禪宋璽書》，今考前二詔必非亮作。唯宋公、宋王當屬亮而無左證，禪代詔策則王韶之作也。”次鈔録《隋志》及《兩唐志》中傅集的著録情况，次書傅亮銜名一行。

傅氏之校的内容主要包括下述五類：其一詳細標注傅亮詩文的輯録出處，標在卷首目録各篇下及正文中各篇篇題下，如《喜雨賦》注明“《初學記》二、《類聚》二”。其二據各參校之書出校記，校記出在正文行間或眉端，爲了區别參校者的不同會使用朱墨兩色筆跡，即各以一種筆色代表一種據校典籍的異文。如《喜雨賦》墨色代表據《初學記》的校記，朱色代表據《藝文類聚》的校記。該賦“春霆殷以遠響，興雲霈而載塗”句，“殷”“雲”“霈”“而”四字旁均以墨筆分别側寫“殷”“雨”“霈”“於”四字，表示《初學記》該句作“春霆殷殷以遠響，興雨霈霈於載塗”。眉端朱筆校記則稱“《類聚》殷、霈字不重”，表示《藝文類聚》同張溥本此句。此外據校的典籍還强調版本之别，如《文選》就采鈔用的六臣本、元本和胡刻本（《爲宋公至洛陽謁五陵表》眉端題“胡刻《文選》校”）。其三補輯張溥本未收的篇目，即《立學詔》《殷祭即吉議》《爲宋公試嚴教》《爲宋公收葬荆雍二州文武教》《修復前漢諸陵教》和《東晉安帝征劉毅詔》五篇，又《修復前漢諸陵教》則據《文館詞林》又補輯“是以大晉之初……申下施行”諸句。又補輯《續文章志》十餘則殘文，分爲三種情况：一種是“注傅亮《文章志》，無‘續’字”，一種是“注《文章志》，不云傅亮”，一種是“題《續文章志》，不書名”，表明了傅校的嚴謹。上述諸補輯篇目，均一一注明出處。其四是采納嚴説而將非傅作諸篇在篇題上標以“删”字，共删去五篇即《爲晉安帝進劉裕侍中車騎將軍詔》《封豫章郡公加號詔》《晉恭帝禪宋詔》《禪策》和《禪

宋璽書》。其五是針對張溥原校進行校訂,如《爲宋公求加贈劉前軍表》眉端題云:
"張氏原校固失之疏漏,《文選旁證》亦尚有未盡,因覆勘一過。"

書中鈐"節子手校""以禮審定""大興傅氏收藏印""杭州王氏九峰舊廬藏書之章"諸印,經傅以禮、王綏珊所藏,現藏上海圖書館,編目書號綫善781793。《叢刊》即據該本影印,收在第六十五册。

162. 宋傅光禄集一卷

南朝宋傅亮撰,明張溥輯。明婁東張氏刻《漢魏六朝百三名家集》本。清何紹基評點。一册。

九行十八字,白口、左右雙邊,單魚尾。版心上鐫"宋傅光禄集",中鐫"卷全"和所載篇目的文體名及葉次。卷端題"宋傅光禄集卷全",次行、第三行均低八格分別題"宋傅亮季友著""明張溥西銘閲"。卷首有張溥《傅光禄集題辭》,次《宋傅光禄集目録》。

據卷首目録,該本收文爲《喜雨賦》《登陵囂館賦》《登龍岡賦》《芙蓉賦》《征思賦》《感物賦》《宋國封建禪代詔策文》《晉安帝進劉裕侍中車騎將軍詔》《封豫章郡公加號詔》《封宋公詔》《進宋公爲宋王詔》《晉恭帝禪宋詔》《宋公九錫策文》《禪策》《禪宋璽書》《爲宋修張良廟教》《爲宋公修楚元王墓教》《修復前漢諸陵教》《爲宋公至洛陽謁五陵表》《爲宋公求加贈劉前軍表》《爲劉毅軍敗自解表》《讓尚書僕射表》《尚書八座封諸皇弟皇子奏》《司徒劉穆之碑》《侍中王公碑》《故安成太守傅府君銘》《演慎論》《與沈林子書》《與謝晦書》《與蔡廓書》《文殊師利菩薩贊》《彌勒菩薩贊》《從武帝平閩中》《從征》《奉迎大駕道路賦詩》和《冬至》,總爲三十六篇。附録有《本傳》。書中眉端有何紹基評點。

該集爲《漢魏六朝百三名家集》叢編的一種,係何紹基舊藏,現藏武漢大學圖書館,編目書號G810.0823/1133。《叢刊》即據該本影印,收在第六十五册。

163. 謝靈運詩集二卷

南朝宋謝靈運撰,明黄省曾輯。明嘉靖黄省曾刻本。一册。

十二行二十字,白口、左右雙邊,單魚尾。版心上鎸本版字數,中鎸"謝靈運詩"和卷次及葉次。卷端題"謝靈運詩集上",次行低十格題"吳郡黃省曾編集"。卷首有黃省曾《謝靈運詩集序》。

謝靈運(385—433),南朝宋陽夏(今屬河南太康)人,出生於會稽(今屬浙江紹興)。謝玄之孫,襲封康樂公,世稱"謝康樂"。初爲武帝太尉參軍,後遷太子左衛率。少帝時貶爲永嘉太守,文帝徵爲秘書監,遷侍中,又爲臨川內史,後流徙廣州以謀反罪被殺。博覽群書,長於山水詩創作。《宋書》卷六十七、《南史》卷十九有傳。

《宋書》本傳稱"所著文章傳於世",不言有集之編。作品編明確稱"集"始見於《隋志》著錄,題"宋臨川內史謝靈運集十九卷"。小注又稱"梁二十卷、録一卷",此即南朝梁本謝靈運集。《隋志》著錄本略有闕佚,至《舊唐志》著錄爲十五卷,詩文又有散佚。唐段成式《西陽雜俎》稱"惟謝康樂集中言竹間水際多牡丹",當即《舊唐志》著錄本。宋代惟見《遂初堂書目》著錄,惜不題卷數。推測唐本謝靈運集亡佚於唐末五代之際,尤袤著錄本可能是南宋初的重編本。《宋志》著錄爲九卷本,疑即尤袤本,元明之際此九卷本也不傳於世。現存謝靈運集乃明人重編本,包括單行本和重編本兩種。

此本屬現存謝靈運詩集的最早單行版本,乃明人黃省曾輯編。書中上、下兩卷分別首列本卷所收詩篇目録,卷上收三十一篇三十一首,卷下收二十九篇三十七首,總爲六十篇六十八首。此書的輯編與刊刻,黃序云:"予南遊會稽,偶於山人家見舊寫本,取展讀之。又得登遊之詩自《永嘉緑嶂山》以下十三首,皆世所未睹。精駁固存,而格體象興詞致咸與所集無別,美哉麗矣!三復遺篇,如獲罕寶。竊念不與廣流,必爾亡逸,乃合其舊新,併入樂府,録爲二卷。詩凡六十九首,刻之齋中,俾傳佈不朽焉。"詩實際爲六十八首,其中《會吟行》一首既見於《樂府詩集》,又見於黃省曾所稱的"舊"之部分詩篇中,屬重出而誤記在其中(卷下目録《君子有所思行》有小注稱"自此以下十六首皆按《樂府》録入",實際爲十五首,即不包括《會吟行》一首在內)。序中所稱的據舊寫本新得十三首,卷上目録《登永嘉緑嶂山一首》有小注稱"自此以下十三首皆按古本録入",其餘十二首爲《郡東山望溟海一首》

《發歸瀨三瀑布望兩溪一首》《過白岸亭一首》《遊嶺門山一首》《白石巖下徑行田一首》《行田登海口盤嶼山一首》《石室山一首》《過瞿溪山僧一首》《登上戍石鼓山一首》《夜宿石門一首》《命學士講書一首》《種桑一首》。序不署作年,黄省曾主要生活於正德、嘉靖間,定此本爲嘉靖間刻本。

書中鈐"武林葉氏藏書印""合衆圖書館藏書印"諸印,葉景葵舊藏,現藏上海圖書館,編目書號綫善 T04407。《叢刊》即據該本影印,收在第六十五册。

164. 謝靈運詩二卷

南朝宋謝靈運撰。明遼藩朱寵㴶梅南書屋刻《三謝詩集》本。二册。

十行二十字,白口、四周雙邊,單魚尾。卷端題"三謝詩集卷第一",次行低一格題"謝靈運"。版心上鐫"三謝集",中鐫卷次和葉次,版心下鐫"梅南書屋"。卷首有蔡汝楠《刻三謝詩集序》。

朱寵㴶(? —1546),明代遼藩藩王,室名梅南書屋,刻印過《東垣十書》《後山集》《小學史斷》等。

朱寵㴶梅南書屋刻《三謝詩集》包括謝靈運詩二卷、謝惠連詩一卷和謝朓詩五卷,其中謝靈運詩即爲卷一至二。卷一收詩三十一篇,卷二收詩二十九篇,篇目及篇次均同黄省曾本,當即據黄本重刻,蔡序即云:"吴郡黄勉之亦表靈運詩云,自《永嘉緑嶂山》以下十三首世皆未覩。"《三謝詩集》之刻,蔡序稱:"惟謝集屢見史志,然竟無興之者,君子憾焉……惠連見存詩僅十餘篇,難於獨行,然可附之。二謝惜未合梓之也。乃余奉使至江陵,以便見藩郡梅南翁……予得讋開進曰:府所行籍殊廣,第未聞合梓三謝,應未有啓及之者。顧謝詩韜跡時久,其將待人而行,同不朽耶! 翁欣然梓之。"

書中鈐"袁忠徹珍藏書畫印""北皮亭鎦氏所藏祕笈""鹽山劉千里藏書""劉印駒賢""鎦白子""燕喜堂""孫印從添""慶增""戊申""沈銶環卿"諸印(《三謝詩集》全書印章一併録於此),現藏中國國家圖書館,編目書號 12673。《叢刊》即據該本影印,收在第六十五册。

165. 謝康樂集四卷

南朝宋謝靈運撰,明沈啓原輯。明萬曆十一年(1583)沈啓原刻本。四册。

九行十八字,白口、左右雙邊,單魚尾。版心上鎸"謝康樂集",中鎸卷次及葉次,下鎸寫工、刻工及本版字數。卷端題"謝康樂集卷之一",次行、第三行均低九格分别題"宋陳郡謝靈運撰""明檇李沈啓原輯",第四行低十格題"秣陵焦竑校"。卷首有萬曆癸未(1583)焦竑《謝康樂集題辭》,次《謝康樂集目録》《宋書本傳》及節録《詩品》中謝靈運之評。

沈啓原(1526—1591)字道升,又字道初,號霓川,明代秀水(今屬浙江嘉興)人。嘉靖己未(1559)進士,官至陝西按察副使,撰有《存石草堂書目》《鸚園近草》等。《明詩綜》卷四十九有小傳。

此本是現存最早的謝靈運詩文合編的單行版本,乃明人沈啓原輯編。據卷首目録,卷一至二收賦作十四篇,卷三收樂府和詩,相較於黄省曾本樂府增益《相逢行》一篇,詩則增益十八篇,即《歲暮》《彭城宫中直感歲暮》《詠冬》《三月三日侍宴西池》《七夕詠牛女》《登廬山絶頂望諸嶠》《入冬道路》《夜發石關亭》《初發入南城》《初往新安至桐廬江》《離合詩》《石壁立招提精舍》《净土詠》《答謝惠連》《東陽溪中贈答》《臨川被收》《臨終詩》和《大林峰》。其中《净土詠》實即收在卷四中的《無量壽佛頌》。黄本《七里瀬》詩本一首,沈本增補一首,實即唐方干的《暮發七里灘夜泊嚴光臺下》。黄本《折揚柳行》樂府本一首,沈本增補一首即《鬱鬱河邊柳》,據《初學記》應爲曹丕所作,題"見挽船士兄弟辭别詩",沈本沿襲《樂府詩集》而收之。《詠冬》一首實爲謝惠連所作,《詩紀》即稱"《藝文》新本字訛作靈運,考舊本正之"。實際增益詩十六篇。卷四收各體文章,表兩篇、論一篇、書四篇、志一篇、贊九篇、誄四篇、銘兩篇、頌一篇。除去重收,總計收録詩文一百一十六篇。詩部分與黄本相校也存在異文,如《晚出西射堂一首》"步出西掖門",沈本"掖"作"城";《九日從宋公戲馬臺集送孔令詩一首》"和樂信所缺",沈本"信"作"隆"等。該本的編刻,焦竑《題辭》云:"吾師沈道初先生冥搜博訪,復得賦若干首、詩若干首、雜文若干首……輯成合刻之以傳,而以校事委余。"知焦竑參與了校訂工作。

書中鈐"伯繩祕笈""虛静齋"兩印,孫伯繩舊藏,現藏中國國家圖書館,編目書號5043。《叢刊》即據該本影印,收在第六十六册。

166. 謝集二卷

南朝宋謝靈運撰,清卓爾堪編,卓爾堪等評。清康熙刻《三家詩》本。清梅植之批點並跋。二册。

十一行二十一字,細黑口、左右雙邊、單魚尾。版心中鐫"三家詩"和所載集目及卷次和葉次。卷端題"三家詩,謝集卷一",次行、第三行和第四行均低十一格合題"張潮山來、卓爾堪子任、張師孔印宣全閲"。卷首有梁沈約《宋謝靈運傳》,次《宋謝康樂總論》《宋謝康樂集目録》。書首副葉有梅植之跋二則(第二則署作年"道光十八年"),《宋謝靈運傳》末有己亥(1839)梅跋、卷二末有道光五年(1825)梅跋和書尾副葉又有梅跋各一則。

卓爾堪等的評注主要包括三個方面:其一篇末評點抉發全詩意旨,如卷一《善哉行》篇末評云:"理明辭朗,章法井然,'陰灌陽叢'句,非深學易者不能道。"同卷《入華子崗是麻源第三谷》篇末評云:"大開大闔,法脈可師。"其二篇題下有考訂性的校記,如卷一《相逢行》篇題下校記稱:"《樂府》作惠連,今從《藝文》作靈運。"其三在正文中附有校勘性的校語,如卷一《悲哉行二首》其一"天臬桃始榮"句,"桃"字下有校語稱"一作柳"。書中眉端和正文中有梅氏朱筆批點,如卷一《登臨海嶠初發疆中作與從弟惠連》眉批"綿邈深微,百讀不厭",卷二《酬從弟惠連》眉批"曲折頓挫,情辭温穆",同卷《石門巖上宿》眉批:"梅藴生曰:全是避亂用晦之義,以遊覽觀之,是癡人説夢矣,可笑可笑,道光丙申(1836)秋八月。"

書中鈐"梅植之印""今字雪生""藴生""貞伯""某氏子印""植之所誦""植之私印""藴生楳氏子讀""藐姑射之山人"諸印,清梅植之舊藏,現藏中國國家圖書館,編目書號13548。《叢刊》即據該本影印,收在第六十六册。

167. 謝惠連詩一卷

南朝宋謝惠連撰。明遼藩朱寵瀼梅南書屋刻《三謝詩集》本。一册。

十行二十字,白口、四周雙邊,單魚尾。卷端題"三謝詩集卷第三",次行低一格題"謝惠連"。版心上鎸"三謝集",中鎸卷次和葉次,版心下鎸"梅南書屋"。

謝惠連(397—433),南朝宋陽夏(今屬河南太康)人。元嘉中任司徒彭城王劉義康法曹行參軍,《宋書》卷五十三、《南史》卷十九有傳。

此本收詩五篇,即《泛湖歸出樓中翫月一首》《秋懷詩一首》《西陵遇風獻康樂一首》《七月七日夜詠牛女詩》和《擣衣詩一首》。

此本與謝靈運詩和謝朓詩合稱爲"三謝詩集",現藏中國國家圖書館,編目書號12673。《叢刊》即據該本影印,收在第六十六册。

168. 謝法曹集一卷

南朝宋謝惠連撰,明張溥輯。明婁東張氏刻《漢魏六朝百三名家集》本。清何紹基評點。一册。

九行十八字,白口、左右雙邊,單魚尾。版心上鎸"謝法曹集",中鎸"卷全"和所載篇目的文體名及葉次。卷端題"謝法曹集卷全",次行、第三行均低九格分別題"宋陳郡謝惠連著""明太倉張溥閲"。卷首有張溥《謝法曹集題詞》,次《謝法曹集目録》。

《宋書》本傳稱"文章行於世",不言有集之編。謝惠連作品編稱"集"始見於《隋志》著録,題"宋司徒府參軍謝惠連集六卷"。小注稱"梁五卷,録一卷",則南朝梁時已有謝惠連集編本。《隋志》著録本當即梁本,即合本集與目録爲六卷。《舊唐志》不著録該集,《新唐志》著録爲五卷本。南宋晁公武《郡齋讀書志》亦著録爲五卷本,疑仍祖出梁本,而非宋人重編本。《遂初堂書目》也有著録,不題卷數,當即晁公武著録本。《直齋書録解題》著録謝惠連集一卷,屬詩集。《宋志》及《文獻通考·經籍考》均著録爲五卷本,仍屬晁公武本。大致元明之際亡佚不傳。現存謝惠連集最早的輯本是汪士賢的《漢魏六朝二十一名家集》本《謝惠連集》一卷。此後又有張燮的《七十二家集》本《謝法曹集》二卷,此張溥輯本即以張燮本爲基礎。

據卷首目錄,該本收文爲《雪賦》《鸂鶒賦》《白鷺賦》《甘賦》《橘賦》《仙人草贊》《雪贊》《四海贊》《琴贊》《白羽扇贊》《松贊》《口箴》《目箴》《連珠四首》《祭禹廟文》《祭周居士文》《祭古冢文》《秋胡行二首》《隴西行》《豫章行》《塘上行》《却東西門行》《代悲哉行》《燕歌行》《猛虎行》《鞠歌行》《前緩聲歌》《長安有狹邪行》《順東西門行》《三月三日曲水集》《汎南湖至石帆》《西陵遇風獻康樂》《代古》《秋懷》《擣衣》《泛湖歸出樓中望月》《七月七日夜詠牛女》《喜雨》《詠冬》《讀書》《離合詩二首》《夜集作離合》《夜集歎乖》《與孔曲阿別詩》《詠螺蚌》和失題詩,總爲四十六篇,附錄有《本傳》。書中眉端有何紹基評點,如《猛虎行》"貧不攻九嶷玉,倦不憩三危峰"句,眉端何批"新"。

該集爲《漢魏六朝百三名家集》叢編的一種,係何紹基舊藏,現藏武漢大學圖書館,編目書號 G810.0823/1133。《叢刊》即據該本影印,收在第六十六冊。

169. 宋何衡陽集一卷

南朝宋何承天撰,明張溥輯。明婁東張氏刻《漢魏六朝百三名家集》本。清何紹基評點。一冊。

九行十八字,白口、左右雙邊,單魚尾。版心上鐫"何衡陽集",中鐫"卷全"和葉次。卷端題"宋何衡陽集",次行、第三行均低七格分別題"宋東海何承天著""明太倉張溥閱"。卷首有張溥《何衡陽集題詞》,次《宋何衡陽集目錄》。

何承天(370—447),南朝宋東海郯(今屬山東郯城)人。元嘉時任著作佐郎,撰修《宋書》,未成而卒。博通天文律曆,撰有《禮論》等。《宋書》卷六十四、《南史》卷三十三有傳。

《宋書》本傳稱"文集傳於世",不言卷第,知南朝宋時已有本集之編。《隋志》著錄題"宋御史中丞何承天集二十卷",小注稱"梁三十二卷,亡",則梁時本集爲三十二卷本。《隋志》著錄本闕佚十二卷,篇目有所散佚。《舊唐志》著錄爲三十卷本,大致唐末佚而不傳(《新唐志》著録爲二十卷,疑二爲三之訛,且衹是存録書名)。現存何承天集最早的輯本即此張溥本,據卷首目録收文爲《木瓜賦》《上曆新法表》《曆議》《陳滿罪議》《尹嘉罪議》《薄代公等補兵議》《孔邈名議》《丁况等久喪不葬議》《請改漏刻奏》《議公主服母奏》《安邊論》《達性論》《論王蕃渾天體》《論祠武帝於建始殿》《論立諸葛亮廟》《論旄頭》《論郊祀不設樂》《報應問》《答顏永嘉書》《重答顏永嘉書》《與宗居士論釋慧琳白黑論書》《又答宗居士書》《重答宗居士書》《答江氏問》《上白鳩頌》《社頌》《釋奠頌》《天贊》《地贊》和《鼓吹鐃歌十五首》,總爲三十篇。附録有《本傳》。書中眉端有何紹基評點。

書中鈐“龔氏蘅圃倚柯亭圖書”“學閒館藏珍”兩印。該集爲《漢魏六朝百三名家集》叢編的一種,係何紹基舊藏,現藏武漢大學圖書館,編目書號 G810.0823/1133。《叢刊》即據該本影印,收在第六十六册。

170. 宋袁陽源集一卷

南朝宋袁淑撰,明張溥輯。明婁東張氏刻《漢魏六朝百三名家集》本。一册。

九行十八字,白口、左右雙邊,單魚尾。版心上鐫“袁陽源集”,中鐫“卷全”和葉次。卷端題“宋袁陽源集卷全”,次行、第三行均低八格分别題“宋袁淑陽源著”“明張溥西銘閲”。卷首有張溥《袁忠憲集題詞》,次《宋袁陽源集目録》。

袁淑(408—453)字陽源,南朝宋陳郡陽夏人。先後任彭城王義康軍司祭酒、補衡陽王義季右軍主簿等,遷司徒左西屬。出爲宣城太守,纍官至侍中太尉,謚曰忠憲公。《宋書》卷七十、《南史》卷二十六有傳。

《宋書》本傳稱“淑文集行於世”,則南朝宋時已編有作品集。袁淑集見於史志著録始於《隋志》,題“宋太尉袁淑集十一卷”,小注“並目録”,則本集爲十卷本。小注又稱“梁十卷,録一卷”,此即南朝梁時袁淑集傳本,自卷數而言即《隋志》著録本。《舊唐志》著録爲十卷本,則又不計目録一卷在内。按《舊唐志》又著録《真隱傳》二卷,《隋志》不載,疑合編在本集中,至《舊唐志》又析出單行爲兩卷本。大致唐末佚而不傳(《新唐志》著録者衹是存録書名),現存袁淑集最早的輯本即此張溥本。據卷首目録,收文爲《桐賦》《秋晴賦》《御虜議章》《謝中丞章》《與始興王濬書》《與何尚之書》《真隱傳》《弔古文》《雞九錫文》《賀表》《驪山公九錫文》《大蘭王九錫文》《常山王九錫文》《遊新亭曲水詩序》《效子建白馬篇》《效古》《詠冬至》《種蘭》《登宣城郡》和《啄木詩》,總爲二十篇,附録有《袁淑本傳》。

書中鈐"龔氏蘅圃倚柯亭圖書""學閒館藏珍"兩印。該集爲《漢魏六朝百三名家集》叢編的一種,係何紹基舊藏,現藏武漢大學圖書館,編目書號 G810.0823/1133。《叢刊》即據該本影印,收在第六十七册。

171. 顏光禄集三卷

南朝宋顏延之撰,明顏欲章編。明萬曆三十六年(1608)刻《顏氏傳書》本。二册。

九行十九字,白口、左右雙邊,單魚尾。版心上鐫"顏光禄集",中鐫卷次和"傳書"字樣及葉次,下鐫字數。卷端題"顏光禄集卷之一",次行、第三行均低十一格分別題"安成顏欲章編""鹽官姚士粦校"。卷首有《顏光禄文集目録》,卷末有姚士粦《顏光禄集跋》。

顏延之(384—456)字延年,南朝宋臨沂人。歷官至金紫光禄大夫。文章冠絶當時,與謝靈運齊名。《宋書》卷七十三、《南史》卷三十四有傳。

顏欲章,生卒年不詳,號雲漢,明代安福(今屬江西安福)人。萬曆二十九年(1601)進士,授寧海令,纍官至浙江布政。

《宋書》本傳稱"所著並傳於世",其中作品集之編稱"集"始見於《隋志》著録,題"宋特進顏延之集二十五卷"。小注稱"梁三十卷。又有顏延之逸集一卷,亡",知《七録》著録顏集兩種,即三十卷本本集和一卷本逸集。《隋志》著録本相較於梁本闕佚五卷,篇目有所散失。至《舊唐志》復著録爲三十卷,大致唐末散佚不傳,《新唐志》著録者祇是存録書名。南宋尤袤《遂初堂書目》著録顏延之集,不題卷數,當爲南宋初的重編本。《宋志》又著録爲五卷,元明之際該五卷本亦佚而不傳。此本爲現存顏集最早的輯本,此後明汪士賢所編的《漢魏六朝二十一名家集》本,以及張燮的《七十二家集》本和張溥的《漢魏六朝百三名家集》本顔延之集大抵祖述該本。關於該本之編,姚跋稱:"吾友吕錫侯手輯此編十八而夭,幸因翻録得附《傅書》。兹承師命,與包生鶴齡分授點校,輒寄姓名。不意吕生浚死,不朽於光禄也。"據卷首目録,收文爲《赭白馬賦》《白鸚鵡賦》《寒蟬賦》《行殣賦》《宋南郊雅樂登歌三篇》《應詔讌曲水作詩》《皇太子釋奠會作九首》《秋胡詩九首》《五君詠五首》《應詔觀北湖田收》《車駕幸京口侍遊蒜山作》《車駕幸京口三月三日倚遊曲阿後湖作》《拜陵廟作》《贈王太常》《夏夜呈從兄散騎車長沙》《直東宮答鄭尚書》《和謝監靈運》《北使洛》《還至梁城作》《始安郡還都與張湘洲登巴陵城樓作》《爲織女贈牽牛》《應詔詩》《詔宴西池詩》《從軍行》《登景陽樓詩》《侍東耕詩》《歸鴻詩》《除弟服詩》《辭難潮溝》《挽歌》《獨秀山石室讀書》《七繹》《連珠》《天馬狀》《追贈袁淑官諡詔》《請立渾天儀表》《爲齊景靈王世子臨會稽郡表》《謝子竣封建城侯表》《自陳表》《拜永嘉太守辭東宮表》《與王曇生書》《與張茂度書》《與王微書》《三月三日曲水詩序》《武帝諡議》《碧芙蓉頌》《赤槿頌》《新喻侯茅齋贊》《蜀葵贊》《大筮箴》《家傳銘》《陽給事誄》《陶徵士誄》《宋文皇帝元皇后哀策文》《祭屈原文》《祭虞舜文》《祖祭弟文》《庭誥》《釋何衡陽達性論書》《重釋何衡陽達性論》《重釋何衡陽》和《答問》,總爲六十二篇。

此本爲《顔氏傳書》的一種,現藏南京圖書館,編目書號 GJ/EB/117602。《叢刊》即據該本影印,收在第六十七册。

172. 謝光禄集一卷

南朝宋謝莊撰,明張溥輯。明婁東張氏刻《漢魏六朝百三名家集》本。清何紹基評點。一册。

九行十八字,白口、左右雙邊,單魚尾。版心上鐫"謝光禄集",中鐫"卷全"和所載篇目的文體名及葉次。卷端題"謝光禄集卷之全",次行、第三行均低九格分別題"宋陳郡謝莊著""明太倉張溥閱"。卷首有張溥《謝光禄集題詞》,次《謝光禄集目録》。

謝莊(421—466)字希逸,南朝宋陽夏人。初爲始興王劉濬後軍法曹行參軍,又轉隨王誕後軍諮議,並領記室,官至光禄大夫,諡憲子。《宋書》卷八十五、《南史》卷二十有傳。

《宋書》本傳稱"所著文章四百餘首行於世",不言有集之編。謝莊集始見於《隋志》著録,題"宋金紫光禄大夫謝莊集十九卷"。小注稱"梁十五卷",則南朝梁時已有謝莊集編本。《隋志》著録本增益四卷,篇目當亦有所增加。《舊唐志》亦著録爲十五卷,當即梁本。《日本國見在書目》著録謝莊集二十卷,疑即《隋志》著録本,合目録一卷在内。大致唐末佚而不傳(《新唐志》著録者祇是存録書名),至南宋尤袤的《遂初堂書目》又見著録,未題卷數,當爲南宋初的重編本。《宋志》著録爲一卷本,疑即尤袤著録本。大致至遲在元明之際,此一卷本不傳。

現存謝莊集最早的輯本即張燮的《七十二家集》本《謝光禄集》三卷,此張溥本以張燮本爲基礎。據卷首目録,收文爲《月賦》《無馬賦》《赤鸚鵡賦》《悦曲池賦》《宋明帝即位赦詔》《上搯才表》《爲八座江夏王請封禪表》《改定刑獄表》《請弘風則表》《太子元服上至尊表》《太子元服上太后表》《謝賜貂裘表》《東海王讓司空表》《讓中書令表》《讓吏部尚書表》《上封禪儀注奏》《封皇弟奏》《改封長公主奏》《爲北中郎謝兼司徒章》《爲北中郎拜司徒章》《與世祖啓事》《與大司馬江夏王義恭牋》《爲朝士與袁顗書》《昨還帖》《索虜互市議》《竹贊》《宋孝武帝哀策文》《皇太子妃哀策文》《宣貴妃諡册文》《孝武宣貴妃誄》《黃門侍郎劉琨之誄》《豫章長公主墓誌銘》《司空何尚之墓銘》《宋明堂歌九首》《宋世祖廟歌二首》《烝齋應詔》《和元日雪花應詔》《七夕夜詠牛女應制》《侍宴蒜山》《侍東耕》《遊豫章西觀洪崖井》《自潯陽至都集道里名爲詩》《北宅祕園》《喜雨》《江都平解嚴》《從駕頓上》《八月侍華林曜靈殿八關齋》《懷園引》《山夜憂》和《華林都亭曲水聯句效柏梁體》,總爲五十篇,附録有《本傳》。書中眉端有何紹基評點,如《自潯陽至都集道里名爲詩》眉端何批"奇"。卷末有何氏題識,"丁卯三月初二曖曳閲至此。冷雨,復著裘。時方黃州挫敗,將卒殲焉,捻氛之惡如此。曾九帥守黃州城中,計將安出?左季高兵駐夏口,未能西征。秦事益爛矣!奈何!"

該集爲《漢魏六朝百三名家集》叢編的一種,係何紹基舊藏,現藏武漢大學圖書館,編目書號 G810.0823/1133。《叢刊》即據該本影印,收在第六十七册。

173. 鮑氏集十卷

南朝宋鮑照撰。清初毛氏汲古閣影宋鈔本。二册。

十行十六字,白口、左右雙邊,單魚尾。版心中鐫"鮑集"和卷次及葉次,下鐫刻工。卷端題"鮑氏集卷第一",卷首有南齊虞炎撰《鮑照集序》。

鮑照(414—466)字明遠,南朝宋東海(今屬山東郯城)人。劉義慶任爲國侍郎,又任臨海王劉子頊的前軍參軍,掌書記,世稱"鮑參軍"。江陵亂,死於亂軍中。妹令暉。工詩文,以七言歌行爲長。《南史》卷十三《臨川武烈王道規傳》後附有小傳。

鮑照集之編始於南齊虞炎,虞序云:"身既遇難,篇章無遺,流遷人間者往往見在。儲皇博采群言,遊好文藝,片辭隻韻罔不收集……年代稍遠,零落者多,今所存者儻能半焉。"而見於史志著録則始自《隋志》,題"宋征虜記室參軍鮑照集十卷",《舊唐志》亦爲十卷本。按《隋志》小注稱"梁六卷",則此南朝梁六卷本鮑照集或即虞炎編本。《隋志》著録本增益四卷,《四庫全書總目》稱"然則後人又續增矣"。北宋《崇文總目》著録《鮑照詩集》一卷,屬鮑照詩作的單行本。據晁説之《揚州三絶句》自注"鮮于子駿守此州(指揚州),刊鮑參軍集",北宋時還刻過鮑照集。自《郡齋讀書志》《直齋書録解題》至《文獻通考·經籍考》《宋志》均著録爲十卷本,遂爲今本卷第。

此本爲據宋本影鈔,自内容而言可直接視爲"宋本",是現存最早的鮑照集版本(就影鈔宋本而言)。檢書中"慎"字闕筆,避諱至宋孝宗趙眘止,宋本當刻在南宋孝宗年間。書中保留有校語,如《鮑照集序》"少有文思,宋臨川王愛其才,以爲國侍郎。王薨,始興王濬又引爲侍郎。孝武初除海虞令,遷太學博士兼中書舍人",有校語稱"一本云'時主多忌,以文自高,趨侍左右,深達風旨,以此賦述,不復盡其才思。'"卷三《代東門行》"傷禽惡弦驚"中的"弦驚",校語稱一作"驚弦",印證宋本的刊刻尚參據了當時流傳的其他版本的鮑照集。另書中篇題下有小注,既應出自鮑照之手,也可能保留的是唐本舊貌。如卷一《蕪城賦》下小注稱"登廣陵城作",《文選》李善注該賦云:"《集》云:登廣陵故城。"印證此類小注承自唐本。據各卷首目錄,卷一至二收賦作十篇,卷三收樂府三十二篇,卷四至八收詩九十六篇,其中亦間有樂府詩作,如卷八《擬行路難十九首》,卷九至十收各體文章二十五篇,總爲一百六十三篇。

書中鈐"宋本""甲""毛晉私印""毛晉之印""子晉""毛氏子晉""汲古主人""毛扆之印""斧季""趙文敏公書卷末云吾家業儒辛勤置書以遺子孫其志何如後人不讀將至于鬻頹其家聲不如禽犢苟歸他室當念斯言取非其有無寧舍旃""汪士鐘讀書""海源閣藏""楊氏海原閣鑑藏印""宋存書室""四經四史之齋""關西節度系關西""楊印以增""楊以增字益之又字至堂冬樵行式""至堂""瀛海仙班""禄易書千萬值小胥鈔良友詒閣主人清白吏讀曾經學何事愧蠹魚未食字遺子孫承此志""楊紹和藏書""東郡楊紹和鑒藏金石書畫印""彦和""彦和珍玩""協卿讀過""紹和筑岩""楊氏協卿平生真賞""道光秀才咸豐舉人同治進士""海源殘閣""楊印承訓""聊攝楊承訓珍藏書畫印"諸印,清初毛晉汲古閣舊藏,後迭經汪士鐘、楊氏海源閣藏,海源閣書散出後輾轉爲陳清華所得,現藏中國國家圖書館,編目書號18143。《叢刊》即據該本影印,收在第六十七冊。

174. 鮑氏集十卷

南朝宋鮑照撰。明正德五年朱應登刻本。清毛扆校並跋。繆荃孫跋。二冊。

十行十七字,白口、左右雙邊,單魚尾。版心中鐫"鮑集"和卷次及葉次。卷首有虞炎《鮑照集序》,卷十末有正德五年朱應登跋。卷十末有丙辰(1676)毛扆跋,書尾副葉有癸丑(1913)繆荃孫跋。

朱應登(1477—1527)字升之,號凌溪,明代寶應(今屬江蘇寶應)人。弘治十二年(1499)進士,歷官南京户部主事、延平知府和陝西提學副使等職,精經史,工詩文,撰有《凌溪集》等。《江南通志》卷一百六十六有傳。

毛扆（1640—？）字斧季，號省庵，江熙《掃軌閑談》云：“潛在第四子斧季扆最知名，又補刻書數百種。”

此本篇目、篇次及分卷均與影宋鈔本相同，推斷即源出宋本。該本之刻，朱跋稱：“近過吴中友人都君玄敬，出示此本，方以得見其全爲快，因刻之郡齋以詒同志。”該本經毛扆手校，跋稱“丙辰七夕後三日借吴趨友人宋本比按一過”。所據校的“宋本”，毛扆稱“宋本每幅廿行，每行十六字，小字不等”，恰與影宋鈔本行款相同，當即影鈔所據之宋本。印證宋本鮑照集康熙間尚存於世，大概此後漸湮没不傳。亦可推知，都穆“出示”之本乃宋本，朱應登據以重刻。然以該本與影宋鈔本（内容實即宋本）相校存在異文，如卷四《學陶彭澤體》“但使鑄酒滿”，影宋鈔本“鑄”作“鐏”；卷五《和王丞》“銜協曠舌願”，影宋鈔本“舌”作“古”；卷七《代挽歌》“青盤進青梅”，影宋鈔本“青”作“素”；卷十《河清頌》“君闈帝寶”，影宋鈔本“闈”作“圖”等。知該本雖出自宋本，但已加以校訂，甚至也存在訛脱之字，如卷五《和王丞》“夜聽橫石波，朝（係補寫）■■（所脱此兩字作墨釘狀）巖煙”，影宋鈔本作“朝望宿崑煙”。該本總體不及影宋鈔本精善。毛扆校在眉端，即校出了該本與宋本在文字方面的異同，還儘量以校語的形式保留宋本的面貌，其一是交待宋本的行格，如卷一篇題《舞鶴賦》，毛校“題空四格，後同”，即合於影宋鈔本。其二是交待宋本諱字，如卷三篇題《代朗月行》，毛校“朗，宋本諱”，影宋鈔本即同。繆荃孫跋稱：“斧季校宋本於明刻上，鉤勒行款，不拘正俗，一筆一劃無不改從宋本面目，一望即見，可爲校宋良法。”又稱該本的版本及文獻價值：“殷、朗、讓、貞、筐、樹、亘、恒皆爲字不成，愍、世則襲唐諱也。按《隋志》梁六卷、隋十卷，似後人增益已非虞奉叔所序之本。惟開卷署‘鮑氏集’，不曰‘鮑參軍集’，詩賦間有自序、自注，與他集從類書中輯出者不同，加以斧季精心校讎，可謂至善之本。”

書中鈐“虞山毛扆手校”“西河季子之印”“席鑒”“别字英山”“席玉照讀書記”“愛日精廬張氏藏書記”“黄丕烈印”“蕘圃”“士禮居藏”“荃孫”“涵芬樓”“海鹽張元濟經收”諸印，清毛扆舊藏，後經席鑑、張金吾、黄丕烈所藏，民國間歸涵芬樓。現藏中國國家圖書館，編目書號7610。《叢刊》即據該本影印，收在第六十八册。

175. 王文憲集一卷

南朝齊王儉撰,明張溥輯。明婁東張氏刻《漢魏六朝百三名家集》本。清何紹基評點。一册。

九行十八字,白口、左右雙邊,單魚尾。版心上鐫"王文憲集",中鐫"卷全"和葉次。卷端題"王文憲集",次行、第三行均低八格分別題"齊琅琊王儉著"、"明太倉張溥閱"。卷首有張溥《王文憲集題詞》,次《王文憲集目錄》。

王儉(452—489)字仲寶,南朝南齊琅琊臨沂人。宋明帝時歷官太子舍人、秘書丞,依《七略》撰《七志》四十卷,又撰《元徽四部書目》。入齊遷尚書右僕射,領吏部,卒諡文憲。《南齊書》卷二十三、《南史》卷二十二有傳。

《南齊書》本傳稱"撰《古今喪服集記》並文集,並行於世",則南齊時已編有王儉集。按任昉《王文憲集序》云:"昉嘗以筆札見知恩,以薄技效德,是用綴輯遺文,永貽世範。爲如干秩如干卷,所撰《古今集記》《今書七志》爲一家言,不列於集,集錄如左。"推斷王儉集之編出自任昉之手。《隋志》小注稱"梁六十卷",即南朝梁時王儉集傳本爲六十卷,當即任昉編本的卷第。至《隋志》著錄,題"齊太尉王儉集五十一卷",相較於梁本闕佚九卷,篇目有所散佚。《舊唐志》復著錄爲六十卷,當即梁本。大致唐末佚而不傳(《新唐志》著錄者衹是存錄書名),現存最早的王儉集輯本即此張溥本。

據卷首目錄,該本收文爲《靈丘竹賦》《和竟陵王高松賦》《諫壞宋明帝紫極殿以材柱起宣陽門表》《請解僕射表》《求解尚書表》《郊殷議》《二郊明堂議》《日蝕不廢社祠議》《南郡王昭業冠議》《公府長史朝服議》《帝后諱議》《冕旒議》《皇后遷祔祭奠議》《奠祭設虞議》《皇太子妃服議》《太子妃建銘旌議》《太子迎車駕議》《太子妃旒翣議》《穆妃朔望設祭議》《穆妃詳議》《答褚淵難》《答王逡問》《君母服議》《入學釋奠議》《褚淵拜錄議》《司空掾屬爲褚淵賦議》《司徒府史爲褚淵服議》《史條例議》《諒闇親奉蒸嘗奏》《先郊後春啓》《請江斅還本啓》《拜儀同三司章》《與豫章王嶷牋》《答陸澄》《曲禮問答》《周易問答》《孝經問答》《竟陵王山居贊》《太宰文簡褚彦回碑文》《暘連珠》《高帝哀策文》《皇太子妃哀策文》《侍皇太子釋奠宴》《侍太子九日宴玄圃詩》《贈徐孝嗣》《春日家園》《春詩》《春夕》《後園餞從兄豫章》、失題詩和《南郊樂歌》《太廟樂歌》《齊白紵辭》，總爲五十三篇，附錄有《本傳》。書中眉端有何紹基評點。卷末有何氏題識，"丁卯三月初六日蝯叟閱"。

書中鈐"龔氏蘅圃倚柯亭圖書"一印。該集爲《漢魏六朝百三名家集》叢編的一種，係何紹基舊藏，現藏武漢大學圖書館，編目書號 G810.0823/1133。《叢刊》即據該本影印，收在第六十八册。

176. 南齊竟陵王集二卷

南朝齊蕭子良撰，明張溥輯。明婁東張氏刻《漢魏六朝百三名家集》本。清何紹基評點。一册。

九行十八字，白口、左右雙邊，單魚尾。版心上鐫"竟陵王集"，中鐫卷次和葉次。卷端題"南齊竟陵王集卷之一"，次行、第三行均低八格分別題"齊蕭子良雲英著""明張溥西銘閱"。卷首有張溥《蕭竟陵集題詞》，次《南齊蕭竟陵集目錄》。

蕭子良（460—494）字雲英，南齊武帝第二子，南蘭陵人。南朝宋昇明間授寧朔將軍，官至輔國將軍、會稽太守。高帝蕭道成受禪，封聞喜縣公。武帝蕭賾即位，封爲竟陵郡王，縈官至中書監。鬱林王即位，進太傅，薨諡文宣王。《南齊書》卷四十、《南史》卷四十四有傳。

《南齊書》本傳稱"所著内外文筆數十卷，雖無文采，多是勸誡"，此當即蕭子良的作品集。所謂"内"者蓋指佛理類的作品，而"外"則指不涉佛理世俗類作品，分別成編，近於内集與外集。按任昉《齊竟陵文宣王行狀》稱"所造箴銘，積成卷軸"，推斷生前即已成編。作品編明確稱"集"，始見於《隋志》著錄，題"齊竟陵王子良集四十卷"。至《舊唐志》著錄爲三十卷，篇目有所散佚。按《齊竟陵文宣王行狀》李善注稱"竟陵王集有皇太子九言"，此即《舊唐志》著錄本。大致唐末散佚不傳（《新唐志》著錄者祇是存錄書名），現存蕭子良集最早的輯本即此張溥本。據卷首目錄，收文爲《密啓武帝》《車旗啓》《諫謝雉啓》《諫斂役塘錢啓》《上武帝請贈豫章王巋啓》《上讜言表》《墾田表》《與安陸侯緬書》《答王僧虔書》《答張融》《答顧憲之》《與法獻書》《與孔中丞釋疑惑書》《答孔中丞書》《與南郡太守劉景蕤書》《净住子序》《净住子净行法門二十一條》《賓僚七要》《九日侍宴》《侍皇太子釋奠宴》《遊後園》《行宅》《登山望雷居士精舍同沈右衛過劉先生墓下作》，總爲二十三篇。附錄有《本傳》。書中眉端有何紹基評點，如《上武帝請贈豫章王巋啓》"豈有仰睹陛下，垂友于之性……感慟驚乎鬼神"，眉端何批"善於摹寫"。

書中鈐"龔氏蘅圃倚柯亭圖書"一印。該集爲《漢魏六朝百三名家集》叢編的一種，係何紹基舊藏，現藏武漢大學圖書館，編目書號 G810.0823/1133。《叢刊》即據該本影印，收在第六十八册。

177. 王寧朔集一卷

南朝齊王融撰，明張溥輯。明婁東張氏刻《漢魏六朝百三名家集》本。清何紹基評點。一册。

九行十八字，白口、左右雙邊，單魚尾。版心上鐫"王寧朔集"，中鐫"卷全"和所載篇目的文體名及葉次。卷端題"王寧朔集卷全"，次行、第三行均低九格分別題"齊琅邪王融著""明太倉張溥閲"。卷首有張溥《王寧朔集題詞》，次《王寧朔集目録》。

王融(468—494)字元長，王僧虔之孫，南朝齊琅邪臨沂人。舉秀才，縈官中書郎。博涉有文才。武帝蕭賾病重，融自恃家族聲望欲矯詔立竟陵王蕭子良。不成，下獄賜死。《南齊書》卷四十七、《南史》卷二十一有傳。

《南齊書》本傳稱"文集行於世"，推斷王融在世時已編有作品集。史志著錄始自《隋志》，題"齊中書郎王融集十卷"。至《舊唐志》，仍著錄爲十卷。北宋《崇文總目》則著錄爲七卷，蓋唐十卷本的殘本。南宋時則見於《遂初堂書目》著錄，不題卷數，至《宋志》仍爲七卷本，當即《崇文總目》著錄本。大致元明之際，此七卷本佚而不傳。現存王融集最早的輯本爲張燮輯編的《七十二家集》本《王寧朔集》四卷。

此張溥輯本以張燮本爲基礎，據卷首目録收文七十二篇，即《風賦》《桐樹賦應竟陵王教》《上北伐圖疏》《議給虜書疏》《請習校部曲疏》《拜秘書丞謝表》《爲王儉讓國子祭酒表》《獄中據答表》《永明九年策秀才文五首》《永明十一年策秀才文五首》《求自試啓》《法門頌啓》《謝敕賜御裘等啓》《謝敕賜米啓》《謝竟陵王示法制啓》《謝竟陵王示扇啓》《謝竟陵王賜納裘啓》《謝司徒賜紫鮓啓》《謝武陵王賜弓啓》《謝安陸王賜銀鉢啓》《爲竟陵王與隱士劉虬書》《三月三日曲水詩序》《净行頌三十一首》《皇太子哀策文》《豫章王墓銘》《永嘉長公主墓銘》《齊明王一辭七首》《三婦艷詩》《青青河畔草》《同沈右率諸公賦鼓吹曲二首》《臨高臺》《望城行》《法樂辭十二首》《少年子》《江皋曲》《思公子》《王孫遊》《陽翟新聲》《永明樂十首》《奉和秋夜長》《代五雜組》《奉和纖纖》《贈族叔衛軍》《從武帝琅琊城講武應詔》《棲玄寺聽講畢遊邸園七韻應司徒教》《雜體報范通直》《别蕭諮議》《寒晚敬和何徵君點》《和王友德元古意二首》《奉和竟陵王郡縣名》《遊仙詩五首》《春遊迴文詩》《侍遊方山應詔》《奉辭鎮西應教》《餞謝文學離夜》《和南海王殿下詠秋胡妻七首》《琵琶》《詠幘》《藥名》《星名》《奉和月下》《詠池上梨花》《詠梧桐》《詠女蘿》《移席琴室應司徒教》《抄衆書應司徒教》《自君之出矣》《擬古二首》《四色詠》《離合賦物爲詠》《雙聲詩》和《阻雪聯句遥贈和》，附録有《本傳》。書中眉端有何紹基評點。

該集爲《漢魏六朝百三名家集》叢編的一種，係何紹基舊藏，現藏武漢大學圖書館，編目書號 G810.0823/1133。《叢刊》即據該本影印，收在第六十九册。

178. 南齊孔詹事集一卷

南朝齊孔稚圭撰，明張溥輯。明婁東張氏刻《漢魏六朝百三名家集》本。清何紹基評點。一册。

九行十八字，白口、左右雙邊，單魚尾。版心上鎸“孔詹事集”，中鎸“卷全”和葉次。卷端題“南齊孔詹事集卷全”，次行、第三行均低七格分别題“齊孔稚圭德璋著”“明張溥西銘閲”。卷首有張溥《孔詹事集題詞》，次《南齊孔詹事集目録》。

孔稚圭（447—501）字德璋，南齊會稽山陰（今屬浙江紹興）人。宋時蕭道成任爲記室參軍，高帝禪位後歷官南郡太守、都官尚書，遷太子詹事。《南齊書》卷四十

八、《南史》卷四十九有傳。

《南齊書》本傳不言有集之編,作品編稱"集"始見於《隋志》著録,題"齊金紫光禄大夫孔稚珪集十卷"。此後的《兩唐志》《崇文總目》均著録爲十卷本,至南宋晁公武的《郡齋讀書志》仍著録爲十卷本,云:"集有序云'所爲文章雖行於世,竟未撰集。今摭其遺佚分爲十卷',然莫知其爲誰序也。"據自《隋志》著録本即爲十卷,推測該篇集序亦載於《隋志》著録本中。《遂初堂書目》著録者當即晁公武著録本。之後的陳振孫《直齋書録解題》及《宋志》仍爲十卷,《文獻通考·經籍考》著録爲一卷,疑"一"爲"十"之訛。大致元明之際佚而不傳,現存孔稚圭集最早的輯本即此張溥本。據卷首目録,收文爲《上新定法律表》《陳通和之策表》《讓詹事表》《爲王敬則讓司空表》《薦杜京産表》《奏王兔罪》《奏王融罪》《謝賜生荔枝啓》《答蕭司徒書》《玄館碑》《褚先生伯玉碑》《北山移文》《祭外兄張長史文》《白馬篇二首》《旦發青林》《遊太平山》,總爲十六篇。附録有《本傳》。書中眉端有何紹基評點,如《北山移文》眉端何批"意別詞暢"。卷末有何氏題識,"丁卯三月十二日閲至此,蝃蝀叟"。

該集爲《漢魏六朝百三名家集》叢編的一種,係何紹基舊藏,現藏武漢大學圖書館,編目書號 G810.0823/1133。《叢刊》即據該本影印,收在第六十九册。

179. 齊張長史集一卷

南朝齊張融撰,明張溥輯。明婁東張氏刻《漢魏六朝百三名家集》本。清何紹基評點。一册。

九行十八字,白口、左右雙邊,單魚尾。版心上鐫"張長史集",中鐫"卷全"和葉次。卷端題"齊張長史集",次行、第三行均低九格分别題"齊張融思光著""明張溥西銘閲"。卷首有張溥《張長史集題詞》,次《南齊張長史集目録》。

張融(444—497)字思光,張暢之子,南朝宋齊間吴郡吴(今屬江蘇蘇州)人。宋孝建中任新安王北中郎參軍,齊高帝即位後纍官至司徒從事中郎,永明中任司徒右長史等職,撰有《玉海集》等。《南齊書》卷四十一、《南史》卷三十二有傳。

《南齊書》本傳稱"融文集數十卷行於世,自名其集爲《玉海》",該集屬張融自編其集,《四庫全書總目》稱:"集始於東漢……其自製名者,始於張融《玉海集》。"按本傳僅稱名集爲"玉海",是否稱爲"玉海集"還有待質正,但本身屬作品集無疑義。《隋志》著録有張融集,題"齊司徒左長史張融集二十七卷"。小注又稱"梁十卷。又有張融《玉海集》十卷、《大澤集》十卷、《金波集》六十卷",則南朝時流傳的張融集編本,除本傳記載的自編《玉海》集外,尚有十卷本張融集和十卷本《大澤集》及六十卷本《金波集》。小注明確稱《玉海集》爲十卷本,而本傳則稱"融文集數十卷行於世,自名其集爲《玉海》",似《玉海》又是各集的統稱。唐初惟存張融集二十七卷,相較於梁本溢出十七卷,推測乃小注所稱各集已多所散佚,遂統編爲一集,即《隋志》著録本。《舊唐志》惟著録《玉海集》六十卷,不同於小注所稱的梁十卷本,反倒與本傳所言接近。按小注所稱的梁本《金波集》亦爲六十卷,疑即《金波集》易名爲《玉海集》。大致唐末張融集不傳(《新唐志》著録者祇是存録書名),現存張融集最早的輯本即此張溥本。據卷首目録,收文爲《海賦》《與豫章王嶷箋》《與從叔承書》《與王僧虔書》《與從弟環書》《答周顒書》《與周顒論釋法寵書》《門論》《問律自序》《臨卒戒子》《白日歌》《蕭史曲》《憂且吟》《別詩》,總爲十四篇。附録有《本傳》。書中眉端有何紹基評點,如《海賦》眉端何批"奇作,惜可解處少"。

書中鈐"龔氏蘅圃倚柯亭圖書""學閒館藏珍"兩印。該集爲《漢魏六朝百三名家集》叢編的一種,係何紹基舊藏,現藏武漢大學圖書館,編目書號 G810.0823/1133。《叢刊》即據該本影印,收在第六十九册。

180. 謝朓集五卷

南朝齊謝朓撰。明正德六年(1511)劉紹刻本。二册。

十一行二十字,白口、左右雙邊,無魚尾。版心中鐫"謝"和卷次及葉次。卷端題"謝朓集卷第一"。卷首有正德辛未(1511)康海《謝宣城集序》,次《謝朓小傳》。

劉紹,生卒年不詳,字繼方,明代濮州(今屬河南濮陽)人。正德初任武功知縣,生平事跡參見《陝西通志》卷五十三。

此本是現存最早的明刻謝朓集單行本,篇目與毛氏汲古閣影宋鈔本相同,但篇題與篇次存在差異,如影宋鈔本卷二總題"樂府四十三首",而該本則題"雜曲";具體篇目如影宋鈔本題《鼓吹曲》,劉紹本則題《隋王鼓吹曲十首》。篇次如《同諸公賦鼓吹曲》,影宋鈔本以"先成爲次",即以成詩的先後次序爲編排之序,而劉紹本則以所賦之詩的"鼓吹曲名"爲次序。傅增湘即稱:"余用宋刊殘本校過,知已改易宋刊舊第矣。"(參見《藏園訂補郘亭知見傳本書目》)此外也存在文字差異,如詠《樂器》《器物》諸詩,其中《詠燭》"的皪",影宋鈔本作"灼爍"等。該本的刊刻,康序稱:"劉侯知武功之二年,一日來潏西別業,見宣城集,嘆曰:古之言詩者,以曹劉鮑謝。今曹鮑刻本矣,頗獨無劉謝。幸親與見謝,今已不刻,如後世絕之者自余爲何!刻成。"按武功即今陝西武功,劉紹爲官此地而刻是集,即世稱的武功本謝朓集。傅增湘稱該本"世不多見,余生平亦未之覩。據黎晨跋,言用武功本新之,則其行款與黎本同"(參見《藏園群書題記》)。黎本即明嘉靖十六年(1537)黎晨所刻謝朓集五卷,行款爲十一行二十二字,並不同於劉紹本。

書中鈐"韓印鷺""素文""墨侯""蟫隱廬所得善本"諸印,羅振常舊藏,現藏中國國家圖書館,編目書號2974。《叢刊》即據該本影印,收在第六十九冊。

181. 謝玄暉詩五卷

南朝齊謝朓撰。明遼藩朱寵瀁梅南書屋刻《三謝詩集》本。二冊。

十行二十字,白口、四周雙邊,單魚尾。卷端題"三謝詩集卷第四",次行低一格題"謝玄暉"。版心上鐫"三謝集",中鐫卷次和葉次,版心下鐫"梅南書屋"。

謝朓(464—499)字玄暉,南齊陳郡陽夏人。與謝靈運同族,稱小謝。初爲隋王蕭子隆文學,明帝輔政領記室,出爲宣城太守,後遷尚書吏部郎,爲蕭遙光誣陷而死。長於五言詩,並重聲律,爲"永明體"主要作家。《南齊書》卷四十七、《南史》卷十九有傳。

該本與謝靈運詩和謝惠連詩合稱"三謝詩集",在卷四至八。卷四收賦、樂歌和詩四言,卷五收曲(雜曲附),卷六收雜詩五言,卷七至八收雜詩,篇目及篇次均同宋本(據國家圖書館藏清影宋鈔本),惟篇目題名略有差異。

此本現藏中國國家圖書館,編目書號 12673。《叢刊》即據該本影印,收在第六十九册。

182. 謝宣城詩集五卷

南朝齊謝朓撰。明末毛氏汲古閣影宋鈔本。一册。

十行十八字,白口、左右雙邊,單魚尾。版心中題"謝集"和卷次及葉次。卷端題"謝宣城詩集卷第一"。卷首有《謝宣城詩集目録》,次行低三格題"齊尚書吏部郎陳郡謝朓元暉"。卷末有紹興丁丑(1157)樓炤跋,次嘉定庚辰(1220)洪伋跋。

謝朓作品編明確稱"集",始見於《隋志》著録,題"齊吏部郎謝朓集十二卷",另著録"謝朓逸集一卷"。所謂"逸集",蓋將謝朓集之外的詩文另編爲集。至《舊唐志》著録爲十卷,相較於《隋志》著録本佚去兩卷,不再著録"逸集",疑該集中的詩文合編入十卷本中。唐李善注《文選》引及謝朓集四條,當即《舊唐志》著録本。北宋《崇文總目》著録同《舊唐志》,當時還流傳有蔣之奇重編的《小謝集》一卷。南宋晁公武《郡齋讀書志》亦爲十卷本,云:"《文選》所録朓詩僅二十首,集中多不載,今附入。"印證所傳十卷本有不少詩作闕佚。《遂初堂書目》也著録有謝朓集,不題卷數,當即晁公武著録本。至《直齋書録解題》則著録爲五卷本,題"謝宣城集",雖名爲"集",實則僅爲謝朓詩和賦的合集。陳振孫即云:"集本十卷,樓炤知宣州,止以上五卷賦與詩刊之。下五卷皆當時應用之文、衰世之事,可采者已見本傳及《文選》,餘視詩劣焉,無傳可也。"按樓炤跋稱:"余家舊藏偶有之(指十卷本謝朓集),考其上五卷,賦與樂章之外,詩乃百有二首,而唱和聯句、他人所附見者不與焉……於是屬之僚士,參校謬誤。雖是正已多,而有無他本可證者,故猶有闕文。鋟板傳之,目曰《謝宣城詩集》。其下五卷,則皆當時應用之文,衰世之事,其可采者已載於本傳、《文選》,余視詩劣焉,無傳可也,遂置之。"推斷陳振孫著録本,即樓炤所刻五卷本《謝宣城詩集》。詩文合編的十卷本謝朓集,《宋志》尚著録,大致元明之際佚而不傳。除五卷本詩集外,《宋志》還著録一種"《詩》一卷"者,可能指《三謝詩》

中謝朓詩的單行之帙。現存謝朓集包括詩集本和詩文合編本兩種,詩集本即以樓炤刻本爲祖,詩文合編本則始自明汪士賢所輯,此後張燮、張溥等又續有所輯。

此本爲影鈔宋本,係明末毛氏汲古閣所鈔。宋本《謝宣城詩集》現藏臺灣"國家圖書館",著録爲"宋嘉定十三年(1220)洪伋宣州郡齋刻本",乃據紹興二十七年(1157)樓炤本重刻(據影宋鈔本卷末洪伋跋)。惜爲殘本,僅存卷一至二兩卷。賴此影鈔本保留宋本全帙舊貌,彌爲珍貴。按書中"廓"字闕筆謹嚴(如卷一《酬德賦》"知雲網之不廓"、《思歸賦》"大明廓以高臨",卷三《暫使下都夜發新林至京邑贈西府同僚》"寥廓已高翔"),知即據洪伋本影鈔。據目録,卷一收賦九篇,雾祭歌八首、四言詩三首。卷二收樂府詩四十三首,卷三收詩四十三首,卷四收詩四十六首,卷五收詩四十首、聯句七首,總爲收詩、賦一百九十九首。該本雖影鈔自宋本,但傅增湘稱與宋本對校仍有訛誤,云:"余以宋本對勘,則訛舛時復錯出","或原本漫漶不可辨析,而鈔胥又未經詳審,致有此失也"(參見《藏園群書題記》)。另檢現存殘宋本,版心鎸刻刻工和字數兩種信息,影鈔本也未能原貌保留,在毛氏影抄中似非上乘之本。國家圖書館另藏有一部清影宋鈔本《謝宣城詩集》,以卷一《酬德賦》爲例,兩本相校一致,印證均出自宋本。故就內容而言,該本基本等同於宋本。

書中鈐"子晉書印""毛氏子晉""毛晉之印""汲古閣""汲古得修綆""東吳毛氏圖書""汲古主人""宋本""甲""麟嘉館""李盛鐸家藏文苑""李印盛鐸""盛鐸""李盛鐸讀書記""木齋宋元祕笈""木齋""木齋審定""木犀軒藏書""李少微""周暹"諸印,明末清初毛氏汲古閣舊藏,後爲李盛鐸所藏(期間曾抵押給周叔弢,又贖回),現藏北京大學圖書館,編目書號 LSB/163。《叢刊》即據該本影印,收在第七十册。

183. 梁武帝御製集十二卷

南朝梁蕭衍撰,明張燮輯。明天啓、崇禎間刻《七十二家集》本。一册。

九行十八字,白口、左右雙邊,單魚尾。版心上鎸"梁武帝集",中鎸卷次和葉次。卷端題"梁武帝御製集卷之一",次行低七格題"梁高祖武皇帝蕭衍著"。

蕭衍(464—549)字叔達,南朝梁南蘭陵(今屬江蘇武進)人。南齊時官雍州刺史,後廢齊主稱帝,侯景叛亂時幽死,簡文帝蕭綱即位追尊爲武皇帝。《梁書》卷一至三有本紀、《南史》卷六至七有傳。

《梁書》本紀稱"凡諸文集又百二十卷",按《梁書》中有關梁武帝集編撰的史料,尚有如《蕭子顯傳》稱"中大通三年(531)子顯啓撰高祖集並《普通北伐記》",《文學·任孝恭傳》稱"啓撰高祖集,序文並富麗"。印證梁武帝在位時即注重個人作品集的編撰,命臣屬整理己作。現存有沈約撰《武帝集序》,應即集子編成後所撰寫的一篇集序。據《任孝恭傳》稱"序文並富麗",似乎當時不止沈約一人爲武帝集撰寫過集序。沈約集序稱"謹因事立名,隨源編次",由於武帝集原貌久佚難以確解其義,大致推測指根據武帝詩文作品所敘之"事"而擬爲篇題,同時依據作品的源委本末進行編次。《梁書》稱武帝諸集凡爲一百二十卷,按以《隋志》爲據著錄有集二十六卷,小注稱南朝梁時編本爲三十二卷;詩賦集二十卷,雜文集九卷,別集目錄二卷,淨業賦三卷,遠不及"百二十卷"之數,或是散佚之故。其中作爲梁時編本的本集,除三十二卷外,也有其他卷第。按《周書·蕭大圜傳》稱保定間"俄而開麟趾殿,招集學士,大圜預焉。梁武帝集四十卷,止一本,江陵平後,並藏祕閣。大圜既入麟趾,方得見之,乃手寫二集",則又有四十卷本,推測武帝屢有作品創作,而致編集子的卷第相應有差異。據此而言,"隨源編次"或指依據所能整理到的武帝作品而編爲集子。至《舊唐志》,僅著錄有梁武帝集十卷本,大致唐末佚而不傳(《新唐志》著錄者衹是存錄書名)。

現存武帝集最早的輯本即此張燮所編《七十二家集》本,據卷首目錄,收文篇目爲賦體四篇、樂府二十二篇、詩作三十二篇、聯句二篇、詔體一百十三篇、敕體二十二篇、制體四篇、册體一篇、璽書一篇、令體六篇、檄體一篇、表體二篇、書體十三篇、序體一篇、記體二篇、連珠二篇、箋體一篇、銘體一篇、文體五篇,總爲二百三十五篇。附録一卷,包括姚思廉《高祖紀略》、李延壽《高祖紀略》、陸雲公《御講般若經序》、蕭子顯《御講摩訶般若經序》、袁昂《上武帝古今書評啓》、蕭子雲《奉敕寫千字文上呈啓》和《與武帝論性牲樂辭啓》及《上武帝郊廟歌辭啓》、劉孝綽《頌瑞鼎請相國梁公啓》和《謝高祖啓》、柳惲《從武帝登景陽樓》、庾肩吾《奉和武帝苦旱》、釋道宣《梁武帝與諸律詩唱斷肉律敘》和張燮的《書梁本紀後》，次《遺事》和《集評》。《叢刊》即據該本影印，收在第七十至七十一冊。

此本係《七十二家集》叢編本的一種，現藏中國國家圖書館，編目書號 A01785。

184. 梁武帝御製集一卷

南朝梁蕭衍撰，明張溥輯。明婁東張氏刻《漢魏六朝百三名家集》本。清何紹基評點。一冊。

九行十八字，白口、左右雙邊，單魚尾。版心上鐫"梁武帝集"，中鐫"卷全"和葉次。卷端題"梁武帝御製集卷全"，次行、第三行均低八格合題"明太倉張溥閲"。卷首有張溥《梁武帝集題詞》，次《梁武帝集目錄》。

該本以張燮本爲基礎，增補文三篇，即詔體二篇《光宅寺金像詔》《寬禁誌公詔》，敕體一篇《手敕江革》。附錄有《本紀》。書中眉端有何紹基評點，卷末有何氏題識，云"丁卯三月十四日閲至此，蝘曳。是日聞勞惺公以正月十七日亥時歿於滇督署"。

書中鈐"龔氏蘅圃倚柯亭圖書"一印。該集爲《漢魏六朝百三名家集》叢編的一種，係何紹基舊藏，現藏武漢大學圖書館，編目書號 G810.0823/1133。《叢刊》即據該本影印，收在第七十一冊。

185. 梁江文通集十卷

南朝梁江淹撰，明胡之驥注。明萬曆二十六年（1598）刻本。清黃彭年跋並錄清鄭簌跋，丁丙跋。十二冊。

九行十九字，小字雙行同，白口、四周單邊，單魚尾。版心鐫卷次和葉次。卷端題"梁江文通集卷第一"，次行低八格題"宋吳郡胡之驥伯良彙注"。卷首有萬曆戊戌（1598，該本中書賈挖改爲"慶曆戊戌"）胡之驥《彙注梁江文通集敘》，次《梁江文通集彙注凡例》《梁江文通集附錄》（即《南史》本傳）和《梁江文通集彙注目錄》。

書首副葉有黃彭年跋及過録的鄭跋。

江淹(444—505)字文通,南朝梁濟陽考城(今屬河南蘭考)人。歷仕宋齊梁三朝,梁時官至金紫光禄大夫,封醴陵侯。《梁書》卷十四、《南史》卷五十九有傳。

胡之驥,生卒年不詳,字伯良,明代蘇州人。萬曆初年與懷寧守朱期至善,因以爲家,期至卒爲序遺稿以行世。生平事跡參見《[同治]蘇州府志》卷一百三十六。

黃彭年(1823—1891)字子壽,號陶樓,晚號更生,清代貴州貴筑人。道光二十五年(1845)進士,改翰林院庶吉士,授編修,後任湖北按察使、江蘇巡撫等職,撰有《陶樓詩文集》《金沙江考略》等。

鄭簇,生平仕履不詳,俟考。

《梁書》本傳稱"凡所著述百餘篇,自撰爲前、後集",不言前、後集各自的卷第。按江淹《自序》稱:"自少及長未嘗著書,惟集十卷。"《四庫全書總目》云:"考《傳》中所序官階,止於中書侍郎,校以史傳,正當建元之初。則永明以後所作,尚不在其内。"則此集十卷主要是永明之前作品的結集。又《文選》卷十六江淹《恨賦》李善注引劉璠《梁典》云"前後二集,並行於世",唐釋道宣《廣弘明集》小注引《梁典》稱"江淹有集十卷",推斷劉璠雖稱江淹有前後集,但與《自序》相合仍爲十卷。又《隋志》小注稱"梁二十卷",則梁時又有二十卷本江淹集編本,但未知是否分爲前後集。上述歧異在《隋志》著録爲"梁金紫光禄大夫江淹集九卷""江淹後集十卷",至《舊唐志》著録又進一步整齊爲"江淹前集十卷""後集十卷"。但自《崇文總目》始均著録爲十卷本,即今本卷第,一般認爲屬前集而非後集,後集十卷的流傳下落疑不能明。

此胡注本是現存江淹集唯一的舊注本。胡之驥注江淹集緣起,《凡例》云:"驥家五世積書,小時酷愛江文通集。因倭亂兵火之後,家世凋零,緗帙散逸,流寓於楚蘄。嘗與蘄友人朱康侯譚及是集,則指動心悸久之。康侯自燕市得宣城梅刻,居數月康侯攜書吳中,復爲致余新安汪刻,然二家之訛相同。余恐以訛傳訛,去道愈遠。今以管見妄爲定正彙注之。"注釋以引經史等典籍中的事典爲主,凡音釋、補遺之字則附於各卷卷末,同時注明"正過"之字的字數。又據目録,卷四載"拾遺"詩三首即《征怨》《詠美人春遊》和《西洲曲》,又"古樂府"三首,即《祀先農迎神升歌》《饗神歌辭》和《鳳皇銜書伎歌辭》,卷五載"拾遺"一篇即《遂古篇》。相較於萬曆梅鼎祚玄白堂本江淹集的《集遺》諸篇,又有所增補,但仍無明鈔本中的歌辭三篇。關於此本之刻,胡序云:"康侯學兼昔賢,詞擅當代,繼修舊好,益爲莫逆,以梁江文通集十卷屬余訓詁……余因近世所傳艱於善本,咀嚼再三,中多舛落,校讎別刻,競爽雷同……聊爲彙注成書,鋟以傳諸好事者。"

書中存夾條一張,係丁丙撰寫的該本的敘錄,即收在《善本書室藏書志》者。又貼有浮簽,上寫批語,如《去故鄉賦》"沄沄積㵎,水橫斷山"句,浮簽批云:"張天如選本作'茫茫積水,㵎之斷山',文義應從張本爲是。"又卷七闕第一至十五葉。

此本鈐"鄭簠""鄭簠私印""八千卷樓珍藏善本""錢唐丁氏正修堂藏書""八千卷樓丁氏藏書印""八千卷樓藏書印""嘉惠堂丁氏藏書之記""善本書室""光緒庚寅嘉惠堂所得""宣城貢氏玩齋書畫珍藏""大泌山房之章""女器""趙氏子昂"(偽)"文獻之家"諸印,清代丁氏八千卷樓舊藏,現藏南京圖書館,編目書號 GJ/KB0900。《叢刊》即據該本影印,收在第七十二冊。

186. 江光禄集十卷集遺一卷

南朝梁江淹撰。明萬曆梅鼎祚玄白堂刻本。二冊。

九行十八字,白口,左右雙邊,單魚尾。版心上鐫"江光禄集",中鐫卷次和葉次,下鐫"玄白堂"字樣。卷端題"江光禄集卷第一",次行、第三行均低七格分別題"梁考城江淹文通撰""明宣城梅鼎祚禹金校",第四行低九格題"從弟蕡祚子馬閱"。卷首有《江光禄集卷目録》,卷末有姚察《梁書列傳》,次李延壽《南史列傳》。

梅鼎祚(1549—1615)字禹金,號勝樂道人,明代宣城(今屬安徽宣城)人。萬曆時內閣大學士申時行推薦爲官而辭不就,撰有傳奇《長命縷》、雜劇《崑崙奴》等,編有《古樂苑》《書記洞詮》《文紀》等。生平事跡參見《本朝分省人物考》卷三十八。

此本卷帙、篇目及篇次均與明刻本相同,推斷當據明刻本重刻,重刻中將明本中的闕筆字改過,如明刻本卷首卷四目録中的"弘""殷""徵"諸字闕筆,該本則均改爲不闕筆。按卷端署梅鼎祚校,梅校主要體現在四方面:其一校訂文字,相較於明刻本改易了部分文字。如卷一《恨賦》"方築鼉鼂以爲梁"句中的"築"字,明刻本作"駕";"烈帛系書"中的"烈"字,明刻本作"裂"。同卷《去故鄉賦》"流水散兮翠葇踈"句中的"葇"字,明刻本作"蕘";"唅燕笳而坐悲"句中的"唅"字,明刻本作"吟"。同卷《別賦》"故別離一緒"句中的"離"字,明刻本作"雖"等。其二附有校記,如卷一《丹沙可學賦》篇末有校語"駟一作驛",卷四《臥疾怨別劉長史》篇題下校語稱"《藝文》作'臨秋怨別'",同卷《惜晚春應劉秘書》篇末有校語稱"持一作待"等。其三,對於明刻本中的闕字進行補訂,如卷四《冬盡難離和丘長史》"山川吐悲氣"句,明刻本"氣"字作墨釘;同卷《外兵舅夜集》"斂意悵何已"句,明刻本"已"字作墨釘;《當春四韻同□左丞》"流煙漾璇景"句,明刻本"流"字作墨釘;《池上酬劉記室》"山葉下瞑露"句,明刻本"葉"字作墨釘。其四補輯篇目,主要體現在《集遺》一卷内,補三篇即《遂古篇》《詠美人春遊》和《征怨》。梅鼎祚主要生活在明萬曆年間,版心下所鎸"玄白堂"即梅氏堂號,故該本定爲萬曆梅氏玄白堂刻本。

書中鈐"武林葉氏藏書印""景葵祕笈印""沈穗之印""就閒居""穉生"諸印,葉景葵舊藏,現藏上海圖書館,編目書號綫善 T05334‐35。《叢刊》即據該本影印,收在第七十三册。

187. 梁江文通文集十卷

南朝梁江淹撰。明刻本。明馮舒校並跋。二册。

十行十八字,白口、左右雙邊,單魚尾。版心中鎸"江"和卷次及葉次。卷端題"梁江文通文集卷第一"。卷首有《梁江文通文集目録》。卷一末有順治五年(1648)馮舒跋。

馮舒(1593—1649)字巳蒼,號默庵,又號訒道人等,明末清初常熟人。家富藏書,手自校勘,撰有《詩紀匡謬》等。

該本除未載《牲出入歌辭》《薦豆呈毛血歌辭》《奏宣列之樂歌辭》三篇外,其餘篇目與明鈔本相同。檢書中“玄”“絃”“鉉”“朗”“敬”“鏡”“境”“弘”“殷”“匡”“恒”“貞”“禎”“禛”“徵”“樹”“搆”“覯”“廓”諸字闕筆,避諱至“廓”字止(如卷一《倡婦自悲賦》“度九冬而廓處”句),推斷乃據宋本翻刻。宋本當刻在南宋寧宗時,又據其十行十八字的行款推斷當據南宋陳宅書棚本翻刻。該本在刊刻中也參校其他各本,如卷四《謝法曹贈別》“覯子未僙聚”句,校語稱:“或云覯子杳未僙。”《六朝詩集》本即作“覯子杳未僙”。另以該本與明鈔本相校,也存在諸多異文,或以明鈔本爲善,如明刻本卷一《別賦》“脱若有亡”,明鈔“脱若”作“恍若”。或以明刻本爲善,如《別賦》“雁山慘雲”,明鈔“雁山”作“燕山”。書中有馮舒朱筆校語,據跋稱“戊子仲秋廿九日燈下取元人鈔本校此一卷”,則所據校者即明鈔本。按《麗色賦》“金華玉儀”句,馮校“儀”作“范”,明鈔本即作“范”。但也有不一致之處,如“席必蒲陶之菅,圖明室,畫浮雲”,馮校“菅”爲“文”,“室”爲“月”,而明鈔本實作“席必蒲陶之文,館圖明室,月畫浮雲”。

此本鈐“上黨”“馮氏藏本”“馮巳蒼讀書記”“孫二西珍藏”“孫潛之印”“稽瑞樓”諸印,馮舒舊藏,又爲清人孫潛、陳揆所藏,現藏中國國家圖書館,編目書號3539。《叢刊》即據該本影印,收在第七十三册。

188. 梁江文通文集十卷

南朝梁江淹撰。明鈔本。四册。

十行二十字,白口、四周單邊,雙魚尾。卷端題“梁江文通文集卷第一”。卷首有《梁江文通文集目録》。卷十末有《南史列傳》,次元至正四年(1344)趙箟翁《江文通集後序》,次至正甲午(1354)弘濟跋。

此本據元刻本而鈔,依據是趙序云:“頃歲余領國子學,閱崇文閣舊書,得江文通文集。欣然曰:夢筆之驗,其在是乎!録以示寺僧有成輩,咸請刻梓以傳……工告訖功。”又弘濟跋云:“繼清總管趙公校全書於崇文之閣,歸諸蕭山舊宅夢筆之寺,成上人梓傳以惠學者。”所謂的“崇文閣舊書”當指宋本,該明鈔本推斷祖出宋本。據卷首目録,卷一至二收賦作二十六篇,卷三至四收詩作四十四篇,卷五至十收各體文章九十七篇。另載有《草木頌》《雲山贊》《雜三言》《應謝主簿騷體》《劉僕射東山集學騷》《山中楚辭》《牲出入歌辭》《薦豆呈毛血歌辭》《奏宣列之樂歌辭》和《自序》十篇，總爲一百七十七篇。特別是《牲出入歌辭》《薦豆呈毛血歌辭》《奏宣列之樂歌辭》三篇，錢曾稱：“流俗本所無。”檢丁丙《善本書室藏書志》著錄明刻本《梁江文通集彙注》條稱：“余別藏乾隆乙亥裔孫炎校刊《醴陵集》十卷中，多歌辭三章，殆即敏求所云也。”又檢明人所編《古詩紀》《古樂苑》和《漢魏六朝百三名家集》本江淹集亦載此三篇。按上文已推測此帙明鈔源出宋本，則宋本江淹集里有載。又按逯欽立《先秦漢魏晉南北朝詩》“齊詩”卷七收錄此三篇歌辭，注明出自《初學記》卷十三、《古詩紀》卷六十三，並有小注稱：“《詩紀》云：以下三首見《初學記》，未詳所用。”就目前資料來看，此三首歌辭最早載於《初學記》。錢曾又稱該本“行間脫誤字咸可考徵校過”。該本有源出宋本的背景，與明刻本江淹集及《六朝詩集》本江淹集（此兩本亦祖出宋本）相校也存在異文，如卷一《恨賦》“至於秦帝按劍”，明本和《六朝詩集》本“至於”均作“假如”等。

此本鈐“趙宗建次侯信印長壽”“舊山樓”“舊山樓祕匭”“虞山沈氏希任齋劫餘”“曾在沈芳圃家”“長樂鄭振鐸西諦藏書”“長樂鄭氏藏書之印”諸印，經趙宗建、沈芳圃和鄭振鐸所藏，現藏中國國家圖書館，編目書號16418。《叢刊》即據該本影印，收在第七十四册。

189. 任中丞集一卷

南朝梁任昉撰，明張溥輯。明婁東張氏刻《漢魏六朝百三名家集》本。清何紹基評點。一册。

九行十八字，白口、左右雙邊，單魚尾。版心上鐫“任中丞集”，中鐫“卷全”和葉次。卷端題“任中丞集卷全”，次行、第三行均低六格分別題“梁樂安任昉彥昇著”“明太倉張溥天如閲”。卷首有張溥《任彥昇集題詞》，次《任中丞集目錄》。

任昉（460—508）字彥昇，南朝梁博昌（今屬山東壽光）人。歷仕宋齊梁三朝，梁武帝時任黃門侍郎，又出任義興新安太守。擅長各體散文創作，有“任筆沈詩”

之稱。《梁書》卷十四、《南史》卷五十九有傳。

《南史》本傳稱任昉"撰雜傳二百四十七卷,地記二百五十二卷,文章三十三卷",雖不稱以"集",此"文章三十三卷"當即成編的作品集三十三卷。見於史志著録始自《隋志》,題"梁太常卿任昉集三十四卷"。按此《隋志》著録本應即《南史》本傳所載的"文章三十三卷",溢出的一卷疑爲目録一卷。《舊唐志》著録同《隋志》,《日本國見在書目録》著録爲二十八卷,或爲別本任昉集。大致唐末散佚不傳(《新唐志》著録者祇是存録書名),至南宋初尤袤的《遂初堂書目》又見著録有任昉集,不題卷第,當爲南宋初的重編本。《宋志》著録爲六卷本,當即尤袤著録本。至遲在元明之際,此六卷本也佚而不傳。

此張溥輯本,直接據自張燮本,皆祖出汪士賢所編《漢魏六朝二十一名家集》本。在卷第上,將汪本和張燮本的六卷合編爲一卷。據卷首目録,收文爲賦體三篇、詔體七篇、璽書一篇、册一篇、令三篇、教一篇、表十三篇、彈文四篇、啓五篇、牋三篇、書體五篇、策文一篇、序二篇、議一篇、哀策文一篇、碑二篇、墓銘二篇、行狀二篇、弔文一篇、詩二十一篇、聯句一篇,總爲八十篇。按張燮本即爲八十篇,且張溥本與之篇目相同;即相較於汪士賢輯本增益七篇,篇目爲《爲齊帝禪位梁王詔》《禪梁璽書》《禪梁册》《爲褚諮議蓁讓代兄襲封表》《文章緣起序》《吊劉文範文》和《清暑殿聯句柏梁體》。附録有《本傳》。書中眉端有何紹基評點,如《王文憲集序》眉端何批"知己之感,有此雄筆"。

該集爲《漢魏六朝百三名家集》叢編的一種,係何紹基舊藏,現藏武漢大學圖書館,編目書號 G810.0823/1133。《叢刊》即據該本影印,收在第七十四册。

190. 任彦昇集六卷

南朝梁任昉撰,明汪士賢編。明萬曆天啓間新安汪氏刻《漢魏六朝二十一名家集》本。一册。

九行二十字,白口、左右雙邊,單魚尾。版心上鎸"任彦昇集",中鎸卷次和葉次。卷端題"任彦昇集卷第一",次行、第三行均低九格分别題"梁博昌任昉著,明河東吕兆禧校”。卷首有《任昉傳》,次《任彦昇集目録》。卷末有萬曆庚寅(1590)吕兆禧《跋任彦昇集後》。

此本是現存任昉集最早的輯本,吕跋云:“近檇李特哀沈文,不及任集,慕古者闕焉。爰蒐載集,得詩若文七十有奇篇,次爲六卷。”編爲六卷本,顯屬以合於《宋志》著録。據卷首目録,卷一收賦三篇和詩二十一篇,卷二詔六篇、令三篇、教一篇和策文一篇,卷三表十一篇,卷四啓五篇、奏彈五篇,卷五牋三篇、書五篇、集序一篇,卷六謚議一篇、哀策文一篇、碑二篇、墓誌銘二篇和行狀二篇,總爲七十三篇。刻有校語,如卷一《答何徵君》“散誕羈韄外”句,“韄”字校語稱“一作靮”;“山林無朝市”句,“無”字校語稱“一作亦”;“傾壺已等樂,命管亦齊喜”句,校語稱“一作‘壺已等樂命,管亦齊符璽’”;“若終方同止”句,“終”字校語稱“一作路”。篇題下偶有考訂性的小注,如卷一《静思堂秋竹應詔》小注云“按楊慎《律祖》采中八句爲詩,今不復載”。

此本屬《漢魏六朝二十一名家集》叢編中的一種,現藏中國社會科學院文學研究所圖書館,編目書號830/3147‐32。《叢刊》即據該本影印,收在第七十四册。

191. 梁丘司空集一卷

南朝梁丘遲撰,明張溥輯。明婁東張氏刻《漢魏六朝百三名家集》本。一册。

九行十八字,白口、左右雙邊,單魚尾。版心上鎸“丘司空集”,中鎸“卷全”和葉次。卷端題“梁丘司空集卷全”,次行、第三行均低八格分别題“梁丘遲希範著”“明張溥西銘閲”。卷首有張溥《丘中郎集題詞》,次《梁丘希範集目録》。

丘遲(464—508)字希範,南朝梁吴興烏程(今屬浙江吴興)人。南齊常侍丘靈鞠之子,除太常博士,纍官至車騎録事參軍。梁武受禪任散騎侍郎,官至司徒從事中郎。《梁書》卷四十九、《南史》卷七十二有傳。

《梁書》本傳稱“所著詩賦行於世”,不言有集之編。作品編稱“集”始見於《隋志》,題“梁國子博士丘遲集十卷”,小注“並録,梁十一卷”。《隋志》著録本,當即南朝梁時編本十一卷丘遲集,不計目録一卷在内。《舊唐志》著録本同《隋志》,大致唐末散佚不傳(《新唐志》著録者衹是存録書名)。現存丘遲最早的作品編即此張溥輯本,據卷首目録收文爲《還林賦》《思賢賦》《爲王博士謝表》《爲范尚書拜表》《爲范衛軍讓梁臺侍中表》《爲何尚書重讓侍中領驍騎表》《爲柳僕射讓光禄表》《答舉秀才啓》《爲范雲謝示毛龜啓》《永嘉郡教》《與陳伯之書》《硯銘》《侍中吏部尚書何府君誄》《九日侍宴樂遊苑》《侍宴樂遊苑送張徐州應詔詩》《旦發漁浦潭》《夜發密巖口》《敬酬柳僕射征怨》《答徐侍中爲人贈婦》《贈何郎》《題琴朴奉柳吳興》《芳樹》《望雪》和《玉堦春草》,總爲二十四篇。附録有丘遲《本傳》。

該集爲《漢魏六朝百三名家集》叢編的一種,係何紹基舊藏,現藏武漢大學圖書館,編目書號 G810.0823/1133。《叢刊》即據該本影印,收在第七十五册。

192. 沈隱侯集四卷

南朝梁沈約撰,明沈啓原輯。明萬曆十三年(1585)沈啓原刻本。四册。

九行十八字,白口、左右雙邊,單魚尾。版心上鎸"沈隱侯集",中鎸卷次和葉次,下鎸刻工和字數。卷端題"沈隱侯集卷之一",次行、第三行均低九格分別題"梁吳興沈約撰""明檇李沈啓原輯",第四行低十二格題"沈啓南校"。卷首有萬曆乙酉張之象《沈隱侯集序》,次《梁書本傳》、諸家評語,次《沈隱侯集目録》。

沈約(441—513)字休文,南朝梁武康(今屬浙江德清)人。歷仕宋齊梁三朝,初任記室,南齊文惠太子時校四部圖書,遷太子家令。入梁拜尚書僕射,封建昌縣侯,官至尚書令,卒諡隱。《梁書》卷十三、《南史》卷五十七有傳。

沈啓原(1526—1591)字道升,號霓川,明代秀水(今屬浙江嘉興)人。嘉靖三十八年(1559)進士,授南屯部郎,歷陝西按察副使等職。撰有《鸎園近草》《存石草堂書目》等,《明詩綜》卷四十九有小傳。

《梁書》本傳稱"文集一百卷行於世",則梁時已有沈約集編本,且在南北方均得到流傳。《陳書·陸瓊傳》稱陸從典"幼而聰敏,八歲讀沈約集"。《北齊書·魏收傳》云:"始收比溫子昇、邢邵稍爲後進,邵既被疏出,子昇以罪幽死,收遂大被任用,獨步一時。議論更相訾毁,各有朋黨。收每議陋邢邵文。邵又云'江南任昉,文體本疏,魏收非直模擬,亦大偷竊。'收聞乃曰:'伊常於沈約集中作賊,何意道我偷任昉。'任、沈俱有重名,邢、魏各有所好。"又《太平御覽》卷六百引《三國典略》云:"魏收言及沈休文集,毁短之。徐之才怒曰:卿讀沈文集,半不能解,何事論其得失。"見於史志著録始自《隋志》,題"梁特進沈約集一百一卷",小注"并録"。則《隋志》著録本即本傳所載的"文集一百卷",溢出的一卷乃目録一卷。《舊唐志》著録同《隋志》,按《文選》卷三十《和謝宣城詩一首》李善注云:"集云謝宣城朓臥疾。"所稱之"集"當即《舊唐志》著録本。《舊唐志》又著録《沈約集略》三十卷,亦據本集按照一定的標準選擇部分篇目的重編本。大致唐末本集和集略均佚而不傳(《新唐志》著録者祇是存録書名),北宋《崇文總目》著録爲九卷本,可能是本集的殘帙,也有可能是重編本。南宋《遂初堂書目》著録,不題卷數。《中興館閣書目》著録沈約集九卷,又詩一卷,九卷者當即《崇文總目》著録本,而詩一卷者疑據《文選》等重輯者。《直齋書録解題》著録沈約集十五卷、別集一卷,又九卷,云:"約有文集百卷,今所存惟此而已。十五卷者,前二卷爲賦,餘皆詩也。別集雜録詩文不分卷。九卷者皆詔草也。《館閣書目》但有此九卷及詩一卷凡四十八首。"十五卷及別集一卷當皆爲南宋以來的重編本,九卷者仍爲《崇文總目》和《館閣書目》著録本。至《宋志》惟著録沈約集九卷和詩一卷,則僅《館閣書目》著録本流傳至元代。至遲元明之際,上述諸本均佚而不傳。

現存沈約集最早的版本即此沈啓原刻本,據卷首目録卷一收賦十篇、雅樂歌十六篇、舞曲歌二篇、鼓吹曲十二篇,卷二收樂府二十五篇、雜曲九篇、江南弄四篇、詩一百九篇,卷三收詔二十五篇、制五篇、敕三篇、表章二十五篇、奏彈文六篇、啓十九篇、疏六篇、義三篇、記一篇、謐議三篇,卷四收書九篇、序四篇、論九篇、碑七篇、墓銘六篇、行狀三篇、銘五篇、頌二篇、贊六篇、文五篇和連珠一篇,凡四卷總爲三百四十篇。根據詩文的比勘,書中詩輯自馮惟訥的《詩紀》,文則輯自梅鼎祚的《文紀》。該本之刻,張之象序云:"世之談藝者,因以謝沈並列也。就李沈道初先生已刻謝集,而秣陵焦子弱侯序之矣。兹再刻沈集,屬張子題諸首簡。"

書中鈐"臣盛楓字黼宸號丹山""傅印增湘""萊娛室印""雙鑑樓珍藏印""天

刊其寂者物"諸印,傅增湘舊藏,現藏中國國家圖書館,編目書號 2532。《叢刊》即據該本影印,收在第七十五冊。

193. 沈隱侯集十六卷

南朝梁沈約撰,明阮元聲評。明末刻本。三冊。

九行二十字,白口、四周單邊,無魚尾。版心上鐫"沈隱侯集",中鐫卷次及所載篇目的文體名和葉次。卷端題"沈隱侯集卷一",次行低三格題"梁吳興沈約著、明滇南阮元聲評"。卷首有目録。

阮元聲,生卒年不詳,字無聲,號霞嶼,雲南馬龍(今屬雲南曲靖)人。明崇禎元年(1628)進士,任金華府推官,又任吏部稽勛司員外郎,典試陝西,撰有《金華詩粹》《南詔野史》等。生平事跡參見《[民國]續修馬龍縣志》卷九。

該本目録與張燮《七十二家集》本《沈隱侯集》基本相同,推斷據張燮本重刻,傅增湘即稱:"觀卷末附録有遺事、集評二類,及改標卷數,均與閩中張燮本同,則其付梓必在《七十二家集》後,當在天、崇末造矣。"(《藏園群書題記》)但也略有差異,其一是篇目有增删,如卷十一未載張燮本中的《辨聖論》,增入《宋書謝靈運傳論》和《恩倖傳論》兩篇。此兩論篇末分別題"此論集中原未載,想謂已見《宋書》耳。不知此論實詞家三昧,沈以此自矜,一時幾成聚訟。且昭明業已入《選》,不得謂是史論置之,今按《選》本增入","此論亦原集未載,今按《選》本增入。然祇是排偶之文,似尚未經刻煉"。其二是詩文題名有差異,如卷三《日行東南隅行》《怨哉行》,張燮本分別作"日出東南隅行""怨歌行"。書中眉端鐫刻阮氏評語,如卷四《劉真人東山還》眉評"起似唐律,通首氣格亦近唐古"。其他評語亦很有鑒裁價值。

書中鈐"南海柯氏""魁""炳"諸印,現藏中國國家圖書館,編目書號提善T3718。《叢刊》即據該本影印,收在第七十六冊。

194. 何水部詩集一卷

南朝梁何遜撰。明正德十二年(1517)張紘等刻本。一冊。

十行二十字,細黑口、左右雙邊,雙魚尾。版心中鎸"水部詩"和葉次。卷端題"何水部詩集"。卷首有《何水部小傳》,卷末有正德丁丑(1517)張紘跋,次黄伯思識語,次《七召》八首。

何遜(?—518)字仲言,南朝梁東海郯(今屬山東郯城)人。何承天曾孫,官至尚書水部郎。詩與陰鏗齊名,世稱陰何。文與劉孝綽齊名,世稱何劉。《梁書》卷四十九、《南史》卷三十三有傳。

《梁書》本傳稱"東海王僧孺集其文爲八卷",知梁代即由王僧孺編有何遜作品集。按《北齊書·元文遥傳》云:"暉業嘗大會賓客,有人將何遜集初入洛,諸賢皆贊賞之。"推斷集子也流傳至北朝。何遜集見於史志著録始自《隋志》,題"梁仁威記室何遜集七卷",相較於本傳所載八卷本闕佚一卷。《舊唐志》復著録爲八卷本,北宋時見於《新唐志》著録,據《東觀餘論》所載尚有八卷本流傳。南宋初晁公武的《郡齋讀書志》著録爲兩卷本,云:"王僧孺集其文爲八卷,今亡佚不傳。"此兩卷本屬重編本。按黄伯思《東觀餘論》云:"隋《經籍志》、唐《藝文志》何遜集皆八卷(今本《隋志》作七卷),晉天福本但有詩兩卷,今世傳本是也。獨春明宋氏有舊本八卷特完,因借傳之。然少陵嘗引'昏鴉接翅歸,金粟裹搔頭'等語,而此集無有,猶當有軼者。"知北宋所傳八卷本何遜集的篇目有散佚,而且還存在五代後晉天福年間所編的兩卷本詩集,乃自本集選出詩作另編爲詩集以單行,疑晁氏著録的兩卷本即爲詩集。《遂初堂書目》著録者,仍爲晁氏著録本。

檢《中興館閣書目》著録有八卷本何遜集,似南宋尚有傳本,可能僅限於秘閣所藏,而外間罕傳。按《賓退録》云:"葛常之《韻語陽秋》云老杜詩云'東閣官梅動詩興,還如何遜在揚州'。按遜傳無揚州事,而遜集亦無揚州梅花詩。但有《早梅》詩云'兔園標物序,驚時最是梅。銜霜當路發,映雪凝寒開。枝橫卻月觀,花繞凌風臺。應知早飄落,故逐上春來'……後閱館本遜集,葛所引梅詩尚脫第四聯:朝灑長門泣,夕駐臨邛杯。"所謂"館本"當即《中興館閣書目》著録的八卷本。而所看到的"遜集"可能就是兩卷本詩集。至陳振孫《直齋書録解題》著録爲三卷本,云:"本傳集八卷,《館閣書目》同,今所傳止此。"《文獻通考·經籍考》著録爲兩卷,仍當即晁氏著録本。至《宋志》著録何遜詩集五卷,按《苕溪漁隱叢話》前集卷六引韓子蒼語云:"陰鏗與何遜齊名,號陰何。今何遜集五卷,其詩清麗簡遠,正稱其名。"端平年間還存在趙與懃刻本,今已不傳。趙跋云:"詩自《文選》以後至唐初,其間作者陰、何爲巨擘。今觀其詞致婉約,清深有足味者。後來藻繢之流,發揚滋甚而古意益薄,少陵時道二子不厭有以。夫近世學詩者,乃概謂不足觀,往往世亦罕留本,久遠豈遂堙廢耶!因刻置郡齋以壽其傳。"跋末署"端平丙申(1236)下元日古汴趙與懃德懃識"。推斷南宋時流傳的何遜集傳本有八卷本本集、兩卷本詩集、三卷本(疑亦爲詩集)和五卷本詩集。上述諸本,至遲在元明之際均佚而不傳(八卷本可能宋末即亡佚)。

此本之刻,張紘跋云:"何詩舊與陰偕刻,余謂二家體裁各出,不當比而同之。公暇獨取是集,芟其繁蕪録藏焉。同寅毘陵陸懃之、永嘉李升之咸以爲然。因共捐俸,刻置郎署中,有闕誤則因之而不敢益。"所謂"闕誤",如《答高博士》詩"幽居多□木""將子□□□""就予□耳目"諸句。傅增湘稱:"篇中時有缺字,知亦從舊本録出也。"據卷首目録,該本收詩一百二篇,即《行經孫氏陵》《登石頭城》《九日侍宴》《哭吳興柳惲》《贈族人秣陵兄弟》《贈江長史別》《落日前墟望贈范廣州雲》《胡興安夜別》《行經范僕射故宅》《入東經諸暨縣下浙江作》《日夕出富陽浦口和朗公》《塘邊見古塚》《下方山》《秋夕仰贈從兄寘南》《酬范記室雲》《仰贈從兄興寧寘南》《見征人分別》《劉博士江丞朱從事同顧不值作詩云爾》《贈王左丞僧孺》《七夕》《與蘇九德別》《答高博士》《學古贈丘永嘉征還》《送韋司馬別》《學古三首》《王尚書瞻祖日》《詠舞》《從主移西州寓直齋內霖雨不晴懷郡中遊聚》《苦熱》《西州直示同員》《擬輕薄篇》《聊作百一體》《看伏郎新婚》《野夕答孫擢郎》《下直出谿邊望答虞丹徒敬》《和司馬博士詠雪》《石頭答庾郎丹》《詠娼婦》《登禪岡寺望和虞記室》《車中見新林分別甚盛》《同庾記室諸人詠扇》《同虞記室登樓望遠歸》《臨行與故游夜別》《照鏡》《初發新林》《夜夢故人》《別沈助教》《渡連圻》《宿南洲浦》《望星月示同羇》《望廨前水竹答崔録事》《與沈助教同宿溢口夜別》《入西塞示南府同僚》《答丘長史》《還杜五洲》《日夕望江山贈魚司馬》《與崔録事別兼敍攜手》《銅雀妓》

《詠白鷗兼嘲別者》《擬青青河畔草轉韻體爲人作其人識節工歌》《南還道中送贈劉
諮議別》《和劉諮議守風》《春夕早泊和諮議落月望水》《早朝車中聽望》《秋夕歎白
髮》《寄江州褚諮議》《嘲劉郎》《臨行公車》《贈韋記室黯別》《敬酬王明府》《詠春雪
寄族人治書思澄》《渡連圻》《曉發》《贈諸遊舊》《道中贈桓司馬季珪》《春暮喜晴酬
袁戶曹苦雨》《和蕭諮議岑離閨怨》《暮秋答朱記室》《夕望江橋示蕭諮議楊建康江
主簿》《詠早梅》《門有車馬客》《離夜聽琴》《詠春風》《邊城思》《昭君怨》《爲人妾
怨絕句》《爲人妾思二絕句》《相送聯句》《閨怨絕句二首》《苑中絕句》《擬古三首》
《往晉陵聯句》《范廣州宅聯句》《相送聯句》《慈母磯聯句》《至大雷聯句》《賦詠聯
句》《贈新曲相對聯句》《照水聯句》《折花聯句》《搖扇聯句》和《正叙聯句》。其中
《渡連圻》應作一篇二首，實爲一百一篇。卷末附《七召》八首，實則該篇並無根據
是何遜所作。

此本舊爲國立北平圖書館藏，現藏臺北“國立”故宮博物院，編目書號平圖
016641。《叢刊》即據該本影印，收在第七十七册。

195. 何記室集三卷

南朝梁何遜撰。明天啓崇禎間張燮刻《七十二家集》本。傅增湘校並跋。
一册。

九行十八字，白口、左右雙邊，單魚尾。版心上鎸“何記室集”，中鎸卷次和葉
次。卷端題“何記室集卷之一”，次行、第三行均低八格分別題“梁東海何遜仲言
著”“明閩漳張燮紹和纂”。卷首有癸丑（1613）張燮《何記室集序》，次張燮又識和
《何記室集目録》。卷末有附録。卷一末和卷二《正叙聯句》末有辛未（1931）傅增
湘藍筆題跋。

據卷首目録，該本卷一收賦一篇、樂府四篇和詩三十七篇（不計所附他人詩在
內），卷二收詩五十五篇，卷三收聯句十二篇、箋二篇、書體和七體各一篇，總爲一百
十三篇。其中詩作一百八篇（含樂府在內），相較於張紘本增益七篇，即《送褚都
曹》《送司馬入五城》《苑中見美人》《臨別聯句》《答江革贈何記室聯句不成》和《又

答》及《詠雜花》。另《相送聯句》其三《高軒雖駐軫》一詩亦未載於張紘本中。其中《詠雜花》又見於馮惟訥《詩紀》,推斷張燮增補參據了該書。同時張燮不拘於詩作,在各體文章上增益賦、箋和書體共四篇,是篇目較爲齊備的詩文合編本何遜集。張燮序云:"今詩存者頗多,獨他文殊落落,僅賦一篇、七一篇,箋及書數行耳。"

書中鈐"藏園校定群書"一印,傅增湘舊藏。此本係《七十二家集》的零種,現藏中國國家圖書館,編目書號00256。《叢刊》即據該本影印,收在第七十七册。

196. 何記室集一卷

南朝梁何遜撰,明張溥輯。明婁東張氏刻《漢魏六朝百三名家集》本。一册。

九行十八字,白口、左右雙邊、單魚尾。版心上鐫"何記室集",中鐫"卷全"和所載篇目的文體名及葉次。卷端題"何記室集卷全",次行、第三行均低九格分別題"梁東海何遜著""明太倉張溥閲"。卷首有張溥《何記室集題詞》,次《梁何記室集目録》。

此本篇目同張燮本,附録有《本傳》。

該集爲《漢魏六朝百三名家集》叢編的一種,係何紹基舊藏,現藏武漢大學圖書館,編目書號G810.0823/1133。《叢刊》即據該本影印,收在第七十七册。

197. 何水部詩集三卷

南朝梁何遜撰。清同治十年(1871)蔣維基茹古精舍鈔本。清蔣維基題識。黃節校並跋。二册。

九行十六字,無欄格。卷端題"何水部詩集"。卷首有《南史梁何遜傳》,卷末有端平丙申(1236)趙與懃跋,次黃伯思跋,次蔣維基朱筆題識和黃節校勘記,校勘記末有壬戌(1922)黃節跋。

蔣維基,生卒年不詳,一名載之,字子垕,又字子厚,號享軒,別號蜇安居士、蔣胡子,清代吳興(今屬浙江湖州)人。蔣汝藻之祖,約生活在道光年間,精小學,工書畫,藏書室曰茹古精舍等。

此本卷末有朱筆題識稱"辛未(1871)四月既望從抱經堂寫校本鈔録",又據所鈐"蔣維基藏"一印,推斷此則題識應出自蔣氏之手。所謂的"抱經堂寫校本",當指盧文弨的抱經堂,蔣氏在是年即清同治十年據盧氏抱經堂本而再鈔爲該本。傅增湘《藏園訂補郘亭知見傳本書目》著録"《何記室集》三卷"稱"余據蔣氏茹古精舍寫本校",當即指蔣氏所鈔該本。該本或著録爲"民國鈔本",按此題識中的"辛未"當非指民國辛未(1931),若鈔在該年何來壬戌年黃節校跋,故可斷定爲同治辛未。黃節校勘記當是另葉書寫,裝訂在何遜集之後。該本卷端雖題以"詩集",實則內容是何遜詩文,卷一至二爲詩,卷三爲文。不計收録的他人詩作,卷一收詩四十四篇,卷二收詩六十四篇,共收何遜詩一百八篇,篇目及篇次同明嘉靖刻《六朝詩集》本《何水部集》。卷三收賦一篇、箋二篇、書一篇和《七召》一篇,篇目同張溥本。黃節校勘記單獨作爲一部分內容附在書末,跋稱:"壬戌四月黃節校於蒹葭廔。"校卷一至二的參據本,黃氏稱:"校乾隆甲戌(1754)橙里江昉覆刻錢唐洪清遠本,以小字旁注。"此江昉本,即乾隆十九年江氏貽清堂刻本《何水部集》。如卷一《行經孫氏陵》"掎鹿競因機"句,"競"字下小注"兢";同卷《九日侍宴樂遊苑》"槐霧曉絪緼"句,"霧"字下小注"靄",表示江本此兩字分別作"兢"和"靄"。卷三則除校江本外,又校以張溥本,黃氏稱:"此卷間附校明張刻本。"校張溥本者,如《窮鳥賦》"搶揄決至"句,"揄"字下小注"榆";《七召》"水韻松而合響"句,"合"字下小注"含"。檢張溥本,此兩字即作"榆"和"含"。

書中鈐"黃節""蒹葭廔""蔣氏祕笈""蔣維基子厔氏""蔣維基藏""茹古精舍""蘋香館""嗜山"諸印,清蔣維基舊藏,現藏西南大學圖書館,編目書號 B/843.53/X232。《叢刊》即據該本影印,收在第七十七册。

198. 吳朝請集一卷

南朝梁吳均撰,明張溥輯。明婁東張氏刻《漢魏六朝百三名家集》本。一册。

九行十八字,白口、左右雙邊,單魚尾。版心上鐫"吳朝請集",中鐫"卷全"和所載篇目的文體名及葉次。卷端題"吳朝請集卷全",次行、第三行均低九格分別題“梁吳興吳均著”“明太倉張溥閱”。卷首有張溥《吳朝請集題詞》,次《梁吳朝請集目録》。

吳均(469—520)又作吳筠,字叔庠,南朝梁吳興故鄣(今屬浙江安吉)人。天監初任郡主簿,歷建安王偉記室,補國侍郎兼府城局,還徐奉朝請,撰有《後漢書注》《齊春秋》等著述。《梁書》卷四十九、《南史》卷七十二有傳。

《梁書》本傳稱“著文集二十卷”,則梁時已有作品集編本。又《顏氏家訓·文章篇》稱吳均集有《破鏡賦》,則作品集還流傳至北朝。作品集見於史志著録始自《隋志》,題“梁奉朝請吳均集二十卷”,即本傳所載之本。《舊唐志》著録同《隋志》,至北宋《崇文總目》則著録爲十卷,篇目有所散佚。南宋初的晁公武《郡齋讀書志》則僅著録爲三卷本,篇目又散佚不少,晁公武云:“有集二十卷。唐世搜求,止得十卷,今又亡其七矣。舊題誤曰吳筠……顏之推譏集中有《破鏡賦》,今已亡之。”按《兩唐志》均著録吳均集爲二十卷,而晁公武稱唐時傳本乃十卷。陳振孫《隋書經籍志考證》辨之云:“此則晁氏所見《唐志》作十卷,與《崇文》目同,今人作二十卷似後人據《隋志》妄改也。”又可知宋時吳均集傳本題“吳筠”,且《破鏡賦》之篇南宋初已不傳。《遂初堂書目》亦著録,不題卷數。《文獻通考·經籍考》《宋史·藝文志》著録爲三卷,即晁氏著録本。至遲在元明之際,此三卷本散佚不傳。現存吳均集最早的輯本,爲張燮所輯的《七十二家集》本《吳朝請集》三卷。此張溥本以張燮本爲基礎,據卷首目録收文爲賦體五篇、表體一篇、書體三篇、檄二篇、説一篇、連珠一篇、樂府二十八篇和詩六十七篇,總爲一百八篇。附録有《本傳》。

書中鈐“龔氏蘅圃倚柯亭圖書”一印。該集爲《漢魏六朝百三名家集》叢編的一種,係何紹基舊藏,現藏武漢大學圖書館,編目書號 G810.0823/1133。《叢刊》即據該本影印,收在第七十七册。

199. 王左丞集一卷

南朝梁王僧孺撰,明張溥輯。明婁東張氏刻《漢魏六朝百三名家集》本。清何紹基評點。一册。

九行十八字,白口、左右雙邊,單魚尾。版心上鎸"王左丞集",中鎸"卷全"和葉次。卷端題"王左丞集卷之全",次行、第三行均低九格分别題"梁東海王僧孺著""明太倉張溥閲"。卷首有張溥《王左丞集題詞》,次《王左丞集目録全》。

王僧孺(465—522),南朝梁東海郯(今屬山東郯城)人。仕齊梁,歷官至御史中丞。《梁書》卷三十三、《南史》卷五十九有傳。

《梁書》本傳稱:"文集三十卷,《兩臺彈事》不入集内爲五卷,及《東宫新記》並行於世。"則梁時即編有作品集。而見於史志著録始自《隋志》,題"梁中軍府諮議王僧孺集三十卷",即本傳所載之集。《舊唐志》著録同《隋志》,大致唐末佚而不傳(《新唐志》著録者祇是存録書名)。現存王僧孺集最早的輯本,爲張燮的《七十二家集》本《王左丞集》三卷。此張溥輯本即以張燮本爲基礎,據卷首目録收文爲賦體一篇、表體六篇、箋一篇、啓五篇、教一篇、書三篇、序二篇、碑二篇、墓誌銘一篇、傳一篇、誄一篇、祭文一篇、佛事文三篇、樂府六篇、詩三十篇,總爲六十四篇。附録有《本傳》。書中眉端有何紹基批點,如《與何炯書》眉端何批稱"極才人之能事"。卷末有何氏題識"丁卯五月廿九日暖叟閲"。

書中鈐"龔氏蘅圃倚柯亭圖書"一印。該集爲《漢魏六朝百三名家集》叢編的一種,係何紹基舊藏,現藏武漢大學圖書館,編目書號 G810.0823/1133。《叢刊》即據該本影印,收在第七十七册。

200. 陸太常集一卷

南朝梁陸倕撰,明張溥輯。明婁東張氏刻《漢魏六朝百三名家集》本。清何紹基評點。一册。

九行十八字,白口、左右雙邊,單魚尾。版心上鎸"陸太常集",中鎸"卷全"和所載篇目的文體名及葉次。卷端題"陸太常集卷全",次行、第三行均低八格分别題"梁吴郡陸倕佐公著""明婁東張溥天如閲"。卷首有張溥《陸太常集題詞》,次《陸太常集目録》。

陸倕(470—526)字佐公,吴郡吴(今屬江蘇蘇州)人。南齊永明中舉秀才,入梁爲右軍安成王外兵參軍,纍官至守太常卿。《梁書》卷二十七、《南史》卷四十八有傳。

《梁書》本傳稱"文集二十卷行於世",則梁時已有作品集編本。陸倕集始見於史志著録始自《隋志》,題"梁太常卿陸倕集十四卷"。相較於本傳所載者闕佚六卷,而至《舊唐志》復著録爲二十卷,大致唐末散佚不傳(《新唐志》著録者祇是存録書名)。現存陸倕集最早的輯本爲張燮《七十二家集》本《陸太常集》二卷,此張溥輯本即以張燮本爲基礎,據卷首目録收文爲《感知己賦》《思田賦》《賦體》《爲豫章王慶太子出宮表》《除詹事表》《拜吏部郎表》《爲王光禄轉太常讓表》《爲張纘謝兄尚書諡靖子表》《授潯陽太守章》《爲豫章王拜后赦教》《未至潯陽郡教》《與徐僕射薦沈峻書》《答釋法雲書》《爲張侍中謝啓》《爲息纘謝敕賜朝服啓》《遷吏部郎啓》《謝敕使行江州事啓》《新漏刻銘》《石闕銘》《蠡杯銘》《天光寺碑》《誌法師墓誌銘》《釋奠祭孔子文》《請雨賽蔣王文》《和昭明太子鍾山解講》《以詩代書別後寄贈京邑僚友》和《贈任昉詩》,總爲二十七篇。附録有《本傳》。

該集爲《漢魏六朝百三名家集》叢編的一種,係何紹基舊藏,現藏武漢大學圖書館,編目書號 G810.0823/1133。《叢刊》即據該本影印,收在第七十八册。

201. 梁昭明太子文集五卷

南朝梁蕭統撰。明嘉靖三十四年(1555)周滿刻本。二册。

九行二十字,白口、四周雙邊,雙魚尾。版心中鎸"昭明集"和卷次及葉次。卷端題"梁昭明太子文集卷第一",次行低八格題"梁昭明太子撰",第三、四兩行均低八格分別題"唐魏徵音""宋陳傳良校刊"。卷首有梁簡文帝《昭明太子集序》,次梁劉孝綽《昭明太子集序》。卷末有南宋淳熙八年(1181)袁説友跋。

《梁書》本傳稱"所著文集二十卷",此當即昭明太子卒後由蕭綱主持編撰的集子。按蕭綱《上昭明太子集別傳等表》稱"謹撰昭明太子別傳、文集,請備之延閣,藏之廣内,永彰茂實,式表洪徽",此外他還撰有《昭明太子集序》一篇。具體編撰事務當是由蕭子範負責,所撰《求撰昭明太子集表》云:"戀主懷兹,伏深涕慕。冒乞銓次遺藻，勒成卷軸。”推斷蕭綱編蕭統集在初登太子之位時。實際蕭統在世時也編有集子，編集者則是劉孝綽，《梁書》孝綽傳云：“太子文章繁富，群才咸欲撰録，太子獨使孝綽集而序之。”“集而序之”指既編定集子，也爲集子撰寫了序言。序言即現存的《昭明太子集序》，云：“粵我大梁之二十一載，盛德備乎東朝……預聞盛藻，歌詠不足，敢忘編次。謹爲一帙十卷，第目如左。”推知劉孝綽編本爲十卷本，編在普通三年（522）。該集序亦稱：“日升松茂，與天地而偕長。壯思英詞，隨歲月而增廣。如其後録，以俟賢臣。”明確指出此編本衹是蕭統普通三年之前所作詩文的結集。集子編完，曾在一定範圍内得到流通，蕭統《答湘東王求文集及詩苑英華書》云：“得疏，知須《詩苑英華》及諸文制”，“集乃不工，而並作多麗。汝既須之，皆遣送也。”但至《隋志》已不著録劉孝綽所編十卷本，當時由於蕭綱編本完成後逐漸退出了流通。

蕭統集見於史志著録始自《隋志》，題“梁昭明太子集二十卷”，即本傳記載的二十卷本，當亦即蕭綱編本。《舊唐志》著録同，大致唐末佚而不傳（《新唐志》著録者衹是存録書名）。南宋人始有重編本，由淳熙八年袁説友和尤袤刊刻於池州。袁説友跋稱：“池陽郡齋既刊《文選》與《雙字》二書，於以示敬事昭明之意。今又得昭明文集五卷，而併刊焉。”該本當即《遂初堂書目》著録者，《直齋書録解題》《宋志》並著録的五卷本亦爲此本。《四庫全書總目》稱：“僅載五卷，已非其舊。《文獻通考》不著録，則宋末已亡矣。”袁説友、尤袤所刻淳熙本蕭統集，有可能清代尚存於世，今已下落不明。

此爲明嘉靖間周滿所刻，卷端葉遭挖改以冒充宋本。未經挖改的周滿本，卷末載有周滿所撰《昭明太子集序》，云：“昭明集，世鮮概見。余得之百泉皇甫公者，文多訛闕未整，乃正之升庵楊公、木涇周公，間以己意訂補，亦略成書。三復遺篇，如獲至寶，乃刻之齋中，傳諸其人。”經挖改的第三、四兩行實均低九格分別題“成都楊慎周滿”“東吳周復俊皇甫汸校刊”。書中凡楊慎、周滿和周復俊校改者，皆隨文標出。該本的篇目爲卷一賦兩篇即《殿賦》《銅博山香爐賦》，古樂府七篇即《將進酒》《長相思》《有所思》《三婦艷》《上林》《飲馬長城窟行》和《相逢狹路間》，附《梁

武帝遊鐘山大愛敬寺》詩、和詩各一篇。卷二詩十六篇,即《詠山濤王戎詩二首》
《宴闌思舊一首》《擬古二首》《貌雪一首》《晚春》《詠同心蓮》《賦書帙》《玄圃講》
《東齋聽講》《僧正》《鐘山解講》《林下作妓詩》《詠彈箏人》《開善寺法會》《講解將
畢賦三十韻詩依次用》和《弓矢贊》。卷三啓八篇,即《謝敕賚水犀如意啓》《謝敕賚
看講啓》《謝敕參解講啓》《謝敕賚制旨大涅槃經疏啓》《謝敕賚制旨大集經講疏啓》
《謝敕賚地圖啓》《何胤奉啓》《錦帶書十二月啓》,書五篇即《答雲法師請開講書》
《又答》《答晉安王書一首》《答湘東王求文集及詩苑英華書一首》和《與何胤書》。
卷四疏一篇、議一篇和序兩篇,即《請停吳興丁役疏》《駁劉僕舉樂之議》《文選序》
和《陶淵明集序》。卷五爲《令旨解二諦義》和《令旨解法身義》兩篇。總爲收文四
十六篇,除去所附武帝詩一篇,蕭統詩文爲四十五篇。該本並未盡善,存在一些訛
誤字,如卷三《答晉安王書一首》“更向篇什”句,“向”即訛作“何”等。

　　書中鈐“敬庵”“沈氏珍藏”“清潔自娛”“容春堂”“乾隆御覽之寶”“天禄琳琅”
“天禄繼鑑”“五福五代堂寶”“八徵耄念之寶”“太上皇帝之寶”諸印,清宮天禄琳
琅舊藏,現藏中國國家圖書館,編目書號12365。《叢刊》即據該本影印,收在第七
十八冊。

202. 梁昭明太子文集五卷

　　南朝梁蕭統撰。明遼國寶訓堂刻本。一冊。

　　八行十六字,白口、左右雙邊,單魚尾。版心上鐫“昭明集”,中鐫卷次和葉次。
卷端題“梁昭明太子文集卷第一”,次行低四格題“大明遼國寶訓堂重梓”,第三行
亦低四格題“梁昭明太子撰”,第四、五行分別低四格、五格各題“明成都楊慎、周
滿”,“東吳周復俊、皇甫汸校刊”。卷首有梁簡文帝《昭明太子集序》,次梁劉孝綽
《昭明太子集序》、梁簡文帝《上昭明太子集別傳等表》、梁蕭子範《求撰昭明太子集
表》。卷末有嘉靖乙卯(1555)周滿《昭明太子集序》,次袁説友跋。

　　據卷端所題,此本爲遼國寶訓堂所刊。遼國即遼藩,封地在今湖北荆州一帶。
寶訓堂位於遼藩王府內,可能是讀書、藏書之所。該本屬明代藩府刻書,惜刊刻時

問不詳,似屬萬曆間刻風。除改易行款外,正文及篇目基本等同於周滿本,所謂"重梓"即據周滿本重刻。

此本現藏中國國家圖書館,編目書號 T3632。《叢刊》即據該本影印,收在第七十八册。

203. 梁昭明太子集六卷

南朝梁蕭統撰,明葉紹泰輯。明末葉紹泰刻《蕭梁文苑》本。一册。

九行二十字,白口、四周單邊,無魚尾。版心上鐫"昭明太子集"和卷次,中鐫該卷所載詩文的文體及葉次。卷端題"梁昭明太子集卷一",次行低一格題"明檇李葉紹泰重訂、武林茹之宗全閲"。眉上鐫評。卷首有《昭明太子本傳》,次《昭明太子集目録》。

葉紹泰,生卒年不詳,字來甫,明嘉興人,崇禎時諸生,參見《續文獻通考》卷一百七十八。

葉紹泰輯《蕭梁文苑》以闇光世所編《文選逸集》爲基礎,葉氏《蕭梁文苑序》稱:"予酷嗜此書已歷年所,近得闇氏本更爲增删,以公同好。闇本評閲精核,故多仍其舊云。"蕭統集基本還保留著闇氏《文選逸集》本的面貌,如卷二至六卷端均題以"錢塘闇光世輯閲"。據卷首目録,該本相較於周滿本,篇目有所增益,即《扇賦》《芙蓉賦》《鸚鵡賦》《示徐州弟》《詒明山賓》《春日宴晉熙王》《餞庾仲容》《示雲麾弟》《大言》《細言》《照流看落釵》《美人晨粧》《詠新燕》《名士悦傾城》《七契》《七召》《答玄圃園講頌啓令》《與東宫官屬令》《謝敕齎銅造善覺寺塔露盤啓》《謝敕齎魏國所獻錦等啓》《謝敕齎廣州堰等啓》《謝敕齎城邊橘啓》《謝敕齎河南菜啓》《謝敕齎大菘啓》《與劉孝儀書》《與晉安王書》《又與晉安王書》《與殷芸書》《諭殷鈞手書》《與張纘書》《陶淵明傳》《爾雅制法則贊》《蟬贊》,共計三十三篇。篇目可謂齊備,也存在非蕭統之作而誤收者,《四庫全書總目》即云:"詩中《擬古》第二首、《林下作伎》一首、《照流看落釵》一首、《美人晨妝》一首、《名士説傾城》一首,皆梁簡文帝詩……當由書中稱簡文帝爲皇太子,輾轉稗販,故誤作昭明。"館臣所稱非蕭統所作諸篇,其中《擬古》第二首、《林下作伎》一首亦載於宋淳熙本中(依據劉世珩影宋刻本),其餘不載。另《與東宮官屬令》《與劉孝儀書》亦爲蕭綱所作,實際增益二十八篇。眉端所鐫諸評,頗有參考價值,如《陶淵明集序》評云:"昭明至性,清遠自是。陶元亮一流人,故言之親切而有味。"

書中鈐"南窗祕藏"一印。該本現藏中國國家圖書館,編目書號20259。《叢刊》即據該本影印,收在第七十八冊。

204. 梁昭明太子六律六呂文啓一卷

南朝梁蕭統撰,清釋行景注。清康熙刻本。一冊。

十行十九字,小字雙行同,白口、四周雙邊,單魚尾。版心中鐫"梁太子律呂文啓"和葉次。卷端題"梁昭明太子六律六呂文啓",次行低六格題"清閩寧釋行景嘯野氏注"。卷首有康熙壬寅(1722)羅淇序,次同年釋宗尚序,次釋行景序和《凡例》。

釋行景,生卒年不詳,字嘯野,清代寧化(今屬福建)人。約生活於康熙間,曾在紹興寶福寺爲僧,其餘事跡俟考。

是書爲釋行景注釋《六律六呂文啓》,舊題蕭統撰,《昭明太子集》載此篇,題"錦帶書十二月啓"。所謂"六律六呂文啓",釋行景注云:"律者,陽管之總名,其名有六,曰太蔟、曰姑洗、曰蕤賓、曰夷則、曰無射、曰黃鐘","呂者,陰管之總名,其名亦有六,曰夾鐘、曰仲呂、曰林鐘、曰南呂、曰應鐘、曰太呂","文者,法也。啓者,開也"。四庫館臣認爲該篇並非蕭統之作,《四庫全書總目》稱:"舊本題梁昭明太子蕭統撰,陳振孫《書錄解題》又云梁元帝撰,比事儷語,在法帖中章草《月儀》之類。詳其每篇自敘之詞,皆山林之語,非帝胄所宜言。且詞氣不類六朝,亦復不類唐格,疑宋人案《月令》集爲駢句以備箋啓之用,後來附會題爲統作耳。今刻本昭明集中亦有之,題曰《十二月啓》。然昭明集乃後人所輯,非其原本,未可據以爲信也。"又稱:"不類齊梁文體,其《姑洗三月啓》中有'嘷鶯出谷,爭傳求友之聲'句。考唐人試《鶯出谷詩》,李綽《尚書故實》譏其事無所出,使昭明先有此啓,綽豈不見乎?是亦作僞之明證也。"有按該書《凡例》稱:"文中會月而作令月,令月者,唐時之稱",似也可佐證該篇並非梁時之作。

釋行景注釋該書,釋宗尚序稱:"兹嘯公,閩之寧化人,恒與諸子講論之暇,以筆舌詳注之,提要勾玄,搜羅剔抉。上規姚姒盤誥,中及左史漢晉。古人之懿行,往哲之清言,追琢其章者,采而注之,彙集成書,其用心良亦勤矣……請壽諸梓,以公後世,因題數語弁諸簡端。"羅序也稱"偶閱嘯公《律吕文啓集注》",推斷是年即康熙六十一年(1722)完成注釋,並準備付梓刻板行世。又釋行景序云:"乙巳(1725)麥秋,偶試筆於寶福文室,諸子告其板成,將序稿欲余書之。"則刻梓在此年即雍正三年,故該本應著録爲清雍正刻本爲是。《中國古籍善本書目》著録爲"清康熙刻本",依據是將卷首序所題的"康熙壬寅"定爲元年之壬寅,實應爲六十一年之壬寅。按羅淇康熙己未(1679)中武狀元,序稱"近因退職,歸老鑑湖",斷定作序之年"壬寅"祇能是"己未"之後的"壬寅"。該書的注釋體例,《凡例》稱:"是書白文出自《梁紀》(當指梅鼎祚所輯的《梁文紀》),故釋文皆采宋齊晉漢以上之典章,梁陳以下雖有故典合乎其文者,亦不敢綴入。"詳注字詞及涉及到的歷史人物等,如"代仲十里之契"句注云"契,同也",又"但某白社狂人"句注云:"晉東林惠遠法師居廬山,與劉程之等十八人鑿池種蓮,期生净土,名曰蓮社,時陶潛亦與焉。"引經史等事典作注,引書有《禮記》《淮南子》《列仙傳》《風俗通》《鶡冠子》《抱樸子》《相鶴經》和《齊諧記》等。"雲前起陣"句注引《顔氏家訓》,與《凡例》所稱不采梁陳(含)以下典籍不合。也有引書不詳爲何書者,如"聊寄八行之書"句注引《書行款式》,"負笈尋師,罕逢見日"句注引《文苑彙集》等。爲使上下各句之間的注文有所區隔,一般以"△"標識。如"和風拂地,淑氣浮空"句,注云:"《月令》云:仲春陽和之氣曰和風……△淑氣者,水氣騰上,清湛之色也……"

書中鈐"唯吾知足""一道人"兩印,現藏暨南大學圖書館,編目書號QT000675。《叢刊》即據該本影印,收在第七十九册。

205. 梁昭明太子文集五卷補遺一卷

南朝梁蕭統撰。清光緒二十三年(1897)武進盛宣懷刻《常州先哲遺書》本。

一册。

十四行二十五字,黑口、左右雙邊,單魚尾。版心中鎸"昭集"和卷次及葉次。卷端題"梁昭明太子文集卷一"。卷首有《昭明太子集》四庫提要,次梁簡文帝《昭明太子集序》、劉孝綽《昭明太子集序》、梁簡文帝《上昭明太子集別傳等表》和蕭子範《求撰昭明太子集表》。卷五末有袁説友跋。《補遺》末有光緒丁酉(1897)盛宣懷跋。

盛宣懷(1844—1916)字杏蓀,又字勘孫、荇生、杏生,號次沂,又號補樓,別署愚齋,晚號止叟,清代江蘇武進人。曾督辦湖北煤鐵礦物、鐵路總公司等,歷任工部左侍郎、郵傳部右侍郎等職,創辦北洋大學堂等,勤於學術,熱心藏書事業,撰有《愚齋存稿》《經世文續編》等,編刻《常州先哲遺書》等。

此本書首有內扉葉題"光緒丁酉武進盛氏用景宋淳熙本重彫並輯補遺一卷",知該本底本爲影宋淳熙本《昭明太子文集》。按盛跋稱:"此怡府藏影宋鈔本,爲宋淳熙辛丑袁説友池陽郡齋所刊,卷數與《宋志》同。"怡府即指清乾隆間宗室弘曉的藏書,盛宣懷以所藏影宋淳熙本之鈔本爲底本重刻。存世尚有劉世珩影刻宋淳熙本,兩本均據自淳熙本,但相校存在異文。如卷一《銅博山香鑪賦》"齊姬合歡而流盼",劉世珩影宋刻本"盼"作"眄",卷三《答晉安王書一首》"興言愈疾",影宋刻本"疾"作"病";同篇"知之恐有逾吾就",影宋刻本"吾就"作"就吾";"汎觀六籍",影宋刻本"汎"作"況"等。假定兩本都忠實於底本,則所據的淳熙本存在差異,或是印本之別。盛跋稱:"此本所采不出《梁書》《文苑英華》《藝文類聚》《廣弘明集》諸書,知亦掇拾之本。但源出於宋,流傳已久,究與明本不同……今別輯逸文二十一首爲補遺一卷。"補遺篇目爲《扇賦》《芙蓉賦》《鸚鵡賦》《與晉安王綱令》《與明山賓令》《與殷芸令》《與東宮官屬令》《答玄圃園講頌啓令》《謝敕賚廣州瓼等啓》《謝敕賚銅造善覺寺塔露盤啓》《謝敕賚河南菜啓》《謝敕賚大菘啓》《謝敕賚魏國所獻錦等啓》《謝敕賚邊城橘啓》《誡諭殷鈞手書》《與張緬弟續書》《七契》《爾雅制法則贊》《蟬贊》《陶淵明傳》和《祭達磨大師文》,篇末注明輯錄出處。

書中鈐"王培孫紀念物"一印,現藏上海圖書館,編目書號綫普長331586-689。

《叢刊》即據該本影印,收在第七十九册。

206. 梁昭明太子文集五卷札記一卷

南朝梁蕭統撰/劉世珩撰。民國八年(1919)貴池劉世珩刻朱印《玉海堂景宋叢書》本。二册。

八行十六字,白口、左右雙邊,單魚尾。版心上鎸字數,中鎸"昭集"和卷次及葉次。卷首有梁劉孝綽《昭明太子集序》。卷末有淳熙八年袁説友跋。

劉世珩(1875—1926)字聚卿,又字蔥石,號檻盦,安徽貴池人。光緒二十年(1894)舉人,後與張謇一起辦實業,創辦江寧省城商會等,又繫官至度支部左參議。辛亥革命後寓居上海,以遺民身份自居。砥礪於學,又從事古籍校刻,爲近代著名文獻家。生平事跡參見金天翮《皖志列傳稿》卷八。

此本卷次及篇目均同周滿本,但相較存在異文,另周滿本各卷卷首無目録。此本之刻,己未(1919)劉世珩跋云:"昭明太子集二十卷載於《梁書》本傳,至宋已無傳本。宋人所刊者有淳熙辛丑池陽郡齋五卷本……袁跋《文選》在淳熙辛丑三月望,此集題爲辛丑八月望,是《文選》之成去此集僅五閲月耳……《書録解題》著録即此五卷本,可見當時別無他本……此集則罕見。今從昭仁殿請出,即宋池陽郡齋五卷本,每半葉八行行十六字,載在《天禄琳瑯書目》,世稱爲祠堂本。余已景刻宋淳熙池陽郡齋尤袁原刻本《文選》,又摹得此昭明集宋刻真本,附刊於後。"知該本據宋淳熙原本《昭明太子集》影刻,保留了宋本舊貌,淳熙八年袁序即載於是本。又保留有宋本諱字,如"玄""泫""絃""朗""敬""竟""弘""匡""胤""恒""徵""桓""敦"諸字闕筆。書首内扉葉即題"景宋淳熙貴池昭明廟本昭明集五卷""貴池劉氏玉海堂景宋叢書單行本坿考異一卷札記一卷,板藏邑昭明廟,己未冬月刊成",知刻成於民國八年(1919)。但書中也有清帝諱字,如"胤""弘""琰""寧""佇""淳"諸字即闕筆。此外"丘"字也闕筆。劉孝綽序末鎸刻"光禄大夫農工商部頭等顧問官度支部左參議池州貴池劉世珩景宋淳熙池陽郡齋原本刊行"題記一行,各卷末亦有此類題記,文字有差異。又有碑額式牌記題"御賜玉海傳經,池州貴池南山邸鏞氏玉海堂景宋金元本叢書二十種,單行池州宋元刻本三種之第二"。

《札記》一卷有己未劉世珩跋稱:"從昭仁殿請出淳熙辛丑八月池陽郡齋刻本昭明集五卷,附刻於後……有與明葉紹泰《蕭梁文苑》本、張溥《百三家集》本及國朝嚴可均輯《全梁文》本、盛宣懷刻《常州先哲遺書》本所不同處,略校一過,爰請常熟丁君秉衡覆覈,經其同里龐君祝潮爲之勘訂,成《考異》《補遺》《敘録》《附録》,可謂詳盡矣!余復稍加研尋,更有鑽味於龐氏之外者,次爲《札記》一卷。"《札記》後即附以龐氏所撰諸内容。

該本現藏上海圖書館,編目書號綫普 464545‐46。《叢刊》即據該本影印,收在第七十九册。

207. 梁陶貞白先生文集二卷

南朝梁陶弘景撰,明黄省曾輯。明嘉靖三十一年(1552)蕭斯馨刻本。一册。

八行十六字,白口、四周單邊,單魚尾。版心上鎸"貞白集"和卷次,中鎸葉次,下鎸刻工名。卷端題"梁陶貞白先生文集卷一",次行、第三行均低五格分別題"五嶽山人吳郡黄省曾編""小峰山人贛郡黄注校"。卷首有黄注《刻陶貞白集序》,次胡直《梁陶貞白先生文集序》、江總《梁陶貞白先生文集序》、《南史列傳》。卷末有嘉靖壬子(1552)俞獻可跋。

陶弘景(456—536)字通明,南朝梁丹陽秣陵(今屬江蘇南京)人。初爲齊諸王侍讀,後隱居句容句曲山(即茅山),自號華陽隱居。蕭衍稱帝後,參與機密,又稱"山中宰相"。卒謚"貞白先生"。撰有《真靈位業圖》《真誥》等道教著述,及《本草經集注》《肘後百一方》等醫家類著述。《梁書》卷五十一、《南史》卷七十六有傳。

陶弘景集之編,始自南朝陳代的江總,《藝文類聚》載所撰《陶貞白先生集序》云:"文集缺亡,未有編録。門人補輯,若逢遼東之本;好事研搜,如誦河西之篋。奉敕校之鉛墨,緘以緹緗。藏彼鴻都,副在延閣。"現存史臣紀鈔本中有佚名小注稱:"先生去世後,久無人編録文集。至陳武帝楨("貞"字之訛)明二年(588)敕令侍中尚書令江總始撰文集。先生以梁大同二年(536)解駕,至是五十三載矣。文章頗多散落。"陶集見於史志著録始自《隋志》，題"梁隱居先生陶弘景集三十卷"、"陶弘景内集十五卷"。至《舊唐志》僅著録本集三十卷，則内集已佚。大致唐末本集亦佚而不傳（《新唐志》著録者祇是存録書名），至南宋有傅霄重編本，即《遂初堂書目》著録者。傅霄跋云："故禮部侍郎王公欽臣衷其遺文三十二篇以爲一卷。南豐曾恂復得《寒夜愁》《胡笳》二詩於古樂府集中，《難沈鎮軍均聖論》於《弘明集》中。因考其製作先後之次，以類相從，並殘文附於後。"則曾恂輯本有三十五篇，傅霄即以曾恂本爲底本重編。並在紹興十三年（1143）由陳楠刊刻行世，後序云："楠頃閒居汝山，數遊三秀，追慕靈躅，得隱居山、世二傳，並文集、碑記及桓真人事實，總成上下"，"今粗敍於卷集之末，姑示同志，兼恐尚有遺篇逸事藏之於賢德隱者，愿發篋以示，當續其傳焉"。此即紹興本陶弘景集，今已不傳。

此本收陶弘景詩文總爲三十三篇，相較於史臣紀鈔本增益一篇即《請雨詞》。卷二末附録蕭綸《梁解真中散大夫貞白先生陶隱居碑銘》、昭明太子《華陽隱居墓銘碑》、司馬道隱《茅山貞白先生碑陰記》、梁元帝《隱居先生陶弘景碑》和《沈約與陶弘景書》，後兩篇史臣紀鈔本未載。該本的編刻，黄注序云："辛亥（1551）春，學耕於邑西郊之懷穀山莊，偶憶弘景《尋山志》，取是本觀焉，因爲之校讎……凡增入文二篇，竄補字二百五十有奇。其不可考者，姑仍其舊，釐爲二卷，可繕寫……質友人九河俞子（即俞獻可）三校之，子復增入梁元帝碑文、沈約與弘景書二篇，付贛郡蕭氏刻梓。"實際黄注就增入一篇即《請雨詞》。黄注、俞獻可校訂後，由蕭斯馨刊刻行世，胡直序云："勉之（即黄省曾）欲梓未及，餘十年，吏部君因復校輯，屬蕭斯馨氏古翰樓出貲刻之。"陶弘景集在明代《道藏》本之外，以此本爲最早，俞獻可跋稱："梁陶貞白先生詩文雜見諸類書中，五嶽山人始鳩次成帙。然未有刊本，有之自虔州蕭氏始。"跋云"五嶽山人"即黄省曾始編陶集不准確，從篇目來看仍據自紹興本的傅鈔本。因爲除《請雨詞》外，篇目及篇次均與紹興本同。當然經過校訂，存在不同於紹興本的異文，如卷二《茅山長沙館碑》"敢循舊制"，明鈔紹興本"循"作"巡"等。

此本現藏上海圖書館，編目書號綫善 824930。《叢刊》即據該本影印，收在第七十九册。

208. 貞白先生陶隱居文集一卷傳記一卷

南朝梁陶弘景撰。明嘉靖史臣紀鈔本。明史臣紀跋，傅增湘跋。一册。

九行十六至十九字不等，無欄格。卷端題"貞白先生陶隱居文集上"，次行、第三行均低七格分別題"昭臺弟子傅霄編集"、"大洞弟子陳楠校勘鏤板"。卷一首載江總序（應載於全書卷首）。卷上末有佚名跋（據王京州考證出自傅霄之手，采用此説）。卷下末有嘉靖辛酉（1561）史臣紀跋。書尾有紹興癸亥（1143）陳楠後序。書首副葉有傅增湘跋，又有吳士鑑、袁克文和勞健題識。卷下末有史臣紀跋。

傅霄（？—1159）字子昂，南宋晉陵（今屬江蘇常州）人。居常州天慶觀，高宗召主太一宮祠，乞還茅山，賜號明真通微先生。《茅山志》卷十六有傳。

陳楠，生卒年不詳，字季壬，號無相居士，溫州平陽（今屬浙江平陽）人。北宋政和間任尚書虞部員外郎，南宋建炎四年（1130）以疾乞祠，主管江州太平觀。紹興間任金部員外郎、福建路轉運副使、太常少卿、秘閣修撰和提舉江州太平興國宮等職。《宋史》卷三百七十七有傳。

史臣紀，生卒年不詳，字載之、叔載，號鹿甲居士，明代吳縣（今屬江蘇蘇州）人。喜藏書，其餘仕履俟考。

此史臣紀鈔本乃據紹興本而鈔。所鈔陶弘景詩文共三十二篇，並非曾恂編本的三十五篇，未編入集中的三篇不詳。卷上篇目爲《尋山志》《水仙賦》《華陽頌》《授陸敬游十賚文》《詔問山中何所有賦詩以答》《題所居壁》《寒夜愁》《胡笳篇》《與梁武帝論書啟》（附《梁武帝答書》）《與梁武帝啟》（附《梁武帝答》）《又與梁武帝論書啟》（附《又梁武帝答隱居書》）《又與梁武帝論書啟》（附《梁武帝答書》）《論書啟》《答朝士訪仙佛兩法體相書》《難鎮軍沈約均聖論》《登真隱訣序》《藥訣總序》《肘後百一方序》《本草序》《許長史舊館壇碑》《吳太極左仙公葛公之碑》《解官表》（附《詔答》）《進周氏冥通記啟》（附《詔答》）《告逝篇》（以下爲"殘文"之目）《雲上之仙風賦》《茅山長沙館碑》《太平山日門館碑》《茅山曲林館銘》《答謝中書

書》《答虞中書書》《答趙英才書》和《相經序》。卷下篇目爲傳記及碑記,包括蕭綸
《解真碑銘》、司馬道隱《碑陰記》和梁昭明太子《墓誌銘》,又有沈約《酬華陽陶先
生》,及山世受經法見於碑刻者和傅霄《指桓記後題》、李汝弼《桓先生實錄》和桓真
人本事。該本之鈔,史臣紀跋稱:"文休承從玉山周生得紹興刻本,手録藏之,予亦
寫此册。"推斷鈔自文嘉鈔本,保留有紹興本舊貌,如玄、朗、貞、桓和構諸諱字照録。
史臣紀又跋云:"越十載,又得贛本(即明嘉靖三十一年蕭斯馨刻本),增校四首
後。"此四篇,即《請雨詞》《隱居先生陶弘景碑》《沈約與陶弘景書》和《南史列傳》。

書中鈐"史臣紀書籍""史臣紀""吳會""史叔載父""芝玉山房""毛晉私印"
"子晉""汲古主人""毛扆之印""斧季""宋本""花綺""天或""林佊山房藏書""海
上精舍藏本""周暹""曾在周叔弢處"諸印,經明末清初毛晉和清末王懿榮及周叔
弢遞藏,現藏中國國家圖書館,編目書號8375。《叢刊》即據該本影印,收在第八
十册。

209. 陶貞白集二卷

南朝梁陶弘景撰。明汪士賢刻《漢魏六朝二十一名家集》本。傅增湘校跋並
録明文嘉、徐濟忠、葉奕、清彭元瑞等跋。一册。

九行二十字,白口、左右雙邊、單魚尾。版心上鎸"陶貞白集",中鎸卷次和葉
次。卷端題"陶貞白集卷第一",次行、第三、第四行均低九格分別題"梁秣陵陶弘
景著""明吳郡黃省曾編"和"新安汪士賢校"。卷首鈔有《貞白先生陶隱居傳》,次
黃注《陶貞白集序》,次傅增湘藍筆過録彭元瑞跋及傅增湘藍筆跋,次《陶貞白集目
録》,次鈔録江總序。書尾副葉有傅增湘過録文嘉、史臣紀、周天球、徐濟忠和葉
奕跋。

汪士賢,生卒年不詳,明代婺源人,汪文輝之子,是徽州地區有名的書商,也從
事典籍的編刻。

此本收陶弘景篇目爲三十三篇,與蕭斯馨刻本同。附録部分增益《後湖蘇庠贊
陶先生像》一篇,未載於紹興本和蕭斯馨刻本中。卷二末有傅增湘藍筆補鈔《答釋

曇鸞書》和《庾肩吾答陶弘景木煎啓》兩篇,於陶集篇目又有所增益。書中有傅增湘朱筆和藍筆校,或在眉端,或在夾行。其中藍筆校包括:其一校異文,即校以陶弘景集的明鈔本和刻本等版本,主要是明鈔本。如《尋山志》"因以濟吾之所尚也",校語稱"以,鈔本作已"。《告逝篇》,校語稱"坊刻作逝",檢史臣紀鈔本作"遊"(又塗改爲"逝")。其二據明鈔本,校出該本的改易之處。如《尋山志》"既窮目以無閡"句下小注"缺一句",校語則稱明鈔"空六字"。又《尋山志》據明鈔本在篇題下校補出"年十五作"四字。其三是出理校,如《難鎮軍沈約均聖論》"夫立天之道,曰仁與義"句,校語稱"疑脱'曰陰與陽,立人之道'八字,不然則'天'字是'人'字"。朱筆校僅四處,主要是就詩文内容的評論。

　　此本現藏中國國家圖書館,編目書號00258。《叢刊》即據該本影印,收在第八十册。

210. 華陽陶隱居集二卷

　　南朝梁陶弘景撰。明末毛氏汲古閣刻本。一册。

　　十行二十字,下黑口、四周雙邊,無魚尾。版心上鐫"道藏尊一(或尊二)",中鐫"汲古閣,毛氏正本"及葉次。卷端題"華陽陶隱居集卷上",次行、第三行均低八格分別題"昭臺弟子傅霄編集""大洞弟子陳桷校勘"。卷首有江總《華陽陶隱居集序》。

　　據版心所題,該本乃據《道藏》本陶集而刻,篇目及篇次均與之相同,卷上自《尋山志》至《本草序》計十八篇,卷下自《許長史舊館壇碑》至《相經序》計十三篇。相較於史臣紀鈔紹興本,篇目删去《難鎮軍沈約均聖論》一篇,故收文總爲三十一篇。《道藏》本未收此篇之故,王重民稱:"按此論難佛,非道家所忌,則不當爲道徒有意割棄,是必所據本有殘破,遂並全篇六百字而棄之耳,是其所據本未善。"卷末題"□(應即'虞'字,原書脱)山毛晉訂正",則又經毛晉訂正,凡訂正者以小字的方式注出。如《尋山志》"倦世情之易撓","倦"字旁校訂有"睠"字;《登真隱訣序》"昔在人聞","聞"字旁校訂有"間"字;《登真隱訣序》"何由眄其帷席","眄"旁校訂有“盼”字等。有的校訂能夠找到存世版本依據，如“聞”作“間”，蕭斯馨刻本即作“間”。有的則未找到版本依據，或以意訂之，或據他本而校。

書中鈐“毛印子晉”“虞先毛氏珍藏圖書”“汲古閣”（以上三印疑俱僞）“歸安陸樹聲藏書之記”“忠謨讀書”“長春室圖書記”諸印，明末清初毛氏汲古閣舊藏，清末以來爲陸樹聲、傅忠謨（傅增湘之子）所藏，現藏中國國家圖書館，編目書號2529。《叢刊》即據該本影印，收在第八十册。

211. 劉孝標集二卷

南朝梁劉峻撰，明阮元聲編。明崇禎五年（1632）刻《劉沈合集》本。一册。

九行二十字，白口、四周單邊，無魚尾。版心上鐫“劉孝標集”，中鐫卷次和所載篇目的文體名及葉次。卷端題“劉孝標集卷一”，次行低三格題“梁平原劉峻著”“明滇南阮元聲評”。卷首有崇禎壬申（1632）李日華《劉沈合集敘》，次辛未（1631）韓敬《合刻劉孝標沈休文集序》和《劉孝標集目録》。

劉峻（462—521）字孝標，南朝梁平原（今屬山東德州）人。曾任荆州户曹參軍，後居東陽紫巖山講學，卒謚玄靖先生，撰有《世説新語注》。《梁書》卷五十、《南史》卷四十九有傳。

劉孝標作品編稱“集”始見於《隋志》著録，題“梁平西刑獄參軍劉孝標集六卷”。後世書目未見再有著録孝標集者，大概唐初以來已不傳於世。現存劉孝標集最早的輯本爲張燮的《七十二家集》本《劉户曹集》二卷，此本爲明末阮元聲編本。據卷首目録，收文爲卷一詩四篇即《自江州還入石頭詩》《始營山居》《出塞》和《登郁洲山望海》，啓一篇《送橘啓》，書六篇即《與宋玉山元思書》《與舉法師書》《答劉之遴借類苑書》《追答劉沼書》《答郭峙書》和《稱族子訏猷書》，序兩篇即《相經序》《自序》，志一篇《東陽金華山棲志》，卷二論二篇即《辯命論》和《廣絶交論》，總爲十六篇。眉端及篇末均鐫刻阮氏評語，如《追答劉沼書》眉端評曰“隸事精切”，《與宋玉山元思書》篇末評云：“招隱之言宛至，乃爾所謂曾爲浪子偏憐客也。”也有阮氏針對篇目等考訂性之語，如《自江州還入石頭詩》篇題下小注即云：“《藝文》作劉峻。《英華》次元帝後而逸其名，或以爲元帝詩，非也。"附録有姚察《劉峻傳》、李延壽《劉峻傳》、何基跋、張燮《讀史考誤》和屠隆《題劉孝標紫薇巖》及《遺事》。書末有阮元聲《題劉孝標紫薇巖》，次《讀劉孝標集》。

書中鈐"東亞同文書院大學圖書館印"一印，現藏南京圖書館，編目書號 GJ/EB/114708。《叢刊》即據該本影印，收在第八十册。

212. 劉秘書集一卷

南朝梁劉孝綽撰，明張溥輯。明婁東張氏刻《漢魏六朝百三名家集》本。清何紹基評點。一册。

九行十八字，白口、左右雙邊、單魚尾。版心上鐫"劉秘書集"，中鐫"卷全"和葉次。卷端題"劉秘書集卷之全"，次行、第三行均低八格分別題"梁彭城劉孝綽著""明太倉張溥閱"。卷首有張溥《劉孝儀孝威集題詞》，次《劉秘書集目録》。

劉孝綽(481—539)本名冉，小字阿士，南朝梁彭城(今屬江蘇徐州)人。官至秘書監。《梁書》卷三十三、《南史》卷三十九有傳。

《南史》本傳稱"文集數十萬言行於時"，推斷梁時已有作品集之編。見於史志著録則始自《隋志》，題"梁廷尉卿劉孝綽集十四卷"。《舊唐志》著録爲十一卷，篇目有所散佚，大致唐末散佚不傳(《新唐志》著録者祇是存録書名)。《遂初堂書目》著録有劉孝綽集，不題卷數，當屬南宋初的重編本。《直齋書録解題》著録劉孝綽集一卷，屬詩集，云："本傳稱文集數十萬言，今所存止此。"《宋志》著録同《直齋書録解題》。至遲在元明之際，此一卷本佚而不傳。現存劉孝綽集最早的輯本，爲張燮《七十二家集》本《劉秘書集》二卷。此張溥輯本即以張燮本爲基礎，據卷首目録收文爲表一篇、啓九篇、書三篇、序一篇、碑二篇、樂府六篇和詩五十九篇，總爲八十一篇。附録有《本傳》。書中眉端有何紹基評點，如《愛姬贈主人》眉端何批"不成題"。

該集爲《漢魏六朝百三名家集》叢編的一種，係何紹基舊藏，現藏武漢大學圖書館，編目書號 G810.0823/1133。《叢刊》即據該本影印，收在第八十册。

213. 劉豫章集一卷

南朝梁劉潛撰,明張溥輯。明婁東張氏刻《漢魏六朝百三名家集》本。一册。

九行十八字,白口、左右雙邊、單魚尾。版心上鎸"劉豫章集",中鎸"卷全"和葉次。卷端題"劉豫章集卷全",次行、第三行均低九格分别題"梁彭城劉潛著""明太倉張溥閲"。卷首有《劉豫章集目録》。

劉潛(484—550)字孝儀,劉孝綽之弟。舉秀才,纍遷尚書殿中郎。後任晉安王蕭綱安北功曹史,蕭綱立爲皇太子補洗馬,又遷中書舍人,纍官至都官尚書。太清初出爲明威將軍、豫章内史,病卒。《梁書》卷四十一、《南史》卷三十九有傳。

《梁書》本傳稱"有文集二十卷行於世",則梁時已有作品集之編。見於史志著録始自《隋志》,題"梁都官尚書劉孝儀集二十卷",即本傳所載之本。《舊唐志》著録同《隋志》,大致唐末散佚不傳(《新唐志》著録者祇是存録書名)。現存最早的劉孝儀集輯本,爲張燮《七十二家集》本《劉豫章集》二卷。此張溥輯本即以張燮本爲基礎,據卷首目録,收文爲《歎别賦》《爲江侍中薦士表》《爲江僕射禮薦士表》《爲雍州柳津請留刺史晉安王表》《爲臨川王解司空表》《爲晉安王讓丹陽尹表》《爲安成王讓江州表》《爲臨川王解揚州表》《爲南平王讓徐州表》《爲臨川王奉詔班師表》《爲始興王奉詔上毛龜表》《彈賈執傅湛文》《謝女出門官賜紋絹燭等啓》《除建康令謝啓》《上東宫啓》《爲晉安王謝東宫賜玉環刀啓》《爲晉安王謝賜鵝鴨啓》《謝東宫賜橘啓》《謝東宫賚酒啓》《謝晉安王賜銀裝絲帶啓》《謝晉安王賜柑啓》《謝晉安王賚蝦醬啓》《謝豫章王賜牛啓》《謝豫章王賜馬啓》《爲武陵王謝賜第啓》《謝始興王賜車牛啓》《謝始興王賜花紈簟啓》《謝始興王賜奈啓》《謝鄱陽王賜鉢啓》《爲王儀同謝宅啓》《爲王儀同謝國姻啓》《北使還與永豐侯書》《探物作艷體連珠二首》《雍州金像寺無量壽佛像碑》《平等刹下銘》《從軍行》《和昭明太子鍾山解講》《和簡文帝賽漢高廟》《行過康王故第苑》《閨怨》《帆渡吉陽洲》《詠簫》《詠織女》《詠石蓮》《和詠舞》和《舞就行》,總爲四十六篇。附録有《本傳》。

該集爲《漢魏六朝百三名家集》叢編的一種,係何紹基舊藏,現藏武漢大學圖

書館,編目書號 G810.0823/1133。《叢刊》即據該本影印,收在第八十冊。

214. 劉庶子集一卷

南朝梁劉孝威撰,明張溥輯。明婁東張氏刻《漢魏六朝百三名家集》本。一冊。

九行十八字,白口、左右雙邊,單魚尾。版心上鐫"劉庶子集",中鐫"卷全"和葉次。卷端題"劉庶子集卷全",次行、第三行均低九格分別題"梁彭城劉孝威著""明太倉張溥閱"。卷首有《梁劉庶子集目錄》。

劉孝威,生卒年不詳,劉孝綽第六弟。任安北晉安王法曹,轉主簿,除太子洗馬,遷中舍人庶子率更令。太清中遷中庶子,兼通事舍人。《梁書》卷四十一、《南史》卷三十九有傳。

《梁書》《南史》本傳不言有作品集之編,史志著錄劉孝威集始自《隋志》,題"梁太子庶子劉孝威集十卷"。《舊唐志》則著錄爲前集十卷、後集十卷,他與《隋志》著錄本的關係不詳。大致唐末散佚不傳(《新唐志》著錄同《舊唐志》,祗是存錄書名),北宋《崇文總目》著錄《劉孝威詩》一卷,當屬詩作的重編本。南宋尤袤《遂初堂書目》著錄有劉孝威集,不題卷數,疑爲南宋初的重編本,也有可能即《崇文總目》著錄的詩集一卷。《宋志》著錄劉孝威集一卷,當即尤袤著錄本。至遲元明之際,此集本一卷佚而不傳。現存劉孝威集最早的輯本爲張燮《七十二家集》本《劉庶子集》二卷,此張溥輯本即以張燮本爲基礎。據卷首目錄,該本收文爲啓十二篇、書一篇、贊二篇、樂府二十四篇和詩三十三篇,總爲七十二篇。附錄有《本傳》。卷末有何紹基題識,稱"丁卯六月十六日晨閲至此,蝘叟"。

該集爲《漢魏六朝百三名家集》叢編的一種,係何紹基舊藏,現藏武漢大學圖書館,編目書號 G810.0823/1133。《叢刊》即據該本影印,收在第八十冊。

215. 梁簡文帝御製集十六卷

南朝梁簡文帝蕭綱撰,明張燮輯。明天啓崇禎間刻《七十二家集》本。五冊。

九行十八字,白口、左右雙邊,單魚尾。版心上鐫"梁簡文帝集",中鐫卷次和

葉次。卷端題“梁簡文帝御製集卷之一”,次行低六格題“梁太宗簡文皇帝蕭綱
著”。卷首有《梁簡文帝御製集目録》,目録首葉低六格題“明海濱逸史張燮紹和
纂”。

蕭綱(503—551)名綱,字世纘,梁武帝第三子。太清三年(549)武帝幽死,蕭
綱立爲帝,次年又爲侯景所殺,追尊爲簡文帝。所作多宫體詩,撰有《老子義》等。
《梁書》卷四有本紀,《南史》卷八有傳。

《南史》本紀稱“所著文集一百卷行於世”,又《陸杲傳》稱“簡文居藩,(陸罩)
爲記室參軍,撰帝集序”,推斷簡文帝生前即編定有文集,還曾命陸杲爲集子撰寫集
序。《南史》所稱文集一百卷者,當爲蕭綱生前所結集者。又《周書·蕭大圜傳》稱
“梁武帝集四十卷、簡文集九十卷,各止一本。江陵平後,並藏秘閣”,此爲九十卷
本蕭綱集,相較於《南史》記載者闕佚十卷。蕭綱集見於史志著録始自《隋志》,題
“梁簡文帝集八十五卷”,小注稱“陸罩撰,并録”。此小注可與《陸杲傳》所載相印
證,推知陸罩不僅撰寫集序,而是也爲蕭綱編了集子。大概梁代成編的蕭綱集有八
十五卷本、九十卷本和一百卷本之別,大概作品屢有編入而致集子卷數有差異。至
《舊唐志》著録爲八十卷,當仍爲《隋志》著録本,推測目録凡五卷,《舊唐志》不計目
録卷數在内。大致唐末佚而不傳(《新唐志》著録者祇是存録書名),至《中興館閣
書目》始著録爲一卷本,《遂初堂書目》亦著録,不題卷數,屬南宋初的重編本。據
陳振孫所云,此一卷本乃詩集。《直齋書録解題》著録爲五卷本,亦屬詩集,云:
“《中興書目》止存一卷,詩百篇,又闕其三首。今五卷皆詩,總二百四十四篇。”《宋
志》著録一卷本,當即《中興館閣書目》著録本。至遲元明之際,此五卷本、一卷本
均佚而不傳。

現存最早的蕭綱集編本即此張燮輯本,據卷首目録,收文爲卷一賦體二十篇,
卷二樂府六十三篇,卷三至五詩一百八十一篇(其中聯句兩篇),卷六詔體三篇、令
五篇、教九篇和移文一篇,卷七表十八篇、疏一篇和章二篇,卷八至九啓四十三篇,
卷十書十九篇,卷十一序七篇、論二篇,卷十二七體一篇、頌二篇,卷十三頌三篇、銘
十三篇,卷十四碑八篇、連珠一篇,卷十五墓誌銘十四篇、誄一篇、哀辭一篇,卷十六

文五篇、祭文二篇和疏三篇,總爲四百二十八篇。附錄一卷,内容包括姚思廉《太宗本紀略》、李延壽《太宗本紀略》、劉孝儀《爲雍州柳津請留晉安王表》、庾肩吾《謝東宮示古跡啓》、顧野王《進玉篇啓》、庾肩吾《奉和太子納涼梧下應令》、劉孝威《和皇太子春林晚雨》,次《遺事》《集評》和《糾謬》,其中《糾謬》稱:"《原宥北人詔》:按侯景矯詔赦北人爲奴婢者,冀收其力,用而是詔乃載簡文帝《本紀》,恐誤觀者,故爲標出。"

此本係《七十二家集》叢編本的一種,現藏中國國家圖書館,編目書號 A01785。《叢刊》即據該本影印,收在第八十一册。

216. 梁簡文帝御製集二卷

南朝梁簡文帝蕭綱撰,明張溥輯。明婁東張氏刻《漢魏六朝百三名家集》本。清何紹基評點。一册。

九行十八字,白口、左右雙邊、單魚尾。版心上鎸"梁簡文帝集",中鎸卷次和所載篇目的文體名及葉次。卷端題"梁簡文帝御製集卷之一",次行、第三行均低九格合題"明太倉張溥閲"。卷首有張溥《梁簡文帝集題詞》,次《梁簡文帝御製集目録》。

此張溥輯本以張燮本爲基礎。據卷首目録,收文爲卷一賦體二十篇、詔體三篇、令體五篇、教體九篇、移文一篇、表十七篇、疏一篇、章二篇、啓四十六篇、書十九篇、序七篇、論二篇、七體一篇、頌五篇、銘十二篇、碑八篇、連珠一篇、墓誌銘十四篇、誄一篇、哀辭一篇、文五篇、祭文二篇和疏三篇,卷二爲樂府六十三篇、詩一百七十九篇,總爲四百二十七篇。相較於張燮本,啓體增益三篇,即《重請御講啓》《又請御講啓》和《重謝上降爲開講啓》。銘體少一篇,即《紗扇銘》。詩少二篇,即聯句體的《曲水聯句》和《八關齋夜賦四城門更作四首》。附錄有《本紀》。書中眉端或篇末有何紹基評點,如《梁簡文帝集題詞》篇末何批"文必內典,詩必輕艷,自爲矛盾,大不可解"。《昭明太子集序》眉端何批"殘篇已如此冗長",《吳郡石像碑》眉端何批"事亦奇,或杜撰耶"。

書中鈐"龔氏蘅圃倚柯亭圖書""學閒館藏珍"兩印。該集爲《漢魏六朝百三名家集》叢編的一種,係何紹基舊藏,現藏武漢大學圖書館,編目書號 G810.0823/1133。《叢刊》即據該本影印,收在第八十二冊。

217. 庾度支集一卷

南朝梁庾肩吾撰,明張溥輯。明婁東張氏刻《漢魏六朝百三名家集》本。清何紹基評點。一冊。

九行十八字,白口、左右雙邊、單魚尾。版心上鐫"庾度支集",中鐫"卷全"和葉次。卷端題"庾度支集卷全",次行、第三行均低九格分別題"梁新野庾肩吾著""明太倉張溥閲"。卷首有張溥《庾度支集題詞》,次《梁庾度支集目録》。

庾肩吾(487—551)字子慎,南朝梁新野(今屬河南新野)人。庾信父,初爲晉安王蕭綱常侍,與劉孝威等稱爲高齋學士。蕭綱稱帝,任度支尚書,撰有《書品》。《梁書》卷四十九、《南史》卷五十有傳。

《南史》本傳稱"文集行於世",則梁時編有庾肩吾作品集。而見於史志著録始自《隋志》,題"梁度支尚書庾肩吾集十卷"。《舊唐志》著録同《隋志》,大致唐末散佚不傳(《新唐志》著録者祇是存録書名)。南宋初尤袤的《遂初堂書目》著録《庾肩吾詩》,屬南宋人的重編本詩集。至《宋志》又著録《庾肩吾集》二卷,仍屬重編本,或即《遂初堂書目》著録者。現存庾肩吾集最早的輯本爲張燮的《七十二家集》本《庾度支集》四卷,張溥本即以張燮本爲基礎。據卷首目録,收文爲表二篇、章一篇、啓二十五篇、序二篇、論一篇、銘二篇、樂府八篇、詩七十六篇和聯句二篇,總爲一百十九篇。附録有《本傳》。書中眉端有何紹基評點。

該集爲《漢魏六朝百三名家集》叢編的一種,係何紹基舊藏,現藏武漢大學圖書館,編目書號 G810.0823/1133。《叢刊》即據該本影印,收在第八十三冊。

218. 王詹事集一卷

南朝梁王筠撰,明張溥輯。明婁東張氏刻《漢魏六朝百三名家集》本。一冊。

九行十八字,白口、左右雙邊,單魚尾。版心上鎸"王詹事集",中鎸"卷全"和葉次。卷端題"王詹事集卷全",次行、第三行均低七格分別題"梁瑯琊王筠元禮著""明太倉張溥天如閱"。卷首有張溥《王詹事集題詞》,次《梁王詹事集目録》。

王筠(481—549)字元禮,又字德柔,王僧虔之孫,南朝梁瑯琊臨沂(今屬山東臨沂)人。纍官至光禄大夫、司徒左長史,自輯其文編爲作品集,以一官爲一集。《梁書》卷三十三、《南史》卷二十二有傳。

《南史》本傳稱"敕撰中書表奏三十卷,及所上賦頌都爲一集","自撰其文章,以一官爲一集,自洗馬中書中庶吏部左佐臨海太府各十卷,《尚書》三十卷,凡一百卷行於世"。王筠自編其集,各繫以七種官職爲集名,總爲七十卷。見於史志著録則始自《隋志》,題"梁太子洗馬王筠集十一卷"(小注"並録")、"王筠中書集十一卷"(小注"並録")、"王筠臨海集十一卷"(小注"並録")、"王筠左佐集十一卷"(小注"並録")和"王筠尚書集九卷"(小注"並録"),總爲四十八卷,不計目録在内。"梁太子洗馬王筠集十一卷"當即本傳所稱的洗馬集十卷。而"尚書集"九卷當即太府集,據本傳稱"出爲臨海太守,歷秘書監太府卿度支尚書,及簡文即位爲太子詹事"。相較於本傳所載,闕佚中書集和吏部集二十卷。至《舊唐志》著録洗馬集十卷、中庶子集十卷、左右(右當爲佐之誤)集十卷、臨海集十卷、中書集十卷和尚書集十一卷六種凡六十卷(不計尚書集的目録一卷在内),仍闕佚吏部集十卷。大致唐末王筠此數種集本均佚而不傳(《新唐志》著録者祇是存録書名),現存王筠集最早的輯本爲張燮的《七十二家集》本《王詹事集》二卷。

此張溥輯本即以張燮本爲基礎,據卷首目録收文爲《蜀葵花賦》《爲第六叔讓重除吏部尚書表》《爲從兄讓侍中表》《爲王儀同瑩初讓表》《上太極表》《答湘東王示忠臣傳箋》《與諸兒論家世集書》《與長沙王别書》《與東陽盛法師書》《與雲僧正書》《答釋法雲書》《與瑗律師書》《自序》《雲陽記》《開善寺碑》《國師草堂寺智者約法師碑》《昭明太子哀策文》《有所思》《陌上桑》《俠客篇》《三婦艷》《雜曲二首》《行路難》《楚妃吟》《侍宴餞臨川王北伐應詔》《早出巡行矚望山海》《北寺寅上人房望岫翫前池》《和衛尉新渝侯巡城口號》《寓直中庶坊贈蕭洗馬》《奉和皇太子懺

悔應詔》《和皇太子懺悔》《和吴主簿六首》《代牽牛答織女》《苦暑》《五日望採拾》
《奉酬從兄臨川桐樹》《摘安石榴贈劉孝威》《東南射山》《春遊》《春日》《向曉閨情》
《望夕霽》《和孔中丞雪里梅花》《摘園菊贈謝僕射舉》《答元金紫餉朱李》《詠輕利
舟應臨汝侯教》《詠燈檠》《詠蠟燭》《和蕭子范入元襄王第》《閨情》《東陽還經嚴陵
瀨贈蕭大夫》和《遊望》，總爲五十二篇。附録有《本傳》。

該集爲《漢魏六朝百三名家集》叢編的一種，係何紹基舊藏，現藏武漢大學圖
書館，編目書號 G810.0823/1133。《叢刊》即據該本影印，收在第八十三册。

219. 梁元帝御製集十卷

南朝梁元帝蕭繹撰，明張燮輯。明天啓崇禎間刻《七十二家集》本。三册。

九行十八字，白口、左右雙邊，單魚尾。版心上鎸"梁元帝集"，中鎸卷次和葉
次。卷端題"梁元帝御製集卷之一"，次行低六格題"梁世祖孝元皇帝蕭繹著"。卷
首有《梁元帝御製集目録》，目録首葉低六格題"明海濱逸史張燮紹和纂"。

蕭繹(508—555)字世誠，小字七符，梁武帝第七子。天監十三年(514)封湘東
王，歷會稽太守，入爲侍中、丹陽尹。普通中爲荆州刺史，大同中爲江州刺史。大寶
三年(552)即位於江陵，亡於西魏，追尊爲元帝。博學善屬文，撰有《金樓子》等。
《梁書》卷五、《南史》卷八有傳。

《梁書》本紀稱"著述辭章多行於世，所著文集五十卷"，而《金樓子·著書篇》
稱集爲三帙三十卷。四庫館臣稱："案《梁書》本紀文集五十卷，《隋書·經籍志》作
五十二卷，又有小集十卷。疑作此書時方三十卷，非訛也。"文集存在隨作隨編的現
象，即作品屢有編入而致集子的卷第相應有差異。蕭繹集最早見於《隋志》著録，
題"梁元帝集五十二卷""梁元帝小集十卷"。至《舊唐志》則著録梁元帝集爲五十
卷，當即《隋志》著録本，推測目録爲兩卷，《舊唐志》未將目録計在内。《舊唐志》也
著録小集十卷。大致唐末五代之際，元帝集及小集均佚而不傳(《新唐志》著録者
祇是存録書名)。《直齋書録解題》著録梁元帝詩一卷，屬詩集，乃南宋時期的重編
本。此詩集一卷，已不見於《宋志》著録，大概宋元之際也不傳於世。此張燮本是

現存蕭繹集最早的輯本,據卷首目録,收文爲卷一賦體九篇,卷二樂府十七篇、詩三十一篇,卷三詩五十五篇、聯句一篇、辭一篇,卷四詔六篇、敕三篇、檄一篇、教一篇,卷五令八篇,卷六表六篇、啓二十三篇,卷七書十五篇,卷八序十篇,卷九論二篇、碑十七篇,卷十銘四篇、贊一篇、諡議一篇、墓誌銘八篇和祭文三篇,總爲二百二十三篇。附録一卷,内容包括姚思廉《世祖本紀略》、李延壽《世祖本紀略》、裴子野《丹陽尹湘東王善政碑》等篇,次《遺事》《集評》。

此本係《七十二家集》叢編本的一種,現藏中國國家圖書館,編目書號 A01785。《叢刊》即據該本影印,收在第八十三册。

220. 梁元帝集一卷

南朝梁元帝蕭繹撰,明張溥輯。明婁東張氏刻《漢魏六朝百三名家集》本。清何紹基評點。一册。

九行十八字,白口、左右雙邊,單魚尾。版心上鎸"梁元帝集",中鎸"卷全"和葉次。卷端題"梁元帝集卷全",次行低八格題"明太倉張溥閲"。卷首有張溥《梁元帝集題詞》,次《梁元帝集目録》。

此本以張燮本爲基礎,據卷首目録,收文爲賦體九篇、詔體七篇、令八篇、敕三篇、教一篇、表五篇、啓二十五篇、書二十一篇、檄一篇、論二篇、議一篇、序十四篇、贊六篇、銘四篇、碑十五篇、墓誌八篇、祭文三篇、騷一篇、樂府十八篇和詩八十四篇,總爲二百三十六篇。相較於張燮本,樂府增益一篇即《采蓮曲》,詔增益一篇即《詔褒庾詵與劉之遴》,表少一篇即《上穀克軍糧表》,啓增加二篇即《謝賜功德净饌一頭啓》《又謝賚功德食一頭啓》,書增益五篇即《答廣信侯書》《與魏書》《報顔之儀獻神洲頌》《下荆州》《與王僧辯帛書》,序增益四篇即《廬山碑序》《揚州梁安寺碑序》,贊增益五篇即《忠臣傳寄託篇贊》《忠臣傳諫諍篇贊》《忠臣傳執法篇贊》《孝德傳皇王篇贊》《孝德傳天性篇贊》,碑少二篇即《廬山碑》《揚州梁安寺碑》,增益騷體一篇即《秋風搖落》。附録有《本紀》。書中眉端有何紹基評點,如《玄覽賦》眉端有何批"疑脱句"。卷末有何氏題識,稱"丁卯四月十八日蝯叟閲"。

書中鈐"龔氏蘅圃倚柯亭圖書"一印。該集爲《漢魏六朝百三名家集》叢編的
一種,係何紹基舊藏,現藏武漢大學圖書館,編目書號 G810.0823/1133。《叢刊》即
據該本影印,收在第八十四册。

221. 高令公集一卷

北朝北魏高允撰,明張溥輯。明婁東張氏刻《漢魏六朝百三名家集》本。清何
紹基評點。一册。

九行十八字,白口、左右雙邊、單魚尾。版心上鐫"高令公集",中鐫"卷全"和
所載篇目的文體名及葉次。卷端題"高令公集卷全",次行、第三行均低八格分別
題"魏渤海高允伯恭著""明太倉張溥評閱"。卷首有張溥《高令公集題詞》,次《高
令公集目録》。

高允(390—487)字伯恭,北魏渤海(今屬河北)人。太武帝時徵爲中書博士,
領著作郎。文成帝時,官至中書令,卒諡文。《魏書》卷四十八、《北史》卷三十一
有傳。

《魏書》本傳稱"別有集行於世",則北魏時已有高允集之編,不題卷數。按《北
史·崔浩傳》云:"浩誅,中書侍郎高允受救收浩家書,始見此詩,允知其意。允孫
綽録於允集。"姚振宗據此稱:"則是集似其孫高綽所編次,附有崔宏詩。"(《隋書經
籍志考證》)見於史志著録始自《隋志》,題"後魏司空高允集二十一卷"。《舊唐
志》著録爲二十卷,可能是不計目録一卷在内,實即《隋志》著録本。大致唐末散佚
不傳,《新唐志》著録者衹是存録書名。現存高允集最早的輯本爲張燮《七十二家
集》本《高令公集》二卷,此張溥輯本即以張燮本爲基礎。據卷首目録,收文爲《鹿
苑賦》《進天文要略表》《郡國建學表》《矯頹俗疏》《諫起宫室疏》《諫東宫上書》《答
宗欽書》《北伐頌》《徵士頌》《著論》《酒訓》《祭岱宗文》《羅敷行》《王子喬》《答宗
欽十三章》和《詠貞婦彭城劉氏八章》,總爲十六篇。附録有《本傳》。書中眉端有
何紹基評點。

該集爲《漢魏六朝百三名家集》叢編的一種,係何紹基舊藏,現藏武漢大學圖

書館,編目書號 G810.0823/1133。《叢刊》即據該本影印,收在第八十四册。

222. 温侍讀集一卷

北朝北魏温子昇撰,明張溥輯。明婁東張氏刻《漢魏六朝百三名家集》本。清何紹基評點。一册。

九行十八字,白口、左右雙邊,單魚尾。版心上鐫"温侍讀集",中鐫"卷全"和所載篇目的文體名及葉次。卷端題"温侍讀集卷全",次行、第三行均低七格分别題"魏濟陰温子昇鵬舉著""明太倉張溥天如閱"。卷首有張溥《温侍讀集題詞》,次《温侍讀集目録》。

温子昇(495—547)字鵬舉,北魏濟陰冤句(今屬山東菏澤)人。熙平初補御史,歷任廣陽王淵行臺郎中、南主客郎中、中書舍人等職,永熙中爲侍讀兼舍人,縈官至散騎常侍、中軍大將軍。因見疑於齊文襄,而餓死晉陽獄中。《魏書》卷八十五、《北史》卷八十三有傳。

《魏書》本傳稱:"太尉長史宋游道收葬之,又爲集其文筆爲三十五卷。又撰《永安記》三卷。"則北魏時温子昇的作品即由宋游道編定爲三十卷集本。姚振宗稱:"案三十五卷、《永安記》三卷爲三十八卷,並録一卷爲三十九,與本志卷數適合。"(《隋書經籍志考證》)《隋志》著録即題"後魏散騎常侍温子昇集三十九卷"。《舊唐志》著録爲二十五卷,《新唐志》著録爲三十五卷,疑二十五乃三十五之訛,即不含《永安記》三卷在内。大致唐末散佚不傳,《新唐志》著録者祇是存録書名。現存温子昇集最早的輯本爲張燮《七十二家集》本《温侍讀集》二卷,此張溥本即以張燮本爲基礎。據卷首目録,收文爲《爲魏莊帝閒閶門赦詔》《爲莊帝生皇太子赦詔》《爲魏帝遷都拜廟鄴宮赦詔》《天平元年被命作答齊神武敕》《魏帝納后群臣上禮文表》《西河王謝太尉表》《爲司徒高敖曹謝表》《爲臨淮王謝開封府尚書令表》《爲南陽王讓尚書表》《爲上黨王穆讓太宰表》《爲廣陵王讓吏部尚書表》《爲安豐王延明讓國子祭酒表》《爲廣陽王北征請大將表》《爲廣陽王淵上書》《爲廣陽王淵上書》《鐘銘》《舜廟碑》《寒陵山寺碑》《大覺寺碑》《印山寺碑》《定國寺碑》《常山公主碑》

《司徒元樹墓誌銘》《司徒祖塋墓誌》《閶闔門上梁祝文》《白鼻騧》《結襪子》《安定侯曲》《燉煌樂》《涼州樂歌二首》《搗衣》《從駕幸金墉城》《春日臨池》《詠花蝶》和《相國清河王挽歌》，總爲三十五篇。附録有《本傳》。書中眉端有何紹基評點。

該集爲《漢魏六朝百三名家集》叢編的一種，係何紹基舊藏，現藏武漢大學圖書館，編目書號 G810.0823/1133。《叢刊》即據該本影印，收在第八十四册。

223. 邢特進集一卷

北朝北齊邢邵撰，明張溥輯。明婁東張氏刻《漢魏六朝百三名家集》本。一册。

九行十八字，白口、左右雙邊，單魚尾。版心上鎸“邢特進集”，中鎸“卷全”和所載篇目的文體名及葉次。卷端題“邢特進集卷全”，次行、第三行均低八格分别題“齊河間邢邵子才著”“明太倉張溥天如閱”。卷首有張溥《邢特進集題詞》，次《邢特進集目録》。

邢邵(496—?)字子才，北齊河間鄚(今屬河北任丘)人。北魏時除奉朝請，遷著作佐郎，纍官至侍中。文襄輔政除給事黄門侍郎，進入北齊任驃騎將軍、中書令等職，授特進。《北齊書》卷三十六、《北史》卷四十三有傳。

《北齊書》本傳稱“有集三十卷見行於世”，又《洛陽伽藍記》稱“所製詩賦詔策章表碑頌贊記五百篇，皆傳於世”，則北齊時已編有邢邵作品集。《隋志》著録題“北齊特進邢子才集三十一卷”，當即本傳記載之本，溢出的一卷應爲目録一卷。《舊唐志》著録爲三十卷，不計目録一卷在内。大致唐末散佚不傳，《新唐志》著録者衹是存録書名。現存邢邵集最早的輯本爲張燮《七十二家集》本《邢特進集》二卷，此張溥輯本即以張燮本爲基礎。據卷首目録，收文爲《新宫賦》《爲齊文宣受禪敕詔》《百官賀平石頭表》《賀老人星表》《爲文襄讓尚書令表》《爲李衛軍以國子祭酒讓東平王表》《爲彭城王詔讓侍中表》《爲潘司徒樂讓表》《爲司空景讓表》《請置學及修立明堂奏》《答袁肇修書》《遺辛術書》《蕭仁祖集序》《皇太子東面議》《宫吏之姓與太子同名議》《改葬服議》《訊囚請占議》《甘露頌七首》《文襄金像銘》《獻武皇帝寺銘》《廣平王碑》《冀州刺史封隆之碑》《景明寺碑》《并州寺碑》《文宣帝謚議》《文宣帝哀策文》《太尉韓公墓誌》《李禮之墓誌》《思公子》《三日華林園公宴》《冬夜酬魏少傅直史館》《冬日傷志篇》《七夕》《齊韋道遜晚春宴》《應詔甘露詩》和《賀老人星詩》,總爲三十六篇。附録有《邢邵傳》。

書中鈐"龔氏蘅圃倚柯亭圖書"一印。該集爲《漢魏六朝百三名家集》叢編的一種,係何紹基舊藏,現藏武漢大學圖書館,編目書號 G810.0823/1133。《叢刊》即據該本影印,收在第八十四册。

224. 魏特進集一卷

北朝北齊魏收撰,明張溥輯。明婁東張氏刻《漢魏六朝百三名家集》本。清何紹基評點。一册。

九行十八字,白口、左右雙邊,單魚尾。版心上鎸"魏特進集",中鎸"卷全"和所載篇目的文體名及葉次。卷端題"魏特進集卷全",次行、第三行均低八格分别題"齊鉅鹿魏收伯起著""明太倉張溥天如閱"。卷首有張溥《魏特進集題詞》,次《魏特進集目録》。

魏收(505—572)字伯起,小字佛助,北齊鉅鹿下曲陽(今屬河北晉州)人。機警能文,與溫子昇、邢邵號爲北朝三才子。官至尚書右僕射,編修國史,撰有《魏書》。《北齊書》卷三十七、《北史》卷五十六有傳。

《北齊書》本傳稱"有集七十卷",則北齊時即編有魏收作品集。《隋志》著録題"北齊尚書僕射魏收集六十八卷",相較於本傳所載之本闕佚二卷。《舊唐志》著録題七十卷,大致唐末散佚不傳,《新唐志》著録者衹是存録書名。現存魏收集最早的輯本爲張燮《七十二家集》本《魏特進集》三卷,此張溥輯本即以張燮本爲基礎。據卷首目録,收文爲《爲武成帝以三台宮爲大興盛寺詔》《爲魏禪齊詔》《爲齊文宣西討詔》《加齊王九錫册文》《禪齊帝册文》《上魏書十志啓》《爲侯景叛移梁朝文》《爲東魏檄梁文》《與李德林書》《重遺李德林書》《皇太子西面議》《枕中篇》《爲齊即位告天文》《北齊三部一切經願文》《祭荆州刺史陰道方文》《美女篇》《永世樂》《櫂歌行》《挾琴歌》《後園宴樂》《喜雨》《看柳上鵲》《晦日泛舟應詔》《月下秋宴》

《五日》《庭柏》和《蠟節》，總爲二十七篇。附録有《魏收傳》。書中眉端有何紹基評點，如《爲東魏檄梁文》"王侯無種，工拙在人。凡百君子，勉求多福"句，眉端何批"詞筆犀利"。卷末有何氏題識，"丁卯八月卅日閱至此，蝯叟"。

該集爲《漢魏六朝百三名家集》叢編的一種，係何紹基舊藏，現藏武漢大學圖書館，編目書號 G810.0823/1133。《叢刊》即據該本影印，收在第八十四册。

225. 王司空集一卷

北朝北周王褒撰，明張溥輯。明婁東張氏刻《漢魏六朝百三名家集》本。一册。

九行十八字，白口、左右雙邊，單魚尾。版心上鐫"王司空集"，中鐫"卷全"和葉次。卷端題"王司空集卷全"，次行、第三行均低九格分别題"周琅琊王褒著""明太倉張溥閱"。卷首有張溥《後周王司空集題詞》，次《王司空集卷全目録》。

王褒（？—577）字子淵，北周琅琊臨沂（今山東臨沂）人。王儉曾孫，梁元帝時召拜吏部尚書左僕射。江陵陷，入西魏被留不返，北周時官至宜州刺史。《周書》卷四十一、《北史》卷八十三有傳。

王褒作品編稱"集"始見於《隋志》著録，題"後周小司空王褒集二十一卷"，小注稱"並録"，則本集爲二十卷。《舊唐志》著録爲二十卷，則不計目録一卷在内，大致唐末散佚不傳（《新唐志》著録者祇是存録書名）。現存王褒集最早的輯本爲張燮《七十二家集》本《王司空集》三卷，張溥本即以張燮本爲基礎。據卷首目録，該本收文爲詔三篇、表三篇、啓二篇、書一篇、序一篇、箴一篇、銘二篇、碑九篇、祭文一篇、文二篇、樂府十八篇和詩二十九篇，總爲七十二篇。附録有《本傳》。卷末有何紹基題識，稱"丁卯十月初七，蝯叟記"。

書中鈐"龔氏蘅圃倚柯亭圖書"一印。該集爲《漢魏六朝百三名家集》叢編的一種，係何紹基舊藏，現藏武漢大學圖書館，編目書號 G810.0823/1133。《叢刊》即據該本影印，收在第八十五册。

226. 王司空詩集注不分卷

北朝北周王褒撰，清段朝端注。稿本。六册。

九行二十二字,藍格,白口、四周雙邊,單魚尾。卷端題"北周王司空集注",次行低九格題"淮安山陽段朝端笏林輯"。卷首有《王氏世系圖》,次《北史本傳》《周書本傳》《梁書本傳》和《附録》。

此本爲段朝端注釋王褒集的稿本,引用經史等典籍中的事典作注。如《關山篇》"從軍出隴阪"句注云:"王粲《從軍詩》:從軍有苦樂,但問所從誰。張衡《四愁詩》:欲往從之隴阪長。注應劭曰:天水有大坂名曰隴坂。《秦州記》曰:隴阪九曲,不知高幾里。李善《西京賦》注:《漢書音義》應劭曰天水有大坂曰隴坻。《漢書·地理志》注師古曰:隴坻謂隴坂,即今之隴山也。"注釋之外又有段氏本人的按語,均以"朝端按"朱色小戳印標識。如《從軍行二首》"朝端按:郭茂倩《樂府詩集》卷三十二引此,卷三十三又截下一首起四句爲一章,標題曰遠征人,舛誤已甚。"眉端又有批注,似屬集注成書後又進行的批注,大抵屬補充性的注釋。如《長安道》"塵影雜衣風"句眉批"張融《海賦》:袖輕羽以衣風。"又《燕歌行》"惟有漠北薊城雲"句眉批"《説文》:漠,北方流沙也。"該稿本中的注釋和按語,基本過録自編目書號綫善 T78958－59 一部稿本,故應視爲王褒集注的謄録稿本。

書中鈐"段朝端印""蔗叟"兩印,現藏上海圖書館,編目書號綫善 T78958－57。《叢刊》即據該本影印,收在第八十六册。

227. 王司空詩集注不分卷

北朝北周王褒撰,清段朝端注。稿本。二册。

行字不等。

段朝端(1844—1925)字笏林,號蔗叟、蔗湖退叟,清末民國初江蘇淮安人。近代學者,出生於書香門第,撰有《怡怡軒詩草》。

此本分爲上下兩册,上册書衣題"佛影龕箋注周司空王褒集上",下册書衣題"習隱簃箋注王褒集下,光緒丙子(1876)夏五月,小異自署"。注釋及按語寫在浮簽中,以清刻本《群芳譜》襯底而粘貼於上。凡注釋及按語經謄録者,以"抄過"戳印標識,即謄録爲編目書號 T78958－57 一部稿本。以之與謄録稿本相校存在差異,表現在謄録稿本中又加以補充性注釋。如《赦詔》"有僭過者",浮簽注作"《史記·三王世家》:厥有僭不臧,乃凶于而国",而謄録稿本作"《史記·三王世家》:厥有僭不臧,乃凶於而國。《北史·張彝傳》:彝清身奉法,求其僭過,遂無所得。"或又作删減式的修訂,如"純懿之性本均"句,浮簽注作"張衡《思玄賦》:姑純懿之所廬。張衡《東京賦》:今捨純懿而論爽德。《魏志·文帝紀》:皓降逮五帝,繼以懿純。袁彦伯《三國名臣序贊》:子瑜都長,體性純懿。蔡邕《胡公碑銘》:考以德行純懿,官至交趾都尉。"其中所引的《思玄賦》《魏志·文帝紀》兩條未蓋"抄過"戳印,當未經謄録。檢謄録稿本,此兩條確未經鈔録。鈔録者也稍作改動,如《三國名臣序贊》删去"子瑜都長"四字。據此稿本的性質,可定爲王褒集注的初稿本。

書中鈐"段朝端印""蔗姕""小異""大號"諸印,現藏上海圖書館,編目書號綫善 T78958-59。《叢刊》即據該本影印,收在第八十五册。

228. 庾開府詩集四卷

北朝北周庾信撰。明正德十六年(1521)朱承爵存餘堂刻本。一册。

十一行二十字,白口、左右雙邊,單魚尾。版心中鎸"庾集"和卷次及葉次。卷端題"庾開府詩集卷一",次行低十二格題"庾信子山"。卷首有《庾開府詩集序》,卷四末有正德辛巳(1521)朱承爵跋。

庾信(513—581)字子山,北周南陽新野人。初仕南朝梁,奉使西魏,羈留不還。西魏亡,又仕北周,官至驃騎大將軍、開府儀同三司,隋開皇元年卒。《周書》卷四十一、《北史》卷八十三有傳。

《北史·文苑傳》庾信本傳稱"有文集二十卷",則北周時已編有作品集。按宇文逌《庾開府集序》云:"昔在揚都,有集十四卷,值太清罹亂,百不一存。及到江陵,又有三卷,即重遭軍火,一字無遺。今之所撰,止入魏以來,爰泊皇代,凡所著述合二十卷,分成兩帙,付之後爾。"此序撰寫於大象元年(579),庾信時年六十有七,是入北之後詩文創作的結集。宇文逌撰寫集序,而集子的編者應該是庾信本人。庾信集著録於史志始自《隋志》,題"後周開府儀同庾信集二十一卷",小注"並録",

即含目録一卷在内。當即本傳所載之集,亦即宇文逌所序之本。但庾信編完集後至開皇元年方卒,此兩年内或仍有詩文之作,故《隋志》著録本可能也編入了新作的詩文。據《北史·魏澹傳》記載,太子楊勇曾命澹注庾信集。《舊唐志》仍著録爲二十卷,南宋初晁公武的《郡齋讀書志》、陳振孫《直齋書録解題》、《文獻通考·經籍考》和《宋志》著録均同《舊唐志》。陳振孫云:"今集止自入魏以來所作,而《哀江南賦》實爲首冠。"《宋志》還著録《哀江南賦》一卷單行本。明代尚存此二十卷本,《世善堂藏書目録》即著録《庾開府集》二十卷,明人朱曰藩所撰《庾開府詩集序》也稱:"信他文賦往往雜見,不暇編輯,且意是二十卷,人間尚有藏者。"又錢曾云:"庾信全集二十卷,藏之天府。"(《讀書敏求記》)大致明清之際,此二十卷本佚而不傳。《四庫全書總目》云:"元末明初尚有重編之本,今亦未見此本。雖冠以滕王逌序,實由諸書鈔撮而成,非其原帙也。"

此本屬現存庾信集最早的輯本,屬詩集,朱承爵跋云:"集止録其詩,而文不載,觀序末引少陵語爲正,其刻在唐之後無疑……余因重刻其集於存餘堂。"卷首序未署作者和作年,惟序末云:"尤善工詩,杜子美謂'清新庾開府'者是也。"則撰於唐之後無疑,疑爲宋代書賈所爲,推測宋代流傳有庾信詩集的單行本。該本當據宋本庾信詩集重刻,收詩一百六十六篇,其中有四篇系重出(卷四《從軍行》《詠春》《奉梨》和《奉和平鄴》,分別又見於卷二《同盧記室從軍》《五言詠畫屏風詩二十五首》之五、卷三《奉梨》和卷二《奉和平鄴應詔》,相互之間存在異文),實際爲一百六十二篇,另加"樂歌"六篇,總爲一百六十八篇。另卷末補鈔《七夕》詩一首,見於趙均本《玉臺新詠》。

書中鈐"曹琰之印""彬俟""古虞曹氏藏書""顧肇聲讀書記""樹蓮""樸學齋""養拙齋"諸印,清曹炎舊藏,現藏中國國家圖書館,編目書號4503。《叢刊》即據該本影印,收在第八十七册。

229. 庾開府集二卷

北朝北周庾信撰。明嘉靖刻《六朝詩集》本。黃丕烈校並跋。二册。

十行十八字，白口、左右雙邊，無魚尾。版心中鐫"庾集"和卷次及葉次。卷端題"庾開府集卷上"。卷首有《庾開府詩集序》，卷末有黃丕烈補鈔詩兩篇，次過録正德辛巳朱承爵跋，次跋。

此本乃黃丕烈以《六朝詩集》本庾信詩集爲底本，校以朱承爵存餘堂本，卷上卷端葉眉端即題"存餘堂刻本校"。校勘緣起，黃跋云："余向收李鑑明古家書，與友人張訒庵剖分之。此《庾開府詩集》四卷朱子儋刻本，係訒庵分得者。頃因檢《六朝詩集》，借歸手校。適坊間有《六朝詩集》零種，遂手校如右。朱本卷首一卷同於錢述古所見舊鈔本，遵王云爾。而有多詩二首，同勝於《六朝詩集》本矣，因記其異同於此。"黃校一般在眉端或地腳處，包括下述四類：其一，交待存餘堂本的行款和行列格式等，目的是呈現存餘堂本的面貌，不單純是校異文。如卷上卷端葉即題"存餘堂本每葉二十二行，每行二十字"。地腳處則校稱"庾信一行，詩一行，十首二字側注"，按存餘堂本卷端第一行題名之外，尚在第二行題"庾信子山"，第三行題"詩"，第四行題詩篇名"奉和永豐殿下言志十首"，且詩題中的"十首"兩字乃小字側注。與該本第二行即題詩篇名不同，兩本之間存在行列之異。其二，校異文。異文屬異體字者則祇校出存餘堂本中的異體之字，屬非異體字者則以"某作某"的格式出校記。如卷上《對酒歌》詩眉端校記"藉""晡作脯"，前者即指"春洲籍芳杜"句中的"籍"字，存餘堂本作"藉"，兩字屬異體字的關係。後者則指"日曝山頭晡"句中的"晡"字，存餘堂本作"脯"。黃氏校記也偶作判斷，校出是非。如卷上《和張侍中述懷》詩眉端校記"榮復二字倒，誤"，即指"無復榮期樂"句，存餘堂本作"無榮復期樂"，是錯誤的。其三，校正文之外的附加性文獻細節。如卷上《入道士館》詩眉端校記"有'去聲'二字小注"，指"山中篸筍皮"句中的"篸"字，存餘堂本該字下有小注"去聲"（存餘堂本作"篸筍"）。其四，校篇目之異。如卷下《賦得鸞臺》詩眉端校記"此處多《奉和平鄴》一首"，指存餘堂本該詩前又有《奉和平鄴》詩。也指出該本中存在篇目重出，如卷下《五言詠畫屏風詩二十五首》其五眉端校記"案此首重，見後，題作《詠春》"，即指該首詩又作爲獨立的一首《詠春》詩收在集子里。

書中鈐"蕘翁手校"一印,黃丕烈舊藏,現藏中國國家圖書館,編目書號4440。《叢刊》即據該本影印,收在第八十七冊。

230. 庚子山集十六卷

北朝北周庾信撰,明屠隆評。明屠隆刻《徐庾集》本。二冊。

九行二十字,白口、四周單邊,單魚尾。版心上鐫"庚子山集",中鐫卷次和所載篇目的文體名及葉次,眉上鐫評。卷端題"庚子山集卷一",次行低三格題"北周新野庾信著,明東海屠隆評"。卷首有《庾信本傳》,次《庚子山集目錄》。

屠隆(1542—1605)字長卿,又字緯真,號赤水、鴻苞居士,明代鄞縣(今屬浙江寧波)人。萬曆五年(1577)進士,任潁上和青浦知縣,後遷禮部主事,撰有《考槃餘事》《游具雅編》等。《明史》卷二百八十八有傳。

此本爲屠隆刻本,與徐陵集合刻,因序題稱"徐庾集"而定爲"徐庾集本"。屠序稱:"今披徐庾集,有不入波斯之航也哉?故合而錄之,爲藝苑之筌筥,製作之粉黼。"未言所披讀的徐陵集出自何人所編。據卷首目錄,所收篇目爲卷一賦十五篇、卷二樂府十四篇、卷三至六詩一百六十四篇、卷七樂歌六篇、卷八表十二篇、卷九啓十六篇、卷十連珠一篇、卷十一書序傳教各一篇和文三篇,卷十二贊二篇、銘十篇,卷十三至十四碑十四篇、卷十五至十六誌銘二十一篇,總爲二百八十二篇。其中卷二樂府中的《昭君辭應詔》《王昭君》兩篇,朱曰藩本作《昭君怨二首》,應視爲一篇。《烏夜啼》兩篇,朱曰藩本作《烏夜啼》二首,同樣視爲一篇。卷六中的《賦得集池雁》和《詠雁》兩篇,朱曰藩本合爲一篇,應視爲一篇。另收錄非庾信所作的兩篇墓誌銘,即《彭城公夫人爾朱氏墓誌銘》和《伯母東平郡夫人李氏墓誌銘》,故實際收詩文二百七十七篇。所收的詩,比朱曰藩本增益兩篇,即《贈周處士》和《尋周處士弘讓》,張燮《七十二家集》本庾信集也未收此兩篇詩。眉端鐫刻屠氏本人評點,主要包括三類:其一屬遣詞造句的藝術鑒賞或藝術手法的揭櫫,如卷一《三月三日華林園馬射賦》"華蓋平飛,風鳥細轉"句,眉評稱"祇此八字便覺無限逶迤,筆端有縮地神法";卷三《奉報趙王出師在道賜詩》"彎弓伏石動"句眉評"伏字妙絕"。其二屬創作手法源流的揭櫫,如卷一《小園賦》眉評稱"蘇家小賦亦從子山脱胎",卷二《道士步虚詞》其十眉評稱"全本景純《遊仙詩》",卷五《喜晴》眉評稱"王孟之鼻祖"。其三屬詩文之篇的整體品鑒,如卷三《擬詠懷》其十六眉評稱"似粗非粗,似拙非拙,此詩是也"。

書中鈐"江安傅沅叔藏書記"一印,傅增湘舊藏,現藏中國國家圖書館,編目書號79327。《叢刊》即據該本影印,收在第八十七至八十八册。

231. 庾開府詩集六卷

北朝北周庾信撰。明朱曰藩刻本。清宗舜年題識。二册。

十行十八字,白口、左右雙邊,單魚尾。版心中鐫"庾開府集"和卷次及葉次。卷端題"庾開府詩集卷一"。卷首有朱曰藩《庾開府詩集序》,次《周書庾信傳》。書衣有光緒己亥(1899)宗舜年題識。

此本之刻,朱序云:"予家故有鈔本庾信詩二卷,卷次無序且篇章重複,字畫舛脱,蓋好事家所藏備種數者爾。"所言鈔本庾信詩,當即《六朝詩集》本《庾開府集》兩卷。又云:"因取是本爲之校讎,本内《周圓丘》《方澤》《五帝》《宗廟》《大祫》《五聲調曲》諸樂章,則考之《隋書·音樂志》、郭茂倩《樂府詩集》等書。五、七言諸詩則考之《藝文類聚》《初學記》《文苑英華》等書。凡增入詩十二首,非信詩删去者二首,鼠正字三百四十有奇,其不可考者姑仍之,釐爲六卷,可繕寫。"知以《六朝詩集》本庾信詩爲底本,收詩一百六十九篇,其中《奉梨》重出實際爲一百六十八篇。而朱曰藩增入詩十二首,即卷二"樂府"《昭君怨》增益第一首,卷四增益《詠園花》一篇,卷五增益《庭前枯樹》《鏡》《擣衣》《對雨》《奉命使北初渡瓜步江》五篇,卷六增益《集池雁二首》《和迴文》《詠桂》《詠杏花》和《秋夜望單飛雁》五篇,總爲增益詩十一篇又一首,即該本收詩一百七十九篇。至於序所稱的"删去者二首",即《詠畫屏風詩》二十五首中的《昨夜》和《擣衣》兩首。書中有的詩篇刻有小注,如卷四《和穎公秋夜》篇題下小注稱"《初學》作上官儀詩",與序所稱的"考之《初學記》"相合。卷六末鐫刻木記題"吳下馬相陸宗華寫刻"字樣。

書中鈐"緣督爲經""藥券廎考藏書畫金石記""褚""褚儀之印""褚公禮""褚記""徐安""趙鈁珍藏""趙氏元方""無悔齋藏""無悔齋校讀記""天道忌盈人貴知足"諸印,經宗舜年、褚儀和趙元方等藏。現藏中國國家圖書館,編目書號11146。《叢刊》即據該本影印,收在第八十八冊。

232. 庾子山集十六卷年譜一卷總釋一卷

北朝北周庾信撰,清倪璠注/清倪璠撰。清康熙二十六年(1687)崇岫堂刻本。二十冊。

十行二十字,白口、左右雙邊,單魚尾。版心上鐫"庾子山集",中鐫卷次和所載篇目的文體名及葉次。卷端題"庾子山集卷之一",次行低十格題"錢唐倪璠魯玉注釋"。卷首有張溥序,次倪璠《注釋庾集題辭》,次倪璠編《庾子山年譜》《庾信本傳》、宇文逌序和《庾子山集目録》。卷末有倪璠《庾集總釋》。

倪璠,生卒年不詳,字魯玉,清代錢唐(今屬浙江杭州)人。康熙乙酉(1705)舉人,官內閣中書。生平事跡參見《清文獻通考》卷二百二十四。

此本爲倪璠的庾信集注本,並附所撰《年譜》和《總釋》。成書緣起,《題辭》云:"世之所謂庾開府集本,宋太宗諸臣所輯,分類鳩聚,後人鈔撰成書。故其中多不詮次,取而注之。文集凡十有六卷,並釋其序傳,撰《年譜》《世系圖》二篇。"注釋以引用經史等典籍中的事典爲主,也進行述作意義的注釋以串解文意。如卷三《奉報趙王出師在道賜詩》"雨歇殘虹斷,雲歸一雁征。暗巖朝石濕,空山夜火明。低橋潤底渡,狹路花中行"句,小注稱"觀此數語,知是從峽中行也"。卷四《奉和永豐殿下言志十首》"茫茫寶宇宙,與善定馮虛"句,小注稱"言宇宙茫茫,天與善人之説爲虛也"。卷六《周五聲調曲》"鬱盤舒棟宇"一章篇題下小注稱"此章言後周宮室之壯麗也"。同卷《商調曲》篇題下小注稱"商調曲者,歌其臣也。燕射賓客有諸侯、卿大夫,皆天子之臣,以商爲臣,故以商調歌其臣也"。同時也注出異文,如卷五《結客少年場行》"歌撩李都尉"句,"撩"字下出校語稱"一作嫽"。倪璠撰《總釋》的緣由,稱:"總釋者,以子山之文其辭富而贍,其義博而雅……是以字句之末,時有所脱漏。又或一語而二義並含,一事而兩家兼列。非謂自相紕繆,實欲酌其瑕玖,亦既粗陳梗概矣。其間繁詞縟義,苦覽者之勞倦,尚或闕焉。今次其前後,補其缺遺。自賦詩以下各爲條貫,並解釋評論總於此篇。"此本定爲康熙二十六年崇岫堂刻本,根據是相同版本(如國家圖書館藏 t294 一部)卷首有内扉葉,題"康熙二十六年鎸,錢唐倪魯玉注釋,庾開府全集,崇岫堂藏板"。該本此内扉葉已佚去。

書中鈐"蔣抑卮藏"一印,現藏上海圖書館,編目書號綫普長 279441‐60。《叢刊》即據該本影印,收在第八十九至九十一册。

233. 庾子山全集十卷

北朝北周庾信撰,清吳兆宜箋注。清康熙二十七年(1688)吳郡寶翰樓刻本。十册。

十行二十字,白口、左右雙邊,單魚尾。版心中鎸"庾箋"和卷次及葉次。卷端題"庾子山全集卷之一",次行低九格題"吳江吳兆宜縣令箋注"。卷首有《附録舊序》兩篇(即康熙壬戌徐樹穀序和徐炯序),次康熙戊辰(1688)吳兆宜《自敘》《附録諸家詩評》《凡例》《庾子山全集目録》《本傳》和《庾子山集序》。

此本爲倪璠注本之外,由吳兆宜所撰的又一種庾信集注本。作注以引用經史等典籍中的事典爲主,基本不作述解旨意。凡無法作注者則注明"未詳",如卷九《周大將軍崔說神道碑》"移民下邑,未學邊韶"句即注以"未詳"字樣。其注釋的體例,《凡例》稱:"集中所引事實有關辭義即數見者,必注曰見某處。至於地理、職官,既見一處,不復再詳,懼複也。"同時采用諸家之説,稱:"諸家如王君宛仲季寫、歸君元公、陸君拒石、葉君元禮專注《哀江南賦》,最後得胡君胐明所注各體,實獲我心,悉已采入集中,惜未見其全也。別有搜羅見貽者,不敢忘其所自,亦必登載姓名。"《凡例》也提到對於集中所收篇目的編次問題,六:"子山以梁人入仕西魏,因仕於周。其集中所載者非在梁,即入魏周之作。今本前後混淆,編次多舛。如《將命至鄴》等製,其爲在梁無疑。但無年表,未能一一更張,姑仍其舊云。"又云:"此賦(指《哀江南賦》)洵屬庾公晚年筆也,舊本列在《馬射賦》後,今以箋注繁冗另分爲一卷。"

關於此本的成書及刊刻過程,吳序云:"偶得庾徐二集讀之……取材宏博,使事奧辟,讀之不甚解者頗多。既閱鄭氏《通志》載子山《哀江南賦》注有唐人張庭芳、崔令欽、魏彦淵三家,惜皆不傳,無可考證。遂於經史子集、稗乘仙釋,咸捃摭搜采,如是者數年。凡心思所未及,耳目所或遺,則蓄疑摘句,旁詢博識,凡五易稿,稍有可據。庚申(1680)登東海先生家塾,益得泛覽傳是樓所藏,且日偕藝初、章仲昆弟尌酌討論,而二集箋注始備。吳門寶翰主人知好古,請余書壽之梓。予深愧固陋,不足傳遠,辭之。既而有慨庾賦三家注之淹没,遂以付之,爲述其始末如此。"書中注釋即采録徐氏兄弟之説,如卷一《三月三日華林園馬射賦》注即有"徐樹穀曰"云云,徐樹穀即徐藝初。又知刻書者爲吳門寶翰主人。按北大圖書館藏有一部清乾隆吳郡寶翰樓刻本,有内扉葉題"吳顯令先生輯注,箋注庾開府集,吳郡寶翰樓"。吳門寶翰主人當即指吳郡寶翰樓主人,據序定爲康熙二十七年吳郡寶翰樓刻本,屬該書的初刻本。乾隆刻者,當屬修版後印本。

書中鈐"寒玉山房讀書記"一印,現藏上海圖書館,編目書號綫普長006854。《叢刊》即據該本影印,收在第九十二至九十三册。

234. 沈侍中集一卷

南朝陳沈炯撰,明張溥輯。明婁東張氏刻《漢魏六朝百三名家集》本。一册。

九行十八字,白口、左右雙邊,單魚尾。版心上鐫"沈侍中集",中鐫"卷全"和所載篇目的文體名及葉次。卷端題"沈侍中集卷之全",次行、第三行均低九格分别題"陳吳興沈炯著""明太倉張溥閲"。卷首有張溥《沈侍中集題詞》,次《沈侍中集目録》。

沈炯(503—561)字初明,南朝陳吳興武康(今屬浙江德清)人。梁時任王國常侍,遷尚書左民侍郎,元帝時任給事黄門侍郎,領尚書左丞。江陵陷,入西魏爲儀同三司,後歸國。陳時官至明威將軍,卒贈侍中,謚曰恭子。《陳書》卷十九、《南史》卷六十九有傳。

《陳書》本傳稱"有集二十卷行於世"，則陳時已有作品集編本。按陳劉師知《侍中沈府君集序》稱"今乃撰西還所著文章名爲後集"，推斷當時作品集由劉師知編撰，且分爲前集和後集，當即《隋志》著録的"陳侍中沈炯前集七卷""陳沈炯後集十三卷"。兩集相合，即《陳書》著録的二十卷本。《舊唐志》著録前集作"六卷"，後集同《隋志》，大致唐末散佚不傳，《新唐志》著録者祇是存録書名。南宋尤袤的《遂初堂書目》著録沈炯集，不題卷數。《宋志》著録沈炯集七卷，與前集卷第相合；但應非前集，而是南宋以來的重編本。至遲元明之際，此七卷本亦不傳於世。現存沈炯集最早的編本爲張燮《七十二家集》本《沈侍中集》三卷，此張溥本即以張燮本爲基礎。據卷首目録，收文爲賦體二篇、表九篇、啓四篇、書一篇、銘一篇、碑二篇、哀策文一篇、祭文一篇、文一篇、樂府二篇和詩十六篇，總爲四十篇。附録有《本傳》。

書中鈐"龔氏蘅圃倚柯亭圖書""學開館藏珍"兩印。該集爲《漢魏六朝百三名家集》叢編的一種，係何紹基舊藏，現藏武漢大學圖書館，編目書號 G810.0823/1133。《叢刊》即據該本影印，收在第九十三册。

235. 陰常侍詩集一卷

南朝陳陰鏗撰，清張澍輯。清道光元年（1821）張氏刻《二酉堂叢書》本。一册。

十行二十四字，白口、左右雙邊，單魚尾。版心上鐫"陰常侍詩集"，中鐫葉次。卷端題"陰常侍詩集"，次行低十五格題"武威張澍編輯"。卷首有張澍《陰常侍詩集序》，次《梁書本傳》《詩話》。

陰鏗，生卒年不詳，字子堅，南朝陳武威姑臧（今屬甘肅武威）人。天嘉中任始興王録事參軍，纍遷晉陵太守、員外散騎常侍。博覽史傳，長於五言詩，與何遜齊名。《陳書》卷三十四、《南史》卷六十四有傳。

《陳書·文苑·阮卓傳》附本傳稱"有文集三卷行於世"，則陳時已有作品集之編。《隋志》著録題"陳鎮南府司馬陰鏗集一卷"，相較於本傳闕佚兩卷，篇目有所散佚。兩《唐志》未見著録陰鏗集，疑唐初以來漸佚而不傳。南宋晁公武《郡齋讀書志》著録爲一卷本,當屬宋人的重編本,云:"今所存者十數詩而已。"雖名爲"集",實則屬詩集。《遂初堂書目》亦著録,不題卷數,當即晁公武著録本。陳振孫《直齋書録解題》亦著録爲一卷本,稱"財三十餘篇"。《文獻通考·經籍考》亦著録一卷本,應即陳振孫著録本。大致元明之際,此一卷本亡佚。

現存陰鏗集最早的輯本是明洪瞻祖編刻的《陰常侍詩集》一卷,此張溥輯本收詩三十四篇,篇目爲:《新成安樂宮》《班婕妤怨》《蜀道難》《和登百華亭懷荆楚》《奉送始興王》《廣陵岸送北使》《江津送劉光禄不及》《和傅郎歲莫還湘洲》《渡青草湖》《渡岸橋》《游始興道館》《開善寺》《罷故章縣》《閒居對雨二首》《行經古墓》《和樊晉陵傷妾》《和侯司空登樓望鄉》《登武昌岸望》《晚出新亭》《晚泊五洲》《詠得神仙》《遊巴陵空寺》《秋閨怨》《南征閨怨》《侯司空宅詠妓》《經豐城劍池》《西遊咸陽中》《觀釣》《詠石》《侍宴賦得夾池竹》《雪里梅華》《五洲夜發》《詠鶴》和《昭君怨》。張溥輯刻該本,序云:"余從《文苑英華》及諸類書裒香得三十五首,較馮北海《詩紀》多一篇,復參校其字之同異,敍而刊之,以餉同好者。"詩篇中刻有校記,如《新成安樂宮》"重櫊寒霧宿"句,校記稱"《樂府》作'重簹寒露宿'";"丹井夏蓮開"句,"丹井"有校記稱"《樂府》作'返景'","夏"有校記稱"一作夜"。或有考訂性的小注,如《昭君怨》篇題下小注稱"按此詩,《樂府》作陳昭,《藝文類聚》作陳明,而子堅本集載之"。書首有內扉葉,題"陰常侍詩集,道光元年辛巳新鎸,二西堂藏板"。

此本現藏首都圖書館,編目書號乙5·32。《叢刊》即據該本影印,收在第九十三冊。

236. 陰常侍詩集一卷

南朝陳陰鏗撰。清同治十年(1871)蔣維基茹古精舍鈔本。黃節校並跋。一冊。

九行十六字,無欄格。卷端題"陰常侍詩集"。卷首有《陰常侍小傳》。卷末有黃節校勘記及壬戌(1922)黃節跋。

此本與蔣氏所鈔《何水部詩集》合訂爲二册。《何水部詩集》鈔本,據卷末"辛未(1871)四月既望從抱經堂寫校本鈔録"的題識,已經定爲"清同治十年(1871)蔣維基茹古精舍鈔本"。該本與《何水部詩集》鈔寫風格一致,應出自一人筆跡,屬相同版本。同樣黄節所作的校並跋,也是另葉書寫而裝訂在陰鏗集之後。書中所鈔陰鏗詩共三十三篇,相較於張溥輯本闕《詠鶴》詩。卷末有黄節校勘記,稱"校明嘉靖刻本,以小字旁注",當即校明洪瞻祖刻《陰何詩集》本陰鏗詩集。如《閒居對雨》"四溟飛旦雨"句,"溟"字旁有小字校記"暝",表示明嘉靖本該字作"暝"。又如《度青草湖》"江連巫峽長"句,"江"字旁有校記"海";"度鳥息危檣"句,"息"字旁校記"宿"。《五洲夜發》"溜船唯識火"句,"船"字旁有校記"痕"。《廣陵岸送北使》"海上春雲集"句,"集"字旁有校記"雜"等。黄節跋稱"壬戌(1922)四月黄節校於蒹葭廎"。

書中鈐"蔣氏祕笈""蘋香館""嗜山""蔣維基子垕氏""蒹葭廎"諸印,清蔣維基舊藏,現藏西南大學圖書館,編目書號 B/843.53/X232。《叢刊》即據該本影印,收在第九十三册。

237. 陳張散騎集一卷

南朝陳張正見撰,明張溥輯。明婁東張氏刻《漢魏六朝百三名家集》本。清何紹基評點。一册。

九行十八字,白口、左右雙邊、單魚尾。版心上鎸"張散騎集",中鎸"卷全"和所載篇目的文體名及葉次。卷端題"陳張散騎集卷全",次行、第三行均低七格分別題"陳清河張正見著""明太倉張溥閱"。卷首有張溥《張散騎集題詞》,次《張散騎集目録》。

張正見,生卒年不詳,字見賾,清河東武城(今屬河北故城)人。梁太清初射策高第,元帝時任通直散騎侍郎,遷彭澤令。陳代任鎮東鄱陽王墨曹,纍遷尚書度支郎、通直散騎侍郎。《陳書》卷三十四、《南史》卷七十二有傳。

《陳書》本傳稱"有集十四卷",則陳時已有作品集編本。見於史志著録始自

《隋志》，題"陳尚書度支郎張正見集十四卷"，即本傳所載之本。《舊唐志》著錄爲四卷本，篇目闕佚不少。大致唐末散佚不傳，《新唐志》著錄者祇是存錄書名，《日本國見在書目錄》著錄爲三卷本。南宋尤袤《遂初堂書目》著錄有張正見集，不題卷數，當爲南宋以來的重編本。《宋志》著錄爲一卷本，當即尤袤著錄本。至遲在元明之際，此一卷本亦佚而不傳。現存張正見集最早的輯本爲張燮《七十二家集》本《張散騎集》二卷，此張溥輯本即以張燮本爲基礎。據卷首目錄，收文爲賦體三篇、啓一篇、樂府四十篇和詩四十四篇，總爲八十八篇。附錄有《本傳》。書中眉端有何紹基評點，如《前有一樽酒行》有何氏眉批"有古意"。卷末有何氏題識稱"丁卯八月廿五日閱至此，蝯叟"。

書中鈐"龔氏蘅圃倚柯亭圖書"一印。該集爲《漢魏六朝百三名家集》叢編的一種，係何紹基舊藏，現藏武漢大學圖書館，編目書號 G810.0823/1133。《叢刊》即據該本影印，收在第九十四冊。

238. 陳後主集一卷

南朝陳後主陳叔寶撰，明張溥輯。明婁東張氏刻《漢魏六朝百三名家集》本。清何紹基評點。一冊。

九行十八字，白口、左右雙邊，單魚尾。版心上鐫"陳後主集"，中鐫"卷全"和葉次。卷端題"陳後主集卷全"，次行、第三行均低十格合題"明太倉張溥閱"。卷首有張溥《陳後主集題詞》，次《陳後主集目錄》。

陳後主(553—604)名叔寶，字元秀，小字黃奴，宣帝之子。不理政事，爲隋朝攻滅而執至長安，在位八年年號至德、禎明，《陳書》卷六、《南史》卷十有本紀。

《陳書·姚察傳》云："後主所制文筆，卷軸甚多，乃別寫一本付察，有疑悉令刊定。"《隋志》著錄陳後主集三十九卷，至《舊唐志》著錄爲四十卷，增益的一卷或爲目錄一卷。而《新唐志》則著錄爲五十五卷，祇是存錄書名並不意味著北宋時有該本流傳。而題爲"五十五卷"，姚振宗稱："似並沈后集十卷在內也。"（《隋書經籍志考證》）大致唐末散佚不傳，《崇文總目》著錄陳後主集十卷，應屬重編本。南宋尤衰《遂初堂書目》亦有著録,不題卷數,或即《崇文總目》著録本。《宋志》著録爲一卷本,疑爲詩集編本,大概元明之際該本也不傳於世。現存後主集最早的輯本是張燮《七十二家集》本《陳後主集》三卷,此張溥本即以張燮本爲基礎。據卷首目録,該本收文爲賦體二篇、詔體十八篇、敕二篇、制一篇、策一篇、書一篇、銘一篇、樂府三十四篇和詩二十九篇,總爲八十九篇。附録有《本紀》。書中眉端有何紹基批點,如《舉賢詔》眉端何批"此詔精切"。

該集爲《漢魏六朝百三名家集》叢編的一種,係何紹基舊藏,現藏武漢大學圖書館,編目書號 G810.0823/1133。《叢刊》即據該本影印,收在第九十四册。

239. 徐孝穆集七卷

南朝陳徐陵撰。明文漪堂鈔本。清吳騫、唐翰題跋,傅增湘跋。一册。

九行二十字,白口、四周單邊,藍格,無魚尾。版心上鎸"文漪堂"字樣。卷端題"徐孝穆集",次行低十一格題"陳剡人徐陵孝穆著"。卷首有徐陵《本傳》。書首副葉有吳騫、唐翰題和傅增湘題跋。

吳騫(1733—1813)字槎客,號兔牀,又號愚谷,清代浙江海寧人。乾嘉間著名的文獻家,亦擅長詩文創作,撰有《拜經樓詩集》《愚谷文存》《唐石經考異》等。

唐翰題(1816—?)字鷦安,又作鷦庵、蕉庵,別署新豐鄉人,清代浙江嘉興人。咸豐間以廩貢生捐青浦縣訓導,同治三年(1864)權淮郡丞,代理南通州,又任吳縣令,官至南通知府,撰有《唯自勉齋存稿》。

《陳書》本傳稱:"(徐陵)每一文出,好事者已傳寫成誦,遂被之華夷,家藏其本。後逢喪亂,多散失,存者三十卷。"則陳時當已編有作品集,而且還流傳至北方,按《舊唐書·李百藥傳》云:"父友齊中書舍人陸乂、馬元熙嘗造德林宴集,有讀徐陵文者。"見於史志著録始自《隋志》,題"陳尚書左僕射徐陵集三十卷"。至《舊唐志》,著録同《隋志》,大致唐末散佚不傳(《新唐志》著録者祇是存録書名)。北宋《崇文總目》著録徐陵文集二卷,可能是重編本,也有可能雖稱爲"文集"實際祇是詩篇。南宋尤袤《遂初堂書目》著録有徐陵集,不題卷數,或即《崇文總目》著録本。

陳振孫《直齋書録解題》詩集類著録徐孝穆集一卷,云:"本傳稱其文喪亂散失,存者二十卷(或陳氏所見《陳書》作"二十卷",今本作"三十卷"),今惟詩五十餘篇。"《宋志》著録徐陵詩一卷,即陳振孫著録本。至遲元明之際,此一卷本不傳,現存徐陵集最早的輯本爲張燮的《七十二家集》本《徐僕射集》十卷。

據卷首目録,該本收文爲卷一收樂府十四篇、詩二十二篇和賦一篇,卷二收詔三篇、表七篇、啓六篇,卷三至五收書各三篇、八篇和七篇,卷六收書五篇、序一篇、檄一篇、移文二篇、頌一篇、銘五篇,卷七收碑銘九篇、哀策文一篇、墓誌三篇,總爲九十九篇。其中《與智凱書》分作三篇,可合爲一篇,實際爲九十七篇。篇目不及張燮本和屠隆本,傅增湘稱:"分作七卷,其編次亦與各本不同,未知何據。"(《藏園群書經眼録》)推斷是徐陵集的另一版本,也是現存最早的單行版本。版心題"文漪堂",不知誰氏堂號,亦不詳該版本徐陵集的編者。書中題跋稱該本頗具文獻價值,如吳跋稱:"《四元畏寺刹下銘》,刻本未見《百三名家》本。"書衣也有題識云:"徐孝穆文集,善本,勝《百三名家》本。"實際該篇見於《藝文類聚》卷七十七。又傅跋稱:"《皇太子臨辟雍頌》補文字一行,此各本皆脱,兔牀亦未言及也,可云秘籍矣。"實際《藝文類聚》所載該篇就有此文字一行。推斷該鈔本可能並非鈔自某一底本,而本身便是明人的一種徐陵詩文輯本,主要參稽自《藝文類聚》等,不存在唐宋傳本的背景。

書中鈐"重熹鑑賞""吳印重熹""石蓮闇所藏書""邢印之襄""南宫邢氏珍藏善本"諸印,經吳重熹、邢之襄所藏,現藏中國國家圖書館,編目書號10183。《叢刊》即據該本影印,收在第九十四册。

240. 徐孝穆集十卷

南朝陳徐陵撰,明屠隆評。明屠隆刻《徐庾集》本。一册。

九行二十字,白口、四周單邊,無魚尾,眉上鐫評。版心上鐫"徐孝穆集",中鐫卷次和所載篇目的文體名,下鐫葉次。卷端題"徐孝穆集卷一",次行低三格題"陳郯徐陵著,明東海屠隆評"。卷首有屠隆《徐庾集序》,次《徐陵本傳》和《徐孝穆集目録》。

　　據卷首目録,該本卷一收賦一篇、詩(合"樂府"在内)三十四篇,張燮本《走筆戲書應令》《和王舍人送客還閩中有望》《爲羊兖州家人答餉鏡》和《内園逐涼》四篇未見於屠本,而屠本《宛轉歌》和《征虜亭送新安王應令》兩篇則未見張燮本中。卷二收"璽書"兩篇、"策命"一篇(即《陳公九錫文》)和"詔"三篇,均見於張燮本中。卷三收"表"七篇、"啓"八篇,比張燮本增益《謝敕賫烏賊啓》一篇。卷四至七收"書"體三十三篇,較張燮本增益兩篇,即《爲王太尉僧辯答貞陽侯書》和《王太尉僧辯答貞陽侯書》。按此兩篇非徐陵之作,不應入集,張燮本《徐孝穆集》附録有"糾謬"云:"按史江陵陷齊,送貞陽侯淵明爲梁嗣遣,陵隨還。初王僧辯拒境不納,淵明往復致書,皆陵詞也。所謂往復者,蓋指淵明前後諸書言之耳。《文苑英華》誤載僧辯等復書,皆稱陵筆,此謬甚矣。陵身在北軍,安能分身飛渡爲僧辯作奏哉。僧辯復書,蓋沈炯之作,今入沈集。"卷八收"頌"一篇、"銘"兩篇、"序"一篇、"移文"兩篇和"檄文"一篇。卷九收"碑"九篇,卷十收"哀册"一篇和"墓誌"三篇。總計收文一百九篇,去除非徐陵作兩篇,實際一百七篇。可見屠隆本增益三篇詩文,其中《宛轉歌》,《樂府詩集》題江總作,存疑。《藝文類聚》題《征虜亭送新安王應令》爲張正見作,《文苑英華》則題徐陵作。至於《謝敕賫烏賊啓》載《藝文類聚》卷九十七,張燮未能輯出。這表明屠隆本是不同於張燮本的另一版本。

　　書中眉端鎸刻屠隆本人的評點,主要包括三類:其一屬創作題材或手法源流的揭櫫,如卷一《長相思》眉評"肇青蓮之濫觴",卷九《齊國宋司徒寺碑》眉評"摩詰《能禪師碑》在此中飜出"。其二屬詩文之篇的整體品鑒,如卷一《折楊柳》眉評稱"《折楊柳》工者多矣,間有繁靡板垛之句,清新瀟灑,獨讓此作",卷四《與楊僕射書》眉評稱"此《書》灑灑萬言,有嶺雲川月之姿,巉嶺岷峰之秀,夷施鄭旦之妍,足使僑童削色,腐史沮顏,集中第一篇文字",又卷五《答周主論和親書》眉評"瑰麗典則,官樣文章"。其三屬遣詞造句的藝術鑒賞,如卷一《秋日別庾正員》"朔氣陵疎木,江風送上潮"句眉評稱"妙在陵字、送字",同卷《鬥雞》眉評"字字貼切,卻不沾帶"等。

書中鈐"江安傅沅叔藏書記"一印,傅增湘舊藏,現藏中國國家圖書館,編目書號79327。《叢刊》即據該本影印,收在第九十四冊。

241. 徐孝穆全集六卷備考一卷

南朝陳徐陵撰,清吳兆宜注/清徐文炳補輯。清刻本。清王芑孫批並跋。六冊。

十行二十字,小字雙行同,白口、左右雙邊,單魚尾。版心中鐫"徐箋"和卷次及葉次。卷端題"徐孝穆全集卷之一",次行低九格題"吳江吳兆宜顯令箋注"。卷首有姚思廉《本傳》,次《徐孝穆全集目錄》。《備考》卷端題"徐孝穆備考",次行低九格題"吳江徐文炳大文補輯"。《備考》末有陳銳《徐孝穆集後跋》。書首副葉有嘉慶辛未(1811)王芑孫跋,《目錄》末又有庚午(1810)朱筆跋。

吳兆宜,生卒年不詳,字顯令,清代吳江(今屬江蘇蘇州)人。吳門諸生,撰有《玉臺新詠箋注》《徐孝穆集箋注》等。

徐文炳,生卒年及仕履不詳,字大文,清代吳江人。

王芑孫(1755—1818)字念豐,號惕甫,又號鐵夫、楞伽山人,清代吳縣(今屬江蘇蘇州)人。乾隆五十三年(1788)賜舉人,後授華陽縣教諭,撰有《淵雅堂集》《碑版廣例》等。

此本爲清吳兆宜的徐陵集注本,所注篇目總爲五卷一百四篇,未注卷六的十一篇,故附徐文炳撰《備考》一卷。吳氏引用經史等典籍中的事典作注,注釋中也引用當時諸家之説,如陳啓源、吳兆騫、吳兆宮、吳兆寬、徐樹聲、徐樹穀、徐樹本、徐樹屏、徐樹敏、沈忠柱、張尚珩、陳鍔、吳皖、吳挺和張雲章等人。同時也作有校記,如卷一《春情》"奇香分細霧"句,"奇"字校語稱"一作故","霧"字校語稱"一作篆"。卷二《在北齊與楊僕射書》"又聞本朝王公","王公"有校語稱《陳書》作公主。關於是書的編刻,陳跋云:"顯令箋注徐庾兩家,獨不及禪代諸製……吳門徐子大文沉深嗜古,見徐庾箋注,心焉慕之,欲補其闕略……於是旁搜博采,以附卷末,名曰《備考》",《備考》即注釋吳氏未注的卷六十一篇文章。又云:"刻既成,因書數言以報之”，此跋不署作年，故一般著録該本爲“清刻本”。書中有王芑孫朱筆批注，主要是針對所選的九篇文章，即《勸進梁元帝表》《謝敕賚燭盤賞答齊國移文啓》《在北齊與宗室書》《爲陳武帝與周宰相書》《答周處士書》《玉臺新詠序》《丹陽上庸路碑》《陳公九錫文》和《梁禪陳璽書》，在卷首《目録》中逐一鈐以戳印“選”字標識。《目録》末有王芑孫跋即云：“孝穆之文，自不足與子山方駕，然正以文境平淺，蹊徑歷然，脈絡呈露，初學讀之易於得力。今選定九篇，以待録付家塾。”所作的批注或在上述諸篇的眉端，或在篇末，如《勸進梁元帝表》眉批稱“一起便切定外藩入繼與易姓禪代者不同”，“通篇細切，開出後來人切題一派”。《梁禪陳璽書》篇末批云：“文自工，然陵此時亦可謂竭蹶矣。”

書中鈐“淵雅”“緑竹山房”“蘇州淵雅堂王氏圖書”“芑孫審定”“王芑孫”“鐵夫”“念豐”“寧静致遠”“樗隱重定”“鐵夫手校”“老鐵晚年書”諸印，清王芑孫舊藏並批和跋，現藏上海圖書館，編目書號綫善 798229‐34。《叢刊》即據該本影印，收在第九十五册。

242. 江令君集一卷

南朝陳江總撰，明張溥輯。明婁東張氏刻《漢魏六朝百三名家集》本。清何紹基評點。一册。

九行十八字，白口、左右雙邊，單魚尾。版心上鎸“江令君集”，中鎸“卷全”和所載篇目的文體名及葉次。卷端題“江令君集卷全”，次行、第三行均低九格分别題“陳濟南江總著”“明太倉張溥閲”。卷首有張溥《江令君集題詞》，次《江令君集目録》。

江總（519—594）字總持，南朝陳濟陽考城（今屬河南蘭考）人。歷仕南朝梁陳隋三朝，陳時官至尚書令，入隋拜上開府。《陳書》卷二十七、《南史》卷三十六有傳。

《陳書》本傳稱“有文集三十卷行於世”，又《姚察傳》稱：“徐公後謂江曰：我所和弟五十韻寄弟集内。及江編次文章，無復察所和本。”則陳時江總曾自編其集，或即本傳所稱的文集三十卷本。見於史志著録始自《隋志》，題"開府江總集三十卷""江總後集二卷"，推測三十卷本乃成書自陳代，而後集二卷則爲入隋作品的編本。《舊唐志》惟著録江總集二十卷，篇目有闕佚。大致唐末此二十卷本散佚不傳，《新唐志》著録者祇是存録書名。南宋尤袤《遂初堂書目》著録有江總集，不題卷數，或爲南宋初的重編本。《中興館閣書目》著録爲七卷。至《直齋書録解題》惟著録江總集一卷，屬詩集，云："《中興書目》七卷，今惟存詩近百首。"《宋志》著録江總集七卷，當即《中興書目》著録者。至遲元明之際，此七卷本及詩集一卷本均佚而不傳。現存江總集最早的輯本爲張燮《七十二家集》本《江令君集》五卷，此張溥本即以張燮本爲基礎。據卷首目録，收文爲賦體九篇、詔一篇、表八篇、章一篇、啓五篇、序二篇、碑六篇、贊四篇、頌一篇、銘六篇、哀策文一篇、誄一篇、墓誌銘五篇、文一篇、樂府二十八篇和詩六十一篇，總爲一百四十篇。附録有《本傳》。書中眉端有何紹基評點，如《借劉太常説文》何氏眉批稱"借説文，好題目"。

該集爲《漢魏六朝百三名家集》叢編的一種，係何紹基舊藏，現藏武漢大學圖書館，編目書號 G810.0823/1133。《叢刊》即據該本影印，收在第九十五冊。

243. 盧武陽集一卷

隋盧思道撰，明張溥輯。明婁東張氏刻《漢魏六朝百三名家集》本。清何紹基評點。一冊。

九行十八字，白口、左右雙邊，單魚尾。版心上鎸"盧武陽集"，中鎸"卷全"和葉次。卷端題"盧武陽集卷全"，次行、第三行均低九格分別題"隋范陽盧思道著""明太倉張溥閲"。卷首有張溥《盧武陽集題詞》，次《盧武陽集目録》。

盧思道(531—583)字子行，小字釋奴，隋范陽涿(今屬河北涿州)人。北齊天保中任司空行參軍兼員外散騎侍郎等職，入北周後授儀同三司，官至武陽太守。隋初起爲散騎侍郎，奏內史侍郎事。《隋書》卷五十七、《北史》卷三十有傳。

《隋書》本傳稱"有集三十卷行於世"，《北史》作"二十卷"，則隋時已有作品集之編。《隋志》著録題"武陽太守盧思道集三十卷"，當即《隋書》本傳所載者。《舊唐志》著録爲二十卷,同《北史》本傳。大致唐末散佚不傳,《新唐志》著録者衹是存録書名。現存盧思道集最早的輯本是張燮《七十二家集》本《盧武陽集》三卷,此張溥輯本即以張燮本爲基礎。據卷首目録,該本收文爲《孤鴻賦》《納涼賦》《爲隋檄陳文》《北齊爲百官賀甘露表》《爲高僕射與司馬消難書》《從駕大慈照寺詩序》《北齊興亡論》《後周興亡論》《盧記室誄》《祭漢湖文》《遼陽山寺願文》《有所思》《日出東隅行》《櫂歌行》《美女篇》《河曲遊》《升天行》《神仙篇》《城南隅讌》《蜀國弦》《採蓮曲》《從軍行》《駕出圜丘》《贈李若》《贈劉司馬幼之南聘》《贈劉儀同西聘》《遊梁城》《從駕經大慈照寺》《春夕經行留侯墓》《上巳禊飲》《夜聞鄰妓》《賦得珠簾》《彭城王挽歌》《樂平長公主挽歌》《後園宴》和《聽鳴蟬篇》,總爲三十六篇。附録有《本傳》。書中眉端有何紹基評點。

書中鈐“龔氏蘦圃倚柯亭圖書”一印。該集爲《漢魏六朝百三名家集》叢編的一種,係何紹基舊藏,現藏武漢大學圖書館,編目書號 G810.0823/1133。《叢刊》即據該本影印,收在第九十六册。

244. 隋煬帝集一卷

隋煬帝楊廣撰,明張溥輯。明婁東張氏刻《漢魏六朝百三名家集》本。清何紹基評點。一册。

九行十八字,白口、左右雙邊,單魚尾。版心上鐫“隋煬帝集”,中鐫“卷全”和所載篇目的文體名及葉次。卷端題“隋煬帝集卷全”,次行、第三行均低十格合題“明太倉張溥閱”。卷首有張溥《隋煬帝集題詞》,次《隋煬帝集目録》。

隋煬帝楊廣(589—618),隋文帝次子,華陰(今屬陝西華陰)人。仁壽四年(604)即位,在位廣興土木,荒淫無度,大業十四年(618)爲宇文化及所殺。《隋書》卷三至四有本紀。

《隋書》著録“煬帝集五十五卷”,《舊唐志》著録爲三十卷,《新唐志》著録兩本,一本作三十卷,一本作五十卷。南宋初以來已亡逸不傳,現存最早的輯本爲張燮《七十二家集》本《隋煬帝集》八卷。此張溥輯本以張燮本爲基礎,據卷首目録收文爲詔體四十篇、敕四篇、璽書二篇、檄一篇、令二篇、書四十二篇、文一篇、誄一篇、疏四篇、樂府十篇、詩三十二篇,總爲一百三十九篇。附録有《本紀》。書中眉端有何紹基評點。

該集爲《漢魏六朝百三名家集》叢編的一種,係何紹基舊藏,現藏武漢大學圖書館,編目書號 G810.0823/1133。《叢刊》即據該本影印,收在第九十六册。

245. 薛司隸集一卷

隋薛道衡撰,明張溥輯。明婁東張氏刻《漢魏六朝百三名家集》本。清何紹基評點。一册。

九行十八字,白口、左右雙邊,單魚尾。版心上鐫“薛司隸集”,中鐫“卷全”和葉次。卷端題“薛司隸集卷之全”,次行、第三行均低七格分別題“隋河東薛道衡玄卿著”“明太倉張溥天如閲”。卷首有張溥《薛司隸集題詞》,次《薛司隸集目録》。

薛道衡(540—609)字玄卿,隋河東汾陰(今屬山西萬榮)人。北齊時任彭城王浟司州兵曹從事,官至中書侍郎。入北周官至儀同,隋初任内史舍人,繫官至司隸大夫。《隋書》卷五十七、《北史》卷三十六有傳。

《隋書》本傳稱“有集七十卷行於世”,則隋時已有薛道衡的作品集編本。《隋志》著録題“司隸大夫薛道衡集三十卷”,相較於本傳所載闕佚四十卷。《舊唐志》著録同《隋志》,大致唐末散佚不傳,《新唐志》著録者祇是存録書名。南宋陳振孫《直齋書録解題》著録薛道衡集一卷,屬詩集,云:“詩凡十九篇,本集三十卷,所存止此。大抵隋以前文集存全者亡幾,多事者於類書中鈔出以備家數也。”宋元之際此一卷本不傳。現存薛道衡集最早的輯本爲張燮《七十二家集》本《薛司隸集》二卷,此張溥輯本即以張燮本爲基礎。據卷首目録,收文爲《宴喜賦》《奉使表》《弔延法師書》《老氏碑》《隋高祖頌》《祭江文》《祭淮文》《出塞二首和楊處道》《昭君辭》《昔昔鹽》《豫章行》《從駕幸晉陽》《奉和月夜聽軍樂應詔》《奉和臨渭源應詔》《秋日遊昆明池》《敬酬楊僕射山齋獨坐》《重酬楊僕射山亭》《入郴江》《渡北河》《和許給事善心戲場轉韻》《展敬上鳳林寺》《從駕天池應詔》《梅夏應教》《人日思歸》《夏晚》《歲窮應教》和《詠苔紙》,總爲二十七篇。附録有《本傳》。書中眉端有何紹基評點。卷末有何氏題識,稱"丁卯十月十六日閲,蝯叟。記自丙寅十月廿八日看起,至此將一年,因病耽延,可媿可歎"。

該集爲《漢魏六朝百三名家集》叢編的一種,係何紹基舊藏,現藏武漢大學圖書館,編目書號 G810.0823/1133。《叢刊》即據該本影印,收在第九十六冊。

246. 牛奇章集一卷

隋牛弘撰,明張溥輯。明婁東張氏刻《漢魏六朝百三名家集》本。清何紹基評點。一冊。

九行十八字,白口、左右雙邊,單魚尾。版心上鐫"牛奇章集",中鐫"卷全"和葉次。卷端題"牛奇章集卷全",次行、第三行均低八格分別題"隋安定牛弘里仁著""明太倉張溥天如閲"。卷首有張溥《牛奇章集題詞》,次《牛奇章集目録》。

牛弘(545—610)字里仁,本姓尞,魏時賜姓牛,隋安定鶉觚(今屬甘肅靈臺)人。隋初任秘書監,後拜吏部尚書。《隋書》卷四十九、《北史》卷七十二有傳。

《隋書》本傳稱"有文集十三卷行於世",則隋代已有作品集之編;且見於《隋志》著録,題"吏部尚書牛弘集十二卷"。本傳增益的一卷或爲目録一卷,《隋志》不計在內故爲十二卷。《舊唐志》著録同《隋志》,大致唐末散佚不傳,《新唐志》著録者祇是存録書名。現存牛弘集最早的輯本爲張燮《七十二家集》本《牛奇章集》三卷,此張溥輯本即以張燮本爲基礎。據卷首目録,收文爲《請開獻書表》《定樂奏》《樂定奏》《定典禮奏》《六十律論》《明堂議》《詳定樂議》《樂議》《同律度量議》《郊廟歌辭》《圜丘歌八首》《五郊歌五首》《感帝歌》《雩祭歌》《蜡祭歌》《朝日夕月歌二首》《方丘歌四首》《神州歌》《社稷歌四首》《先農歌》《先聖先師歌》《太廟樂歌九首》《燕射歌辭》《元會大饗歌十一首》《宴群臣登歌》《皇后房內歌》《大射登歌》《鼓吹曲辭》《凱樂歌辭三首》《舞曲歌辭》《文武樂歌二首》和《奉賀冬至乾陽殿受朝應詔》,總爲三十二篇。書中眉端有何紹基評點。

書中鈐"龔氏蘅圃倚柯亭圖書"一印。該集爲《漢魏六朝百三名家集》叢編的一種,係何紹基舊藏,現藏武漢大學圖書館,編目書號 G810.0823/1133。《叢刊》即據該本影印,收在第九十六册。

三、詩文評類

247. 文心雕龍十卷

南朝梁劉勰撰。唐寫本。一件。存三卷:一至三。

半葉十至十一行,行二十二字左右,烏絲欄。小草書鈔寫字體,册葉裝。卷次及各篇篇題頂格書寫。

劉勰(？—520)字彦和,南朝梁東莞莒縣(今屬山東莒縣)人。早年依沙門僧祐研習佛教經論。梁武帝時歷任東宫通事舍人、步兵校尉等職,晚年出家爲僧,法名慧地。《梁書》卷五十、《南史》卷七十二有傳。

《梁書》本傳稱:"初勰撰《文心雕龍》五十篇,論古今文體,引而次之。"未稱卷第,《四庫全書總目》稱:"其書《原道》以下二十五篇,論文章體制。《神思》以下二十四篇,論文章工拙,合《序志》一篇爲五十篇。據《序志》篇,稱上篇以下、下篇以上,本止二卷。"但自《隋志》著録始,就題爲十卷本,遂爲今本之貌。《隋志》著録題"《文心雕龍》十卷,梁兼東宫通事舍人劉勰撰"。著録在《隋志》總集類中,小序稱:"今次其前後,並解釋評論總於此篇。"《文心雕龍》作爲"解釋評論"的著述,置於該類之中。另劉勰雖題以"梁",據《時序》篇所云實則該書成書在南齊。《舊唐志》著録同《隋志》,《新唐志》亦著録爲十卷本,置於總集類中,但又别爲"文史類"。《崇文總目》《遂初堂書目》和《直齋書録解題》均著録在"文史類",《郡齋讀書志》著録在别集類中,屬附録的性質,云:"評自古文章得失,别其體製,凡五十篇,各條之以贊云。"《國史經籍志》始將該書著録在"詩文評類",沿襲至今。

此寫本起《徵聖》篇,至《雜文》篇止。《原道》篇僅存"贊曰"末十三字,《諧隱》篇則僅存篇題。計存《徵聖》《宗經》《正緯》《辨騷》《明詩》《樂府》《詮賦》《頌贊》《祝盟》《銘箴》《誄碑》《哀弔》和《雜文》共十三篇,相當於卷一至三,共二十三葉。

分卷與今所見十卷本一致，當即《隋志》著録本。寫卷中有朱筆標抹，可能是讀者所標。寫卷中天頭或地腳處有旁批，如《辨騷》篇"矚然涅而不緇"句，地腳處旁批稱"黑中水涅。色黑，緇也。靖，矚"。另有雜寫多處，如《銘箴》篇有"大寶積經""佛""言"等雜寫諸字。趙萬里《唐寫本〈文心雕龍〉殘卷校記》云："卷中淵字、世字、民字，均闕筆。筆勢遒勁，蓋出中唐學士大夫所書，西陲所出古卷軸，未能或之先也。"按"照"字不避武曌諱，《宗經》篇"言照灼也"句，《太平御覽》所引及元至正本"照"均作"昭"，推斷該寫卷似應鈔寫在初唐（武曌稱制之前）。趙萬里以該卷，校以《太平御覽》所引、嘉靖本及黄叔琳注本《文心雕龍》，稱："據以逐校嘉靖本，其勝處殆不可勝數，又與《太平御覽》所引及黄注本所改輒合，而黄本妄訂臆改之處，亦得據以取正。彦和一書傳誦於人世者殆遍，然未有如此卷之完善者也。"兹復校以元至正本，核之於《太平御覽》所引，以明該殘卷文字之可貴，亦可訂傳世本之訛誤。

以《宗經》篇爲例，"其書曰經"，至正本"曰"作"言"，《太平御覽》所引同寫本。"自夫子刪述"，至正本"刪述"作"刊述"，《太平御覽》所引同寫本。"而大寶啓耀"，至正本"啓"作"咸"，《太平御覽》所引同寫本。"義既挺乎性情"，至正本"挺"作"極"，《太平御覽》引作"埏"。"牆宇重峻"，《太平御覽》"牆"引作"墟"，至正本同寫本。"吐納自深"，至正本"吐納"前有"而"字，《太平御覽》引作"吐納者深"。"入神致用"，至正本"入神"作"人神"，《太平御覽》所引同寫本。"故子夏歎書"，《太平御覽》"子夏"引作"子貢"，至正本同寫本。"昭昭若日月之代明，離離如星辰之錯行"，至正本《太平御覽》所引均無"代""錯"兩字。"言照灼也"，"照"字，至正本、《太平御覽》所引均作"昭"。"詩之言志"，《太平御覽》所引、至正本"之"均作"主"。"詁訓同書"，至正本作"訓同書"而脱"詁"字，《太平御覽》引作"詁訓周書"。"最附深衷矣"，《太平御覽》引作"最附哀矣"，至正本同寫本。"禮以立體"，至正本"以"作"記"，《太平御覽》所引同寫本。"據事制範"，至正本"制"作"剬"，《太平御覽》所引脱"制範"兩字。"章條纖曲，執而後顯。采綴片言，莫非寶也。《春秋》辨理，一字見義"，至正本作"章條纖曲，一字見義"，脱十六字，《太平御覽》

所引之"綴"作"掇"。"五石六鷁",至正本"鷁"作"鶂",《太平御覽》所引同寫本。"以詳略制文",至正本作"以詳略成文",《天平御覽》引作"以詳備成文"。"其婉章志晦",《太平御覽》所引無"其"字,至正本同寫本。"諒已邃矣",至正本作"諒以邃矣",《太平御覽》引作"源已邃矣"。"而尋理即暢",《太平御覽》所引之"即"作"則",至正本同寫本。"此聖文之殊",至正本"聖文"作"聖人",《太平御覽》引作"此聖文殊"。

此件原藏甘肅敦煌藏經洞,二十世紀初被斯坦因劫掠至英國,現藏英國國家圖書館,編目書號 S.5478。《叢刊》即據該本影印,收在第九十七冊。

248. 文心雕龍

南朝梁劉勰撰。宋刻《太平御覽》本。一冊。

十三行二十二字,白口、左右雙邊,單魚尾。版心中鐫"太平御覽"的簡稱(如"太""平"或"覽")和卷次及葉次,下鐫刻工姓名。以卷五百八十六爲例,卷端題"太平御覽卷第五百八十六",次行低一格題"文部"。

《太平御覽》的編纂,據王應麟《玉海》所述始於北宋太平興國二年(977),清本完成於太平興國八年(983),初名"太平總類",太宗詔改爲今稱。《宋會要》稱編纂以參考《修文殿御覽》《藝文類聚》和《文思博要》此三部類書爲主,編者爲李昉、扈蒙等十四人,分爲五十五個部門,各個部門又分爲若干細目,總爲一千卷。所引經史圖書,據《太平御覽經史圖書綱目》共有一千六百九十種。其中即著錄有《文心雕龍》之目,所據《文心雕龍》當屬北宋初甚至更早期的傳本。宋本《文心雕龍》現已不傳,但可據日本宮內廳書陵部現所藏宋本《太平御覽》中引及《文心雕龍》的部分篇目,以窺宋代《文心雕龍》傳本之貌。

據學界研究,《太平御覽》凡引及《文心雕龍》者計二十一篇,即《原道》《宗經》《明詩》《詮賦》《頌贊》《銘箴》《誄碑》《哀弔》《雜文》《史傳》《論説》《詔策》《檄移》《章表》《奏啓》《議對》《書記》《風骨》《定勢》《事類》和《附會》,見於《太平御覽》卷五百八十一、五百八十五至五百九十、五百九十三至五百九十八、六百一、六百三至六百四、六百六和六百八,引文屬大部及部分。而林其錟、陳鳳金《宋本〈太平御覽〉引〈文心雕龍〉輯校》則稱所引者尚有《神思》和《指瑕》兩篇,據此共引有二十三篇。以引文與至正本相校存在差異,可補傳世本之訛誤,傳世本亦可訂《太平御覽》引文之失。如卷五百八十一引作"林籟結嚮,颯如竽琴",至正本"颯如竽琴"作"調如竽瑟"。卷五百八十五引作"絡書韞乎九疇",至正本"絡書"作"洛書",當作"洛"字爲是;"則焕乎爲盛",至正本"爲盛"作"始盛";"稷益陳謨",至正本"稷益"作"益稷";"是以臨篇綴翰",至正本"翰"作"慮",當作"翰"字爲是;"理鬱者始貧之糧",至正本"始"作"若";"然則博見爲饋",至正本"見"作"聞";"貫一爲拯辭之藥",至正本"辭"作"亂";"翬翟備色而翱翥百步",至正本"翬翟"前有"夫"字,"翱翥"作"翾翥",且前無"而"字;"鷹隼無采而翰飛戾天",至正本"無"作"乏","翰飛"前無"而"字;"骨勁而荒猛也",至正本"荒"作"氣";"則鷙集翰林",至正本"鷙"作"摯";"若藻曜而高翔",至正本"若"作"唯";"固文章之鳴鳳也",至正本"文章"作"文筆"。卷五百八十六引作"虞造南風之詩",至正本"虞"作"舜";"少康敗德",至正本"少康"作"太康";"五子咸諷",至正本"諷"作"怨";"子夏鑒絢素之章",至正本"鑒"作"監";"可以言詩",至正本"可以"作"可與";"自王澤彌竭",至正本"彌"作"殄";"春秋觀志以諷誦舊章",至正本無"以"字;"吐納而成聲文",至正本"聲文"作"身文"。卷五百八十七引作"師箴(上鼓下目)賦",至正本脱去"(上鼓下目)"字;"故劉向明不歌而頌",至正本作"劉向云明不歌而頌"。卷五百八十八引作"咸累爲頌",至正本"累"作"墨"。卷五百八十九引作"碑者,裨也",至正本"裨"作"埤";"紀號封禪",至正本"紀"作"始"。卷五百九十引作"楊雄雖小",至正本"楊雄"作"其辭";"此文章之枝流,暇預之末造也",至正本作"凡此三者,文章之枝派,暇豫之末造也"。卷五百九十七引作"相如之難蜀尤",至正本"蜀尤"作"蜀老",當作"蜀老"爲是;"有檄移之骨焉",至正本作"移檄";"言簡而事顯",至正本"簡"作"約"。卷五百九十八引作"符者,孚也",至正本"孚"作"厚"。卷六百八引作"其書曰經",至正本"曰"作"言"等。

書中鈐"金澤文庫"一印,現藏日本宮內廳書陵部,編目"函架番號550.5"。

《叢刊》即據該本影印,收在第九十七册。

249. 文心雕龍十卷

南朝梁劉勰撰。元至正十五年(1355)刻明修本。二册。

十行二十字,細黑口,左右雙邊或四周雙邊,雙黑魚尾。版心上鐫字數,中(上魚尾下)鐫“文心”和卷次及葉次,下(下魚尾下)鐫刻工。卷端題“文心雕龍卷第一”,次行低八格題“梁通事舍人劉勰彦和述”。卷首有至正十五年錢惟善序,次《文心雕龍目録》。

此本爲存世最早的《文心雕龍》刻本,且爲存世孤帙,明刻諸本即祖述該本。惜版片漫漶有脱字,如《隱秀》《序志》兩篇共脱去七百餘字。該本之刻,錢序云:“嘉興郡守劉侯貞家多藏書,其書皆先御史節齋先生手録,侯欲廣其傳,思與學者共之,刊兹郡庠,令余序其首。”知刊刻主持者爲劉侯貞,刻在嘉興。序末鐫“雪川楊清之刊”一行。元刻版片入明有修版或補版,原刻版片爲左右雙邊,修補版片爲四周雙邊,屬後印本。書中横、桓兩字闕筆,應屬刻手習慣,並非該本有宋本背景之證。刻工有謝茂和楊青兩位。該本的校勘價值,參見唐寫本《文心雕龍》殘卷和宋刻《太平御覽》本中的相關事例。

書中鈐“明善堂覽書畫印記”“安樂堂藏書記”“徐乃昌讀”諸印,清怡府弘曉舊藏,後歸朱學勤,著録在《結一廬書目》卷四,民國間徐乃昌曾披閲。現藏上海圖書館,編目書號綫善828917－18。《叢刊》即據該本影印,收在第九十七册。

250. 文心雕龍十卷

南朝梁劉勰撰。明嘉靖十九年(1540)汪一元刻本。清吴翌鳳校跋並録清馮舒校跋,清張紹仁校,清丁丙跋。一册。

十行二十字,白口,左右雙邊,單魚尾。版心中鐫“文心雕龍”和卷次及葉次。卷端題“文心雕龍卷之一”,次行低四格題“梁通事舍人劉勰彦和述”。卷首有嘉靖庚子(1540)方元禎《刻文心雕龍序》。卷末鈔録萬曆癸巳(1593)朱謀㙔《文心雕龍跋》,次鈔録甲寅(1554)錢功甫跋。書首有丁丙跋夾葉,書末副葉有吳翌鳳跋並過録馮舒跋四則。

汪一元,生卒年不詳,字仁卿,明代歙(今屬安徽歙縣)人,室名私淑軒。

吳翌鳳(1742—1819)字伊仲,號枚庵,又號漫士、漫叟、古歡堂主人,清代蘇州人。酷嗜異書,於學無所不窺,長於鈔書和校書,所交皆一時名士,撰有《燈窗叢録》《遜志堂雜鈔》《吳梅村詩集箋注》等。

張紹仁,生卒年不詳,字學安,號訒庵,別署巽翁、巽夫,清代長洲(今屬江蘇蘇州)人。不事舉業,專心於校讎與藏書,藏書處曰讀異齋等。

此本的文獻價值在校與跋。首先是吳翌鳳過録馮舒校,當即眉端朱筆批校者。據吳氏過録馮跋稱:"丁卯(1627)中秋日閱始,十八日始終卷。此本一依功甫原本,不改一字。即有確然知其誤者亦列之卷端。不承自矜一隙,短損前賢也","崇禎甲戌(1634)借得錢牧齋趙氏鈔本《太平御覽》,又校得數百字"。吳翌鳳校當即卷端所貼浮簽者,跋稱:"嘉慶乙亥(1815)三月枚庵老人吳翌鳳借校一過。"張紹仁校當即正文中朱筆校者。按《善本書室藏書志》稱"張紹仁、吳翌鳳校藏",吳翌鳳校一類是己校,一類是過録馮校。丁丙跋即書首夾葉中所書寫者,亦即《善本書室藏書志》所載該本的敘録。朱跋和錢跋皆屬自他本中過録,錢跋提及《文心雕龍》有"癸卯(1543)又刻於新安"之本,《善本書室藏書志》稱該本即"功甫記稱之新安刻本也"。該本屬新安本不誤,但刻年是嘉靖十九年,石序云:"方今海内,文教盛隆,操觚之士,爭崇古雅。獨是書時罕印本,好古者思欲致之,恒病購求之難。吾邑汪子仁卿博文談藝,喜而校刻之。"

書中鈐"張氏祕篋""讀異齋藏""讀異齋""張印紹仁""學安""張弓""引六""青箱世業""八千卷樓""八千卷樓珍藏善本""四庫著録""錢唐丁氏藏書""彊圉柔兆""公約過眼""浮雲遊子意落日故人情""住世忘世居塵出塵"諸印,經清張紹仁、丁丙所藏,現藏南京圖書館,編目書號 GJ/KB2019。《叢刊》即據該本影印,收在第九十七冊。

251.　楊升庵先生批點文心雕龍十卷

南朝梁劉勰撰，明楊慎批點，明梅慶生音注。明萬曆三十七年（1609）梅慶生刻天啓二年（1622）重修本。傅增湘校並跋。六册。

九行十八字，白口、左右雙邊，單魚尾。版心上鎸“文心雕龍”，中鎸卷次和葉次，下鎸“天啓二年梅子庚第六次校定藏板”字樣。卷端題“楊升庵先生批點文心雕龍卷之一”，次行、第三行均低六格分別題“梁通事舍人劉勰著”“明豫章梅慶生音注”。卷首有萬曆己酉（1609）顧起元《文心雕龍批評音注序》，次《梁書劉舍人本傳》《校刻楊升庵先生批點文心雕龍音注凡例》《文心雕龍讎校姓氏》《楊升庵先生與張禺山公書》，次己酉梅慶生識、舊跋（都穆跋），次萬曆癸巳（1593）朱謀垏《文心雕龍跋》、《文心雕龍目録》。《文心雕龍跋》末有癸亥（1923）傅增湘朱筆跋，又書衣有辛未（1931）朱筆跋，共兩則。

楊慎（1488—1559）字用修，號升庵，明代新都（今屬四川成都）人。正德六年（1511）進士，授修撰，後充經筵講官，因争大禮而削籍遣外戍邊。著述宏富，撰有《墨池璅録》《升庵集》《丹鉛録》等。《明史》卷一百九十二有傳。

梅慶生，生卒年不詳，字子庚，明代豫章南城（今屬江西南城）人，太學生，其餘仕履待考。

此本爲楊慎批點，梅慶生附加音注。楊慎批點《文心雕龍》自稱“頗謂得劉舍人精意”（《與張禺山公書》）。而梅氏注是書始末，顧序云：“升庵先生酷嗜其文，咀嗛菁藻，爰以五色之管標舉勝義，讀者快焉。顧世复文渝，駁蝕相裨，問攄勘定，猶俟剗除。豫章梅子庚氏既擷東莞之華，復賞博南之鑒，手自較讎，博稽精考，補遺刊衍，汰假肴訛。凡升庵先生所題識者，載之行間，以覈詞致。至篇中曠引之事，畢用疏明。旁采之文，咸爲昭晰。使敦悦研味者，不滯子才之思。玩索鈎較者，直撮孝標之勝。若子庚者，微獨爲劉氏之功臣，抑亦稱楊公之益友矣。”凡楊氏批注者，以雙行小字的形式附在篇中或篇末，以“楊批”“楊用脩云”標識。如《風骨》“是以怊悵述情，必始乎風；沉吟鋪辭，莫先於骨”句，小注“楊批：此分風骨之異，論文之極妙者"。其餘批注出自梅氏之手，也引諸家之説爲注，如《隱秀》篇末即引朱郁儀、謝耳伯和李孔章三人的注。書中刻有校記，凡引他人校者注以姓氏，不注者即梅慶生所校。如《原道》"益稷陳謨"，"謨"字校語"元作謀，楊改"；"振其徽烈"，"振"字校語"元作褥，朱改"；"玄聖創典"，"玄"字校語"一作元"等。凡注音者則皆出自梅氏，如《原道》"山川焕綺"，"綺"字音注"音杞"。書中另有傅增湘據敦煌唐寫本《文心雕龍》殘卷的朱筆批校，如《徵聖》"先王聖化，布在方册"句，"聖化"兩字有傅氏批校"聲教"。傅跋稱："誦芬室主人自英京影印唐人寫本《文心雕龍》一卷，自《徵聖》至《雜文》凡十三篇。取此本校勘，增改殆數百字，均視楊朱梅諸人所校爲勝。"

此本現藏中國國家圖書館，編目書號00508。《叢刊》即據該本影印，收在第九十八册。

252. 文心雕龍訓故十卷

南朝梁劉勰撰，明王惟儉訓故。明萬曆三十九年(1611)自刻本。二册。

十行二十字，白口、四周單邊，無魚尾。版心上鐫"文心雕龍"，中鐫卷次和葉次，下鐫字數。卷端題"文心雕龍訓故卷之一"，次行低十一格題"明河南王惟儉訓"。卷首有萬曆己酉(1609)王惟儉《文心雕龍訓故序》，次《南史劉勰傳》《凡例》。卷末有跋，次王惟儉跋。

王惟儉，生卒年不詳，字損仲，明代祥符(今屬河南開封)人。萬曆二十三年(1595)進士，歷官濰縣知縣、右僉都御史、工部右侍郎等，因忤逆魏忠賢而罷官。聰敏好學，著力於經史百家，又擅長書畫賞鑒，與董其昌並稱"博物君子"，撰有《宋史記》等。《明史》卷二百八十八有傳。

此本爲王惟儉《文心雕龍》訓釋本，《凡例》稱："是書之注，第討求故實。"又王序稱："惟是引證之奇，等絳老之甲子。兼之字畫之誤，甚晉史之己亥。爰因誦校，頗事箋釋，庶暢厥旨，用啓童蒙。"訓釋未參考楊慎批點，王跋云："政不知楊公原本今定落何處耳，安得快覩？一洗余之積疑乎！"注釋在各篇篇末，引經史等典籍中的事典作注,較少作意旨性闡述。凡有疑之字,皆在正文中以框圍標識。眉端有朱筆批校,約略分爲三類:其一,據自各本的校語,如《原道》"則焕乎始盛"句,校語:"始,馮本作爲。"馮本即馮班鈔本。又"發揮事業"句,校語:"揮,梅本作輝,疑誤。"梅本即梅慶生刻本。其二,據自他書所引的校語,如《原道》"莫不原道心裁文章"句,校語:"以敷原作裁文,從《御覽》改。"其三,過録諸家的校語,如《原道》"益稷陳謨"句,校語:"謨,原作謀,楊慎改。"眉端還有墨筆批注,如《祝盟》"唯陳思誥咎"句,批注:"曹子建集有誥咎文。"此類批注亦見於正文行間。正文中亦有朱筆校字,如《誄碑》"哀公作誄,觀其愁遺之切"句,"切"字朱筆校作"戚"。按《文心雕龍訓故序》撰寫在萬曆三十七年,知成書在是年。此後王惟儉又撰寫了《史通訓故》,所撰序稱:"余既注《文心雕龍》畢,因念黄太史有云:論文則《文心雕龍》,評史則《史通》,二書不可不觀,實有益於後學。復欲取《史通》注之……乃以向注《文心》之例注焉,歷八月訖功。"並在萬曆三十九年將此兩書合刻,依據是國家圖書館藏有另外一部《文心雕龍訓故》(編目書號2369),該部卷首有萬曆辛亥(1611)張同德《合刻訓注文心雕龍史通序》,云:"損仲慕古好奇於學,無所不窺,讀是二書,有味乎其言,繙閲群籍,注爲訓箋,參互諸刻,正其差謬,疑則乙其處以竢考訂,浹歲而書成,刻以傳焉。"遂將該本定爲萬曆三十九年自刻本。儘管該本未保留有張序,但眉端有朱墨兩色批校,頗具學術參考價值,故據以影印。

書中鈐"浦鹿俞氏方白齋藏書""澹庵""俞印紹丞""臣紹丞印""莊氏珍藏"諸印,現藏中國國家圖書館,編目書號2370。《叢刊》即據該本影印,收在第九十八至九十九册。

253. 劉子文心雕龍二卷注二卷

南朝梁劉勰撰,明楊慎、曹學佺等批點,梅慶生音注。明閔繩初刻五色套印本。五册。

九行十九字,白口、四周單邊,無直格,無魚尾。版心上鎸"文心雕龍"和卷次,下鎸葉次。卷端題"劉子文心雕龍卷上之上"。卷首有萬曆壬子(1612)曹學佺《文心雕龍序》，次《楊升庵先生與張禹山書》、閔繩初《刻楊升庵先生批點文心雕龍引》、凌雲《凡例》，次《劉舍人本傳》《文心雕龍校讎姓氏》和《劉子文心雕龍目録》。

曹學佺(1574—1647)字能始，號石倉，明末侯官(今屬福建侯官)人。萬曆二十三年(1595)進士，官廣西右參議，纍官至四川按察使。因撰《野史紀略》而削職罷歸，崇禎初起副使，辭不就。唐王在閩稱帝，任禮部尚書，清兵入閩自縊死。博通經學，著述甚多，撰有《蜀中著作記》《易經通論》《石倉詩文集》等。《明史》卷二百八十八有傳。

是書在楊慎評點的基礎上又加入曹學佺的評點(即批點)，曹序云："《雕龍》苦無善本，漶漫不可讀，相傳有楊用修批點者，然義隱未標，字訛猶故。予友梅子庚從事於斯，音注十五而校正十七，差可讀矣。予以公暇，取青州本對校之，間一籤其大指。是亦以易見意，而少補兹刻之易見事易誦者也。"除曹學佺外，尚有孫無攄、王性凝等人的評點。此本爲閔氏刻五色套印本，分爲上下兩卷，卷上之上爲《原道》至《哀弔》共十三篇，之下爲《雜文》至《書記》共十二篇；卷下之上爲《神思》至《事類》共十三篇，之下爲《練字》至《序志》共十二篇。分卷之次，與《四庫全書總目》所稱的"據《序志》篇，稱上篇以下、下篇以上，本止二卷"之説相合。采用五色批點，《凡例》稱："楊用修批點，元用五色。刻本一以墨別，則閲之易溷，寧能味其旨趣？今復存五色，非曰炫華，實有益於觀者。"所謂"五色"，據《凡例》紅緑青三色依舊，指照用楊慎批本原色。黃色則易以紫、白兩色。另外篇中凡改補字用"〇"表示，衍文用"□"表示，當作或疑作之字則用"、"表示。

書中眉端有楊慎、曹學佺等人評點，凡評點不題姓名者即爲楊慎原評，依據是卷上之上《徵聖》篇贊云"百齡影徂，千載心在"句，眉端評點稱"百齡影徂二句，奇句也，諸贊例皆蛇足，如此麟角固不一二。曹能始曰：楊批亦未必然"。篇末也有楊評，如卷上之上《明詩》篇末評云："此篇評詩，宋腐儒所不及……然可語此世亦無幾人，唯吾禹山可也。"據《文心雕龍校讎姓氏》，楊評稱之爲"批評"，曹學佺的評點則稱爲"參評"，署名"曹能始"。如卷上之上《原道》篇"人實天地之心生，心生而言立，言立而文明，自然之道也"句，眉端有評點云："曹能始曰：先提起心字，而後及有心無心之別”。“校正”者則包括朱謀㙔等十九人,據眉端鐫刻內容此類“校正”者也作近乎評點的“校正”,當然主要是對於文字的注音、校訂和注解等。注音者,如《原道》篇“山川煥綺”句,眉端有注音“綺音杞”。此類音注基本不署名,出自梅慶生之手。校訂者一般逐一署名,如《原道》篇“益稷陳謨”句,眉端有“校正”稱“謨元作謀,楊改”,楊即楊慎。注解者如卷上之上《宗經》篇“禮正五經”句,眉端有注解“謝耳伯曰:五經即五禮,吉凶賓軍嘉也。梅子庾曰:五經即五常”。眉端也有未署作者的校記,如卷下之下《序志》篇“稟性五行”,眉端有校記“行,一作才”等。正文行間有旁注,《凡例》稱:“人名及鳥獸等名,元注本文下,今以硃載於旁,庶文易明而不至本文間斷。”如卷上之上《正緯》篇“謂起哀平”句,“哀平”旁注以“二帝”兩字。

“注二卷”指將原附在各篇之後的梅注,單獨輯合在一起而成編,卷端題“劉子文心雕龍注卷上之上”。《凡例》稱:“各注元居各篇後,今並於各卷後,以便稽考。”

此本鈐“俞之甲印”“振鱗”“李印盛鐸”“木齋”諸印,清人俞之甲舊藏,後歸李盛鐸木犀軒,現藏北京大學圖書館,編目書號 SB/810.04/7246.29。《叢刊》即據該本影印,收在第九十九至一百冊。

254. 詩品

南朝梁鍾嶸撰。元延祐七年(1320)圓沙書院刻《山堂先生群書考索》本。一冊。

十五行二十四字,細黑口、四周雙邊,雙魚尾。版心中(上魚尾下)鐫“考索”和集次及卷次,如“考索前廿二”,下(下魚尾下)鐫“葉次”。卷端題名大字占兩行,題“山堂先生群書考索卷之二十二,前集”,第三行低十格題“山堂宮講章如愚俊卿編”。

鍾嶸,生卒年不詳,字仲偉,南朝梁潁川長社(今屬河南長葛)人。仕齊爲南康王國侍郎,入梁官晉安王記室,撰有《詩品》。《梁書》卷四十九、《南史》卷七十二有傳。

《梁書》本傳稱:"嶸嘗品古今五言詩,論其優劣,名爲《詩評》。"《隋志》始著録該書,題"《詩評》三卷",小注"鍾嶸撰,或曰《詩品》"。《舊唐志》未著録,《新唐志》著録同《隋志》。北宋《崇文總目》著録題"鍾嶸《詩品》三卷",此後書目著録《詩評》基本改稱"詩品"。南宋趙希弁《讀書附志》著録《詩品》三卷,又陳振孫《直齋書録解題》亦著録,云:"以古今作者爲三品而評之,上品十一人,中品三十九人,下品六十九人。"《宋志》著録題"詩評",且爲一卷本,疑有錯訛。《四庫全書總目》云:"所品古今五言詩,自漢魏以來一百有三人,論其優劣,分爲上中下三品。每品之首各冠以序,皆妙達文理,可與《文心雕龍》並稱。"

《山堂先生群書考索》古又簡稱"山堂考索"或"群書考索",撰者是宋人章如愚,生卒年不詳,字俊卿,號山堂,南宋婺州金華(今屬浙江金華)人。慶元二年(1196)進士,官至國博宫講、知制誥。因忤逆韓侂胄罷歸,"結草堂山中,與士子講學"(《宋元學案補遺》),稱"山堂先生"。全書包括前集、後集、續集和別集共四集,集下分門,門下分類,類下再分子目,總爲二百十二卷。四集並非作於一時,徵引豐富,考據精切,保存了一些重要的文獻資料。是書前集卷二十二"文章門"之"評詩類"即收録《詩品》全文,儘管該書依據版本是延祐七年圓沙書院本(書中卷首目録末有牌記題"延祐庚申圓沙書院新刊");但所録《詩品》應據宋本傳刻,而基本反映宋本之貌。

該本所録《詩品》開篇題"梁征遠記室參軍鍾嶸詩品序",凡所品詩人之目以圈圍和白文陰圍表示。以之與明繁露堂本相校,存在異文,可補世傳本之校語,亦可訂正該本之誤刻。明顯屬誤刻者,如"晉步兵阮籍詩"條"可以陶性雲",繁露堂本"性雲"作"性靈"。"晉平原相陸機詩"條"文力於仲宣",繁露堂本"力"作"劣"。"晉司空張華詩"條"用文字務爲妍治",繁露堂本"治"作"冶"等。印證該本雖屬書院刻書,但校勘失於粗率。屬異文者,如《詩品序》"況八絃既奄",繁露堂本"絃"作"紘"。"漢婕妤班姬詩"條"辭旨清婕",繁露堂本"婕"作"捷"。"魏文學劉楨詩"條"壯氣愛奇",繁露堂本"壯"作"仗"。"晉步兵阮籍詩"條"顏延注解",繁露堂本作"顏延之注解"。《詩品中序》"拘孿補納",繁露堂本"納"作"衲";"詞人殆集"，繁露堂本"詞人"作"詞文"。"梁左光禄沈約詩"條"今剪除淫雜"，繁露堂本"剪"作"翦"。《詩品下序》"陸謝於體貳之才"，繁露堂本"於"作"爲"；"擗績細微"，繁露堂本"擗績"作"襞積"等。

該本原爲李盛鐸舊藏，現藏北京大學圖書館，編目書號 LSB/82。《叢刊》即據該本影印，收在第一百册。

255. 詩品三卷

南朝梁鍾嶸撰。明正德元年（1506）退翁書院鈔本。清黄丕烈跋。一册。

十行十六字，白口，左右雙邊，無魚尾，藍格。版心上鎸"小答集"，中鎸"卷"字，下鎸"退翁書院"字樣。卷端題"詩品上"，次行低六格題"梁征遠記室參軍鍾嶸"。卷末有嘉慶甲戌（1814）黄丕烈題跋。

此本有脱文，黄跋云："唯卷下第四葉第二行晉徵士戴逵後所品語脱，又第三行晉東陽太守殷仲文後所品人脱。"黄丕烈據別本補在卷末，即"評曰：安道詩雖嫩弱，有清工之句，裁長補短，袁彦伯之亞乎！逵子顒亦有一時之譽""晉謝琨"。書中有朱筆和墨筆校字，據末葉所鈐"曾經藝風勘讀"一印，知出於繆荃孫之手。如卷上序"至於楚臣去楚"，"楚"字旁墨筆校一"境"字；"故詩人作者，罔不愛好"，"詩"字旁朱筆校一"詞"字。卷中序"詞既失高，宜加事義"，"高"字旁朱筆校一"則"字；"諸英志録，並載在文"，"載"字旁朱筆校一"義"字。據耳題"正德元年"，故該本著録爲退翁書院鈔本。退翁書院相關故實不詳，俟考。《藝風藏書續記》卷七著録爲"明影宋鈔本"，且稱"字跡秀勁"，但當非據宋本而鈔。另版心上鎸"小答集"字樣的涵義，亦不詳，疑《詩品》屬名"小答集"叢編中的一個子目。

書中鈐"茂苑香生蔣鳳藻秦漢十印齋祕笈圖書""繆荃孫藏""藝風堂藏書""曾經藝風勘讀""裒辛齋珍藏印""懷辛居士""博明鑑藏""雪溪許氏懷辛齋圖籍""陳立炎""友年所見""古書流通處""荀齋""祁陽陳澄中藏書記"諸印，清蔣鳳藻舊藏，後經繆荃孫、許博明、陳立炎、陳澄中所藏。現藏中國國家圖書館，編目書號9648。《叢刊》即據該本影印，收在第一百册。

256. 鍾嶸詩品三卷

南朝梁鍾嶸撰。明沈氏繁露堂刻本。清張蓉鏡跋。一册。

十行十六字,白口、左右雙邊,單魚尾。版心中鐫"詩品"和卷次(即上中下)及葉次,下鐫"繁露堂雕"字樣。卷端題"鍾嶸詩品卷上",次行低六格題"梁征遠記室參軍鍾嶸"。卷下末録《文獻通考》所載陳振孫之語,次嘉定戊寅(1218)丁黼跋。書衣及卷末均有張蓉鏡跋。

沈與文,生卒年不詳,字辨之,號姑餘山人,又號野竹居士,明代吴縣(今屬江蘇蘇州)人。喜藏書,藏書室名"野竹齋"和"繁露堂",撰有《畫志》等。

張蓉鏡(1802—?)字芙川,又字伯元,張燮之孫,清代常熟人。富藏書,有小瑯嬛仙館。

此本正文中凡所品類目,以陰文黑圍標識。眉端有朱筆批注,如卷中"宋光禄大夫顏延之詩"條"是經綸文雅,才雅才減若人,則蹈於困躓矣"句,批云:"是恐當作寔,才雅才減若人,得雅才稍減於古人也,上才即纔字之義。"卷末丁跋頗具文獻價值,稱:"《崇文總目》有鍾嶸《詩品》三卷,未之見也。韓南澗家多藏書,從澗泉借得之,遂爲鋟木。《四庫闕書》又有宋璋《詩品》二十卷,惜其不傳耳。嘉定戊寅六月十六日東徐丁黼書於上饒之覽悟室。"知南宋嘉定間有《詩品》刻本,刻在江西上饒。或緣於此跋之故,該本曾誤定爲宋本,如書衣即題"宋槧鍾嶸詩品,足本祕册"。

書中鈐"張印蓉鏡""蓉鏡珍藏""雯""天章""萬象涵古今""傅沅叔藏書記""增湘""藏園""藏園居士""雙鑑樓""晉生心賞""華娛室"諸印,又張蓉鏡跋稱:"明楊五川先生藏善本,道光甲午(1834)六月得之郡城袁氏舊藏書家也。"楊五川即明人楊儀。知舊爲明楊儀所藏,入清歸張蓉鏡,又爲傅增湘藏園插架之本。現藏中國國家圖書館,編目書號5602。《叢刊》即據該本影印,收在第一百册。

257. 詩品三卷

南朝梁鍾嶸撰。清希言齋鈔本。一册。

九行十八字,白口、四周單邊,藍格,單魚尾。版心下鎸"希言齋"字樣。卷端題"詩品上",次行低八格題"梁征遠記室參軍鍾嶸"。卷首有鍾嶸《詩品卷序》。

此本類目以框圍標識。與繁露堂本相校存在異文,如卷上"晉步兵阮籍詩"條"顏延年注解",繁露堂本"年"作"之";"法言其志",繁露堂本"法"作"怯",當屬誤字。"晉王門郎潘岳詩"條,繁露堂本"王"作"黄";"衣服之有綃縠",繁露堂本"服"作"被"。"晉王門郎張協詩"條,繁露堂本"王"作"黄"。檢書中"玄""曄""弘"諸字均不闕筆,疑爲清初(康熙前)鈔本。希言齋不詳誰氏齋號,俟考。

書中鈐"甬上林集虛記""鄞蝸寄廬孫氏藏書"兩印,經林集虛、孫翔熊所藏,現藏上海圖書館,編目書號綫善 793321。《叢刊》即據該本影印,收在第一百册。

258. 詩品三卷

南朝梁鍾嶸撰,日人近藤元粹評訂。日本明治四十三年(1910)東京青木嵩山堂鉛印本。一册。

十二行二十四字,白口、四周雙邊,無直格,單魚尾。版心上題"螢雪軒叢書第二卷",中題"詩品"和卷次及葉次,下題"嵩山堂藏版"字樣。上下兩欄,上欄內有評訂。卷端題"詩品卷上",次行、第三行均低十格分别題"梁鍾嶸仲偉撰述""日本近藤元粹純叔評訂"。卷首有《螢雪軒叢書第二卷目次》。

近藤元粹(1850—1922)字純叔,號南州外史,日本四國地方愛媛縣伊豫市人。明治時代漢學家,家藏漢籍甚富。

此本書首有内扉葉題"螢雪軒叢書,南州外史近藤元粹評訂(卷之二),版權所有,青木嵩山堂出版"。《螢雪軒叢書》乃近藤元粹所輯,選録中國詩話而成編,自序稱:"平生瀏覽之際,其適我好者,往往净寫鈔録編纂之,以便於批閲。而其係詩話者殆一百種。"實際僅輯得五十九種。《詩品》即收在該叢書卷二,作爲第一種。近藤氏的評訂在書中上欄內,主要包括下述兩類:其一,品評旨趣。如卷上《詩品序》有"淵源甚遠""李太白不取建安七子,余常服其卓見"諸評,又同卷"古詩"條"其體源出於國風,陸機所擬十四首,文温以麗,意悲而遠,心驚動魄,可謂幾乎一字千金"句,評訂云:"以古詩爲體,源出於國風則爲確論,而驚心動魄於六朝輕薄之徒,則可笑也。"卷中《詩品序》評訂稱"一篇序論,艱澀不成文"。同卷"晉司空張華"條"猶恨其兒女情多,風雲氣少"句,評訂稱"措詞佳"。同卷"宋徵士陶潛"條評訂云:"淵明晉人,入之宋人中實背淵明","鍾生眼光如豆,而亦能知陶詩之美,可謂可憐生"。其二,校理異文是非。如卷上《詩品序》"每苦文繁而意少"句中的"意"字,評訂稱"意一作易,非也"。又同卷"宋臨川太守謝靈運"條"若人興多才高"句中的"高"字,評訂稱"諸本'高'下有'博'字,似非,今從何文煥校訂本"。卷下"漢令史班固等"條"文勝託詠靈芝,懷寄不淺"句,評訂稱"諸本'芝'下有'觀'字,恐衍"。

此本屬《螢雪軒叢書》的一種,現藏中國國家圖書館,編目書號91865。《叢刊》即據該本影印,收在第一百册。

259. 文章緣起一卷

題南朝梁任昉撰,明陳懋仁注,清方熊補注。清康熙三十三年(1694)方氏侑静齋刻本。周作人題識。一册。

九行十七字,白口、四周單邊,單魚尾。版心上鐫"文章緣起",中鐫葉次,下鐫"侑静齋"字樣。卷端題"文章緣起",次行、第三行均低一格分別題"梁新安太守樂安任昉彦升撰""明參軍嘉興陳懋仁無功注",第四行低兩格題"黃虞外史歙方熊望子集補注"。卷首有崇禎壬午(1642)林古度序,次《文章緣起目録》。卷末有洪适跋,次康熙三十三年方熊《後序》。書首副葉有民國三十年(1941)周作人題識。

方熊(1631—?)字望子,又作望紫,晚號黃虞道士,清代歙(今屬安徽歙縣)人。工詩文,補注《文章緣起》,詩文集無傳於世。

任昉撰有《文章始》,始見於《隋志》小注著録,題"梁有《文章始》一卷,任昉撰",即阮孝緒《七録》著録本。《舊唐志》復著録《文章始》一卷,小注"任昉撰,張績補"。《新唐志》著録作"任昉《文章始》一卷,張績補"。《四庫全書總目》云:"舊本題梁任昉撰,考《隋書·經籍志》載任昉《文章始》一卷,稱有録無書,是其書在隋已亡。《唐書·藝文志》載任昉《文章始》一卷，注曰張績補。績不知何許人，然在唐已補其亡，則唐無是書可知矣。"北宋書目惟見《新唐志》著錄，《太平御覽》亦不引該書，但館臣稱："王得臣爲嘉祐中人，而所作《麈史》有曰梁任昉集秦漢以來文章名之始，目曰'文章緣起'，自詩、賦、《離騷》至於勢、約凡八十五題，可謂博矣……所説一一與此本合，知北宋已有此本。其殆張績所補，後人誤以爲昉本書歟？"南宋陳振孫《直齋書録解題》著録題《文章緣起》一卷，稱："梁太常卿樂安任昉彥昇撰。但取秦漢以來，不及六經。"稱以"文章緣起"，大概自陳振孫始。《宋志》著録同《直齋書録解題》，遂爲今本之貌。且今傳本題以任昉撰，不題張績；雖未可視爲即任昉原著，但相沿成習亦可謂由來已久。《文章緣起》在明時有陳懋仁注本，清代方熊又加以補注。

此本即經陳懋仁注、方熊補注者，凡八十四題，林序釋"文章緣起"之稱云："且夫緣者，循也、因也；起者，立也、作也。循其所因，立其所作，闡明古人之初心，引導今人之別識。"內容屬方熊在明陳懋仁注《文章緣起》之外，又進行補注。《四庫全書總目》稱："明陳懋仁嘗爲之注，國朝方熊更附益之。凡編中題'注'字者皆懋仁語，題'補注'字者皆熊所加。"題"集補"者亦爲方熊所加，卷端題署即稱"方熊望子集補注"，所謂"集補注"即指集補和補注。"集補"蓋指援引他人之説作注，按方序稱"附録嘉興沈氏《文體明辨》"，書中"對賢良策，漢太子家令晁錯"條有"集補"云"按古者選士，詢事考言而已……然對策存乎士子，而策問發於上人，尤必善爲疑難"，即出自《文體明辨》卷二十六徐師曾之語。而"補注"指以己説作注。方熊補注及刊刻《文章緣起》事由，序云："林丈人式瞻……方其以梁任敬子《文章緣起》相授，喜欣欣見眉宇，謂文章源流莫若是書，熊鈔録成冊……參軍（指陳懋仁）注原製作之言，多取之常熟吳氏《文章辨體》。熊附録嘉興沈氏《文體明辨》，間溢以己見。是書似於藝林，不可少矣"，又云："同邑汪儋人浸潭、石俊（？）匡余（不？）逮，助剞劂之貲，非空山足音耶，因刊書。"

書中鈐"翰林院印（滿漢文）""醒夢軒""結一廬藏書印""贊丞過眼""叢書樓""會稽周氏""知堂書記""苦雨齋藏書印"諸印，該本曾作爲清乾隆間纂修四庫的進呈本,民國間歸周作人所藏。又鈐"彦昇"銅印一枚,題識稱:"道光壬寅(1842)秋得此銅印,附印於此,東卿記。"現藏中國國家圖書館,編目書號 19285。《叢刊》即據該本影印,收在第一百冊。

260. 文章緣起一卷續文章緣起一卷

題南朝梁任昉撰,明陳懋仁注/明陳懋仁撰。清鈔本。清吳騫校。一冊。

十行二十一字,無欄格。卷端題"文章緣起注",次行低三格題"梁樂安任昉彦升撰,明檇李陳懋仁注"。卷首有《文章緣起目錄》,《文章緣起》末有洪适跋。《續文章緣起》卷端題"續文章緣起",次行低九格題"明檇李陳懋仁無功著"。卷首有《續文章緣起目錄》。

陳懋仁,生卒年不詳,字無功,明代秀水(今屬浙江嘉興)人。生平遊歷足跡遍海內,且勤於讀書治學,撰有《泉南雜志》《年號韻編》等。生平事跡參見《嘉禾徵獻錄》卷四十六。

此本即爲陳懋仁注本。據卷首目錄,《文章緣起》所收類目爲三言詩、四言詩、五言詩、六言詩、七言詩、九言詩、賦、歌、離騷、詔、策文、表、讓表、上書、書、對賢良策、上疏、啓、奏記、牋、謝恩、令、奏、駮、論、議、反騷、彈文、薦、教、封事、白事、移書、銘、箴、封禪書、讚、頌、序、引、志錄、記、碑、碣、誥、誓、露布、檄、明文、樂府、對問、傳、上章、解嘲、訓、辭、旨、勸進、喻難、誡、弔文、告、傳贊、謁文、祈文、祝文、行狀、哀策、哀頌、墓誌、誄、悲文、祭文、哀詞、挽詞、七發、離合詩、連珠、篇、歌詩、遺、圖、勢和約,凡八十四題。《四庫全書總目》稱"凡八十五題",蓋將小序計在內。開篇小序稱:"六經素有歌詩誄箴銘之類,《尚書》帝庸作歌,《毛詩》三百篇,《左傳》叔向詒子產書、魯哀公孔子誄、孔悝《鼎銘》、虞人箴,此等自秦漢以來聖君賢士沿著爲文章,名之始。故因暇錄之,凡八十四題。"《文章緣起》末有洪适跋云:"後公六百年,而适爲州,嘗欲會粹遺文,又刻識木石以慰邦人無窮之思,而不可得。三館有集六卷,悉見蕭氏、歐陽氏類書中,疑後人掇拾傅著,於所傳無益,獨是書僅存。"陳注於每條類目之下,館臣評價稱:"蔓衍論文,多掯拾摯虞、李充、劉勰之言,而益以王世貞《藝苑卮言》之類，未爲精要。於本書間有考證，而失於糾駁者尚多，議論亦往往紕繆。”

附陳懋仁撰《續文章緣起》一卷，據目録所載類目有二言詩、八言詩、三良詩、四愁詩、七哀詩、百一詩、操、暢、支、縵、曲、行、吟、怨、思、謳、謠、詠、嘆、弄、鹽、樂、唱、諺、別、詞、調、偈、雜言詩、盤中詩、相承詩、迴文詩、反覆詩、建除詩、四時詩、集句、句、名詩、絶句、詩、和詩、不用韻詩、用古詩、大言小言、詠史、制、敕、麻、章、略、牒、狀、述、斷、辯、法、典引、說難、詛文、對事、客難、賓戲、答譏、釋誨和尺牘，凡六十五類。陳懋仁於上述諸類目亦加以注釋，敘其源起，補《文章緣起》所未備，有一定的參考價值。書中眉端有吳騫手校，如“賦，楚大夫宋玉所作”條“言感物造耑”句，眉批稱“耑疑作端，《釋文·考工》耑本作端”；又“可以爲列大夫也”句，眉批稱“爲列疑作列爲”。

書中鈐“授經樓吳氏藏書”“兔牀手校”“愚齋圖書館藏”“愚齋審定善本”“愚齋鑑藏”“武進盛氏所藏”諸印，清吳騫舊藏，後爲盛宣懷所藏。現藏上海圖書館，編目書號綫善 757745。《叢刊》即據該本影印，收在第一百册。

261. 文章緣起訂誤一卷文章緣起補一卷

清錢方琦撰。一九五八年錢建初編鈔《得天爵齋叢書》本。一册。

十行二十字，黑口、四周雙邊，單魚尾。版心中題“文章緣起訂誤”和葉次，下題“得天爵齋叢書”字樣。卷端題“文章緣起訂誤”，次行、第三至第五行均低八格分別題“陽湖錢方琦駿華著”“嘉興王蘧常瑗仲校”“醫學博士男錢建初參訂”“松江張聯芳繕”。卷首有一九五八年王蘧常《文章緣起訂誤序》。

錢方琦（1876—1901）字駿華，號訪奇、觀保，清代武進（今屬江蘇常州）人。世居天津，頗具學養，且擅長醫術，爲人治病時不幸染疾而逝，撰有《方言拾補》《研經廬雜議》和《得天爵齋詩文集》等。

錢建初，生卒年不詳，錢方琦之子，美國醫學博士，民國時曾任中華醫學會上海分會會長、中國紅十字會上海國際委員會委員等職。

　　此本書首有内扉葉題"文章緣起訂誤附文章緣起補,戊戌歲(1958)王蘧常敬題",屬《得天爵齋叢書》的一種,鈔在一九五八年。該叢書由錢建初所編,共輯得其父錢方琦撰述十種,經王蘧常校,由張聯芳繕寫。錢方琦訂誤《文章緣起》及補的學術價值,王序云:"(任昉)乃於此書分類既多,未協推源,自起尤多疏舛,淹博如彥昇似不應有此。後知紀河間已疑其假託,河間多訾其分類,而摘《緣起》之誤,僅舉《挽歌》始《薤露》不起繆襲、《玉篇》始倉頡不起《凡將》兩事。宋王得臣《麈史》雖信其書,而亦有所彈正,亦僅六七事而已……吾友錢建初博士既整齊先德駿華先生遺書,予已婁序之矣。今年初夏,復出此書請序,予爲大喜。不特王、紀所言皆多擷取,且遍及全書匡正至三十餘事,復爲補亦至三十餘事。雖不言此書之不出於彥昇,而其意灼然。"書中凡訂誤者稱以"非也",並以"駿案"的方式詳述理據。如"賦始楚大夫宋玉也"句,即稱"非也",次"駿案"云:"《漢書·藝文志》載屈原賦二十五篇(原書'篇'字下有小注'祇存目'三字),則作賦始於屈原可知。""又謂辭始漢武帝《秋風辭》",稱"非也",次"駿案"云:"《易》有《繫辭》上下篇,《毛詩》又曰歌辭《南陔》《由庚》諸篇,有聲無辭,此即辭之權輿。"凡訂誤三十二條,皆案有所據,頗具文獻價值。《補》一卷,所補之目爲"駢文""送窮文""自祭文""招魂""解""尺牘""詩""吟""篇""行""曲""古樂府""聯句""贈答""次韻""回文""香奩體""竹枝""詩用賦得""古詩注一解二解等字""一言""三言""四言""五言""六言""七言""八言""九言""一字至七字詩""一字至十字詩""五絶"和"詞曲",凡三十二條。

　　書中鈐"王蘧常印"一印,現藏中國國家圖書館,編目書號10023。《叢刊》即據該本影印,收在第一百册。

書名筆畫索引

書名　　　　　　　　　序號・頁碼

三畫

三傅集一卷補一卷　　　　65・369

四畫

王文憲集一卷　　　　　175・489

王左丞集一卷　　　　　199・516

王司空集一卷　　　　　225・545

王司空詩集注不分卷　　226・545

　　　　　　　　　　　227・546

王仲宣集四卷　　　　　71・376

王侍中集一卷　　　　　72・378

王詹事集一卷　　　　　218・537

王寧朔集一卷　　　　　177・492

王諫議集一卷　　　　　32・336

　　　　　　　　　　　31・336

支遁集二卷　　　　　　157・469

支遁集二卷補遺一卷　　160・472

支道林集一卷　　　　　158・471

支道林集一卷外集一卷　159・471

牛奇章集一卷　　　　　246・567

六朝文絜箋注十二卷　　20・322

六朝詩集五十五卷　　　19・320

文心雕龍　　　　　　　248・571

文心雕龍十卷　　　　　247・569

　　　　　　　　　　　249・573

　　　　　　　　　　　250・573

文心雕龍訓故十卷　　　252・576

文章緣起一卷　　　　　259・584

文章緣起一卷續文章緣起一卷

　　　　　　　　　　　260・586

文章緣起訂誤一卷文章緣起補一卷

　　　　　　　　　　　261・587

文選三十卷　　　　　　2・293

　　　　　　　　　　　4・298

文選六十卷　　　　　　1・289

　　　　　　　　　　　3・296

孔少府集一卷　　　　　66・371

五畫

玉臺新詠十卷　　　　　10・305

　　　　　　　　　　　11・307

　　　　　　　　　　　12・308

玉臺新詠十卷	13・309	阮步兵詠懷詩注一卷校補表一卷	
	14・310		105・416
	15・313	阮嗣宗集二卷	100・409
玉臺新詠札記一卷	17・317		101・411
玉臺新詠校正十卷	16・315		102・412
古文苑二十一卷	18・318	阮嗣宗詠懷詩注四卷	104・414
古詩十九首附箋一卷	6・301	阮嗣宗詠懷詩箋定本一卷	106・417
古詩十九首注一卷	9・304	車太常集一卷	145・455
古詩十九首解一卷	7・302	吳朝請集一卷	198・515
古詩十九首箋注一卷	8・303	何水部詩集一卷	194・510
古詩十九首説一卷	5・300	何水部詩集三卷	197・514
左九嬪集一卷	129・441	何記室集一卷	196・514
	130・442	何記室集三卷	195・513
左太沖集一卷	132・443	谷儉集一卷	144・454
左秘書集二卷	131・442	沈侍中集一卷	234・554
司馬子長集一卷	30・335	沈隱侯集十六卷	193・510
司馬文園集一卷	26・331	沈隱侯集四卷	192・508
司馬長卿集一卷	25・330	宋何衡陽集一卷	169・482
司馬長卿集二卷	27・332	宋袁陽源集一卷	170・483
邢特進集一卷	223・543	宋傅光禄集一卷	161・474
任中丞集一卷	189・505		162・476
任彥昇集六卷	190・506	武侯集十六卷	69・374
江令君集一卷	242・563	枚叔集一卷	22・326
江光禄集十卷集遺一卷	186・502		23・328
阮元瑜集二卷	78・382	東方大中集一卷	29・334
阮步兵集一卷	103・413	東方先生文集三卷	28・333

東漢王叔師集一卷　　　　48・352
東漢荀侍中集一卷　　　　64・369
東漢馬季長集一卷　　　　49・353
東漢崔亭伯集一卷　　　　42・346
南齊孔詹事集一卷　　　　178・493
南齊竟陵王集二卷　　　　176・491
貞白先生陶隱居文集一卷傳記一卷
　　　　　　　　　　　　208・528
段太尉集一卷　　　　　　52・356
皇甫司農集一卷　　　　　53・357
班叔皮集一卷　　　　　　40・344
班蘭臺集一卷　　　　　　41・345
華陽陶隱居集二卷　　　　210・530
桓令君集一卷　　　　　　94・403
校蔡中郎文集疏證十卷外集疏證一卷
蔡中郎文集補一卷　　　　62・367
夏侯常侍集一卷　　　　　115・425
晉王大令集一卷　　　　　142・452
晉王右軍集二卷　　　　　141・451
晉司隸校尉傅玄集三卷　　112・422
晉成公子安集一卷　　　　113・423
晉杜征南集一卷　　　　　117・427
晉束廣微集一卷　　　　　123・432
晉張司空集一卷　　　　　120・429
晉張孟陽集一卷　　　　　133・444
晉張景陽集一卷　　　　　134・445

晉摯太常集一卷　　　　　135・445
晉劉越石集一卷　　　　　138・448
徐孝穆全集六卷備考一卷　241・562
徐孝穆集十卷　　　　　　240・560
徐孝穆集七卷　　　　　　239・559
徐偉長集六卷　　　　　　77・381
高令公集一卷　　　　　　221・541
郭弘農集二卷　　　　　　139・449
陸士衡文集十卷　　　　　124・433
　　　　　　　　　　　　125・435
陸士衡文集十卷札記一卷　126・436
陸士龍文集十卷　　　　　127・438
陸士龍集四卷　　　　　　128・440
陸太常集一卷　　　　　　200・517
陳孔璋集二卷　　　　　　73・379
陳思王集十卷　　　　　　83・387
陳後主集一卷　　　　　　238・558
陳記室集一卷　　　　　　74・380
陳張散騎集一卷　　　　　237・557
陰常侍詩集一卷　　　　　235・555
　　　　　　　　　　　　236・556
陶貞白集二卷　　　　　　209・529
陶集四卷　　　　　　　　153・464
陶淵明集十卷　　　　　　147・457
陶淵明詩一卷雜文一卷　　146・455
陶詩本義四卷　　　　　　154・465

陶詩集注四卷東坡和陶詩一卷

　　　　　　　　　151・462

陶詩彙注四卷首一卷末一卷論陶一卷

　　　　　　　　　152・463

陶詩編年一卷　　　　155・467

陶靖節先生集十卷年譜一卷　149・459

陶靖節先生詩注四卷補注一卷

　　　　　　　　　148・458

孫廷尉集一卷　　　　140・451

孫馮翊集一卷　　　　116・426

曹大家集一卷　　　　45・349

　　　　　　　　　46・350

曹子建文集十卷　　　82・385

　　　　　　　　　87・392

曹子建集十卷　　　　84・388

　　　　　　　　　85・389

　　　　　　　　　86・391

曹子建集十卷補遺一卷敘録一卷年譜

一卷　　　　　　　88・393

曹子建詩箋定本四卷　92・400

曹集二卷　　　　　　89・394

曹集考異十卷敘録一卷年譜一卷

　　　　　　　　　91・398

曹集銓評十卷逸文一卷附魏陳思王年

譜一卷　　　　　　90・396

崔亭伯集一卷　　　　43・347

庾子山全集十卷　　　233・553

庾子山集十六卷　　　230・550

庾子山集十六卷年譜一卷總釋一卷

　　　　　　　　　232・552

庾度支集一卷　　　　217・537

庾開府集二卷　　　　229・548

庾開府詩集六卷　　　231・551

庾開府詩集四卷　　　228・547

梁元帝集一卷　　　　220・540

梁元帝御製集十卷　　219・539

梁丘司空集一卷　　　191・507

梁江文通文集十卷　　187・503

　　　　　　　　　188・504

梁江文通集十卷　　　185・500

梁武帝御製集一卷　　184・500

梁武帝御製集十二卷　183・498

梁昭明太子六律六吕文啓一卷

　　　　　　　　　204・522

梁昭明太子文集五卷　201・518

　　　　　　　　　202・520

梁昭明太子文集五卷札記一卷

　　　　　　　　　206・525

梁昭明太子文集五卷補遺一卷

　　　　　　　　　205・523

梁昭明太子集六卷　　203・521

梁陶貞白先生文集二卷　207・526

梁簡文帝御製集二卷　　　216・536

梁簡文帝御製集十六卷　　215・534

張太常集一卷　　　　　　　51・355

張河間集二卷　　　　　　　50・354

隋煬帝集一卷　　　　　　　244・565

董膠西集二卷　　　　　　　24・329

揚子雲集六卷　　　　　　　36・339

揚侍郎集一卷　　　　　　　37・341

嵇中散集十卷　　　　　　　95・404

　　　　　　　　　　　　　96・405

　　　　　　　　　　　　　98・407

嵇中散集□卷　　　　　　　97・406

嵇康集十卷　　　　　　　　99・408

傅中丞集一卷　　　　　　　118・427

　　　　　　　　　　　　　119・428

傅司馬集一卷　　　　　　　44・348

傅鶉觚集一卷　　　　　　　110・420

傅鶉觚集五卷補遺一卷附傅子校勘記

一卷　　　　　　　　　　　111・421

馮曲陽集一卷　　　　　　　38・342

　　　　　　　　　　　　　39・343

湛諮議集一卷　　　　　　　143・453

温侍讀集一卷　　　　　　　222・542

楊升庵先生批點文心雕龍十卷

　　　　　　　　　　　　　251・574

賈長沙集十卷　　　　　　　21・325

蜀丞相諸葛亮文集六卷　　　68・373

詩品　　　　　　　　　　　254・579

詩品三卷　　　　　　　　　255・581

　　　　　　　　　　　　　257・582

　　　　　　　　　　　　　258・583

靖節先生集十卷首一卷年譜考異二卷

　　　　　　　　　　　　　156・468

趙太常集一卷　　　　　　　63・368

趙計吏集一卷　　　　　　　56・359

蔣恭侯集一卷　　　　　　　109・419

蔡中郎文集十卷外傳一卷　　57・360

蔡中郎集二卷　　　　　　　60・364

蔡中郎集十卷外紀一卷外集四卷末一

卷　　　　　　　　　　　　61・365

箋注陶淵明集十卷總論一卷　150・460

齊張長史集一卷　　　　　　179・494

鄭司農集一卷　　　　　　　54・358

鄭康成集一卷　　　　　　　55・358

漢蔡中郎集十一卷　　　　　59・363

漢蔡中郎集六卷　　　　　　58・361

漢劉子駿集一卷　　　　　　35・339

漢諸葛武侯全集四卷　　　　70・376

漢蘭臺令李伯仁集一卷　　　47・351

摯太常遺書三卷　　　　　　136・446

劉子文心雕龍二卷注二卷　　253・577

劉中壘集一卷　　　　　　　34・338

劉中壘集六卷	33・337	魏劉公幹集一卷	76・381
劉公幹集二卷	75・380	魏鍾司徒集一卷	107・418
劉令君集一卷	108・418	魏應休璉集一卷	93・401
劉孝標集二卷	211・531	魏應德璉集一卷	80・384
劉秘書集一卷	212・532	鍾嶸詩品三卷	256・581
劉庶子集一卷	214・534	謝玄暉詩五卷	181・496
劉豫章集一卷	213・532	謝光禄集一卷	172・485
潘太常集一卷	137・447	謝法曹集一卷	168・481
潘黃門集一卷	122・431	謝宣城詩集五卷	182・497
潘黃門集六卷	121・430	謝朓集五卷	180・495
薛司隸集一卷	245・566	謝康樂集四卷	165・478
盧武陽集一卷	243・564	謝惠連詩一卷	167・480
鮑氏集十卷	173・487	謝集二卷	166・480
	174・488	謝靈運詩二卷	164・478
魏文帝集二卷	81・384	謝靈運詩集二卷	163・476
魏武帝集一卷	67・372	應德璉集二卷	79・383
魏荀公曾集一卷	114・424	顏光禄集三卷	171・484
魏特進集一卷	224・544		

著者筆畫索引

著者	序號・頁碼		225・519
			226・519
二畫			227・520
丁晏	90・370	王融	177・466
丁福保	23・302	王羲之	141・426
	27・306	王獻之	142・426
	30・309	牛弘	246・541
	55・333	方熊	259・558
	90・370	方濬師	111・395
	132・417	孔稚圭	178・467
		孔融	66・345
四畫		古直	92・374
			106・391
王士騏	69・349		
王世貞	84・362	左芬	129・415
王逸	48・326		130・416
王粲	71・351	左思	131・416
	72・352		132・417
王筠	218・511	史玄	159・445
王僧孺	199・490	丘遲	191・481
王儉	175・464	司馬相如	25・304
王褒	31・310		26・305
	32・311		27・306

司馬遷	30・309		102・386
邢邵	223・517		103・387
成公綏	113・397	杜預	117・401
呂延濟	2・267	李尤	47・325
	3・270	李公煥	150・434
	4・272	李兆元	6・275
呂向	2・267	李周翰	2・267
	3・270		3・270
	4・272		4・272
呂兆禧	28・307	李善	1・263
朱筠	5・274		3・270
朱緒曾	88・367	李夢陽	84・362
	91・372	車胤	145・429
任昉	189・479	束皙	123・406
	190・480	吳仁傑	149・433
	259・558	吳兆宜	233・527
	260・560		241・536
江淹	185・474	吳均	198・489
	186・476	吳志忠	62・341
	187・477	吳崧	152・437
	188・478	吳瞻泰	152・437
江總	242・537	何承天	169・456
阮元聲	211・505	何遜	194・484
阮瑀	78・356		195・487
阮籍	100・384		196・488
	101・385		197・488

余元熹	43・321	皇甫規	53・331
	45・323	紀昀	16・289
谷儉	144・428	馬璞	154・439
汪士賢	190・480	馬融	49・327
沈炯	234・528	班固	41・319
沈約	192・482	班昭	46・324
	193・484		45・323
沈啓原	165・453	班彪	40・318
	192・482	袁宏道	12・282
枚乘	22・300	袁淑	170・457
	23・302	桓階	94・377
東方朔	28・307	夏侯湛	115・399
	29・308	倪璠	232・526
卓爾堪	89・368		232・526
	153・439	徐乃昌	17・291
	166・454	徐文炳	241・536
周世敬	22・300	徐昆	5・274
	129・415	徐陵	10・279
	131・416		11・281
	143・427		12・282
荀悦	64・343		13・283
荀勖	114・398		14・284
胡之驥	185・474		15・287
段朝端	226・519		239・533
	227・520		240・534
段頴	52・330		241・536

徐幹	77・355		209・503
高允	221・515		210・504
郭璞	139・424	陶澍	156・442
陸倕	200・491		156・442
陸雲	127・412	陶潛	146・429
	128・414		147・431
陸機	124・407		149・433
	125・409		150・434
	126・410		153・439
陳後主	238・532		156・442
陳琳	73・353	孫楚	116・400
	74・354	孫綽	140・425
陳敬畏	8・277	黃省曾	163・450
陳運溶	94・377		207・500
	108・393	黃節	105・390
	109・393	梅慶生	251・549
	144・428		253・551
	145・429	曹丕	81・358
陳澧	155・441	曹植	82・360
陳懋仁	259・558		83・361
	260・560		84・362
	260・560		85・363
陰鏗	235・529		86・365
	236・530		87・366
陶弘景	207・500		88・367
	208・502		89・368

曹操	67・346		115・399
崔駰	42・320		116・400
	43・321		117・401
許楎	20・296		118・401
庾肩吾	217・511		120・403
庾信	228・521		122・405
	229・522		123・406
	230・524		133・418
	231・525		134・419
	232・526		135・419
	233・527		137・421
章樵	18・292		138・422
張正見	237・531		139・424
張奐	51・329		140・425
張協	134・419		141・426
張庚	6・275		142・426
	7・276		161・448
張華	120・403		162・450
張運泰	43・321		168・455
	45・323		169・456
張載	133・418		170・457
張溥	103・387		172・459
	107・392		175・464
	110・394		176・465
	113・397		177・466
	114・398		178・467

張溥	26・305		191・481
	29・308		196・488
	32・311		198・489
	34・312		199・490
	35・313		200・491
	37・315		212・506
	38・316		213・507
	41・319		214・508
	42・320		216・510
	47・325		217・511
	48・326		218・511
	49・327		220・514
	50・328		221・515
	60・338		222・516
	64・343		223・517
	66・345		224・518
	67・346		225・519
	72・352		234・528
	74・354		237・531
	76・355		238・532
	80・358		242・537
	81・358		243・538
	93・375		244・539
	179・468		245・540
	184・474		246・541
	189・479	張銑	2・267

張銑	3・270		37・315	
	4・272	嵇康	95・378	
張澍	51・329		96・379	
	52・330		97・381	
	53・331		98・381	
	235・529		99・382	
張融	179・468	傅玄	110・394	
張衡	50・328		111・395	
張燮	24・303		112・396	
	31・310	傅咸	118・401	
	183・472		119・402	
	215・508	傅亮	161・448	
	219・513		162・450	
張鵬一	39・317	傅巽	65・343	
	40・318	傅幹	65・343	
	44・322	傅嘏	65・343	
	46・324	傅毅	44・322	
	56・333	馮衍	38・316	
	63・342		39・317	
	65・343	湛方生	143・427	
	119・402	湯漢	148・432	
	136・420		150・434	
葉紹泰	203・495	温子昇	222・516	
葉德輝	112・396	楊廣	244・539	
董仲舒	24・303	楊德周	71・351	
揚雄	36・314		73・353	

楊德周	75・354	劉光賁	9・278
	77・355	劉向	33・311
	78・356		34・312
	79・357	劉孝威	214・508
	85・363	劉孝綽	212・506
賈誼	21・299	劉良	2・267
詹夔錫	151・436		3・270
趙岐	63・342		4・272
趙壹	56・333	劉峻	211・505
蔣師爚	104・388	劉琨	138・422
蔣清翊	160・447	劉楨	75・354
蔣琬	109・393		76・355
蔡邕	57・334	劉歆	35・313
	58・336	劉潛	213・507
	59・337	劉勰	247・543
	60・338		248・545
	61・339		249・547
管庭芬	8・277		250・547
鄭玄	54・332		251・549
	55・333		252・550
鄭樸	36・314		253・551
摯虞	135・419	諸葛亮	68・347
	136・420		69・349
黎經誥	20・296		70・350
劉巴	108・393	諸葛清	70・350
劉世珩	206・499	潘尼	137・421

潘岳	121・404			174・462
	122・405	魏收		224・518
薛道衡	245・540	鍾會		107・392
蕭子良	176・465	鍾嶸		254・553
蕭衍	183・472			255・555
	184・474			256・556
蕭統	1・263			257・556
	2・267			258・557
	3・270	謝莊		172・459
	4・272	謝朓		180・469
	201・492			181・470
	202・494			182・471
	203・495	謝惠連		167・455
	204・496			168・455
	205・497	謝靈運		163・450
	206・499			164・452
蕭綱	215・508			165・453
	216・510			166・454
蕭繹	219・513	應瑒		79・357
	220・514			80・358
盧見曾	54・332	應璩		93・375
盧思道	243・538	顔延之		171・458
錢方琦	261・561	顔欲章		171・458
錢世垚	69・349	蘇軾		151・436
錢培名	126・410	釋支遁		157・443
鮑照	173・461			158・445

釋支遁　　　　　　　159・445　｜　釋行景　　　　　　　204・496

　　　　　　　　　　　160・447　｜

批校題跋者筆畫索引

批校題跋者	序號·頁碼
二畫	
丁丙	159·445
	185·474
	250·547
四畫	
王大鶴	154·439
王芑孫	241·536
王同愈	4·272
王邕	62·341
王頌蔚	88·367
王霖	14·284
毛扆	174·462
文嘉	209·503
五畫	
史臣紀	208·502
	209·503
朱文鈞	68·347
先簡	99·382

批校題跋者	序號·頁碼
伊秉綬	14·284
李士棻	14·285
李文藻	58·336
李維楨	15·287
吳士鑑	208·502
吳翌鳳	250·547
吳湖帆	4·272
吳騫	239·533
吳騫	260·560
何士龍	13·283
何紹基	103·387
	107·392
	110·394
	113·397
	115·399
	116·400
	117·401
	118·401
	120·403
	122·405
	123·406
	26·305

何紹基	29 · 308	169 · 456
	32 · 311	172 · 459
	34 · 312	175 · 464
	35 · 313	176 · 465
	37 · 315	177 · 466
	38 · 316	178 · 467
	41 · 319	179 · 468
	42 · 320	184 · 474
	47 · 325	189 · 479
	48 · 326	199 · 490
	49 · 327	200 · 491
	50 · 328	212 · 506
	60 · 338	216 · 510
	64 · 343	217 · 511
	66 · 345	220 · 514
	67 · 346	221 · 515
	133 · 418	222 · 516
	135 · 419	224 · 518
	137 · 421	237 · 531
	138 · 422	238 · 532
	139 · 424	242 · 537
	140 · 425	243 · 538
	141 · 426	244 · 539
	142 · 426	245 · 540
	162 · 450	246 · 541
	168 · 455	72 · 352

何紹基	74・354	陸貽典	125・409
	81・358	陳本禮	152・437
	93・375	陳鴻壽	14・285
何焯	151・436	孫延	147・431
汪駿昌	147・431		148・432
沙彦楷	151・436	孫潛	15・287
宋康濟	150・434	黃丕烈	57・334
邵淵耀	150・434		96・379
金俊明	147・431		99・382
周天球	209・503		125・409
周作人	259・558		148・432
周春	148・432		229・522
周星詒	84・362		255・555
周亮工	128・414	黃彭年	185・474
宗舜年	231・525	黃景洛	152・437
查慎行	151・436	黃節	197・488
紀昀	16・289		236・530
袁克文	208・502	梅植之	153・439
莫友芝	88・367		166・454
	156・442	梅曾亮	14・285
莫棠	157・443	屠倬	14・284
徐濟忠	209・503	張紹仁	250・547
翁同書	13・283	張蓉鏡	256・556
	87・366	張燕昌	96・379
	124・407		99・382
唐翰	239・533	項元汴	127・412

彭元瑞	209・503	趙之謙	61・339
葉志詵	14・284	趙元方	86・365
葉奕	209・503	趙瑾	13・283
葉萬	15・287	趙懷玉	124・407
葉裕	13・283	蔣維基	197・488
傅以禮	161・448	管庭芬	8・277
傅增湘	21・299		151・436
	97・381	鄭振鐸	59・337
	121・404	鄭簠	185・474
	150・434	鄧邦述	15・287
	157・443	鄧瑤	14・285
	195・487	劉嗣綰	14・285
	208・502	盧文弨	124・407
	209・503	錢孫艾	13・283
	239・533	繆荃孫	96・379
	251・549		174・462
勞健	1・263	嚴元照	124・407
	208・502	羅振玉	1・263
馮班	13・283	顧自修	148・432
	15・287		
馮舒	187・477	□夏	98・381
	250・547		

印章筆畫索引

印章	序號・頁碼

一畫

一九四九年武強賀孔才捐贈北平圖書館之圖書	102・387
一道人	204・497
一麈十駕	15・289

二畫

二郷齋書畫	146・431
二癡	13・284
十研翁	128・415
八千卷樓	250・548
八千卷樓丁氏藏書印	185・476
八千卷樓珍藏善本	159・446
	185・476
	250・548
八千卷樓藏書之記	159・446
八千卷樓藏書印	185・476
八徵耄念之寶	3・272
	201・494
又玄齋收藏圖書印	125・410

三畫

三十五峰園主人所藏	146・431
三金蝶堂藏書	61・341
三省堂	57・335
士	13・284
士禮居	147・432
	148・433
士禮居藏	125・410
	174・463
士鐘	146・431
	147・432
	148・433
大石山房	125・410
大泌山房之章	185・476
大號	227・521
大興傅氏收藏印	161・450
大興馮氏亞敦齋收藏圖書記	28・308
上	13・284
上馮氏之印	13・284
上黨	187・478
上黨馮生	13・284

川	19・296	王培孫紀念物	126・412
女器	185・476		205・498
小異	227・521	王履吉印（僞）	150・436
小緑天藏書	84・363	王蘧常印	261・562
子京父印（僞）	14・287	天刑其㝡耆物	192・484
子京珍秘	127・413	天或	208・503
子貞	107・392	天章	256・556
子毗父	148・433	天道忌盈人貴知足	231・526
子毗所藏	148・433	天禄琳琅	3・272
子晉	173・458		201・494
	208・503	天禄繼鑑	3・272
子晉書印	182・472		201・494
子孫永保	127・413	天籟閣	127・413
子清	127・414	元和王氏圖書記	4・274
王氏禹卿	83・362		10・281
王氏祕匧	4・274	元和王同愈	4・274
王印士禎	58・337		10・281
王印曰俞（僞）	150・436	元照之印	124・409
王印文治	83・362	木犀軒藏書	182・472
王印同愈	4・274	木齋	182・472
	10・281		253・553
王印邕	62・342	木齋宋元祕笈	182・472
王芑孫	241・537	木齋審定	182・472
王雨五十後經眼善本	149・434	五峰樵客	127・413
王孫之□紀室	86・366	五福五代堂古稀天子寶	3・272
王邕書印	62・342	五福五代堂寶	201・494

太上皇帝之寶	3・272	文彭之印	147・432
	201・494	文壽承氏	147・432
友芝私印	156・443	文端文勤兩世手澤同穌敬守	13・284
友年所見	255・555	文選樓	13・284
内樂邨農	148・433	文獻之家	185・476
毛氏子晉	147・432	方氏若蘅曾觀	150・436
	173・458	引六	250・548
	182・472	以禮審定	161・450
毛印子晉（疑偽）	210・505	允修	2・269
毛表之印	4・274	玉方審定	14・286
毛表私印	4・274	玉蘭堂	127・413
毛奏叔	4・274	正闇手校	15・289
毛奏叔氏	4・274	去疾大利	128・415
毛晉之印	173・458	去疾歡喜	128・415
	182・472	世美	18・294
毛晉私印	173・458	古里瞿氏記	82・361
	208・503	古書流通處	255・555
毛扆之印	173・458	古虞毛氏奏叔圖書記	4・274
	208・503	古虞曹氏藏書	228・522
仁穌朱澂	127・414	古潭州袁臥雪廬收藏	21・300
今字雪生	166・454	古歙檀干許氏梯寓室藏書印	4・274
公約過眼	250・548	丕烈	148・433
月宵	150・435	石蓮闇所藏書	239・534
文弨借觀	124・409	戊申	164・452
文彬子存父寓目	128・415	平生真賞	127・413
文琛	146・431	平江陳氏西畇藏書	101・386

平陽汪氏藏書印	146・431	臣	87・367
北皮亭鎦氏所藏祕笈	164・452	臣東郡宋存書室珍藏	148・433
北李渭公	102・387	臣理之印	158・445
甲	147・432	臣盛楓字繡宸號丹山	192・484
	173・458	臣紹丞印	252・551
	182・472	臣紹和印	148・433
史臣紀	208・503	臣鄧瑤	14・286
史臣紀書籍	208・503	西吳文獻世家	4・274
史叔載父	208・503	西河	4・274
四明清華左臺藏書印	33・312	西河季子之印	174・463
四庫著録	250・548	西畇草堂	101・386
四陶居	148・433	西溪水隱	158・445
四經四史之齋	173・458	西谿竹堂藏書之印	158・445
四麟止印	125・410	百宋一廛	147・432
生花	150・436	至堂	173・458
白雲舊吏	4・274	光緒庚寅嘉惠堂所得	185・476
民部尚書郎	146・431	同書	87・367
弗卿	88・368	同愈	4・274
邦述之鉢	15・289	因培（僞）	150・436
邢印之襄	58・337	朱文石史	82・361
	239・534	朱文鈞印	68・348
老鐵晚年書	241・537	朱印子儋（疑屬僞印）	86・366
芋仙	14・286	朱印學勤	127・414
芋仙所藏	14・286	先都御史公遺藏金石書畫印	147・432
芝玉山房	208・503	延古堂李氏珍藏	130・416
苣孫審定	241・537	延週之印	128・415

仲義	4・274	志詵	14・286
自謂是羲皇上人	148・433	芙川	150・436
伊印秉綬	14・286	芙川居士	150・436
合衆圖書館藏書印	163・452	芙川張蓉鏡心賞	150・436
名余曰廣	14・286	芙川鑒定	150・436
江安傅沅叔藏書記	36・315	芙初女士姚畹真印	150・436
	230・525	苊兮	148・433
	240・536	芷湘子	8・278
江南吳氏世家	4・274	花綺	208・503
汲古主人	173・458	芳淑堂印	124・409
	182・472	李士棻	14・286
	208・503	李少微	182・472
汲古得修綆	182・472	李生	58・337
汲古閣(疑偽)	210・505	李印文藻	58・337
汲古閣	4・274	李印盛鐸	182・472
	147・432		253・553
	182・472	李印毓芳	158・445
汲古閣圖書記	4・274	李盛鐸家藏文苑	182・472
安樂堂藏書記	249・547	李盛鐸讀書記	182・472
字曰香草	58・337	更滄	128・415
字秦叔	4・274	求古居	96・380
字貽上	58・337	吳下蔣郎	4・274
祁陽陳澄中藏書記	146・431	吳山秀水中人	148・433
	255・555	吳印重憙	239・534
孝先	15・289	吳翌鳳枚庵氏珍藏	87・367
志忠手校	62・342	吳紹澯字澂垫號蘇泉藏書印	13・284

吳嵩衡印	101・386			146・431
吳會	208・503			173・458
吳興劉氏嘉業堂藏書印	156・443			182・472
別字英山	174・463			208・503
別號正庵	4・274	宋存書室		147・432
秀石	148・433			148・433
何元錫借觀印	124・409			173・458
何印紹基	29・309	良士眼福		82・361
何經襄	146・431	邵陽魏氏		111・396
伯昭一字小耘	14・286	甬上林集虛記		257・557
伯繩祕笈	165・454	武林葉氏藏書印		163・452
住世忘世居塵出塵	250・548			186・477
希世寶	150・436	武進盛氏所藏		260・561
辛夷館印	127・413	青平山人		14・286
汪	146・431	青箱世業		250・548
汪士鐘印	148・433	長生安樂翁同書印		13・284
汪士鐘曾讀	18・294	長州蔣氏十印齋藏書		4・274
汪士鐘讀書	173・458	長州蔣鳳藻印信長壽		4・274
汪印士鐘	146・431	長春室圖書記		210・505
汪印振勳	148・433	長樂鄭氏藏書之印		12・283
沈氏珍藏	201・494			59・338
沈鉥環卿	164・452			188・479
沈穗之印	186・477	長樂鄭振鐸西諦藏本		149・434
沈瀹印	4・274	長樂鄭振鐸西諦藏書		12・283
宋本	13・284			59・338
	18・294			188・479

苦雨齋藏書印	259・559	東莞莫伯驥號天一藏書之印	98・382
茂苑香生蔣鳳藻秦漢十印齋祕笈圖書		東壁圖書	13・284
	84・363		124・409
	255・555	雨樓	158・445
林西書屋	58・337	協卿珍賞	148・433
林伋山房藏書	208・503	協卿讀過	173・458
林院印(滿漢文)	259・559	尚餘數卷殘書在	57・335
松磬山房	148・433	明善堂覽書畫印記	249・547
松靄	148・433	忠州李芋仙隨身書卷	14・286
松靄藏書	148・433	忠孝之家	13・284
杭州王氏九峰舊廬藏書之章	82・361	忠謨讀書	210・505
	161・450	知堂書記	259・559
東吳毛氏圖書	182・472	季印振宜	3・272
東吳毛表	4・274	季振宜字詵兮號滄葦	127・413
東吳毛表圖書	4・274	季振宜藏書	2・269
東亞同文書院大學圖書館印	211・506	季滄葦藏書印(偽)	14・287
東官莫氏五十萬卷廢劫後珠還之		所翁曾觀	14・286
	98・382	金澤文庫	248・546
東官莫伯驥所藏經籍印	98・382	斧季	173・458
東郡楊氏宋存書室珍藏	148・433		208・503
東郡楊氏海源閣珍藏	148・433	念豐	241・537
東郡楊紹和印	148・433	周印良金	82・361
東郡楊紹和字彥合藏書之印	148・433	周春	148・433
東郡楊紹和字彥和鑑藏金石書畫印		周暹	148・433
	149・434		150・436
東郡楊紹和鑒藏金石書畫印	173・458		182・472

周暹	1・267	貞伯	166・454
	208・503	星邨父	57・335
郇齋	146・431	毘陵周氏九松迂叟藏書記	82・361
兔牀手校	260・561	香生	4・274
怡安	128・415	香生眼福	4・274
奏叔	4・274	香修	124・409
奏叔氏	4・274	重憙鑑賞	239・534
某氏子印	89・370	段朝端印	226・520
	153・439		227・521
	166・454	修伯讀過	127・414
某景書屋	4・274	保	13・284
茶坡藏書	129・416	俞之甲印	253・553
荃孫	96・380	俞印紹丞	252・551
	174・463	施天錫印	57・335
荃孫手斠	96・380	施印子惠	57・335
苟齋	255・555	彦均室藏	157・444
胡開遠珍藏印	14・286	彦和	173・458
胡廣之印	14・286	彦和珎玩	173・458
茹古精舍	197・489	恬裕齋鏡之氏珍藏	82・361
南州孺子	57・335	炳	193・484
南宫邢氏珍藏善本	58・337	洪印亮吉（僞）	150・436
	239・534	宣城貢氏玩齋書畫珍藏	185・476
南海柯氏	193・484	宥函孔氏藏	100・384
南窗祕藏	203・496	軍曲侯印	57・335
南澗居士	58・337	祖庚曾讀	13・284
柿葉山房	83・362		124・409

祖庚翰墨	13・284	栩緣	4・274
祖詒審定	4・274	栩緣印信	4・274
退密	146・430	栩緣所藏	4・274
癸申劫火之餘	143・428		10・281
紀父常	4・274	振宜之印	127・413
秦季公	125・410	振鱗	253・553
秦漢十印齋藏	4・274	晉生心賞	256・556
班	13・284	時還讀我書	148・433
素文	180・470	秘殿紬書	150・436
素邨	152・438	師李	13・284
袁氏與之	146・430	徐乃昌馬韻芬夫婦印	130・416
袁忠徹珍藏書畫印	164・452	徐乃昌讀	127・414
華亭朱氏	82・361		249・547
華陰世家	157・444	徐氏長孺	148・433
華娛室	256・556	徐安	231・526
莫友芝	156・443	徐健庵	4・274
莫友芝圖書印	156・443		127・413
莫氏子偲	156・443	翁印同書	13・284
莫氏子偲	88・368	翁同書字祖庚	87・367
莫氏祕笈	157・445	翁綬琪印	150・436
莫印彝孫	156・443	烏程李怡堂怡盦兄弟收藏印	128・415
莫印繩孫	156・443	烏程蔣祖詒藏	4・274
莊氏珍藏	252・551	烏程蔣祖詒藏書	4・274
桃源戴氏	147・432	烏鵲橋東	14・286
栩栩盦	4・274	郭溪葛	151・437
栩栩盦長物	10・281	席氏玉照	158・445

席玉照讀書記	174・463	陳立炎	255・555
席鑒	174・463	陳務茲	14・286
席鑑之印	158・445	陳曼生審定書畫印記	14・286
唐氏寶古	2・269	陳樹枌印	57・335
唐印鍾吉	2・269	陶南布衣	148・433
唐伯子	2・269	陶陶室	147・432
唐伯虎	127・414		148・433
悟言居士	3・272	孫二酉珍藏	187・478
悟其仙館	150・436	孫印從添	164・452
浦鹿俞氏方白齋藏書	252・551	孫光父	125・410
海上精舍藏本	208・503	孫潛之印	187・478
海野居士	148・433	聊攝楊承訓珍藏書畫印	173・458
海虞毛表奏叔圖書記	4・274	著書齋	148・433
海源殘閣	147・432	萊娛室印	192・484
	173・458	堇封	4・274
海源閣藏	173・458	黃氏如鋌之印	95・379
海寧周氏家藏	148・433	黃氏餘圃藏書	128・415
海鹽張元濟經收	14・287	黃丕烈	147・432
	57・335		148・433
	174・463	黃丕烈印	174・463
浮雲遊子意落日故人情	250・548	黃任之印	128・415
容春堂	201・494	黃景洛印	152・438
書農	13・284	黃節	197・489
陸印樹聲	150・436	萸山珍本	158・445
陸鉉之章	150・436	乾隆御覽之寶	3・272
陳氏西畇草堂藏書印	101・386		201・494

乾學	4・274	張氏秋月字香修一字幼憐	124・409
	127・413	張氏祕篋	250・548
菰里瞿鏞	82・361	張印紹仁	250・548
彬侯	228・522	張印蓉鏡	150・435
梅植之印	166・454		256・556
梅溪精舍	127・413	張伯元別字芙川	150・435
曹琰之印	228・522	張金吾味經書屋	150・435
瓠室	152・438	張金吾藏	150・435
盛鐸	182・472	張蓉鏡觀	150・435
授經樓吳氏藏書	260・561	張銘中印	4・274
虛靜齋	165・454	紹和筑岩	173・458
虛靜齋藏書	96・380	紹庭	85・365
唯吾知足	204・497	項子京家珍藏	146・430
望谿樓顧氏敬藏	87・367	項子毗真賞章	148・433
清雪李氏秋歗山房藏	128・415	項元汴印	127・413
清潔自娛	201・494		146・430
涵仲	158・445	項印禹揆	148・433
涵芬樓	14・286	項墨林父祕笈之印	146・430
	57・335	項墨林父秘笈之印	127・413
	174・463	項墨林鑒賞章	127・413
涵芬樓藏	14・287	項墨林鑑賞章	146・430
	57・335	博明鑑藏	255・555
密均樓	4・274	葉名灃潤臣印	28・308
啓淑信印	21・300	葉裕	13・284
屠倬	14・286	萬卷藏書宜子弟	87・367
張弓	250・548	萬象涵古今	256・556

董宜陽	148・433	傅沅叔藏書記	256・556
敬庵	201・494	傅增湘讀書	121・405
落月屋梁	86・366	鈁	86・366
朝	125・410	勝之	4・274
植之私印	89・370	就閒居	186・477
	153・439	敦仁堂徐氏珍藏	57・335
	166・454	善本書室	159・446
植之所誦	89・370		185・476
	153・439	道光秀才咸豐舉人同治進士	173・458
	166・454	道州何氏收藏	29・309
椒坡祕翫	143・428	道州何氏收藏圖書印	29・309
雲輪閣	96・380	曾在吳興小崇城家	158・445
雯	256・556	曾在沈芳圃家	188・479
揚州阮氏琅嬛仙館藏書印	13・284	曾在東山徐復菴處	57・335
開遠	14・286	曾在周叔弢處	208・503
景仁	148・433	曾在趙元方家	15・289
景文	4・274	曾亮	14・286
景葵祕笈印	128・415	曾經藝風勘讀	255・555
	186・477	曾藏汪閬源家	157・444
無相自在室主人覺元印	157・444	曾藏濟陽春葆處	11・282
無悔齋校讀記	231・526	馮巳蒼讀書記	187・478
無悔齋藏	15・289	馮氏藏本	187・478
	231・526	湯科之印	146・430
智祥	1・267	淵雅	241・537
程式金	14・286	寒玉山房讀書記	233・528
傅印增湘	192・484	禄易書千萬値小胥鈔良友詒閣主人清

白吏讀曾經學何事愧蠹魚未食字遺子
孫承此志　　　　173・458
費君直　　　　　　4・274
結一廬藏書印　　127・414
　　　　　　　　259・559
鄆蝸寄廬孫氏藏書　257・557
兼葭慶　　　　　197・489
　　　　　　　　236・531
蓉鏡　　　　　　150・436
蓉鏡珍賞　　　　150・436
蓉鏡珍藏　　　　150・436
　　　　　　　　256・556
楳泉　　　　　　148・433
楳蘊生印　　　　153・439
楊氏協卿平生真賞　173・458
楊氏彥合　　　　147・432
楊氏海原閣鑑藏印　173・458
楊氏夢羽　　　　157・444
楊以增字益之又字至堂冬樵行弎
　　　　　　　　173・458
楊印以增　　　　173・458
楊印承訓　　　　147・432
　　　　　　　　173・458
楊東樵讀過　　　147・432
楊保彝藏本　　　147・432
　　　　　　　　148・433

楊紹和藏書　　　173・458
楊紹和讀過　　　148・433
虞山毛氏汲古閣收藏　4・274
虞山毛扆手校　　174・463
虞山沈氏希任齋劫餘　188・479
虞山張氏　　　　150・436
虞山張蓉鏡鑑定宋刻善本　150・436
虞山錢曾遵王藏書(疑偽)　158・445
虞山瞿紹基藏書之印　82・361
虞先毛氏珍藏圖書(疑偽)　210・505
嗜山　　　　　　197・489
　　　　　　　　236・531
愚齋圖書館藏　　260・561
愚齋審定善本　　260・561
愚齋鑑藏　　　　260・561
稚存(偽)　　　　150・436
節子手校　　　　161・450
魁　　　　　　　193・484
會稽周氏　　　　99・383
　　　　　　　　259・559
愛日精廬張氏藏書記　174・463
頌蔚私印　　　　88・368
新安汪氏　　　　21・300
滄葦　　　　　　3・272
褚　　　　　　　231・526
褚公禮　　　　　231・526

褚記	231・526		132・418
褚儀之印	231・526		232・527
福州冠悔堂楊氏圖書	128・415	蔣祖詒	4・274
群碧校讀	15・289	蔣祖詒印	4・274
趙氏子昂（偽）	185・476	蔣鳳藻	4・274
趙氏子昂	127・414	蔣維基子垕氏	197・489
趙氏元方	15・289		236・531
	231・526	蔣維基藏	197・489
趙氏家藏	86・366	蔗安	226・520
趙文敏公書卷末云吾家業儒辛勤置書			227・521
以遺子孫其志何如後人不讀將至于鬻		閩三山王道徵叔蘭父印	128・415
穎其家聲不如禽犢苟歸他室當念斯言		管庭芬	8・278
取非其有無寧舍旃	173・458	銘心絕品	4・274
趙印之謙	61・341	鳳皇翔於千仞	128・415
趙印宧光（偽）	95・379	鳳藻	4・274
趙宗建次侯信印長壽	188・479	鳳藻敬觀	4・274
趙鈁珍藏	86・366	疑是故人來	13・284
	231・526	疑盦	2・270
趙鈁琜藏	15・289	疑盦寓意	2・270
嘉惠堂丁氏藏書之記	185・476	適印	128・415
蔣氏之寶	4・274	鄭簠	185・476
蔣氏祕笈	197・489	鄭簠私印	185・476
	236・531	寧靜致遠	241・537
蔣仲子	4・274	翠竹齋	127・413
蔣抑卮藏	23・303	綬珊經眼	82・361
	90・372		146・431

緑竹山房	241・537	劉印承幹	156・443
增湘	256・556	劉印駒賢	164・452
增湘讀書	25・305	劉承幹字貞一號翰怡	156・443
穀孫	4・274	諸氏珍藏	2・269
穀孫秘笈	4・274	諸端華重	149・434
蕘夫	148・433	談文虹所讀書	151・437
蕘圃	174・463	慶增	164・452
蕘翁手校	229・524	養拙齋	228・522
樗隱重定	241・537	遵王（疑僞）	158・445
雪溪許氏懷辛齋圖籍	255・555	潘氏桐西書屋之印	129・416
賜硯齋	28・308		131・417
閬源父	146・431		143・428
	147・432		157・444
	148・433	潘茉坡圖書印	22・302
閬源真賞	148・433		131・417
墨林（僞）	14・287		157・444
墨林山人	146・430	緣督爲經	231・526
墨林祕玩	146・430	燕喜堂	164・452
墨侯	180・470	翰怡	156・443
稽瑞樓	95・379	樹蓮	228・522
	125・410	樸學齋	158・445
	187・478		228・522
德州北李後知堂文籍圖書記	102・387	橋	19・296
德麟	1・267	橋李項氏世家寶玩	127・413
餘姚謝氏永耀樓藏書	59・338		146・430
	152・438	醒原	152・438

醒夢軒	259・559	獨山莫氏收藏經籍記	157・445
醜簁	4・274	裹辛齋珍藏印	255・555
縣橋	148・433	澹庵	252・551
默庵	14・286	澹寧書屋	14・286
積餘秘笈識者寶之	130・416	彊圉柔兆	250・548
積學齋徐乃昌藏書	21・300	藏園	256・556
	130・416	藏園居士	256・556
稺生	186・477	藏園校定群書	195・488
學安	250・548	舊山樓	86・366
學閒館藏珍	60・339		188・479
	81・359	舊山樓祕笈	188・479
	93・377	藐姑射之山人	89・370
	120・404		153・439
	169・457		166・454
	170・458	韓印鷺	180・470
	179・469	禮部員外郎吳郡楊儀校	157・444
	216・511	翼盦	68・348
	234・529	繆荃孫藏	255・555
學閒館藏書	141・426	藝風堂藏書	255・555
錢唐丁氏正修堂藏書	159・446	蘊生	166・454
	185・476	蘊生楳氏子讀	89・370
錢唐丁氏藏書	250・548		153・439
錢唐嚴杰借閱	13・284		166・454
錢唐嚴傑借閱	124・409	藥券廎考藏書畫金石記	231・526
錢孫艾印	13・284	叢書樓	259・559
錢曾之印（疑僞）	158・445	瞿印秉沖	82・361

瞿啓甲　　　　　　　82・361

瞿潤印　　　　　　　82・361

蟫隱廬所得善本　　　180・470

雙鑑樓　　　　　　　101・386

　　　　　　　　　　256・556

雙鑑樓珍藏印　　　　192・484

雙鑑樓藏書印　　　　101・386

歸安陸樹聲叔桐父印　150・436

歸安陸樹聲藏書之記　150・436

　　　　　　　　　　210・505

鎦白子　　　　　　　164・452

蘋香館　　　　　　　197・489

　　　　　　　　　　236・531

蓮庵　　　　　　　　14・286

蘇州淵雅堂王氏圖書　241・537

關西節度系關西　　　173・458

嚴氏修能　　　　　　124・409

贊丞過眼　　　　　　259・559

懷辛居士　　　　　　255・555

瀛海仙班　　　　　　173・458

繩武堂印　　　　　　14・286

覺　　　　　　　　　87・367

寶瓶齋　　　　　　　87・367

寶瓠齋藏書　　　　　13・284

寶鍥　　　　　　　　150・436

鐵夫　　　　　　　　241・537

鐵夫手校　　　　　　241・537

鐵琴銅劍樓　　　　　18・294

　　　　　　　　　　82・361

　　　　　　　　　　95・379

　　　　　　　　　　125・410

　　　　　　　　　　146・431

　　　　　　　　　　158・445

鐸　　　　　　　　　148・433

顧肇聲讀書記　　　　228・522

聽雨樓查氏有圻珍賞圖書　127・414

聽香過眼　　　　　　14・286

聽蛙溪舍藏書　　　　87・367

讀異齋　　　　　　　250・548

讀異齋藏　　　　　　250・548

龔氏蘅圃倚柯亭圖書　169・457

　　　　　　　　　　170・458

　　　　　　　　　　175・465

　　　　　　　　　　176・466

　　　　　　　　　　179・469

　　　　　　　　　　184・474

　　　　　　　　　　198・490

　　　　　　　　　　199・491

　　　　　　　　　　216・511

　　　　　　　　　　220・515

　　　　　　　　　　223・518

　　　　　　　　　　225・519

龔氏蘅圃倚柯亭圖書	38・317	135・420
	47・326	139・424
	48・326	141・426
	50・329	142・427
	60・339	234・529
	67・347	237・532
	80・358	243・539
	81・359	246・541
	107・392	龔印一發　84・363
	110・394	麟嘉館　182・472
	113・398	觀妙道人　157・444
	115・400	鹽山劉千里藏書　164・452
	118・402	讓　125・410
	120・404	